Elizabeth Chadwick

Die wilde Jagd
Die Füchsin

Elizabeth Chadwick

Die wilde Jagd
Die Füchsin

Zwei Romane

Aus dem Englischen
von Friedrich A. Hofschuster

Bechtermünz Verlag

Lizenzausgabe mit Genehmigung der
GUSTAV LÜBBE VERLAG GMBH für
Weltbild Verlag GmbH, Augsburg 1998
DIE WILDE JAGD
Titel der Originalausgabe: „The Wild Hunt“

DIE FÜCHSIN
Titel der Originalausgabe: „The Running Vixen“

Umschlaggestaltung: Studio Höpfner-Thoma, München
Umschlagmotiv: Mauritius Bildagentur, Mittenwald
Gesamtherstellung: Ebner Ulm
Printed in Germany
ISBN 3-8289-0084-4

Elizabeth Chadwick

Die wilde Jagd

Meinen Eltern, zum Dank
für ihre Unterstützung,
Alison King für ihre Hilfe,
meinem Mann für sein Verständnis
und meiner Agentin Carol Blake
sowie meinen Herausgebern
Maggie Pringle und Barbara Boote dafür,
dass sie meine Träume wahr gemacht haben

Erstes Kapitel

Die walisischen Marken

Winter 1098

Schnee, getrieben von einem beißenden Novemberwind, traf in trockenen Flocken auf Guyons dunklen Umhang und wirbelte an ihm vorüber auf die Burg zu, die drohend aufragte von ihrer Klippe hoch über dem angeschwollenen Wye-Fluß. Das müde Pferd zupfte Gras und stopfte es in sich hinein, erholte sich dabei allmählich, und Guyon strich ihm über die Ohren und gab dem muskulösen Nacken des Reittiers einen Klaps. Das Licht wurde schwächer, das Wetter immer schlechter, aber zum Glück war ein schützendes Dach in Sicht.

Das graue Streitroß verweigerte beinahe vor dem eisigen, bis über seine Gelenke gehenden Wasser der Furt, doch Guyon berührte das Tier nur sachte mit den Sporen, und der Hengst machte einen Satz nach vorn, preschte das letzte Stück durch das dunkle, flüssige Eis und erreichte die schlammige, schon fast gefrorene Dorfstraße auf der anderen Seite des Flusses.

Die Höfe der Kleinbauern waren von innen erhellt, von den Feuern zum Kochen der Abendmahlzeiten und den zuckenden Binsenlichtern. Als sie an der Kirche vorbeikamen, lief ein bellender Köter heraus, der versuchte, Arian hinterherzurennen und nach seinen Hinterläufen zu schnappen. Ein Hufeisen blitzte. Die

Folge war lautes Jaulen, dann Stille. Eine Tür aus Weidengeflecht öffnete sich und wurde rasch wieder geschlossen nach einem scharfen Kommando aus dem Inneren der Hütte.

Guyon ritt weiter, vorbei an der Mühle und dem öligschwarzen Schimmer des Mühlbaches, begann dann den steilen Anstieg zur Burg. Einmal noch hielt er inne, um hinaufzuschauen durch schneeverkrustete Brauen zu dem soliden Sandsteinbau und schnitt dazu eine Grimasse, als ob ihm ein Mundvoll Wein plötzlich zu Essig geworden wäre. Bei ihrer Ankunft würde man Arian erst einmal eine wärmende Abreibung verpassen, ihm eine warme Decke geben und eine Raufe voll Futter, das für die Nacht ausreichen würde. Guyon hätte sich sehnlichst gewünscht, daß seine Bedürfnisse auch so leicht zu stillen gewesen wären, aber er brachte Botschaften mit, die eine solche Fürsorge fürs erste unmöglich machten.

Die Zugbrücke rumpelte herunter, und der Graue stakste über die dicken Eichenplanken, wobei seine Hufe ein hohles Echo hervorriefen. Darunter lag eine Schlucht mit kantigscharfen Felsen und mit dem Abfall von der Burg, wie er nur von den zähesten Schafen verschlungen werden konnte – und hier und da von einem nicht ganz so zähen, fluchenden Schäfer.

Er zügelte Arian zu einem Trott, so daß sie unbehindert unter dem Fallgitter hindurchkamen und durch den dunklen Bogen des Wachhauses in den offenen Burghof gelangten. Dort hielt er den Hengst an und schwang sich von seinem Rücken. Seine Beine waren so steif, daß er sich einen Augenblick lang nicht bewegen konnte und am Sattel festhalten mußte, bis ein Pferdeknecht auftauchte und sich um das Pferd kümmerte.

»Schlimme Nacht, M'lord«, bemerkte der Mann, lutschte an den Zähnen und schaute ihn mit klaren Augen und einer unausgesprochenen Neugier an.

Guyon lockerte den Griff am Sattelknauf und richtete sich gerade auf. »Es kommt noch schlimmer«, antwortete er grimmig und bezog sich dabei nicht allein auf das Wetter. »Kümmere dich um das Eisen an seinem rechten Vorderhuf, Sim, ich glaube, es ist lose.«

»Aye, M'lord.«

Guyon gab Arian noch einen Klaps, dann ging er quer über den Burghof, erst langsam, bis er wieder Gefühl bekam in den Beinen, den dunklen Kopf gebeugt gegen den wilden, mit Flocken durchsetzten Wind. Er grüßte die Wachen am Eingang zum Haupt- und Wohngebäude, zog sich die Panzerhandschuhe aus und ging die steile Treppe hinauf zu der Halle im zweiten Stockwerk.

Das Dinnerhorn war gerade erst ertönt, und die Schragentische waren besetzt mit Essenden. Als sie des Erben ihres Lords ansichtig wurden, hielten sie inne mit dem Kauen, ihre Hände blieben zwischen Mund und Schüssel, und ihre Augen wurden rund und bewegten sich wie Murmeln, um seinen Weg durch die Halle zu verfolgen, wobei den Männern sein langer, ungeduldiger Schritt auffiel, während sich die Frauen, mit völlig anderen Interessen, an der Breite seiner Schultern und der arroganten, auffallenden Schönheit seines Gesichts erfreuten.

Guyon schaute weder links noch rechts und ging hinauf zu dem Tisch auf dem erhöhten Podium, wo sein Vater mit den älteren Rittern und den Gefolgsleuten sowie den Burgbewahrern saß, und außerdem, wie er mit leichter Verärgerung feststellte, mit seiner Halbschwester Emma, die an dem für die Dame des Hauses vorgesehenen Platz thronte.

Miles le Gallois schaute auf, erschrak und erhob sich dann, um seinen Sohn zu begrüßen. »Guy! Wir hatten dich nicht so früh erwartet.«

»Ein Mann reitet schnell, wenn ihm der Teufel auf den Fersen sitzt«, antwortete Guyon, trat hinauf, beugte sich vor, um seine Schwester zu küssen, und nahm dann den Platz ein, den man ihm hastig freigemacht hatte. Seine Beine fühlten sich plötzlich, als wenn sie zu Wasser geworden wären. Der ganze Raum drehte sich und schwankte vor seinen Augen.

»Ein Wunder, daß du nicht vom Pferd gefallen bist, Guy, du siehst schrecklich aus!« Emma gab einem der Diener, die an ihrem Tisch servierten, ein Zeichen.

»Wirklich?« Er nahm den Becher Wein, den sie ihm hinstreckte. »Nun, vielleicht habe ich guten Grund dazu, Em.« Er fühlte, daß sich aller Augen auf ihn gerichtet hatten, erschreckt wie die Kaninchen, wenn sie den Fuchs wittern.

»Der König hat dir doch nicht die Ländereien von Onkel Gerard verweigert?« fragte sein Vater in ungläubigem Ton.

Guyon schüttelte den Kopf und starrte in den blutroten, schillernden Wein. »Im Gegenteil: Der König hat mich mit Freuden zum Erben ernannt und mir alle dazugehörigen Rechte und Privilegien erteilt«, sagte er in einem Ton, der seinen Vater nicht beruhigte, sondern erst recht nervös machte.

Drei Monate zuvor war Gerard gefallen im Kampf gegen die Waliser auf der Insel Mon, die manche auch Anglesey nennen. Er war ein kinderloser Witwer gewesen und hatte Guyon als Erben eingesetzt, doch König William Rufus war bekannt dafür, daß er die

Erbschaftsrechte zugunsten der Rechte des Geldes zu benachteiligen pflegte. Guyon war zu Rufus in die Normandie gereist, um seinen Anspruch auf die Ländereien geltend zu machen, aber die Art und Weise seiner Rückkehr erfüllte Miles mit einer unguten Vorahnung. Die Augen seines Sohnes waren so schwarz wie die Wasser des Mühlbaches und so grimmig. Sicher, ein Teil davon war Müdigkeit. Aber ein anderer Teil war etwas, das Guyon bisher zurückhielt.

Miles warf einen Blick auf Guyons zusammengepreßte Lippen, auf den harten Griff, mit dem er die Finger um den Stiel des Bechers gelegt hatte, dann ließ er den Blick über die anderen Männer am Tisch schweifen. Was immer es war, Guyon würde es nicht öffentlich bekanntgeben. Er deutete ihnen durch ein Gähnen an, daß sie in ihre Räume zurückkehren sollten, doch das wurde verhindert durch seine Tochter, der, Gott segne sie, Guyons Zustand keineswegs entgangen war.

»Jesus!« schalt sie und legte ihre Hand auf die ihres Bruders. »Du bist ja eiskalt! Wie konntest du auch bei einem solchen Wetter reisen? Die Nachricht hätte sicher ein paar Tage warten können. Und schau mich nicht so an. Ich lasse die Mädchen eine Wanne zubereiten in deinem Zimmer, und du gehst inzwischen dorthin, wo es warm ist!«

Etwas von der Schwärze wich aus Guyons Augen. Ein Funke leuchtete auf. Emma hielt die Tatsache, daß sie drei Jahre älter war als er, für ein Privileg, ihn herumkommandieren zu können, um so mehr, als seine Mutter vor zwei Wintern an der Fieberkrankheit gestorben war. Wenn ihr Mann mit dem Hof reiste, als Stellvertreter des Großkämmerers und Vorstehers des Hofstaates, spielte sie in den Marken die Schloßherrin, terrorisierte die Dienstboten und die Familie und forderte hier wie da die Einhaltung einer strengen Hausordnung.

Diesmal jedoch kämpfte er nicht dagegen an, sondern ließ sie gewähren. »Du solltest die Köche ein bißchen munter machen, damit meine Leute etwas zu essen bekommen«, sagte er, während er aufstand, um ihr zu folgen. »Die treffen in einer Stunde ein und werden mich ganz schön verfluchen, die armen Teufel.«

Emma begann ihn auszuschelten wegen seiner Torheit, ihnen vorauszureiten, vor allem in dieser Zeit, wo die Marken so gefährlich und wild waren. Aber Guyon ging das Gezeter zum einen Ohr hinein und zum anderen heraus.

Sobald die dampfende Wanne bereit war, begann Guyon sich auszuziehen, und Emma schickte die Mädchen mit einem autokratischen Fingerschnippen hinaus. Er zog die Brauen hoch, als er es sah, bevor er sich das Kettenhemd über den Kopf zog.

Miles zog den Vorhang zu hinter den zwei Mädchen. »Ich glaube kaum, daß Guyon momentan besonderes Interesse für die Verführungskünste der Frauen hat, Emma«, bemerkte er trocken.

»Glaubst du? Nach dem, was mir mein Mann über den Hof erzählt, wäre Guy noch empfänglich für die Reize der Frauen, wenn man ihn gefesselt und halb tot geprügelt hätte.« Sie nahm ihrem Bruder mit anklagenden Blicken das Kettenhemd ab.

»Die Hälfte Gerücht und ein Körnchen Wahrheit«, verteidigte sich Guyon, dann jaulte er, als sie zu fest an seinem Wams zerrte, das sie ihm ebenfalls über den Kopf zog und ihm dabei fast die Ohren abriß.

»Weiber!« schimpfte er, rieb sich den Hinterkopf und duckte sich dann vor ihrer nächsten, handgreiflichen Erwiderung, richtete sich wieder auf und packte sie an den Handgelenken, um sie zu sich herzuziehen und sich einen Kuß zu stehlen.

Emma funkelte ihn an, und ihre Lippen zuckten, obwohl sie sich bemühte, sich das Grinsen nicht anmerken zu lassen. »Und du bist mir vielleicht ein Schweinehund!« gab sie ihm zurück und fügte hinzu, als er seine Lippen auf die zur Faust geballten Knöchel drückte, die er gefangen hielt: »Du brauchst gar nicht erst mit deinen höfischen Tricks zu kommen. Ich kenne sie in- und auswendig.«

Guyon ließ sie seufzend los. »Das kann ich mir denken«, sagte er, und plötzlich war der scherzende Blick aus seinen Augen verschwunden. Sein Gesicht wurde wieder zu der grimmigen Maske, die er bei seiner Ankunft gezeigt hatte. »Aber laß mir wenigstens die Hoffnung, daß sie auf andere Frauen wirken.«

Emmas klare Augen verengten sich. »Nicht in dieser Umgebung«, sagte sie streng.

»Ich dachte eigentlich etwas weiter die Marken hinauf. An die Tochter von Maurice FitzRoger, um genau zu sein.«

»Was?« Miles, der sich gegen einen schönen Intarsienschrank gelehnt hatte, war plötzlich hellwach.

»Judith von Ravenstow«, sagte Guyon in neutralem Ton, zog die Stiefel aus, dann die Hose, und stieg in die dampfende Wanne. »Im Auftrag des Königs.«

»Rufus hat dir die Tochter von Maurice von Ravenstow angeboten?«

»Nicht angeboten. Er hat gesagt: Du heiratest sie ohne Widerrede, sonst ...« Guyon schaute mit düsteren Augen auf seinen völlig verblüfften Vater. »Er hat außerdem die Grafschaft Shrewsbury an Robert de Belleme verkauft – für dreitausend Silbermark.«

»Was!« rief Miles schon zum zweitenmal, und seine Bedenken verwandelten sich in Bestürzung. »Der König würde ihm doch nicht gestatten, das Land zu erben! Angesichts dessen, was er bereits besitzt und was er für ein Mann ist – das wäre viel zu gefährlich.«

Guyon nahm die Seife und den Lappen, den Emma ihm reichte. »Jeder Mann hat seinen Preis, und de Belleme hat den von Rufus als bezahlbar gefunden«, sagte er mit einer Grimasse. »Er wollte Ravenstow ebenfalls, da es immerhin seinem Halbbruder gehörte. Und er hätte es bekommen, wenn sich Fitz-Hamon nicht daran erinnert hätte, daß die Erbin ein unverheiratetes Mädchen von heiratsfähigen sechzehn Jahren ist. Also hat sich der König entschlossen, sie mir zu bestimmen, und sicher mit boshaftem Vergnügen.« Er begann sich heftig zu waschen, als könnte er sich damit von den Gedanken reinigen, die ihm durch den Kopf jagten.

»Das kannst du nicht machen!« Emmas Mundwinkel zuckten vor Empörung. »Wenn du das Mädchen heiratest, wirst du mit diesem Monstrum blutsverwandt. Ein jeder weiß, wie übel dieser Mann ist. Er raubt und foltert zum Spaß, und er steckt diejenigen, die ihm aus irgendwelchen Gründen nicht passen, auf gefettete Stangen und schaut grinsend zu, wie sie sterben. Mein Gott, er sperrt seine eigene Frau in die Gewölbe unter der Burg ein, mit nichts als Ratten zur Gesellschaft!« Sie schauderte und schlang sich die Arme um die Brust. Und Guyon konnte nicht behaupten, daß sie zu stark reagierte. Denn selbst in einem Zeitalter wie diesem, wo die Gewalt regierte, schreckten auch die Brutalsten vor den sadistischen Grausamkeiten von Robert de Belleme zurück, dem ältesten Sohn des verstorbenen Roger de Montgomery, des Earls von Shrewsbury.

Nicht die Art und Weise, wie er seine Dienstboten behandelte – ihre Leben waren allgemein nicht viel wert –, sondern die Foltern, die er adeligen Gefangenen angedeihen ließ, welche ohne weiteres ein Lösegeld hätten zahlen können, erregten die Menschen, doch das interessierte ihn nicht, denn er kannte keine Autorität außer der seinen.

»Wenn ich nicht in diese Heirat einstimme, Em, dann verliere ich auch das Land von Onkel Gerard, und beides geht an einen der flämischen Freunde des Königs.« Er ließ die Seifenschüssel im Bad schwimmen und schaute zu, wie sie schaukelte. »Ich stecke in einer Zwickmühle. Nicht nur, daß mir Rufus zwangsweise ein Weib fürs Bett verpaßt, er läßt mich auch noch dafür bezahlen – fünfhundert Silbermark. Sicher, das sind weniger als dreitausend, aber genug, daß meine Lehensbauern jammern werden, wenn ich ihnen das Geld abpresse. Belleme kann sich glücklich schätzen, daß er kein Gewissen hat.«

Emma schauderte und bekreuzigte sich.

»Und natürlich bilden die Ländereien, die du hast«, sagte Miles und verengte die Augen, »zusammen mit denen, die du aus der Ehe gewinnst, ein ausreichendes Gegengewicht in den mittleren Marken, falls es de Belleme einfallen sollte, sich das alles unter den Nagel zu reißen.«

»O ja«, erklärte Guyon mit Nachdruck. »Auch für dieses Privileg werde ich zahlen müssen – vielleicht mit meinem Leben.«

Danach herrschte gespanntes Schweigen. Emma stieß einen Seufzer aus, der auch ein unterdrücktes Schluchzen sein konnte, murmelte etwas von Essen und Wein und floh aus dem Raum.

Miles seufzte ebenfalls und setzte sich mit behenden

Bewegungen auf einen Hocker. Mit seinen vierundfünfzig Jahren hatte er körperlich wenig Last; er war beweglich und geschmeidig geblieben, wenn auch vielleicht etwas untersetzter als in seiner Jugendzeit.

»Ich kenne die Mutter des Mädchens«, murmelte er nachdenklich. »Alicia FitzOsbern, die Schwester von Breteuil. Sie war mit fünfzehn ein hübsches Ding – sehr hübsch sogar. Wenn ich damals nicht schon mit deiner Mutter verheiratet gewesen wäre – glücklich verheiratet –, dann hätte ich ihr vielleicht einen Antrag gemacht.«

Guyon knurrte. »Ich dachte, du hättest seit jeher nichts übrig gehabt für den FitzOsbern-Clan.«

»Das gilt für die Männer. Sie waren alle – und sind es noch, wenn du dir Breteuil vor Augen hältst, falsch wie die Schlangen. Aber Alicia war anders. Sie hatte einen mutigen und zugleich sanften Charakter, dazu Augen wie wilde Veilchen. Sie hat den Männern ihrer Familie nie verziehen, daß man sie bei der Heirat an einen so brutalen Kerl wie Maurice de Montgomery verkauft hat.«

Guyon langte nach dem Handtuch, das Emma in Reichweite gelegt hatte, und stieg aus der Wanne. »Grund genug für jede Frau, die Männer zu hassen, würde ich annehmen«, bemerkte er trocken und dachte an den früheren Lord von Ravenstow, der mehr an einen wilden Eber als an einen Menschen erinnert hatte.

»Wenn ich mich richtig erinnere, ist Judith erst spät geboren worden, nach zahllosen, vergeblichen Versuchen, bei denen man Alicia die Schuld zugeschoben hat«, erinnerte sich Miles und verschränkte die Arme. »Ich bezweifle allerdings, daß es ihre Schuld war. Aber wie ich ihn kannte, hätte Maurice trotz seiner eigenen Fehltritte niemals einen Bastard als rechtmäßigen Nachfolger anerkannt.«

Guyon zog sich ein pelzbesetztes Nachthemd an und rief zwei Diener herein, die das Wasser aus der Wanne gossen, durch einen Abfallschacht in der einen Ecke des Raums.

»Wenigstens ist Ravenstow ein ordentlicher Besitz, von dem aus du deine Herrschaft ausbreiten kannst«, bemerkte Miles auf Guyons Schweigen und dachte an das wuchtige neue Fort über dem River Dee. »Was für Sünden man Bellemes Seele auch zur Last legen mag, er ist ein meisterhafter Festungsarchitekt.«

»Und ich habe den Verdacht, daß er früher oder später versuchen wird, die Burg in seine Grafschaft einzubeziehen. Immerhin hat Ravenstow eine Schlüsselstellung inne zur Ebene von Chester und zu allen Straßen, die in den Osten führen.« Guyon warf ihm einen Blick zu, unter gesenkten Brauen. »Ideal geeignet für Räuberei und Erpressung, meinst du nicht auch?«

Miles schaute ihn an und erkannte die Unsicherheit hinter der schnippischen Fassade. Es war etwas, das er ihm vererbt hatte.

»Es gibt notfalls immer noch das Heilige Land«, fügte Guyon hinzu, mit einem schiefen Lächeln. »Freiheit von Rufus und de Belleme, und der Ruhm, die Ungläubigen zur höheren Ebene der eigenen Seele zu schlachten.«

»Hör sofort auf damit, Guyon! Das ist Gotteslästerei!«

»Wäre es dir vielleicht lieber, wenn ich heule, mich am Zipfel des Altartuchs festhalte und dort Zuflucht suche?« zischte er den Vater an.

»Ja, vielleicht«, erwiderte Miles, ungerührt von

dem Zornesblitz in den feurigen, braunen Augen. Guyon verfügte über einen königlichen Unmut, aber auch die Kontrolle, um ihn zurückzudrängen. »Es wäre zumindest besser als ...« Er brach ab und atmete tief ein, als Emma zurückkam, gefolgt von einem Mädchen, das Essen und Wein auf einem Tablett bei sich hatte.

Guyons Lippen preßten sich zusammen. Er ließ sich auf einen Stuhl mit harter, hoher Lehne nieder.

»Rhosyn ist in der Halle«, verkündete Emma, während sie das Mädchen entließ und den Wein selbst einschenkte. »Du wirst es ihr sagen müssen.«

Guyon warf einen müden, erschöpften Blick auf seine Schwester, als er den Becher entgegennahm, und trank. »Was ist mit ihr? Als ich sie zuletzt zu Michaeli sah, wollte sie nicht bleiben und machte mir klar, daß sie an nichts weiter interessiert war als an dem üblichen Beisammensein zwischen den Bettlaken. Sie hat keinen Grund, beleidigt zu sein.«

»Sie hat vielleicht keinen Grund gehabt zu Michaeli, aber jetzt hat sie einen«, erwiderte Emma dunkel.

»Nämlich?« Guyons Müdigkeit verstärkte sich.

»Damit will ich sagen, daß sie kein so erfahrenes Kräuterweib ist, wie sie dachte, was die Rundung ihres Bauchs beweist. Spätestens zum Mittsommer ist es so weit, würde ich meinen.«

Guyon blickte von der schmollenden Entrüstung seiner Schwester auf die Ahnungslosigkeit seines Vaters. Er trank noch einen Schluck Wein und zuckte mit den Schultern. »Also gut, ich rede morgen mit ihr, aber ich sehe nicht ein, daß diese Heirat irgend etwas ändert. Ich erkenne das Kind an und bin auch bereit, dafür zu sorgen – aber ihr kennt doch Rhosyn – sie tut doch immer nur das, was ihr paßt.«

»Ich denke weniger an das, was ihr paßt, sondern was dem walisischen Recht paßt«, erwiderte Emma, als sie nach einem Stück Brot langte. »Der erstgeborene Sohn eines Mannes, auch wenn er ihn unehelich von einer Mätresse empfängt, hat die gleichen Rechte wie die anderen, legitimen Nachkommen aus seinem Samen.«

Guyon kaute und schluckte, dachte einen Moment lang nach und schüttelte den Kopf. »Ich bin unter normannischem Recht geboren, Emma, und die walisischen Gesetze gelten nicht auf dieser Seite der Grenze, so leid es mir tut. Außerdem ist das Kind ja noch nicht geboren und kann ebenso gut ein Mädchen werden. Das letzte Kind, das ich von einem Küchenmädchen in Windsor bekam, war ein Mädchen.«

Emmas volle Lippen wurden eine schmale Linie. »Wann war das?« fragte sie in eisigem Ton.

»Im letzten Frühjahr, vor dem Feldzug nach Wales. Das Baby ist keine Woche alt geworden.«

»Du bist nicht knausrig mit der Verteilung deiner Gunst, wie?« fuhr sie ihn an. »Oder habt ihr beide, du und Prinz Henry, Wetten abgeschlossen, wer von euch mehr Bastarde zustandebringt?«

»Ach, sei doch nicht so prüde, Emma!« knurrte er. »Du weißt, wie es bei Hofe zugeht. Also, ich gehe lieber in die Hölle für die Sünde der Unzucht als für die Sünde des Königsmords.«

Farbe strömte in ihr Gesicht. Ihr Mann, als rechte Hand des Großkämmerers, wußte, was im Umkreis des Königs vor sich ging: er kannte die Skandale, die lächerlichen, kleinen Machtkämpfe, die Laster – und Guyon mit seinen hübschen, arroganten Zügen, seinem geringen Interesse für Besitz und einem Anflug walisischen und märkischen Barbarentums war geradezu ein Magnet für alle drei höfischen Fehler, ob er es wollte oder nicht.

Miles erhob sich taktvoll und streckte sich wie eine Katze, die lange zusammengerollt dagelegen hat. »Für diese Diskussion ist morgen noch Zeit genug«, sagte er. »Ich bin jetzt für's Bett, damit mich nicht das Morgengrauen noch erwischt.« Er schaute seine Tochter nachdrücklich an.

»Eine Verschwörung der Männer«, erklärte Emma mit einem hochmütigen Schniefen, dem sie ein kleines Lächeln folgen ließ. »Ich weiß, wann ich mich geschlagen geben muß.« Sie ging zu ihrem Bruder hin, beugte sich zu ihm hinunter und küßte seine stoppelige Wange.

»Wie ich dich kenne, heißt das nicht, daß du nachgibst«, sagte er lachend und zupfte sachte an ihrem dicken, kupferfarbenen Zopf.

»Nein?« Sie zog die Brauen hoch, als sie ihn anschaute. »Paß auf, ich gebe diesen Kampf gern an deine Zukünftige weiter und hoffe, daß sie mehr Glück hat dabei als ich, den Luftikus in dir zu zähmen.«

»Du weißt, wann du dich geschlagen geben mußt, hast du vorhin gesagt!« Er lachte, als er auf den Vorhang zuging. »Hast du deshalb immer das letzte Wort?«

Zweites Kapitel

In der schwach beleuchteten großen Halle warf sich Rhosyn auf ihrem behelfsmäßigen Lager herum und setzte sich dann auf – verärgert, daß ihre Blase schon wieder voll war. Neben ihr lag ihr Vater, tief in Schlaf versunken. Er war ein wohlhabender Wollhändler, und der Ansatz eines Bauches legte dafür Zeugnis ab. Selbstgefällig. Es ging ihnen gut, seit sie mit Miles, dem Lord von Milnham und Ashdyke, Geschäfte machten. Wolle brachte guten Profit, und auch der Stoff, der daraus gewoben wurde. Lord Miles züchtete sie direkt ab Huf. Ihr Vater verkaufte das Tuch in Flandern und spekulierte ein bißchen mit anderen Märkten – Gewürze und Leder, Seide und tyrisches Glas –, und sie wurden reich dabei.

Neben ihrem Großvater schliefen die Kinder aus ihrer ersten, jetzt verwitweten Ehe wie Hündchen in einem Korb. Rhys war zehn, ein stämmiges, dunkeläugiges Abbild seines Vaters. Eluned, erst sieben, erinnerte mehr an die Mutter, also an sie selbst: schlank und lebhaft mit blauschwarzem Haar, Augen in den Herbstfarben und mit einem rosigen, strahlenden Teint. Und das Kind in ihrem Leib: Wenn es ein Junge wurde, so konnte sie nur bei Gottes Güte hoffen, daß er Guyons Schönheit erbte, aber nicht seinen komplizierten Charakter.

Wie dumm, dachte sie ärgerlich, während sie hinausschlich, um den Abtritt zu finden, wie dumm, sich so erwischen zu lassen: sie, die alle Kräuter kannte oder zu kennen glaubte, weil es bisher immer funktioniert hatte. Jetzt war es zu spät, zu gefährlich, außerdem wuchsen die Pflanzen zur Zeit nicht, die sie ganz sicher von weiterem Nachwuchs kuriert hätten.

Sie hatte sich lange überlegt, ob sie diese Reise nach Heresford mit ihrem Vater unternehmen sollte, aber dann hatte sie sich gesagt, daß es ihre letzte Gelegenheit war, bevor das Wetter zu unwirtlich zum Reisen wurde, und sie brauchte noch Leinen für die Bänder, die sie in den dunklen Wintermonaten, in denen man im Haus bleiben mußte, sticken wollte. Das eiskalte Wetter und die Schneeschauer hatten sie gezwungen, ihre Reise zu verkürzen und für die Nacht hier auf Ashdyke Zuflucht zu suchen.

Guyons Erscheinen zur Dämmerung war eine Überraschung gewesen, und sie wußte nicht, ob es eine willkommene war. Die Nachricht seiner bevorstehenden Heirat hatte ihr keinen Kummer bereitet. Sie hatte immer gewußt, daß der Tag kommen würde, ja, sie hatte sich sogar ein bißchen darauf gefreut. Er war immerhin Erbe eines beträchtlichen Landbesitzes und hatte die Pflicht, sich eine Frau nach seinem eigenen Status zu suchen und mit ihr Kinder großzuziehen, eine Frau, mit der er mehr gemeinsam hatte als mit ihr.

Rhosyns praktische Grundlagen, die sie aus ihrer Händlersfamilie hatte, sagten ihr, daß es keinen Sinn gehabt hätte, ihre Beziehung auszubauen. Trotz all seiner Schönheit, des attraktiven Körpers und seiner Raffinesse im Bett war er nur zu einem Viertel ein *Cymru* und zu einem Lord in den Marken erzogen worden, der immerhin auf dem Rücken eines Schlachtrosses nach Wales ritt, um das Land zu verwüsten, wenn sein König es ihm befahl. Er betrachtete die mit Türmen besetzte Grenze der Normannen als seine Heimat und Zuflucht, nicht als graue Gefängnismauern, die einen in der Seele hemmten und schadeten.

In der Garderobe, wie man den Raum beschönigend nannte, war es kalt und stank nach der Hauptfunktion; daher blieb sie nicht lange. Aber statt zurückzuschleichen in ihr Bett, ging sie in Richtung der privaten Gemächer. Sie wußte, welche Kammer man Guyon gegeben hatte, denn Cadi, seine junge, weiße Hündin, lag davor, zusammengerollt, daß die Nase neben der Rute zu liegen kam. Sie erhob sich mit freudigem Gewinsel, als sie Rhosyn begrüßte, und diese streichelte das Tier eine Weile, ehe sie den schweren Vorhang lüftete.

Guyon war tief im Schlaf gewesen, aber er war rasch erwacht, als er die Vorhangringe klimpern und den Hund leise winseln hörte. Das war das Schloß, in dem er aufgewachsen war, hier freute man sich über seine Rückkehr, aber seine Gedanken und sein Körper waren so an Gefahren gewohnt, daß er innerhalb von fünf Herzschlägen aus dem Bett und am Vorhang war.

Ein Schatten flackerte über die schwache Fackel im Gang. »Guyon?« fragte eine Stimme zweifelnd, stieß dann einen gedämpften Schrei aus, als sie von hinten gepackt wurde.

»Ich bin's, Rhosyn!« keuchte sie, und in ihrem Französisch lag der lispelnde Akzent von Wales. »Bist du verrückt?«

»Eher schon du!« erwiderte er, aber mit Amüsement, jetzt, da er voll wach war und ihren weichen, schlanken Körper an dem seinen fühlte. »Es ist Wahnsinn, sich mitten in der Nacht an einen Mann anzuschleichen, *cariad*. Ich schlafe oft mit einem nackten Schwert an meiner Seite. Ich hätte dir den Kopf abhauen können!«

»Ich habe dein nacktes Schwert oft genug gesehen, als daß ich davor Angst hätte«, erwiderte Rhosyn mit übertriebener Naivität und drückte sich dabei gegen ihn in der Dunkelheit, fühlte, wie die vertraute, süße Verwirrtheit ihre Knochen zu schmelzen begann. Sie fuhr mit den Fingern durch sein dichtes Haar, stellte sich auf die Zehenspitzen, um ihn ins Ohrläppchen zu beißen, und flüsterte: »Aber vielleicht ist es sicherer, wenn Ihr es in die Scheide steckt, Mylord.«

Guyon lachte mit tiefer Stimme. »Und bis ans Heft«, murmelte er, bevor er sich hinunterbeugte, um ihre willig dargebotenen Lippen zu küssen, während seine Finger sich mit den Verschnürungen ihres Nachthemds befaßten.

Rhosyn streckte sich lüstern wie eine Katze und entspannte sich dann, ein zufriedenes, kleines Lächeln um die Lippen. »Ich hatte schon ganz vergessen, wieviel Spaß das macht«, schnurrte sie und schaute Guyon von der Seite an, im schwachen Licht der Kerze, über das beiseite geworfene Bettzeug hinweg.

»Selbst schuld«, bemerkte er, aber leicht, ohne Anklage. »Ich hätte dich ohne weiteres mitgenommen.«

»Und ich wäre unter all den normannischen Frauen aufgefallen wie ein bunter Hund und hätte mich miserabel gefühlt wie die Sünde.«

»Die Sünde ist nie miserabel.« Guyon kicherte und bekam dafür einen Klaps aus Liebe. Er packte ihr Handgelenk, zog sie zu sich her und erwiderte den Klaps auf ihren Hinterbacken. Sie warf sich über ihn, fühlte, daß er noch halbsteif war, und wußte einen

Moment lang nicht, was sie tun sollte, dann machte sie sich frei, setzte sich auf und betrachtete ihn durch den Vorhang ihres Haars.

Er hatte die leicht olivfarbene Haut seiner walisischen Großmutter, und auch das Haar war keltisch wie seine Augen, dunkle, leuchtende, braune Teiche. Er hätte leicht als *Cymru* durchgehen können, wenn man von seiner anglo-normannischen Größe und den breiten Schultern abgesehen hätte.

»Was schaust du?« fragte er und lächelte.

Ihr Blick schweifte über das Ganze, und sie mußte lachen. »Ich komme mir vor wie ein Bettler beim Fest. Die gebotenen Köstlichkeiten überwältigen meinen Appetit.«

Guyon grinste, doch der Ausdruck erreichte nicht ganz die Augen, die sie ernst anschauten. »Ich höre, daß du ein Kind bekommst?« fragte er leise.

Auch aus ihren Augen verschwand das Lachen. Sie hob verteidigend das Kinn in die Höhe. »Na und?«

»Hättest du es mir gesagt?«

Rhosyn biß sich auf die Lippen. »Wahrscheinlich«, sagte sie und senkte den Blick vor seinen prüfenden Augen. »Mein Vater und der deine machen zuviel gute Geschäfte miteinander, als daß man die Sache geheimhalten könnte, und Rhys und Eluned sind beide alte Klatschbasen. Sie wären früher oder später dahintergekommen.«

Guyon betrachtete sie nachdenklich, fühlte ihre Zurückhaltung und auch, wie es ihm an die Nieren ging. »Meine Schwester glaubt, daß du für das Kind walisisches Recht angewendet wissen willst«, murmelte er leidenschaftslos.

Die schönen, grünen Augen wurden groß.

»Der erste Sohn einer jeden Küchenhilfe ist gleichwertig einem jeden legal geborenen Sohn«, erklärte er, als sie ihn verständnislos anstarrte.

Sie schüttelte den Kopf; ihre Miene wirkte fast erschreckt. »Da irrt deine Schwester. Was würde mir das schon nützen, diesseits der Grenze, wo die Normannen herrschen?«

»Emma hat aus dem Blickpunkt einer normannischen Frau gesprochen«, sagte er. »Sie überlegt sich, was sie in deiner Position tun würde, und ich weiß, sie würde mit Zähnen und Klauen dafür kämpfen, daß das Kind meiner Verantwortung zugerechnet wird.«

Rhosyn schnitt eine Grimasse und erinnerte sich an Emmas frostige Blicke, als sie die provisorischen Betten in der Halle aufgestellt hatten.

Die Nachtkerze spuckte und sprühte Funken, und Guyon streichelte Rhosyns Haar. »Uns geht es aber nicht um Emma, sondern um dich«, sagte er und schaute sie an, suchte nach einem Zeichen ihrer Mutterschaft. Vielleicht waren ihre Brüste ein wenig voller, und ihr Bauch war nicht mehr konkav.

Rhosyn schaute müde drein, bevor sie die Lider senkte.

»Ich versuche, durch Fehler klug zu werden«, sagte er leise, als er ihre Angst erkannte. »Ich will nicht versuchen, dich zu halten, obwohl es mein größtes Vergnügen wäre.«

»Meinst du, wegen deiner Braut?« fragte sie ohne Groll.

Guyon schnitt eine Grimasse. »Das weißt du schon? Ach Gott, ja, wieso solltest du es nicht wissen, wenn meine Männer unten in der Halle schon von nichts anderem mehr reden. Rhosyn, *cariad*, du bist gut dran, wenn du dich da raushältst. Nimm die Straße nach Wales und schau dich nicht um, in Gottes Namen.«

»Guyon?«

Er schaute sie an mit einem Blick, ganz ohne Humor, dafür dunkel und grimmig. »Du hast es also schon gehört. Ich soll ins Haus Montgomery einheiraten. Es ist der Befehl des Königs, und die Mutter des Mädchens ist eine alte Bekannte meiner Familie. Meine Weigerung würde sie in tödliche Gefahr bringen, von seiten Roberts de Belleme, des neuen Earls von Shrewsbury. Wenn er es fertig bringt, seine eigene Frau in einem Verlies darben zu lassen, und wenn er es fertigbringt, seinem eigenen Pflegesohn die Augen auszustechen – was wird er sich da lange Gedanken machen, seine Schwägerin und seine Nichte den hohen, hehren Zinnen von Ravenstow zu opfern? Es geht da um Macht, Rhosyn, und du halte dich da heraus, so gut es geht. Wenn dein Vater seine Geschäfte hier in Heresford oder wo auch immer erledigt hat, dann geh nach Hause mit ihm, setz dich an den Ofen und vergiß, daß du jemals auf der anderen Seite der Grenze warst, es sei denn, du hast eine Armee zu deinem Schutz und deiner Bewachung. Robert de Belleme und seine Leuten werden die Marken für jemanden wie deinen Vater sehr bald in eine Hölle verwandeln.«

Rhosyn schauderte, wollte glauben, daß er übertreibe, doch sie versagte sich diesen Trost. Seine Zunge mochte lügen, aber der Ausdruck in seinen Augen sprach die reine Wahrheit.

»Ich rede morgen mit deinem Vater, ehe sich für uns die Wege trennen, und schärfe ihm ein, daß er nur auf unserem Land reisen und keine Abkürzungen über die Domäne von Shrewsbury machen darf.«

»Ist es wirklich so gefährlich?«

»Ja. Ich meine, was ich sage, Rhosyn. Entweder ihr

geht ins Herz von Wales und kommt nicht wieder her, oder ihr bleibt bei mir, in der Sicherheit von einem meiner Besitztümer. Eine dritte Möglichkeit gibt es nicht.«

Sie schüttelte wie betäubt den Kopf. Er berührte ihren Arm und bemerkte, wie kalt sie war, zog sie zu sich her und nahm sie in seinen Arm, dazu legte er die Decke über beide. Sie drückte sich an ihn und fühlte diese Mauer aus Muskeln, die ihr wenigstens eine Illusion von Sicherheit vermittelte.

Das also war das Ende. Sie konnte nicht auf Dauer in einer dieser großen, grimmigen Normannenburgen wohnen. Sie brauchte ihr Maß an Freiheit. Wenn er sie und ihr Kind sehen wollte, mußte er sich schon nach Wales bemühen.

»Ffarwel fy llewpart du«, murmelte sie an seinem Hals und küßte ihn, erst auf das dunkle Grübchen, dann auf die Lippen. *»R wy'n dy garu di.«*

Guyons Arme schlangen sich um sie, als ihr Kuß leidenschaftlicher wurde, und ihre Körper fingen erneut Feuer; zugleich fühlte Guyon das prickelnde Brennen unvergossener Tränen hinter den Lidern. »Ich liebe dich auch, *cariad*«, murmelte er mit belegter Stimme, und dann verfluchte er stumm den Clan der Montgomerys und wünschte sie alle in die tiefste Hölle.

Drittes Kapitel

Judith biß die Zähne zusammen und sog die Luft ein, als Agnes, die Zofe ihrer Mutter, den Elfenbeinkamm durch das hüftlange, hell bronzefarbene Haar zog und dabei auf eine bis dahin nicht entdeckte Verfilzung stieß.

»Steh still, Liebes, dann tut es nicht so weh«, sagte die Zofe, einen Hauch von Verzweiflung in der Stimme, während ihr der Schweiß über die drei wabbelnden Kinne lief. »Wir sind schon fast fertig.«

»Du sollst mich nicht wie einen Säugling behandeln!« fuhr ihr Schützling sie an. Judith trat von einem Fuß auf den anderen wie ein Pferd, das nervös unter dem Sattel zappelt. Sie hatte sich so wenig unter Gewalt, daß man befürchten konnte, sie würde weiß Gott was anstellen, wenn sie sich nicht zügelte, bevor sie ihrem zukünftigen Ehemann entgegentrat.

Judith blickte hinunter auf ihr Hochzeitskleid: ein blaßgrüner Unterrock aus Leinen, der glatt auf ihrem schlanken, fast mageren Körper lag, und ein Überrock aus einem schweren Seidendamast, der dunkler grün war als der Unterrock, dazu üppig bestickt mit Goldfäden oben am Kragen, unten am Saum und an den Ärmeln. Um die Taille trug sie einen Gürtel aus Bronzegliedern, die mit Schmucksteinen besetzt waren. Sie kam sich vor wie der Hauptgang bei einer

Mahlzeit, mit großer Mühe aufgeputzt, um anschließend verschlungen zu werden.

In ein paar Stunden würde sie in der Kapelle einem Mann das Jawort geben, den sie nie zuvor von Angesicht gesehen hatte. Sie würde ihr Heim verlassen und mit ihm gehen, sein Eigentum mit ihm teilen, wie es ihm beliebte, von ihm abends ins Bett gebracht werden und vielleicht in neun Monden sein Kind gebären. In einer Woche erst wurde sie sechzehn, und sie hatte Angst. Sie wußte, wieviel ihre Mutter hatte erdulden müssen von den Händen ihres Vaters, bevor er im September gestorben war. Das Knurren, die Flüche, die häufigen Schläge, die Prügel, wenn er betrunken war, die Verachtung, die an den Grundfesten des Vertrauens rüttelte. Ihre Mutter hatte versucht, das Schlimmste von der Tochter abzuwenden, aber Judith hatte es gewußt, hatte diese Hölle genau beobachtet und konnte den Gedanken nicht ertragen, daß dies nun auch ihr Geschick sein würde.

»Steh still, Liebes«, sagte Agnes. »Laß mich das hier in dein Haar stecken, sei ein gutes Mädchen.«

Die Finger der Zofe zupften und zerrten, während sie versuchte, die Nadel zu befestigen. Wut flammte auf in Judiths Brust, nicht nur auf Agnes, sondern auf alles. Sie hob ihre Hand und schlug die Hand von Agnes zur Seite. »Du hättest eine Schlachtersfrau werden sollen, nicht die Zofe einer Lady!« fuhr sie sie an.

Beleidigt begann Agnes sich aufzuplustern und zu gackern wie eine Henne.

Der Vorhang klickte sachte an den Ringen, und Alicia de Montgomery betrat den Raum. Ihr Gang hatte immer noch das elegante Gleiten aus ihrer Jugendzeit. Sie überblickte die Szene und die gespannte Atmosphäre, und die leichten vertikalen Falten zwischen ihren Brauen wurden deutlicher.

»Danke, Agnes, du hast Wunder vollbracht. Aus unserem Entchen ist ein Schwan geworden. Gehst du jetzt hinunter und läßt für heute abend von einem der Mädchen frische Kerzen nachstecken?«

Die Zofe wußte, wann sie überflüssig war, und sie bedauerte es nicht, gehen zu müssen. So gern sie Lady Judith mochte, war Agnes auch klar, daß sie in letzter Zeit schwer zu behandeln war, in diesem unangenehmen Stadium zwischen Kind und Frau – wobei sie die eine wie die andere Identität mit Unwohlsein betrachtete.

»Agnes ist manchmal ein alter Besen«, sagte Alicia, als die beiden Frauen allein waren, »aber trotzdem darfst du sie nicht so hart behandeln. Habe ich dir das nicht oft genug gesagt? Eines Tages wirst du genauso schlimm sein wie dein Vater.«

Judith biß sich auf die Unterlippe, hielt das Kinn hoch, um nicht zu zittern, und blinzelte heftig. »Entschuldige, Mama«, sagte sie etwas unsicher, »aber sie hat mir weh getan, und ich bin mir vorgekommen wie ein Fohlen, das für eine Pferdeschau gestriegelt wird.«

Alicias Mundwinkel zuckten. In Anwesenheit ihres Vaters, der an die Unterwerfung des Weibes geglaubt hatte, wäre sie sanft gewesen wie Butter, doch Alicia war sich voll ihres rebellischen Geistes bewußt, der unter der pflichtgebotenen Unterwürfigkeit schlummerte.

Alicia küßte ihre Tochter, strich ihr sachte übers Haar, trat dann einen Schritt zurück, schaute in die Augen ihres Kindes – und sah darin das hoffnungslose Elend eines gejagten Tiers, das schließlich in die Enge getrieben worden ist.

»Diese Heirat ist zu politischen Zwecken von Männern bestimmt worden, aber sie ist ein Segen für dich, den du vielleicht erst später verstehen wirst. Der Mann, dessen Sohn du heiraten wirst ... Ich war selbst beinahe einmal seine Braut. Und ich wünschte, ich wäre so glücklich gewesen.«

Judith schaute ihre Mutter aus großen, runden Augen an.

»Er war schon verheiratet«, sagte Alicia, wandte sich um und glättete eine Falte an ihrem Kleid. »Dein Großvater FitzOsbern hat mich ihm angeboten, als seine eigene Frau bei einem Überfall der Waliser verschleppt worden war, aber Miles ist über die Grenze gegangen und hat sie sich zurückgeholt. Dein Großvater war wütend, daß seine Pläne so durchkreuzt worden waren. Ich war glücklich für Miles – er hat Christen sehr geliebt –, aber ich habe mich danach wochenlang in den Schlaf geweint.« Sie nahm ihren Spiegel mit dem Elfenbeinrücken und schaute in das schimmernde Glas. Was sie darin sah, war nicht die schöne, reife Frau von vierundvierzig Jahren, sondern das blühende Mädchen mit fünfzehn und den dunklen, düster dreinschauenden Herrn von Milnham, der nur Augen hatte für seine flachsblonde, englische Frau.

Sie hatte sich nie erholt von diesem ersten Stich des Herzens, in ihrer frühen Mädchenzeit, der um so schlimmer wurde, als sie mit sechzehn Maurice de Montgomery heiraten mußte, einen Mann, der sie bei der kleinsten Übertretung verprügelte und gegenüber seiner jungen Frau insgesamt die Brutalität eines stinkenden, verkommenen wilden Ebers an den Tag legte.

»Ich weiß nicht sehr viel über Guyon«, sagte sie, »aber mit Miles und Christen als Vorbilder dürfte deine Ehe jedenfalls leichter zu ertragen sein als die meine.« Dazu zuckte sie mit den Schultern. »Wären die Umstände anders gewesen, dann hätte man euch Zeit gelassen, euch vor der Hochzeit kennenzulernen, aber so, wie die Sache steht, ist es besser, du hast einen starken Beschützer, wenn dein Onkel Robert kommt, um seine Grafschaft zu reklamieren. Es ist soweit – schon sammeln sich die Geier.«

Judith schaute von der Seite auf ihre Mutter, deren Ausdruck gar nichts verriet. Sie kannte die Gerüchte um Robert de Belleme. Die Mädchen erschreckten einander abends mit Schauergeschichten über seine Brutalität, und Judith verstand mehr Englisch und Walisisch, als für ein Mädchen ihrer hohen Bildung schicklich war. Sie sagten, er quäle die Menschen zum Spaß und sei ein gewissenloser Räuber und Mörder. Sie sagten auch, daß er einen gespaltenen Schweif habe und einen Pferdefuß, aber Judith glaubte den Gerüchten nicht. Was brauchte man Dinge zu erfinden, wenn die Wahrheit schon schlimm genug war?

Robert de Belleme hatte Ravenstow selbst entworfen und ihrem Vater das Geld geborgt, damit die Burg gebaut werden konnte. Ihre Familie war bis zu diesem Tag bei den de Bellemes mit mehreren hundert Silbermark verschuldet. Judith wußte, daß ihre Mutter befürchtete, er würde kommen und es zurückfordern, nachdem er selbst dem König Geld schuldete. Das war überhaupt der Grund, weshalb diese Heirat so schnell arrangiert worden war – bevor de Belleme die Gelegenheit bekam, die Hand auszustrecken, den Rest auf einmal einzustreichen oder ihnen die Daumenschrauben anzulegen.

Judith schauderte. Die Hochzeit war als kleine, private Feier geplant gewesen, mit einer bescheidenen Auswahl von Gästen und Vasallen, aber de Bellemes Bruder Arnolf von Pembroke war am vergangenen

Abend eingetroffen und mit ihm Walter de Lacey, ein mächtiger Vasall von de Belleme, Jagdgenosse ihres Vaters und früher Anwärter auf ihre Hand und den Besitz von Ravenstow. Ihre Mutter war in Verlegenheit, als sie für die beiden Plätze zum Übernachten bereitstellen und freundschaftliches Willkommen zeigen sollte, denn es schien klar, daß sie nicht als Gäste gekommen waren, die ihnen zur Hochzeit gratulieren wollten. Andererseits war es unmöglich, sie abzuweisen, und ihre Mutter hatte Mühe, die offiziell eingeladenen wie Hugh d'Avrenches, den Earl von Chester und FitzHamon, den Lord von Gloucester, standesgemäß unterzubringen.

Der Vorhang raschelte, und Agnes kam zurück, gefolgt von einem Mädchen, das einen Korb mit neuen Kerzen bei sich hatte. »Sie sind schon gesichtet worden, M'lady. Sie treffen noch diese Stunde hier ein, sagt de Bec«, verkündete Agnes und gab dann mit einem dicken, warnenden Finger ihre Befehle an das junge Mädchen weiter.

Der ganze Raum schwamm vor Judiths Augen, und die Wände schienen zusammenzurutschen, so daß sie kaum noch Luft zum Atmen hatte. Ihr war heiß, aber ihre Hände fühlten sich kalt an wie Eis. »Agnes, es tut mir leid, ich hätte dich nicht schlagen dürfen ...« Sie verstummte und streckte die Hand aus. Dann drehte sie sich rasch um und lief davon.

Alicia und Agnes riefen ihr nach, doch Judith war schon davon, rannte die gefährlichen, engen Stufen hinunter.

»Soll ich ihr nachlaufen, Mylady?«

Alicia überlegte und warf einen Blick auf den erst jetzt wieder ruhig gewordenen Vorhang. »Nein, Agnes«, sagte sie langsam. »Wir haben ihr heute ohnehin genug zugemutet. Sie soll ruhig eine Weile allein sein. Es wird ohnehin ihre letzte Chance sein.«

»Sie ist einfach noch nicht bereit«, sagte Agnes grimmig. »Man sagt, er kennt sich aus bei den Frauen vom Hof und spielt mit den Gattinnen anderer Männer.«

»Alles Gerüchte«, fuhr Alicia sie an. »Und du solltest so etwas nicht anhören, Agnes. Schau mich nicht so bedauernd an. Ich bin nicht so naiv, daß ich dem Geschwätz der Dienstboten glaube. Natürlich hat er ein paar Geliebte gehabt, aber diese Geschichten werden immer furchtbar aufgebauscht, und ich glaube ihm und seiner Herkunft mehr als dem ganzen Geschwätz aus dritter Hand. Außerdem, wie auch seine Ehe mit Judith sein wird, sie wird bestimmt nicht schlimmer als das Schicksal der Frau seines Onkels Robert oder auch der von Walter de Lacey. Also muß sie eben dazu bereit sein.« Und Alicia wandte sich von ihrer Zofe ab, auch wenn ihr Blick ihre Zuversicht Lügen strafte.

Als Judith wieder zu Sinnen kam, hatte sie Seitenstechen und lehnte sich gegen einen Felsklumpen; der Atem rasselte in ihrer Kehle, ihr Haar war zerwühlt, und ihr Kleid wies einen dunklen Fleck auf, der sich vom Saum aus nach oben ausbreitete, wo sie kopflos durch eine Pfütze im Burghof gelaufen war. Die vergoldeten Schuhe waren durchnäßt, und ihre Zehen klebten zusammen.

Der Eiswind wehte ihr um den Kopf. Judith begann zu frösteln. Ihr neuer Mantel mit dem warmen Biberpelzfutter hing an seiner Stange in der Kammer, aus der sie geflohen war, und nichts auf der Welt brachte sie dorthin zurück.

»Ich kann es nicht tun«, flüsterte sie zu sich selbst und wußte zugleich, daß es nichts als leere Worte waren. Wenn sie dieser Heirat nicht zustimmte, waren sie alle der Drohung ihres Onkels Robert ausgesetzt. Und früher oder später würde sie dann doch einem Ehevertrag unterworfen, wahrscheinlich mit Walter de Lacey. Nichts konnte schlimmer sein als das, sagte sie sich, als sie hinausstarrte über das graue, mit kleinen Wellen gekräuselte Wasser des Flusses unter der Burg.

Also Guyon FitzMiles, der Herr von Oxley und Ledworth. Sie sprach den Namen, erprobte ihn auf der Zunge und versuchte, sich den Mann vorzustellen, aber das einzige, was herauskam, war ein übelerregendes Gefühl im Magen. Was, wenn seine Zähne verfault waren und er aus dem Munde stank? Wenn er fett war, mit einer Glatze, wie Hugh, der Earl von Chester? Diese Bilder erfüllten ihre Gedanken, überfluteten sie für einen Augenblick, und sie überlegte einen wilden Moment lang, ob sie sich von einem Mauervorsprung in die Tiefe stürzen sollte wie die Gischt auf die Felsen unter ihr.

Die Vorstellung ängstigte sie, und sie zog sich vom gefährlichen Rand zurück, wobei der Wind an ihrem Haar zerrte und sie stoßweise und schluchzend atmete.

Ein dünnes, klagendes Miauen ließ sie umschauen, dann bückte sie sich zu einer golden getigerten Katze, die ihr um die Röcke strich, mit hoch erhobenem Schweif, und den runden Kopf an ihren Beinen rieb.

»Melyn!« schalt Judith, die momentan von ihrem eigenen Kummer abgelenkt war, und hob die Katze hoch. »Wo, bei allen Heiligen, bist du gewesen?«

Die Katze, die seit drei Tagen verschwunden gewesen war, schnurrte nur und schaute sie von der Seite mit schlauem Blick und katzenhafter Herablassung an.

Es war ungewöhnlich, Katzen als Haustiere zu halten. Meistens strichen sie in den Scheunen herum und wurden toleriert, weil sie die Schädlinge im Zaum hielten. Judith hatte Melyn vor zwei Jahren auf dem Hochland entdeckt, ein kleines Kätzchen mit einer schwer verletzten Pfote, und Lord Maurice war nicht zu Hause gewesen; er hätte das Tier sofort erschlagen lassen. Als er zurückkam, hatte sich Melyn bereits wieder völlig erholt, sich an das Leben im Frauengemach gewöhnt und die entsprechenden Manieren gelernt. Ihr katzeneigener Sinn für Selbsterhaltung schickte sie in ihr Versteck, wann immer Maurice in der Nähe war.

Nach seinem Tod war Melyn wie eine Königin durch ihren Herrschaftsbereich geschritten, hochmütig und unangreifbar. Ihr Verschwinden vor drei Tagen war für Judith ein schlimmes Omen gewesen. Es war, als wüßte das Tier, daß ein neuer Tyrann nach Ravenstow kam, und als ob Melyn nichts damit zu tun haben wollte ... Doch jetzt, als seine Ankunft unmittelbar bevorstand, hatte sich Melyn offenbar entschlossen, wieder aufzutauchen.

Sie starrten einander an. Dann legte Melyn plötzlich und schmerzhaft ihre Hinterbeine in Judiths Armbeuge und klammerte sich fest, bis sie auf ihrem Lieblingsplatz saß, auf der Schulter ihrer Herrin. Judith schrie auf und protestierte, ertrug aber die Unbequemlichkeit. Sie hatte nicht gewußt, wie sehr das Verschwinden der Katze an ihrem Seelenfrieden genagt hatte – bis sie es eben erst, bei ihrer Rückkehr, entdeckte.

Judith strich sich das Haar aus dem Gesicht. Melyn

stieß ein leises Knurren aus, und ihre Klauen gruben sich in den Hals ihrer Herrin. In diesem Moment kam eine zweite Katze aus dem dunklen, feuchten Gras und näherte sich ohne Hast den Pfad entlang. Ein Kater, glatt und pechschwarz, schlank und elegant.

»O Jesus!« rief Judith und wußte nicht, ob sie verärgert oder amüsiert sein sollte. Aber natürlich machte sie die Sache betroffen. Gott allein wußte, wie ihr zukünftiger Mann auf ein Zimmer voll junger Kätzchen reagieren würde. Und Gott allein wußte, wie ihr zukünftiger Mann überhaupt auf irgend etwas reagierte.

Viertes Kapitel

Guyon straffte die Zügel, und während der Herold vorausritt, um ihn formell anzukündigen, schaute er an der sandsteinweißen Burg empor, die sich hell gegen die grauen Wolken und die windgepeitschten Felsen der Anhöhe abhob.

»Ich muß verrückt sein«, murmelte er, als die Zugbrücke heruntergelassen wurde, damit er den Burggraben überqueren konnte, und dahinter die Wächter in der Torstube die schwarzen Fänge des Zuggitters zur Hölle öffneten. Guyon lief ein Schauer böser Vorahnungen über den Rücken. Ravenstow mochte eine der uneinnehmbarsten Burgen in den nördlichen Marken sein, was bei den Überfällen der Feinde durchaus erwünscht war, aber er hätte für zwei Pennys umgedreht und wäre wieder zurückgeritten. Allerdings ging es um mehr als zwei Pennys, daher zog er leicht an Arians Zügeln, und der Hengst trabte vorsichtig über die Planken. Cadi legte keine solche Zurückhaltung an den Tag, und Guyon mußte die Hündin streng zurückpfeifen.

»So schnell geht es bei den Walisern nicht«, sagte Miles, als sie zwischen der ersten Mauer und der Palisade des inneren Burghofs ritten, ehe sie durch das massive Tor kamen.

Guyon warf ein neidisches Auge auf die großartigen Verteidigungsanlagen. Wenn es nicht ausgerechnet Robert de Belleme gewesen wäre, der so eng mit der Burg in Verbindung stand, hätte er sich wenig Sorgen zu machen brauchen.

Beim Absteigen wurden sie von einem pflichtbewußten kleinen Mann in einer scharlachroten Seidenrobe in Empfang genommen, die an seinem Bauch klebte, als ob er im fünften Monat schwanger gewesen wäre. Hinter ihm stand ein größerer Graubart mit eisernen Muskeln und in voller Rüstung, dazu eine Willkommensparty, die aussah, als handelte es sich dabei um die prominenteren Angehörigen der Wache und der höheren Hausangestellten.

»Gott zum Gruße, Mylords, und seid uns willkommen«, sagte der mit dem Hängebauch und verschränkte die Hände wie ein Bittsteller. »Ich bin Richard FitzWarren, der Haushofmeister von Ravenstow, und das ist unser Burgaufseher, Michel de Bec ...«

Guyon preßte die Lippen zusammen, zwang sich aber, zuzuhören und höflich dreinzuschauen, als er einem Mitglied der Gruppe nach dem anderen vorgestellt wurde. Während er seinen Blick in der Runde schweifen ließ und ihn dann über die Männer hinaus richtete, sah er eine Frau, die vom Hauptgebäude auf sie zugeeilt kam und offensichtlich aufgeregt war. Ihr Mantel war mit Pelz besetzt, und ihr rosenfarbenes Kleid schimmerte, während sie sich bewegte. Ihre Zöpfe waren so dick wie ihr Handgelenk und pechschwarz.

»Das ist Lady Alicia«, sagte sein Vater leise und lenkte den Sohn von dem Vorstellungsmanöver ab.

»Danke, FitzWarren«, sagte sie, sobald sie angekommen war. »Ich weiß, daß Ihr Euer Bestes getan habt, aber es wäre vielleicht noch besser, wenn Ihr unsere Gäste hineinführt zu warmem Gewürzwein, statt daß sie sich hier draußen zu Tode frieren während Eurer Ansprachen.« Dann wandte sie sich Miles und Guyon zu und lächelte mit dem Mund, aber nicht mit den Augen. »Ich muß mich entschuldigen für unsere Pechsträhne. Je mehr ich mich bemühe, desto mehr Knüppel wirft man mir in den Weg. Kommt doch hinein, ich bitte Euch.«

»Ist etwas nicht so, wie es sein sollte, Mylady?« fragte Miles, denn man konnte deutlich sehen, daß ihre Gedanken mit etwas anderem beschäftigt waren, und daß es nicht nur die Kälte war, die ihr Gesicht weiß erscheinen ließ.

Alicia holte Luft, um es zu bestreiten, entschied sich dann aber anders und stieß einen entwaffnenden Seufzer aus. »Nichts von Bedeutung, Mylords. Die Gäste zanken sich, der Koch hat gerade das kochende Fett über den Küchenjungen gegossen, und das Sauerteigbrot ist verbrannt; die Mädchen kennen sich überhaupt nicht mehr aus, mein Haushofmeister läßt Euch im Eisregen stehen, wie ich selbst jetzt ebenfalls, und um dem ganzen noch die rechte Würde zu geben, hat meine Tochter es mit der Angst bekommen und ist davongerannt, der Himmel weiß, wohin. Ansonsten ist alles völlig normal, so, wie man es bei einer kurzfristig anberaumten Hochzeit erwarten kann.«

Miles unterdrückte ein Grinsen über diese sarkastische Zusammenfassung. Guyon wollte eine Frage stellen, aber die Worte wurden aus seinen Gedanken verscheucht, als sein weißer Windhund ein Freudengebell von sich gab und über den Burghof jagte, zu einem Mädchen, das versuchte, unbemerkt das Haus durch einen Seiteneingang zu betreten. Sie verlor die

Balance und setzte sich auf den schmutzigen, harten Kies. Eine Katzenpfote mit weißer Spitze wurde sichtbar. Blut war zu sehen, zusammen mit einem entsetzten Jaulen. Die Katze sprang über den Hund, entkam dadurch dem verspäteten Schnappen seiner Zähne, sauste auf das Wohngebäude zu, zwischen den Beinen eines erschreckten Wächters hindurch und in die Sicherheit der Burg.

Behindert durch ihr Kleid, hatte Judith Mühe, sich zu erheben. Ein kurzer Blick in die Runde, und sie wünschte sich, sie wäre ohnmächtig geworden. Die Diener, die auf dem Hof versammelt waren, die Wachen und die Küchenmädchen rissen die Mäuler auf und betrachteten die Szene mit unverhülltem Vergnügen. FitzWarrens Blick war eine Studie in Sachen Schock: sehenswert, wie er den Mund aufriß und ihm die Augen aus den Höhlen zu fallen drohten. Das Gesicht ihrer Mutter, als sie sich zu ihr heruntergebeugte, war hart wie Stein. Jemand kicherte. Sie schloß die Augen, merkte aber, daß die Situation damit noch nicht bereinigt war, öffnete sie wieder und sah einen gut gebauten, ergrauenden Mann in mittleren Jahren, der Alicias Arm genommen hatte, um sie für alle Fälle zu stützen.

»Ich nehme das als ein Omen. Ihr und mein Sohn werdet kämpfen wie Katze und Hund und die ganze Umgebung schockieren!« Miles lachte.

Judith schaute ihn ebenfalls mit aufgerissenem Mund an und wußte nicht, was sie erwidern sollte. Ihr Vater hätte sie in dieser Situation mit der Schließe seines Gürtels geschlagen, bis sie das Bewußtsein verloren hätte.

»Nicht mehr als du und Mama!« erwiderte ein junger Mann, der ihr liebenswürdig zu Hilfe kam und den weißen, schlanken Hund am Halsband faßte, der versuchte, seine Beute notfalls bis ins Haus zu verfolgen. »Es ist meine Schuld«, sagte er mit einem Lächeln. »Cadi ist fast noch ein Welpe und muß erst Benehmen lernen.«

Judith senkte die Lider. Der Mann war schön und unwirklich. Ein Höfling, ein goldener Ritter mit einer Stimme, so glatt wie dunkler Met. Auch ihr Onkel Robert sah gut aus und war glatt, aber verdorben bis in den Kern unter der Vergoldung. Sie zitterte, und ihre Mutter kam auf sie zu, schickte FitzWarren an seine Dienste und ihre Tochter hinauf in ihr Zimmer, wo Agnes die Schäden ihrer Flucht ausbessern sollte.

Miles lächelte tolerant über Alicias Kummer, als sie zurückkehrte in die Halle, um sich dort um die Bequemlichkeit ihrer Gäste zu kümmern. »Es ist schon jetzt eine höchst ungewöhnliche Hochzeit. Ich bin sicher, Guyons Erinnerung an seine erste Begegnung wird sich für den Rest seines Lebens in sein Gedächtnis eingebrannt haben.«

Alicia warf einen Blick über die Schulter, wo Guyon dabei war, den Hund vorläufig in die Obhut von einem seiner Knappen zu geben, dann wandte sie sich wieder an Miles. »Ich glaube, Sie lachen über mich, Mylord.«

»Ja.«

Ihre Lippen begannen zu zucken. Sie zog sie wieder gerade. »Judith ist schrecklich nervös. Heute morgen war sie noch ein Kind, heute abend wird sie eine Frau sein.«

Miles dämpfte seinen Humor. Er sah, daß Alicia sich Sorgen machte. »Guyon hat eine Schwester und Nichten und kennt sich ohne Zweifel mit Frauen aus«, sagte er.

»Das haben wir gehört«, erwiderte Alicia ein bißchen steif und zog dann die Schultern hoch. »Und das ist kein Wunder, wenn man sein prächtiges Aussehen in Betracht zieht, die gute Figur, die er bei Hofe macht.«

»Aber ich bin jetzt nicht bei Hof, Mylady«, sagte ihr Guyon ins Ohr.

Alicia wirbelte herum, unterdrückte einen Aufschrei und mußte den Hals verrenken, um ihm ins Gesicht schauen zu können. Er lächelte, aber seine Augen waren kühl.

»Macht Euch keine Sorgen. Ich verspreche, daß ich Eure Tochter stets mit vollem Respekt und vollendeter Höflichkeit behandeln werde.«

»Judith ist jung, aber sie lernt schnell und ist durchaus imstande, einen Haushalt zu führen. Wenn sie sich jetzt in einem ungünstigen Licht gezeigt hat, so kommt das vor allem daher, daß sie immer noch erschüttert ist durch den Tod ihres Vaters und diese plötzliche Veränderung ihrer Situation.«

Mit anderen Worten, dachte Guyon gequält, sie ist ein empfindsames, erschrecktes kleines Mädchen, das sehr vorsichtig und behutsam behandelt werden mußte, wenn man es aus ihrer schwierigen Lage befreien wollte.

Der Wein kam, und mit ihm Hugh d'Avrenches, der Earl von Chester, der Guyon von der Pflicht befreite, Alicia eine Antwort zu geben.

»Es wird anfangs sicher schwierig sein«, murmelte ihr Miles leise zu, während Guyon seinem Nachbarn ein Ohr lieh für das, was der Earl von Chester über die walisischen Clans dieser Region zu sagen hatte. »Bei einer vernünftigen Vereinbarung hätten wir alle die Zeit gehabt, die wir brauchten«, sagte er zu Alicia.

»Ich fürchte, dann hätte es wohl gar keine vernünftige Vereinbarung gegeben, nicht wahr?«

Miles, dem darauf keine Antwort einfiel, hob seinen Becher und trank.

Guyon betrachtete das Mädchen, an das er sich eben durch sein Gelöbnis in der eiskalten, dunklen Kapelle für den Rest seines Lebens gebunden hatte, wie lang oder kurz das auch sein mochte. Die Antworten, die sie gegeben hatte, waren schwach und zitternd gewesen, und mehr als einmal tränenerstickt.

Er war sich der Dolche in den Augen der Männer bewußt, die sich ihm in das feine, wollene Tuch seines Hochzeitsrocks bohrten. Arnolf von Pembroke hatte ihn kaum gegrüßt; Walter de Lacey war offen feindselig gewesen und hatte sich um Guyon herumgeschlichen wie ein einsamer Wolf.

Jetzt hatte sich ihm Judith gehorsam zugewendet und erwartete den traditionellen Kuß. Er schaute auf das sommersprossige, blasse Oval ihres Gesichts, das deutlich an das einer Katze erinnerte, vor allem die Augen, die sich nach oben kehrten in ihrer seltsamen Mischung aus Braun und Grau, wie dunkles Wasser.

Er küßte sie auf die Wange, wie er eine Untergebene küssen würde, kurz und unpersönlich. Ihre Haut roch leicht nach Kräuterseife, ihr Haar nach Rosmarin und Kamille, Kräutertinkturen, in denen es zur Hochzeit gewaschen worden war.

Judith schauderte bei dem leichten Kontakt, und Guyon ließ sie augenblicklich los. Sie schluckte ihre Angst hinunter und wandte sich zusammen mit ihm zu den Gästen und den Trauzeugen um, die ihnen zur Hochzeit gratulierten.

Das Ganze war ein Alptraum, den sie wie in einem Nebel erlebte. Hier und da hob sich dieser Nebel und enthüllte ein deutliches, buntes Tableau, in dessen Mitte sie stand, hilflos und erschreckt. Jetzt war sie sein Besitz, genau wie sein Pferd oder sein Hund, konnte nach seinen Wünschen gebraucht oder auch mißbraucht werden.

Der Nebel senkte sich wieder. Sie gab die erwarteten Antworten, nahm die Glückwünsche mit einem aufgesetzten Lächeln entgegen, und ihre blinden Augen sahen nicht den Blick, mit dem Walter de Lacey sie bedachte, als sie mit Guyon weiterging.

Die Gäste mischten sich in der großen Halle. Unter dem Podium tanzten sie zu Ehren des jungvermählten Paares. Guyon schaute zu, wie seine Frau nacheinander mit den Nachbarn von Ravenstow ein paar Schritte machte. Ralph von Thorneyford war einer der Lehensmänner von de Belleme, ein höchst unangenehmer, geiziger, alter Kerl mit Frettchengesicht, der nach Ansicht von Alicia nur hier war, um sich auf Kosten von jemand anders vollfressen und -saufen zu können. Da die Grenzen seines Landes mit denen von Ravenstow direkt an die walisische Grenze stießen, war es notwendig gewesen, ihn einzuladen, um ihn nicht vor den Kopf zu stoßen. Seine Frau war angeblich blöde und wurde zu Hause gelassen in der Obhut ihrer Bediensteten. Immerhin, dachte Guyon mit schiefem Lächeln, wenn Ralph von Thorneyford hier war, nur um zu essen und zu trinken und seiner Frau zu entkommen, war er ihm noch wesentlich willkommener als manche anderen, die anläßlich seiner Hochzeit seine Gastfreundschaft in Anspruch nahmen.

Während der Tanz fortschritt, fand sich Judith in den Armen von Arnolf von Pembroke. Er hatte eine Haut wie Fettstein und ähnlich abstoßende Züge. Guyon zuckte zusammen, wenn er daran dachte, daß der Mann jetzt sein angeheirateter Onkel war. Arnolf de Montgomery besaß weder das Charisma noch das Genie seines Bruders Robert; wenn überhaupt, war er auf primitive Weise bauernschlau. Da er selbst nicht in der Lage war, sich bösartige Pläne auszudenken, hängte er sich an die Schurkereien der anderen an – ein Mann, den man aus den Augenwinkeln beobachten sollte, da offene Konfrontation nicht seine Art war. Aber wie sollte man sich gleichzeitig vorne, hinten und auf beiden Seiten vorsehen?

Arnolf von Pembroke schwenkte seine Nichte in die Nähe der Stelle, wo einige Männer mit Walter de Lacey beisammenstanden. Der jüngere Mann zog sie dorthin gegen ihren Widerstand, hielt sie am Handgelenk fest und drehte sie herum. Judiths Gesicht zeigte ein starres, holzpuppenartiges Lächeln. Er legte seine Hand auf ihre Taille und flüsterte ihr etwas ins Ohr.

»In dem Kerl ist mehr Öl als in einem ganzen Olivenhain«, sagte der Earl von Chester. Guyon drehte sich um und blickte hoch. Hugh d'Avrenches, auch als ›Hugh le Gros‹ bekannt wegen seiner gewaltigen Größe und seines noch größeren Leibesumfangs, war vermutlich der häßlichste Mann, den Guyon je gesehen hatte, und selbst die lange Bekanntschaft hatte daran nichts ändern können.

Er hatte dreieckige Augen von hellem, strahlendem Blau, unter denen seine Wangen wie zwei riesige, rotgeäderte Schweinsblasen hingen. Seine Nase war eher bescheiden, aber raubvogelartig gebogen, und sein Mund war klein und weich, mit einem überraschenden, kindlichen Lächeln. Von seinen oberen Vorderzähnen fehlte einer. Er kultivierte eine fröhliche, joviale Haltung, die zu seinem wuchtigen Leib paßte, ohne daß man der Gefahr bewußt wurde, die darunter lauerte. Ein guter Freund, aber ein unversöhnlicher Gegner.

»Genug, daß er eines Tages darauf ausrutscht«, bestätigte ihm Guyon.

Hugh d'Avrenches verschränkte die Arme vor der Brust und betrachtete Guyon mit blinzelnden, aber nachdenklichen Augen. »Immerhin, ein guter Soldat. Er hat ein wichtiges Kommando geführt beim Mon-Feldzug.«

Guyons Lippen kräuselten sich. »Wenn ich mich recht erinnere, hat er sich auch mit Folterungen amüsiert und hat Mädchen vergewaltigt, die noch nicht alt genug waren, um Frauen zu sein.«

»Ach?« Der Earl zuckte mit den Schultern. »Ja, wir haben eben alle unsere kleinen Fehler, und Gefolterte singen manchmal recht schöne Lieder.«

Guyons Nasenlöcher vergrößerten sich unwillkürlich. »Ja«, sagte er tonlos.

»Ach, du mein Arsch!« Chester legte eine Hand auf Guyons Schulter. »Sohn, du bist zu pedantisch. Du kannst dir in dieser Gesellschaft nicht den Luxus von Prinzipien leisten.«

Walter de Lacey legte seine Hand auf Judiths Hüften und schwang sie herum. Das steife Lächeln auf ihrem Gesicht verschwand. »Ich weiß, Hugh«, antwortete Guyon düster. »Der da hat sich selbst um das Kind beworben, kurz bevor ihr Vater starb, so daß de Belleme den Antrag begutachten mußte.«

Chester schürzte seine weichen, kleinen Lippen. »Ach, mußte er?« sagte er interessiert und betrachtete dabei die Tanzenden. »Dann paß gut auf, denn es sieht nicht so aus, als wollte er dir den Sieg gönnen.«

Guyon wandte sich dem Paar zu und verengte die Lider. In diesem Augenblick endete die Musik, und Walter de Lacey hatte Judith hart an seine Brust gedrückt und küßte sie voll und leidenschaftlich auf den Mund, wobei er die eine Hand auf der Rundung ihrer Hinterbacken liegen hatte. Guyon murmelte einen gepreßten Fluch, drückte dem Earl seinen Becher mit Wein in die Hand und ging durch den Raum, um seine Braut zurückzuholen.

»Dieses Privileg ist mir vorbehalten«, sagte er leise zu de Lacey, als er zwischen ihn und Judith trat. »Ich will nicht, daß meine Gäste sich fragen müssen, wer denn nun wirklich der Bräutigam ist.«

De Lacey errötete wegen der Zurechtweisung und strahlte Guyon mit einem bösartigen Funkeln seiner Augen an. »Dummheiten«, sagte er und zeigte ein gepreßtes Lächeln. »Zuviel Wein. Muß mir zu Kopf gestiegen sein.«

»So sehr, daß Ihr nicht mehr wißt, was Euch gehört und was nicht?« antwortete Guyon mit ebenso falschem Lächeln. »Dann paßt gut auf, mit wem Ihr trinkt.« Dazu streckte er Judith den Arm hin.

Sie preßte die Lippen zusammen und schüttelte den Kopf. »Ich kann nicht tanzen, Mylord ... Ich – ich fürchte, mir wird übel.«

Ihr Gesicht war so grün wie das Kleid. Guyon nahm sie am Arm und führte sie hinaus aus der Halle, wobei er boshafte und besorgte Bemerkungen gleichermaßen ignorierte.

Draußen hatte es zu schneien begonnen. Judith lehnte sich gegen die Wand des Hauptgebäudes; ihr war gründlich elend, aber nicht so sehr, daß sie sich übergeben mußte. Das Gefühl von Walter de Laceys Zunge, die wie eine Schnecke ihren Mund füllte, und der widerliche Geschmack war noch immer auf ihren Lippen. Sie konnte immer noch fühlen, wie seine Hand sich in ihre Hinterbacken grub, wie sein Zeigefinger sich vorwärtstastete, wie er mit dem Unterleib gegen den ihren stieß. Es war schrecklich gewesen. Und in weniger als drei Stunden würde sie noch viel mehr und Schlimmeres in ihrem Ehebett ertragen müssen.

»Hat er dir wehgetan?«

Sie schüttelte betäubt den Kopf, unfähig, zu antworten.

»Es gibt immer Männer wie ihn«, sagte Guyon voller Verachtung. »Und natürlich sollte das eine Herausforderung für mich sein. Es tut mir leid, daß er dich als Instrument dazu ausersehen hat.«

Judith biß sich auf die Lippen und wünschte, er würde sie allein lassen. Der Schnee fiel in dicken Flokken.

»Du brauchst keine Angst zu haben vor mir, Kind«, sagte er sanft und tippte ihr mit dem Zeigefinger auf die Stirn. »Ich tue dir nichts.«

»Ich bin kein Kind!« fuhr sie ihn an, machte sich los von ihm, schloß halb die Augen und fürchtete, daß er sie schlagen würde.

»Aber du bist auch noch keine erwachsene Frau«, antwortete er, und es war keine Erwiderung, sondern eine Feststellung. »Ich weiß, daß es nicht leicht ist für dich.«

Judith biß die Zähne zusammen bei dem väterlich-herablassenden Ton. Gleich würde er ihr das Haar kraulen wie seinem Hund. »Wißt Ihr das wirklich, Mylord?« fragte sie.

»Man hat dich in eine Ehe gezwungen, die nur zum Zweck anderer Menschen geschlossen wurde, und dir einen Partner gegeben, den du noch nie im Leben gesehen hast. Wieso solltest du da nicht voller Angst und Ablehnung sein? Ich verstehe dich vielleicht besser, als du glaubst. Es ist die Bettszene, die auf dich zukommt, und vor der du Angst hast, nicht wahr?«

Judith senkte den Blick und fragte sich, wohin das alles führen mochte. Sie hatte keine Lust auf eine Lektion in Sachen Aufmunterung, auch wenn er sie ihr noch so gütig erteilte.

Guyon nahm ihr Schweigen mit gesenktem Kopf als bescheidene Zustimmung. »Das ist vor allem etwas, was aus sich selbst entstehen muß. Vergewaltigung ist nie meine Sache gewesen. Wenn ich mich mit jemandem vergnüge, dann muß es gegenseitig sein.«

Sie hob den Blick, und in ihren Augen kämpften Erleichterung und Zweifel. »Meint Ihr das wirklich und im Ernst, Mylord?«

»Ich wäre ein Narr, wenn ich es nicht meinte. Du hast als junge Frau nun genug zu tun, daß du nicht auch noch damit deinen jungen Körper belasten mußt.«

Judith wischte sich ungeduldig die Augen aus. »Ich bin nicht immer so ein nasser Fisch, Mylord«, entschuldigte sie sich. »Es ist nur, daß ich solche Angst hatte. Bevor Ihr gekommen seid, hätte ich mich fast von der Klippe gestürzt ... Und als ich Euch dann gesehen habe ...« Sie senkte den Blick. Der Schnee fiel rings um ihre Füße. »Ich habe noch mehr Angst gehabt ...«

»Aber warum?« Er schaute sie verblüfft an. »Ich habe dir doch gewiß keinen Grund gegeben.«

Judith biß sich wieder auf die Lippe. Sie konnte

nicht sagen, sie wußte jetzt, wie sich eine Blume fühlt, wenn sie plötzlich die Sonne sieht und weiß, daß sie zu heiß war, um von ihr ertragen zu werden. »Ich habe nicht gewußt, was Ihr von mir denken müßt, wenn ich so im Schmutz zu Euren Füßen liege.«

»Einzigartig«, lachte er. »Ehrlich, noch nie hat ein Mädchen versucht, auf diese Weise meine Aufmerksamkeit zu gewinnen.«

Wie auf ein Stichwort strich etwas gegen seine Beine und miaute klagend. Bevor Judith sich bücken und die Katze aufheben konnte, hatte Melyn bereits eine Entscheidung getroffen und sprang mit geübter Gewandtheit auf Guyons Schulter, hakte sich dort fest in den Stoff und sein Hemd, um nicht loslassen zu müssen. Guyon zuckte zusammen.

Judith hielt den Atem an, die Augen weit und besorgt.

»Du lebst gefährlich, Kätzchen«, sagte er zu dem Tier, machte aber keine Anstalten, um es zu entfernen, und ging zugleich die Treppe hinauf. »Deiner Herrin ist dein Leben teuer, aber ich bin nicht unbedingt von derselben Art. Kratz dich gefälligst selbst, wenn dir danach zumute ist.« Er blickte über seine Schulter auf Judith und blinzelte. Sie hatte sich bei seinem freundlichen Ton entspannt und lächelte sogar ein wenig.

»Komm«, forderte er sie nun auf, ebenfalls mit einem Lächeln. »Gehen wir hinein und sehen wir, was unsere Gäste von meinem neuen Pelzkragen halten.«

Alicia sah Guyon mit Judith an seiner Seite hereinkommen und stieß einen Seufzer der Erleichterung aus. Was immer er dort draußen zu ihr gesagt oder mit ihr getan hatte, es war das richtige gewesen. Judith war nicht mehr so steif wie zuvor, und in ihren Augen stand nicht mehr das blanke Entsetzen.

»Was, in Gottes Namen, hat Guyon auf der Schulter?« rief Miles mit lachender Stimme.

Alicia richtete den Blick darauf und stieß ein amüsiert-ärgerliches Glucksen aus. »Diese Katze weiß auch nicht, was sich gehört. Ich habe keine Ahnung, wie sie da raufgekommen ist. Normalerweise geht sie Männern aus dem Weg. Sie stoßen sie nur oder schleudern sie weg, wenn sie ihnen in die Quere kommt.«

»Also ein gutes Zeichen.« Er schaute sie von der Seite an.

»Nicht unbedingt. Ich habe gehört, daß die Frauen besonders empfänglich sind für den Charme Eures Sohnes. Und mit Melyn ist es ganz genau so, weil Katzen angeblich die Instinkte von uns Frauen haben.«

»Ihr habt vermutlich beide wenig Grund, die Männer zu mögen«, murmelte Miles mitleidig.

»Ich brauche Euer Mitleid nicht, Mylord«, erwiderte Alicia stolz. Sie hob den Kopf, und ihr Blick wanderte auf Judith, die neben Guyon stand. Ihr Haar hatte einen feurigen Schein angenommen vom Licht der Kerzen, und mit dem halben Lächeln auf dem Gesicht und ihrer stolzen Haltung sah Alicia in ihr für einen flüchtigen Augenblick das Bild von Judiths Vater. »Nein«, sagte sie noch einmal, die Stimme hart, die Lippen geschwungen zu einem geheimen Triumph, »Ihr braucht mich nicht zu bemitleiden. Ich habe meinen Augenblick des Triumphes gehabt, und er zahlt das alles aus, was Maurice mir jemals angetan hat. Meine Sorge gilt jetzt Judith. Wie ich sehe, hat sie einen Leopard am Schwanz gefangen. Jetzt ist die Frage, ob es ihr gelingt, ihn zu zähmen – oder ob sie seine Beute wird. Ich weiß, daß sie es könnte, ihr Blut diktiert ihr, stark zu sein – aber ich fürchte, sie ist zu jung für diese Herausforderung, viel zu jung.«

Miles gab auf. Sie sprach in Rätseln und verhielt sich sehr seltsam, schwankte von Unsicherheit und Trauer zu lächelndem Widerstand, und wieder zurück zur Unsicherheit in weniger Zeit als dem Flackern einer Kerze. Er wünschte, Christen oder Emma wären hier gewesen. Sie hätten gewußt, was man dazu sagen oder tun mußte, aber die erstere war ihm für alle Zeiten genommen, und die zweite war von ihrem Mann wieder einmal an den Hof gerufen worden.

»Ich hole uns Wein«, murmelte er und ging auf einen der Diener zu.

Alicia durchsuchte mit Blicken die Halle. Melyn hatte es sich auf Guyons Hals gemütlich gemacht; die Katze hatte die Augen halb geschlossen und fühlte sich völlig sicher. Guyon hatte die Hand leicht um Judiths Taille gelegt. Sie sagte etwas zu ihm. Er neigte aufmerksam den Kopf, aber sein Blick war anderswo, suchte und nahm in sich auf, versuchte, hinter der Verkleidung aus Fleisch und Knochen den Menschen zu suchen, wobei sich seine Prüfung auf Walter de Lacey und Arnolf von Pembroke konzentrierte, obwohl er Judith lächelnd antwortete. Alicia schauderte und schickte ein stummes Stoßgebet zum Himmel. Einen Leopard beim Schwanz gepackt – das war das richtige Bild.

Judith stand gehorsam still; sie hob und senkte die Arme, wie Agnes es ihr befahl, bis sie nackt war in der Brautkammer, die ihren Eltern gehört hatte. Das Bett war gelüftet und mit frischem, neuem Leinen bezogen worden. Getrocknete Kräuter, welche die Tücher parfümieren und Fruchtbarkeit bewirken sollten, waren über die Lagerstatt gestreut, und der Pfarrer hatte alle

Ecken und Enden mit Weihwasser bespritzt. Die Tröpfchen ließen sie frösteln. Agnes hielt inne mit dem Bürsten des Haars, kicherte glucksend und hängte ihr ein Nachthemd um die Schultern.

Die weiblichen Gäste, es waren ohnehin nicht viele, gackerten, huschten um sie herum und machten aus dem Brautgemach einen Hühnerstall. Judith starrte gegen die Wand und kam sich so taub und gefühllos vor wie ein Stück des Mobiliars. Jemand anders mit etwas praktischerem Geist drückte ihr einen Becher mit Nesselsalbe in die Hand, eine Linderungskrem, die benützt wurde, um nach Kindbett und anderer rauher Behandlung die Innenhaut des weiblichen Geschlechtsorgans wieder zu glätten.

»Das brauche ich nicht«, sagte sie und schaute sich überrascht um, weil alles lachte. Angst packte sie erneut, und Unsicherheit. Was, wenn Guyon sein Wort zurücknahm und sie mißbrauchte, brutal, wie ihr Vater es bei ihrer Mutter getan hatte?

Alicia versuchte, sie zu trösten, doch dann wurde der Vorhang beiseite gerissen, und der Raum war plötzlich voll von Männern, die wenigsten davon noch nüchtern, mit ihren rauhen, gemeinen und ordinären Witzen. Sie hörte nicht hin. Sie fühlte auch nicht, wie sie ihr das Nachthemd auszogen und sie auf dem Bett festhielten, wußte nichts von dem Becher gewürztem Hippokras, den sie ihr in die Hand gaben, daß sie ihn trinken sollte. Die rosa Seide der Umarmung ihrer Mutter war eine himmlische Zuflucht. Sie hängte sich verzweifelt daran, aber man riß Alicia fort, mit einem Geräusch, das sich wie ein unterdrücktes Schluchzen anhörte. Dann wich das Getöse einer allmählich einsetzenden Stille. Sie schaute mit leeren Augen gegen die Wand. Der Becher mit Hippokras zitterte in ihrer Hand.

Guyon beugte sich vor und nahm ihr sachte den Becher ab. Judith blinzelte und schaute ihn dann erst richtig an. Wie sie, war auch er nackt, sein Körper schlank, aber mit kräftigen Muskeln bepackt und von kleineren Schlachtnarben besetzt. Ihr Blick schweifte über seinen ganzen Körper und blieb dann hängen bei der lockigen Matte von schwarzem Haar und dem, was darin nistete. Er stellte den Becher neben den Topf mit Salbe, zog eine Augenbraue hoch, als er sie sah, drehte sich dann herum und ging zum Vorhang. Sie hörte ihn ein Kommando in Walisisch sprechen, dann eine Liebkosung, und ihr Interesse war erwacht.

»Cadi haßt vielleicht Katzen, aber sie ist eine hervorragende Wachhündin«, erklärte er grinsend, als er zurückkehrte zum Bett. »Nicht, daß sie jemanden beißt, aber sie begrüßt ihn mit solcher Begeisterung, daß wir vor Lauschern sicher sein können.«

Judith lächelte schwach. Ihr Blick konnte sich nicht trennen vom Schritt des Mannes. Guyon suchte die Bettkleidung, die man ihm vom Körper gerissen hatte, zog sie sich an und reichte Judith aus der Entfernung einer Armeslänge ihr Nachthemd.

Judith kämpfte sich ungeschickt hinein und hatte das Gefühl, als wären an ihren Händen nur Daumen. Guyon, der gemerkt hatte, daß seine Nähe die Ursache war für ihre Nervosität, ging zum schmalen Fensterschlitz und zog den ledernen Verschluß beiseite, um hinausschauen zu können auf einen Streifen schneeiger Dunkelheit.

»Ich habe gemeint, was ich sagte, *cath fach*«, murmelte er, ohne sich umzudrehen. »Du brauchst keine Angst zu haben vor mir.«

Die Scheite im Kamin knackten und setzten sich nach und nach. »Ich habe keine Angst«, log Judith und hielt sich das Nachthemd vorne fest.

»Nein?« Er warf ihr einen kurzen Blick über die Schulter zu.

»Ja, also – nur ein bißchen. Ich weiß, daß Mama und die anderen es gut gemeint haben, aber sie haben mich überschüttet mit guten Ratschlägen.«

»Wie diesen Topf mit Salbe«, sagte er düster, knöpfte das Leder am Fensterschlitz wieder zu und drehte sich um. Sie beobachtete ihn besorgt wie ein Hund, der sich nach Kräften bemüht, alles richtig zu machen. Das lohfarbene Haar fiel nach vorn und fing rotgoldene Lichter vom Feuer, was wirklich sehr schön aussah. Ihre Augen waren so grau und braun wie das Wasser im Burggraben. Ein Schleier honiggoldener Sommersprossen breitete sich über ihr Gesicht und den Hals aus, und plötzlich erinnerte sie Guyon für einen verschwindend kurzen Augenblick an jemand anders. Der Eindruck war jedoch zu flüchtig, um festgehalten zu werden, und als sie den Kopf bewegte, veränderte sie sich, und die vage Erinnerung war dahin.

»Mama ist erfahren mit Kräutern«, sagte sie.

»So sieht es aus«, antwortete er trocken. »Verstehst du auch etwas davon?«

»Mama hat mir alles beigebracht, was sie selbst weiß.«

Er schenkte sich Wein ein aus der Flasche, die auf der Kommode geblieben war, setzte sich auf die Bettkante und betrachtete Judith. »Wenn ich mir also den Arm aufreiße, sagen wir, mit einem Dolch, was würdest du tun?«

»Wenn Ihr Euch den Riß selbst beigebracht habt? Ich würde Euch Baldrian eingeben, um Eure verdrehten Sinne zu beruhigen!« antwortete sie schlagfertig, und als er daraufhin schwieg, befürchtete sie schon, zu weit gegangen zu sein. Das Geräusch seines wohlwollenden Lachens beruhigte sie wieder.

»Nein, beigebracht von der scharfen Zunge meines Weibes!« Er lachte. »Die, fürchte ich, so scharf ist wie ein Schwert ohne Scheide.«

Judith schaute ihn zurückhaltend an, aber sie sah nichts in seinem Gesicht, das nicht von Vergnügen sprach. »Wenn es eine tiefe Wunde wäre«, fuhr sie ernsthaft fort, »würde ich sie mit pulverisierter Schwarzwurzel bestreuen, dann nähen und schließlich mit einem Stück schimmligem Brot verbinden.«

»Mit schimmligem Brot?«

»Es ist ein Rezept, das uns von Großmama FitzOsbern überliefert ist, und es wirkt fast immer. Tiefe Wunden heilen sauber, ohne sich zu entzünden oder zu eitern.«

Guyon beobachtete sie, wie sie so ernst sprach, und hatte Mühe, selbst auch eine ernste Miene zu zeigen.

Weiter hörte er, wie man Bohnen einsalzte und Würste in der Luft trocknete, was in ein richtiges Rehragout gehörte, und wie man Gewürze einkaufte, ohne betrogen zu werden. Er hätte sich beinahe an seinem Wein verschluckt, als sie ihm allen Ernstes erklärte, wie man am besten ein Schwert schärfte.

»Hat dir deine Mutter das auch beigebracht?«

»Natürlich nicht!« erwiderte sie ein wenig ärgerlich, nachdem sie nun Vertrauen gewonnen hatte. »Das hat mir de Bec gezeigt, letzten Winter, als wir eingeschneit waren. Er hat mir auch gezeigt, wie man mit einem Dolch kämpft ... Ist Euch nicht wohl, Mylord?«

Er schüttelte den Kopf, als sie sich auf ihn zubeugte, mit besorgter Miene. »Nein, alles gut. – Zählst du das Reiten auch zu deinen vielen Talenten?« fragte er nach einem Moment, und seine Stimme klang spöttisch-bewundernd.

Judith schüttelte bedauernd den Kopf. »Nein, Mylord. Mama reist lieber mit der Sänfte, und Papa meinte, es sei Zeitverschwendung für ein Mädchen, wenn es Meisterin im Sattel wird, wo es doch zu Hause auf den Haushalt aufpassen sollte. Ich habe aber trotzdem ein bißchen was gelernt, freilich nicht genug, um auf mehr als dem gutmütigsten Tier auszureiten, aber ich bin gern bereit, es besser zu lernen.«

»Alles bestens!« Er wischte sich wieder die Augen aus. »Es gibt einige Gegenden in meinem Leben, die mit der Sänfte nicht zu bereisen sind.«

»Und Ihr wollt mich mitnehmen, Mylord?«

Er legte sich gestreckterlängs auf das Bett, knüllte das Kissen und steckte es sich hinter seinen Rücken, um höher zu liegen. »Meine Eltern sind immer gemeinsam ausgeritten, und die Leute haben sich daran gewöhnt. Außerdem«, fügte er hinzu, »gibt es nichts Besseres als den unangekündigten Besuch eines Lehensherrn, um den Fleiß der Vasallen ständig aufrechtzuerhalten.«

Judith schaute ihn etwas unbehaglich an. »Mylord, ich fürchte, ich bin dem, was Ihr mir da zumutet, nicht gewachsen.«

»Wenn du ein Schwert schärfen und mit einem Dolch umgehen kannst, dann kannst du auch alles andere tun, was ich von dir verlange.«

Sie schüttelte zweifelnd den Kopf. Sicher, sie konnte Ravenstow gut bewirtschaften. Es lief nun schon im dritten Jahr praktisch unter ihrer Herrschaft, aber weiter zu gehen und Menschen und Situationen zu meistern, die sie noch gar nicht kannte, wäre gewagt gewesen. Er hatte leicht reden. Er war ein Lord der Marken und hatte des Königs Ohr; seine Erfahrungen reichten viel weiter als die ihren.

»Vertrau nur mir«, sagte er, als er die Gedanken sah, die über ihr Gesicht zogen wie die Wirbel in einem Fluß, und küßte sie leicht auf die Wange, wie er es bei einem Kind getan hätte. Die Geste rief ihren Widerstand wach, und sie setzte sich mit zusammengepreßten Lippen auf, wütend, weil er sie so väterlich behandelte.

Dabei öffnete sich ihr Nachtgewand. Guyon warf einen Blick auf die angedeuteten Rundungen ihrer Brüste, die sich noch kaum merklich von dem mageren Brustkorb abhoben. Judith errötete, die Farbe bedeckte Gesicht und Hals, und sie nahm das Gewand rasch wieder zusammen.

Danach herrschte etwas peinliche Stille. Guyon mußte sich auf die Zunge beißen, um nicht etwas zu sagen, was sie vielleicht empörte. Er würde sehr verzweifelte Bedürfnisse haben müssen, ehe sich seine Lenden beim Anblick dieses mageren Fleisches füllten.

»Habt Ihr eine Geliebte, Mylord?«

»Was?« Wieder einmal schaute er sie mit weit aufgerissenen Augen an, völlig aus dem Gleichgewicht geworfen. »Was ist das denn für eine Frage?«

»Oh, Ihr dürft mir nicht zürnen, Mylord!« Sie streckte ihm abwehrend eine Hand entgegen. Die Finger waren lang und feingliedrig, ganz und gar nicht die Hände eines Kindes. »Ich möchte nur keine dummen und unnötigen Fehler machen. Mama hat einmal eine der Frauen meines Vaters rausgeworfen, nur weil sie nicht wußte, daß sie seine Geliebte war und daß er sie von der Küche in sein Bett erhoben hatte. Er hat Mama fast totgeprügelt, als er es erfuhr.«

»Gott im Himmel!« sagte Guyon, und seine Lippen kräuselten sich vor Entsetzen. »Dein Vater war ein

Narr, und der größte von allen Narren. Es überrascht mich, daß du und deine Mutter, mit all eurem Wissen über Kräuter, ihm nicht eines Tages das Essen mit Mönchskutte gewürzt habt.«

»Damit sich Onkel Robert anschließend um unser Wohlergehen kümmert? Wie lange, glaubt Ihr, hätten wir das überlebt?«

Guyon schüttelte den Kopf und trank den Wein aus. »Nein, *cath fach*, wenn du schon fragst, ich habe keine Geliebte. Wir haben uns im vergangenen Mond getrennt. Die Grenze ist nicht mehr sicher für sie, wenn sie mit dem Wolltransport ihres Vaters reist. Und da sie walisisch ist, wollte sie nicht auf meine Ländereien beschränkt leben.«

Judith nickte verständnisvoll. Sie hätte nie im Leben gedacht, daß Guyon ihr treu sein würde. Ihr eigener Vater war so unbekümmert gewesen in Liebesdingen wie ein Hahn im Hühnerstall, und die Freunde und Vasallen, die an seiner Tafel aßen, waren nicht anders. Diskretion war ein unbekanntes Wort. Und Dankbarkeit war ein Gefühl, das Judith nur selten entgegengebracht wurde.

»Ihr seid sehr geduldig mit mir, Mylord«, murmelte sie und senkte die Lider.

»Ich habe die Geduld mit Frauen in einer sehr harten Schule lernen müssen«, erwiderte er, und der leichte Humor war wieder in seiner Stimme. »Meine Schwester hat drei Töchter, alle drei rechte Rangen – natürlich nicht, wenn ihre Mutter dabei ist. Sie würde sie erschlagen, wenn sie auch nur die Hälfte ihrer Streiche erfahren würde.«

Judith betrachtete die dicke, weiße Kerze auf dem Kerzenhalter, schaute auf das gelbliche Flackern der Flamme. »Werdet Ihr mir von Eurer Familie erzählen,

Mylord? Die Ehe ist so schnell vereinbart worden, daß ich gar nichts über die Euren weiß.«

Guyon gab ihrem Wunsch nach. Es war ein sichereres Thema als das über seine Geliebte – das dachte er wenigstens in seiner Ahnungslosigkeit. Und es ging auch alles ganz glatt, bis er von seiner Halbschwester Emma zu sprechen begann, die einen hohen Beamten des Königs geheiratet hatte. Von da an driftete das Gespräch ab in die trüben Gewässer des Lebens bei Hof.

»De Bec sagt, daß der König ...« Judith hielt sich gerade noch zurück, um nicht wieder einen *faux pas* zu machen. ›... so verkommen ist wie ein Mohrenarsch‹ wäre nicht die geeignete Bemerkung gewesen.

»De Bec sagt, der König verbraucht in der Woche mehr Geld für Kleidung als Mama in einem ganzen Jahr«, verbesserte sich Judith und schaute ihn dabei etwas ängstlich an. Er schien nicht gemerkt zu haben, daß sie beinahe etwas anderes gesagt hätte und den Fehler eben noch korrigieren konnte, aber etwas hatte seine Lider enger werden lassen, und es entging ihr auch nicht, daß er die Zähne zusammenbiß. »Nicht unbedingt«, antwortete er nach ein paar Sekunden und lachte dann wieder. »Rufus möchte glauben, daß er mehr Geld für seine Garderobe ausgibt als jeder andere Mann, aber er wird von seiner eigenen Eitelkeit geschlagen. – Erzähl mir von de Bec«, sagte Guyon, nachdem sie das Thema der königlichen Eitelkeit zu Ende behandelt hatten. »Seit wann ist er hier auf Ravenstow?«

»Er ist hergekommen, kurz nachdem die Hauptburg gebaut wurde, ein Jahr, bevor ich geboren wurde, glaube ich. Papa war derzeit fast immer im Kampf mit den Walisern, und de Bec ist eigentlich von Mama eingestellt worden.«

»Und ist seitdem ihr Schloßvogt geblieben?«

»Soweit das möglich war. Wäre er dazwischengetreten, wenn mein Vater sie oder mich geschlagen hatte, hätte er ihn auf der Stelle entlassen, und er ist zu alt, um noch als Knappe mit seinem Schwert auf die Wanderschaft zu gehen.« Sie schaute Guyon kurz und besorgt an. »Ihr habt doch nicht die Absicht, ihn wegzuschicken, Mylord? Er ist anhänglich und treu und kennt diese Burg besser als jeder andere – ausgenommen natürlich meinen Onkel Robert.«

»Natürlich«, sagte er grimmig, und dann: »Nein, ich habe nicht die Absicht, ihn fortzuschicken, es sei denn, er widersetzt sich meinen Anordnungen. Nach siebzehn Jahren Dienst kann man jemanden nicht so leicht entlassen.« Dann lachte er, aber es klang nicht sehr amüsiert. »Aber ich bin sicher, daß ich nicht mit diesem Haushofmeister zurechtkommen werde.«

Judith warf das Haar in den Nacken. »Oh, FitzWarren ist ganz gut. Trocken wie Staub und viel zu sehr von seiner Bedeutung überzeugt, aber er ist treu und sehr tüchtig. Er kann im Nu ein Festmahl zaubern, aus nichts – ich habe es erlebt, und seine Rechnungsführung ist tadellos.«

»Das kann ich mir vorstellen. Ich frage mich nur, woher er soviel Reichtum hat, daß er sich in scharlachfarbenen Sarazenenstoff kleiden kann.«

»Es ist der Rock meines Vaters. Er hat ihn sich kurz vor seinem Tod neu machen lassen. Er und FitzWarren waren beinahe gleich groß. Mama hat ihm den Rock nach der Beerdigung geschenkt. Ihr könnt Euch morgen die Rechnungsrollen ansehen, wenn Ihr wollt ... Oh, könnt Ihr lesen und schreiben!«

»Beides. Und du?«

»Ein bißchen, Mylord.« Es war weit mehr als ein

bißchen, was sie vom Verwalter in kalten Wintertagen gelernt und selbst in freien Stunden verbessert hatte, aber sie wußte, daß die meisten Männer ihre Frauen lieber in Unwissenheit verharren ließen oder zumindest unwissender, als sie selbst waren.

»Du kannst mir die Rollen morgen nach der Jagd zeigen – ich hab' es nicht gern, wenn FitzWarren an meiner Schulter steht und beobachtet, woran sich meine Blicke hängen, auch wenn er ehrlich ist.« Er warf einen Blick auf den Fensterschlitz. »Vorausgesetzt, es gibt eine Jagd, bei dem vielen Schnee.«

Judith streckte sich und gähnte. Der Wein hatte ihr die Lider schwer gemacht, und es war außerdem schon sehr spät.

Guyon warf einen Blick auf sie. Er war der Vorstellung nicht abgeneigt, sich auch selbst schlafen zu legen, denn der Tag war lang und anstrengend gewesen, und der kommende Tag schien sich in der gleichen Weise fortzusetzen. Er beugte sich hinüber und schneuzte die Kerze, dann, in der Dunkelheit, zog er sein Nachtgewand aus. Stoff glitt seidig an der Haut entlang, als Judith ihr Nachthemd abstreifte und unter die Decke schlüpfte.

»Nos da cath fach«, sagte er liebevoll.

»Nos da fy gwr«, antwortete sie in tadellosem Walisisch.

Guyon fügte die Kenntnis der Sprache zu ihren übrigen Talenten und fragte sich, wie, in Gottes Namen, ein Mann wie Maurice FitzRoger es fertiggebracht hatte, ein solches Kind zu zeugen – eine Seidenbörse aus einem Schweineohr. Sein letzter Gedanke, ehe ihn der Schlaf überwältigte, war, daß es ja nicht unbedingt Maurice gewesen sein mußte, der sie gezeugt hatte.

Fünftes Kapitel

Judith öffnete mühsam die Augen, weil sie ein ständiges Stupsen einer kleinen, kalten Nase an ihrer Wange fühlte und dazu eine donnernde Vibration an ihrem Ohr. Achatgrüne Opalaugen blickten in die ihren und blinzelten dann langsam. Melyn schnurrte zur Begrüßung und hob den orangefarbenen Schweif hoch. Judith stöhnte und begrub das Gesicht im Kissen. Hinter ihren Augen stand ein pochender Schmerz, der davon sprach, daß sie zuviel Wein getrunken und zuwenig geschlafen hatte. Das Zimmer war von schwachem, grauem Licht erhellt, welches durch die Ränder des ledernen Verschlusses vor dem Fensterschlitz drang. Nach der Jahreszeit mußte die Stunde der ersten Messe schon vorüber sein, und das bedeutete, daß es höchste Zeit war und sie keinesfalls noch weiterschlafen konnte.

Judith stieß Melyn zur Seite, sammelte ihr auf dem Kissen ausgebreitetes, lohfarbenes Haar und setzte sich auf. Die Katze stakte quer über das Kissen zu dem auf diese Seite gekehrten, braunen Rücken, schnüffelte an dem zerwühlten, schwarzen Haar und tastete dann mit eingezogenen Krallen spielerisch auf dem Gesicht des Mannes.

»Rhosyn«, murmelte Guyon, öffnete die Augen und erhielt einen kalten, feuchten Kuß, der alle Illusionen des Traums schlagartig vertrieb. »Hölle und Teufel!« fluchte er und fuhr hoch. Die Katze, die ihren Zweck erreicht hatte, sprang gewandt auf den Boden und begann damit, Guyons Gepäck ausführlich zu inspizieren.

Ihr Vater hätte die Flasche nach Melyn geworfen, daß überall die Scherben durch die Gegend geflogen wären, dachte Judith. Guyon dagegen stieß noch ein paar Flüche aus, fuhr sich mit den Fingern durchs Haar und schaute ohne Rachegelüste auf den eleganten Körper der Katze. Judith nahm an, er litt unter denselben Beschwerden wie sie, und hielt es für das beste, ihn erst einmal in Ruhe zu lassen, bis er seine fünf Sinne beisammen hatte – nur, daß ihm dafür an diesem Morgen nicht allzu viel Zeit zur Verfügung stand.

Sie suchte ihre Nachtkleidung und zog sie an. Guyon preßte das Gesicht gegen die Hände. Taktvoll verließ Judith das Bett, hob Melyn auf und ging mit ihr zum Fensterschlitz.

»Es schneit nicht mehr, Mylord«, bemerkte sie. »Und die Wolken ziehen hoch dahin. Die Jagd kann stattfinden. Wir haben nicht mehr viel frisches Fleisch, und außerdem bewahrt es die Männer davor, im Haus Streit vom Zaun zu brechen. Letztes Jahr zu Weihnachten, als Mamas Nichte heiratete, hat es eine fürchterliche Schlägerei gegeben. Der Vetter des Bräutigams hat dabei drei Finger und ein Ohr verloren, und die Halle war vollständig verwüstet.«

Nur langsam tauchte Guyon aus den Tiefen des Schlafes auf. Er war normalerweise kein Langschläfer, aber die letzten Wochen hatten an ihm gezehrt, und das Hippokras war ein starkes Schlafmittel gewesen. »Gott steh mir bei!« sagte er mit einem müden Lächeln und streckte sich.

Judith dachte, daß sie nun eigentlich ins Bett zurückkehren konnte, obwohl sie Melyn vorsichtshalber in einiger Entfernung absetzte. »Paß heute auf Walter de Lacey auf«, warnte sie ihn. »Du solltest wissen, daß er vor Papas Tod um mich angehalten hat, und er ist einer der Freunde von Onkel Robert.«

»Ich glaube kaum, daß dein Onkel überhaupt Freunde hat«, erwiderte er und begann damit, seine Kleidung zusammenzusuchen. »Mach dir keine Sorgen, *cath fach.* Ich weiß genau, daß er einer von den *Cwmni Annwn* ist. Ich werde ihn sehr mit Vorsicht genießen.«

»Von den ...«

»Höllenhunden«, übersetzte er und steckte sein Hemd in den Bund. »Die wilde Jagd. Paßt doch vorzüglich, würdest du nicht auch sagen?«

Es war eine Art von Abwehr, diese leichtsinnige Art, darüber zu sprechen. Sein Vater hätte es sofort durchschaut und wäre ihm brüsk in die Bresche gefallen. Judith wußte nicht, welchen Kurs sie verfolgen sollte. Sie schaute zu, wie er sich ankleidete. Er legte sein Hochzeitswams zur Seite und wählte ein warmes, pelzbesetztes aus grüner, gewirkter Wolle, eine dicke Hose und feste, wadenhohe Stiefel.

Melyn sprang wieder auf das Bett. Judiths Augen richteten sich einen Moment auf die Katze, die begonnen hatte, sich auf dem weißen Laken zu putzen. Weiß wie der Schnee, der in der vergangenen Nacht gefallen war. Jungfräulich. Unbefleckt.

»Mylord!« Panik hatte ihre Stimme ergriffen. Jeden Augenblick konnten sie von ihren Gästen gestört werden, und die erste Aktion des Morgens würde es sein, daß dieses Laken herumgezeigt wurde, befleckt mit dem Beweis ihrer Jungfräulichkeit – oder deren Fehlen.

Guyon war ebenfalls erschrocken; er war gerade dabei gewesen, den Gürtel zu schließen, und drehte sich um. »Was ist?«

»Das Bett ... Das Laken. Sie werden denken, daß ich nicht mehr rein bin – oder daß du es nicht geschafft hast.«

Er schaute sie mit weit aufgerissenen Augen an.

»Es ist kein Blut da!« schrie sie ihn fast an.

Endlich kam ihm die Erleuchtung, und zugleich ein Funkeln von Vergnügen in den Augen. »Jetzt verstehe ich, was du meinst. Weißt du, ich habe nicht die Gewohnheit, Jungfrauen zu deflorieren.« Er warf ihr ein säuerliches Grinsen zu. »Möchte wissen, wofür sie sich bei ihren Vermutungen entschieden hätten.« Dann schob er Melyn zur Seite, zog sein Messer aus der Scheide, das er am Gürtel trug, schob sich den Ärmel hoch und machte einen flachen Schnitt auf der Innenseite des Unterarms. Als das Blut in einer dünnen, hellroten Linie hervortrat, schmierte er es in die Mitte des Lakens.

»Selbst verursacht«, erinnerte er sie lachend. »Also gibst du mir einen Schluck Baldrian, um meinen verwirrten Geist zu beruhigen, und einen Topf mit Honig, um ihn auf den Schlitz in meiner Haut zu schmieren.«

Judith reichte ihm den Topf mit Nesselsalbe. »Das wird reichen.«

»Es hat schon aufgehört zu bluten.« Er schob den Ärmel wieder nach unten und grinste sie an. »Ich wette, es ist nicht die letzte Wunde, die ich bei der Verteidigung der Ehre einer Frau davontrage.«

Bevor Judith entscheiden konnte, was sie darauf antworten sollte, hörte man ein warnendes Winseln vor dem Vorhang, gefolgt von einem fröhlichen Bellen und einem menschlichen Laut des Ärgers. Melyn auf dem Bett bäumte sich zur Hufeisenform auf.

Guyon zupfte an einer Strähne von Judiths Haar, zwinkerte ihr verschwörerisch zu, zog den Vorhang auf und wünschte seiner Schwiegermutter einen guten Morgen. Mit ihr war eine kleine Gruppe von Frauen gekommen, und die fette Zofe hatte eine Schüssel mit warmem, duftendem Wasser bei sich.

Cadi begrüßte ihren Herrn stürmisch und laut. Er befahl ihr, sich zu setzen, und die Hündin gehorchte, wenngleich etwas zögernd, und ihre Vorderpfoten tanzten auf dem Boden, während ihr ganzer, schlanker Körper vor Begeisterung zitterte. Alicia erwiderte die Freundlichkeiten der Hündin sehr kühl und betrat den Raum. Neben ihr kam eine andere, ältere Frau, eine Kusine, soweit er sich erinnerte, und sie hatte Mühe, sich die weißen Hundehaare vom dunkelblauen Kleid zu zupfen.

Alicia schaute erst auf das blutige Laken, dann auf ihre Tochter, die den Topf mit Salbe in der Hand hatte. Judith warf Guyon einen entrüsteten Blick zu, mußte dabei allerdings die Unterlippe mit den Zähnen festhalten, und stellte den Topf dann weg, als sei er glühend heiß. Alicias Lippen preßten sich zusammen.

Melyn, umgeben von einer Schar Fremder, die durcheinanderschrien und die Augen weit aufrissen, sprang vom Bett. Sie wurde dabei von Cadi beobachtet, die sich mit einem Bellen wilder Freude auf die Katze stürzte. Guyon stolperte gegen Alicia. Agnes stieß einen Schrei aus. Die Schüssel fiel ihr aus den Händen, und eine warme Flut taufte die beiden Frauen direkt vor ihr. Schreie und Kreischen erfüllten die Luft, vermischt mit dem Fauchen der Katze und dem hysterischen Gebell des Hundes. Melyn machte einen Satz zur Tür und kletterte an dem dicken Vorhang nach oben, wobei Cadi unten bleiben mußte und am Stoff hochzuspringen versuchte.

Guyon packte Cadi am Halsband, holte Atem, um etwas zu sagen, erkannte aber an den Basiliskenblikken, die sich auf ihn gerichtet hatten, daß es Zeitverschwendung gewesen wäre, und zog sich daraufhin hastig mit der Hündin zurück nach unten, in den sicheren Hafen einer männlichen Gesellschaft, die derzeit beim Frühstücken sitzen mußte.

Judith, Tränen des Lachens in den Augen, holte Melyn von ihrem Zufluchtsort herunter.

Das Brechen des nächtlichen Fastens war eine wenig gemütliche Angelegenheit, die zum Glück nicht allzu lange hinausgezögert wurde, da die Männer ungeduldig darauf warteten, hinauszugehen auf die Fährte des Ebers, den der Jagdmeister von Ravenstow in die Wälder auf der westlichen Seite des Besitzes getrieben hatte.

Die Braut tauchte erst auf, als sich die Männer schon ans Aufbrechen machten; sie wirkte sehr eingeschüchtert, und die Blicke, die sie auf ihren Mann warf, waren eher kurz und flüchtig. Als die Frauen kamen, um das blutige Brautlaken zu zeigen, verlor sie beinahe das Bewußtsein. Ihre schmalen Schultern hoben sich, und sie bedeckte das Gesicht mit ihrem Schleier, während sie versuchte, sich wieder zu fassen. Alicia legte schützend den Arm um ihre Tochter, und zugleich warf sie Guyon einen eiskalten, morderfüllten Blick zu.

Guyon ritt neben seinem Vater, als er sah, wie de Bec auf seinem stämmigen Braunen sich ihnen näherte. Er gab sich kühl, und seine Lippen waren zusammengepreßt, umgeben von dem ordentlich gestutzten, grauen Bart. Auch er hatte miterlebt, wie Judith in der Halle um Fassung gekämpft hatte, und war zunächst voller Beschützerzorn gewesen. Zunächst, denn während er das Brot mit dem Wein hinunterspülte, hätte er schwören können, daß Judith ihm zugeblinzelt hatte, mit einem boshaften, schelmischen Funkeln. Mädchen, die bis an den Rand der Tränen betrübt waren, blinzelten nicht mit den Augen.

»Judith sagte mir, daß Ihr sie gelehrt habt, wie man eine Klinge schärft und wie man sie nutzt«, bemerkte Guyon zu dem Burgvogt in freundlichem Ton.

De Bec rieb sich mit der Faust über den Bart. »Sie hat mich darum gebeten, also habe ich es ihr beigebracht, Mylord«, erwiderte er verteidigend. »Es ist kein Fehler, wenn man sich ein bißchen mit Waffen auskennt, besonders hier in den Grenzmarken.«

»Nein.« Guyon stimmte ihm zu, und seine Mundwinkel zuckten wegen des steinernen Ausdrucks von de Bec und der weit aufgerissenen Augen seines Vaters. »Waren ihre Eltern auch dieser Ansicht?«

»Lord Maurice hatte keine Ahnung. Lady Alicia hielt sich zurück, aber Judith war manchmal nicht ganz leicht zu zügeln, und ein bißchen freie Leine mit einer lenkenden Hand dahinter brachte sie schneller wieder zur Vernunft als Drohungen oder eine Tracht Prügel.«

»Dann waren Sie im Nebenberuf auch noch Kindermädchen«, räumte ihm Guyon freundlich ein. »Das nenne ich Pflichtbewußtsein.«

De Bec warf ihm einen zweifelnden Blick zu. »Und das ist der Wahrheit näher, als Sie vielleicht glauben«, sagte er. »Ich habe sie immerhin auf diese Welt gebracht und ihrer Mutter in die Arme gelegt, außerdem die Nabelschnur zwischen den beiden abgetrennt. Lady Judith ist einen Monat zu früh geboren, in der Hütte eines Köhlers auf halbem Weg zwischen Cannock Chase und hier, mit mir und Agnes als einzige Begleitung. Ein Glück, daß ich der Sohn eines Schäfers bin und genug Schafe gesehen habe, die ein Lamm zur Welt brachten, daß ich wußte, was zu tun war. Agnes war dabei so brauchbar wie eine kopflose Ente. Die dämliche Person konnte den Anblick von Blut nicht ertragen, also ist alles für mich übriggeblieben.« Er schniefte ein Tröpfchen von seiner Nase, und dabei schürzte er die Lippen.

»Ich glaube, seit damals fühle ich mich verantwortlich für Mistress Judith. Sie ist wie meine eigene Tochter, nur daß ich es noch nie geschafft habe, sie zu bändigen.« Sein Blick richtete sich jetzt ganz auf Guyon. »Laßt Euch bloß nicht täuschen von dem, was Ihr gestern erlebt habt. Mistress Judith kann ein wahrer Satansbraten sein. Ich rate Euch, seid ja recht sanft zu ihr, sonst wacht Ihr eines Morgens auf und sucht Eure Männlichkeit umsonst.«

»Sie ist noch Jungfrau«, sagte Guyon leise. »Es ist nicht meine Art, Kinder zu vergewaltigen. Das Blut auf dem Laken stammt von meinem Arm.«

De Bec räusperte sich. »Es wäre Euer Recht gewesen«, murmelte er in seinen Bart.

Guyon wandte den Kopf zur anderen Seite. In der Ferne kläfften die Hunde jetzt in einem anderen Ton.

»Der Eber ist aufgescheucht und auf der Flucht«, sagte Miles, der wieder näher geritten war, und riß seinen Renner herum.

Auch Guyon schwang sein Pferd in die andere Richtung.

De Bec sprach auf ihn ein, als wollte er es vor der

Jagd noch losbringen: »Haltet die Augen offen, Mylord. Ihr habt unter den Gästen mindestens soviele Feinde wie Freunde, und wenn ich sehe, wie sich Männer im Dunkeln zusammentun, wenn ich das Blitzen von Stahl sehe in der Dunkelheit, dann weiß ich, daß nichts Gutes zu erwarten steht.«

Guyon lächelte dünn, aber zugleich wußte er, daß de Bec, wenn er seinen Verdacht auf diese Weise äußerte, den neuen Herrn angenommen hatte. »Ich war nicht blind gestern abend, aber ich danke Euch für die Warnung. Je eher dieses lächerliche Schauspiel der Hochzeitsfeier vorüber ist, desto lieber ist es mir.« Dann nahm er die Zügel, gab dem rotbraunen Renner die Sporen und trieb ihn hinter den Hunden her. De Bec wendete seinen Braunen und folgte.

Der Eber, den sie verfolgten, war in Wirklichkeit eine Sau, und zwar eine Matrone von vorzüglicher Größe und Kraft, in den besten Jahren, fast zwei Hundertgewichte schwer. Sie war schon früher mit den Menschen in Berührung gekommen. Ein walisischer Wilddieb hatte es mit dem Leben bezahlen müssen, als er Frischlinge für seinen Topf jagen wollte. Die Jäger hatten sein blutiges Gebein im vergangenen Frühjahr entdeckt, als sie dabei gewesen waren, das Wild zu zählen und zu kennzeichnen. Die Sau hatte von der Begegnung eine Narbe davongetragen, wo der Eberspeer sie seitwärts getroffen hatte, und dabei einen gewaltigen Haß entwickelt gegen diese armseligen, zweibeinigen Tiere, die von Zeit zu Zeit in ihr Territorium einfielen.

Sie hielt jetzt die Stellung, mit dem Rücken zu einem überwachsenen Felsblock, und scharrte Haufen von Laub auf dem Waldboden zusammen. Ihr riesiger Schädel schwankte nach rechts und nach links, die gefährlichen Hauer drohten jeden Hund oder Menschen, ihm die Gedärme aufzuschlitzen, wenn er dumm genug war, in ihre Reichweite zu gelangen.

Guyon zügelte sein Pferd und sprang vom Sattel. Der Jagdmeister warf ihm einen Eberspeer zu, den er mitten im Flug auffing. Es war eine kräftige Waffe mit breiter Klinge und einer Querstange, die verhinderte, daß der Eber mit dem Speer im Leib auf den Jäger zustürmte und ihn zerfetzte, ehe er selbst den Geist aufgab. Schmerzen verursachten nur Zorn bei Wildschweinen, keine Angst.

Ein Hund machte einen Satz, um nach der schwarzen, mächtigen Schulter der Sau zu schnappen, trennte sich danach nicht schnell genug und wurde jaulend über die Meute der anderen Hunde hinweggeschleudert, einen weiten Riß in der Seite. Cadi bellte und schoß darauf zu. Sie war dazu dressiert, Hasen zu jagen, keine Wildschweine, aber ihre schlanke Behendigkeit verhinderte es, daß sie wie der andere Hund erwischt und getötet wurde.

Die Männer näherten sich vorsichtig der Sau, mit gezückten Speeren, die Messer lose in den Gürteln, jeden Muskel zum Sprung angespannt, denn bis zum Augenblick des Angriffs wußte keiner der Männer, wen sie als ihr Opfer ausersehen hatte.

Die Spannung stieg ins Unerträgliche. Die Sau durchharkte die Blätter mit den Vorderbeinen, rollte ihre kleinen, schwarzen Augen und schabte auf dem Boden, wobei sie die blutigen Hufe mit Erde beschmierte.

»Komm schon, Mädchen, fang schon an«, murmelte Hugh von Chester und leckte sich die Lippen. Ein anderer Mann pfiff laut, um ihre Aufmerksamkeit zu wecken, und wedelte mit dem Speer über dem

Kopf. Ralph von Thorneyford schien etwas im Schilde zu führen; an seinem Hals pochte ein Puls. Walter de Lacey, das Gesicht starr wie aus Alabaster, bewegte sich nicht, aber seine Augen richteten sich für den Bruchteil einer Sekunde auf Guyon. Guyon selbst erwiderte den Blick, die Augen dunkel wie Onyx, und duckte sich, den Speer gezückt. Dann schürzte er die Lippen und stieß ein seltsames, leises Pfeifen aus durch seine fest zusammengepreßten Zähne. Miles schaute zu ihm herüber und kam zugleich näher; er wußte, was als nächstes geschehen würde, denn es war ein alter walisischer Trick, den er selbst ihn gelehrt hatte.

Die Sau hielt zitternd inne; der riesige Kopf senkte sich, die feuchten Blätter raschelten. Ein quietschendes Knurren kam durch ihre Nüstern, und sie machte einen mächtigen Satz, direkt auf Guyon zu.

Hineingetrieben durch ihr immenses Gewicht, rammte sie sich selbst den Speer in die Brust. Guyon stemmte das Ende gegen den Waldboden, und seine Muskeln in den Unterarmen spielten und spannten sich, als er den Speer festhielt. Die Spitze hatte sich in Knochen gebohrt, und der Schaft zitterte. Guyon hörte, wie das Holz knarrte, fühlte, wie es nachgab, als die Sau den Druck verstärkte, und wußte, daß er nichts dagegen tun konnte. Der Speer zersprang. Messerscharfe Splitter schlitzten ihm die Hose auf und zogen eine blutige Linie am Oberschenkel entlang. Die Sau, die roten Schaum spie und vor Schmerzen wilde Schreie ausstieß, versuchte ihn mit den Fangzähnen aufzuspießen, während der zerbrochene Stumpf des Speers aus ihrer Brust ragte. Guyon rammte ihr die andere Hälfte des Speers in den offenen Rachen. Zugleich entstand ein feuriger Schmerz an seinem

Arm. Das Jagdmesser von Miles fand die Schlagader der Sau, während ihr de Bec mit dem Speer die Rippen eindrückte.

Danach herrschte Schweigen, das nur vom Kläffen der Hunde und dem Jaulen der getroffenen Tiere gebrochen wurde. Blut färbte die zertrampelte Erde und den Schnee. Der Jagdmeister peitschte die Hunde von der noch zuckenden Sau weg, mit grauem Gesicht. Er warf einen einzigen Blick auf de Lacey und Pembroke hinter sich, dann schaute er weg. Die beiden ignorierten ihn.

»Seid Ihr schwer verletzt?« Hugh von Chester betrachtete Guyons zerfetzten Ärmel um die mit dunklem Blut pulsierende Öffnung.

Guyon schüttelte den Kopf und lächelte zugunsten derer, die ihn nur allzu gern schwer verletzt gesehen hätten, dann drückte er den Stoff seines Umhangs dagegen, um die Blutung zu stillen.

De Bec duckte sich neben den zerbrochenen Speerschaft und prüfte die Bruchstelle. Dann zog er den Schaft heraus, erhob sich, ging zum Jagdmeister und hielt ihm den Schaft unter die Nase. Der Mann schüttelte den Kopf, und sein Gesicht war weiß wie Kalk. De Bec begann zu brüllen. Arnolf von Pembroke trat zwischen die beiden Männer. Guyon schob ihn mit der Schulter beiseite.

»Laßt das«, kommandierte er. »Es war eine schwache Stelle im Holz. Es hätte jedem von uns passieren können.«

»Eine schwache Stelle im ...«, begann de Bec wütend, sah aber den Ausdruck in Guyons Blick und stellte fest, daß der junge Lord ebenso wie er wußte, was da geschehen war, und daß es nicht mit rechten Dingen zugegangen war. »Quatsch!« spuckte er, warf den Schaft auf die Erde und ging zu seinem Pferd, wobei er Verwünschungen in seinen Bart murmelte.

»Mylord, ich habe nichts gewußt, ich schwöre es!« stotterte der Jagdmeister, und sein Adamsapfel zuckte auf und ab, als würde ihm in der nächsten Sekunde die Schlinge darum gelegt.

»Hör auf zu jammern und zu klagen und kümmere dich um die Sau!« fuhr ihn Guyon ungeduldig an, dann wandte er sich ab. Später war Zeit genug, um ihn auszuhorchen; die wilden Wälder dieser Grenzregion waren kein Platz, um einen improvisierten Gerichtshof zu halten, mit aufgewühlten Leidenschaften und voller Durst nach Blut und Vergeltung.

Miles bückte sich, hob den Schaft auf, sah, wie er gebrochen war, und verengte die Augen.

Guyon pfiff Cadi, der an seinem rechten Bein absetzte, dann schritt er über dünne Bächlein von Wildschweinblut zu seinem Pferd und stieg auf.

Judith saß in der Stube, den Rocken in der Hand, und sehnte sich danach, daß ihre Begleiterinnen sie endlich in Ruhe lassen würden. Sie hatten ihr jede Art von guten Ratschlägen angeboten, auch manche, die keineswegs gut gemeint waren, und hatten ihr so intime Fragen gestellt, daß sie erkannte, wie unschuldig sie wirklich war, und daß sie dazu nur erröten konnte und ihre Entrüstung nicht zu spielen brauchte. Die Neugier der Frauen war bodenlos, und zumindest eine von ihnen mit Verbindung zum Hof wußte Dinge über den Bräutigam, die besser ungesagt geblieben wären. Es hielt sie allerdings nicht davon ab, die Informationen mit großem Vergnügen auszubreiten. Alicia parierte frostig, Judith zog sich hinter geschlossene Lider zurück und wünschte sich die ganze gackernde Gesellschaft von dannen.

Schritte schabten vor der Kammer, und der Vorhang wurde beiseite gerissen. Die Frauen sprangen auf, erröteten und begannen schon wieder zu zwitschern angesichts des Bräutigams, dessen Ruf eben noch in so boshafter Weise befleckt worden war. Guyon betrachtete sie ohne Gunst. »Ladys«, grüßte er und schaute über sie hinweg auf Judith. Sie eilten zur Seite. Er hatte Dornen und Disteln in seinem Wams und einen Kratzer an der einen Wange. Außerdem hatte er, wie sie sofort sah, einen Riß in seiner Hose.

»Mylord?«

Er streckte die rechte Hand nach ihr aus, eine seltsame Bewegung, wo doch die Linke näher gewesen wäre. »Du mußt dir einen Kratzer genauer ansehen.«

»Euer Bein?« Sie senkte den Blick zu den Gamaschen.

»Mein Arm. Ich fürchte, du brauchst etwas von deinem schimmeligen Brot.« Er sprach so leise, daß seine Worte nicht über ihre unmittelbare Nähe hinaus getragen wurden. Die Frauen sahen nur, daß er die Hand besitzergreifend auf sie gelegt hatte, sahen die Bewegungen seiner Lippen nahe ihrem Ohr, und daß sie plötzlich weit die Augen aufgerissen hatte.

»Geht in die Bettkammer«, sagte Judith. »Ich bringe, was notwendig ist. Vermutlich wollt Ihr nicht, daß sie es erfahren.«

»Nein.«

Ihre Lippen zuckten. »Ihr bekommt allmählich einen schlechten Ruf, Mylord.«

»Nicht halb so schlecht wie ihre Gedanken«, stimmte er ihr zu, mit einem giftigen Blick auf die Frauen.

»Ist denn da ein Unterschied, Mylord?« fragte Alicia, die auf die beiden zukam, bereit zur Schlacht. Sie war wütend. Schlimm genug, daß er Judith in der vergangenen Nacht mißbraucht hatte, was sowohl das Laken als auch der Kampf ihrer Tochter mit den Tränen bewiesen hatte, aber daß er hier hereinplatzte, von der Jagd aufgewühlt, und schon wieder ihren Körper verlangte, sie als eine Hure für seine geile Lust benützte, war wirklich ekelhaft.

»Ich wäre Euch dankbar, wenn Ihr Euch auf ein Wort von Euren Pflichten befreien könntet.«

Alicia schaute ihn mit zusammengekniffenen Augen an. »Jetzt gleich, Mylord?«

»Wenn Ihr mit Judith nach oben kommen könnt, werde ich es Euch erklären.«

Ihre Augen flackerten vor Befremdung, als ihr der Grund für ihre Entrüstung buchstäblich unter den Füßen weggezogen wurde. Guyon verbeugte sich förmlich vor ihr, verabschiedete sich spöttisch vor den anderen und verließ den Raum, wobei er Judith mit sich zog. Alicia kapierte allmählich, entschuldigte sich damit, daß die Männer von der Jagd zurückgekommen seien und sie sich nach der Beute erkundigen müsse.

Judith nahm den blutgetränkten Ärmel seines linken Arms vorsichtig ab. Guyon ballte die eine Hand zur Faust und zuckte.

»Ein Eber?« Judith warf einen Blick auf die gezackte Wunde. Sie ging nicht bis zum Knochen, war aber auch nicht oberflächlich genug, um nur bandagiert werden zu können. »Das muß genäht werden.«

Er zuckte resignierend mit der Schulter. »Dann kann ich deine Fähigkeiten wenigstens gleich ganz bewundern.« Dazu zeigte er ein schwaches Grinsen, während sie ein zum Kissen zusammengelegtes Stück Leinen in einer stark duftenden Flüssigkeit, einem Sud aus Kiefernnadeln, tränkte.

»Du kannst nur beten, daß sie nicht versagen. Es ist eine böse Wunde. Wie ist das denn passiert?«

Guyon wäre beinahe umgekippt, als sie ihm das Kissen gegen den Arm drückte und dann begann, den in die Wunde eingedrungenen Schmutz zu entfernen.

Alicia kam herein und hörte, wie sich ihre Tochter atemlos entschuldigte, mit zitternder Stimme.

»Mach schon weiter!« keuchte Guyon durch die zusammengepreßten Zähne, und sein Gesicht war grau. »Wenn du jedesmal aufhörst, sobald ich zucke, sitzen wir den ganzen Tag hier, und das wäre dann wirklich den Schandmäulern Öl ins Feuer gegossen!«

Judith biß sich auf die Unterlippe. Alicia inspizierte die rohe, noch nässende Wunde. »Ihr werdet das schimmelige Brot brauchen«, sagte sie in neutralem Ton.

»Ich habe es schon, Mama.«

Alicia schaute Guyon nachdenklich an. »Ich war gerade unten in der Küche, Mylord. Sie sagen, daß der Eberspeer gebrochen ist und daß Ihr Glück hattet, mit dem Leben und ein paar Kratzern davonzukommen.«

»Es sind mehr als ein paar Kratzer, Mama!« protestierte Judith und starrte sie an.

»Das sehe ich. Aber ich wiederhole nur, was der Koch sagte, und der hatte es vom Knappen deines Onkels.«

»Sie haben beide recht«, sagte Guyon.

Die Frauen starrten ihn an. Nach der ersten, erschreckten Erklärung hatte Judith nachgedacht. Es ging Guyon nicht darum, diese Verletzung herunterzuspielen, um männlich zu erscheinen. Er wollte, daß die Wunde geheim gehalten oder zumindest als Bagatelle betrachtet wurde.

»Eberspeere zerbrechen nicht«, sagte sie. »Papa war immer sehr genau, was den Zustand des Jagdgeräts betrifft, namentlich wenn es um die Jagd auf einen Eber ging. Er hat die Speere regelmäßig überprüfen lassen.«

»Von Eurem Jagdmeister?«

Alicia langte nach einer Rolle Bandagen, während Judith eine Nadel einfädelte. »Maurice hat sich nie über Rannulf beschwert«, sagte sie zurückhaltend. »Ich kann nicht sagen, daß ich ihn gut kenne. Er ist von de Belleme zu uns gekommen, auf Roberts Empfehlung hin.«

»Wäre er bereit, zu morden, wenn man ihm genug Silber dafür gibt?«

»Das weiß ich nun wirklich nicht, Mylord. Aber wenn mein Schwager die Hand im Spiel hat, ist alles möglich.«

»Hat also jemand Rannulf Silber geboten, damit Ihr einen schlechten Speer bekommt, Mylord?« fragte Judith und brachte die Sache damit auf den Punkt.

»Wahrscheinlich. De Lacey hat gestern abend in der Halle sehr ernst auf ihn eingeredet, und de Lacey ist nicht der Mann, der sich mit Dienstboten unterhält, es sei denn zu einem ganz bestimmten Grund. Wenn ich eine Gelegenheit habe, um Rannulf zu befragen, werde ich mehr wissen, und – autsch!«

»Haltet still, Mylord, haltet still, dann tut es nicht so weh.«

»Leichter gesagt als getan. Ich glaube schon fast, dir macht das Spaß.«

Judith rümpfte die Nase. »Von wegen, Mylord. Aber so viel Geschrei für einen so ›kleinen Kratzer‹.«

»Freches Luder!« knurrte er, aber seine Augen lachten.

Verblüfft betrachtete Alicia die beiden, während sie die Packung mit dem schimmeligen Brot vorbereitete. Das war kein erschrecktes Kind mehr, das verschüchterte Blicke durch einen Nebel aus Tränen schickte, und trotz seiner Schmerzen behandelte auch er das Mädchen mit der Gelassenheit eines Mannes, der es verstand, mit Frauen umzugehen – der sie nicht wild und blöde in einem Anfall von ungebärdiger Lust deflorieren würde.

Guyon biß die Zähne zusammen und saß in stoischem Schweigen da, bis Judith und Alicia mit ihm fertig waren. Er konnte kaum etwas denken als an die Schmerzen und seine Bemühung, den Arm stillzuhalten, während er genäht und bandagiert wurde.

Judith reichte ihm eine Tasse. Er schnüffelte argwöhnisch daran. »Baldrian, Schafgarbe und Mohnsamen in Wein«, erklärte sie. Guyon kostete, schnitt eine Grimasse, stellte die Tasse ab und begann seinen Ärmel über die Bandage zu ziehen.

»Das lindert die Schmerzen.«

»Und betäubt meine Sinne«, erwiderte er.

Judith schüttelte mahnend den Kopf und suchte dann in seinem Gepäck frische Gamaschen und brachte sie, zusammen mit Salbe für sein zerkratztes Gesicht und den Oberschenkel.

»Ich habe Euch, scheint es, unterschätzt«, sagte Alicia leise.

Guyon war mit seinem Ärmel fertig. Sie schaute seine Finger an. Sie waren lang und gelenkig, und sie konnte sich kaum vorstellen, wie er damit ein Schwert schwingen konnte, wären da nicht die Schwielen an seiner rechten Handfläche gewesen, eine Erbschaft vom Krieg um die Insel Mon. Er hob den Kopf und zeigte ein überlegenes Lächeln.

»Ich hoffe, ich habe genügend Vernunft, um zu erkennen, daß Vergewaltigung nicht das beste Mittel ist, um eine Ehe zu beginnen. Ich habe sie daher nicht berührt, und ich werde sie erst berühren, wenn sie dazu bereit ist ...« Er hielt inne und schaute sich um, als sein Vater den Vorhang zur Seite schob und hereinkam.

»Der Jagdmeister ist abgehauen«, verkündete er. »Er hat de Laceys Schwarzen gestohlen und war über die Zugbrücke, ehe ihn jemand aufhalten konnte.«

»Verdammt!«

»Das ist noch nicht das Schlimmste. De Lacey ist hinter ihm her, und er hat vor, ihn zu töten. Pembroke ist in seiner Begleitung, dazu Ralph von Thorneyford. Chester hat de Bec und ein paar von der Wache genommen und ist ebenfalls hinterhergeritten, in der Hoffnung, einen Mord verhindern zu können.«

Guyon fluchte noch einmal, diesmal wesentlich heftiger, und langte nach seinem Schwertgürtel.

»Wir sehen uns unten auf dem Hof«, sagte Miles. »Die Pferdeknechte haben Rhuddem für dich gesattelt.«

Guyon hatte Mühe, den Gürtel mit seinem linken, verletzten Arm zuzuziehen. Judith kniete sich hin, um ihm zu helfen. »Habt acht, Mylord«, sagte sie besorgt. »Ich fürchte, Rannulf ist noch nicht die einzige Beute dieser Jagd.«

Er schaute hinunter auf ihr ernstes Gesicht, und mit einem schwachen, humorlosen Lächeln zupfte er sie sachte an ihrem Zopf. »Ja, nun, *cath fach*, vorgewarnt ist vorgewappnet, heißt es«, erwiderte er. »Ich verspreche dir, ich werde mein bestes tun.«

Sie ritten hart und holten de Bec und Chester kurz hinter dem Dorf ein und de Lacey auf dem Waldpfad, der etwas weiter zur Grenze nach Wales führte.

»Ich dachte, ich hätte ihn schon!« knurrte de Lacey, den Kettenhandschuh am Schenkel. »Aber der Kerl ist auf mich losgegangen. Beim Gebein unseres Erlösers, wenn ich ihn erwische, häng' ich ihn an den Eiern auf. Habt Ihr eine Ahnung, was der Hengst wert ist!«

»Trotzdem will ich ihn lebend haben«, sagte Guyon kalt.

»Gott allein weiß, wie das gehen soll«, zischte Pembroke, und seine Augen rollten hin und her wie bei der Wildsau, die sie eben erledigt hatten. »Erst dieser ›schwache‹ Speer, und jetzt auch noch Walters bester Renner. Dieser Dreckskerl hat sich doppelt schuldig gemacht.«

»Ja«, sagte Guyon und zog spöttisch die Augenbrauen hoch. »Und ich möchte mit ihm darüber reden. Ich will wissen, warum er das getan hat.«

Verärgert über die Zurechtweisung, errötete Pembroke. Ralph von Thorneyford lutschte an den Zähnen und schaute verwirrt drein. De Lacey zog sein Schwert und wendete sein Pferd, wobei er den anderen momentan den Weg blockierte.

Guyon und sein Vater tauschten beunruhigte Blicke. Miles stieg vom Pferd und verschwand im Wald, entlang dem Pfad, auf geschickten, leisen Füßen. Er hatte seine Jugendzeit in den Hügeln von Wales verbracht, und außer dem Übernatürlichen konnte er alle Wesen dieser Erde aufspüren, schon gar eine Ratte, die ihm so wie diese in die Nase stank.

»Steckt Euer Schwert in die Scheide«, sagte Guyon leise, mit ausdruckslosem Gesicht. »Rannulf wird sein Ende in Gerechtigkeit erleben, nicht heißblütig, sondern dann, wenn es an der Zeit ist.«

De Lacey beäugte ihn einen Moment lang aus zusammengekniffenen Lidern, dann zuckte er mit den Schultern, steckte das Schwert in die Scheide und sagte: »Das *ist* die Gerechtigkeit«, begleitet von einem seltsamen, falschen Lächeln.

Guyon stieg wieder auf sein Pferd. Zugleich hörte er einen warnenden Schrei und das Sirren eines Pfeils. Er warf sich flach auf den Rücken von Rhuddem. Das Pferd riß den Kopf hoch, stieß gegen Guyons Nase, der Pfeil flog an ihnen vorbei und bohrte sich in den Stamm einer Buche auf der anderen Seite des Pfads.

De Laceys Schwert kam noch einmal aus der Scheide, und er trieb seinen Hengst in den Wald. De Bec brüllte etwas und trieb ihm den Braunen hinterdrein, während Hugh von Chester seinen Renner gegen den von Pembroke rammte, um zu verhindern, daß die beiden ebenfalls an der Verfolgung teilnahmen. Zwischen den Bäumen ertönte ein Schrei.

Fluchend, die Augen voll Zornestränen, hatte Guyon die beiden umrundet und jagte hinter de Lacey her.

Er kam zu spät. Der Jagdmeister Rannulf lag auf dem Boden, ohne noch die unbelaubten Äste des Winters zu sehen. Walter de Lacey, seinen Wams blutbespritzt, stand über ihm, den Mund weißgerändert, die Augen funkelnd, und am ganzen Körper zitternd von den Nachwirkungen der Gewalttat, der Anstrengung und der noch nicht ausgekühlten Wut. Miles lehnte an einem Baumstamm und hatte die Augen geschlossen. Seine Arme waren um den Oberkörper geschlungen.

»Papa?« Ohne auf den verletzten Arm zu achten, schwang sich Guyon vom Pferd.

»Mir ist nichts geschehen«, antwortete Miles mit rauher Stimme und hob die Lider, um die Angst seines

Sohnes zu zerstreuen. »Ein bißchen außer Atem – ich bin nicht mehr so schnell wie früher, leider.« Er warf einen dunklen Blick auf de Lacey und stieß sich hoch.

Guyon betrachtete seinen Vater von allen Seiten, war beruhigt und wandte sich an den anderen Mann. »Ich sagte, ich will ihn lebendig!« fuhr er ihn an.

»Hätte ich zulassen sollen, daß er Euren Vater ersticht und dann entkommt?«

»Wenn Ihr nahe genug wart, um ihm den Kopf abzuhacken, dann hättet Ihr ihn auch mit anderen Mitteln aufhalten können. Aber Tote reden nicht, und darauf kam es Euch doch in erster Linie an, nicht wahr?«

De Laceys Schwert zuckte und funkelte mit seinem roten Rand auf Guyon, der dabei war, sein eigenes Schwert zu ziehen. Hugh von Chester, der sich rasch bewegte für einen so fetten Mann, war zwischen den beiden, mit dem Rücken zu Guyon, und funkelte den anderen mit seinem berühmten, blauen Blick an. »Sir Walter, Ihr vergeßt Euch«, sagte er kalt.

»Ich vergesse gar nichts!« spuckte de Lacey, senkte aber sein Schwert, um es an dem Toten zu reinigen, bevor er es in die Scheide rammte und sich auf den Absätzen umdrehte, wo er sich dem ihm gestohlenen Pferd zuwandte. Er strich ihm mit beiden Händen über die Läufe, um nach Anzeichen für Lahmheit zu suchen.

Guyon preßte die Lippen zusammen und schluckte; das heftige Heben und Senken seiner Brust und der schnelle Puls an seinem Hals verrieten, daß er große Mühe hatte, seine Wut zu unterdrücken.

De Lacey stieg auf den Rappen, warf noch einen letzten, bösartig funkelnden Blick auf Guyon und ritt dann hinüber, wo Pembroke auf ihn wartete.

Guyon schaute ihm nach, stieß die Luft aus und öffnete langsam die Finger, mit denen er sein Schwert umklammert hatte.

Chester beugte sich neben den Toten und zog ihm die Augenbraue hoch. »Man hat dich hierhergelockt, damit man dich töten kann, weißt du das, mein Junge?«

Guyon lachte rauh. »Ich habe es mir schon in der Burg gedacht, und es ist mir klargeworden, als wir sie eingeholt hatten. Ein Mann, dem es so sehr darauf ankommt, sein Pferd zurückzubekommen, bleibt nicht zurück, um auf uns zu warten. Hast du gesehen, wie er mir den Weg blockiert hat, damit ich ein Ziel für den Pfeil dieses blöden Kerls wurde?«

»Es ist alles schon gestern abend ausgeheckt worden«, sagte de Bec, der Rhuddem und den Grauen von Miles an den Zügeln hatte. »Jetzt bin ich ganz sicher. Wenn Ihr den Toten hier durchsucht, findet Ihr sicher das Geld, das er für seinen Betrug bekommen hat.«

Chester langte nach der Börse, die sich der Jagdmeister an den Gürtel genäht hatte, und nahm den Gürtel ab. Die kleinen Silbermünzen mit dem Kopf des Eroberers funkelten auf seiner breiten, fleischigen Hand, deutlicher Beweis für den Verrat. Dann schauten alle Guyon an. »Werdet Ihr die Sache weiter verfolgen?«

Diesmal stieg Guyon vorsichtiger vom Pferd. »Wie könnte ich? Sicher, ich weiß, das ist ein Beweis in Eurer Hand, doch er reicht nicht aus, um de Lacey zu überführen. Man könnte sagen, Rannulf hat das Geld beim Würfeln gewonnen. Und wenn es zu einer öffentlichen Anklage kommt, entscheidet man vermutlich für Gottesurteil. Mit diesem verletzten Arm möchte ich das Risiko nicht eingehen. Nein, lassen wir es vorläufig. Ein jeder von uns ...« Er brach ab und schaute auf seinen Vater, der sich am Saumzeug seines Pferdes festhielt, um nicht umzufallen. »Bist du sicher, daß es dir gut geht?«

Miles schnitt eine Grimasse. »Nur ein paar Rippen angeknackst – und mein Stolz ist verletzt. In meinen guten Tagen hätte ich Rannulf wie ein Bär von hinten umarmt, und ehe er bis drei hätte zählen können, wäre mein Dolch an seiner Kehle gewesen. Unser Fleisch wird alt, und unser Geist vergißt.« Er schüttelte bedauernd den Kopf. »De Lacey kommt aus der Sache mit einem Heiligenschein heraus, nicht wahr?«

»Einem Schein des Verrats«, verbesserte Guyon grimmig. »Wenigstens weiß ich jetzt, worauf er hinaus will.«

In der Ferne heulte ein Wolf, ein dünner, unheimlicher Schrei, eingebettet in den Nebel wie der Jagdschrei von *Cwmni Annwn*, dem Höllenhund.

Sechstes Kapitel

Alicia holte die Schwarzwurzelsalbe und einen frischen Verband und ging zu Miles, der auf dem Bett saß. Er war nackt bis zur Taille, und sie hatte gerade den viele Fuß langen Druckverband von seinem Brustkorb genommen, mit dem die gebrochenen Rippen bandagiert worden waren. Jetzt machte sie sich daran, noch einmal den bösen Kratzer an seiner linken Seite zu behandeln, den er gestern davongetragen hatte.

»Ihr und Euer Sohn – Ihr seid dabei, unsere Vorräte an Heilmitteln aufzubrauchen«, bemerkte sie, um das Schweigen zu brechen, und hob dazu den Topf mit der Salbe hoch.

»Ohne tiefere Absicht«, antwortete er bedauernd und streichelte dabei die weiße Hündin, die an seinem Knie saß. Jetzt, wo die Gäste abgereist waren – einige von ihnen gleich nach den gestrigen Ereignissen –, saßen Guyon und Judith im Schatzraum und überprüften die Rechnungsrollen, während Melyn auf Judiths Schulter saß, so daß Cadi hier keinen Platz fand.

Alicia warf ihm einen kurzen Blick zu. »Haltet das hier für mich.«

Er nahm den Topf mit der Salbe und schnüffelte an dem grünen Fett. Es roch angenehm nach Kräutern. »Es ist nur ein Kratzer, und eben die angebrochenen Rippen. Ihr braucht Euch keine solche Mühe zu machen.«

»Ihr hättet das Leben verlieren können!« Sie tauchte zwei Finger in den Topf und begann die Salbe auf seine Rippen zu schmieren. Die leichte Berührung ihrer Finger war angenehm.

»Werdet Ihr die Sache denn melden?« Ihre Stimme ging ebenso hoch wie ihre Augenbrauen. »Es geht immerhin um Mord und um zweimaligen Mordversuch.«

»Ohne Beweise. Einen Toten kann man nicht zum Sprechen bringen. Hier steht das Wort von Guyon gegen das von de Lacey, mit einer etwa gleich großen Zahl von Zeugen, die für die eine oder die andere Seite aussagen.«

»Aber ...«

»Sicher, mir gefällt es ebenso wenig wie Euch, aber uns sind die Hände gebunden. – Alicia ...«

Sie faßte um ihn herum. Er fühlte die Wärme, die von ihrem Körper ausging, roch den zarten Duft von Rosenöl. Er ließ die Bandage los, schlang seinen Arm um ihre Taille und neigte den Kopf, um sie zu küssen.

Sie schauderte. Er fühlte, wie ihr ganzer Körper zitterte, fühlte es durch ihr Kleid, ihre Unterwäsche. Sie zögerte noch einen Moment, und dann, mit einem Laut, der Lust oder Verzweiflung sein konnte, teilten sich ihre Lippen unter den seinen, ihre Arme legten sich um seinen Hals, und die Bandage fiel zu ihren Füßen auf den Boden.

Ein Impuls öffnete den Weg für ein stärkeres Verlangen. Alicia stieß einen leisen, wimmernden Seufzer aus und drückte ihre Hüften gegen ihn, gehorchte seiner Hand, als er sie über die Kurve ihrer Hinterbakken nach unten schob. Er entflocht ihre Zöpfe und fuhr mit gespreizten Fingern durch die schwarze Masse. Sie fühlte, daß er hart war und bereit, aber er schien es nicht eilig zu haben, ließ sich Zeit, um ihr Gesicht zu küssen, den Hals und die Ohrläppchen, ehe er wieder die Lippen liebkoste.

»Alicia, sag deiner Zofe, sie soll dafür sorgen, daß wir nicht gestört werden«, murmelte er mit rauher Stimme gegen ihre Schläfen.

Nur verschwommen, wie durch einen Nebel aus sexuellem Entzücken, hörte sie seine Worte. Sie brauchten einen Augenblick, um ihr Gehirn zu erreichen, aber als es soweit war, kam es ihr vor wie ein Eimer kaltes Wasser. Die Vorstellung, Agnes könnte draußen Wache halten, während sie mit einem Mann kopulierte, den sie kaum kannte, die Vorstellung, der alten Frau die Anweisung zu geben, mit aufgelöstem Haar, die Lippen geschwollen von Küssen, die Erinnerung an eine Zeit vor fast siebzehn Jahren ... Sie nahm den Arm von seinem Hals, wandte sich ab, als er sie wieder küssen wollte, und machte sich frei.

»Ich bin keine Hure«, sagte sie tonlos.

»Was?« Er suchte sie, einen Moment lang blind, und als er die Augen wieder öffnete, brauchte er einige Zeit, um sich auf sie einzustellen. »Alicia ...«

»Wenn du ein Weib zum Vergnügen brauchst, es gibt genügend Dienstboten hier im Haus, die es von Maurice gewohnt sind, die können deine Bedürfnisse befriedigen.« Sie versuchte mit ungeschickten Fingern, ihr Haar wieder zu flechten. Röte stand ihr auf dem Gesicht und auf dem Hals. Sie arbeitete wütend an ihren Zöpfen, und ihre Unterlippe zitterte dabei. Dabei konnte sie im Grunde gar nicht so hart sein mit ihm. Sie hatte es ja selbst gewollt. Seine Bitte erst hatte sie wieder zur Vernunft gebracht. Ihre Nervenenden zitterten jetzt noch. »Du hast es ausgenützt«, klagte sie ihn an und schluckte das Schluchzen hinunter.

»Ja«, sagte er schneidend. »Gib ruhig mir die Schuld, nachdem du nicht bereit bist, es dir einzugestehen, daß du es ebenso brauchst, wie ich es brauche.«

Jetzt begann Alicia zu weinen, ein tiefes Schluchzen, das ihren ganzen Körper erschütterte und zu zerreißen drohte.

»O du heiliger Christus am Kreuz!« fluchte Miles mit erschöpfter Sorge und ging auf sie zu, nicht wissend, ob er sie schelten oder trösten sollte.

Cadi jammerte und wedelte mit der Rute. Guyon kam durch den Vorhang, eine Pergamentrolle in der Hand, und seine grimmige Miene veränderte sich augenblicklich in amüsierte Überraschung. »Entschuldigung, ich wußte ja nicht ...«

»Da gibt es nichts zu wissen!« erwiderte Alicia durch ihre Tränen, raffte ihre Röcke, drängte an ihm vorbei und verließ den Raum.

Guyon schaute ihr nach, bis der Vorhang gefallen war, dann wandte er sich an seinen Vater.

»Frag mich nicht«, stöhnte Miles. »Es scheint, als ob ich einen Fehler nach dem anderen mache. Wo ist Judith?«

»Sie vereinbart mit den Köchen, was in der nächsten Zeit gegessen wird.« Er schaute seinen Vater genau an und fragte sich, wie er die Szene interpretieren sollte, die er eben miterlebt hatte.

Miles nahm die Pergamentrolle entgegen, rollte sie auf und betrachtete sie. Seine Augen waren mit dem Alter weitsichtig geworden, und obwohl er lesen konnte, gehörte das zu seinen geringeren Talenten.

»Das ist die Summe, die wir Robert de Belleme schuldig sind für die Steine, den Mörtel und die Arbeiter, die diese Burg gebaut haben.«

»Was?«

»Nach dem Dokument hat de Belleme Maurice tausend Silbermark geliehen, damit dieser dafür Männer und Material einkaufen kann. Davon stehen noch vierhundert, und wie ich de Belleme kenne, wird er die Summe sicher nicht als Hochzeitsgeschenk für seine Nichte bestimmen. Genau gesagt, liefert sie ihm den Vorwand, Ansprüche auf Ravenstow zu erheben, falls ich nicht zahlen kann. Bei Maurice machte es ihm nichts aus, er war ein Vasall, der ihm die Treue hielt, aber von mir hat er nur dann Profit, wenn ich ihn voll bezahle, und das weiß er auch.«

»Kannst du das Geld nicht aufbringen?«

Guyon war fertig damit, die Leinenbandage um Miles' Brust anzulegen, und zog sie fest. »Wahrscheinlich ja, aber es wird keine Kleinigkeit sein, und meine neuen Vasallen sind dadurch beträchtlich ärmer als noch vor ein paar Wochen, zu dem Zeitpunkt, als sie mir ihre Gefolgschaft gelobt haben.«

»Vorausgesetzt, sie sind überhaupt bereit, zu zahlen.«

Guyon lächelte dünn. »Dazu sind sie verpflichtet. Sie müssen einen Zehnten auf Judiths Hochzeit abgeben, wie es üblich ist. Ich werde ihnen den abknöpfen, wenn es morgen zur Vereidigung kommt, bevor sie sich wieder auf ihre Güter begeben.«

Miles warf einen Blick des Unbehagens auf Guyon. Er bezweifelte nicht die Fähigkeit seines Sohnes, den Vasallen den Zehnten abzuknöpfen. Was ihn dabei störte, war der Funke eines teuflischen Blickes, der gefährlich dicht unter der Oberfläche lauerte. Er hatte diesen Blick schon einmal gesehen, und damals war ihm ein Akt unüberlegten Wahnsinns gefolgt. »Guyon, was hast du vor?« fragte er scharf.

»Vorläufig nichts. Ich bin ein frischvermählter

Mann, oder hast du das vergessen? Und weil wir schon davon reden: Du hast wirklich einen hübschen Kußfleck am Hals.«

Miles lenkte die Aufmerksamkeit wieder auf das Pergament, das er immer noch in der Hand hatte, und seufzte schwer. »Wie ich schon sagte, ich mache anscheinend einen Fehler nach dem anderen.«

Siebtes Kapitel

Der Himmel hatte die Farbe einer wilden Glockenblume; seine Unendlichkeit wurde nur unterbrochen durch kleine Wolkenflöckchen, die nach Westen trieben, nach Wales, und von den Vögeln, die bei dem starken Wind Mühe hatten, die Richtung ihres Fluges einzuhalten.

Judith schnalzte ihrem braven Braunen mit der Zunge zu, und er beschleunigte den Schritt, während seine Ohren zuckten. Der Wind fauchte spielerisch um ihre Rückseiten. Judiths Umhang flatterte. Der Schleier drohte ihr davonzufliegen. Sie ließ die Zügel los, um nach den Nadeln zu tasten, die den Schleier samt der Frisur zusammenhielten, zog sie heraus und ließ dabei ihre dichten, fahlgelben Zöpfe sehen. Es war ein Zeichen des Vertrauens, wenn man sich als Reiterin sicher genug fühlte, um auf dem Pferderükken die Frisur zu reparieren.

Vor ihr, als sie das Heideland zwischen Guyons Besitztümern Oxley und Ledworth überquerten, ritten Guyons engster Vertrauter und Stellvertreter, Eric Godricson, und sechs Sergeanten, eine gleiche Zahl hinter ihnen. Ein Angriff eines Trupps von Walisern oder anderen feindlichen Gruppen war unwahrscheinlich, dennoch reiste man lieber sicher, vor allem, da Guyon unterwegs war zu weiteren Besitzungen, um dort die Abgaben einzutreiben.

Der Vorfall mit de Lacey und Arnolf de Montgomery war bereits fast in Vergessenheit geraten. Guyons Arm war rasch geheilt und hatte nur eine rosafarbene Narbe hinterlassen. Er sprach selten über die Eberjagd, obwohl gelegentlich, wenn doch die Sprache darauf kam, sein Ausdruck sie über seine Gedanken wundern ließ.

Arnolf de Montgomery hatte im Süden von Wales zu tun. De Lacey saß auf seinen Ländereien wie ein gestutzter Reiher in seinem Nest – und dennoch fühlte Judith die Nervosität von Guyon. Er war angespannt wie eine Katze auf der Jagd, immer wach, immer auf dem Sprung. Meistens behielt er es für sich, und sie hatte aufgehört, zu fragen. Ein paarmal hatte er sie angefahren, und sie war zurückgezuckt und hatte auf den Schlag gewartet, der eigentlich der Zurückweisung folgen mußte, doch er hatte nur den Blick auf die Rechnungsrollen gerichtet und weitergearbeitet. Seit damals kannte sie die Warnzeichen, und statt ihm Gesellschaft zu leisten, ging sie dann an ihre Pflichten im Haus und ließ ihn allein.

Vor einem Monat, als sich das Wetter so weit gebessert hatte, daß erste Reisen möglich wurden, waren sie die Marken hinuntergezogen zu Guyons Stammsitz in Ledworth, den er von einem beim glücklosen Sommerkrieg in Nordwales gefallenen Onkel geerbt hatte.

Es war eine imposante Burg, auf einer hohen Klippe erbaut, um die darunterliegende, wachsende Ortschaft zu beherrschen, aber auch die Handelsstraßen, die von diesem mittleren Grenzgebiet in das Herz von Wales führten. Der frühere Herr hatte die häusliche Seite der Burg vernachlässigt, nachdem seine Frau gestorben war. Die Frau des Seneschalls war alt und verkrüppelt durch versteifte Hüften, und die Mädchen hatten das ausgenützt und so gut wie gar nicht gearbeitet.

Drei Wochen benötigten Alicia und Judith, um erst einmal das Schlimmste in Ordnung zu bringen, so daß die Burg zumindest bewohnbar wurde. Besonders Alicia hatte sich in die Arbeit geworfen, die Mädchen gnadenlos angetrieben und versucht, ein normales Leben zu ermöglichen. Judith kannte ihre Mutter nicht wieder. Auch sonst hatte sie bei ihr eine bedeutende Veränderung festgestellt. Einmal hatte sie sie in Tränen aufgelöst und betend vorgefunden, wobei sie Gott um Verzeihung anflehte. Verzeihung wofür? Sie, gegen die mehr gesündigt worden war, als sie selbst jemals hätte sündigen können?

Jetzt lenkte Judith ihr Pferd mit den Knien und zog die Stirn in Falten, während sie versuchte, sich zu erinnern, wann ihr diese Veränderung erstmals aufgefallen war. Es mußte zwei Tage nach der Hochzeit gewesen sein. Alicia hatte sich zwei volle Tage mit Kopfschmerzen in ihr Zimmer zurückgezogen, sich nur von Agnes bedienen lassen und war am dritten Tag wieder aufgetaucht, eine volle Stunde zu spät, um Guyons Vater Lebewohl zu wünschen auf seiner Heimreise. Miles war, wie sie sich erinnerte, sehr betrübt gewesen über ihr Fehlen, und Agnes' steife Erklärung, die Mistress sei noch im Schlaf, klang so falsch, daß man besser nicht näher darauf einging.

»Reiter von rechts!« rief einer von der Eskorte und unterbrach ihre Gedanken.

Eric zog die Stirn in Falten. Es war nicht die Richtung, aus der sein Herr erwartet wurde, und er wurde auch noch nicht so früh erwartet. Er rieb sich den einen Nasenflügel. »Gehen wir lieber auf Sicherheit«, entschied er. »Wenn es Lord Guyon ist, wird er nichts gegen unsere Vorsicht einzuwenden haben. Ist er es aber nicht, so schulden wir niemandem irgendwelche Erklärungen. Seid Ihr zu einem Galopp bereit, Mylady?«

Judith, deren Herz schneller zu schlagen begann, hob die Schultern zu einem nonchalanten Zucken. »Wenn mein Pferd mitmacht, meinetwegen«, antwortete sie und straffte die Zügel.

»Es ist Robert de Belleme!« brüllte der Sergeant, die Stimme unsicher, aber erfüllt von Panik.

»Beim Blut Jesu Christi!« fluchte Eric. Mit den Walisern wurde er fertig, das hatte er seit seiner Jugendzeit in dieser besonderen Art von Kleinkrieg gelernt. Kleine Rebellionen waren auch kein Problem. Aber die wilde Schlauheit des gefährlichsten Mannes weit und breit, eines Earls von hohem Rang, war eine andere Sache, und mit dem kalten Schweiß von Terror und Erleichterung sah er, daß sie es schaffen würden bis zur sicheren Burg, wenn auch im letzten Augenblick.

Was sollte man tun? fragte er sich. Den Wolf in den Bau lassen, oder ihm zusehen, wie er das Maul öffnete und ganz Ledworth verschlang? Drinnen oder draußen, beide Möglichkeiten boten wenig Hoffnung.

Die Zugbrücke blieb heruntergelassen. Der feuchte Winter und der regnerische Frühling hatten das Wasser des Burggrabens anschwellen lassen, und statt des fauligen Geruchs, der einem sonst beim Überqueren entgegenschlug, glitzerte der Graben von klarem, blauem Wasser. Die Hufe trommelten auf den Planken. Judith warf einen Blick auf die glitzernden, vom Wind zerrauften Mähnen. Der Wind wehte ihr selbst das Haar ins Gesicht, und sie sah nichts als die schwer atmenden Pferde hinter sich und den soliden männlichen Schutz ihrer Eskorte.

Robert de Belleme. O Gott, was sollten sie tun?

Ihr Pferd stolperte, als sie unter dem Falltor hindurch in den Hof ritt. Ohne auf Hilfe zu warten, sprang sie vom Pferd.

Der letzte Mann donnerte in hartem Galopp über die Brücke. Die Wachen begannen die Brücke hochzuziehen, sobald er sie betreten hatte. Die Fallgitter schlossen ihr Maul mit den schwarzen Fängen. Ledworth knurrte granitene Wehrhaftigkeit gegen einen der mächtigsten Männer in Nordeuropa.

Eric spuckte aus und bekreuzigte sich dann, als er hörte, wie die Zugbrücke eins wurde mit der äußeren Mauer. »Das nennt man die Brücken hinter sich verbrennen«, sagte er grimmig. »Geht hinein, Mylady, und leistet Eurer Mutter Gesellschaft.«

Judith kaute an ihrer Lippe. Sie legte ihren Arm auf Erics Lederärmel. »Wartet«, sagte sie. »Wenn wir ihm den Eintritt verweigern, ist das eine nicht zu entschuldigende Beleidigung, und er wird uns in keiner Weise mehr entgegenkommen.«

»Aber Mistress ...«

»Ich war seine freie Beute, solange ich außerhalb der Burg gewesen bin. Hier drinnen muß er sich an die gesellschaftlichen Regeln halten. Ich weiß, weshalb er hergekommen ist. Lord Guyon erwartet ihn schon den ganzen Winter.«

Eric schaute sehr unglücklich auf die Lichtvierecke zwischen den einzelnen Zähnen des Fallgitters und die Sicherheit der soliden Eichenplanken dahinter. Von draußen drang schwach ein Ruf herein. »Mylady, ich zögere, ihn einzulassen. Lord Guyon hängt mich an den höchsten Baum in seinem Besitz, wenn etwas Ungutes dabei herauskommt.«

»Um Lord Guyon werde ich allein mir Sorgen

machen«, erwiderte sie mit mehr als nur einem Funken Mut. »Wieviele Männer hat mein Onkel bei sich ... Thierry?«

Der junge Sergeant räusperte sich. Das feste Kommando in der Stimme von Lady Judith stand in seltsamem Kontrast zu ihrem femininen Aussehen. »Etwa dreißig, grob geschätzt, M'lady«, erwiderte er und betastete das Heft seines Schwerts. Dabei wanderten seine Blicke zwischen ihr und der Zugbrücke hin und her.

»Dann laßt meinen Onkel ein, zusammen mit seinen fünf ältesten Begleitern«, befahl sie Eric. »Ihr kümmert euch um ihre Waffen und laßt die Wachen auf äußerste Bereitschaft gehen. Schickt außerdem einen Boten, der Lord Guyon finden soll, wenn es geht einen seiner Waliser; die besitzen das Talent, ungesehen vorwärtszukommen.«

Eric breitete beide Hände aus. »Und wenn Seigneur de Belleme sich weigert, die Waffen abzulegen und den Großteil seiner Männer draußen zu lassen?«

»Er wird sich nicht weigern«, sagte sie mit grimmiger Sicherheit. »Haltet sie ein bißchen hin, bis ich umgezogen bin, damit ich sie standesgemäß empfangen kann.«

»Aber Mylady ...«

Sie war schon gegangen, hob beim Laufen die Röcke, daß man ihre Fußgelenke sehen konnte. Eric schloß die Augen und schluckte, nahm dann allen Mut zusammen und gab Kommandos aus, die er am liebsten nicht gegeben hätte.

Alicia de Montgomery riß Mund und Augen auf, als ihre Tochter ihr sagte, was sie angeordnet hatte. Jetzt, nachdem sie das Reitkleid mit einer Tunika aus dunkelgoldener Wolle mit Stickereien in zwei verschiedenen Grüntönen vertauscht hatte, begann sie, sich das Haar zu bürsten.

»Du hast *was* getan?« flüsterte Alicia und hielt sich die Hand vor den Hals, als hätte man ihr bereits eine Schlinge darum gelegt. »Bist du wahnsinnig? Das ist, als ob du den Hühnerstall für den Fuchs geöffnet hättest.«

»Mama, ich bin nicht verrückt. Ich würde ihm auch lieber den Eintritt versagen. Aber zumindest bei dieser Gelegenheit kann er uns nichts Böses tun.«

Alicia seufzte und schaute Judith mit einem Gefühl aus tiefer Verzweiflung an. »Nachdem du also so töricht warst, ihm Einlaß zu gewähren, werde ich ja wohl hinuntergehen und ihn begrüßen müssen.«

»Das ist meine Verantwortung, Mama«, erwiderte Judith, und ihre achatgrünen Augen blitzten zornig. »Außerdem kennt er mich noch nicht, und es ist besser, wenn ich die Unschuld der Jugend spiele, als wenn du ihn mit deinem Haß überfällst.«

Alicia starrte ihre Tochter entgeistert an. Der Wechsel vom Kind zur Frau war durch ihre Heirat mit Guyon erheblich beschleunigt worden. Ihre Stimme hatte jetzt Kommandostärke, die gleiche Autorität wie die Stimme ihres Vaters, die viele Männer auf die Knie gezwungen hatte. Sie hatte auch seine Art geerbt, dem Gegner unerschrocken in die Augen zu schauen. Ein offenes, furchtloses Starren, Wille gegen Wille.

»Sei vorsichtig, mein Liebes«, warnte sie sie. »Schlangen beißen unerwartet.«

»Und Katzen haben Krallen«, erwiderte Judith, während sie den Kopf in den Nacken warf. Dann strafte sie ihre Selbstsicherheit Lügen, als sie sich umdrehte und ihre Mutter wild umarmte.

Robert de Belleme, der Earl of Shrewsbury, Lord von Montgomery, ältester Sohn der berüchtigten Mabel Talvas, die wegen ihrer sadistischen Greueltaten ermordet worden war, richtete seinen Blick auf die Konstruktion der großen Halle von Ledworth und überlegte sich, wie er diese Burg am besten belagern konnte. Nicht, daß er etwas Persönliches gegen Burg und Bewohner hatte – noch nicht –, er vertrieb sich auf diese Weise nur die Zeit, während er seine Gastgeberin erwartete, und man konnte nie wissen, wann solche Überlegungen einmal Früchte tragen würden.

Die Augen, die sich auf die dicke Kreuzmauer gerichtet hatten, waren ausdrucks- und beinahe auch farblos. Ein helles, seltsames, glasiges Grau, saßen sie zu beiden Seiten einer kräftigen, autokratischen Nase und unter geraden, buschigen, schwarzen Brauen. Er war achtunddreißig Jahre alt, sah aber nicht viel älter als fünfundzwanzig aus. Manche Männer behaupteten in ihrer Ignoranz, daß er seine Seele dem Teufel verkauft und zum Ausgleich ewige Jugend und Macht dafür erhalten habe. Andere, die klügeren, erklärten, er habe nie eine Seele besessen. Robert de Belleme war es völlig egal, was die Leute dachten; er verachtete ohnehin seine Mitmenschen ausnahmslos.

Ein Mädchen überquerte die Länge der Halle und kam auf den offenen Kamin zu, wo er und seine Begleiter standen und sich aufwärmten, Walter de Lacey unter ihnen. Ihr Schritt war fest und entschlossen, sie trug den Kopf hoch, und ihre Augen schlossen direkten Kontakt mit den seinen. Es war ein solcher Unterschied zu der zitterigen Furcht, die ihm meistens begegnete, daß sich sein Interesse verstärkte und er die Lider ein wenig zusammenkniff, um sie genauer zu betrachten.

»Bedaure, daß ich Euch warten lassen mußte, Mylord, aber bei den heutigen Zeiten legen wir großen Wert auf Vorsicht«, sagte Judith mit leiser, liebenswürdiger Stimme.

Er schaute hinunter auf die hell-amberfarbenen Flechten und die feinknochigen Hände, mit denen sie über die Falten ihres Kleides streifte. »Es ist in der Tat nicht leicht, Freund von Feind zu unterscheiden«, stimmte er ihr mit einem dünnlippigen Lächeln zu und hielt eine Hand unter ihr Kinn, um ihren Kopf zu seiner genaueren Betrachtung anheben zu können.

Nein, in ihrem Gesicht war nichts von seinem Halbbruder zu erkennen. Die breiten Brauen, die hohen Wangenknochen und die weich geschwungenen Lippen gehörten zu Alicia, aber die feine, schmale Nase, das kräftige Kinn mit dem leichten Grübchen und die seltsamen opal-grauen Augen waren vollkommen individuell.

»Wie schade, daß Eure Hochzeit stattfand, während ich anderweitig beschäftigt war. Ich wäre gern dabeigewesen.« Er hob sie hoch. Sie war schlank wie eine Weide, beinahe mager und mit kaum erwähnenswerter Figur. Wenn FitzMiles ihr ein Kind gemacht hatte, so konnte man das jetzt noch nicht sehen. Wahrscheinlich ein so schlechter Brutschoß wie ihre Mutter, dachte er, und das war schade. Wenn der Lord von Ravenstow plötzlich sterben würde, gingen die Ländereien der Witwe zurück an die Krone. Nicht, daß es ihm darauf ankam, da er sie Rufus zuletzt wohl doch abluchsen konnte, aber wenn FitzMiles mit einem Baby in der Wiege sterben würde, ginge der Besitz der beiden Eltern auf dieses kleine Wurm in der Wiege, und die Verwaltung eines solchen Reichtums würde demjenigen, der ihn zur Verfügung hatte, und sei es auch vorübergehend, bedeutende Macht verschaffen. Immerhin, es gab mehr als eine Möglichkeit, die Kuh zu melken.

Er umfaßte Judiths Handgelenk mit stählernem Griff und zog sie hoch. »Euer Gemahl sollte eigentlich immer hier sein und auf ein so wertvolles Stück wie Euch achtgeben«, bemerkte er, und es war als Schmeichelei gedacht. »Ist er immer so sorglos?«

Walter de Lacey kicherte. Judiths Mund war auf einmal trocken, und ihr Magen zog sich zusammen, aber sie ließ es sich nicht anmerken und zeigte eine Maske ahnungsloser Unschuld. »Er hat Geschäfte außerhalb, Mylord. Ich habe ihn nicht danach gefragt ... Möchtet Ihr warten?« Sie gab einem Diener ein Zeichen, der daraufhin mit einer Flasche und Bechern kam.

Robert de Belleme ließ ihr Armgelenk los und hockte sich auf die Kante eines niedrigen Tisches hinter sich. »Aha, die Rolle der Schloßherrin«, spottete er, als sie den Diener fortscheuchte und ihm und seinen Männern selbst einschenkte. »Wie alt seid Ihr, meine Liebe?«

»Sechzehn, Mylord.«

»Und süß wie eine reife Mispel auf dem Strauch.« Er ließ den Becher in seinen Fingern kreisen und betrachtete das verschlungene, englische Muster. »Sagt mir, Judith, hofft Euer Herr auf einen Erben vor Jahresfrist der Hochzeit?«

Die Röte lief ihr vom Hals übers Gesicht, und die Farbe stand ihr so gut zu dem hellen Haar ihrer Brauen. »Wenn Gott es so bestimmt, Mylord«, brachte sie heraus und kam sich vor, als ob seine blassen Augen sie ausgezogen hätten bis auf die Wahrheit.

»Und wenn Euer Gatte sich von der Gesellschaft

seiner walisischen Geliebten und anderer Liebschaften trennen kann«, zischte de Lacey bösartig.

Judith stellte die Flasche mit Bedacht nieder. Anjou-Wein war zu kostbar, um vergossen zu werden, und sie hatte ihn in ihren besten Kristallflakon gegossen. »Ich kümmere mich nicht um die Angelegenheiten meines Herrn«, sagte sie steinern. »Er behandelt mich gut, und ich danke Gott dafür.«

De Belleme lächelte. Er sah blanken Stahl unter der lieblichen Fassade, aber auch beherrschten Zorn. »Ich glaube, ich habe noch keine Frau gesehen, die nicht auf Guyons Charme hereinfallen würde«, sagte er leichthin.

Judith ging nicht weiter auf das Thema ein. »Soll ich die Köche auffordern, ein Festmahl herzustellen, oder ist das nur ein kurzer Besuch, um Eure Freude über meine Hochzeit auszudrücken?« Ihre Stimme klang erstickt; sie kämpfte immer noch mit ihrem Zorn.

De Belleme zuckte mit den Schultern. »Ich muß heute abend in Shrewsbury sein. Ich wollte eine geschäftliche Angelegenheit mit Eurem Mann besprechen, aber die kann warten, und inzwischen habe ich Euch ein Hochzeitsgeschenk gebracht.« Er stand kerzengerade da, drehte sich dann um und nahm das Bündel in die Hand, das auf dem Tisch hinter ihm lag.

»Norwegischer Zobel, damit Ihr Eure Mäntel auf königliche Weise schmücken könnt – oder Euer Bett«, sagte er mit einer eleganten Handbewegung und überreichte ihr die schimmernden Felle.

Der Zobel hatte noch Kopf und Läufe. Judith schluckte ihre Aversion hinunter – das Ding sah aus, als wäre es plattgewalzt worden – und dankte ihm. Es war in der Tat ein sehr kostbares Geschenk, geeignet, um den Mantel einer Königin zu zieren.

Ihr Onkel wischte den Dank mit einer Handbewegung fort. »Es ist nichts«, sagte er und meinte es auch so. Er rechnete ohnehin damit, den Pelz wieder in seinen Besitz zu bekommen. »Ist Eure Lady Mutter hier bei Euch?«

»Ja, Mylord. Sie bittet um Eure Nachsicht. Sie hat Kopfschmerzen.«

»Ich übe immer diese Wirkung auf sie aus.« Lächelnd streichelte er die Klinge seines Messers, als streichle er den Körper einer Geliebten.

Judith fröstelte und war plötzlich sehr froh, daß die Mehrzahl der Leute ihres Onkels draußen vor der Burg geblieben war.

»Hast du etwa Angst vor mir, Judith?« fragte er in sehr intimem Ton und bewunderte zugleich sein Spiegelbild in dem blanken Stahl.

»Hat sie etwa Grund dazu?« Guyons Stimme war weich, sein Auftreten wie auf Katzenpfoten.

De Belleme fuhr herum, und die Geschwindigkeit der Bewegung verriet seine Überraschung. Trotz seiner Größe und Breite bewegte sich Guyon FitzMiles lautlos wie ein Gespenst. Es war eine Eigenschaft, die den Earl außerordentlich ärgerte, denn Gott allein wußte, was der Mann auf diese Weise alles mit angehört haben konnte.

»Beim Blut des Erlösers – nein!« Er lachte und warf den Dolch de Lacey zu, dessen Gesicht schneeweiß geworden war. »Aber Ihr wißt ja, wie schnell der schlechte Ruf sich verbreitet.«

Guyon warf seinen Umhang auf den Tisch und lehnte seine Hüfte gegen das Holz. »Ist das ein gesellschaftlicher Besuch, um uns zur Hochzeit zu gratulieren, Mylord, oder habt Ihr anderen Fisch zu backen?«

»Eure Gastfreundschaft wirft mich um, mein lieber Neffe«, sagte de Belleme trocken.

»Mein Onkel hat uns als Hochzeitsgeschenk diese schönen Zobelpelze gebracht«, sagte Judith rasch, die wußte, daß Guyon, wäre er eine Katze, jetzt sein ganzes Fell gespreizt hätte. Doch sie konnten sich keine Fehde mit dem Earl von Shrewsbury leisten, um so mehr, als er ihr bisher mit ausgesuchter Höflichkeit begegnet war.

Einen Moment lang herrschte Schweigen. Judith hielt den Blick beschwörend auf Guyon gerichtet. Sie trat einen Schritt vor und nahm seinen rechten Arm, wie es eine Braut tun würde, aber in Wirklichkeit, um zu verhindern, daß er nach seinem Schwert greifen konnte. Sie wußte, sie hielt einen Leopard an der Leine, der sich jeden Moment und mit einem einzigen Satz befreien konnte.

»Ich würde dich sogar noch höher bewerten als mit Zobelpelzen, *cath fach*«, sagte er mit einem sehr angestrengten Lächeln, als er den Arm ganz um ihre Taille legte und sie leicht auf die Wange küßte. Er wußte, daß sie ihn von einem sehr gefährlichen Abgrund gerettet hatte.

Judith fühlte noch die Spannung in seinen Muskeln, aber jetzt hatte er sich unter Kontrolle. Seine Hände waren offen und nicht mehr zu Fäusten geballt.

»Zufällig habe ich anderen Fisch zu braten«, sagte de Belleme freundlich, als hätte er die Spannung zuvor gar nicht mitbekommen. »Aber es ist nichts Wichtiges. Ich schäme mich, es zu erwähnen.«

Guyon bezweifelte, daß sich der Lord von Shrewsbury jemals in seinem Leben geschämt hätte. Er zog eine Braue hoch und schaute ihn fragend an, dabei übersah er de Laceys boshaftes Grinsen. Judith neben ihm war still, aber er bemerkte, wie sie die Zähne zusammenbiß, und wußte, daß sie ebenso gut wie er ahnte, was als nächstes kommen würde.

»*Cariad*, geh und verstau dein Hochzeitsgeschenk und laß für unsere Gäste eine kleine Erfrischung vorbereiten«, murmelte er.

Judith schaute ihn scharf an. Er ließ ihre Hand los, strich mit einem Finger leicht über ihre sommersprossige Nase und lächelte. Eine charmante, leichtmütige Entlassung, aber immerhin eine Entlassung. Ihr Blick fiel auf die Zobelpelze und wandte sich dann rasch ab.

Judith verbeugte sich, was hätte sie anderes tun können, und entschuldigte sich mit ihrer Pflicht als Herrin des Hauses.

»Was sagtet Ihr vorhin?« Guyon verschränkte die Arme.

»Es geht dabei um etwas Silber, das mir mein verstorbener Bruder noch schuldet für den Bau von Ravenstow ...«, sagte der Earl von Shrewsbury und lächelte dazu wie ein Henker.

Judith war in ihrem Zimmer; sie glättete einen der Zobelpelze mit der Handfläche und betrachtete das schimmernde Fell, ohne es zu sehen, und ohne zu fühlen, welchen Luxus sie da vor sich hatte.

Sie wußte nicht, ob der Imbiß, den sie bereitet hatte, einem Earl angemessen war, aber es war das beste, was sie innerhalb so kurzer Zeit zuwegebringen konnte. Und ihr Onkel hatte sich nicht beklagt. Im Gegenteil, er hatte mit herzhaftem Appetit gegessen, was man von ihrem Gemahl nicht behaupten konnte, der dem Wein so heftig zugesprochen hatte wie die anderen dem Essen und sich innerhalb kürzester Zeit unter den Tisch zu trinken schien. Kaum ein Bissen war über seine Lippen gekommen, und immer, wenn sein Becher leer wurde, ließ er ihn sich von einem

Diener wieder bis an den Rand vollschenken. Seine Worte klangen bereits schleppend, und seine Stimme war überlaut.

Judiths Bitten an ihren Gemahl wurden schroff abgewiesen: Sie solle sich um ihre eigenen Angelegenheiten kümmern; und dazu zeigte er ihr die geballte Faust.

Tief unglücklich saß sie danach im Schlafgemach und wartete auf etwas, von dem sie nichts ahnte; dabei fragte sie sich, was im Schatzraum geschehen sein mochte, daß Guyon derart über die Stränge schlug.

Sie schuldeten ihrem Onkel eine hohe Summe Silber. Guyon hatte sicherlich schon oft darüber nachgedacht, und er war auch damit beschäftigt gewesen, aber es hatte ihn sicherlich nicht deprimiert. Sie wußte, daß er guten Wein schätzte, aber in den drei Monaten ihrer Ehe hatte sie ihn noch nie angeheitert, geschweige denn betrunken gesehen.

Draußen war ein Geräusch zu hören. Sie öffnete den Vorhang und sah Eric und einen der Sergeanten, die Guyon zwischen sich genommen hatten. Er stank nach Hippokras, stand schwankend unter der Schwelle.

»Verräter!« brüllte er, damit es alle hören konnten. »Isch bin noch nüschtern g-g-genug, um meine G-gäschte hinauszubringen auf die Sch-schtrasche ... Laßt mich los!«

Unter lautem Protest wurde er zu Bett gebracht. Judith beobachtete ihn, und die schrecklichen Erinnerungen an ihren Vater kehrten auf einen Schlag zurück.

Eric warf ihr einen Blick zu und lächelte. »Macht Euch keine Sorgen, Mistress. Der ist schneller nüchtern, als Ihr denkt«, sagte er tröstend und ließ sie dann mit ihm allein.

»Gott steh mir bei«, sagte er und schnitt eine Grimasse. »Ich stinke wie am Morgen danach in einem Puff in Rouen!« Er schleuderte die Tunika, die er sich über den Kopf gezogen hatte, quer durch den Raum und ließ sein Hemd folgen.

Immer noch an der Tür stehend, waren Judiths Augen so groß und rund wie die einer Forelle auf dem Trockenen. »Du bist ja gar nicht betrunken!« stellte sie fest.

»Stocknüchtern, *cath fach*«, erklärte er und ging mit festen Schritten zu seiner Kleidertruhe.

Sonnenlicht drang schwach durch einen offenen Sehschlitz und spielte auf den Muskeln seines Oberkörpers, während er suchte. Das Licht fiel auf die Narbe von der Eberjagd; man konnte noch die rosa Einstiche vom Nähen erkennen.

»Aber warum?« fragte sie völlig verwirrt. »Warum sollen wir alle glauben, daß du sternhagelbesoffen bist?«

»Dein Onkel soll glauben, daß ich mich in Hippokras ersäufe, weil ich verzweifelt bin über den Verlust des Silbers, das er mir abgeknöpft hat.«

»Aber ich habe gesehen, wieviel du getrunken hast!«

Guyon zeigte ihr ein Grinsen. »Einen halben Eimer voll rotgefärbten Wassers, und gerade genug Hippokras, daß meine Sachen und meine Haut danach riechen. Ist dir aufgefallen, daß Erics Diener mir eingeschenkt hat bei Tisch?« Er nahm ein Hemd und ein Wams aus grobem, fleckig gefärbtem Leinen ohne jegliche Verzierung und warf alles auf das Bett.

»Aber warum denn, in Gottes Namen, warum? Warum willst du, daß mein Onkel dich für einen Säufer hält?« Judith kam von der Tür herein in den Raum, hob die weingetränkte Tunika auf und legte sie zusammen mit dem Hemd auf den Tisch neben die Zobel.

Guyon, der dabei war, die Kniehose auszuziehen, warf ihr einen Blick von unten herauf zu. »Er hat mein Silber. Ich bin jetzt völlig mittellos, wie jeder weiß, und ich werde in meiner Trunkenheit mindestens den nächsten vollen Tag im Bett zubringen.«

»Was hast du vor?« fragte Judith und schaute wieder entsetzt drein. »Und warum ziehst du diese ekelhaften Fetzen an?«

»Eine Übung in Heimlichkeit, *cath fach*. Je weniger du davon weißt, desto besser.«

Ihre Augen blitzen. »Ich bin ja nicht blöd!«

»Nein«, stimmte er ihr zu. »Du bist sogar sehr schlau. Aber schau mich nicht so düster an. Ich habe es als ein Kompliment gemeint. Es ist sehr schwer, dich auf längere Zeit hinters Licht zu führen, ganz gleich, worum es geht.«

»Zum Beispiel deine walisische Geliebte und die anderen, mit denen du dich rumtreibst?« fuhr sie ihn an, dann preßte sie die Hand vor den Mund und fragte sich, was, um alles in der Welt, sie dazu gebracht hatte, de Lacey zu zitieren, in dieser anklagenden Weise.

Er hielt ihrem Blick stand. »Wenn ich in der letzten Zeit über die Grenze gegangen bin, dann aus anderen Gründen und gewiß nicht zu meinem Vergnügen.«

Judith senkte die Augen. Die Hitze des Errötens wärmte ihr Gesicht. »Ich war nur töricht«, sagte sie steif. »Es tut mir leid, Mylord.«

Sie nahm einen der Zobel und rieb sich das kühle Fell an ihre heißen Wangen. »Warum wart Ihr so wütend, als Ihr vorhin angekommen seid, Mylord?« fragte sie und betrachtete dabei den Pelz.

Guyon schloß die Schließe seines Gürtels und zog

einen Moment lang die Stirn in Falten, als wüßte er nicht, ob er ihr darauf antworten sollte. Dann zuckte er mit den Schultern und begann zu berichten. »Ich bin vor zwei Tagen einem Handelszug nach Shrewsbury begegnet. Der Händler, Huw ap Sior, war ein angenehmer, freundlicher Mann. Ich habe schon oft mit ihm Handel getrieben, und mein Vater auch. Wenn er einen Fehler hatte, dann den, daß er einem Esel die Hinterbeine abschwatzen konnte, und wenn es um seinen Vorteil ging, vergaß er jede Gefahr ... Sie haben ihn heute morgen tot in einem Straßengraben gefunden, erdrosselt mit den Bandagen seiner eigenen Hose, die Glieder abgetrennt – und natürlich keine Spur seiner Ware. Ich glaube, der Sheriff hält Huws Diener für die Tat verantwortlich, weil der Bursche sich in Luft aufgelöst hat, und da der Sheriff von de Belleme bezahlt wird, sucht er sich einfach den nächstbesten Sündenbock.« Er zog scharf die Luft ein, um seinen aufsteigenden Zorn und seinen Widerwillen zu dämpfen.

»Huw wußte, daß es derzeit wichtige Männer in Shrewsbury gibt. Er nahm einen Ballen Seide und den norwegischen Zobelpelz mit, um beides dort zu verkaufen – aber der arme Teufel ist nie dort angekommen. Schau den Stoff an, in den dein Hochzeitsgeschenk eingewickelt ist. Glaubst du, die braunen Flekken sind Staub von der Straße?«

Judith schluckte und warf ihren Blick von der Seite auf den Packen und die verräterischen Flecken. »Nein, Guyon«, flüsterte sie, »das kann nicht wahr sein.«

»Na schön, *cath fach*, dann ist es nicht wahr«, sagte er tonlos und wandte sich von ihr ab, um sich einen rohen Schaffellumhang über die Schulter zu werfen, dazu nahm er eine braune, wollene Kapuze aus der Kommode. »Es ist nur meine Phantasie, die mir einen Trick spielt.«

Schaudernd legte Judith den Zobelpelz zu den anderen und drückte sich dann den Handrücken gegen den Mund, um sich nicht übergeben zu müssen. Nach ein paar Sekunden erhob sich Guyon, alarmiert durch einen Laut hinter sich. Sie atmete jetzt mit kleinen, wirkungslosen Keuchlauten, während sie sich zwang, das Schluchzen zu unterdrücken. Dann betrachtete er den weißen Teint und das zusammengekniffene Gesicht und stellte fest, daß sie bei all ihrer Schlauheit eben doch noch ein Kind war.

Er fluchte leise und nahm sie dann in seine Arme. Sie hielt sich an ihm fest, verlor einen Moment lang das Gleichgewicht, und der Geruch von Schafsleder stach ihr in die Nase, während sie den Schlag seines Herzens an seiner Wange fühlte.

Nach und nach, unter dem liebkosenden Streicheln seiner Hände, beruhigte sie sich wieder. »Meine Mutter hatte recht«, erklärte sie in verächtlichem Ton. »Es ist de Lacey, der mir das einzureden versucht. Und sie hat gesagt: Schlangen beißen mit Schlauheit.«

»Es sei denn, du packst sie am Kopf und ziehst ihnen die Giftzähne«, sagte Guyon leise.

Er sprach immer noch walisisch. Sie riß den Kopf hoch, und ihre feuchten Lider waren weit geöffnet. »Guyon, ich weiß nicht, was du vorhast, außer daß es mehr als gefährlich ist. In Gottes Namen, paß auf dich auf.«

»Du machst dir zuviel Sorgen«, erwiderte er mit einem verständnisvollen Lächeln und küßte ihre Wange. Sie hob den Kopf. Einen Augenblick lang trafen sich ihre Lippen, die ihren weich, rosa und ungeübt, die seinen ohne die leiseste Andeutung von Besitzergreifung oder Forderung, und er war auch der erste, der sich aus der Umarmung löste.

»Was die Leute in dieser Burg betrifft, liege ich hier fest in betrunkener Bewußtlosigkeit. Ich traue dir zu, daß du das zumindest einen Tag lang aufrecht erhalten kannst.«

»Wann kommt Ihr zurück, Mylord?«

»Ich hoffe, beim Mondlicht.« Er zog sich die Kapuze über den Kopf und schnallte sie fest. Sein Gesicht verschwand in einem braunen Schatten. »*Da bach chwi cariad*«, sagte er, zupfte an ihrem Zopf und schlich geräuschlos aus dem Zimmer.

Sie starrte auf den Vorhang, der gerade zugefallen war. Dann ging sie zum Tisch und setzte sich neben das Bündel Zobelpelze, und um sich von sinnlosen Vermutungen abzulenken, richtete sie ihre Gedanken auf praktischere Dinge, zum Beispiel, was sie mit dem Hochzeitsgeschenk machen sollte, das aus einem brutalen Raubmord stammte.

Die Zobelfelle zu behalten war ausgeschlossen. Sie konnte es kaum noch ertragen, sie anzusehen. Was tun? Sie verbrennen? Das wäre erst recht Verschwendung gewesen. Sie ihrem Onkel ins Gesicht schleudern? Nein. Wenn das möglich gewesen wäre, hätte Guyon es selbst getan. Sie verschenken? Sie verschränkte die Finger und legte ihr Kinn darauf. Sie zurückgeben, demjenigen, dem sie gehörten. Mit Nachfragen würde sie den rechtmäßigen Besitzer ohne weiteres ermitteln können.

Sie holte Tinte und Feder, dazu eine Rolle Pergament, und setzte sich auf das Bett. Melyn kuschelte sich neben sie, als sie langsam und sorgfältig zu schreiben begann.

Achtes Kapitel

Der Earl von Shrewsbury saß lässig in dem hohen, vergoldeten Sattel, die Beine ausgestreckt, die Absätze mit goldenen Sporen versehen, edle Ziegenlederstiefel, die bis in die Mitte der Waden reichten und mit grünen Quasten verziert waren.

Sein Gesicht zeigte einen Ausdruck von bösartiger, hämischer Befriedigung. Der grausame Mund und die blassen Augen lächelten. Sein Schwert saß leicht in der Scheide, seine linke Hand ruhte auf dem Griff aus Bergkristall.

Hinter ihm klingelten die Glöckchen der Ponys, die stämmigen Cleveländer, die mit dem Reisegepäck des Earls beladen waren. Flankiert von zwei Wachen, trabte ein weiteres Pony dahin, mit vielversprechend klimpernden Ledersäcken beladen.

Vierhundert Silbermark. Guyon FitzMiles war klug genug gewesen, zu bezahlen. Das einzige, was de Belleme überrascht hatte, war die Tatsache, daß der Bräutigam die Summe voll zur Verfügung hatte, obwohl er vermutete, daß das den jungen Mann zum Bettler gemacht hatte.

Großmütig im Sieg, hatte er ihm sogar angeboten, zweihundert Silberstücke jetzt gleich mitzunehmen und den Rest stehen zu lassen, bis die Lehen zum Michaelitag bezahlt worden waren, doch Guyon hatte ihm klargemacht, wo er seine Großzügigkeit hinstekken könne. Die leichtsinnige Äußerung, daß Fitz Miles ja seine Schwiegermutter verkaufen könne, um seine Verluste auszugleichen, hatte die beiden an den Rand einer tätlichen Auseinandersetzung gebracht. Er hatte schon seinen Schwertarm zucken gefühlt, und de Lacey hatte nach seinem Dolch gegriffen. Aber FitzMiles, der sich mit Mühe unter Kontrolle hielt, sich zuvor allerdings mit Wein hatte vollaufen lassen, war hinausgegangen aus dem Verhandlungsraum und hatte beim Gehen die Faust gegen den Türrahmen gedonnert.

Die Torheiten der Jugend ... De Belleme lächelte, erinnerte sich daran, daß der junge Mann den Wein geschluckt hatte wie ein Betrunkener auf der Straße, bis seine lockere Geschmeidigkeit ungelenk wurde, der kultivierte Akzent schleifte, und die Augen schwer und glasig in die Welt schauten. Er hatte es beinahe erwartet. Bei mehr als einer Gelegenheit am Hof hatte FitzMiles mit Prinz Henry beisammengesessen, und die beiden hatten versucht, sich gegenseitig unter den Tisch zu trinken, bei Lautenmusik und in Gesellschaft tanzender Mädchen. Das Fehlen von Moral war dem Earl kein Problem; er verachtete vielmehr das Fehlen von Selbstdisziplin. Ein Mann sollte immer noch wissen, was er tat, aber FitzMiles war eben kein Mann, sondern ein halb walisischer Barbar, der das, was ihm bevorstand, voll und ganz verdiente.

Das Blöken von Schafen riß ihn aus seiner Betrachtung der Zukunft in die Gegenwart und auf die Straße vor ihm. Es gab keine Straße, sondern eine Wolke aus Wolle, die sich vor ihm ausbreitete, so weit das Auge sehen konnte.

Sein Pferd schlug mit den Hinterläufen aus, als de

Laceys Pferd mit ihm zusammenstieß. De Lacey fluchte und drehte sich herum.

»In Gottes Namen!« rief de Belleme, dessen Gelassenheit schnell aufgebraucht war. »Schafft mir diese stinkenden Ungeheuer aus dem Weg!«

Seine Worte gingen unter in einem Chor von Geblök, als sich die Schafe näherten und den Trupp von Reitern einschlossen. Fluchend versuchten die Männer, die Ponys unter Kontrolle zu bekommen, die nach allen Seiten ausschlugen. Zugleich zogen sie ihre Waffen.

Walter de Lacey, der wieder neben de Belleme war, schwang sein Schwert nach einem Schaf, doch bevor der Stahl das Tier traf, drehte er sich um und sah mit Entsetzen den Pfeil, der direkt auf sein Herz zielte. Eine Entfernung von weniger als zehn Metern machte den Tod zur Gewißheit.

Zwischen den Schafen waren Männer, die sich jetzt erhoben; sie trugen ihre Überhänge aus Schafsfell falsch herum, was ihnen eine entsprechende Tarnung gegeben hatte. Sie blieben ungesehen, bis es zu spät war. Waliser, dunkel und schlank, mit kurzen Schwertern an den Hüften und den tödlichen Langbogen aus Ulmenholz in den Händen.

»Yr cledd«, sagte der am nächsten stehende Waliser und machte eine Bewegung mit dem Bogen auf de Laceys Schwert. Der normannische Adelige preßte die Lippen zusammen. Einen Moment lang funkelte das Schwert in seiner Hand, dann senkte er es und warf es zwischen die Schafe.

»Dafür wirst du sterben«, sagte er mit großem Nachdruck.

Ohne eine vokale Erwiderung befahl der Waliser mit einer Handbewegung, daß er und sein Oberlord von den Pferden absteigen sollten, und sie hatten keine andere Wahl, als sich zu fügen.

Robert de Belleme empfand keine Angst. Angst war ein Gefühl, das er selbst im Angesicht des Todes nicht kannte, aber seine Wut darüber, in die Falle gegangen und von blöden, blökenden Schafen umgeben zu sein, stieg so heftig in ihm hoch, daß sie ihm die Augen aus dem Schädel zu brennen schien.

Man band ihm die Hände hinter dem Rücken. Man stülpte ihm eine schwarze Kapuze über den Kopf und band sie ebenfalls fest. Barbarische, weiche walisische Worte drangen an sein Ohr. De Laceys Schimpfkanonaden erstickten nach dem Geräusch eines dumpfen Schlages, dem heftiges Würgen und Erbrechen folgte. Jemand lachte. De Belleme wand sich, und dabei schnitten sich die Fesseln noch tiefer in seine Haut.

Guyon senkte den Bogen, und seine Augen sprühten vor Lachen. Kommandos wurden auf Walisisch ausgeteilt. Man brachte frische Lastponys und lud die Säcke um. Dann wurden Schafe, Pferde und ehemalige Lastponys tief hineingetrieben in die Wildnis von Powys, wo niemand außer den Walisern sie finden und herausführen konnte.

Guyon murmelte einem seiner Begleiter etwas zu, in einem Ton von boshafter Fröhlichkeit, als er hinunterschaute auf die beiden Männer, die wie zwei Raupen zusammengebunden waren, und bestieg dann das Pferd, das ihm Eric gebracht hatte.

Die Worte waren vergeudet für seine Opfer, aber nicht das Vergnügen, mit dem sie gesprochen wurden, und hätte de Belleme nicht mit eigenen Augen gesehen, wie man Guyon FitzMiles ins Bett geschleppt hatte, betrunken bis über beide Ohren, und wäre sein Angreifer nicht so eindeutig walisisch gewesen, er hätte sofort gewußt, wem man diese Tat zur Last legen mußte.

Aber so lag er auf der Straße, kämpfte gegen seine Fesseln, hörte die Flüche der Männer, die ähnlich gefesselt waren wie er, und versuchte, sich zu befreien. Ein Huf trat ihn in die Seite, als das letzte der walisischen Pferde verschwand, und er bäumte sich unwillkürlich wegen des scharfen Schmerzes auf, der ihm durch den Körper fuhr.

Der Wind hatte aufgefrischt. Stille senkte sich über die Heide. Es begann zu regnen.

Neuntes Kapitel

Rhosyn lauschte auf den Regen, als ihn ein Windstoß gegen die Läden peitschte. Ein Frühlingsschauer. Dazwischen blickten Sterne durch die wild dahinziehenden Wolkenfetzen, kleine Nadelspitzen brillantweißen Lichts.

Das Feuer, für die Nacht mit Asche belegt, glühte nur noch schwach, aber angenehm, Augen aus roten Schmucksteinen, die unter den aromatischen Scheiten des Birnbaums blinzelten, den Twm letzte Woche abgesägt hatte.

Rhys und Eluned waren eben erst zu Bett gegangen. Rhosyn konnte ihr verschwörerisches Flüstern hinter den Bettvorhängen hören.

Jetzt nahm sie ihr Nähzeug auf, machte ein paar halbherzige Stiche und legte es wieder nieder. Das Licht, das durch die Binsenfackeln erzeugt wurde, war zu schwach für diese empfindliche Arbeit, und ihre Gedanken waren ruhelos, flatterten umher wie eine Motte um die Flamme einer Kerze. Das Baby bewegte sich in ihrem Schoß und streckte und dehnte die neuen, köstlichen kleinen Gliedmaßen. Sie fühlte das Zucken mit den Händen, die sie sich auf den Bauch legte. Noch fast vier Monate bis zur Geburt, und bisher war ihr kein einziges Mal übel gewesen. Ihr reifender Körper war wie eine sich entfaltende Knospe, voller Geheimnisse, und sie selbst war oft in ihren Gedanken verloren an die Wunder dieser Geburt.

Der alte Hund saß neben ihrem Knie. Sie fühlte seine feuchte Nase. Plötzlich knurrte er tief in der Kehle und versteifte sich. Rhosyn stand auf und ging zur Tür, mit der einen Hand Gelerts Halsband haltend, in der anderen die Harke, die Twm zuvor benützt hatte, um den Boden zu glätten.

Es war Twms Stimme, die sie jetzt draußen hörte, barsch und fragend. Ein Pferd wieherte. Ein Mann antwortete in heiterem Ton, eine Oktave tiefer als ihr Diener und mit einem fremden Akzent im Walisischen, den sie aus Tausenden erkannt hätte. Sie streichelte den Hund, befahl ihm, abzuliegen, ließ die Harke los, lief zur Tür und öffnete sie der Nacht.

»Guyon!« rief sie und warf sich in seine Arme. Twm zog wissend eine Augenbraue hoch, und nachdem keiner auf ihn achtete, ging er ohne ein weiteres Wort zu Bett. Rhosyn machte sich aus Guyons Umarmung frei und zog ihn herein in das Holzhaus. Gelert jaulte und schlug mit der Rute gegen die Tür. Rhosyn verbarrikadierte sie wieder und kam dann in Guyons weit ausgestreckte Arme.

»Du riechst nach Schaf«, sagte sie an seinem Mund.

Er strich mit seiner stoppeligen Wange gegen ihre zarte Haut. »Was ist das für eine Begrüßung für einen Mann, der hart durch die Nacht geritten ist, nur um dich zu sehen?«

»Nicht vor allen Dingen deinetwegen?« fragte Rhosyn spöttisch, und ihre Augen glänzten wie grüne und goldene Moos-Achate. »Du bist wirklich mehr als eitel.«

Ihr dunkles Haar ergoß sich über seine Hände wie ein feiner, kühler Mantel. Ihre Brüste waren reif und warm an seiner Brust. Das Kind in ihrem Bauch stieß mit den Beinchen.

»Wie geht es dir?« fragte er leise, und sein Gesicht war plötzlich nur Sanftheit und Sorge.

Rhosyn zuckte mit den Schultern. »Es ist mir nicht mehr übel, und ich habe einen Appetit wie ein Mastschwein. Wenn ich erst einmal so watschle, werde ich dich verfluchen, dich und eine bestimmte, warme Herbstnacht ... Bist du allein?« Sie hielt inne. Guyon hob den Kopf von der Betrachtung ihrer leuchtenden Haut, gerade noch rechtzeitig, um nicht von den beiden Kindern umgerissen zu werden.

Eluned ging auf Befehl ihrer Mutter und holte ihm etwas zu trinken, und Rhys setzte sich vor das Feuer, umschlang die Knie mit den Händen, ein gut gewachsener Junge, der einen düsteren Blick auf seinen kräftigen, gut proportionierten Zügen hatte.

»Wie lange bleibst du?« fragte er plötzlich und warf Guyon einen Blick zu, aus Augen, die schwarz waren wie Bergseen um Mitternacht.

»Nur ein paar Stunden, Rhys«, antwortete Guyon. »Ich habe es gewagt, den Teufel in den Schwanz zu zwicken, und muß vor Morgengrauen in meinem eigenen Bett sein, damit er mich nicht mit seiner Höllengabel erwischt.« Er lächelte Eluned zu und nahm den Met in Empfang, den sie ihm anbot. Er war stark, süß und honiggolden wie der Herbstabend, an dem das ungeborene Kind empfangen worden war.

»Und wo genau ist dein eigenes Bett?« fragte Rhosyn, stellte ein Brett mit Brot und Käse vor ihn hin und dachte mit einem Stich von Bitterkeit, daß sie wie Höflinge waren, die ihn mit Schmeicheleien umgaben.

Guyon schaute sie nur kurz an. »Ledworth«, antwortete er, ohne im einzelnen darauf einzugehen. Statt dessen warf er Rhys etwas zu.

Der Junge fing es geschickt auf und legte es auf seinen Schoß. Es war ein ledernes Heft, gefüttert mit roher Wolle, um das Messer an seinem Platz zu halten, das drinnen steckte, und es auf natürliche Weise ölte mit Lanolin. Das Messer selbst war schon beinahe eine Waffe. Zwanzig Zentimeter lang, mit einer Klinge, die wie Fischschuppen glitzerte. Das Heft war aus dem Zahn eines Narwals geschnitzt.

»Ich weiß, es ist schon einen Monat nach dem Michaelstag, aber ich habe deinen Geburtstag nicht vergessen«, sagte Guyon, während Rhys das Messer mit sprachlosem Entzücken betrachtete.

Rhosyn sah es mit eher gemischten Gefühlen. Der Junge hatte seine Kinderzeit schon fast hinter sich, und das Messer war ein Symbol für seine Männlichkeit, die sich bald einstellen würde. »Das sollst du aber nicht«, sagte sie zu Guyon, und ein kleines Stirnrunzeln zeigte an, daß es ihr wie einer jeden Mutter zu schnell ging mit dem Erwachsenwerden ihres Sohnes.

»Außerdem habe ich nicht vergessen, Eluned, daß du Ostern deinen Geburtstag feierst, und da ich vermutlich bis dahin nicht vorbeikomme, habe ich dein Geschenk heute auch gleich mitgebracht. Rechts oder links – rate, in welcher Hand.«

Entzückt spielte Eluned mit, und er neckte sie eine Weile, doch dann überfiel sie ihn und sah, wie er den Gegenstand von der einen in die andere Hand steckte. Es war eine kleine Lederbörse, und drinnen steckte ein Halsband aus kleinen Gänseblümchen, geschnitzt aus Elfenbein.

Eluned schlang ihre Arme um Guyons Hals und gab ihm einen schmatzenden Kuß, was ihn zum Lachen brachte. »Der sicherste Weg zum Herzen einer Frau«, sagte er, als er die Kette um Eluneds schlanken Hals legte.

»Du kaufst uns doch alle und steckst uns in den Sack«, stimmte Rhosyn zu, blinzelte und wandte sich ab. Guyon schaute sie über das zerwühlte, schwarze Haar des Kindes an.

»Das ist nicht wahr, *cariad*«, entgegnete er leise. »Ich habe nie deinen Preis gewußt, und ich werde auch nie danach fragen.«

Rhosyn stocherte in den Scheiten. »Du warst noch nie um das richtige Wort verlegen, wenn du etwas haben wolltest, was du nicht kaufen kannst!« entgegnete sie. »Rhys, Eluned, es ist schon lange Zeit, daß ihr schlafen geht. Marsch jetzt, in die Betten!«

»Aber Mama ...«

»Das ist nicht fair«, beklagte sich Eluned.

»Das Leben ist nie fair, mein Schatz«, sagte Rhosyn und umarmte ihre Tochter dabei. »Du wirst es immer und immer wieder feststellen, wenn du älter wirst. Sag jetzt gute Nacht, und fort mit dir.«

Das Kind seufzte schwer, tat aber, was man ihm befohlen hatte. »Ich wollte, du würdest länger bleiben«, sagte Eluned zu Guyon mit einer Stimme, die von Herzen kam.

»Ich auch, *anwylyd*«, erwiderte Guyon und meinte es auch.

Als sie allein waren, stocherte Rhosyn wieder einmal unnötigerweise im Feuer, den Rücken Guyon zugekehrt. Das Schweigen dehnte sich, und der alte Hund winselte leise. Nach einem Moment konnte Rhosyn es nicht mehr ertragen, ließ den Feuerhaken los und drehte sich zu Guyon um. Ihre Worte waren mit Tränen vermischt. »Warum bist du gekommen?«

»Ich dachte, es freut dich, mich zu sehen«, antwortete Guyon neutral.

Rhosyn wollte ihm schon ins Gesicht schleudern,

daß das ein Irrtum sei, aber sie überlegte es sich gerade noch im letzten Moment. »Ich bin hocherfreut, natürlich. Du bringst unser Leben durcheinander. Du bringst Geschenke und Schmeicheleien, du bringst uns dazu, daß wir dich alle gemeinsam bewundern, und dann gehst du wieder. Ich kann das auf die Dauer nicht ertragen!«

»Du hast es in deiner Macht, die Situation zu ändern«, antwortete er freundlich. »Du bist jederzeit willkommen, dein Heim in Oxley aufzuschlagen.«

»Ein schöner Vogel im Käfig, der immer dann singt, wenn es dem Herrn gefällt«, schleuderte sie ihm entgegen und wandte sich um.

»Ich bin nicht hergekommen, um mit dir zu streiten, *cariad*. Und ich will dich auch nicht für immer verlassen. Wir kennen einander zu gut dafür. Wenn ich Salz in eine Wunde gerieben haben sollte, tut es mir leid. Du hast mir nie Grund zu der Annahme gegeben, daß es bei uns mehr ist als gegenseitiges Vergnügen.«

»Ich bin dumm, Guyon«, murmelte sie, und dabei umarmte sie ihn. Ein zitterndes Lächeln zeigte sich auf ihren Lippen, und er beugte sich hinunter, um sie zu küssen. »Ich sehe den Mond in einem Teich und bin enttäuscht, wenn meine Hand die Illusion zerstört, statt daß sie die Wirklichkeit festhält. Du bist hier willkommen, wann immer du Zeit und Lust hast, uns zu besuchen.«

Ihre Umarmung verstärkte sich, wurde warm und süß und durchdringend, ein heftiges Verlangen, das nur durch die Gegenwart der Kinder in Grenzen gehalten wurde, die lediglich durch einen dünnen Vorhang von ihnen getrennt waren, und durch Guyon, der Rhosyn nicht noch tiefer verletzen wollte.

Er löste sich als erster, schwer atmend, und setzte

sich ans Feuer. Sein Körper protestierte dagegen. Es war lange her, seit er bei einer Frau gelegen hatte, und sein Hunger war groß. Groß, aber nicht unkontrollierbar. Was auch immer die anderen über ihn sagten, sexuelle Beziehungen waren für Guyon keine unmittelbare Lebensnotwendigkeit. Unter den geeigneten Voraussetzungen, mit Muße und dem richtigen Partner, genoß er es, sich seinen Sinnen hinzugeben. Jetzt, wo nur das letztere vorhanden war, atmete er ein paarmal tief durch und beschäftigte seine Gedanken dann mit anderen Dingen.

»Wo ist dein Vater?«

Rhosyn setzte sich neben ihn, gerade so weit entfernt, daß sie sich nicht berührten, und nahm ihre Spindel. Ihre Finger zitterten. Sie konzentrierte sich auf die Wolle, bis die heiße Schwäche aus ihren Gliedern wich. »Nach Bristol. Wir rechnen damit, daß er morgen oder übermorgen zurückkommt. Ich mache mir Sorgen um ihn, Guy. Es geht ihm nicht gut. Er hat Schmerzen in der Brust, und Rhys ist noch zu jung, um ihm mehr als ein Lehrling sein zu können.«

Guyon wandte sich ihr zu, und seine Blicke verschärften sich. »Die Handelsstraßen sind nichts für eine Frau«, warnte er sie.

Sie gab keine Antwort, aber ihr Mund verzog sich störrisch, und sie richtete ihre ganze Aufmerksamkeit auf die Spindel und die Wolle.

»Rhosyn, Gott helfe mir: Wenn ich erfahre, daß du dich von hier wegbegeben hast, über die Grenze, in einem Händlerkarren, dann bringe ich dich persönlich nach Oxley und sperre dich ein wie einen Vogel in einen Käfig, wahrhaftig!«

»Du hast nicht das Recht dazu!«

»Ich habe jedes Recht. Du trägst mein Kind. Ich

will dich nicht tot im Straßengraben sehen wie Huw ap Sior.«

»Ich werde nicht – was sagst du da?« Ihre Finger hörten auf mit dem Zwirbeln. Sie öffnete die Augen weit und schaute ihn voller Entsetzen an. »Huw – tot?«

»Ermordet durch die Hand von Robert de Belleme und seine Kumpanen. Huws Ladung von Zobeln hat er bei sich gehabt, und er besaß auch noch die Stirn, Judith mehrere davon als blutiges Hochzeitsgeschenk mitzubringen.« Dann berichtete er die Geschichte und ersparte ihr keines von den grausigen Details.

»Er war der beste Freund meines Vaters«, flüsterte Rhosyn mit schwankender Stimme. »Sie sind miteinander aufgewachsen – oh, Gott!«

Ihre beiden Körper drückten sich aneinander, eine Notwendigkeit diesmal, und Guyon hielt sie fest, fürchtete beinahe, sie könnte ohnmächtig werden. Sie lehnte ihre Wange an sein Wams, die Augen geschlossen und in der Seele krank vor Kummer, Angst und Schock.

Nach einer Weile fragte sie, offenbar, um sich selbst auf andere Gedanken zu bringen: »Weiß deine Frau, wo du bist, Guy?«

Er trank einen Schluck Met, dann schaute er sie an, und überraschenderweise war ein etwas wehmütiges Lächeln in seinen Augen. »Sie hat vielleicht einen Verdacht«, räumte er ein. »Und der wird sich verstärken, wenn ich nicht vor dem Morgengrauen über die Zugbrücke bin. Dann ist bestimmt der Teufel los – aber nicht aus dem Grund, den ich auf deinem Gesicht zu erkennen glaube.« Aus dem leisen Amüsement wurde ein etwas müdes Kichern. Er trank den Rest des Mets aus und bot ihr keine genauere Erklärung an.

Rhosyn verdrängte die Versuchung, danach zu fragen. Wenn Guyon auf dieser Seite der Grenze war, nachts und in dieser abenteuerlichen Verkleidung, wenn er davon sprach, den Teufel in den Schwanz gezwickt zu haben, dann war es besser, so wenig wie möglich darüber zu wissen. »Wie ist sie eigentlich?«

»Ich bin sicher, du wärst überrascht«, antwortete er und streichelte Gelerts Nase, die ihn am Knie gestupst hatte. »Weiß Gott, hat sie mich in Erstaunen versetzt ... Und sie tut es immer noch.«

»Ist sie hübsch, Guy?«

Eine neugierige, beiläufig gestellte Frage, unter deren Oberfläche Spannung lauerte.

»Nicht so, wie du hübsch bist, *cariad*, aber sicher auf ihre Weise interessant – oder sie wird es werden, wenn sie ausgewachsen ist. Sie ist ein Kind, Rhosyn, männerscheu und halbwild.«

Rhosyn kniete am Herd, das Gesicht in rotes Licht getaucht. Sie hatte an ihn gedacht, als er heiratete, hatte sich vorgestellt, wie er ins Bett ging mit dieser ungewollten, jungen, normannischen Braut, und sich gefragt, ob er sich dabei an ihre Raffinessen im Bett und auf den süß duftenden Wiesen erinnerte.

»Nein«, sagte er leise in die Stille ihrer Gedanken. »Ich habe noch nichts mit ihr gehabt. Sie hat die entsetzten Augen eines Kindes, das halb so alt ist wie sie. Sie weiß nichts über Männer außer dem, was ihr Vater war und ihr Onkel ist.«

Rhosyn wandte ihm überrascht das schöne Gesicht zu.

»Selbst wenn sie sich mir aus Pflichtgefühl geöffnet hätte, wäre es so gut wie eine Vergewaltigung gewesen. Sie ist vorne flach wie ein Hühnchen und hinten genauso, und ihr Kopf geht mir gerade bis zu den Achselhöhlen.«

Sie saßen beisammen, während sich die Stille der Nacht auf sie senkte. Der Regen schlug gegen die Wände des Holzhauses, rhythmisch und schwer. Guyon schloß die Augen, nur um einen Moment auszuruhen, und war sofort eingeschlafen.

Zwanzig Meilen und einige Stunden später, ohne Ahnung, warum ihn diese andere Welt so lange in Anspruch nahm, dabei hin und her gerissen zwischen Angst und Zorn über Guyons Ausbleiben, waren Judiths Nerven dem Zusammenbruch nahe. Schon der Hauch eines Gedankens daran trieb sie in hysterische Befürchtungen.

Es war fast Morgengrauen. Ein Blick durch den Windschlitz, in der letzten Stunde mehrfach wiederholt, hatte ihr die sinkenden Sterne und ein milchiges Glimmern im Osten gezeigt. Ihr Magen fühlte sich an, als ob tausend Schmetterlinge darin flatterten. Die Vorstellung, er könnte blicklos in diesen Morgen starren, sein Körper verwüstet von Schwertwunden, trieb sie weg vom Windschlitz, die Hand vor den Augen.

Eric und die anderen waren schon kurz vor Mitternacht zurückgekommen. Sie hätte es nicht gewußt, wäre nicht Melyn gewesen, die hinausgelassen werden wollte und sie aus einem unruhigen Schlaf geweckt hatte. Sie hatte Guyon erwartet, aber er war nicht gekommen. Die Ponys waren wie Tiere aus der Wilden Jagd in den Hügeln verschwunden, und als sie Melyn hinausgelassen hatte und zu Eric gegangen war, hatte er sich schweigsam und unzugänglich gegeben und war alles in allem nicht sonderlich glücklich gewesen, sie zu sehen. Lord Guyon habe noch Geschäfte gehabt in Wales. Er würde aber in Kürze zurück sein. Er riet ihr, sie solle sich schlafen legen.

Judith wußte, daß sie am nächsten Morgen wütend sein würde über ihren Zorn und ihren Verlust an Selbstkontrolle. Schon Eric zuckte zurück vor dem Gift ihrer Zunge. Wenn Guyon zurückkam, sollte er nicht nur zurückzucken. Er sagte ihr keinen Ton, ließ sie in der tiefsten Sorge und behandelte sie wie ein Kind, das nicht imstande war, zu begreifen.

»Wenn er es so haben will, soll er es so haben«, sagte sie durch zusammengepreßte Zähne, als sie den Windschlitz verließ und begann, sich anzukleiden.

Sie hatte gerade die Strümpfe angezogen und kroch auf allen vieren halb unter das Bett, um einen verlorenen Schuh zu suchen, als Guyon auf Zehenspitzen das Schlafgemach betrat.

»Bore da, cath fach«, erklärte er in seinem makellosen Walisisch, ein Grinsen auf dem Gesicht wegen ihrer seltsamen Haltung.

Das Wackeln mit dem Hinterteil erstarb. Eine lange Sekunde blieb sie völlig bewegungslos, dann rutschte sie rückwärts heraus, drehte sich um und schaute ihn an. Ihr Gesicht war gerötet vor Anstrengung, Kummer und Zorn.

»Komisches Mondlicht«, sagte sie spöttisch, und ihre Augenbrauen wuchsen über der Nase zusammen. »Ich bin krank vor Sorge um dich. Eric ist schon vor Mitternacht zurückgekommen. Guyon, wo bist du gewesen?«

»Ich habe Rhosyn besucht und bin dort eingeschlafen«, erwiderte er ganz beiläufig, kam herein in den Raum, setzte sich auf einen Hocker und begann damit, sich die Stiefel aufzuknöpfen.

»Du hast Rhosyn besucht?« wiederholte sie und schluckte das Bedürfnis hinunter, ihm ihren wiedergefundenen Schuh an den Kopf zu werfen. »Hast du deine Meinung geändert?«

»Worüber? Komm, bring mir etwas zu trinken, sei ein gutes Mädchen.«

Judith ließ den Schuh fallen und wandte sich ab; ihr Rücken war so steif und gerade wie eine Lanze, und sie hatte Mühe, ihre Stimme unter Kontrolle zu bringen. »Du hast mir gesagt, daß du keine Geliebte hast.«

Guyon warf ihr einen Blick zu; das Haar auf dem Kopf war vom Wind zerzaust. »Habe ich auch nicht. Aber Huw ab Sior war ein naher Freund ihrer Familie. Ich habe ihr die Nachricht überbracht und damit auch eine Warnung, auf der Hut zu sein. Es tut mir leid, wenn du ein paar Stunden um mich Angst gehabt hast, aber darüber hinaus kannst du keine Entschuldigung von mir verlangen.«

»Angst gehabt ist gar kein Ausdruck!« entgegnete Judith und goß ihm mit zitternder Hand Wein in den Becher. »Ich könnte dich am liebsten umbringen.«

»Natürlich ... Und jetzt gib mir meine Sachen her.«

»Die da?« Sie schaute ihn völlig perplex an. »Aber Guyon, die stinken doch.«

»Ich weiß.« Er schnitt eine Grimasse, nahm den Wein entgegen, den sie ihm bot, trank einen Mundvoll und stellte dann den Becher ab. »Kannst du ihn ein bißchen – würzen, ja? Sagen wir, mit weißem Mohn?«

»Wozu?«

»Um es schwierig genug zu machen, mich zu wekken, wenn Robert de Belleme an unserer Zugbrücke steht und Einlaß begehrt.«

»Und warum sollte er?« fragte Judith.

»Er denkt vielleicht, ich war bei einem Überfall der Waliser auf ihn und seine Männer dabei, gestern abend auf der Straße nach Shrewsbury«, antwortete er gelassen. »Ich habe es dir vorher nicht gesagt, für den Fall, daß es uns nicht gelingt. Du wenigstens hättest wahrheitsgemäß deine Unschuld beschwören können.«

»Und was hätte das genützt?« antwortete Judith. »Du weißt doch, was mein Onkel mit ›Unschuldigen‹ macht.« Sie preßte die Lippen zusammen, aber vor allem, weil er sich an den Herd einer anderen Frau geflüchtet hatte, vielleicht sogar in ihre Arme, während sie hier in kaltem Schweiß vor Angst um sein Leben keine ruhige Minute gefunden hatte.

»Schau«, sagte er ein bißchen müde, »ich will nicht genau wissen, wie du ein bestimmtes Gericht in der Küche zubereitest. Aber ich lobe es, wenn es auf den Tisch kommt. Genauso ist es bei einigem, was ich tue. Ich habe dir soviel gesagt, wie nötig war.«

»Wie du für nötig gehalten hast.«

Guyon schluckte und wußte, daß seine Geduldsreserven in Kürze aufgebraucht sein würden. Ein Tag des So-tun-als-ob, ein Tag der Auseinandersetzungen mit Männern, die er verachtete, dann eine Nacht heimlicher Arbeit, eine Stunde Schlaf in einem harten Stuhl, und gefährliche Ritte über rauhes Land im Stockdunkeln ließen nicht mehr viel davon übrig. »Judith, treib mich nicht zu weit«, sagte er leise.

Kälte lief ihr über den Rücken. Der sanfte Ton war erschreckender, als wenn er sie angebrüllt hätte. Sie wandte sich ab und bereitete ein Getränk vom Mohnsirup.

Guyon zog sich weiter aus. »Und was ist mit der übrigen Burg? Was denken die Leute hier?« fragte er nach einem Augenblick.

Sie drehte sich zu ihm um; ihr Ausdruck war leidenschaftslos, und auch ihre Augen verrieten nichts.

»Einige glauben, daß es gut ist, wenn du deine Spannungen in einem betrunkenen Schlaf abreagierst, jedenfalls alle jüngeren Männer. Andere sagen, sie hätten immer gewußt, daß du wild und unbeherrscht bist. Mama fürchtet um meine Sicherheit. Papa hat sie, wenn er so betrunken war, immer fürchterlich verprügelt; sie meint, das tun alle Männer. Papa hat uns beide vertrimmt, wenn er in der entsprechenden Stimmung war. Und ich weiß, sie hält, wenn sie in die Enge getrieben wird, nicht dicht. Ich wage es nicht, ihr die Wahrheit zu sagen.«

»Dann tut es mir leid, wenn deine Mutter von mir enttäuscht sein sollte, doch dagegen läßt sich nichts machen. Es hängt jetzt alles davon ab, daß de Belleme mich für unschuldig hält, oder zumindest, daß er meine Unschuld nicht widerlegen kann«, fügte Guyon hinzu und kam auf sie zu, um ihr den Becher aus den Händen zu nehmen. Mit der freien Hand tippte er ihr auf das störrisch erhobene Kinn und gab ihr einen zarten Kuß. »Vertrau nur mir, *cath fach*.«

Seine Lippen waren so weich wie Seide, sein Bart dagegen kratzte mit den Stoppeln auf ihrer zarten Haut. Etwas bewegte sich an Judiths Nervenenden. Sie zog sich rasch ein wenig zurück von ihm. »Wirst du mir erzählen, wie du ihm das Silber abgenommen hast?«

Guyon schaute sie aus verengten Augen an, konnte aber sehr wenig in ihrem Ausdruck lesen, so sehr gelang es ihr, sich zu beherrschen. Es war seine eigene Schuld, dachte er. Er hatte ihr zuviel gesagt. Aber er war müde gewesen und nicht sicher, ob er dem etwas entgegenhalten konnte, was sie in ihrem Zorn und ihrer Verletztheit gegen ihn angesammelt hatte. Ein Streit mit einer Frau pro Nacht war genug für jeden Mann.

Er schaute hinein in den Becher und ließ die Flüssigkeit darin kreisen. »Es war jedenfalls einen jeden Tropfen von diesem widerlichen Gebräu wert«, sagte er und trank einen ganz großen Schluck, damit die widerliche Süße ihm nicht den Gaumen verklebte. Dann begann er zu lachen, und erzählte ihr ausführlich, was sie getan hatten.

In rabenschwarzer Laune, die Unbekümmertheit längst verloren, verlangte Robert de Belleme mit rauher Stimme, den Lord von Ledworth zu sehen.

»Er ist noch im Bett, M'lord«, antwortete Eric mit Nachdruck, und seine breiten, germanischen Knochen verbargen alle Gewissensbisse. »Es wird eine Teufelsarbeit sein, ihn hochzuhieven.«

»Dann tut es!« fuhr ihn de Belleme an, »sonst klopf' ich Euch die Haut platt und nehm' sie als Satteltuch.«

Bei jedem anderen Mann wäre das nicht mehr als eine pittoreske Redensart gewesen. Aber nachdem es der Earl of Shrewsbury war, der sie ausgesprochen hatte, wußte Eric, daß es keineswegs ein Spaß war.

»Wenn Ihr einen Moment warten wollt, Mylord ...«

»Beeil dich, Bauernbüffel«, knurrte Walter de Lacey von seinem Platz an der Schulter des Earls und wischte sich mit der Hand über die vernarbten Lippen.

Eric verbeugte sich tief und ließ die beiden Männer am Feuer stehen, eine Karaffe mit Wein in greifbarer Nähe.

Es war spät am Vormittag, und die Dienstboten wimmelten durch das Haus. Der Geruch nach frisch gebackenem Brot trieb an den Nasen der beiden Männer vorbei, während ein Hausmädchen den Tisch auf dem Podium deckte.

»Ihr kehrt so bald in unsere Gastfreundschaft zurück, Mylords?«

De Belleme wirbelte herum und sah seine ehemalige Schwägerin, Alicia de Montgomery. Ein Miststück in blauem Sarazenet, mit einem milchigen Perlhalsband an ihrem erstaunlich jugendlichen Hals.

»Wie ich sehe, seid Ihr von den Nachwirkungen des gestrigen Abends völlig geheilt«, antwortete er mit gespielter Freundlichkeit, wobei er sie weiterhin musterte. »Ihr seid außerdem bemerkenswert gut gekleidet für einen normalen Arbeitstag.«

»Vielleicht solltet Ihr einmal in den Spiegel schauen«, erwiderte Alicia, und ihre Perlen hüpften auf dem Schlüsselbein. »Was können wir Euch diesmal anbieten?«

Seine rechte Hand schoß hervor und packte sie am Knöchel. Es kam so schnell und war so schmerzhaft, daß sie unwillkürlich einen Schrei ausstieß. Ein Diener mit einer Wasserflasche in der Hand blieb stehen. De Belleme warf ihm einen so bösen Blick zu, daß der Mann unwillkürlich nach einer Deckung suchte.

»Du warst immer ein schlaues Luder mit der Zunge einer Natter!« zischte er sie an. »Mein Bruder war ein Narr, daß er dich nicht mit einem Dolch zum Schweigen gebracht hat.«

»Es liegt in der Familie«, erwiderte sie und versuchte sich freizumachen; dabei befürchtete sie, daß ihre Knochen unter dem brutalen Griff nachgeben würden.

»Wo war Guyon FitzMiles in der vergangenen Nacht?« fragte er, und sein Gesicht war so nah dem ihren, daß sie die kleinen Poren sehen konnte, die auf seiner Nase saßen, und den Nebel von Spucke fühlte, den er mit seinen Worten in ihr Gesicht spie.

»Sternhagelbetrunken in seinem Bett!« keuchte sie. »Mylord, Ihr brecht meinen Arm.«

»Genau das tue ich, wenn du mir nicht die Wahrheit sagst, du Hure!«

Es war keine müßige Drohung, das war Alicia bewußt. Der Schmerz war so groß, daß ihr übel wurde. Nur noch eine leichte Drehung, und ihre Knochen würden brechen wie trockene Zweige. »Es ist die Wahrheit. Ihr selbst habt gesehen, wie man ihn ins Bett getragen hat.«

De Lacey murmelte eine Warnung aus dem Mundwinkel und stieß sie dann mit einem bösen Fluch ein paar Schritte weg.

Keuchend, Tränen des Schmerzes und des Zorns in den Augen, funkelte ihn Alicia an.

De Belleme erwiderte den Blick mit Verachtung und einer unausgesprochenen Drohung und drehte sich dann um zu dem Mann, der durch die Halle humpelte, auf beiden Seiten gestützt vom Captain der Wache und Guyons besorgter Frau.

De Lacey fluchte vor Überraschung und Frustration. Der Earl starrte verständnislos auf Guyon, der noch immer das fleckige, stinkende Wams anhatte, unfrisiert war und sich nicht orientieren konnte.

»Was immer du willst, Bruder«, stieß Guyon langsam hervor. »Aber ich flehe dich an, mach es schnell, denn mir wird furchtbar übel, und ich kotze euch gleich auf eure Stiefel.« Dazu schwankte er beunruhigend. Eric grinste und stützte ihn. Judith biß sich auf die Lippe und gab sich tränenvoll besorgt; dabei hielt sie ihren Gemahl an seinem weingetränkten Ärmel fest.

De Belleme schaute in die Runde und sah nur feindselige Mienen. »Wir sind auf der Straße überfallen, ausgeraubt, gefesselt und den Wölfen überlassen worden«, erklärte er. »Ich dachte, jemand von euch weiß etwas davon.«

Stille. Guyons schwere Lider gingen ein wenig nach oben. »Is' auch das Sch-schilber weg?« fragte er freundlich-mitleidig, dann begann er zu würgen, und erbrach sich über seine Frau und seinen Captain der Wache.

Judith schaute auf den zornbebenden Mann. »Können wir Euch irgend etwas tun? Pferde, Nahrung? Gibt es Verletzte unter Euren Leuten?«

Machtlos und geschlagen, starrte Robert de Belleme in die topasfarbenen Katzenaugen, dann richtete er den Blick auf den zusammengesunkenen Mann zu ihren Füßen.

»Betet!« brüllte er. »Betet, daß ihr unschuldig seid!« Er drehte sich auf den Absätzen um, daß die Sporen klirrten, und de Lacey folgte ihm, ein bösartiges Grinsen auf dem Gesicht. Alicia wich zurück und bekreuzigte sich.

»O Gott«, stöhnte Guyon, als sie draußen waren, und hob den Kopf ein wenig. »Du schlimmes Mädchen – ich sollte dich umbringen, bevor du mich umbringst.«

»Vielleicht habe ich dir etwas zuviel in deinen Wein gegeben, aber deine Schau war zumindest überzeugend«, antwortete Judith mit Kennermiene. »Ist dir noch sehr elend, oder glaubst du, allein stehen zu können?«

Alicia, wieder einmal ein verblüffter Außenseiter, wußte, daß es zwischen Judith und dem grüngesichtigen Mann, der sich mühsam erhob, ein geheimes Verständnis geben mußte.

»Bis heute abend bist du wieder ganz wohl«, tröstete ihn Judith und winkte einem der Diener, er solle den Herrn der Burg wieder zu Bett bringen.

»Hekate«, murmelte er, aber er warf ihr noch ein kleines, angestrengtes Lächeln über die Schulter zu.

»Ich nehme nicht an, daß du mir irgend etwas davon erklären wirst?« fragte Alicia, und zwischen ihren Brauen war eine Falte der Frustration zu erkennen.

»Nein, Mama«, stimmte ihr Judith zu und zeigte das geheimnisvolle Lächeln, das sie von ihrem Vater geerbt hatte.

Zehntes Kapitel

Die Schatten des Juniabends waren länger geworden. Die Sonne schien noch immer golden wie Cidre, aber der Wind, der die Marken überquerte und die Federn des Wanderfalken in seinem Horst zerraufte, hatte kühle Brisen.

Guyon stand auf dem Mauerumgang von Ravenstow und inhalierte die reine, nach Wiesen duftende Luft. Darunter um die Halle hing Rauch in Schwaden und der Geruch nach geräucherten Heringen und Aalen, dem Hauptgericht des Abends, da es Freitag war. Die Nachwehen zu dem Betrugsmanöver, das sie mit de Belleme vollführt hatten – eine Strafe und eine Vergeltung –, waren für Guyon ein empfindlicher Magen, namentlich, wenn es um geräucherte Fische ging.

Cadi wedelte mit der Rute, mit den schönen Augen ihren Herrn bewundernd, bereit zur Bewegung, wenn sie gefordert wurde, aber Guyon blieb noch ruhig und genoß die weite Aussicht über die Domäne. Die Sumpfwiesen wichen bebauten Feldern, auf denen Hafer und vor allem Erbsen wuchsen, die sich grün im Wind beugten – ein Wind, der Schatten und etwas trübes Sonnenlicht im Wechsel über das Land trieb. Ein rauhes Land voll der Gefahren, auch der eines plötzlichen Überfalls der Waliser oder der schattenhaften, grauen Winterwölfe.

Mit dem Herannahen des Sommers waren die Waliser kühner geworden in ihren Raubzügen. Eine Schafherde hier, ein Stier dort, oder eine Frau, aus einem von Guyons Grenzdörfern. Er hatte es natürlich zurückbezahlt, Auge um Auge. Jeder kannte die Regeln – nur nicht Robert de Belleme, der in seiner Grafschaft wütete wie der sagenhafte Grendel aus dem Sumpf, die Güter zerstörte und die Menschen quälte. Feige zogen sich die Waliser zurück in die Hügel, wo er ihnen nicht folgen konnte, nahmen alles, was sie besaßen, mit und ließen ihn ihre schäbigen Hütten und Holzhäuser verbrennen. Der Wiederaufbau dauerte nur Tage, und de Belleme war ein zu großer Lord, als daß er seinen Sommer mit der Jagd nach fliehenden Schatten verbracht hätte, in den nassen walisischen Wäldern. Das überließ er seinen Vasallen, Männern wie Walter de Lacey und Ralph von Thorneyford.

Letzterer war im vergangenen Monat gestorben, bei einem seiner Raubzüge durch Wales. Er und seine Männer waren in einen Hinterhalt geraten, und während es ihnen gelungen war, sich freizukämpfen, hatte er einen Herzschlag erlitten und war tot vom Pferd gefallen. Guyon und Judith hatten an seiner Beisetzung teilgenommen, sie aber wegen der Umstände und vor allem wegen der anderen Trauergäste gleich nach dem Ende der Zeremonie wieder verlassen.

Guyon hatte die Überfälle auf sein eigenes Land erfolgreich zurückgeschlagen und hielt ein argwöhnisches, wachsames Auge auf de Laceys maßlose Versuche in dieser Richtung. Er machte regelmäßig seine Runden bei den Vasallen und Kastellanen, hielt Besprechungen auf den verschiedenen Höfen, gab Ratschläge, löste Probleme, stellte neue Leute ein und beförderte die alten, gewährte Stundungen oder versagte sie auch, und hatte stets den Finger am Puls der Bauern, um keine Unzufriedenheit aufkommen zu lassen.

Jetzt ging er langsam den Mauergang entlang. Cadi sprang auf, schüttelte sich und folgte ihm, die Nase dicht an Guyons Fersen. Ein junger Wachmann grüßte ihn. Guyon blieb stehen und sprach einen Moment mit ihm, erinnerte sich auch an den Namen des Mannes und an seine familiären Umstände. Es war eine kleine Mühe, sich solche Dinge einzuprägen, und eine, die sich mehr als doppelt zurückzahlte in Form von Treue und Anhänglichkeit.

Der Wachmann hielt mitten im Satz, einer Antwort auf Guyons Frage, inne, grüßte und errötete zugleich bis zu den Ohren.

Guyon drehte sich herum und sah seine Frau, rosa im Gesicht und atemlos vom Laufen und Klettern, hinter ihm auf dem Umgang, wobei ihr offenes Haar in der sich versteifenden Brise wehte. Der Wachmann war vermutlich errötet, weil er die Frau noch nie hier oben gesehen hatte und erst recht nicht so informell wie jetzt. Guyon wäre nie auf den Gedanken gekommen, daß der junge Mann gern zu einer so attraktiven Frau emporschaute.

»Ich habe sie gefunden!« Judith keuchte immer noch und packte Guyon am Arm; ihre Augen funkelten wie polierte Schlangensteine. »Sie war in einem der Lagerscheuern auf dem Hof, mitten in einem Haufen Fellen.«

Er legte seinen Arm geistesabwesend um ihre Hüfte und küßte sie auf die Wange. »Ich sagte dir doch, sie kann nicht weit sein«, sagte er mit etwas Überlegenheit in der Stimme.

Judith schniefte. »Du hast mir vom Bett aus zugeknurrt, weil du in Ruhe gelassen werden und noch schlafen wolltest«, warf sie ihm vor. »Dir war es doch völlig egal.«

»Vielleicht in diesem Moment, das gebe ich zu«, räumte er ein und grinste. »Aber ich hab' gewußt, daß sie wieder auftauchen wird. Ich habe noch nie ein Tier gesehen mit einem so ausführlichen Liebesleben.«

»Sie hat sich einen Liebhaber genommen. Derselbe, der sie schon im letzten Frühjahr umworben hat. Ein großer, schwarzer Leopard von Kater ohne Manieren, der wild in den Hügeln lebt.«

Guyon lächelte und beugte sich über den Kalksteinrand, um die Wolken zu sehen, die wie zarte Flamingofedern vom Wind dahingetrieben wurden. »Na ja, schließlich haben wir Frühling«, sagte er mit Vergnügen.

Judith fühlte, wie ihr die Röte ins Gesicht stieg. Bis jetzt war er sehr geduldig gewesen mit ihr, waren seine Umarmungen leicht und brüderlich, vielleicht auch scherzhaft und voller Zuneigung, aber ohne Verlangen gewesen. Ihr Magen zog sich nicht mehr schmerzhaft zusammen, wenn sie sich zum Schlafen ins gemeinsame Bett begaben. Sie wußte, daß sie nicht vergewaltigt werden würde. Einmal hatte er unbewußt einen Arm auf ihren nackten, schlanken Körper gelegt, ihr einen Namen ins Haar geflüstert und mit den Lippen ihren Nacken liebkost, und ihr Blut hatte geprickelt, bewegt von etwas, das ihr fremd war, von einer Unruhe, die ihre Lenden sonderbar erhitzte. Sie hatte zu husten begonnen, und sein regelmäßiges Atmen wurde unterbrochen; er hatte seinen Arm mit einer nur halb gesprochenen Entschuldigung zurückgezogen und sich auf die andere Seite gerollt.

Die Zeit würde kommen, das wußte sie, wenn sie sein Fleisch würde erkennen müssen. Er war der einzige Erbe seines Vaters, und die Pflicht lastete auf ihm, dem Stammbaum mehr Äste zu geben, als Miles das getan hatte.

»Wenn ich unfruchtbar wäre – würdest du dich dann von mir trennen?« fragte sie neugierig.

Er verließ die Schießscharte und ging weiter, bis sie den Fluß überblicken konnten und den Verkehr an der Zollstation, wo die Boote vor Einbruch der Nacht noch einen Platz zum Festmachen suchten. Dabei blickte er über die Schulter auf Judith und sagte lachend: »Komm schon, *cath fach*, wo sonst würde ich eine Frau finden, die imstande ist, mich beim Dolchkampf zu unterstützen?«

»Aber du hättest sicher nichts dagegen, wenn diese Frau dir außerdem ein halbes Dutzend Söhne gebären würde.«

»Ich danke dir für das Angebot«, erwiderte er. »Ich habe durchaus die Geduld, zu warten, bis auch dir die Lust gereift ist.« Sie zwickte ihn in den Arm. Er stieß einen leisen Schrei aus, reckte dann plötzlich den Hals und kniff die Lider zusammen, um besser in die Ferne sehen zu können. »Benimm dich, du schamloses Ding!« tadelte er sie lachend und gab ihr einen Klaps auf den Hintern. »Siehst du nicht, daß wir Gäste bekommen?«

Judith trat an seine Seite und stellte sich auf die Zehenspitzen. Unter ihnen hatte gerade eine größere Barke am Ufer festgemacht, und die Mannschaft war beim Vertäuen.

»Dein Vater!« rief sie, als Miles auf den Steg kletterte.

»Na, dann ist ja für Unterhaltung gesorgt«, murmelte Guyon mit Humor.

»Wer ist das bei ihm? Jesus, ist die schön!« Judith lehnte sich gegen ihren Gemahl.

»Meine Halbschwester Emma. Wenn du dich erinnerst, sie konnte nicht zur Hochzeit kommen, weil sie mit ihrem Mann in London war.«

»Und diese Mädchen sind deine Nichten?«

»Christen, Celie und Marian.« Er schaute sie nachdenklich an.

Judith betrachtete die Gruppe einen Moment lang. Die ältere Frau war auch aus dieser Entfernung wunderschön und wirkte reich. Der weiße Pelz, der ihren Mantel säumte, glitzerte wie Seide auf Schnee, als ihn die Sonne traf, und ihr geflochtenes Haar hatte genau die Farbe einer frisch geschälten Roßkastanie. Auch die kleinen Mädchen waren elegant gekleidet und geschrubbt, daß sie glänzten. Eine erstklassige Brut, sicher in ein paar Jahren reizende, junge Ladys.

Enttäuscht klemmte sich Judith die Unterlippe zwischen die Zähne. Sie war sich bewußt, daß sie ihr ältestes Kleid anhatte, das obendrein noch von Katzenhaaren strotzte, da Melyn nach der Affäre mit dem schwarzen Kater Haarausfall bekommen hatte. Sie war ungekämmt, ihre Schürze war schmutzig, und sie war in keiner Weise darauf vorbereitet, Gäste zu empfangen.

»Was soll ich denn tun?« flüsterte sie Guyon zu.

Der drehte sich um, betrachtete sie vom Kopf bis zu den Füßen und grinste. »Und doch könntest du auch in diesem Kleid Robert de Belleme ohne Mühe um den Finger wickeln.« Er hob ihr Kinn mit dem Zeigefinger an und küßte sie auf die Nase, bevor er sie herumdrehte. »Em ist in Ordnung; sie wird dich nicht fressen.«

»Vielleicht doch, wenn sie nichts anderes auf dem Teller hätte«, entgegnete Judith nachdenklich.

»Em hat ein goldenes Herz unter dem Stahl verborgen. Sie wird dich an die Brust nehmen wie ein verlorenes Kind, und ich bekomme die Schelte dafür. Sie hält mich immer noch für einen Rangen von sechs Jahren, der Kuchen aus dem Backhaus stiehlt und ihr geköpfte Mäuse auf den Teller legt.«

Sie hatten den Fuß der Treppe erreicht. »Ich bin sehr glücklich«, sagte Judith auf einen plötzlichen Impuls hin. »Und sehr dankbar, Guyon, ich ...«

»Setz deinen Wert nicht zu niedrig ein, *cath fach*«, unterbrach er sie und zupfte sie an ihrem Zopf in einer Geste der Zuneigung, die ihr inzwischen vertraut war.

»Deine Frau ist das genaue Gegenteil meiner Vermutungen, Guy«, murmelte Emma und legte ihre manikürten, weißen Finger um den Stiel des Bechers.

Guyon lächelte und streckte die Beine aus, um sich noch bequemer auf dem Podium auszuruhen. »Und was hast du vermutet?« Er folgte ihrem Blick zum Kamin und auf die vier Mädchen, die dort hockten über einem Knöchelbein-Würfelspiel. Christen hatte das kastanienrote Haar ihrer Mutter, während die beiden anderen braun waren wie ihr nicht anwesender Vater. Judiths Haar hatte das helle Lohblond eines jungen Füchsleins vor dem kontrastierenden Dunkel der drei anderen. Christen sagte etwas. Judith erwiderte ihr fröhlich, und ihr Lachen war wie eine Glocke.

Emma trank den Wein. »Also, vom Aussehen her ist sie zumindest keine Montgomery. Ich kann den Knochenbau ihrer Mutter erkennen, aber woher, um alles auf Erden, hat sie diese Augen und dieses Haar bekommen?«

»Vielleicht von ihrer Großmutter?« sagte Guyon ohne großes Interesse. »Maurice war nur ein halbehelicher Sohn des Hauses. Soviel ich weiß, war seine Mutter eine dänische Witwe aus York.«

»Schon möglich. Jedenfalls – ich hatte sie mir zierlich und dunkel vorgestellt – und nicht mehr so kindlich. Ich war mir mit sechzehn meines Aussehens sehr wohl bewußt, wußte auch, wie man damit die Männer für seine Zwecke gewinnt.«

»Ach, Judith hat durchaus auch ihre Mittel«, sagte er leichthin. »Und wenn ich jemals etwas übrig hatte für Frauen, die sich weiß Gott wie aufputzten, dann ist mir das bei Hofe schnell ausgetrieben worden. Der Unterschied zwischen diesen Harpyien und Judith ist wie zwischen Schlacke und reinem Gold. Damit will ich dich nicht tadeln, Em. Du benützt deine Talente auf dezente Weise.«

»Danke vielmals«, antwortete Emma gespreizt. »Ich weiß das seltene Kompliment zu schätzen.«

»Christen scheint nicht deine Diskretion geerbt zu haben«, fügte er beiläufig hinzu, als sich der kastanienrote Schopf hob und einen bedeutungsvollen Blick unter langen Wimpern auf einen der jüngsten Knappen im Raum warf.

Emma seufzte schwer. »Ist dir das auch schon aufgefallen? Es steckt ein Teufel in ihr, Guy, und er wird sie zerstören, wenn es nicht gelingt, ihn im Zaum zu halten.«

»Sie ist ja kaum vierzehn«, sagte er leise, und all sein Humor war verflogen.

»Immerhin älter als Eva.«

»Und das ist zumindest teilweise der Grund, weshalb du nach London gerufen worden bist und nun hier bist statt bei Hof?«

Sie schaute ihn von der Seite an, hatte vergessen, wie scharf sein Verstand sein konnte. »Die Städte sind in diesem Sommer faulig und voll von Seuchen, und außerdem war es Zeit, daß ich mich etwas um meine Mitgiftsländer kümmere. Ich nehme an, der Burgvogt hat meine Abwesenheit benützt, um sich die eigenen Taschen vollzustopfen.«

Guyon schaute seine Nichte Christen nachdenklich an. Hübsch und geschickt, mit deutlich gekennzeichneten, roten Augenbrauen und einem Körperbau, der weit über ihr Alter hinausging. Es war nichts Boshaftes oder Sündiges an dem Kind, eher eine unverschuldete Frühreife. »Du hast dich entschlossen, sie von den Lastern des Hofes fernzuhalten.«

»Es schien mir damals ein guter Gedanke zu sein«, sagte Emma düster. »Um sie später zu ihrem Vater zu schicken, wo sie ihm den Haushalt führen wollte, während mich meine Pflicht hier in den Marken festhält, seit Mama gestorben ist. Die Mädchen sehen so wenig von ihm, daß ich dachte, es nützt ihnen beiden.«

Guyon brummte. »Du siehst ihn ja auch sehr wenig.«

Emma zuckte mit den Schultern. »Es steht nicht geschrieben, daß jede Hochzeit im Himmel geschlossen sein muß. Wir sind zufrieden, Guy.«

»Hast du schon mit Richard über sie gesprochen?«

»Er meint, je eher wir sie verheiraten, desto besser, aber ich weiß nicht ... Vielleicht ahmt sie nur das nach, was sie bei den Hofschlampen sieht, und sie tut es, weil sie hübsch ist und weil die Männer reagieren. Doch sie weiß nicht, wie nahe sie damit ans Feuer gerät. Andererseits war meine Mutter immerhin eine Hure aus Rouen. Vielleicht liegt es im Blut. Ich weiß wirklich nicht, Guy.«

Er schwieg eine Weile. Ein Diener schenkte seinen Becher voll und ging wieder. Cadi bewegte sich ruhelos zu seinen Füßen.

»Jedenfalls hast du recht, wenn du sie wegbringst«, sagte er zuletzt und betrachtete dabei den Kreis der jungen Mädchen. »Christen ist seit jeher angesteckt worden von dem, was rings um sie geschieht. Erinnerst du dich, als sie neun war und eine Nonne werden wollte, nur weil eines unserer Hausmädchen den Schleier genommen hatte?«

Ein schwaches, schmerzliches Lächeln ließ Emmas Lippen zucken. »Und letztes Jahr, der Kreuzzug!« sagte sie. »Ich hab' sie erwischt, als sie ein Kreuz auf ihr bestes Kleid gestickt hat, ihre Sachen in ein Reisebündel packte und schwor, sie wolle Jerusalem sehen oder sterben.«

»Vielleicht braucht sie eine Zeitlang die sanfte, häusliche Harmonie mit mir und Judith, zum Beispiel?« Guyon warf ihr dabei einen Blick zu. »Ich dachte, du hättest ernsthafte Zweifel, was meinen Gnadenstand betrifft?«

»Das war nur mein Ärger über die Schwäche der Männer im allgemeinen«, sagte sie ungeduldig. »Ich weiß, warum du bei Hof den Herzensbrecher spielst, und du und Rhosyn, ihr hattet lang genug ein geheimes Verständnis. Aber du kommst auch mit Christen besser aus als wir alle. Vielleicht hört sie auf dich – und vielleicht hört sie auch auf Judith. Der Altersunterschied ist nicht groß, und sie sehen einander obendrein ziemlich ähnlich.«

»Kommt ganz darauf an, was du ihr in Sachen Koketterie beibringen willst.« Guyon lachte und dachte an Judiths geringes Repertoire von Raffinessen. Er stand auf und verließ den Tisch. Emma folgte ihm.

Sein Vater und Eric waren in eine Partie ›Nine Men's Morris‹ versunken und achteten nicht einmal auf Cadis prüfende Nasenstüber.

Guyon bewegte den Kopf in Richtung auf den Vater. »Ist dir in den letzten Wochen irgendein Unterschied bei Papa aufgefallen, Em?«

»Eigentlich nicht. Er ist vielleicht etwas ruhiger geworden, aber du weißt ja, er brütet viel vor sich hin. Bevor wir losgefahren sind, hat er lange am Grab von Mutter gekniet und sich dann beschwert, daß seine Knie steif werden. Warum fragst du?« Ihre Stimme verschärfte sich. »Ist etwas nicht in Ordnung?«

»Nein, nein«, beruhigte er sie, eine Hand auf ihrem Arm. »Die Sorgen eines Sohnes. Ich finde, er braucht eine neue Frau – oder wenigstens eine Geliebte.«

Emma schaute ihn perplex an. »Das meinst du doch nicht im Ernst, Guy.«

»Warum nicht?«

»Würdest du eine andere Frau an Mamas Stelle willkommen heißen – eine Stiefmutter?«

»Ich fürchte, du täuschst dich, wenn du glaubst, daß er seit ihrem Tod wie ein Mönch gelebt hat«, knurrte er.

»Ich weiß natürlich, daß er mehrmals irgendwelche Frauen für den körperlichen Komfort und auch zum Vergnügen genommen hat«, sagte Emma schroff. »Aber sie waren für ihn in keiner Weise Lebenspartner.«

»Das meine ich ja, Em. Er braucht mehr. Mama war sein Anker, und ohne eine solche Frau besteht bei ihm die Gefahr, daß er dahindriftet.« Nachdem er die Information erhalten hatte, die er gesucht hatte, ohne daß er Emma weiter einweihen wollte, bemühte er sich jetzt, ihre Aufmerksamkeit zu zerstreuen. »Zu was für Farben würdest du mir raten, wenn ich für hier neue Wandteppiche machen lasse?«

Sie kniff die Augen zusammen, merkte natürlich, daß das ein Ablenkungsmanöver war. »Wir haben gehört, daß Robert de Belleme dich bis auf den letzten Heller ausgeplündert hat«, sagte sie steif. »Ist das Gerücht vielleicht nicht wahr?«

»Was denkst du denn?« antwortete er strahlend und würfelte dann ein bißchen mit seiner Frau und seinen Nichten.

Guyon hatte die wunderbare, goldene Stute betrachtet und schaute seinen Vater mit Interesse und großen, runden Augen an. »Was hast du gesagt?«

Die Alfred-Laterne schwang in der Brise, und die Schatten schwankten an den Wänden des Stalls. Die Stute war ein Geschenk für Judith, und nur in der Heimlichkeit der Nacht konnte man sie in den Stall bringen, denn es sollte eine Überraschung werden.

»Nur, daß man Rannulf Flambard offiziell das Bistum von Durham angeboten hat, als Dank für seine unermüdlichen Bemühungen«, sagte Miles, und sein Gesicht zeigte keinen Ausdruck.

»Gott schütze den Teufel, wenn *der* in die Hölle kommt.« Guyons Mundwinkel zuckten. »Was wird er tun? Die Kirche von innen her aushöhlen und alles Rufus geben?«

»Das ganz sicher, die kleine, gemeine Ratte.«

Das Pferd leckte an Guyons Wams. Er kratzte die Stute unterm Kinn. »Aber er ist vorsichtig und schlau. Wenn er den Mönchen das Essen buchstäblich aus den Mündern nimmt, dann nimmt er es wenigstens nicht von uns«, räumte er ein und zuckte mit den Schultern.

Rannulf Flambard, ein einfacher Kleriker, war aus der Unbekanntheit bis zu einem der mächtigsten Männer des Landes emporgestiegen. Für Rufus war er unentbehrlich geworden, ein Übel für jeden einzelnen Adeligen, ein Steuereintreiber mit herkuleischen Kräften und der Fähigkeit, seinen Griff noch zu verstärken und seine Opfer bis an die Grenze des möglichen auszupressen.

Guyon konnte den Mann ganz und gar nicht leiden, weder wegen seines Benehmens noch wegen seiner Arbeit als Steuereintreiber für die Krone.

»Natürlich ist Flambard nicht die einzige Gefahr für unsere Schatzkammern«, fügte Miles spöttisch hinzu. »Die Waliser schnappen auch ihr gerüttelt Maß an Silber.«

Guyon betrachtete seinen Vater lässig über die seidige Decke der Stute hinweg. »Ich nehme an, du hast gehört von de Bellemes Mißgeschick«, sagte er mit einem Anflug von Schadenfreude in der Stimme.

»Und von deinem?«

Guyon lächelte. Er konnte seinem Vater nicht reinen Wein einschenken, da er ihn zu gut kannte und sah, was dabei herauskommen konnte. Schweigen bot auch hier bei weitem die größte Sicherheit.

»Gib acht auf dich, Guyon. Tritt dem Earl von Shrewsbury nur sehr behutsam in die Nähe. Sein Zorn ist um so tödlicher, wenn er schweigt, und das, was von seinen Opfern übrig bleibt, ist nicht schön anzusehen. Außerdem ist er mächtiger denn je. Hast du gewußt, daß er Rufus noch eine beträchtliche finanzielle Unterstützung gegeben hat, damit dieser Roger de Bullys Land übernehmen konnte?«

Der leichte Ton war verflogen, ersetzt durch plötzlich wachgerufene Aufmerksamkeit. »Nein, das wußte ich nicht.«

»Blythe und Tickhill sind bereits hinunter in die Gurgel des Teufels. Er ist momentan knapp an Geld, und seine Geduld ist noch knapper. Versuche keinen weiteren schlauen Trick mit ihm wie diesen letzten – du weißt schon, was ich meine.«

»Soll ich, wenn er die ganze Welt fressen will, einfach beiseitetreten und zusehen?«

»Du wirst ihm doch nicht den Fehdehandschuh hinwerfen!«

»Das habe ich ja auch nicht getan. Vielleicht habe ich ihm eine Falle in den Weg gestellt, aus Rache für ein paar blutige Zobelpelze.«

Miles fuhr sich mit den Fingern durchs Haar und biß die Zähne zusammen; dabei erinnerte er sich, daß Guyon fast dreißig Jahre alt war und sehr gefestigt in seinen Ansichten, und daß es wenig Sinn hatte, diese durch eine verzweifelte Lektion zu brechen oder auch nur zu verändern.

»Sei bloß vorsichtig, das ist alles, worum ich dich bitte.«

»Aber Vater, ich bin unschuldig wie eine Jungfrau«, antwortete Guyon augenzwinkernd.

»Dann paß bloß auf, daß man dich nicht defloriert«, sagte Miles scharf. »Ich gehe jetzt zu Bett.«

Die Leichtigkeit verließ sofort wieder Guyons Gesicht. »Einmal eine Chance – das wäre jetzt was Schönes«, sagte er zum Pferd und folgte seinem Vater.

Elftes Kapitel

Judith keuchte, fuhr herum, allein in ihrem Bett, und blinzelte durch die Lider auf das helle Tageslicht, das in den Raum flutete. Die Bettdecke war fortgezogen, so daß sie nackt war bis auf einen Schleier von lohfarbenem, langem Haar.

»Auf die Beine, du Faulpelz, oder willst du bis zum Mittag schlafen?«

Sie setzte sich auf und war noch rosig vom Schlaf.

Guyon lachte. »Wenn du das tust, entgeht dir eine Überraschung.«

Sie rieb sich die Augen und schaute ihn verständnislos an. Er trug ein kurzes Jagdwams aus grünem Karostoff, eine dicke Kniehose aus Leinen und hatte die Hosenbeine mit ledernen Kreuzbändern gebunden. Sie hatte nicht gehört, wie er aufgestanden war und sich angezogen hatte, aber wenn er wollte, konnte er so leise auftreten wie Melyn.

»Was für eine Überraschung?«

»Eine, die nicht ewig warten kann.« Er hakte die Daumen in den Gürtel und betrachtete Judith. Das Haar floß ihr über die Schultern. Eine sommersprossige, weiße Schulter schimmerte durch die zerwühlten Locken, dazu eine kleine, apfelgroße Brust mit rosa Brustwarze. Die Magenpartie flach und die Beine lang und elegant, Geschenk ihrer Mutter und eines, das nicht unwillkommen war.

Plötzlich nervös geworden, senkte sie die Augen, und eine zarte Röte färbte ihren Hals und das Gesicht. Er wandte sich abrupt um zu ihrem Kleiderständer, wählte nach seinem Geschmack aus und warf die Sachen auf das Bett.

»Ich schicke dir Agnes. Aber laß dir nicht zu lange Zeit, *cath fach*.«

Sein Ton war scherzend, sein Gesicht zeigte das übliche, leichte Lächeln, und ihre momentanen Skrupel lösten sich in einer herausfordernden Grimasse, als er die Tür erreicht hatte.

Die meisten Bewohner des Haushalts schliefen nämlich noch, und, wie Judith etwas ärgerlich bemerkte, als sie die große Halle betrat, es konnte nicht lange nach der ersten Morgendämmerung sein. Ein gähnender, junger Diener stellte die Schragentische an den Seiten der Halle auf, um danach dort Brot, Quark und Dünnbier zum Frühstück bereitzustellen. Guyon lehnte am Rand des Podiums, ins Gespräch mit dem Verwalter vertieft, und Cadi saß wie üblich an seiner Seite.

Die beiden stehenden Männer verbeugten sich, als Judith den großen Raum betrat. Sie wandte sich an den Verwalter. Danach führte Guyon sie hinaus zu den Stallungen.

Ein magerer junger Bursche in Judiths Alter beförderte den Mist mit einer Gabel hinaus auf den Hof. Zwischen seinen Füßen pickten Hühner. Kleine, gelbe Küken liefen hin und her und imitierten die Aktionen ihrer Eltern, wobei sie auf wunderbare Weise ebenso den Tritten des Jungen mit seinen schweren Stiefeln entkamen wie den Hieben mit der Mistgabel.

»Guten Morgen, Hob«, begrüßte Judith ihn freundlich. Er wurde dunkelrot und plapperte aus Verlegenheit wie ein Idiot.

»Und was ist die Überraschung, Guy?« Sie lächelte ihn an, wie sie Hob angelächelt hatte, und wußte nicht, was das in ihrem Gesicht bewirkte.

»Du bist es, und zwar immer, *cath fach*«, erwiderte er etwas zurückhaltend. Dann fragte er den Jungen, in Englisch: »Wo ist dein Vater?«

»Er wird jeden Moment kommen, M'lord. Er führt sie ein bißchen auf und ab, damit sie nicht kalt wird.«

»Wen?« fragte Judith.

Guyon nahm ihren Arm und drehte sie dem Stallmeister zu, der um die Ecke der Stallungen kam, mit einer bereits geschirrten Stute, die ihm auf Schritt folgte.

»Guyon?« Sie schaute erst ihn an, dann wandte sie sich wieder dem elegant schreitenden, spanischen Reitpferd zu.

»Ich fand, es war an der Zeit, daß du einen etwas feurigeren Renner bekommst als den alten Klepper, der dich bisher umhergetragen hat. Die hier heißt Euraidd. Sie ist vier Jahre alt und stammt aus der Zucht meines Vaters unten in Ashdyke.«

Judith starrte auf die Traumvision, die ihre Augen erfüllte, und das Tier bewegte seinen konvexen, spanischen Kopf, um das Kompliment aus feuchten, schwarzen Augen mit langen Wimpern zu erwidern. Euraidd – golden. Eine Stute von der Farbe der Sonne. Dunkler gefärbte Ringe wie Goldmünzen schimmerten an den seidigen Lenden und an Schulter und Bauch. Die Mähne und der Schwanz waren fließend und butterblond, letzterer geflochten mit Bändern aus scharlachroter Seide. Das Geschirr war spanischen Ursprungs wie das Tier und teuer.

»Sie ist wundervoll!« rief Judith und war beeindruckt von dem Wert und der Schönheit dieser hochbeinigen Stute. »Bist du sicher, daß du sie mir schenken willst?«

»Das ist eine besonders alberne Frage«, erwiderte er grinsend. »Wie willst du denn sonst beim Ausreiten Schritt halten mit mir? Dein alter Klepper hat längst das Gnadenbrot verdient.«

»Er hat sich das Herz aus dem Leib gerannt auf der Flucht vor Earl Robert«, verteidigte sie ihr altes Pferd, trat aber zugleich einen Schritt vor, um der Stute die weiche Nase zu streicheln. Die Stute hatte einen weißen Stern zwischen den Augen und zwei kleine Spuren von Sternschnuppen darunter. Sie leckte jetzt Judiths Finger, erhoffte sich einen Leckerbissen, und der Stallmeister brachte einen Apfel zum Vorschein.

Der Stallknecht kam mit Guyons Grauem, gesattelt und zum Ausritt bereit, aus dem Stall.

»Willst du sie ausprobieren?«

»Du solltest nicht deinen Reichtum so offen zur Schau tragen«, tadelte sie ihn, ein kleiner Kummer selbst in ihrer größten Freude.

»Mein Vater ist einer der besten Züchter im ganzen Land. Auch wenn ich noch so verarmt bin, habe ich doch noch Zugang zu gutem Pferdefleisch. Außerdem, du Undankbare, weißt du genau, daß man einem geschenkten Gaul nicht ins Maul schaut.«

Judith schnitt eine Grimasse über die Anspielung und stellte ihren Fuß in seine offene Hand.

Und dann ritten sie weit und breit über die Domäne von Ravenstow. Die Gangart der Stute war glatt wie Seide, ihre Muskeln fließend wie Wasser unter einem Tuch aus goldenem Satin. Ihr Maul war empfindlich auf Judiths leiseste Berührung der Zügel. Sie bewegte sich mühelos vom Schritt zum beschleunigten Trott, zum Kanter und zurück zum Schritt, und Judith empfand nicht den leisesten Ruck, wenn das Tier die Gangart wechselte.

Guyon betrachtete Judiths Sitz im Sattel mit kritischen Augen und stellte fest, daß sie wie alle Fähigkeiten auch diese in sehr kurzer Zeit perfekt gelernt hatte.

»Meine Mutter hat das Reiten gehaßt«, erinnerte er sich, als sie nebeneinander nach Hause ritten. »Sie hat es ertragen, um meines Vaters willen, aber es war eine Vergeudung von guten Pferden. Die besten in England hat er ihr gegeben, und sie wußte es nicht zu schätzen.«

Judith schaute auf das goldene Kraftbündel, das sie unter sich hatte. Es machte Spaß, so glatt dahinzureiten, und es lag so etwas wie Triumph darin, zu wissen, daß man diese Kraft beherrschte.

»Er vermißt sie sehr, nicht wahr?« sagte sie nachdenklich zu den zuckenden Ohren der Stute.

»Meine Mutter war das Licht seines Lebens«, antwortete Guyon nicht ohne einen schmerzlichen Ton in seiner Stimme. »Sicher, sie haben auch bei Gelegenheit gestritten, aber ich erinnere mich vor allem an die Liebe. Sie hätte ihm das Blut ihres Lebens zu trinken gegeben, wenn er sie darum gebeten hätte, und das gleiche galt für ihn.«

Judith kaute an ihrer Unterlippe und konnte sich eine solche Tiefe des Gefühls und Vertrauens nicht vorstellen. Ihre eigenen Eltern hatten ihre Zeit damit verbracht, sich gegenseitig in die tiefste Hölle zu verwünschen und sich einen Teil davon schon auf Erden zu bereiten. Schläge, Prügel, Mißhandlungen, Erniedrigungen, Grausamkeiten ... Sie kannte nur zu gut die wahre Natur der Ehe – oder glaubte sie zu kennen. Sie schaute durch die dichten Wimpern auf ihren Mann und versuchte sich vorzustellen, wie sie sich auf sein Kommando die Venen auftrennte. O nein, dachte sie, ich würde ein Messer nehmen und mich bis zum letzten Blutstropfen verteidigen.

Gleich danach folgte in ihren Gedanken eine Welle des Schuldbewußtseins. Er war so gut gewesen zu ihr, hatte ihre Eigenheiten ertragen, sie mit Geduld und Humor behandelt und reich beschenkt, nicht zuletzt mit diesem wunderschönen Pferd. Sie konnte ihn gut leiden, wußte, daß sie es weitaus besser getroffen hatte als ihre Mutter, aber dennoch konnte sie nicht so einfach ihre Seele an einen anderen Menschen verschenken.

»Du bist sehr still, *cath fach*«, bemerkte er und fühlte ihre Spannung hinter den zusammengepreßten Lippen.

Judith lächelte halb und warf den Kopf in den Nakken. »Dumme Gedanken«, sagte sie und verzog den Mund. »Keinen Penny wert. Glaubst du, sie kann auch galoppieren, ich meine, ist es sicher, wenn man ihr die Zügel frei gibt?« Und ohne auf seine Antwort zu warten, kommandierte sie die Stute mit Händen und Absätzen zu einem plötzlichen, spektakulären Ausbruch. Guyon unterdrückte einen Fluch und gab Arian die Sporen zur Verfolgung quer über die Wiese.

Gänse stoben schnatternd auseinander vor den fliegenden Hufen. Der Schweinehirt, der die Schweine ins Freie getrieben hatte, hielt sich die Hand vor die Augen, um das Licht der Sonne abzuschirmen, und schaute zu, wie die Pferde vorbeiflogen. Auf dem Boden nistende Kiebitze flatterten auf und davon. Eine Amsel schimpfte von einem Baumstumpf aus.

Die goldene Stute galoppierte leicht über das Gelände wie ein Märchentier aus den schwarzen Hügeln, und ihr Schweif sah im Luftstrom aus wie gekämmter Flachs.

Zentimeter für Zentimeter kam der Graue näher; sein Schritt war ein kleines bißchen länger, aber es war ein langsamer Prozeß. Das Gewicht, das er trug, war größer, und die Stute war entschlossen, die Nase vorn zu behalten. Er erreichte ihre Schultern, ihren weit nach vorn gestreckten Hals, und allmählich zog seine Nase mit der ihren gleich.

Judith schaute sich um; die Haarbänder klatschten gegen ihr Gesicht, ihre achatfarbenen Augen funkelten vor Vergnügen und sahen Guyons lachenden Triumph.

»O nein!« schrie sie und erwiderte das Lachen. »Nicht diesmal, Mylord!« Und als sie sich dem Rand der Wiese näherten, beugte sie sich so weit vor, als es der Sattel erlaubte, klammerte sich fest wie eine Äffin, und die Zügel klatschten hart um Euraidds Hals. Irgendwoher fand die Stute eine Extraportion Energie und zog, erleichtert durch Judiths verlagertes Gewicht, wieder eine Länge vor den Hengst, als sie das sumpfige Ende der Wiese erreichten.

Schmutz spritzte von den Vorderläufen der Stute hoch und befleckte ihre goldene Decke mit Lehm, als Judith sie zum Halten brachte und über ihrer geflochtenen Mähne hing, lachend vor Begeisterung.

Guyon hielt mit seinem Hengst neben ihr, daß der Kopf des Grauen zurückgezogen wurde in den Rumpf. Schaum spritzte ihm vom Maul. Die Hufe des Tiers tanzten. Er war viel weniger enttäuscht darüber, besiegt worden zu sein, als sein Herr.

»Das war wundervoll«, keuchte Judith, noch immer

außer Atem, und ihre Augen glänzten wie zwei Münzen, ihr Gesicht war gerötet und von Leben sprühend.

»Und du bist eine Verrückte!« antwortete er halb wütend, halb amüsiert. »Wenn du runtergefallen wärst?«

»Dann hätte ich mir das Genick gebrochen. Aber ich bin nicht runtergefallen, und es war wundervoll. Und wenn du mich noch lange so böse anschaust, werde ich in Zukunft allein reiten.«

»*Coegen*! Du wilder Fratz!« sagte er und mußte trotz allem lachen.

»*Gwrach*!« erwiderte sie und streckte ihm die Zunge heraus.

›Altes Weib‹ hatte noch niemand zu ihm gesagt. Bevor er sich eine passende Antwort ausdenken konnte, setzte Judith ihre Stute wieder in Bewegung, trieb sie durch den Fluß und nach Hause. Aus sicherem Abstand drehte sie sich zu ihm um, wo er noch saß und ihr nachstarrte, sie dabei kopfschüttelnd angrinste.

Auf der Burg gab es Besuch. Im Burghof stand ein Dutzend stämmiger Lastponys, die von einem ebenso stämmigen, schwarzhaarigen Jungen bedient wurden. Er nahm dem vordersten Tier seine Last ab und sprach mit einem mageren, älteren Kumpanen, der etwas ablud, das wie flandrische Stoffballen aussah.

Der Junge hob den Blick, traf sich mit dem von Guyon, der vom Pferd sprang, ein kurzes Wort mit dem Stallknecht sprach und dann auf sie zuging. Judith beobachtete neugierig, wie der Junge lächelnd vor ihnen stand. Er war kräftig gebaut wie eine junge Eiche und dunkel wie die Waliser, mit onyxschwarzen Augen und erstaunlich buschigen Wimpern und Brauen. Sein weiter, ausholender Schritt drückte das

Selbstvertrauen eines Mannes aus, das Flackern der Lider die Unsicherheit des Jungen.

»Ich bin hier mit meinem Großvater«, sagte er in schnellem Walisisch. »Wir haben Stoffe bei uns, die wir gegen Salz tauschen, und wir brauchen neue Ponys; außerdem hat Großvater hier noch andere Dinge zu tun.«

Die Pferdeknechte nahmen die beiden lehmbefleckten Pferde in ihre Obhut.

»Wie geht es deiner Mutter?«

»Sie hat seit zwei Tagen ein hübsches kleines Mädchen«, sagte Rhys; dabei warf er einen Blick auf Judith und fragte sich offenbar, wieviel Walisisch sie verstand. »Es geht ihr gut, und dem Baby auch – nur Eluned ist furchtbar eifersüchtig.«

Bevor Guyon sich eine Antwort ausdenken konnte, kam Madoc selbst aus dem Wohngebäude und schlug mit seiner braunen, gichtigen Hand auf Rhys Schulter.

»Du kleiner Faulpelz! Dachte, du bist inzwischen längst mit dem Abladen fertig!« rief er, aber seine haselnußbraunen Augen lachten, und sein Ton war nachsichtig. »Gott grüße Euch, Lord Guyon. Ich sehe, Ihr habt zur Zeit eine Glückssträhne. Ein schönes, gesundes Baby, und gesegnet mit dem roten Haar Eures Großvaters.« Er lachte. Rhosyns Liaison mit Guyon FitzMiles und das daraus entstandene Kind waren brauchbare Verbindungen im Hinblick auf zukünftigen Profit, auch wenn seine Tochter es, stur, wie sie war, bis aufs Messer abstreiten würde.

Judith öffnete den Mund, um zu sprechen, und schloß ihn dann wieder, weil sie sich selbst nicht traute.

Lächelnd, aber zugleich etwas unsicher, bat Guyon den Händler in die Halle, um die Geschäfte zu besprechen und auf die Gesundheit des Kindes zu trinken. Erst spät fiel es ihm ein, daß er Madoc und Rhys seiner Frau vorstellen sollte.

Master Madoc gab die richtigen Antworten in einem makellosen normannischen Französisch und versteckte seine Neugier und seine Überraschung hinter den tiefliegenden, gesenkten Lidern. Das Mädchen, das da etwas schüchtern lächelte, aber ihre Pflichten als Hausfrau ohne Tadel erfüllte, war keineswegs das schwache, verängstigte Ding, das er aufgrund von Rhosyns Auskunft erwartet hatte. Ihre Achataugen waren kühl, ihre Stimme war klar und fest. Schlank, ja, ohne nennenswerte Kurven, aber von einer gewissen Anmut und sicher auch schlau genug, um die Situation sofort zu durchschauen.

Erst diskutierten er und Guyon die Vorzüge der neuen Schafböcke aus dem Flachland, die Guyon seinen Herden hinzugefügt hatte, und die Wirkung, die sie auf die zukünftige Wolle haben würden.

»Die Vliese werden weißer und die Haare länger. Die flandrischen Spinner schreien geradezu nach Wolle von hoher Qualität. Wenn Gott mir meine Gesundheit erhält, fahre ich nach der Ernte hinüber.«

»Rhosyn hat gesagt, es geht Euch nicht gut.«

Madoc zuckte mit den Schultern. »Ich habe gelegentlich Schwierigkeiten mit dem Atmen, und meine Brust tut weh, aber es kommt nur selten vor, meistens dann, wenn ich mehr getan habe, als ich sollte, oder wenn das Wetter zu kalt wird. Ein paar Jahre noch, dann ist Rhys alt genug, um mir einen großen Teil der Last abzunehmen.« Er lächelte seinen Enkel an, der das Lächeln erwiderte und sein Fleisch mit einem schönen Dolch aus blauem Stahl mit einem geschnitzten Elfenbeinheft zerteilte.

Madoc widmete sich ebenfalls eine Weile seinem Mahl, dann wandte er den Blick auf Guyons junge Frau, die während der vorausgegangenen Konversation ziemlich schweigsam gewesen war. »Mylady, wenn Ihr gestattet, es gibt da eine Sache, die ich gern mit Euch besprechen möchte.«

Judith neigte ihm den Kopf zu. »Master Madoc?«

»Ich glaube, Ihr habt einen Brief an die Witwe von Huw ap Sior geschrieben und ihr die Zobel angeboten, die unter der Hand in Euren Besitz gekommen sind. Sie hat mich gebeten, in dieser Angelegenheit an ihrer Stelle aufzutreten, und ist Euch für Eure Großzügigkeit sehr dankbar.«

»Es hat nichts mit Großzügigkeit zu tun, sondern mit Gerechtigkeit«, sagte Judith und schnitt eine Grimasse. Sie hatte die Zobel weggepackt auf den Boden einer Kommode, eingewickelt in frische Leinwand, und die ursprünglichen, blutbefleckten Tücher, in die sie eingewickelt gewesen waren, hatte sie verbrannt. Allein der Gedanke daran flößte ihr einen Schauer ein.

Guyon schaute sie überrascht und anerkennend an. Er hatte nicht gefragt, was sie mit den Fellen getan hatte, aber angenommen, daß ihr Verschwinden bedeutete, sie habe sie weggeworfen.

Auch Madoc betrachtete sie und fragte sich, ob sie wußte, über welche Macht gegenüber ihren Mitmenschen sie verfügte. Wahrscheinlich nicht; sie war noch sehr jung, und ihre Augen waren unschuldig und ohne jeden Fehl. Eines Tages würden sie ein fabelhaftes Paar sein. Ein schwarzer Leopard und seine goldene Gefährtin. Er mußte lächeln über die Vision.

»Ihr werdet eine Begleitung brauchen«, sagte Guyon. »Zobel werden heutzutage in Blut aufgewogen.«

»Ist Rhys auch deiner?« fragte Judith ein wenig scharf, als sie allein waren in ihrer Schlafkammer.

Madoc und sein Enkel schliefen auf Notbetten unten in der Halle zwischen anderen Gästen, Reisenden, die die Gastfreundschaft einer Nacht suchten.

Guyon kratzte die empfindliche Stelle hinter Melyns aufgestellten Ohren. Die Katze schnurrte und knetete sein Wams mit ekstatisch gespreizten Pfoten.

»Er sieht dir sehr ähnlich.«

»Vor allem wegen der Farben. Sein Vater hatte schwarzes Haar und schwarze Augen. Du bist nicht die erste, die mir da eine Vaterschaft unterschiebt. Ich wollte, es wäre so. Er ist ein feiner Bursche.«

»Du hast immerhin eine Tochter mit dem Blut seiner Mutter«, sagte sie und beobachtete ihn dabei durch zusammengekniffene Lider.

Guyons Finger gruben in dem dicken, cremefarbenen und bronzebraunen Fell der Katze.

»Eine Tochter, die mich nicht einmal als Schatten kennt«, sagte er zurückhaltend.

»Warum hast du mir vorher keinen Ton von dem Kind gesagt?«

»Was hätte das genützt? Sie wird nicht unter meinem Dach aufwachsen. Rhosyn wird ihr einen walisischen Namen geben und sie walisisch erziehen.«

»Und du hast da gar nichts zu bestimmen?« fragte sie ungläubig.

Melyn sprang von seinem Knie und legte sich neben den offenen Kamin, um sich zu putzen. »Was sollte ich tun?« fragte er ein wenig ärgerlich. »Sie aus den Armen ihrer Mutter stehlen und sie nach Ravenstow bringen, um mir Schmerzen zu ersparen, auf Kosten von Rhosyns Haß und einer Blutfehde mit den Walisern?« Er stand auf, ging zur Karaffe und schenkte sich einen Becher Wein ein. »Ich habe alles gesagt, was ich dazu zu sagen habe. Ich habe Rhosyn einmal gebeten, und sie hat abgelehnt.«

»Gehst du morgen zu ihr?«

Er schaute Judith über den Rand des Bechers an. Ihre Miene war zurückhaltend, ihr Gesicht weiß wie Milch, das sture Kinn angehoben, als sei sie zu einer Herausforderung angetreten.

»Wahrscheinlich.«

Judith krallte die Hände zu Klauen und bekämpfte ein völlig neues und beunruhigendes Gefühl; am liebsten hätte sie ganz laut geschrien und ihn nicht fortgelassen in die Arme einer anderen Frau. Sie hätte dieser Frau das Gesicht zerkratzen und sie eine Hure nennen wollen.

»Warum fragst du mich, wenn du es nicht wissen willst?« sagte Guyon und legte ihr den Arm leicht über die Schulter. »Ich kenne Rhosyn seit vielen Jahren, und ihren Vater, seit ich so alt war wie du. Du kannst nicht erwarten, daß ich diese Bindungen aufgebe.«

Sie hatte sich gebückt und in der Kommode gekramt; jetzt hatte sie das Paket mit den Zobelpelzen in der Hand. »Das will ich ja gar nicht, Mylord.« Sie schaute ihn kurz und mutig an, bevor sie den Blick senkte. »Es ist nur, daß du mich am Kopf streichelst, mir wertvolle Geschenke machst und lachst, wenn ich dich amüsiere, aber ich frage mich, ob du in mir mehr siehst als ein Kind, mit dem du zufällig in einem Boot sitzt.« Sie legte das Paket auf die Kommode und stand auf. Das tat auch er, mit einem Stirnrunzeln zwischen den Augenbrauen.

Sie hatte die Lider immer noch gesenkt. Nach einem Augenblick nahm er ihr Kinn auf den Zeigefinger, hob es an und küßte sie zart auf die Lippen. »Komm, *cath fach*, schau mich an.«

Sie öffnete die Lider, und er sah die Tränen in ihren Augen. Sie stieß sich von ihm weg. »Du sollst mich nicht so väterlich behandeln!« zischte sie zwischen zusammengebissenen Zähnen hervor.

Guyon ließ die Hände nach beiden Seiten sinken und atmete tief ein. Dann atmete er sehr langsam die Luft aus. »Wie soll ich dich denn behandeln?« fragte er, und in seiner Stimme lag ein Unterton von Verzweiflung. »Du bist keine Frau, und du bist kein Kind mehr. Du schwankst auf dieser Grenze wie ein Betrunkener. Du lachst und spielst Fingerknöchel mit meinen Nichten und reitest wie die wilde Jagd. Du neckst mich wie eine erfahrene Kokette, aber wenn ich das Angebot in deinem Lächeln annehme, rennst du vor Entsetzen davon. In Gottes Namen, Judith, entscheide dich endlich!« Er schluckte den Rest des Weins und nahm die Karaffe.

Ihr Blick weitete sich. »Wohin gehst du?« fragte sie atemlos.

»Zum Nachdenken«, sagte er mit einem schiefen Grinsen. »Du brauchst nicht auf mich zu warten.«

Der Vorhang fiel hinter ihm. Melyn streckte sich faul, beäugte ihre Herrin aus goldenen Achatschlitzen und setzte sich ihr dann erwartungsvoll zu Füßen. Judith hob sie auf ihren Schoß, begrub ihr Gesicht in dem dichten, weichen Fell und weigerte sich, zu weinen.

In Wirklichkeit kam Guyon sehr wenig zum Nachdenken, denn er ging mit seiner Karaffe in den Wachraum, setzte sich, legte seine Füße auf das Tischgestell und ging bald völlig auf in dem geselligen, vulgären Gespräch seiner Soldaten. Es war lange her, seit er einen Abend auf diese Weise verbracht hatte, und abgesehen davon, daß er die maskulinen, gepfefferten Gespräche liebte, brachte es ihn auch, was die Gerüchte in den Marken betraf, wieder aufs laufende.

Walbert von Seisdons Frau war schon wieder schwanger. Bei einer der Mühlen in Elford war der Mahlstein gebrochen. In den Wäldern an der Grenze von Ravenstow und Wales hatte man die Reste eines gewilderten Rehbocks gefunden. Robert de Belleme hatte einen grauen, flämischen Hengst gekauft, um ihn seinem berühmten Stall hinzuzufügen. Und Robert de Belleme hatte der Witwe von Ralph von Thorneyford die Heirat mit Walter de Lacey vorgeschlagen.

Guyons Kopf fuhr hoch. »Was?«

»Es ist die Wahrheit, Mylord. Meine Schwester hat einen der Männer von Thorneyford geheiratet, und es ist *das* Gespräch oben auf der Burg. Es hat einen regelrechten Aufruhr entfesselt.«

Guyon wischte sich den Mund und stand auf. »Du sagst mir, daß Walter de Lacey Mabel von Thorneyford heiratet?« fragte er.

»Aye, Mylord. Es ist noch nicht allgemein bekannt, aber das wird es in Kürze sein.«

»Stellt euch vor, neben so etwas aufzuwachen!«

»De Lacey wird auch nicht allzu sehr begeistert sein«, sagte einer, ein anderer stöhnte.

De Bec beugt sich nach vorn, um Guyons Becher wieder zu füllen. »Thorneyford ist ein reicher Besitz«, sagte er. »Mabel hatte eine große Mitgift in die Ehe gebracht, und Sir Ralph war ein rechter Knicker.«

Guyon warf ihm einen Blick zu, der mehr sagte als

alle Worte, und trank. »Glaubt ihr, daß er mich zur Hochzeit einlädt?«

»Eher wahrscheinlich zu ihrem Begräbnis«, knurrte de Bec. »Ich fürchte, Mabel wird ihren zweiten Ehemann nicht überleben.«

Guyon tauchte seinen Zeigefinger in eine Pfütze Wein. Der Hauptsitz von Thorneyford lag an der Südwestgrenze von Ravenstow, abgetrennt von Wales durch einen tiefen Verteidigungsgraben. Es gab noch mehr Forts, die Teile des Befestigungswalls von Shrewsbury bildeten, und zusammen mit dem, was de Lacey bereits besaß, machte es ihn zu einem Adeligen von beträchtlichem Stand in den mittleren Marken, was seine Bedrohung gegenüber Guyons Interessen verdreifachte.

Ein Schritt vor und zwei zurück, dachte Guyon und starrte auf die Pfütze des vergossenen Weins. »Dann sollten wir die Patrouillen verstärken«, sagte er zu de Bec. »Ich möchte nicht, daß er seine neu entdeckten Zähne an meinen Grenzen schärft.«

»Glaubt Ihr, daß er das tun würde, M'lord?«

»Kommt darauf an, wieviel Unterstützung er von de Belleme bekommt, und ob er einen Grund findet, einen Krieg vom Zaun zu brechen. Aber wie ich unsere Overlords sehe, wird ein Grund oder eine Ausrede nicht lange auf sich warten lassen.« Er streckte de Bec seinen Becher hin, um ihn sich wieder vollschenken zu lassen. »Glaubt Ihr, de Lacey feiert seine Hochzeit mit einer Eberjagd?«

Seine Stimme war leicht und etwas rauh. De Bec versagte sich klugerweise eine Antwort.

Zwölftes Kapitel

Judith betrachtete sich im sarazenischen Handspiegel und war mit nichts, was sie sah, zufrieden. Ihre Augen hatten dunkle Ränder aus Mangel an Schlaf, und ihr Teint war blaß und hier und da von kleinen Flecken entstellt. Ihre Perioden, in den vergangenen zwei Jahren eine unregelmäßige, kaum beachtete Unannehmlichkeit, schienen sich zu einer regelmäßig alle vier Wochen wiederkehrenden Heimsuchung von Krämpfen und ekelhaften Behinderungen auszuwachsen. Daß es nun eben Evas Fluch war und sogar von der Kirche sanktioniert wurde, schuf da keine Erleichterung, ebenso wenig wie die Information, die ihr von Christen, ihrer vierzehnjährigen, angeheirateten Nichte erteilt wurde – nämlich, daß diese Beschwerden aufhören würden, sobald sie empfangen hätte.

»Ach, ich hätte doch lieber ein Mann werden sollen!« sagte Judith rebellisch.

»Die leben nicht so lang wie wir«, bemerkte Christen. »Und sie sind leicht um den Finger zu wickeln, sobald man den Dreh erst einmal raus hat.«

»Wenn du meinen Vater gekannt hättest, würdest du das nicht sagen.« Judith nahm einen Kamm aus Elfenbein und zog ihn sich durchs Haar. »Sein Heilmittel für alles war ein Bauch voller Wein und Prügel für den gerade zur Verfügung stehenden Sündenbock. Hat dich dein Vater auch geschlagen?«

»Manchmal.« Christen beantwortete die Frage mit einem leichten Achselzucken.

»So, daß du von seinen Ringen geblutet hast?«

Christen machte eine flüchtige Handbewegung. »Das war dein Vater. Meiner war nicht so schlimm. Guyon ist überhaupt ganz anders, und seine Bedürfnisse sind klar zu erkennen, wenn du weißt, wo du schauen mußt.«

»Ach, tatsächlich?« Judith zog die Brauen hoch und wünschte sich, dieses naseweise Kind würde sie in Ruhe lassen. »Und wo muß ich schauen?« fragte sie und schaute das andere Mädchen herausfordernd an.

Christen betrachtete sie nachdenklich. »Guyon liebt es, zu jagen«, sagte sie nach einer Pause. »Frauen, die leicht zu haben sind, langweilen ihn. Du mußt dich winden und wehren und davonlaufen, und wenn er dich fängt, mußt du dich immer noch eine Weile verweigern.«

Judiths Augenbrauen gingen noch mehr nach oben.

»Und natürlich hast du ja auch immer noch diese besondere Methode der Überredung«, fügte Christen wissend hinzu, »daß du unberührt bist.«

»Und das weißt du alles aus Erfahrung?« fragte Judith mit mehr als einer Andeutung von Ärger.

Christen lachte. »Natürlich nicht! Ich habe es von Alais de Clare. Sie war Guyons Trösterin bei Hof, bis ihr Gatte dahintergekommen ist.«

»Ich verstehe«, sagte Judith mit zusammengepreßten Lippen.

»Nein, du verstehst nicht.« Christen kicherte. »Ihr Mann wollte, daß sie mit Prinz Henry anbandelt und nicht ihre Zeit vergeudet an einen kleinen Fisch wie Guyon ... Aber sie mochte Guy einfach lieber, und er sieht ja auch besser aus, und so hat sie sich von ihm überzeugen lassen.«

»Und das hat sie dir, seiner Nichte, so einfach erzählt?« fragte Judith spöttisch.

Christen errötete angesichts des Zorns, der sich in Judiths Stimme und Haltung zeigte. »Ach, es war doch ganz anders«, sagte sie unbehaglich.

»Wenn Guyon mich einem anderen Mann als eine Art Bestechung anbieten würde, würde ich ihm die Hölle heiß machen, das kannst du mir glauben!« zischte Judith, und ihre Augen waren wie Blitze. »Gott steh mir bei, ich hätte sie lieber beide umgebracht, als mich wie ein Stück Fleisch verschachern zu lassen.« Und dann hielt sie die Unterlippe mit den Zähnen fest, weil sie sich daran erinnerte, daß das Verkauftwerden wie ein Stück Fleisch genau im Mittelpunkt ihrer eigenen Ehe gestanden hatte.

»Aber du liebst Guy, und Alais' Ehemann ist fett, alt und ...«

»Daß du dich ja nicht täuschst, was die Liebe betrifft«, unterbrach sie Judith.

Christen starrte sie aus großen, runden Augen an. »Ich glaube nicht, daß Guyon Alais wirklich gemocht hat«, sagte sie besorgt, weil sie befürchtete, Judiths Eifersucht geweckt zu haben, so daß sie danach Guyon Schwierigkeiten machen würde.

Judith betrachtete sich wieder im Spiegel, schnitt dann eine Grimasse, was das Ergebnis nicht besser machte. Bisher hatte sie sich, was diese Dinge betraf, wenig Gedanken gemacht – vielleicht sollte sie das tun, nach dem Gespräch vom vergangenen Abend? Sollte sie vielleicht Guyons Aufmerksamkeit auf diese Weise wachrufen? Das gehörte auch zu den Dingen, die in Muße und vor dem Fall überlegt werden mußten, statt in seiner Gegenwart dann durchzudrehen und in Panik zu geraten.

Christen beobachtete sie während des langen Schweigens mit erschreckter Neugier.

Judiths Blicke trafen sich mit den ihren im Spiegel. »Vielleicht hast du recht«, räumte sie ein und zog wieder die Stirn in Falten. »Ehrlichkeit ist vielleicht die beste Politik, aber eine harte Kruste rutscht besser, wenn man sie zuerst mit Butter und Honig einschmiert ... Ich glaube, ich muß noch sehr viel lernen.« Sie legte den Handspiegel weg und stand auf. »Jetzt muß ich erst einmal den Koch über den Speiseplan informieren, dann überlegen, ob wir eine neue Näherin einstellen sollen, außerdem muß ich den Gewürzschrank und die Wäscheschränke kontrollieren. Master Madoc wollte alle Bestellungen ausführen, die ich für ihn habe ... Und dann«, fügte sie nach einem tiefen Atemzug hinzu, »werde ich über die Frage der Raffinesse nachdenken.«

Christen lächelte, ohne zu wissen, warum, und entschloß sich, in Zukunft bei solchen Themen lieber den Mund zu halten.

In ihrer Kammer schüttelte Alicia das dunkle Witwenkleid aus. Ein Päckchen getrockneten Lavendels und ein zweites mit Rosenblättern fielen heraus, dazu eindeutige Anzeichen von Motten. Sie schüttelte den Kopf und schnalzte ungehalten mit der Zunge, dazu warf sie das Kleid auf das Bett.

»Nehmt Ihr es nicht mit, M'lady?« fragte Agnes und besah sich den Schaden.

Alicia schüttelte den Kopf und betrachtete den halb gepackten Koffer hinter sich. Sie hatte Kleidung genug für ein ganzes Leben auf ihrem Witwensitz, ja sogar zuviel. So bezweifelte sie, daß das rosa Seidenkleid, das sie bei der Hochzeit ihrer Tochter getragen hatte, noch einmal zu Ehren kommen würde, es sei denn, man begrub sie darin.

»Was ist mit diesem Gürtel, M'lady? Soll ich ihn ...« Agnes brach ab, murmelte eine Höflichkeitsfloskel und schaute ihre Herrin verständnislos an.

Alicia wirbelte herum, und ihr Herz schlug wie eine Kriegstrommel, auch der Puls an der Seite ihres Halses.

Miles warf einen Blick auf die Reisekoffer, die offen herumstanden und ihren Inhalt sehen ließen: Kleider und Geschirr, Phiolen und Kämme und Stickereien. Sein Blick erreichte das übersäte Bett und die leeren Kleiderständer, dann kehrte er zurück auf Alicia und nagelte sie fest.

»Wenn es meinetwegen sein sollte«, sagte er, »so besteht dazu keine Notwendigkeit. Ich verlasse die Burg schon morgen vormittag.«

Alicia schüttelte den Kopf; ihr Hals war wie zugeschnürt, und sie konnte nicht sprechen.

Miles warf einen Blick auf Agnes, dann wandte er sich wieder an Alicia. »Ich muß mit Euch reden«, sagte er, und dann, als ihre Augen antworteten, weit aufgerissen und voller Angst: »Ihr könnt mich fesseln lassen, wenn Ihr wollt. Dann braucht Ihr bestimmt keine Angst zu haben.« Er hatte es leichthin gesagt, aber es steckte kein Humor in seinen Worten.

Alicia faltete behutsam den Schleier, den sie in der Hand hatte, und gab nach kurzem Zögern Agnes das Zeichen, sie allein zu lassen. Die Mundwinkel der Zofe zuckten ein wenig, dann ließ sie wieder eine Höflichkeitsfloskel fallen und zog sich hinter den dicken Vorhang zurück.

Miles setzte sich auf das Bett und nahm den Schleier

in die Hand, den Alicia eben so mühsam zusammengelegt hatte. »Als wir das letztemal allein waren, habe ich mich wie ein grüner Junge verhalten«, sagte er. »Es war eine impulsive Handlung, und ich möchte mich dafür entschuldigen.«

Keine Antwort, nur zusammengekniffene Lippen und so krampfhaft verschränkte Finger, daß man das Weiße der Knöchel sehen konnte.

»Alicia, so seht mich doch wenigstens an.«

Müde und gequält hob sie die Lider. Ihre Augen hatten die Farbe vom Gefieder eines Wanderfalken – dunkel und wild … Und verletzlich.

»Glaubt Ihr, daß es unbemerkt geblieben ist? Um unserer Kinder willen müssen wir wenigstens zu einem Waffenstillstand kommen.«

»Warum wohl, glaubt Ihr, ziehe ich auf meinen Witwensitz?« entgegnete sie.

»Vielleicht, weil Ihr Angst habt?« legte er nahe.

Ihre Mundwinkel zuckten. »Nicht aus den Gründen, die Ihr Euch vorstellt.«

Miles faltete den Schleier auf. Er war aus hauchdünner Gaze, die Stickereien am Rand mit Goldfaden. »Ihr werdet Eure Tochter vermissen«, sagte er leise.

»Sie hat ihr eigenes Leben und wird schneller zur Frau werden, wenn sie mich nicht mehr als Stützpfosten neben sich weiß. Es sieht im Grunde so aus, als ob *ich* demnächst zum Kind werden würde. Es hat sogar schon begonnen. Sie schließt mich aus ihren Gedanken aus, und sie hat einen sehr starken Willen.«

»Ganz und gar nicht der Vater – oder?« sagte er nachdenklich.

Das Schweigen danach ließ ihn aufblicken. Alicias Gesicht hatte die ungesunde Farbe von ungebackener Pastete angenommen. Dann riß sie sich zusammen, lächelte und holte zitternd Atem. »Das würde ich nicht behaupten.« Sie kehrte ihr Gesicht in den Schatten. »Aber es gibt manche Ähnlichkeiten.«

Etwas klang falsch dabei. Die Erinnerung suchte und fand unzusammenhängende Fragmente. Ein Schloß klickte sachte. Ein Kegel paßte und brachte ein anderes Schloß zum Klicken, und schließlich begann das ganze Glockenspiel zu tönen. »Und wer ist ihr Vater?« fragte Miles leise.

Er hörte das Klappern der Perlen ihres Rosenkranzes gegen den Rock, sah das sachte Vibrieren ihrer Schultern. »Das ist meine Sache«, antwortete sie mit rauher Stimme.

»Und meine, wenn es um das Blut meiner Enkel geht.« Er stand auf, ging zu ihr hin und drehte die zitternde Gestalt sachte zu sich her.

»Und wenn ich sage, ein Pferdeknecht oder ein durchreisender Hausierer?« forderte sie ihn heraus.

»Wenn das die Wahrheit wäre, dann hättet Ihr mich nicht verstoßen am Tag der Eberjagd«, folgerte er und bewegte die Fingerspitzen entlang der Kante ihres Unterkiefers.

Alicia zitterte unter seiner leichten Berührung, weil sie wußte, was sie riskierte, wenn sie ihm die Wahrheit gestand.

»Lebt er noch?«

»Ja.«

»Weiß er es?«

»Wahrscheinlich nicht.« Sie zog die Schultern hoch. »Für ihn war es eine Nacht des Vergnügens, ein Spaß, wie man ihn auf dem Weg findet, und der beim Morgengrauen vergessen ist.«

»Und für Euch?« fragte er und beobachtete sie mit großer Aufmerksamkeit.

»Es war in jeder Hinsicht praktisch. Wenn die Färse nicht will, schick sie zu einem anderen Stier.« Sie lachte, und es klang bitter.

Miles ließ sie los, verschränkte die Arme und zog die Stirn in Falten.

»Nicht besonders hübsch, wie? Ich hab' meinem Mann in seinem eigenen Nest Hörner aufgesetzt und ihm das Kind meines Liebhabers untergeschoben.« Und dann: »Ihr seht zuviel, Mylord, oder ich bin in letzter Zeit unvorsichtig geworden.«

»Ich sehe zuviel«, sagte er und lächelte schmerzlich, »weil ich mich für Euch interessiere.«

»Ihr kennt mich nicht einmal«, sagte sie schwach.

»Gut genug, um klar sehen zu können«, entgegnete er, beobachtete sie, versuchte, aus ihrer Miene zu erkennen, von welcher Seite er den Angriff wagen konnte. »Und ich kenne Euch schon lange, seit der Zeit, als Ihr im Alter von Judith wart und Euch gegen den Willen Eures Vaters gestellt habt. In all den Jahren seitdem habe ich Euch aus der Ferne beobachtet, habe Euch aufwachsen und sich verändern sehen.«

»Und mich dennoch begehrt?« fragte sie herausfordernd, und ihre blaue Augen waren feindselig.

Miles erkannte die Falle und umging sie geschickt. »Ich hatte Christen«, sagte er. »In mir war kein Platz, um eine andere Frau zu begehren. Das wißt Ihr.«

Ein Teil der Feindseligkeit verschwand aus ihrem Gesicht, aber sie blieb auf der Hut.

Miles zuckte mit den Schultern. »Ich habe sie vor zwei Jahren verloren. Manchmal kommt es mir vor, als wäre es gestern gewesen. Manchmal plagt mich die Einsamkeit so sehr, daß ich befürchte, verrückt zu werden. Ich habe Frauen in mein Bett genommen, um nicht allein schlafen zu müssen, aber darin liegt kein

Trost von Dauer. Was ich brauche, ist eine Ehefrau, und, wenn Ihr bereit seid, mir zu verzeihen, Euer Jawort.«

Alicia starrte ihn völlig betäubt an. »Aber das ist unmöglich!« sagte sie mit rauher Stimme.

»Die Verzeihung – oder das Jawort? Rannulf Flambard ist imstande, für die richtige Menge Gold ein jedes Wunder zu vollbringen, und ich nehme kein Nein als Antwort von Euch – nicht ohne einen sehr guten, sehr triftigen Grund.«

Alicia setzte sich. Die Knie waren ihr weich geworden. »Ich könnte Euch Gründe nennen, einen nach dem anderen«, sagte sie zitternd.

Miles ließ nicht locker. Für jeden Protest, den sie vorbrachte, hatte er eine Antwort bereit, eine vernünftige Lösung. Er zerstreute ihre Sorgen und Ängste – alle bis auf eine. Sie nannte ihm den Namen von Judiths Vater.

Miles hielt den Atem an, starrte Alicia in allmählichem Begreifen an und ließ die Luft dann sehr langsam aus. Sie sah, wie sein Gehirn diese letzte, entscheidende Verbindung herstellte, sah, wie seine Augen flackerten.

»Ja«, sagte sie rauh. »Er war vierzehn, und ich war achtundzwanzig, und in einer Nacht lehrte er mich alles, wovon Maurice nicht einmal eine blasse Ahnung hatte.«

»Jesus Christus und Heilige Mutter.« Miles fluchte leise und starrte sie an, als ob ihr plötzlich zwei Köpfe gewachsen wären, versuchte zugleich, zu verarbeiten, was sie ihm da eben gestanden hatte.

Sie beobachtete sein Gesicht, wartete auf den Ausdruck der Ablehnung, aber er zeigte sich nicht. Es war eine glatte Maske, hinter der alle möglichen Gedanken lauern konnten. Sie bedeckte ihr Gesicht und wandte sich ab.

Nach einem Moment hatte Miles seine Sinne wieder zur Verfügung. Alicia zitterte so sehr, daß er befürchtete, das Fleisch würde ihr von den Knochen fallen. Er legte eine feste Hand auf ihre Schulter. »Mir ist das egal«, sagte er leise. »Es ist in der Vergangenheit geschehen, und wie ich ihn kenne, ließ er sich auch mit vierzehn nur dann verführen, wenn er es wollte.«

Alicia schluckte, als sie sich daran erinnerte, wie es gewesen war. Sie mit einem halb zu Ende gedachten Plan, und er längst dazu entschlossen.

»Also, willst du mich heiraten?« fragte Miles.

Alicia nahm die Hände langsam vom Gesicht und schaute ihn an. »Wie kannst du das sagen? Ich habe absichtlich einen Plan geschmiedet, um meinen Gatten zu betrügen. Ich bin mit einem Jungen ins Bett gegangen, der eben erst den Stimmbruch hinter sich hatte. Ich ...«

»Du geißelst dich mit deinen Schuldbekenntnissen«, sagte er und nahm ihre Hände in die seinen. »Die Waliser haben ein Sprichwort: *Oer yw'r cariad a ddiffydd ar un chwa o wynt.* Kalt ist die Liebe, die schon ein Windstoß davonträgt. Ich habe Frauen ins Bett genommen wegen des Vergnügens und der Lust, die sie gewähren, und manchmal aus blanker Verzweiflung. Ich halte deine Sünde für geringer.«

Alicias Mund zuckte, und dann zeigte sie ein erstes, schüchternes Lächeln. »Ihr seid ungewöhnlich hartnäckig, Mylord.«

»Das ist das walisische Blut«, stimmte er ihr fröhlich zu.

Sie schüttelte den Kopf und schniefte. »Ich kann Euch keine Antwort geben. Ich bin so verwirrt, daß ich nicht mehr weiß, wo oben und wo unten ist.«

Er streckte die Hand aus, als wollte er sie berühren, ließ sie dann aber wieder sinken, weil er wußte, wieviel auf dem Spiel stand. Es war wie beim Beschleichen eines scheuen Tiers. Leise, langsam, und keine plötzlichen Bewegungen. »Vielleicht solltet Ihr Euch tatsächlich eine Weile auf Euer Witwengut zurückziehen«, sagte er nachdenklich. »Dort könnt Ihr es in Ruhe überlegen.«

Alicia entfernte sich aus seiner beunruhigenden Nähe. Es war klar, daß er sich entschlossen hatte. Sie hatte ihm das schwarze Geheimnis verraten, das auf dem Grund ihrer Seele lag, und er hatte es als nicht in Betracht kommend weggewischt, schätzte sie immer noch so hoch ein, daß er ihr die Ehe anbot. Zum erstenmal fühlte sie sich wieder besser als eine gemeine Hure. Schade, daß es dreißig Jahre zu spät kam.

»Ich nehme an, Ihr verliert nur selten eine Auseinandersetzung«, sagte sie und betrachtete ihn dabei sehr genau.

»Das hängt vom Thema ab«, sagte er mit entwaffnendem Lächeln. »Ich könnte Euch heimgeleiten, wenn Ihr es wünscht. Ich habe geschäftlich zu tun mit dem Hugh of Chester. Er braucht ein kräftiges Kriegsroß für seinen schweren Leib, und ich könnte Euch abholen, wenn ich zurückkehre, sagen wir, in vier Tagen?«

»Und wenn ich nein sage?« Ihr Ton klang scharf, denn sie kam sich vor, als würde sie von ihm manipuliert, in jede Richtung, in die er sie schubsen wollte.

»Dann werde ich mir etwas anderes einfallen lassen müssen, nicht wahr?« entgegnete er und hörte nicht auf zu lächeln.

Dreizehntes Kapitel

Es war ein Glück für Guyon, daß die Reise nach Wales ohne Zwischenfälle verlief, denn er hatte das Gefühl, als ob sein Gehirn auf die doppelte Größe angeschwollen wäre und den Schädel zu sprengen versuchte. Seine Lider waren bleischwer, die Zunge dick und pelzig wie ein Stück Moos, und sein Körper, kein Wunder, zeigte sich äußerst ungeschickt in den Bewegungen. Es war lange her, daß er sich so heftig dem englischen Ale hingegeben hatte. Zusammen mit rotem Anjou-Wein eine tödliche Mischung, und seit den Tagen bei Hof hatte er ohnehin wenig getrunken, so daß sich seine Kapazität auf diese Weise verringert hatte.

Als sie die Wagenburg und das Holzhaus erreicht hatten, war es voller Mittag, und die Sonne schimmerte auf den Kettenpanzern wie Fischschuppen aus Licht. Madoc, in seinem rostbraunen Wams aus Barchent mit Kaninchenfell, war im Gesicht ziegelrot und schwitzte wie ein Schwein auf dem Spieß; dazu kam sein Atem stoßweise aus den bläulichen Lippen.

Guyon band Arian an einen Pfosten im Hof und nahm dann, wobei sich sein Schädel wie gespalten anfühlte, seinen Helm ab, zog sich die Kappe herunter und folgte Madoc in die Hütte.

Eluned lief zu ihrem Großvater und umarmte ihn

mit einer fast verzweifelten Begeisterung, dann sah sie Guyon und ging auf ihn zu. »Mam hat das Baby bekommen«, verkündete sie. Ihre Augen, haselnußbraun wie die von Rhosyn, wirkten besorgt. »Es ist ein Mädchen.« Sie klammerte sich an seinen Arm. »Ich weiß, *anwylyd*«, erwiderte er und küßte sie auf den Kopf.

Die Hebamme, die gerade heiße Brühe in eine Holzschüssel geschöpft hatte, schaute Guyon an. »Eine leichte Geburt«, berichtete sie ihm und nickte dazu. »Das Baby ist nicht groß, aber gesund.« Ihre kleinen Igelaugen zeigten unverhohlene Neugier. Madocs Tochter hatte nie ein Geheimnis aus ihrer Liaison mit einem Lord von den Marken gemacht und auch nicht, wer der Vater ihres Kindes sein würde.

»Kann ich sie sehen?« fragte er auf Walisisch und in unterwürfigem Ton, denn man begegnete diesen Frauen mit großer Ehrfurcht. Allzu oft hing das Leben von Mutter und Kind allein von ihrem Können ab.

»Bringt ihr das hinein, Lord«, sagte sie und streckte ihm die Schüssel mit der Brühe hin. »Und vergeßt nicht, sie ist müde.«

Eluned wollte folgen, aber ihr Großvater hielt sie zurück und bat sie, ihm etwas zum Trinken zu bereiten. Die Hebamme schaute den Alten ein paar Sekunden lang an, murmelte etwas, suchte unter ihren Kräutern und fand eines, das seine Atmung erleichtern würde.

Auf leisen Füßen näherte sich Guyon dem Bett und schob die dünnen Gazevorhänge zur Seite, die Rhosyn von der Welt ausschlossen, stellte dann die Brühe auf die Stellage daneben. Sein Näherkommen bewegte die warme Luft, und Rhosyn hob die Lider. Einen Moment lang glaubte sie, daß sie träume, oder daß das tödliche Kindbettfieber sie erwischt habe und sie daraufhin Halluzinationen erleide. Dann setzte sie sich langsam auf und sagte leise seinen Namen.

»*Cariadferch*«, sagte er, nahm ihre Hand und kniete sich neben sie.

Sie sah, daß er sein Kettenhemd trug, und die Glieder funkelten ein wenig in dem schwachen Licht. Die Uniform des Märkers. Also war er diesmal offiziell jenseits der Grenze.

»Es freut mich, daß du gekommen bist«, sagte sie und war sofort ärgerlich über das verräterische Schwanken in ihrer Stimme.

»Hast du das bezweifelt?«

»Nun, du hast keine Verpflichtung, zu kommen.«

»Es gibt immer eine Verpflichtung, *cariad*.«

»Guy ...«

»Nein«, murmelte er und berührte den feinen, rötlichen Flaum des Babys, bevor er sich ihr zuwandte, die Augen voller Schmerzen. »Ich bin so angekettet wie der Hund da draußen vor der Tür ... Stoß mich nicht hinaus, ohne mir eine Chance zu geben. Hat das Kleine schon einen Namen?«

Rhosyn schüttelte den Kopf.

»Darf ich?«

»Ich ... ich weiß nicht.«

Er nahm ihre Hand. »Warum habe ich den Eindruck, daß du mir nicht traust, *anwylyd*?«

Sie schaute ihm gerade in die schönen, weichen, braunen Augen. »Vielleicht, weil ich dir nicht traue. Die Namensgebung ist eine Sache, die man ein Leben lang bereuen kann.«

»Und was werde ich sonst von ihr haben, Rhosyn? Hier und da ein Blick, ein verstohlenes Treffen. Vom Baby zum Kind und zur Frau in ein paar Augenblicken. Sie gehört dir. Das gestehe ich nicht ohne Schmerzen ein, aber laß mir wenigstens die Freude, ihr den Namen zu geben.«

»Worte waren seit jeher deine tödlichste Waffe«, klagte ihn Rhosyn an und schüttelte den Kopf, die Augen funkelnd von unvergossenen Tränen, aber zugleich hatte sie ein versonnenes, stilles Lächeln auf den Lippen. »Also schön. Ich gestehe dir die Freude zu, ihr einen Namen zu geben.«

Er küßte sie beinahe ehrfurchtsvoll, dann ging er wieder zu der Wiege und warf einen Blick auf seine schlafende Tochter.

»Hast du es deiner Frau gesagt?« wollte Rhosyn wissen und wischte sich die Augen am Bettuch.

Sein Gesicht war im Profil zu ihr. Er zuckte nicht mit der Wimper, zeigte nicht an, daß er ihre Frage gehört hatte. »Judith weiß es«, sagte er dann ohne Betonung.

»Und ist nicht gerade begeistert?«

Er rieb sich die schmerzende Stirn. »Sie entwickelt gewisse besitzergreifende Instinkte«, sagte er vorsichtig. »Das ist manchmal recht unangenehm.«

»Ich habe ihren Brief an Huws Witwe gelesen. Es war nicht der Brief eines Kindes«, sagte Rhosyn nachdenklich. »Kinder werden schnell erwachsen, gerade in diesem Alter. Kann sein, daß du plötzlich eine Frau in den Armen hast.«

Seine Lippen bewegten sich zu etwas, das vielleicht der Beginn eines schiefen Lächelns hätte sein sollen. »Es wäre trotzdem Vergewaltigung«, sagte er lakonisch. »Auf diesem Gebiet ist sie leider noch weit von der Frau entfernt.«

»Vergiß nur nicht, daß sie eine Frau ist«, sagte sie leise und trank dann ihre Fleischbrühe, bevor sie kalt wurde.

»Heulwen«, sagte er nach einiger Zeit. »Wie findest du das?«

Sie stellte die Schüssel ab und schaute ihn überrascht an. »Heulwen?«

»Ich habe dir versprochen, daß sie einen schönen, walisischen Namen bekommt.«

»Ich hätte gedacht, du würdest sie Christen taufen, wie deine Mutter.«

»Ich habe schon eine sehr hübsche Nichte, die den Namen trägt. Nein, nennen wir sie nach meiner walisischen Großmutter, Heulwen uerch Owain. Außerdem entsprechen ihre Farben diesem Namen.«

Rhosyn legte den Kopf zur Seite, überlegte, dann begann sie zu lächeln. »Ja«, sagte sie leise. »Der Name gefällt mir, Guy. Er gefällt mir sogar sehr.«

Und dann war die Hebamme hereingekommen und hatte ihn aus dem Zimmer gescheucht, und Madoc hatte gewartet und ihn an den Tisch gebeten, noch immer kurzatmig, aber mit besserer Gesichtsfarbe und voll selbstzufriedener *Bonhomie*, und Eluned hatte Aufmerksamkeit für sich gefordert. Er hatte sie ihr mit halben Sinnen gewährt und mit der anderen Hälfte Madoc zugelächelt, und dabei hatte er weggepackt, was übrig war und nicht besprochen werden konnte, ohne die Seele zu zerreißen. *Heulwen*. Sonnenschein. Vor seinem inneren Auge standen Wolken.

Das war nun gestern. Heute befanden sie sich auf der Rückreise und hätten längst die Tore von Ravenstow erreicht, wenn nicht Arian ein Hufeisen verloren und dementsprechend gehinkt hätte. Das schöne Wetter hatte mittags umgeschlagen, aus den zarten, fedrigen Wolken des Vormittags war eine schwere, graue Masse geworden. Und dann hatte es zu regnen begonnen.

»Es wäre am besten, wenn wir die Nacht über rasten, Mylord«, sagte Eric und deutete zum Horizont, wo das Grau geschwollen war, mit purpurnem Rand, voll von unabgeregnetem Wasser. »Es ist ein Dorf nicht weit von hier, da gibt es sicher auch einen Hufschmied.«

Guyon blinzelte in den Regen. »Und du glaubst, daß es sicher ist?« sagte Guyon zu seinem Captain und ließ die nassen Zügel durch seine Finger gleiten.

»Nein, wir machen nur halt an dem Alehaus, falls sie eines haben, während sich der Schmied um Arian kümmert, dann ziehen wir gleich weiter. Die Gastfreundschaft von Thorneyfords Land ist so unsicher wie seine neue Lordschaft, und ich reite lieber durch bis Ravenstow, als in Stücke gehackt und in meine eigenen Satteltaschen gepackt zu werden.«

Eric schnitt eine Grimasse dazu. Die Straße nach Chester bei Nacht und in diesem Unwetter war keine herzerfrischende Vorstellung, aber sie waren zu nahe an Thorneyford und an Walter de Lacey, der sich keine Gelegenheit zum Mord entgehen ließe, wenn er wüßte, daß sie in seiner Nähe waren.

Das Dorf war groß genug, daß es nicht nur über einen Schmied, sondern auch über ein anständiges Alehaus verfügte, und während Arian neu beschlagen wurde, begaben sich Guyon und die Männer in das Gasthaus, um sich dort für die noch vor ihnen liegenden, nassen Meilen zu stärken.

Die Wirtin war eine rotgesichtige, adrette Frau in mittleren Jahren, ihr Mann, vom Ansehen verblüffend anglosächsisch und in starkem Kontrast zu ihr, schickte den Sohn hinaus, damit dieser sich um die restlichen Pferde kümmerte.

Außer ihnen gab es nur zwei Gäste in der Stube: ein

junges Paar, das unauffällig in der dunkelsten Ecke des Raums saß und still aß. Das Mädchen hatte den Kopf gehoben bei ihrem Eintreten und die bewaffneten Männer mit weiten, erschreckten Augen betrachtet. Ihr Begleiter war ein einfacher, breitschulteriger Mann, zwischen zwanzig und Guyons Alter. Er schaute sich die Neuankömmlinge an und legte seine linke Hand beschützend auf den Kopf des Mädchens. Die Rechte ließ er hängen, nicht weit von dem Dolch, der in seinem Gürtel steckte.

Guyon, nach einem erstaunten Blick auf die strahlende Schönheit des Mädchens, ignorierte das Paar und setzte sich. Wasser tropfte von seinem Gewand auf den Boden und versickerte in den Ritzen zwischen den Bohlen. Eric ließ sich vorsichtig neben seinem Lord nieder und massierte sich die schmerzenden Knie.

Die Wirtin brachte ihnen Schüsseln mit Hammeleintopf, ziemlich frische Weizenlaibchen und Krüge mit Cidre und Ale; ihre Bedienung war zurückhaltend, aber schnell und tüchtig. »Scheußliche Nacht, wenn man unterwegs ist«, sagte sie zu Guyon. »Wenn Ihr wollt, könnt Ihr hier übernachten.«

Er dankte ihr und schüttelte den Kopf. »Ihr habt hier einen neuen Lord in Thorneyford, und dem möchte ich lieber nicht begegnen.«

»Der ist schlimmer fürs Geschäft als die Pest«, schimpfte der Wirt und stellte eine Schale mit Honigkuchen auf den Tisch. »Das geht jetzt schon los, und Sir Ralph liegt gerade eben erst im Grab. Ich weiß, er hat auch ein Schweinehund sein können, aber nicht so gemein, daß es schlecht war fürs Geschäft. Da sind die Leute oft lieber hier geblieben, als sich oben auf der Burg zu amüsieren, mit ihm und der verrückten Mabel als Gastgeber. Aber jetzt kommen sie erst gar nicht mehr in die Gegend«, schniefte seine Frau. »Und wenn, dann sind sie so wie Ihr: Sie kommen, sie trinken und sind wieder weg, weil sie Angst haben vor Lord Walter und seinen Wegelagerern.« Sie umarmte ihren Busen und stakte zornig davon.

Guyon und Eric tauschten Blicke. Das Paar in der Ecke war mit dem Essen fertig und ging hinaus in den Wolkenbruch, der Mann einen Arm um die schmalen Schultern des Mädchens gelegt.

Einer von Guyons Männern stieß einen leisen, anerkennenden Pfiff aus. »Hübsches Ding«, sagte er und schaute bedauernd zur Tür hin.

»Ihr Vater ist einer von den Dienern, die zu Thorneyford gehören«, half der Wirt und schenkte sich einen Krug Cidre ein, wobei er sich umschaute, ob seine Frau in der Nähe war. »Der Bursche ist ein Jagdgehilfe oben auf der Burg – das heißt, er war es. Er hatte einen Streit mit dem neuen Lord und hat keine andere Möglichkeit gesehen als seine Sachen zu pakken. Ein stolzer Kerl, der junge Brand, und seine Frau ist eine seltene Schönheit. Sir Ralph hat nie etwas für Frauen übrig gehabt. Zu alt und nicht genug Stahl im Schwert, daß er es erst aus der Scheide gezogen hätte, aber Sir Walter ...« Er ließ der Wirkung halber eine Pause entstehen und wischte sich mit der Hand über den Mund. »Nichts, was einen Rock trägt, ist vor ihm sicher, und dann will er es noch nicht einmal normal machen.«

»Ich weiß«, sagte Guyon leise und erinnerte sich an die Schlacht in Wales vom vergangenen Sommer und an die unglücklichen Opfer, von denen manche nicht älter als zehn oder elf waren und im Morgengrauen aus de Laceys Zelt hinausgestoßen wurden ...

»Aber der junge Mann ist der beste Wildhüter, den er hatte. Der neue Lord ist ein Idiot, wenn Ihr mich fragt, ein solches Talent gehen zu lassen, nur wegen ein bißchen Lust. Sicher, ich verstehe schon, warum er in Versuchung geraten ist, aber ...« Er hielt inne, stellte rasch den Krug neben Erics Arm und empfing seine Frau, die den Mund spitzte, aber sicher nicht, um ihm einen Kuß zu geben.

Eric kicherte in seinen Schnurrbart. Guyon schob seine Schüssel beiseite und trank das Ale aus. »Ich bin auf dem Weg zum Schmied«, verkündete er und hatte Mühe, ein ernstes Gesicht zu machen, während der Wirt wie ein Kobold hinter dem Rücken seiner Frau Grimassen schnitt.

»Ich komme mit Euch«, sagte Eric. »Je mehr, desto sicherer ist man in dieser Gegend der Wälder.«

Guyon warf ihm einen amüsierten Blick zu, sah aber, daß der Captain sehr ernst geworden war, und hörte mit dem Grinsen auf.

»Wir brauchen einen guten Jagdmeister auf Ravenstow«, sagte er nachdenklich, während sie die Straße überquerten, die verlassen im regnerischen Abend lag. »Ich habe noch keinen Ersatz für Rannulf finden können. Vielleicht sollte ich nach dem Burschen sehen und ihm ein Angebot machen.« Er warf einen boshaften Blick auf den breitbrüstigen Sachsen, wartete und war nicht enttäuscht.

»Ihr zieht die Gefahr auf Euch, wenn Ihr das tut, Mylord«, warnte Eric. »Ihr habt gehört, was der Gastwirt sagte. Das wäre eine Katastrophe, wie es sie nur selten gibt. Sir Walter will sie nicht gehen lassen, das wißt Ihr inzwischen. Glaubt Ihr nicht, Ihr habt ihn in letzter Zeit oft genug herausgefordert?«

»Und weit und breit kein Eber zu sehen«, scherzte Guyon, als sie die Schmiede erreichten.

Eric holte Luft, um noch weiter zu protestieren, hörte aber auf damit, bevor er begonnen hatte. Nachdem er seit fünfzehn Jahren Guyons persönlicher Leibwächter und Begleiter war, wußte er nur zu gut, daß sein Herr der Teufel in Person sein konnte, wenn ihm nach etwas der Sinn war, wie zum Beispiel die Eskapade mit den Schafen und dem Silber.

Guyon sah, wie sein armer Captain an den Worten kaute, die er sich nicht auszusprechen wagte. »Natürlich bin ich keiner Vernunft zugänglich«, scherzte er und nahm Arians Vorderlauf, um das neue Hufeisen zu prüfen.

»Mylord, davon kann nicht die Rede sein«, entgegnete Eric und war keineswegs besänftigt. Guyon setzte den Lauf des Pferds auf den Boden und bezahlte dem Schmied den Viertelpenny. Während der Mann in die Münze biß, erstarrte er und schaute in das Zwielicht hinter sich.

Eric fuhr herum, die rechte Hand am Schwert. Guyon, der die Hand am Zügel hatte, versteifte sich. Hufe kamen die schlammige Straße entlang, Harnische klapperten. Ein Mann fluchte hundsgemein auf Flämisch, eine Frau stieß einen Schrei aus. Guyon sprach rasch ein paar Worte zum Schmied, nahm die Zügel und führte Arian aus der engen Schmiede hinaus auf die Dorfstraße. An der Marktkreuzung, zwanzig Meter entfernt, hatte eine Gruppe von berittenen Söldnern das junge Paar aus dem Gasthaus umrundet und ließ es nicht weitergehen.

»Ich bin ein freier Mann«, hörte Guyon den jungen Jäger sagen, wütend und in einem stark akzentuierten Französisch. »Ihr habt kein Recht, mich aufzuhalten.«

»Dann geh doch, du bist frei«, lachte einer der Männer und zeigte die Zähne. »Du hast nichts zu bieten, was nicht das hübsche kleine Frauchen ausgleichen könnte. Sie ist eine Dienerin, und Lord Walter will sie zurückhaben.«

»Und zwar auf dem Rücken«, verbesserte jemand und lachte schallend.

»Sie ist keine Dienerin. Ich habe den Freibrief von Lord Ralph, ich kann es beweisen! Er hat sie freigesprochen, als wir heirateten.« Der junge Mann hielt eine Dokumentenröhre aus Kupfer hoch. Der vorderste Flame nahm sie ihm ab, zog das Pergament heraus, das es enthielt, zerriß es einmal und noch einmal und warf es unter die trampelnden Hufe der Pferde.

»Ich sehe keinen Beweis«, sagte er, grinste, und plötzlich funkelte eine Klinge. Das Mädchen schrie auf, als ein Flame nach ihrem Sattel griff. Ihr Mann tastete nach dem Dolch in seinem Gürtel, hielt aber inne, um sich unter dem mörderisch geschwungenen Schwert zu ducken.

»Laßt sie durch«, befahl Guyon, sein eigenes Schwert in der Hand und in überlegener Position, wobei seine Knie Arian befahlen, sich zwischen das Paar und ihre Belästiger zu drängen.

Der Flame maß Guyon und den älteren Mann, der hinter ihm war, mit Blicken. Zwei zu neun, und nur die beiden vordersten bereits aufgesessen – aber der Graue war ein kräftiges Pferd, der Mann, der daraufsaß, konnte mit den Waffen umgehen, und die zwei waren sicher nicht allein. »Mischt Euch nicht in anderer Leute Angelegenheit«, knurrte er.

»Guter Rat«, erwiderte Guyon. »Das gilt auch für Euch. Also laßt die beiden durch.« Ein kurzer Blick verriet, daß die Söldner dabei waren, ihn und Eric einzukreisen. Wenn man die Ohren anstrengte, hörte man Geräusche von der Taverne her.

Der Flame vergeudete keine Zeit mehr mit Worten, sondern machte einen Satz auf Guyon zu, dessen Arm nicht auf die Sicherheit seines Schilds vertraute, sondern auf die seines eigenen Schwerts. Bläulich-weiß sprühten die Funken, und er stellte verbittert fest, daß sein Gegenüber Linkshänder war. Schwert gegen Schwert – das war für jeden Kämpfer ein Alptraum. Wenn man parierte, riskierte man, daß das Schwert zersprang; parierte man nicht, war man tot.

Hinter ihm keuchte Eric, als ihn ein unerwarteter Hieb traf, allerdings nur seinen Kettenpanzer, der verhinderte, daß das Schwert durch den dicken Stoff seiner Hose dringen konnte. Das Mädchen weinte laut. Jemand nahm ihrem Mann den Dolch aus der Hand und fesselte ihm die Hände, wie man einen Hasen für den Tisch präpariert.

Guyon wehrte mit seinem Schild einen Schwerthieb auf seiner linken Seite ab und fühlte, wie das Schwert traf und abglitt. Mit dem Knie befahl er dem Hengst, sich um die Achse zu drehen und sich gegen das Tier des linkshändigen Flamen zu werfen, der ihr Anführer war. Im gleichen Augenblick brachte er sein Schwert zum Einsatz, unerwartet hart und tief. Es klappte beinahe, aber der Söldner war zu erfahren; er hatte im letzten Augenblick den Trick geahnt und begegnete ihm mit einem Seitenhieb. Guyon drehte sich wieder und parierte ihn. Heftiger Schmerz fuhr ihm durch die Hüfte, als ihn das Schwert des Flamen an der Seite traf. Er klammerte sich an den Knauf, drückte das andere Schwert seitwärts, veränderte den Griff und hieb über den Kopf nach dem Flamen. Der verlor den Halt an den Zügeln und sank über den Sattelbaum. Blut lief in breitem Strom durch sein Kettenhemd.

Guyon schwang Arian erneut herum. Die Kugel

eines Morgensterns kratzte dicht an seinem Haar vorüber. Er hämmerte den Schild in die Richtung, aus der er geschwungen worden war, ließ Arian geduckt nach vorn gehen und wurde belohnt durch den Schrei von jemandem, der ohne Pferd war.

»Oxley!«

Guyon hörte mit Erleichterung den Ruf von einem seiner eigenen Männer.

»A moi!« bellte er. Arian stieß um sich, und ein anderes Pferd ließ einen schrillen Schmerzensschrei hören. Der Anführer der Söldner fiel vom Sattel, klatschte in den Schlamm und rührte sich nicht mehr. Sein zweiter Mann sah sich um, stellte fest, daß sie jetzt nicht mehr in der Überzahl waren, und gab das Kommando zum Rückzug.

Der Versuch von einem ihrer Leute, die Gefangenen mitzuschleppen, wurde vereitelt, als Guyon sein Pferd zwischen das des Mädchens und des Flamen trieb. Das Schwert sauste nach unten und durchtrennte Leder, Fleisch und Knochen. Der Söldner kreischte, während drei seiner Finger von den tanzenden Hufen des Grauen in den Schlamm getrampelt wurden. Guyon packte das abgetrennte Ende der Zügel und zog daran. Einer seiner Männer übernahm sie von ihm und brachte die junge Frau in Sicherheit.

Ihr Mann hatte sich von seinem eigenen Sattel zur Seite geworfen und davongerollt; er war zwar aufgeschürft und hatte Prellungen abbekommen, war sonst aber unverletzt; doch er hatte die Hände immer noch hinter dem Rücken gefesselt.

Guyon drehte Arian herum. Das Pferd blutete aus mehreren Wunden an seinem Hals und den Vorderläufen und war immer noch nervös und kampfbereit, so daß Guyon im Sattel bleiben mußte. Blut lief ihm übers Bein – doch das mußte warten. Wie die Dinge standen, war es ausgesprochen unklug, noch länger als nötig in der Gegend zu bleiben. Zweifellos würde in Kürze Verstärkung aus Thorneyford kommen und sich ihnen an die Fersen heften.

Der junge Mann war von seinen Fesseln losgeschnitten worden und umarmte jetzt seine Frau. Guyon trieb Arian neben die beiden, aber nicht zu nah, denn der Hengst war durchaus noch in der Stimmung, anzugreifen. Der Mann hob seine Hand, murmelte etwas und verließ sie, um hinüber zu reiten zu Guyon.

»Paßt auf ihn auf, junger Mann, sonst geht er hoch, wenn Ihr ihm zu nahe kommt.«

Der junge Mann lächelte, und seine ernste Haltung zeigte vielleicht, warum ihn die Frauen attraktiv fanden. »Ich kenne mich mit Pferden aus, Mylord«, sagte er selbstbewußt und stand so stockstill, daß Arian sich an seine Gegenwart gewöhnte und ihn nicht mehr als eine Bedrohung betrachtete. »Wir können Euch nicht genug danken, Mylord. Wir stehen tief in Eurer Schuld. Ja, wir verdanken Euch unser Leben.«

Guyon lächelte düster. »Walter de Lacey ist nicht gerade ein Busenfreund von mir. Ihr schuldet mir gar nichts. Es war mir ein Vergnügen. Aber ich rate Euch, macht Euch auf den Weg, so schnell Ihr könnt. Lord de Lacey neigt dazu, so etwas nicht zu vergessen.«

»Das braucht Ihr mir nicht zu sagen!« rief der junge Mann. »Ich bin ein freier Mensch und arbeite nicht für solche wie ihn. Der alte Sir Ralph war gemein und mürrisch, aber er peitschte seine Untergebenen nicht aus, nur zum Vergnügen, und er nahm auch keine Mädchen ins Bett, wenn sie es nicht wollten.«

Guyon richtete wieder den Blick auf das reizende blonde Mädchen, das besorgt durch den Regen zu ihnen herüberschaute. Sie war etwa im Alter von Judith, sah jetzt aber aus wie eine nervöse Zwölfjährige, genau das Alter, wie es de Lacey besonders bevorzugte.

»Sie ist keine Dienerin, Mylord«, sagte er mit ruhiger Würde. »Ich schwöre es bei meiner Seele.«

»Er hat eine besondere Vorliebe für die Frauen anderer Männer und für Mädchen, die noch keine Frauen sind«, sagte Guyon mit Abscheu. »Ich an Eurer Stelle würde die Reste der Urkunde einsammeln und von einem Schreiber eine Kopie anfertigen lassen. Woher stammt Ihr und Eure Frau?«

»Ich habe Verwandte in Chester, Mylord. Sie nehmen uns auf, bis ich Arbeit finde. Ich dachte, bei Earl Hugh.«

»Es gibt Arbeit näher bei der Hand, in Ravenstow, wenn Ihr das wollt. Ich suche seit letztem Winter einen guten Jagdmeister.«

Der junge Mann überlegte es sich. Guyon FitzMiles suchte einen Jagdmeister, weil Sir Walter in einem Zornanfall bei einer Jagd zu Ehren der Hochzeit der Erbin von Ravenstow den damaligen Jagdmeister nahezu enthauptet hatte; es war dabei angeblich um den Diebstahl eines Pferdes und um einen gebrochenen Eberspeer gegangen.

»Ihr könnt es Euch ja überlegen, während wir reiten«, bot Guyon an und wendete Arian in Richtung auf das Alehaus. »Ravenstow liegt ohnehin auf Eurem Weg, und Ihr tut gut daran, beim Ritt durch das Land von Thorneyford eine bewaffnete Eskorte bei Euch zu haben. Auch könnte ich Euch Earl Hugh empfehlen. Er ist ein persönlicher Freund von mir.«

»Ich danke Euch, Mylord«, sagte Brand, und in seinem Ton mischte sich Dankbarkeit mit Ernst und

Zurückhaltung. Nachdem er wußte, welche Gerüchte über FitzMiles und sein Verhältnis zu den Frauen umgingen, war er erleichtert darüber, daß er Elflin nur beim Vorübergehen kurz zunickte. Dem einen Herrn, der seinen Verstand zwischen den Beinen trug, zu entfliehen, um zum nächsten zu gehen, der die gleichen Gewohnheiten hatte, das wäre wie vom Regen in die Traufe kommen – selbst dann, wenn dieser Mann ihnen beiden das Leben gerettet hatte.

Er bückte sich und hob die Pergamentfetzen vom Boden auf.

Vierzehntes Kapitel

Judith hörte auf damit, sich das Haar zu kämmen, und betrachtete ihre Mutter eingehend. »Ich habe es mir fast gedacht«, sagte sie ohne Überraschung. »Ich dachte, du wärst imstande, das zu tun.«

Es war nicht ganz die Antwort, die Alicia erwartet hatte, als sie ankündigte, daß sie sich auf ihr Witwengut zurückziehen würde, sobald Guyons Vater nach seinen Geschäften mit Hugh von Chester hierher gekommen war und sie dorthin begleiten konnte. Sie war in das Zimmer ihrer Tochter gekommen und auf Tränen vorbereitet gewesen, auf Betteln, sie möge doch bleiben, und war völlig perplex über Judiths kühle Reaktion.

»Ich möchte nicht, daß du denkst, es gefällt mir nicht hier bei dir und Guyon, aber ihr habt euer eigenes Leben zu leben und ich das meine.« Sie kaute an ihrer Lippe und fragte sich, ob sie die Kaltschnäuzigkeit ihrer Tochter noch weiter auf die Probe stellen und ihr verraten sollte, was sie außerdem vorhatte.

Judith legte den Kamm weg, kam zu ihrer Mutter und umarmte sie wortlos. Sie waren jetzt beinahe gleich groß und konnten einander gerade in die Augen sehen, denn Judith war seit dem vergangenen Frühling gewachsen und hatte auch einiges nicht unvorteilhafte Fleisch angesetzt.

Alicia erwiderte die Umarmung. »Natürlich besuche ich dich oft, und du weißt ja, wo du mich findest, wenn einmal ein Notfall eintritt«, sagte sie und fühlte sich schuldig dabei, doch das war nichts Neues; die Schuldgefühle hatten sie zeit ihres Lebens begleitet.

»Du bist hier immer willkommen, das weißt du!« antwortete Judith und küßte sie. »Aber warum redest du so, als hättest du vor, für immer dort zu bleiben?«

»Weil ich es vorhabe.«

Judith hob den Kopf von Alicias Schultern, und ihre Augen waren auf einmal rund und besorgt. »Ist etwas passiert? Etwas, das ich oder Guyon ändern können?«

Alicia streichelte Judiths schimmerndes, lohfarbenes Haar. »Du wirst es verstehen, wenn die Zeit gekommen ist, und mich nicht zu hart verurteilen.«

»Mama?« Judith schaute zu ihr auf und begann nun wirklich, sich Sorgen zu machen. Die Augen ihrer Mutter hielten ihrem Blick nicht stand, und ihre Lider waren rotgerändert wie so oft in diesen Tagen.

Neben dem Feuer machte Melyn einen hohen Katzenbuckel, ging dann an den beiden Frauen vorbei und zur Tür, den Kopf erwartungsvoll schief gelegt. Alicia schniefte und gewann Kontrolle über ihre schwierigen Gefühle. Mutter und Kind. Sie fühlte so etwas wie die Umkehrung davon.

Judith hatte sich versteift, die Augen auf der Katze und der Tür, und ihre Spannung war greifbar.

»Was ist denn?« fragte Alicia.

Der Vorhang teilte sich, und Guyon kam herein – oder ein halb Ertrunkener mit dem Aussehen von Guyon.

»Heilige Mutter Gottes!« rief Alicia.

Wasser tropfte von seinem ganzen Körper, und die Pfützen breiteten sich rasch auf dem Boden aus. Sein

Gang war weit entfernt von den geschmeidigen, tigerähnlichen Bewegungen, als er auf das Feuer zuging. Genau gesagt, er humpelte stark.

»Was ist mit deinem Bein?« fragte Judith und war schon neben ihm.

Er nahm den durchnäßten Umhang ab und reichte ihn ihr. »Ein Schwertarm, der zu langsam war«, antwortet er betrübt.

»Bist du überfallen worden?« fragte sie scharf und richtete den Blick auf die nasse Kniehose und die vom Regen verdünnten Bächlein von Blut, die daran nach unten liefen.

»Schlaues Kind.« Sein Ton war spöttisch. »Hast du einen Schluck Wein?«

Alicia drückte sich davon, blieb noch kurz an der Tür stehen und tauschte einen Blick mit ihrer Tochter. Guyons Laune schien so miserabel zu sein wie das Wetter in dieser Nacht.

Judith holte die Karaffe und eine kleinere Phiole mit Aqua vitae, dazu zwei Becher. »Möchtest du ein Bad?« fragte sie zurückhaltend.

»Sehe ich so aus?« fuhr er sie an. »Mein Gott, bei Elmford wären wir fast ersoffen. Die Pferde mußten bis an den Bauch durchs Wasser, und der Strom war voller Eisschollen.« Er nahm den Wein und kippte ihn hinunter, dann das Aqua vitae, auf das er ein wenig husten mußte. Sein Gesicht war grau bis auf zwei hochrote Punkte an den Wangen.

Sie stellte die Becher weg, brachte ein Leinentuch und kniete sich vor ihn hin, um ihm den Schwertgürtel zu öffnen. »Was ist denn geschehen?«

Das Gewicht glitt von seinen Hüften in ihre Hände, und er seufzte erleichtert. Mit kurzen Worten berichtete er ihr von der Begegnung mit dem Söldnertrupp, seinem Anlaß und seinen mutmaßlichen Folgen.

»Dann ist es also wahr. Ich dachte, es sei nur ein Gerücht, daß de Lacey Mabel heiraten wird«, murmelte sie, als sie den Gürtel wegbrachte und zurückkehrte, um ihm beim Ablegen des Kettenhemds zu helfen. »Mama sagt, sie ist eigentlich gar nicht verrückt. Ihr Mund ist deformiert, so daß sie nicht richtig sprechen kann, und alles kommt einem wie Gebrabbel vor, wenn man sie nicht gut kennt.«

»Ich glaube nicht, daß das ihrem neuen Ehemann auf längere Zeit Kummer machen wird«, sagte Guyon und stellte den Becher ab, damit sie ihm das Kettenhemd über den Kopf ziehen konnte. Seine Haut war kalt und klebrig bei der Berührung. »Ich glaube, ich sehe jetzt erst einmal nach deinem Bein«, sagte sie und begann seine Gamaschen aufzubinden.

»Die Frau des Gastwirts hat es notdürftig verbunden«, sagte er und zuckte mit den Schultern. »Laß es, wie es ist, Judith. Ich bin so müde, daß ich stehend einschlafen könnte. Das letzte, was ich mir jetzt wünsche, ist, daß du an mir herumstichelst mit deinen Nadeln und Scheren.«

»Dann wirst du wenigstens trinken, was ich dir gebe?« fragte sie, aber es war mehr ein Befehl, und sie warf ihm dabei einen strengen Blick zu.

Der Hauch eines Lächelns ergriff seine Lippen. »O Gott«, sagte er. »Was habe ich verbrochen, daß ich so bestraft werde?«

»Du hast mich geheiratet«, erwiderte sie, und auch ihre Lippen kräuselten sich einen Moment, bevor sie ihm das nasse Wams abnahm und dann das klebrige, feuchte Leinenhemd, das er darunter trug.

Guyon beobachtete sie, ein Bild, welches mit dem bleiernen Gewicht schwankte, das auf seinem Schädel lastete, und er fühlte, daß mit Judith eine Veränderung vor sich gegangen sein mußte, war aber nicht in der Lage, sie genauer zu bestimmen. Sie kam zurück mit einer Schaffelldecke und warf sie ihm um die Schultern, dann wandte sie sich ab, um ihm ein Gebräu aus Mohnsamen und Mutterkraut in Wein zu mischen.

»Das ist richtig, das habe ich getan«, sagte er leise und bückte sich, um die Stiefel auszuziehen. Der Raum rings um ihn schwamm vor Wasser. Die Nadeln des Schmerzes in seinem Inneren vereinigten sich zu einem einzigen, tief eindringenden Dolch. Er streckte die Arme aus, um sich an der Kommode festzuhalten, konnte sie aber nicht erreichen.

Judith fuhr herum und lief mit einem Schrei des Entsetzens auf ihn zu. Auf seiner Kniehose breitete sich ein hellroter Fleck aus, und Guyon begann tief und rauh zu atmen. Er war auf den Knien. Sie kniete sich neben ihn und löste ihm die Kniehose.

»Leg dich hin«, kommandierte sie.

»Ich kann doch nicht ...«

»Du sollst dich hinlegen!« fuhr sie ihn an und gab ihm einen nicht allzu behutsamen Rippenstoß. Er folgte, als ob sie ihn mit einem Knüppel geschlagen hätte und nicht mit ihrer Hand.

Als sie ihn endlich ausgezogen hatte, wobei sie sich als sehr tüchtig erwiesen und ihm die größten Schmerzen erspart hatte, preßten sich ihre Lippen zusammen angesichts des wirkungslosen Leinenverbands, der die Blutung nur wenig hatte stoppen können. »Wie lange bist du mit dem da geritten?«

»Fünf oder sechs Stunden«, murmelte er zwischen zusammengebissenen Zähnen.

»Du bist ein Narr!« sagte sie in verächtlichem Ton und verließ ihn kurz, um ein Stück sauberes Leinen zu suchen, das sie zu einem Pflaster faltete und dann hart gegen die immer noch blutenden Ränder der Wunde preßte.

»Ich hatte keine Wahl – nicht mit Walter de Lacey und seiner *Cwmni Annwn* im Nacken, die nach meinem Blut lechzten.«

»Es sieht fast so aus, als hätten sie es bekommen«, sagte sie scharf. »Und vielleicht dein Leben damit.«

»Ich habe schon Schlimmeres überstanden.« Er versuchte zu lächeln, aber es gelang ihm nicht.

»Das bezweifle ich«, sagte sie bedrückt und preßte die Hand gegen das Pflaster. »Du hast mehr Blut verloren als eine gestochene Sau. Man braucht dich ja nur anzusehen.«

»Ich hab' ja gewußt, daß es zuletzt auf Sauen hinausläuft«, sagte er und fiel in eine leichte Bewußtlosigkeit.

Judith geriet um ein Haar in Panik und wollte schon ihre Mutter zu Hilfe rufen. Beinahe – aber nicht ganz. Es gab nichts, was Alicia hätte tun und sie nicht hätte tun können. Außerdem war er *ihr* Mann. »Soviel zum Stichwort Raffinesse«, sagte sie zu sich selbst, blickte hinunter auf ihren nassen, blutigen Nachtmantel, die verschmierten Hände und sah, daß sich der Blutstrom verringert hatte. Also wagte sie es, Guyon für eine Weile zu verlassen, besorgte sich die pulverisierte Schwarzwurzel und frische Bandagen und schickte ihre Zofe Helgund in die Küche nach einer Schüssel mit schimmeligem Brot.

Als sie zu ihm zurückgekehrt war, gab sie erst das Schwarzwurzelpulver in die Wunde und fragte sich dabei mit unterdrücktem, hysterischem Lachen, wie wohl Alais de Clare mit einer derartigen Situation fertiggeworden wäre. Ihr Humor erstarb gänzlich, als sie sich fragte, was Rhosyn uerch Madoc, die Mutter seines Kindes, in diesem Fall getan hätte.

Das Mädchen kam mit dem Brot und wurde für den Abend entlassen. Judith flocht ihr Haar und steckte es mit Haarklammern aus dem Weg, dann machte sie sich an die Arbeit mit Nadel und Faden. Das Schwert des Flamen hatte Guyon an der Innenseite des Schenkels erwischt, wo das Panzerhemd einen Schlitz hatte, um ihm genügend Freiheit beim Reiten zu lassen, ohne das Kettengeflecht, das sein Fleisch hätte schützen können. Es war keine sehr lange Wunde, aber sie war tief, und wäre sie noch eine Handbreit weiter oben gewesen, so hätten sie sich beide keine Gedanken mehr zu machen brauchen über die Frage der ›Raffinesse‹. Während sie nähte, überkam sie wieder der hysterische Drang, zu kichern, denn wie sie da zwischen seinen Schenkeln kniete, hatte sie einen sehr intimen Ausblick auf das, wovor sie sich früher so gefürchtet hatte. Jetzt war es nicht bedrohlich, vor allem deshalb, weil sie es war, die es unter Kontrolle hatte. Ein ernüchternder Gedanke. Sie schluckte das Gefühl fürs Lächerliche hinunter und konzentrierte sich auf das, was sie zu tun hatte.

Nachdem sie die Hauptwunde so gut behandelt hatte, wie sie konnte – denn sie befand sich an einer ungünstigen Stelle, man konnte sie nicht sicher schließen und verbinden –, überprüfte sie seinen Körper nach anderen Verletzungen.

Für einen so dunkelhaarigen und dunkelhäutigen Mann war Guyon erstaunlicherweise nur wenig behaart; nur ein Streifen von dunklem Haar verlief von der Mitte seines Brustbeins nach unten in den dichten Busch zwischen den Schenkeln. Judith war imstande, sein Fleisch aus der Nähe zu betrachten. Es war etwas, das sie nie zuvor getan hatte; bis dahin war sie lieber unwissend geblieben, und er, der ihre Angst vor der Nacktheit fühlte, hatte sich nur sehr selten ganz vor ihr ausgezogen.

Bis dahin wäre sie nicht auf die Idee gekommen, seinen Körper attraktiv zu finden. Eine Quelle von Schmerzen und Brutalität, so hatte sie den Körper ihres Mannes früher betrachtet. Jetzt fuhr sie, fast verwundert, mit dem Finger eine dünne, weiße Linie entlang, die einen Brustmuskel umgrenzte, bis weiter hinauf, unter den Kieferknochen.

Guyon stöhnte und schlug die Augen auf. Judith atmete scharf ein und zog rasch die Hand zurück.

»Cath fach«, sagte er schwach, fand von irgendwo ein Lächeln, und diesmal war sein Ton nicht väterlich-herablassend. »Wie schlimm ist es?«

Sie sah, wie der Puls an seiner Halsschlagader raste, sah, wie ihm der Schweiß über den Kopf lief. »Schlimm genug. Du hast so viel Blut verloren, daß du kaum noch einen Tropfen davon im Körper hast, und du wirst höchstwahrscheinlich Wundfieber bekommen. An dem Schnitt waren Rostflecken zu erkennen. Ich habe die Wunde mit schimmeligem Brot verpackt, aber die Stelle ist schwer zu bandagieren. Es wird lange dauern – wenn du durchkommst –, und das ist kein Scherz. Ich gebe dir den Rat, deine Seele vorzubereiten.«

»Was ist das für ein Trost?« fragte er, versuchte zu lächeln, und kniff statt dessen die Augen zu.

Judith nützte den Augenblick, um ihr Gesicht mit dem Ärmel abzuwischen; er sollte nicht die Tränen in ihren Augen sehen. »Der einzige, den ich dir geben kann«, erwiderte sie tapfer. »Und schlaf mir nicht gleich wieder ein. Erst mußt du das hier trinken.«

Er öffnete die Lider, riß sie dann mühsam und weit auf, als er den randvollen Keramikkrug sah und den Becher, den sie daraus füllte.

»Alles«, sagte sie mit gewisser Befriedigung.

»Du Teufelin – Robert de Belleme hat offenbar nicht das Monopol auf sadistische Quälereien. Was ist es eigentlich?«

»Abgekochtes Wasser, eine Prise Salz und drei Löffel Honig. Der Ersatz für das viele Blut, das du verloren hast.«

»Mir wird bestimmt schlecht davon«, sagte er schwach.

Judith stützte ihn gegen ein Kissen und rammte ihm dann den Becher unter die Nase. »Trink es!« kommandierte sie mit stählerner Stimme, die nicht verriet, daß ihre Knie weich waren wie Gelee.

Etwas wie Überraschung zeigte sich auf seinem totenblassen Gesicht, als er sie anschaute. »Ich bin es ja gar nicht wert, *cath fach*«, sagte er mit rauher Stimme.

»Wenn ich an die Alternativen denke – doch, dann bist du es wert«, antwortete sie und senkte die Lider, weil sie die Tränen nun doch nicht mehr zurückhalten konnte.

Wie Judith befürchtet hatte, schlug das Wundfieber zu und trieb seine Temperatur weit über alle Grenzen hinaus nach oben. Mit dem Fieber schwand sein Bewußtsein. Standfest gab sie ihm, was sie geben konnte, um die Temperatur nach unten zu drücken. Alicia unterstützte sie und löste sie bei der Krankenwache ab.

Während einer seiner wachen Perioden gelang es

ihnen, ihn ins Bett zu legen, und Judith zwang ihn dazu, eine Brühe aus Ochsenblut zu trinken, die seinem Körper Kraft geben sollte, damit er von innen das Fieber und die Schwäche bekämpfen konnte. Er mußte sich daraufhin prompt übergeben, und sie ging weg und weinte in einer dunklen Ecke; dann kam sie wieder und flößte ihm mehr von dem Salz- und Honigwasser ein.

Einmal, als seine Augen fiebrig funkelten wie schwarzes Glas, schaute er durch sie hindurch und sprach in Walisisch, als führe er ein Gespräch. ›Es wäre trotzdem eine Vergewaltigung. Sie ist nicht so sehr Frau.‹ Und ein andermal: ›Sie entwickelt eine besitzergreifende Art und wird allmählich unangenehm.‹

Nach der zweiten Nacht verschlechterte sich sein Zustand. Miles kam beim Morgengrauen geritten und fand seine älteste Enkelin in Tränen aufgelöst, sich um Trost an die Mutter klammernd, und den Pfarrer über die fiebergeplagten Knochen seines Sohnes gebeugt, ihm das Sterbesakrament spendend. Judith, weiß wie eine Grabfigur aus Alabaster, stand gegenüber von Pater Jerome, die Hände verkrampft in das Tuch, mit dem sie Guyon abgewischt hatte, in dem vergeblichen Versuch, den Aufruhr seines Bluts durch Abreibungen mit kaltem Essigwasser zu senken.

»Ich habe getan, was ich konnte«, sagte sie und legte ihre Hand auf seine Schulter. »Es kann natürlich besser werden, aber in diesem Zustand ist sein Herz so geschwächt – es ist möglich, daß es jede Sekunde den Dienst versagt.«

Miles schloß die Augen, öffnete sie wieder und schaute Judith an. »Wie ist es dazu gekommen?«

Sie berichtete es ihm. »Auch Eric wird seinen Arm

eine Weile nicht benützen können. Ich habe kaum mit dem Mädchen und seinem Mann gesprochen, aber er ist zu mir gekommen und hat gesagt, daß sie Guyon ihr Leben verdanken und es nie vergessen werden. Ich brauche Euch nicht zu sagen, daß das für mich in diesem Augenblick ein schwacher Trost ist.«

»Nein«, stimmte Miles düster zu.

Judith neigte den Kopf und kehrte zu ihrer Krankenwache zurück.

Zwei Tage später kam de Bec mit grimmigem Gesicht zu ihr und sagte, daß Walter de Lacey im äußeren Burghof warte.

Sie stellte den Mörser weg, in dem sie Kräuter zerstampft hatte. »Und was kann er wollen?« fragte sie spöttisch, nachdem sie sich davon überzeugt hatte, daß Guyon so gut versorgt war, wie das den Umständen nach möglich war. Sie hatte Helgund gebeten, nicht von seiner Seite zu weichen.

De Bec zog die eulenhaften Brauen hoch. »Mistress, als er unseren neuen Jagdmeister sah, wußte er nicht, ob er an die Decke gehen oder einen Schlaganfall erleiden sollte.«

»Wie schade, daß er sich nicht entscheiden konnte«, sagte Judith scharf.

De Bec räusperte sich.

»Nach dem, was ich hörte, laßt ihr am besten die junge Frau hier heraufbringen, wo Sir Walter sie nicht zu Gesicht bekommt.«

Judith schaute ihn einen Moment lang aus zusammengekniffenen Augen an, dann schickte sie eines der Mädchen aus, das Elflin von Thorneyford in ihre Kammer bringen sollte.

Elflin kam von ihrer Arbeit in der Küche. »Oh, Mylady, bitte schickt mich nicht zu ihm zurück, um

Gottes Liebe flehe ich Euch an. Ich bringe mich lieber um, das schwöre ich Euch.«

Judith schaute auf das flachsblonde Haar. »Steh auf«, sagte sie in neutralem Ton. »Du solltest ihm besser ein Messer in sein schwarzes Herz rammen wollen.« Sie schaute das Mädchen verächtlich an. »Elflin, so ist doch der Name?«

»Ja, M'lady.« Ihre Stimme schwankte und war dünn vor Angst.

»Also dann, Elflin, mach dein Rückgrat steif und hör auf mit dem Geheul. Ich habe keinen Platz für nassen Fisch in meinem Haushalt. Er bekommt dich nicht, das verspreche ich dir. Und jetzt nimm diese Spindel und das Körbchen mit gekämmter Wolle und arbeite daran. Frag Helgund, wenn du etwas nicht weißt.«

In der Halle wartete Walter de Lacey vor dem offenen Kamin. FitzWarren, der Verwalter, hatte ihm einen Becher Wein besorgt, und sie sah mit sinkendem Mut, daß er tief im Gespräch war mit Vater Jerome, einem Mann, der so harmlos war wie ein neugeborenes Baby. Von dem zufriedenen Grinsen auf de Laceys Gesicht erkannte sie, daß er von Guyons schwerer Krankheit erfahren hatte und sich sehr darüber freute.

Judith unterdrückte das Bedürfnis, unhöflich zu sein, bevor man ihr dazu einen Grund geliefert hatte, und begrüßte den ungebetenen Gast mit einer steifen, traditionellen Floskel des Willkommens.

De Laceys Lächeln war arrogant. Er betrachtete seine Fingernägel. »Ich höre mit Bedauern, daß Euer Gatte so schwer verwundet ist, aber er hat ganz allein selbst daran schuld. Er hätte sich nicht auf meinen Ländereien in meine Angelegenheiten mischen sollen.«

Vater Jerome schaute ihn mit gerunzelter Stirn an. »Mylord, wie ich die Sache verstehe, ist er unschuldigen Reisenden zur Hilfe gekommen, die in unberechtigter Weise von Euren Söldnern belästigt wurden.«

»Ein von mir hinausgeworfener Jagdgehilfe und eine davongelaufene Dienstmagd?« De Laceys Lachen war ätzend. »Guyon FitzMiles hat meine Männer davon abgehalten, ihre von mir aufgetragene, gesetzmäßige Pflicht zu tun. Ich bin versucht, ihn um Wiedergutmachung für den Tod meines Captains zu verklagen.«

»Euer ehemaliger Wildhüter ist ein freier Mann, der seine Dienste nach Gutdünken verkaufen kann, und seine Frau ist nicht mehr Eure Dienerin«, sagte Judith und schaute ihn mit Herablassung an.

»Ich besitze das Dokument, das es beweist«, stimmte Vater Jerome zu. »Lord Guyon hat mich gebeten, es niederzuschreiben, bevor ihm die Sinne schwanden.«

»Jeder Schreiber kann ein solches Dokument für einen entsprechenden Preis fälschen«, zischte de Lacey.

Pfarrer Jeromes Glatze färbte sich rosa. »Es gibt genügend Zeugen – ich würde sagen, ganz Thorneyford. Es war eine große Hochzeit mit vielen Gästen, und Ihr könnt nicht die Gültigkeit des Dokuments anfechten, Mylord, auch wenn es zerrissen und von Hufabdrücken beschmiert ist.«

»Also weigert Ihr Euch, sie an mich zu übergeben?« De Lacey neigte seinen Blick auf Judith. Sie war sehr blaß; die sandfarbenen Sommersprossen waren die einzige Farbe in ihrem Gesicht, aber sie begegnete seinen gelben Wolfsaugen mit kalter Überzeugung.

»Es macht mir das größte Vergnügen, Euch diese

beiden, das Mädchen und ihren Mann, zu verweigern, und das gilt auch für die Kompensation für den Captain«, sagte sie durch die nur wenig geöffneten Zähne. »Außerdem schlage ich vor, daß Ihr jetzt Euren Wein austrinkt und diese Burg verlaßt.«

Seine Lider verengten sich. »Ich glaube kaum, daß es sich dein Gatte auf dem Sterbebett leisten kann, mich zu verärgern, *doucette*«, sagte er weich. »Immerhin: Wer weiß, wem diese Ländereien als nächstes gehören werden, und meine Frau ist alt und nicht bei bester Gesundheit. Ich fürchte, ich werde sie in Kürze verlieren.«

»Verrotten sollst du in der Hölle!« zischte Judith.

Er lächelte sie an; seine Zähne waren weiß und standen in voller Zahl hinter den dünnen Lippen. »Es wird mehr Spaß machen, dich zu zähmen als diesen alten Sack voll Knochen, den ich momentan zur Verfügung habe. Meine Kompensation ist also bereits gesichert.«

Pfarrer Jerome stieß einen Laut des Entsetzens aus.

»Wenn Ihr Euch einen verschnittenen Wallach einkauft, ist das Eure Sache«, erwiderte sie. Dann schluckte sie hart und zwang sich zur Disziplin. »Ich fürchte, wir haben nichts auszutauschen als Drohungen und Beleidigungen. Entschuldigt mich, wenn ich Euch nicht auf die Straße bringe. Aber mein Gatte braucht mich.«

Er hob seinen Becher auf sie in einem stummen, spöttischen Toast und musterte sie unverschämt von oben bis unten, als sei sie bereits ein Teil seines Besitzes.

Oben in der Bettkammer brach Judith neben dem Kamin zusammen. Ihre Zähne klapperten, so sehr zitterte sie, und ihre Hände waren wie zwei Marmorblöcke. Die Zofe, Helgund, eine sensible Frau, brachte ein Schafsfell vom Fußende des Betts, legte es ihrer Herrin um die zitternden Schultern und stellte dann auch noch eine Karaffe mit Aqua vitae heraus.

Judith mußte husten wegen des starken Getränks. »Ich werde schon wieder«, versicherte sie dem Mädchen und fand sogar ein Lächeln für sie. »Lord Miles wird wissen wollen, wie die Unterredung verlaufen ist. Habt ihr ihn gesehen?«

»Nicht in letzter Zeit, M'lady. Er ist nicht hier gewesen, während Ihr unten wart.«

»Dann sehe ich in seinem Zimmer nach«, sagte Judith, trank das Aqua vitae aus, schleuderte das Schafsfell fort und ging hinüber, um zuvor noch nach Guyon zu sehen.

Er schlief, und seine Temperatur war nicht mehr so hoch wie zuvor – aber vielleicht war das auch nur Wunschdenken. Sie drehte sich um und sah das zarte Anglosachsen-Mädchen in der Tür stehen, eine Mischung aus Erwartung und Angst auf dem Gesicht.

»Sir Walter ist weg«, sagte Judith. »Ich glaube, du kannst jetzt deinen Gatten suchen.«

»Dank Euch, Mylady!« Elflin legte rasch ihre Arbeit hin und lief hinaus aus dem Zimmer.

Judith verließ den Raum Sekunden später und fast so schnell wie Elflin, ging halb die Treppe hinunter, unterdrückte das Bedürfnis, zu rennen, ging ganz nach unten und über die große Halle, schließlich die Treppe auf der anderen Seite wieder hinauf, wo ihr Schwiegervater wohnte, wenn er hier auf Besuch war.

Sie hörte das Murmeln von Stimmen, als sie näherkam, die eine tief und zögernd, die andere höher, weich, eine Frauenstimme. Dann verstummten beide. Judith zögerte, von einem sechsten Sinn gewarnt, daß sie sich vielleicht räuspern sollte, bevor sie den Raum betrat.

Ganz vorsichtig zupfte sie eine Falte des Vorhangs zur Seite und schaute hinein, um festzustellen, ob sie eintreten oder ihren Besuch auf später verschieben sollte. Letzteres schien gegeben, denn vor dem Kamin standen ihre Mutter und Miles in einer innigen Umarmung, und sie küßten sich, wie sich erst gestern Elflin und Brand in einer liebenden Umarmung geküßt hatten, unten in der Halle.

Judith ließ den Vorhang los, trat zurück und fragte sich, warum sie es nicht schon lange bemerkt hatte. Die Launen ihrer Mutter, die Blicke quer durch die Halle ... Was hatte sie gesagt? *Du wirst es verstehen, wenn die Zeit gekommen ist, und sollst mich nicht zu streng kritisieren.* Bestimmt nicht strenger, als Alicia mit sich selbst ins Gericht gegangen war, dachte sie und fragte sich, ob Guyon, der weniger naiv war als sie, es gewußt hatte.

Am Fuß der Treppe traf sie Lady Emma, die gerade nach oben wollte, und versperrte ihr den Weg.

Emmas lebhafte Blicke wurden scharf.

»Ich würde ihn momentan nicht stören«, sagte Judith, und ihre Stimme klang etwas gepreßt. »Er ist anderweitig beschäftigt.«

Emma schaute Judith einen Augenblick lang ins Gesicht. »Mit einer Frau?« fragte sie.

Judith zögerte. »Ja.«

Emma schüttelte den Kopf. »Das war immer seine Methode, den Kummer zu vergessen.« Sie seufzte und drehte sich um, ging mit Judith durch die Halle. »Er kann nicht viel mit Alkohol anfangen, und er ist nicht der Typ, der dann ausgeht und Streit sucht. Ich habe ihn erlebt, wie er ein Pferd halb zu Tode geritten hat, aber eine Frau ist ihm immer der beste Trost gewesen. Nachdem meine Stiefmutter gestorben war, hatte es kaum eine Nacht gegeben, in der er allein schlief ... Gott weiß, wieviele dieser Huren und Nutten Guy und ich in dieser Zeit im Haus ertragen mußten!«

Judith errötete. »Momentan ist meine Mutter bei ihm«, sagte sie leise. »Und sie haben noch die Kleider an.«

Emmas Augen wurden rund. Sie blieb stehen und drehte sich um. »Eure Mutter?« Die Vorstellung schien ihr Gehirn zu blockieren.

Judith erwiderte den Blick, bis Emma den ihren abwandte. »Ja, also, tut mir leid, wenn ich unwissentlich beleidigend war, aber in der Vergangenheit ist es oft und oft so gewesen.«

»Jetzt ist aber nicht die Vergangenheit«, sagte Judith und hatte Mühe, die Kälte aus ihrer Erwiderung zu verbannen. Denn wenn auch Emma Guyons Schwester war und er immer davon sprach, daß sie ein Herz aus Gold habe, war es Judith noch nicht gelungen, dieses Gold unter verschiedenen Lagen von scharfem Stahl und Eis zu entdecken.

Fünfzehntes Kapitel

Eine Woche kam und ging. Der Pfarrer kam zweimal und ging. Guyon verharrte auf der schmalen Grenze zwischen Leben und Tod, schwankte und trat schließlich einen Schritt vom Rand zurück. Wieder verging eine Woche. Es gab ein gewaltiges Unwetter: Drei Schafe wurden im Hof vom Blitz erschlagen, und eine Lagerscheune fing Feuer. Der Sheriff kam vorbei, prüfte Brands Freibrief und den seiner Frau, fand ihn gültig und ging wieder. Guyons Temperatur sank auf normale Werte. Er erkannte die Menschen, die an seinem Bett standen, sprach auch mit ihnen, aber er war so schwach und pflegebedürftig wie eine neugeborene Katze, und selbst das Sprechen ermüdete ihn sehr rasch.

Im August erhielten sie die Nachricht, daß Jerusalem an die Kreuzritter gefallen war. Die Menschen im Dorf veranstalteten ein großes Freudenfeuer und feierten zwei Tage lang. Guyon stand zum erstenmal auf, ging drei Schritte und brach wieder zusammen, weil ihm schwindlig war und ihm außerdem jeder Koordinationssinn fehlte. Judith ließ ihn Eisenspäne in Wein einnehmen, gab ihm wieder die ekelhafte Ochsenblut-Brühe und einen Stock als Stütze beim Gehen.

Emma und ihre Töchter verließen die Burg; sie zogen zuerst in Emmas Erblande, dann zurück zum

Hof. Am Ende des Monats brach auch Alicia auf, in ihre eigene Witwendomäne, mit Miles als Eskorte. Der Abschied von Judith geschah unter Tränen, aber danach kehrte ein neuer, ungekannter Frieden auf der Burg ein, und Judith dachte nicht lang über die Ursache nach, sondern hoffte nur, daß er andauern würde.

Gegen Ende September war die Wunde an Guyons Schenkel so weit geheilt, daß nur noch eine rosa Narbe übrigblieb, die man wohl bis an sein Lebensende sehen würde.

Robert de Belleme war in der Normandie und focht einen Privatkrieg gegen einen Nachbarn, der ihn beleidigt hatte; er wurde nicht vor dem kommenden Frühling erwartet. Walter de Lacey hatte einen lokalen, aber nichtsdestoweniger wilden Krieg gegen die Waliser geführt, durch den sie angehalten werden sollten, auf ihrer Seite der Grenze zu bleiben und seine Herden in Ruhe zu lassen. Auch in Ravenstow gab es gelegentliche Überschreitungen der Grenze, aber die Marken blieben hier, dank der Wachsamkeit von Eric und de Bec, relativ sicher.

Draußen spielte der Wind seinen Karneval mit braunem und gelbem Laub. Die Schweine am Waldrand suchten nach Eicheln oder schnupperten nach Fallobst am Rand der Gärten. Auf den Feldern wurde die letzte Ernte eingeholt, oder die Felder wurden für den Winter vorbereitet, und die Frauen und Kinder gingen zum Reisigsammeln, vom Sturm abgebrochene Zweige und Äste, die ihnen in den langen, dunklen Monaten Wärme und Licht spenden würden.

In der großen Schlafkammer schloß Guyon die Augen und bettete den Kopf auf die Vorderarme, eingelullt von Judiths starken Fingern, die seinen Nacken massierten und die steifen Muskeln mit aromatischem

Lorbeeröl aufzulockern versuchten. Er hatte zum erstenmal seit seiner Verletzung wieder auf einem Pferd gesessen und festgestellt, daß zwar die erst kürzlich zusammengewachsene Haut protestierte, er aber insgesamt durchaus gut über die Runden kam, und daher hatte er mehr Zeit im Sattel verbracht, als es ratsam gewesen wäre. »Erst reiten lernen, und kann noch nicht richtig gehen!« hatte ihm Judith verzweifelt vorgeworfen.

Verdrießlich wegen seiner Erschöpfung, hatte er sie angefaucht, daß er kein kleines Kind sei und sehr wohl seine Grenzen kenne.

»Warum überschreitest du sie dann?« hatte sie schlau erwidert, den Kopf in den Nacken geworfen, und erst nach einer Weile weitergearbeitet.

Sie hatte natürlich recht gehabt – wie üblich. Ohne ihre Kenntnisse der Hausmittel und ihre Fürsorge hätte er die ersten Wochen nicht überlebt. In dieser Zeit hatte sie obendrein Walter de Lacey abgeschüttelt, und mit Unterstützung seines Vaters und des Personals der Burg war es ihr gelungen, den Besitz und die Ländereien mit bemerkenswerter Tüchtigkeit in Ordnung zu halten.

Guyons Gedanken trieben dahin. Judiths Hände hatten sich nach unten gearbeitet, zur Fortsetzung des Rückens. Sie hielt einen Moment lang inne, dann kam die kühle Berührung des Kräuteröls und die langsame, wellenförmige Bewegung ihrer kräftigen, aber zarten Finger.

Die lange Abstinenz, der leichte Druck ihrer Hände von oben und der Gegendruck von unten ließen seinen Körper unvermeidlich so reagieren, daß er es nicht mehr kontrollieren konnte. Hitze strömte in seine Lenden.

Judith fühlte die Veränderung. Ganz plötzlich, unter ihren knetenden Handflächen, waren die Muskeln jetzt steif und angespannt.

»Ist etwas nicht in Ordnung, Mylord? Habe ich Euch wehgetan?« Besorgt beugte sie sich über ihn. Die Enden ihrer Zöpfe kitzelten ihn am Rücken.

»Nein«, murmelte Guyon mit erstickter Stimme. »Nein, im Gegenteil, aber ich glaube, du solltest jetzt Schluß machen.«

»Ich war ohnehin fast fertig«, sagte sie, zuckte mit den Schultern und dachte, er wollte in Ruhe gelassen werden, um schlafen zu können. »Dreht Euch um, dann öle ich noch Euer Bein.«

Eine zwanghafte, peinliche Stimme. Judith bekam es mit der Angst zu tun. »Guyon, was ist los?«

Er schloß die Augen und biß die Zähne zusammen, versuchte, auf geistigem Weg das peinliche Glied zum Rückzug zu bewegen. Aber es dachte nicht daran. Das Gefühl ihrer Brüste, warm und rund an seinem Rücken, als sie sich verwirrt über ihn beugte, machte die Dinge nur noch schlimmer. Es war Öl in ein Feuer, das so leicht außer Kontrolle geriet.

Nach einem Moment hob er den Kopf aus den Armen und sagte mit amüsiertem Jammern: »Gar nichts ist los, *cath fach*, nur hast du mich in eine bestimmte Situation gebracht, und wenn ich ihr jetzt freien Lauf lasse, ist das weder für dich gut noch für mich.«

»Was denn für eine Situation?« fragte sie und schaute ihn verständnislos an.

»O Gott, Judith, gib mir den Topf mit der Salbe und geh hinaus.«

»Aber dein Schenkel muß ...« Ihre Stimme verstummte, und ihre Augen wurden riesengroß, als sie ihn plötzlich berührte und dann mit einem Satz wegsprang von ihm. Sie hob den Topf mit Salbe auf, stellte ihn neben das Bett und floh aus dem Raum, in größter Panik.

Guyon warf einen Blick auf den Topf, der neben seinem Kopf stand, und vergrub sich mit einem Stöhnen wieder in die gekreuzten Unterarme.

Als Judith ihren Lauf verlangsamte, begann auch ihr Gehirn wieder normal zu arbeiten. Sie war so töricht gewesen, davonzulaufen! Mehr als je zuvor würde er sie jetzt als Kind einschätzen. Was hatte es für einen Sinn, wenn sie sich das Haar in duftenden Kräuterwässern wusch, bestimmte Punkte ihres Körpers parfümierte und dann vor Entsetzen floh, wenn der Zweck für alle diese Vorbereitungen am Horizont auftauchte?

Und wenn ich geblieben wäre? dachte sie. Und wenn ich zurückgehe?

Der Gedanke und das Dilemma wurden gelöst, weil FitzWarren auftauchte und ihr mitteilte, daß der Lord von Chester hier sei und um Gastfreundschaft für diese Nacht bat – für sich und seine Begleiter.

»Ich habe bereits Lager für die meisten seiner Männer bereitgestellt, aber der Koch meint, wir haben nicht genug Brot und keinen Platz im Ofen, um mehr zu backen, bei all den Vorbereitungen, die er sonst noch treffen muß.«

»Es gibt einen Ofen im Dorf, den kann er benützen«, sagte sie und hatte wieder ein Problem gelöst, während ein anderes von buchstäblich wesentlich größeren Dimensionen der Lösung harrte. Wo, im Namen der Heiligen Jungfrau, sollten sie den gewaltigen Korpus von Earl Hugh unterbringen? Es mußte wohl die große Bettkammer sein, und Guyon konnte die kleine Kammer seines Vaters haben. Sie würde mit einem der Mädchen im Zimmer ihrer Mutter schlafen, auf einer Strohmatratze. Sie schickte eines der Mädchen mit den Neuigkeiten herum und wappnete sich dann mit einem Lächeln, um den Lord von Chester zu begrüßen.

Er war noch riesiger und wuchtiger als in ihrer Erinnerung, und der Friedenskuß, den er ihr auf die Wange drückte, war so warm und klebrig wie ein Topf mit Schweinegrieben. »Gut, gut!« gackerte er mit seiner rauhen, dunklen Stimme. »Ich sehe, die Heirat bekommt Euch.«

Judiths Farbe verdunkelte sich, und der Earl schnalzte vor Entzücken. »Ich erinnere mich noch, als Ihr ein kleines Mädchen mit Zöpfen wart und Eurer Mutter auf den Knien gesessen habt«, erzählte er grinsend, als sie ihn zum offenen Kamin zog und einen Diener bat, ihm den Umhang abzunehmen. »Damals war ich auch noch schlank genug, daß ich Spaß daran hatte, den Weibern hinterherzulaufen.« Und er schlug sich bedauernd auf seinen riesigen Wanst.

»Glaub ihm kein Wort«, sagte Guyon hinter ihm, legte eine Hand leicht auf ihre Schulter und drückte sie dann zart. »Er ist immer noch erschreckend schnell, wenn er will.«

»Schneller als Ihr, wie ich höre«, sagte Earl Hugh, und seine schlauen, blauen Augen blitzten.

»Ich war unbesonnen, und ich habe dafür bezahlt.«

Chester grunzte. »Nicht zum erstenmal. Paß auf ihn auf, Mädchen. Er läuft in Kreisen um Euch herum, und auf einmal seid Ihr ganz verknotet.«

Judiths Lachen war mehr als sarkastisch. »Als ob ich das nicht wüßte!«

Guyon zupfte sie am Zopf. Sie riskierte einen Blick

auf ihn. Sein Blick war ein bißchen zurückhaltend, und seine Mundwinkel zuckten. Was hatte sie erwartet? Eine Erektion, jetzt und hier?

»Seid nicht so sicher, was das Ende betrifft, Hugh.« Er grinste. »Sie erreicht stets das, was sie will.« Er führte den Earl in den kleinen Söller hinter dem Podium. Judith entschuldigte sich wegen Besprechungen mit dem Koch, außerdem mußte sie mit dem Schreiner sprechen, daß er den Gästesessel verstärkte, da Earl Hugh schon bei seinem letzten Besuch beinahe durchgebrochen wäre.

»Ihr habt Euch seit Mon eine Menge Feinde gemacht«, bemerkte Chester, als er und Guyon allein waren. Dabei streckte er seine mächtigen Schultern nach hinten. Er trug einen Kragen aus roh geschnittenen Smaragden, und an seinem dicken Daumen hatte er einen Ring mit einem riesigen Rubin.

»Findet Ihr?« Guyon ließ sich auf einen Polsterstuhl sinken.

»Das wißt ihr selbst verdammt gut«, knurrte der Earl. »Und Ihr seid sicher nicht der Lieblingsneffe von Robert de Belleme, oder? Er hat da ein paar ganz üble Vorstellungen über Eure Beteiligung bei einem Überfall auf der Straße nach Shrewsbury im letzten Frühjahr.«

»Nichts, was er beweisen könnte.«

Earl Hugh nahm eine Karaffe aus dem Schrank, gegen den er lehnte, und betrachtete den schön geschliffenen Kristall und den Lapislazuli – ein byzantinisches Meisterwerk der Handwerkskunst. »Vielleicht, aber hat der Mangel an Beweisen schon jemals einen Montgomery aufgehalten? – Das ist kein Kinderspiel, Guy«, sagte Chester leise.

»Das habe ich auch nicht behauptet.« Guyon legte

sein Bein auf einen Hocker. »Also gut, ich gebe zu, es war töricht, den Zorn von de Belleme zu wecken. Doch zu der Zeit war ich wütend genug auf ihn. Und seit damals bin ich ein Muster an Zurückhaltung.«

»Abgesehen von dieser neuerlichen Eskapade«, sagte der Earl und zeigte auf Guyons Bein. »Oder wolltet Ihr den neuen Lord von Thorneyford mit einer Zurschaustellung von knabenhaftem Übermut begrüßen?«

Chester stellte die Karaffe wieder in den offenen Schrank. Er räusperte sich und sagte: »Er will Ravenstow, Guy ... Und er will Judith.«

Guyon lachte, und es klang sehr humorlos. »Ihr sagt mir nichts, was ich nicht wüßte. Seit meiner Hochzeit fühle ich seinen Dolch in meinem Rücken. Ich weiß, wie nah ich am Feuer bin«, sagte Guyon in das nachdenkliche Schweigen des Earls. »Aber jetzt, wo Jerusalem in die Hände der Christen gefallen ist, wird Onkel Robert seinen Blick auf ein größeres Feld gerichtet haben. Ich wette, er überläßt meine Ermordung den Händen des Schicksals – oder verzichtbaren Werkzeugen wie diesem Walter de Lacey.«

Chester spuckte auf einen Smaragd und polierte ihn mit dem pelzbesetzten Ärmel. Der ältere Bruder des Königs, Robert Curthouse, hatte das Herzogtum der Normandie an Rufus verpfändet, für das Silber, das er gebraucht hatte, um diesen Kreuzzug zu bestreiten, und war damit aufgebrochen. Die christlichen Streitkräfte hatten gesiegt, und in ein paar Wochen würden sie zurück sein und ein unendliches Durcheinander von Scharmützeln in Gang setzen. Rufus würde gewiß nicht freundlich lächeln und ihm die Normandie zurückgeben, auf einem Silbertablett.

»Und de Belleme wird mit seinem Schwert dort stehen, wo es den größten Schaden verursachen kann«, fuhr Guyon fort. »Ich wette fünf Silbermark auf einen Penny, daß in dem Augenblick, wo Robert den Fuß auf normannische Erde setzt, der Earl von Shrewsbury an seine Seite eilen und ihm seine Unterstützung anbieten wird. Ihr wißt, was er von Rufus hält.«

»Und Ihr ebenfalls«, bemerkte Chester trocken.

»Nur daß ich ihm einen Eid geschworen habe, nicht wahr? Das ist der Unterschied. De Belleme gibt keinen Nachttopf auf seine eigenen Verpflichtungen. Ich sehe es so deutlich wie das Gewitter, das sich da über den Höhen von Ledworth zusammenbraut. Bruder Robert kommt aus dem Heiligen Krieg zurück, gehüllt in Ruhm, und fordert die Rückgabe seines Herzogtums. Rufus entgegnet mit Widerspruch und Klagen. De Belleme unterstützt die Seite, die ihm den größten Vorteil bringt, und dann kann es losgehen. Brauchen wir nur noch ein paar Heißsporne bei den Walisern, die über die Grenze kommen, und schon wird es schlimmer als bei der Schlacht der Besoffenen auf dem Jahrmarkt von Smithfield! Und dabei wird sich ein jeder von uns letztlich die Finger verbrennen.«

Die weiße Hündin zu Guyons Füßen hob den Kopf und schnüffelte an seiner Hand. Chester bewunderte gedankenabwesend den schmalen Körper des Tieres, während er über Guyons Worte nachdachte. Stürmisches Wetter lag vor ihnen, und das galt für mindestens die Hälfte der Adeligen im Land. Die einen, die es fühlten, versuchten, alles wetterfest zu machen, die anderen, wie im Fall der mächtigen Clare-Familie, kultivierten in aller Stille den dritten Bruder.

»Und Prinz Henry?« sagte er. »Was ist mit Prinz Henry?«

»Was soll mit ihm sein?« Guyon rieb sich den Schenkel. »Er wird eine Weile zusehen, wie wir brennen, dann wird er selbst den üblichen Zweig ins Feuer werfen, und wenn er genug hat, wird er entweder löschen oder einfach weggehen, je nachdem, wie es ihm günstiger erscheint. Wahrscheinlich wird er auf die Seite von Rufus treten. Er möchte, daß er ihm Edith von Schottland als Braut besorgt, und er möchte, daß Rufus ihn zum Erben des Throns ernennt.«

»Ihr wißt eine ganze Menge für einen, der bis zum Herbst auf dem Krankenbett gelegen hat«, bemerkte Chester ein wenig beunruhigt.

Guyon hob nonchalant die Schultern. »Mein Schwager schreibt Briefe an seine Frau, meine Schwester, und sie zeigt sie mir, damit es uns hier nicht zu langweilig wird.«

»Euer Schwager ... Ah, ja«, sagte der Earl. »Er ist die rechte Hand des Großkämmerers, nicht wahr?«

»So was in der Art. Wir haben alle unsere Wege und Mittel. Weil wir davon sprechen: Steckt hinter Eurem Besuch ein tieferer Anlaß, oder seid Ihr nur gekommen, um Euch meiner Rekonvaleszenz zu versichern?«

»Das kommt ganz darauf an, wie krank Ihr noch seid.« Chester nickte in Richtung auf das hochgelegte Bein.

Guyon schüttelte den Kopf und lachte. »Das verdanke ich alles Judith.« Dann wurde er ernst. »Ich verdanke ihr mein Leben«, gab er zu. »Und mehr als einmal.«

»Ein hübsch aussehendes, junges Ding mit einem gesunden Kopf auf den Schultern. Ihr seid glücklicher als die meisten.«

Guyon verschränkte die Hände hinter dem Kopf. Hübsch aussehend? Nun ja, vielleicht würde sie das einmal, wenn ihr Körper sich noch mehr mit Weiblichkeit füllte, und er konnte ihr Intelligenz nicht abstreiten, aber glücklicher als die meisten? Er dachte an ihre Reaktion vorhin in der Schlafkammer, an den Ausdruck des Entsetzens in ihren Augen, als ob sie auf der Stelle entjungfert werden sollte.

Ein Jahr lang hatte er sich nun zurückgehalten. Die ersten Monate war es nicht schwer gewesen, denn sie hatte eindeutig wie ein Kind ausgesehen, aber die Zeit hatte die Grenze zwischen Kind und Frau verwischt. Er war sich seines körperlichen Verlangens bewußt, und auch der Tatsache, daß er nicht befriedigt werden konnte. Wenn sich auch ihr Körper inzwischen etwas verändert hatte, es war klar, daß sie geistig noch nicht bereit war, sein Fleisch zu empfangen – vielleicht niemals dazu bereit sein würde.

»Worüber wolltet Ihr mit mir sprechen?« fragte er abrupt den Earl.

Chester zog die Brauen hoch angesichts der Schärfe, in der Guyon die Frage gestellt hatte. »Da wo Euer Land an das meine grenzt, auf der Höhe des *Llyn Moel*, gibt es einen blinden Punkt zwischen den Hügeln, und genau dort reiten die Waliser immer wieder hinunter ins Tal, um es zu überfallen. Also ist dort eine Burg vonnöten, und der beste Standort liegt innerhalb Eurer Grenzen. Wenn Ihr es seht, werdet Ihr mir zustimmen.«

»Liegt es auch innerhalb meiner Ausgaben?« fragte Guyon. »Ich kenne den Ort, den Ihr meint. Dieses Frühjahr sind Lord Gruffydds Männer durchgekommen, genau an dieser Stelle, und haben ein paar Herden von uns entführt.«

»Ich bin sicher, wir kommen zu einer freundschaftlichen Abmachung«, sagte Chester mit seinem trügerischen, gütigen Lächeln.

»Es wäre möglich.« Guyon blieb behutsam, legte sich auf nichts fest.

Chesters Lächeln wurde ein sattes Glucksen, und seine Augenbrauen fuhren hinauf und hinunter. »Ich dachte, wir reiten morgen früh hin, vorausgesetzt, Eure Gesundheit und Eure Frau erlauben es. Auf meiner Seite gibt es da ein paar feine Jagdgründe. Ich habe erst kürzlich eine Hütte bauen lassen.«

»Ich könnte vielleicht ein paar Tage frei machen«, antwortete Guyon zurückhaltend. »Vorausgesetzt, es wird nicht auf Wildschwein gejagt.« Sein Blick wandte sich zur Tür. »Ich jage sie nicht mehr zum Vergnügen.«

»Wer tut das denn?« sagte Chester, der die Anspielung nicht verstanden hatte, und begann zu grinsen, als Judith den Raum betrat, gefolgt von einem Mädchen, das eine Karaffe und Becher bei sich hatte.

Sechzehntes Kapitel

London

Pfingsten im Jahr 1100

Der Ruf eines Bootsmanns klang vom Fluß herauf. Judith legte ihre Näharbeit beiseite und ging zum Flügelfenster. Unten fielen die Blütenblätter von den Apfelbäumen im Garten, so grün gefärbt durch das Glas wie die leuchtenden Federn des Papageis, der sie von seinem Käfig aus betrachtete. Da er momentan hoch in Gunsten des Königs stand, konnte Emmas Gatte es sich leisten, sein Geld für so seltene Extravaganzen wie grüne Glasfenster und exotische Vögel auszugeben.

Sie und Guyon waren in London, um am Pfingsttreffen des Hofes teilzunehmen, das in diesem Jahr im neuen Palast von Westminster abgehalten wurde. Das Gebäude war entworfen worden von Rannulf Flambard, der das Geld der Menschen nahm und es im Namen der Krone wieder ausgab. Die Stadt war übervoll, und nur den höchsten Magnaten im Lande wurde ein Schlafplatz in Westminster oder seiner direkten Umgebung gewährt. Die übrigen mußten sehen, wie sie zurechtkamen. Praktischerweise für sie besaß Richard, Guyons Schwager, ein Haus am Strand, nur ein paar Minuten zu Fuß bis zum neuen Palast, und war in der Lage, mit Improvisation, etwas Enge und viel Organisation von seiten Emmas, Judith und Guyon sowie ihr wichtigstes Personal für die Dauer ihres Ausflugs zu beherbergen. Sicher, es gab Unannehmlichkeiten für alle, und sie waren eingeschränkt in ihrem persönlichen Raum, aber glücklicher dran als die meisten ... Wobei ›glücklich‹ ein relativer Begriff war, dachte Judith und schaute über die Schulter auf das Bett in der Ecke des mit einem Vorhang geteilten Raums.

Es war eigentlich Richards und Emmas Schlafgemach, aber sie hatten darauf bestanden, daß sie und Guyon es während ihres Aufenthalts benützen sollten. Ein Entgegenkommen, das sich in Wahrheit als Grausamkeit erwies. In der vergangenen Nacht war Guyon bis in die frühen Morgenstunden aufgeblieben, um sich mit Richard zu unterhalten, und hatte die Ausrede benützt, sie nicht stören zu wollen, wenn er zu ihr ins Bett kam, und deshalb bei den anderen Schläfern auf einem Notbett in der Halle geschlafen.

Judith lehnte den Kopf gegen die Wand und verschränkte die Arme. Seit dem Ereignis in der Schlafkammer in Ravenstow, als sein Körper auf ihre Berührung reagiert hatte und sie daraufhin in Entsetzen geflohen war, hatte er peinlichst jeden körperlichen Kontakt in ihrer Beziehung vermieden.

Den Ausflug mit Earl Hugh hatte er auf zehn Tage ausgedehnt, und bei seiner Rückkehr hatte er erfrischt und erholt ausgesehen von den Tagen der Freiheit. Seine Haut hatte neuen Glanz angenommen und war von der Sonne gebräunt, und sein Verhalten war überschwenglich gewesen, als er die Pläne für die neue Burg diskutierte. Sie war buchstäblich einen Steinwurf von der walisischen Grenze entfernt. *Caermoel*, so hieß die Stelle auf Walisisch, was ›Fort auf einer Klippe‹ bedeutete, und es gab genügend Ruinen in der Runde, die anzeigten, daß eine frühere Zivilisation dort ebenfalls schon Mauern und Befestigungsanlagen gebaut hatte. Es gab Zwergfalken, die auf den moosüberzogenen Felsen nisteten, und Wolfseidechsen unten an der Furt, die den Fluß in Gestalt von großen Felsblöcken überquerte ... Im Westen bildeten die Hügel von Gwynedd einen purpurnen Drachenrücken in der Ferne; im Osten lag die fruchtbare Ebene von Chester.

Der Preis mußte noch ausgehandelt werden, ebenso die Kosten, die ein jeder zu tragen hatte, aber beide Männer waren davon überzeugt, daß mit der Arbeit an dem Projekt im kommenden Frühjahr begonnen werden konnte. Soviel hatte Judith von Guyon erfahren. Auf Umwegen jedoch drang auch an ihr Ohr, daß Earl Hugh nicht nur vorzügliche Küche und Keller geboten hatte in der Jagdhütte, sondern daß auch einige andere leibliche Genüsse für die Gäste zur Verfügung gestanden hatten. Offenbar war das Mädchen, das Guyon sich ausgesucht hatte, gut geübt, reizvoll und willig gewesen, und wahrscheinlich war auch Guyons Begeisterung so grenzenlos gewesen wie die, welche er bei ihr über das Projekt an den Tag gelegt hatte.

Zuerst war Judith verletzt und eifersüchtig gewesen, aber diese Gefühle waren dem Ärger über sich selbst gewichen und zugleich einer Art betrübter Duldung. Wenigstens hatte er seine Erleichterung nicht bei Rhosyn gesucht. Das hätte Judith nur sehr schwer ertragen. Natürlich wußte sie, daß der Ausweg aus dieser Situation allein bei ihr lag, aber sie brachte es nicht fertig, die Hand danach auszustrecken und zuzugreifen. Er nannte sie immer noch *cath fach* und zupfte sie am Zopf, aber die Umarmungen und Küsse waren seltener geworden. Manchmal schaute er sie an in einer

Weise, daß ihr Inneres zu schmelzen schien, und wenn sie dann aufblickte, waren seine Augen nicht auf ihr Gesicht gerichtet.

Er hielt sich mehr bei seinen Männern auf. Es gab Nächte, in denen er gar nicht zu Bett kam. Die leichte, unbeschwerte Kameradschaft der frühen Tage war verschwunden. Der Druck, der auf ihnen lastete, war schwer, das Seil zum Zerreißen gespannt, und es spannte sich jeden Tag noch ein bißchen mehr. Wenn es zerriß ...

Bei diesen niederschlagenden Gedanken brauchte Judith Luft, und sie öffnete die Fenster und schaute hinaus. Die Apfelblüten trieben wie rosafarbener Schnee dahin. Silbernes Lachen erreichte ihr Ohr, und sie sah, wie ein Boot zu der Anlegestelle am unteren Ende des Gartens manövriert wurde, ein privates Flußboot mit buntem Verdeck und Fellen auf den Bänken, wenn die Frühlingsbrise einmal zu kühl sein sollte.

Ursprung des Lachens war eine ungewöhnlich hübsche, junge Frau in einem reich verzierten Pelzumhang. Sie saß auf der nähergelegenen Seite des Boots und lehnte sich an Guyons Schulter. Ihr Haar hatte das Blond frischer Butter, ein schöner Kontrast zu seinem dunklen Umhang, und die Frau beugte sich vor, um ihn spielerisch auf die Lippen zu küssen, bevor er aufstand, um das Boot zu verlassen. Richard, sein Schwager, folgte ihm, machte eine fröhliche Bemerkung und erhielt von der Frau einen gespielten Schlag zur Strafe. Als letzter verließ ein eleganter, schlanker junger Mann das Boot, der sich mit ausgesuchter Höflichkeit verbeugte, um die beringte weiße Hand zu küssen, die ihm die junge Frau darbot.

»Das ist das Privatboot von Prinz Henry«, erklärte

Christen und sah zu, wie es hinaussteuerte in die schnelle, graue Strömung des Flusses. »Er trifft sich gelegentlich immer noch mit Alais.«

»Und das ist Alais de Clare?« Judith verengte die Augen, aber die blonde Gestalt war schon zu weit entfernt, als daß sie sie daraufhin noch einmal genau in Augenschein hätte nehmen können.

»Du brauchst dir keine Gedanken zu machen«, sagte Christen fröhlich. »Sie flirtet aus Gewohnheit, und Guy war nie besonders an ihr interessiert.«

»Es macht mir auch nichts aus«, antwortete Judith wesentlich lässiger, als es der Wahrheit entsprach. »Wer war der junge Mann mit Guyon und Richard?«

Christen errötete und glättete ihr bereits makelloses Kleid. »Das war Simon de Vere, einer der Assistenten von Papa. Er ist der Erbe eines Herrenhauses am Stadtrand, aber Papa glaubt, daß er noch viel höher steigen wird in den Diensten des Königs.« So viel höher, daß Richard hoffte, es könnte zu einer Verbindung zwischen Simon und seiner ältesten Tochter kommen. Christen war der Idee keineswegs abgeneigt, denn Simon war neunzehn Jahre alt, würde einmal sehr reich werden und war bereits jetzt eine anerkannte Persönlichkeit bei Hofe.

Draußen hörte man Männerstimmen in einer jovialen, scherzhaften Konversation, und Christen beeilte sich, ihnen die Tür zu öffnen; dabei wäre sie fast über Cadi gestolpert, die entschlossen war, die erste zu sein.

Richard kam lachend herein und wischte sich die Augen über einen besonders guten Witz, warf dann seinen Umhang achtlos auf eine Kommode.

Der Papagei kreischte beim Eintritt der Männer und hüpfte in seinem Käfig nervös auf und ab. »Du solltest dir auch einen besorgen, Guy, sie sind gute Gesellschaft, wenn deine Frau mal nicht da ist.« Richard grinste, als Guyon neben dem Käfig stehenblieb und das Tier skeptisch betrachtete. »Aber so ist es ja auch mit Alais de Clare, nicht wahr?«

»Die Wahl zwischen den beiden ist schwer«, antwortete Guyon neutral, während er um den Käfig herumging. »Aber ich finde, Alais hat mehr Ähnlichkeit mit einem Kaninchen als mit einem Papagei.«

Richard lachte schallend und nahm den Wein, den ihm seine Tochter brachte.

Guyon schaute sich nach Judith um, die immer noch am offenen Fenster stand. Ihre Miene war leicht mißbilligend. »Wo ist dein Mantel, *cath fach*?«

»Cath fach?« Richard, noch immer lachend, schaute sich um. Vertraut mit Latein, Französisch und Flämisch und sogar mit ein wenig Angelsächsich, war er völlig verloren mit Walisisch, das die Verwandten seiner Frau so häufig benützten.

»Kätzchen«, übersetzte Guyon in demselben, neutralen Ton. »Sie sieht süß aus, aber versuche niemand, sich mit ihr anzulegen, sonst bekommt er die Krallen zu spüren.«

»Ein Kaninchen, ein Papagei oder ein Kätzchen«, überlegte Richard. »Was wäre dir am liebsten?«

»Auf alle Fälle das Kätzchen«, sagte Guyon und lächelte zu seiner Frau hinüber. »Katzen können für sich selbst sorgen.«

Sie schaute ihn an und wandte sich dann ab; dabei bemerkte sie, daß sie errötete. »Wozu brauche ich meinen Mantel?«

»Simons Großvater besitzt ein Haus am Ende der Holbourne Road, und er bietet uns Luft zum Atmen, wenn es uns hier zu eng wird.«

Judith schaute sich in dem Raum um. Christen und Simon hatten sich zurückgezogen und sprachen in steifer, formeller Weise miteinander; dabei achteten sie peinlich genau darauf, einen guten Eindruck bei Richard zu hinterlassen. Heute abend würden Strohmatratzen überall auf dem Boden ausgelegt werden, und man hatte nicht einmal die Möglichkeit, auf den Topf zu gehen, ohne daß das halbe Haus es mitbekam. Außerdem herrschte zwischen ihr und Emma bestenfalls eine lauwarme Toleranz, und die körperliche Nähe, in die sie gezwungen wurden, würde diese Toleranz bis an ihre Grenzen beanspruchen. Also nickte sie Guyon zu und holte ihren Umhang vom Fußende des Betts.

»Hol du auch den deinen, Chris«, sagte Guyon zu seiner Nichte am anderen Ende des Raums. »Ich könnte mir denken, daß auch du Spaß hast an dem kleinen Ausflug. Simons Großvater hat sicher nichts dagegen. Er liebt Gesellschaft.«

»Er wird entzückt sein«, bestätigte Simon, und sein Gesicht strahlte, bevor er sich nachdenklicher an Richard wandte. »Mit Eurer Genehmigung, Sir?«

»Ich weiß nicht. Kann ich dich als Anstandswauwau einsetzen, Guy?« fragte Richard und zog spöttisch eine Augenbraue hoch. »Emma läßt mich in kleine Stücke zerhacken und an diesen verdammten Vogel verfüttern, wenn irgend etwas Unpassendes passieren sollte.«

»Papa!« rief Christen empört, als ob seine Sorge noch niemals irgendeinen Grund gehabt hätte.

»Ich werde Christen mit allem gebotenen Respekt behandeln, Sir«, sagte Simon und unterdrückte das Bedürfnis zu lachen.

Guyon überlegte kurz, betrachtete den bunten

Vogel in seinem Käfig und fragte dann: »Fressen Papageien überhaupt Fleisch?«

Christen gab ihm einen Klaps.

Simons Großvater war ein redseliger, weißhaariger Siebziger, der mit Vergnügen die Gesellschaft willkommen hieß. Er neckte Simon etwas grob mit Christen, pumpte ihn und Guyon nach Neuigkeiten und Skandalen am Hofe aus, schnalzte mit Genuß bei den saftigeren Geschichten und machte scharfe Bemerkungen über die Intelligenz und die Herkunft der Leute, um die es dabei ging. Er bot seinen Gästen Wein und Honigkuchen an. Die Spieltische kamen heraus, und damit ein Satz Würfel und Spielmarken. Er lud Christen zum Spiel ein und warf gelegentlich ein neidisches Auge auf Guyon.

»Als der Prinz zuletzt hier war, haben wir von Euch gesprochen. ›Spiel nie mit einem aus dem Haus Flambard oder mit Guyon FitzMiles‹, hat er gesagt. ›Die ziehen dich schneller aus, als du dich morgens anziehen kannst.‹«

»Das ist nicht wahr!« protestierte Guyon und lachte dazu. »Ich hab' Euch beim letztenmal mindestens ein Lendentuch gelassen.«

Der alte Mann machte eine wegwerfende Geste mit der Hand. »Nein, aber Ihr seid kein so hübscher Anblick am Tisch wie Eure Nichte hier, und ich habe ein starkes Interesse an ihr, wo sie doch vielleicht demnächst einmal zur Familie gehört. Nimm deine hübsche Frau nach oben und zeig ihr die Räume.«

Simon, der nicht die Gelegenheit verpassen wollte, Christens reines, reizvolles Profil zu betrachten, nahm sich einen Stuhl, um sie beim Spiel beobachten zu können.

Judith und Guyon verließen den Raum und gingen die äußere Holztreppe hinauf zu den beiden Räumen, die sich oben befanden.

»Was hat er gemeint mit dem Prinz?« fragte Judith, während Guyon die Außentür öffnete und danach einen schweren Vorhang zur Seite zog.

»Oh, Prinz Henry hält sich manchmal hier auf, oder er hat es getan, bevor der neue Palast fertig war. Manchmal spielt er mit dem alten Walter, um ihm eine Freude zu machen.«

Judith betrachtete den Raum mit neu erwachtem Interesse. Die Wände waren verputzt und mit Fresken versehen: Jagdszenen, Bauern beim Pflügen, bei der Ernte, Frauen beim Tanz, ein Mann, der angelte. Die Farben waren leuchtend und lebhaft. Es gab eine Kohlenpfanne in dem Raum, ein kleines *prie dieu* und in einer Nische in der Wand eine Alabasterstatue der Heiligen Jungfrau. Es gab Stühle, eine schöne Kommode und einen langen Tisch.

»Manchmal hat er auch Besprechungen hier abgehalten«, sagte Guyon und schaute sich ebenfalls um in der vertrauten Umgebung. »Dieser Kratzer an der Tischkante ist die Stelle, wo er die Stiefeln draufgelegt hat, ohne die Sporen abzunehmen.«

»Würfeln, huren, zechen«, sagte sie in scherzhaftem Ton.

»Nicht oft. Für diese Art von Sünden gibt es noch bessere Gelegenheiten auf der Seite von Southwark«, erklärte Guyon und folgte ihr durch den zweiten Vorhang in den etwas kleineren Schlafraum.

»Wo ist das Bett?« fragte sie. »Oder schlafen wir auf diesen Fellen auf dem Boden?«

Guyon atmete tief ein, ließ die Luft leise aus und fand, daß das Wesentliche bereits wieder einmal gesagt war, denn Judiths Rückgrat versteifte sich zusehends. »Henry hat es vermutlich nach Westminster bringen lassen, aber ich nehme an, wir finden ein anderes irgendwo.«

»Eines?« Judith warf ihm einen Blick über die Schulter zu.

»Wie auch immer«, antwortete er, als sei es ihm egal.

Judith überprüfte den Rest des Raums. Die Fenster, wie die bei Richard, waren verglast, und die Wände wie im ersten Raum mit Fresken versehen und beleuchtet. Der Boden war dick mit Binsen und gemahlenem Lavendel bestreut, und in einer Ecke gab es einen Berg von Fellen, die offensichtlich die Bettdecken waren. Ein Bett ... Ihre Gedanken liefen im Kreis und stolperten dabei übereinander.

»Wir können auch bei Richard und Emma bleiben, wenn dir das lieber ist«, sagte er.

Sie schüttelte den Kopf und hielt die Augen stur gesenkt. »Du hast doch gesehen, wie eng es dort hergeht. Emma ist uns sicher nicht dankbar, und außerdem wäre es eine Unhöflichkeit gegenüber Simon und seinem Großvater.«

Guyon betrachtete sie aus leicht verengten Lidern. Sie zitterte zum schnellen Schlag ihres Herzens, und er sah, wie sie mit sich kämpfte und schluckte. Er berührte ihr Gesicht mit den Fingerspitzen. Judith hob die Lider, fühlte sich heiß und schwach und verängstigt, und wünschte sich verzweifelt, sie wären unten geblieben.

»Das ist es, was *sie* lieber hätten. Ich habe *dich* nach deinen Wünschen gefragt«, sagte er höflich.

»Es sind auch die meinen«, sagte Judith. Sie hatte nicht genügend Mut, um den Feigling zu spielen, und hielt ihm stand, als er mit den Fingerspitzen die Linie ihres Kiefers nachzeichnete und sie dann zart nach unten, den Hals entlang, fortsetzte. Ihre Haut prikkelte.

»Hör auf, dich dagegen zu wehren, Judith«, flehte er leise. »Du brauchst keine Angst zu haben. Ich werde dir nicht wehtun. Das weißt du doch – oder du solltest es inzwischen wissen.«

Ein kalter Schauer lief ihr über das Rückgrat und ließ ihren ganzen Körper zittern. Aus dem Finger wurde eine Hand, die nach unten schlüpfte, bis zur Taille, und sie leicht an sich zog. Er strich mit den Lippen über ihre Stirn, ihre Wangen, knabberte an ihren Ohrläppchen. Unwillkürlich begann Judith zu keuchen und empfand die Sensation.

Er leckte die empfindliche Stelle hinter ihrem Ohr, küßte ihren Hals, kehrte zum Gesicht zurück, die Lippen leicht wie Schmetterlinge.

Zögernd begann Judith, die Liebkosungen zu erwidern. Eine Hand glitt hoch, legte sich auf seinen Gürtel, die andere strich über den glatten Stoff an seinem Rücken. Sie kam näher. Seine Hand drückte ein wenig gegen ihre Taille, und er streckte den Daumen aus, als sie wieder nach oben fuhr, um ihre Brustwarzen zu massieren. Sie verhärteten sich augenblicklich, und ein Blitz fuhr von den Brustwarzen in die Lenden, so daß wieder ihr ganzer Körper leicht erschauerte.

Guy zwang sich zur Geduld, was ganz und gar nicht seinem Gefühl entsprach. Sein Körper, der immer wieder zurückgehalten wurde, war jetzt bereit zu einer Entladung. Es war lange her seit den Tagen in Earl Hughs Jagdhütte, aber Judith war so mißtrauisch und so verängstigt, daß jeder falsche Schritt alles wieder zunichte machen würde.

Judiths Lippen teilten sich unter seinem Drängen. Es war nicht wie damals, als Walter de Lacey sie an ihrem Hochzeitstag in der Halle von Ravenstow gepackt hatte. In Guyons Kuß lag keine Gewalt, nicht das Bedürfnis, zu verschlingen und zu zerstören. Was er tat, war viel zarter und zugleich raffinierter, ein langsamer Prozeß, in dem es ihm darum ging, ihre Sinne zu wecken und nicht die seinen auf der Stelle zu befriedigen. Guyon entschloß sich, zu warten und alles so lange wie möglich hinauszuziehen. Sie hatte nicht gewußt, daß so etwas möglich war.

Sie kam sich vor wie eine Ertrinkende; der Felsen, an den sie sich geklammert hatte, gab nach, und sie trieb dahin im köstlichen, warmen Wasser. Ihre Brüste waren steif, ihre Lenden feucht, und sie schmerzten köstlich, ihr ganzer Körper war eine knochenlose Masse, die nur aus stimulierten Nervenenden bestand.

Von unten hörte man schallendes Lachen des alten Mannes und laute Ausrufe seiner beiden Begleiter. Der Zauber zerbrach. Judith zuckte, und Guyons Arme versuchten, sie zu halten. Judith kämpfte sich frei, die Augen groß und weit geöffnet, ein Schluchzen in ihrer Kehle.

Guyon atmete schwer, als ob er eben in voller Rüstung einen Turm hinaufgelaufen wäre. »Du siehst, was geschieht, wenn du ein angestautes Feuer anfachst«, sagte er bedauernd. »Das habe ich schon lange tun wollen.« Dann ging er zum Fenster und schaute hinunter. Es machte kein Vergnügen, Wasser zu trinken, wenn man Lust hatte auf Wein.

Judith verbarg rasch das Gesicht, als Simon hereinkam, breit grinste, einen halb gegessenen Apfel in der Hand. Christen hatte soeben seinen Großvater beim

Spiel geschlagen, mit einem Zug, der sie selbst genauso überrascht hatte wie den alten Mann. »Ist alles in Ordnung?« fragte er, schaute sich im Raum um und aß noch einen Bissen von der Frucht. »Denkt Euch nichts wegen des Bettes. Großvater sagt, er weiß, wo er eines auftreiben kann.«

Er drehte ihr den Rücken zu. Guyon murmelte etwas, dann lachte er ohne Humor.

»Es gehört der Äbtissin von St. Anne«, fügte Simon hinzu. »Es hat eine Federnmatratze und Seidenbezüge und was weiß ich. Es gehörte zu ihrer Aussteuer, aber der Bischof meinte, sie müsse sich davon trennen ... Was ist los, Guy, habe ich etwas Komisches gesagt?«

»Nein«, antwortete Guyon. »Es ist gar nicht komisch. Muß ich beichten, bevor ich mich in das Bett lege?«

»Kommt ganz darauf an, was du darin tun willst«, sagte Simon. Er drehte sich zu Judith um. Sie errötete und schaute drein, als würde sie in Tränen ausbrechen, dann stammelte sie eine Entschuldigung, raffte die Röcke und eilte aus dem Raum.

»Ich hätte nicht gedacht, daß sie so empfindlich ist. Es tut mir leid«, sagte Simon und schaute auf den sich noch bewegenden Vorhang mit einem perplexen Stirnrunzeln.

»Wieviele Ave Marias braucht man, um ein Wunder zu bewirken?« fragte Guyon und stieß sich müde vom Fenster ab. Als er am Tisch angekommen war, trat er ihn mit aller Gewalt um.

Siebzehntes Kapitel

Judith hob den Kelch an. Er war aus gedrehtem, grünem Chalzedon, köstlich geschliffen im englischen Stil. Der Wein war süß-scharf und kalt von dem Brunnenraum, in dem er gekühlt wurde, bevor man ihn zu Tisch brachte.

Die neue Halle des Königs in Westminster glänzte von starken Farben, die Wände waren in kühnen Mustern bemalt, die rot und blau, in Gold oder mattem Schwarz schimmerten. Flaggen aller Art verdeckten die Wände mit ursprünglich heidnischen Farben und Symbolen. Kerzen flackerten und tropften cremefarben und golden, und ihr Licht wurde vom Weißzeug an den Tischen reflektiert. Der gesamte Hochadel von England strahlte wie eine bewegliche, dahinströmende Tapisserie.

Judith trank ihren Wein und beobachtete die durch die Räume treibenden Männer und Frauen – ihren Onkel Arnolf, den Lord von Pembroke, so unangenehm und so häßlich wie eh und je; ihr Onkel mütterlicherseits, William Breteuil, war bei ihm, und sie sprachen freundlich miteinander, obwohl ihre Blicke andeuteten, daß sie einander nicht trauten. Ihr berüchtigster Verwandter, Robert de Belleme, war nicht zu dieser Versammlung gekommen; er hielt selbst Hof in Arundel, bevor er in die Normandie segelte, aber Arnolf, unter anderem, war sein Informant und teilte ihm mit, was sich während seiner Abwesenheit am Hofe ereignet hatte.

Weiter unten in dem großen Saal erkannte sie Gilbert de Clare, den Lord von Tunbridge, der sich mit seinem Bruder Roger und Robert FitzHamon von Gloucester unterhielt; die beiden waren bei ihrer Hochzeit anwesend gewesen. Guyon stand am Rande dieser Gruppe; er war eben aus der Richtung der Garderobe gekommen: groß, schlank und fabelhaft aussehend, in einem granatroten Gewand aus flämischen Tuch, mit Goldfäden bestickt. Diese Tunika, anders als die kurzen oder bis zu den Knien gehenden, für die Probleme des täglichen Lebens in den Marken geeignet, reichte bis zu den Knöcheln. Er war ein Lord von einiger Bedeutung, und wo, wenn nicht bei Hofe, sollte er sich entsprechend kleiden – einschließlich der schweren Ringe an seinen Fingern.

Vor den Tischen präsentierten Gaukler ihre Kunststücke und trugen bunte Kostüme, aus verschiedenfarbigen Stoffen zusammengesetzt, mit Glöckchen daran. Einer von ihnen jonglierte sechs blitzende Messer, während er selbst sich ständig drehte, und fing sie doch immer geschickt am Heft auf.

»Gefällt es Euch?« sagte ihr Hugh von Chester ins Ohr.

Judith zuckte zusammen und fuhr herum. Er war opulent in blaue Seide gekleidet, die locker geschnitten war, um seinen übergroßen Bauch nicht zu beengen. Goldschnüre blinkten auf seinem Brustkasten, und an eine Schulter hatte er eine riesige, runde, walisische Brosche gesteckt.

»Ich freue mich, daß ich hergekommen bin, Mylord«, sagte sie lächelnd. »Aber ich glaube, auf die Dauer ziehe ich die klare, reine Luft der Marken vor.«

Ein älterer Mann, der an der Schulter des Earls aufgetaucht war, starrte sie offen und mit fast erschrockener Neugier an. Chester stellte ihn als Sir Hubert de Caen vor, ein Veteran der Schlacht von Hastings und ehemaliger Berater des Königs William. Judith lächelte und sagte ihm ein paar höfliche Worte.

»Die Lady von Ravenstow?« murmelte er und schaute hinüber zu Guyon, der an einem der Tische stand. »Vergebt mir, wenn ich frage, aber Ihr seid gewiß verwandt mit dem Eroberer?«

»Nun ja«, erwiderte Judith und wunderte sich über seine Frage. »Mein Großvater und König William waren Vettern.«

Er schaute sie enttäuscht an. »Das Band ist nicht enger als das?«

»Leider nein.« Sie warf einen Blick auf Earl Hugh, der mit seinen fleischbeladenen Schultern zuckte und sich wiederholt an die Stirn tippte.

»Es ist seltsam«, fuhr Sir Hubert fort. »Ihr seid das lebende Abbild von Arlette von Falais, der Mutter des Königs. Sie hatte die gleichen Sommersprossen, den gleichen Teint, das gleiche Haar und in ihrer Jugend die gleiche Figur.«

»Ich bedaure, daß ich Euch enttäuschen muß, aber die Lady Arlette gehört nicht zu meiner Blutlinie. Mein Großvater war über die männliche Linie mit König William verwandt.«

»Bemerkenswert«, murmelte Sir Hubert, schüttelte den Kopf und erhob sich steif auf die Füße.

Der Jongleur hätte um ein Haar eines seiner Messer verpaßt, erwischte es aber doch gerade noch. Auf dem Podium brüllte König Rufus vor Lachen über einen Witz, den man ihm erzählt hatte. Hugh von Chester schlenderte mit seinem Begleiter weiter. Judith trank ihren Wein, sah sich nach Guyon um und erstickte fast beim Schlucken, als sie sah, daß Alais de Clare sich an ihn gelehnt hatte, drüben bei den Steinbogen, die das Dach der Halle trugen. Ein blau und goldenes Banner hing in der Luft über ihren Köpfen. Alais hatte ihren Arm besitzergreifend unter den seinen gehakt und ihm das strahlende Gesicht zugewandt. Er neigte den Kopf, um zu hören, was sie zu sagen hatte. Sie kicherte und schickte einen Blick in die Runde, dann stellte sie sich auf Zehenspitzen, um ihm etwas ins Ohr zu flüstern, und ihre Hand ging zwischen den beiden kühn nach unten.

Judith saß wie betäubt da und schaute ein paar Sekunden lang zu. Dann explodierten die Bläschen des Weins in ihrem Kopf zu feurigem Zorn. Sie sprang auf, kippte den restlichen Wein, den sie noch in ihrem Becher hatte, hinunter, ging um den erschreckten Jongleur herum und auf ihren Ehemann samt der schamlosen, die schmollenden Lippen zeigenden Kurtisane zu.

Sie plazierte sich auf die andere Seite von ihm, hielt seinen freien Arm und stellte sich ebenfalls auf Zehenspitzen, aber statt ihm etwas ins Ohr zu flüstern, biß sie ihn heftig in sein Ohrläppchen. Guyon zuckte mit einem unterdrückten Schrei zurück. Judith stand angriffsbereit da. »Danke Gott, daß es nur dein Ohr ist«, sagte sie und schaute von ihm auf die erschrokkene und deutlich ältere Frau. »Ihr müßt Alais sein«, sagte sie süß. »Ich habe schon viel von Euch gehört, eigentlich sogar zu viel, so daß ich weder meine noch Eure Zeit zu vergeuden brauche, oder die meines Mannes«, und dann sagte sie zu Alais de Clare in einem Wachstuben-Angelsächsisch, das sie von kindlichen Eskapaden kannte, genau, was sie ihrer Meinung nach tun konnte.

Guyon stotterte. Alais schaute Judith in entsetztem Erstaunen an. Judith, die den Schock ihrer Rivalin für Gegenwehr hielt, nahm das Eßmesser aus ihrem Gürtel, um damit ihrer langen, weißen Kehle zu drohen. Guyon packte ihr Handgelenk und zog es in stählernem Griff nach unten.

»Ich gehe wohl besser, Guy«, gurrte Alais mit daunenweicher Stimme und tätschelte seinen Arm. »Du kannst mir deine Antwort später geben.« Dabei ignorierte sie Judiths messerscharfe Blicke, ja, sie ignorierte Judith überhaupt und ließ ihn stehen, um sich mit offenem Lächeln einem jungen Ritter aus dem Haushalt des Earls von Chester zuzuwenden.

»Was, um alles in der Welt, glaubst du, daß du da tust?« zischte Guyon sie an und wand ihr das Messer aus der Hand. Sie kämpfte wütend darum, bevor sie seiner größeren Kraft nachgab. »Du bist eine Baronesse aus den Marken und kein Fischweib, und je eher du dir das klarmachst, desto besser.«

»Und sie ist eine aufgeputzte Gossenhure!« spuckte Judith zurück, wobei sich ihre Brüste heftig hoben und senkten. »Vermutlich habt ihr euch wieder einmal für ein Bettabenteuer verabredet.«

»Du hast ja wohl kaum Grund, dich zu beklagen, oder?« erwiderte er.

Einen Moment lang funkelten sie sich an, und die Luft war voller Spannung. Dann stieß Guyon seinen Atem in einem tiefen Seufzer aus. »Ich hatte nicht vor, eine Liaison hinter deinem Rücken zu planen«, sagte er und zupfte an ihrem seidigen Zopf. »Mein Gott, glaubst du, ich hätte nicht genug damit, die Frau zu zähmen, die ich habe, statt mir auch noch mit einem hirnlosen Wesen wie Alais de Clare Ärger zu machen?« Er schnitt eine Grimasse und massierte sein Ohr.

Judith senkte die Lider und schaute auf ihre weichen, goldenen Schuhe. Die Wirkung des Weins ließ jetzt rasch nach. Sie kam sich sehr töricht vor; außerdem war ihr ein bißchen schlecht. »Aber ich dachte ... Christen sagte, daß du und sie ...«

Guyon knurrte. »Ein-, zweimal, nicht öfter. Das erste Mal war ich zu betrunken, das zweite Mal zu verzweifelt; Alais dagegen glaubte, daß sie es geschafft hätte und veranstaltete eine Party, um mit dem ganzen Hof ihre Eroberung zu feiern, bis ihr Mann ihr eins mit der Hand auf den Mund gab und sie Prinz Henry zuschob. Der Prinz hat ein Faible für hirnlose Blondinen.«

»Und du nicht?« fragte sie ihn herausfordernd, den Kopf erhoben.

»Ich habe eine erstaunliche Vorliebe für lohfarbene Teufelinnen«, murmelte er und legte ihr seinen Arm um die schmale Taille, zog sie dabei noch näher zu sich her.

Auf dem Podium lachte William II. Rufus wieder schallend und legte einen dicken Arm um die Schulter des schlanken jungen Mannes, der neben ihm saß. Er hatte dunkles Haar und dunkle Augen, und sein Mund war rot wie frisch angebissene Erdbeeren.

»Sein neuestes Spielzeug«, sagte Guyon mit schiefem Mund. »Er heißt Ernoul und kommt aus Toulouse. Kein Wunder, daß sich Henry zurückgezogen hat. Und ein Glück, daß Anselm von Canterbury nicht da ist; der hätte einen Schlaganfall erlitten.«

»Wer ist dann der Pfaffe, der mit ihm oben auf dem Podium sitzt?« fragte Judith und nahm ihre Hüfte ein wenig von dem schon zu lange andauernden Druck seiner Schenkel.

Guyon tat so, als habe er es nicht bemerkt. »Das ist

Rannulf Flambard, der Bischof von Durham. Er würde nicht einmal mit der Wimper zucken, wenn Rufus eine Ziege hereinführte und vor seinen Augen eine Schwarze Messe feiern würde, vorausgesetzt, es brächte ihm Geld in die Kasse.« Er ließ seinen Blick über das Fest schweifen. Chesters junger Ritter hatte den Arm um Alais' Taille gelegt und schaute mit lachendem Gesicht zu ihm herüber. »Flambard hat diese Halle entworfen. Rufus sagt, sie ist zu groß für einen Raum und zu klein für eine große Halle, aber das ist nun mal seine Art.«

»So wie Ernoul?«

»Genau, so wie Ernoul«, bestätigte er ihr und versuchte, sich nicht vorzustellen, wie es war, wenn man den Arm des Königs um die Schultern drapiert hatte, seinen fauligen Atem roch und heiß an der Wange spürte. Guyon wußte, daß ihm schon nach ein paar Minuten übel werden würde. Aber Ernoul schien es nichts auszumachen. Vielleicht bekam er eine Menge Geld dafür.

Judith überlief ein Schauer. Der königliche Hof war mindestens doppelt so gefährlich und barbarisch wie das Leben in den Marken. Und wie in der Natur waren die schönsten Farben eine Warnung: nicht berühren. O ja, sie wußte, wie man in solchen Dschungeln jagte und sich versteckte, aber es machte sie dennoch nervös. Wenn jeder eine Bestie war, mußte ja wohl auch jemand gefressen werden.

Der Abend setzte sich fort. Der nächste Gang des endlosen Mahles wurde serviert: Dinge, die in anderen Dingen versteckt oder als andere Dinge garniert waren, gefüllt und vergoldet und reich verziert, Dinge, die zum Essen waren und zugleich selbst das große Fest darstellten, das sie feierten. Der Wein wechselte:

Anstelle des kalten, trockenen Anjou gab es jetzt einen schweren, roten Franzosen.

Musiker spielten, ein Spaßmacher erzählte unanständige Witze; ein Schwertschlucker amüsierte diejenigen, denen so etwas gefiel. Der Messerjongleur wagte sich an ein Kunststück, das ihm nicht gelang, und wurde davongetragen, blutend wie ein geschlachtetes Schwein. Rufus machte die Runde bei seinen Vasallen, voller Falschheit und gespielter jovialer *Bonhomie*, aber die Art, wie er sich bemühte, deutete auf sein cholerisches Temperament hin, das in Wahrheit dahinter lag.

Der König war ein vierschrötiger, faßförmiger Mensch mit einem energischen, sanguinischen Gesicht und kurzen, dicken Armen und Beinen. Keiner der Söhne von William dem Eroberer kam der Größe ihres Vaters auch nur nahe, obwohl alle ebenso breit waren und die Neigung hatten, in mittleren Jahren korpulent zu werden.

Mit blühender Gesichtsfarbe und stolzierend wie der Gockel auf dem Hühnerhof, machte er seine Runde und faßte Judith unterm Kinn, als ob sie ein Küchenmädchen wäre. »Und das also ist die Kleine von Maurice FitzRoger, he?«

»Zu Diensten, Sire«, murmelte Judith und senkte die Lider. Seine Finger waren dick und klebrig wie rohe Würstchen, aber sie griffen schmerzhaft ins Fleisch.

»Mageres kleines Ding, wie?« Rufus sprach mit Guyon, als ob Judith taubstumm wäre. »Und noch nichts von einem Bäuchlein zu sehen?«

»Ich habe es nicht eilig, Sire«, erwiderte Guyon mit einem breiten Lächeln. »Ein flacher Acker ist leichter zu bestellen als einer mit einem Hügel mittendrin.«

Rufus brach in schallendes Gelächter aus, und seine wechselnd braunen und grauen Augen verschwanden fast hinter den Schlitzen der Lider.

Judith nahm ihr angespanntes Kinn von seinen Fingern und kam sich vor wie ein Schlachttier auf dem Markt. Rufus öffnete die Augen, und sie starrte ihn direkt und kühl an.

»Großer Gott!« nuckelte er leise. »Genauso hat mich meine Großmutter Arlette angeschaut, wenn sie wütend auf mich war.«

Es war schon das zweite Mal an diesem Abend, daß man sie mit der verstorbenen Gräfin von Conteville verglich, aber es machte ihr nichts aus. »Vielleicht hattet Ihr es nicht anders verdient«, sagte sie.

Einen Moment lang herrschte Stille. Die *Bonhomie* wich. »Du hast eine böse Zunge, mein Kind«, bemerkte er scharf.

»Auf die Zähne müßt Ihr achten, Sire«, wandte Guyon ein und grinste, zeigte das gebissene Ohrläppchen und gab ihr unter dem Tisch einen Fußtritt.

Rufus entschied sich, zu lachen. »Das sehe ich!« sagte er und ging weiter zum nächsten Vasallen, nicht ohne Guyon noch für den nächsten Tag zur Jagd einzuladen.

»Mein Gott, willst du mich ins Exil bringen?« fuhr Guyon sie an und kratzte sich am Kopf.

Judith trank ihren Becher aus. »Ich bin kein Stück Fleisch auf einem Hackbrett, über das man reden und das man begrapschen kann, als hätte ich keinen Mund, keine Ohren und kein Gefühl«, fuhr sie ihn an.

Guyon zuckte mit den Schultern. »Rufus ist nun einmal so. Noch ein Dorn an der verfaulenden Rose dieses Hofes.«

Judith schaute ihn an und verengte die Augen. Ihr

Denkprozeß war jetzt doch stark beeinträchtigt vom Wein, und sie lächelte verschwommen dem Diener zu, der ihren Becher wieder füllte, setzte ihn dann an die Lippen. »Rufus hat immer noch ein gewisses Interesse an dir, nicht wahr?« sagte sie, und dabei schleppte sie undeutlich die Konsonanten.

»Das Interesse wird aber auch alles sein, was er haben kann.« Guyon schaute sie an und zog die Brauen hoch. Wenn sie zuvor schon nicht nüchtern war, so befand sie sich jetzt auf dem besten Weg, sinnlos betrunken zu werden.

»Judith, nicht mehr«, sagte er verständnisvoll und hielt ihre Hand fest, als sie wieder nach dem Becher griff.

»Warum nicht?« protestierte sie. »Jetzt gefällt es mir erst. Am Anfang war es sch-schau-schauderhaft, aber man ge-gewöhnt sich an alles möglische. Alles möglische.«

»Wenn du betrunken bist«, stimmte er ihr zu.

»Wer ist denn betrunken?« gröhlte sie mit lauter Stimme. Köpfe drehten sich nach ihr um. Glücklicherweise entschloß sich der König in diesem Augenblick, den Saal zu verlassen, und während sich die Gäste erhoben und wieder setzten, gelang es Guyon, seine streitsüchtige Frau zu beruhigen. Doch das dauerte nicht lange an. Der Wein in ihrem Blut brachte Rebellion und Aggression hervor. Und nun reagierte er auch auf ihren Mageninhalt, und ihr wurde auf einmal sehr schlecht. Als Guyon sie hochzog auf die Füße, sank sie gegen ihn, die Hand vor dem Mund, und mußte sich sehr konzentrieren, um sich nicht auf der Stelle zu übergeben.

Guyon warf einen Blick auf ihr grünes Gesicht und ging mit ihr hinaus aus dem Saal in die kühle, sternklare und nach Blüten duftende Nacht, wo sie sich heftig erbrach, während er sie mit dem Arm stützte.

»Tut mir leid«, rülpste sie schwach.

»Das sehe ich«, sagte er verzweifelt. »Warum, um alles in der Welt, hast du das getan?« Aber er kannte bereits die bittere Antwort.

Als es vorüber war, nahm er sie in die Arme und brachte sie halb bewußtlos zu der Stelle, wo Eric mit Rhuddem und Euraidd wartete.

»Ich möchte ihren Kopf nicht haben, morgen früh, Mylord«, sagte Eric mit der Vertrautheit, die davon kam, daß sie sich kannten, seit Guyon ein strampelndes Etwas in Lady Christens Armen war. »Mit dem Pferd wird sie ja nun nicht viel anfangen können.«

»Nein.« Guyon gab Judith seinem Captain, während er Rhuddem bestieg, dann streckte er die Arme aus, um sie vor sich auf das Pferd zu nehmen. »Ein Stoßgebet zu Gottes Knochen«, murmelte er und versuchte, sie so in seinen Arm zu nehmen, daß er ihm auf dem Ritt nicht abstarb. »Wenn man sie so ansieht, könnte man denken, sie wiegt nicht mehr als eine Feder.«

Judith stöhnte nur und legte sich gegen ihn wie eine tote Hirschkuh.

Helgund öffnete ihm die Tür und stieß einen Entsetzensschrei aus, als sie Judiths grünes Gesicht sah.

»Zuviel Anjou«, sagte sie, lief zu dem großen, mit vulgärem Scharlach bedeckten Bett, das jetzt in dem Raum stand, und legte sie erst einmal darauf.

Dann beugte sie sich über ihre Mistress und stieß Geräusche wie eine gluckende Henne aus. Ein zweites Mädchen erschien hinter dem Vorhang, wurde scharf von Helgund des Raumes verwiesen und verschwand wieder.

»Ich schlafe unten bei Sir Walter«, sagte Guyon und fühlte zugleich, daß er seltsamerweise nicht gehen wollte. Judith sah so schutzlos aus, so verletzlich; ihre Hände waren so blaß, ihr Profil so rein und ernst. Er wußte, wie sie die Nase hochzog, wenn sie lachte, und daß bei einem ihrer Zähne ein kleiner Zacken fehlte, was daher stammte, daß sie als Kind vom Podium im Saal gefallen war. Und sie hatte sich ganz absichtlich bewußtlos getrunken, um nicht die Intimität des Bettes mit ihm teilen zu müssen.

Helgund deckte sie zu, drehte sich dann zu ihm um, und ihr breites, nordisches Gesicht war faltig vor Sorgen. »Meine Lady ist in letzter Zeit sehr unruhig gewesen«, begann sie.

»Ich weiß, Helgund.« Das gleiche hätte von ihm gesagt werden können, dachte er, und aus ähnlichen Gründen. Er schaute das Mädchen nachdenklich an. Sie war die Nachfolgerin von Agnes, hatte sich eine vertrauensvolle Stellung erworben und wußte dementsprechend sehr viel von dem, was zwischen ihm und Judith vorging – oder nicht vorging.

Helgund erwiderte seinen prüfenden Blick mit halb gesenkten Lidern. »Sie ist wie eine Füchsin vor dem Köder in der Falle, M'lord. Sie will das Fleisch, wagt es aber nicht, danach zu schnappen, weil sie befürchtet, den Preis dafür bezahlen zu müssen.«

Er zog die Brauen zusammen. »Und was bin ich? Das Fleisch – oder der Preis?«

»Beides, M'lord. Sie befürchtet, sich entweder von Euch als Zuchtstute benützen lassen zu müssen oder als Frau mißachtet zu werden. Sie kennt das Gerücht, das über Euch bei Hofe geht: daß Ihr die Jagd mehr schätzt als das Erlegen des Wilds.«

Guyons Brauen waren eine einzige, gerade Linie.

Helgund schluckte, fuhr aber fort. »Es ist nicht ihre Schuld, M'lord. Wenn Ihr gesehen hättet, was Lord Maurice mit ihrer Lady Mutter getan hat, vor uns allen, und da war Mistress Judith erst ein Kleinkind von drei Jahren. Er sagte, er würde ihren Bauch mit genug Samen füllen, daß sie ein Dutzend Kinder bekommen würde, und hat sie vor uns allen ins Bett gezerrt und benützt wie eine Hure ... Das ist nicht nur einmal geschehen, und manchmal war er so in Eile, daß er nicht einmal die Vorhänge zugezogen hat. Wir haben das Kind geschützt, so gut wir konnten, aber ...« Helgund atmete zitternd ein und fiel dann unter seinem starren Blick in Schweigen.

»Gut, Helgund«, sagte er, und seine Stimme war ganz leise; sie strafte den Zorn, der in seinen Augen flackerte, Lügen. »Ich danke dir, daß du es mir gesagt hast. Jetzt sehe ich deutlich die Art von Fußangeln, die sich noch auf meinem Weg befinden. Zuvor bin ich immer nichtsahnend hineingetreten. Geh jetzt in dein Bett. Ich suche das meine auch bald auf.«

Erleichtert, aber von kaltem Schweiß überströmt, verabschiedete sich Helgund für die Nacht und eilte davon.

Guyon atmete tief durch und versuchte, seinen Zorn unter Kontrolle zu bringen. Maurice de Montgomery war bereits tot. Der Wunsch, ihn zu erwürgen, hatte wenig Sinn. Die Waliser waren ihm zuvorgekommen.

»Also dann, *cath fach*«, sagte er leise und strich ihr eine Strähne ihres Haars aus der Stirn, »wie entgehe ich diesen Fußangeln?«

Nie hatte sie aus eigenem Antrieb ein Zeichen der Zuneigung gegeben. Eifersucht, ja, aber das war eine Emotion, die aus Unsicherheit und Mißtrauen entstand. Er allein hatte Annäherungsversuche gemacht, er allein hatte die Grenzen ihrer Fähigkeiten nach und nach erweitert. Heute war sie über diese Grenzen geschritten. Aber heute abend war sie bewußtlos betrunken. Was blieb ihm also? Er scheute zurück vor dem Gedanken und vor den Schmerzen.

»Nos da, cath fach«, murmelte er leise, zupfte sie am Haar und verließ mit gesenktem Kopf den Raum.

Achtzehntes Kapitel

Auf der Kuppe des Hügels ließ Guyon seinen Hengst anhalten und hielt sich die Hand vor die Augen, um zu beobachten, wie der Adlerhabicht in die Lüfte stieg, auf dunklen, kräftigen Schwingen, wie er an Höhe gewann vor dem gleißenden, blauen Himmel, bevor er herunterstieß wie ein gefiederter Stein auf das verzweifelt fliehende, rundliche Rebhuhn.

Prinz Henry, der stolze Besitzer des Habichts, riß triumphierend die Faust in die kühle Luft des Morgens, als das Rebhuhn in einem Wirbel aus Federn taumelte und zwischen den schwarzen Klauen des Habichts geschlagen war. Der Falkner und ein Jäger liefen auf die beiden Vögel zu und trennten sie, wobei der eine mit dem Stolz des Tüchtigen auf Henrys Handgelenk zurückkehrte, der andere auf den Haufen schlapper Körper geworfen wurde, die bereits an diesem Morgen erlegt worden waren. Denn auch der Norwegerfalke des Königs war ein geschickter Jäger.

Henry streichelte die Brust seines Vogels, als er sich gesetzt hatte, die dunklen Flügel geschickt zusammengelegt und gefaltet, und zog ihm die Lederhaube über die scharfen, goldenen Augen. Dann wandte er sich an Guyon.

»Ich höre, deine Frau hat gestern abend einen ziemlichen Eindruck hinterlassen«, bemerkte er lakonisch, und ein Grinsen erwachte in seinen Mundwinkeln.

»Sie ist so viel Wein nicht gewohnt, Mylord«, entschuldigte sich Guyon und setzte sich bequem in den Sattel. Sein Rücken schmerzte, das Ergebnis eines unruhigen Schlafes auf einem unebenen, provisorischen Bett, das außerdem noch in der Zugluft gestanden hatte.

Henry grinste. »Nein, nein, ich meinte nicht diese Sache mit Alais, obwohl ich wünschte, dabeigewesen zu sein. Ich meinte, daß sie alle an meine Großmutter Arlette erinnerte. Der alte Hubert konnte seinen Augen nicht trauen; er glaubte, ein Gespenst gesehen zu haben, und selbst Rufus hat es heute morgen bei der Messe mir gegenüber erwähnt ...«

Guyon zog die steifen Schultern hoch. »Soviel ich weiß, besteht die einzige Blutsverwandtschaft der ihren mit Eurer Familie über ihren Großvater mütterlicherseits, und selbst dann gehört die Gräfin von Conteville ja nicht zu dieser Linie.«

»Sie ist doch die Tochter von Maurice FitzRoger, nicht wahr?« Henry schaute nachdenklich drein. »Wie alt ist sie jetzt, Guy?«

»Sie ist im November dreiundachtzig geboren, Mylord.« Guyon kniff die Augen zu gegen die Sonne, während der Prinz plötzlich eine verschwörerische Miene aufgesetzt hatte, wie er es manchmal tat, wenn er länger mit Gilbert und Roger de Clare beisammengesessen hatte. Stille Wasser waren oft tiefer, als man erahnen konnte.

»Ein Mädchen von siebzehn Jahren, das meiner Großmutter so ähnlich sieht, muß genauer überprüft werden«, sagte Henry und streichelte immer noch seinen Habicht.

»Soll das heißen, Ihr wollt eingeladen werden?« scherzte Guyon mit der Vertrautheit der langen Bekanntschaft und der von Fall zu Fall tiefergehenden Freundschaft.

»Wie hast du das erraten? Nun ja, ich habe früher öfter das Haus gemietet, und wir haben dort beisammen gesessen. Du kannst es mir nicht versagen. Ist dir heute abend recht? Nach der Jagd?«

Guyons Blick verschärfte sich, denn Henrys Interesse war vielleicht ein wenig zu direkt, um ihm angenehm zu sein.

»Ich hab' gewartet, damals«, sagte Henry leise zu dem Vogel, »aber du hast nie einen Zettel geschickt. Vielleicht um so besser.«

»Mylord?«

Henry kehrte wieder in die Gegenwart zurück. Guyons Miene war ausdruckslos, im Gegensatz zu seinen lebhaften Augen. »Meine Güte, Guy! Wenn du ein solches Gesicht machst, ist es möglich, daß ich deine Frau vor deinen Augen verführe – oder, schlimmer noch, hinter deinem Rücken! Ich will sie sehen, das ist alles! Schau! Rufus hat auf einen Hasen angesetzt!« Er wandte sich dem Falkner zu, übergab ihm den Habicht und ließ seinem Pferd die Sporen fühlen.

Guyon folgte langsamer und war sich bewußt, daß im Hintergrund seines Denkens ein Zweifel nagte. Henry konnte einem Esel die Hinterbeine weglügen, wenn es nötig war, mit einem Gesicht, das dabei unschuldig blieb wie der Maiensonnenschein. Guyon glaubte nicht, daß er jetzt log, aber er war sicher, daß er ihm etwas verschwieg. Das Problem mit einem so raffinierten Mann wie Prinz Henry war es, daß man immer genau wissen mußte, worum es sich handelte.

Judith mußte Nachricht gegeben werden, daß sie

hohe Gäste erwartete. Guyon zerbiß einen Fluch zwischen den Zähnen, rief Eric zu sich und schickte ihn mit einer Botschaft zu ihr.

Judith erwachte spät am Vormittag mit allen scheußlichen Nachwirkungen, die Guyon ihr vorausgesagt hatte, und noch einigen dazu. Nach einer halben Stunde in der Garderobe schwor sie einen heiligen Eid, daß sie nie wieder den scheinbar unschuldigen Wein von Anjou trinken würde, dessen Stärke auf so hinterhältige Weise verborgen war. Sie hatte nur so viel trinken wollen, um ihre Angst ein bißchen zu dämpfen; statt dessen hatte sie sich direkt in die Hölle gesoffen. Vom ganzen Abend wußte sie nicht viel mehr, als daß ihr elend gewesen war.

Schwach und mit grünem Gesicht ließ sie sich von Helgund einen Baldriantrunk mixen, um das Durcheinander in ihrem Magen und in ihrem Schädel ein wenig zu beruhigen. Es schmeckte ekelhaft, und sie hatte Mühe, die Mixtur unten zu behalten, denn inzwischen war ihr Magen so übersäuert, daß ihr schon wieder übel wurde. Sie wollte sich wieder hinlegen, sobald die Kräuter ihre Wirkung getan hatten. Und sie saß etwa eine Stunde in ihrem Zimmer, als Eric mit seiner Nachricht eintraf, ein halbes Dutzend gejagte Rebhühner über dem Sattelknauf hängend.

Die nächste halbe Stunde herrschte uneingeschränkte Panik. Judith, deren Kopfschmerzen sich zu einer Migräne titanischen Ausmaßes verstärkt hatten, stand einem Haushalt vor, der an eine besonders unordentliche Ecke in der Hölle erinnerte. Nach dieser Zeit des ersten Schocks schien sich ihre hartnäckige Vernunft jedoch wieder einzustellen. Das hier war für eine Weile das Haus von Prinz Henry gewesen. Schön und gut, dann sollte die Maschinerie des Prinzen das tun, was sie damals getan hatte. Sie überprüfte ihre fünf Sinne, nahm noch eine Dosis Baldrian in Honigmilch, frisierte sich das Haar, zog sich ein sauberes Kleid an und ging nach unten, um Sir Walter zu besuchen und ihm ihre Zwangslage zu schildern.

Um die Mittagszeit herrschte emsiges Treiben im Küchenschuppen; der Koch, der die Lieblingsgerichte des Prinzen kannte, war mit zwei Dienern zum Markt geschickt worden, um zu holen, was im Haus nicht vorrätig war. Ein Spielmann war engagiert worden, Helgund und Elflin fegten mit Besen und Bienenwachs durchs Haus, um alles zu polieren, und Judith hatte sich zum sündigen Luxus einer heißen Wanne in das Schlafzimmer zurückgezogen, wobei das Wasser mit Rosenöl parfümiert worden war – alles, damit sie Kraft fand für die auf sie zukommende Prüfung.

Während sie im Wasser lag, fragte sie sich, wie sie in der vergangenen Nacht nach Hause gekommen sein mochte und wo Guyon geschlafen hatte, da sie morgens im Bett neben sich keine Spuren hatte entdecken können. Wahrscheinlich unten bei Sir Walter. Dabei kehrte eine Erinnerung zurück – ein Bild: Alais de Clare, die sich an Guyon preßte und ihm etwas ins Ohr flüsterte. Vielleicht hatte er mit ihr eine Federmatratze geteilt, und nicht nur zum Schlafen allein.

Das Wasser schlug kleine Wellen, als sie nach der Seifenschale griff. Mit Entsetzen stellte sie fest, daß sie von wahnsinniger Eifersucht besessen war. Sicher, Alais de Clare würde Guyon geben, was er wollte, ohne zu klagen oder sich zu wehren, wie vermutlich auch viele andere Frauen bei Hof. Sie hatte gesehen, mit welchen Blicken sie ihn bedachten – und wie sie

sie anschauten, mit amüsierter oder feindseliger Herablassung. Dabei standen ihre Gedanken klar und deutlich in den Augen: die Frage, wie lange er ihr wohl noch treu bleiben würde.

Jetzt schaute sie an ihrem Körper entlang, der weiß unter dem Wasser schimmerte, dann auf die mageren sommersprossigen Unterarme, die auf dem Rand der Wanne lagen. Die Vorstellung eines Messers und eines Streits kam vage in ihre Erinnerung und entglitt wieder, als sie sich auf das Hauptproblem konzentrierte. Sie besaß nicht Alais' natürliche Vorzüge eines hübschen Gesichts und einer reifen, kurvenreichen, lüsternen Figur, aber sie hatte zumindest so viel Phantasie, wenn man ihr die Richtung wies, und sie hatte seit jeher das Talent besessen, schnell zu begreifen und zu lernen.

Leise stieß sie einen Fluch aus, dann rief sie laut nach Helgund und ließ sich ein Handtuch bringen.

Prinz Henry schnüffelte und äußerte sein Wohlgefallen, als sie an der Tür des Backhauses vorbeikamen. Volle, köstliche Düfte zogen in seine Nase, außerdem das Geräusch des großen Rührlöffels, mit dem der Koch dem Küchenjungen eine Lektion erteilte, weil er vergessen hatte, im richtigen Augenblick den Spieß zu drehen.

Simons Großvater hoppelte heraus, um die Jagdpartie zu begrüßen, und sein faltiges Gesicht verzog sich zu einem einzigen, großen Lächeln. Henry hielt an, um mit ihm zu sprechen. Guyon warf einen argwöhnischen Blick über die Schulter angesichts der Aktivitäten im Backhaus, dann wieder auf Sir Walter, der ihm zublinzelte.

»Eine einfallsreiche Frau hast du, Guy«, sagte er gackernd, während Guyon Henry über die Treppe ins Haus folgte.

Helgund und Elflin standen an der Seite, ihre Arbeitskleider bedeckt von frischen, schneeweißen Schürzen, das Haar ordentlich frisiert unter den weißen Häubchen. Prinz Henry wandte sich von ihnen ab, ehe ihre nervösen Verbeugungen ihn seekrank machten. Er wurde von Judith begrüßt.

Sie war sehr schlank; er hätte ihre Taille mit dem Nasenriemen seines Pferdes umspannen können. Ihre Brüste waren hoch und klein, die Flanken lang und elegant, und ihre Stimme war klar und angenehm. Die Jahre fielen von ihm ab, und vor ihm stand eine andere Frau, die ihn begrüßte, eine Frau mit Zöpfen und violetten, schrägstehenden Augen. Judith von Ravenstow hatte die schrägstehenden Augen, doch sie waren graubraun, nicht violett, und ihr Haar hatte einen warmen, hellen Bronzeton mit leichtem rötlichem Schimmer.

»Ich hoffe, ich habe Euch keine Umstände gemacht, Lady Judith«, sagte er mit einem Lächeln, als er sie hochhob auf die Füße. Es war nur eine bedeutungslose Geste; Henry hatte längst aufgehört, sich darum zu sorgen, wenn er Menschen in Ungelegenheiten brachte, vorausgesetzt, es paßte zu seinen Wünschen.

Judith stritt die ›Umstände‹ in aufrichtig klingender Weise ab, nahm seinen Umhang und gab ihn Helgund. Guyon gab den seinen direkt dem Mädchen, während er seine Frau von Kopf bis Fuß musterte. Sie trug ein einfaches, cremefarbenes Unterkleid und darüber eine langärmelige Tunika aus rostbrauner Seide, genau das Kastanienbraun von Rhuddems Fell. Goldene, byzantinische Ohrringe hingen an ihren Ohrläppchen, und ein enges Oberteil aus goldenen Gliedern und polierten, ambrafarbenen Rechtecken betonte ihre Taille. Ihr Gesicht war glatt und ruhig, so rätselhaft wie das von Melyn, und zeigte keine Spur von den Exzessen des vergangenen Abends.

»Geflickt und mit Baldrian wiederbelebt«, sagte sie zu ihrem Mann und zeigte ihm ein kleines Lächeln. »Ich habe immer noch genügend Kopfschmerzen, um alle meine Sünden damit abzubüßen, aber ich danke Euch für die Nachricht. Wenigstens hatte ich dadurch Zeit, um alles vorzubereiten.«

»Du hast sie mehr als genutzt«, murmelte er, zupfte sie am Zopf und warf einen Blick auf die weißgedeckten Tische, die feinen Becher und Karaffen, die hohen Wachskerzen in köstlichen Farben, umgeben von frischen Blumen und Grün.

Judith zeigte ihr geheimes Lächeln, und Guyons Finger trennte sich von ihrem Haar, als ob eines der eingeflochtenen Goldbänder ihn gebrannt hätte; sein Blick ging zwischen ihr und Prinz Henry hin und her.

»O mein Gott«, sagte er leise.

»Was ist?«

Guyon schüttelte den Kopf und ging an ihr vorbei hinein in den Raum. Der Prinz machte Judith ein Kompliment für ihre häuslichen Fähigkeiten. Guyon schnippte mit den Fingern auf einen von Sir Walters Dienern, die für den Abend ausgeborgt worden waren. Der Mann bemühte sich, Wein einzuschenken. Guyon beobachtete ihn, ohne ihn wirklich zu sehen. Er brauchte erst einmal Zeit, um den Schock zu verdauen, den er eben erlebt hatte. Und er sagte sich immer wieder, daß es praktisch unmöglich sei. Henry war ja jetzt erst zweiunddreißig.

Dann stellte er sich selbst mit vierzehn vor. Mädchen waren für ihn ein unentdecktes Geheimnis, damals. Fummeln in dunklen Ecken, gestohlene Küsse und Gekicher, flehende Überredungen, das scharfe Auge seiner Mutter auf die jüngeren Mädchen. Und Henry mit vierzehn? Er hatte bereits damals über sexuelle Sicherheit verfügt und über eine Technik, die von der Vertrautheit mit dem Akt stammte.

Der Abend schritt fort, und mit ihm Guyons Zweifel. Die Ähnlichkeiten waren hauchdünn, verschwindend gering; sie lagen hauptsächlich im Lächeln, in der Haltung des Kopfes und den flüchtigen, aber alles bemerkenden Blicken, doch die Haltung des Prinzen verlieh ihnen zusätzliche Glaubwürdigkeit. Er agierte auf zwei Ebenen: An der Oberfläche war er der charmante, anregende Gast, der um keine Phrase oder Geste verlegen war; darunter beobachtete er Judith, was nur diejenigen erkannten, die mit ihm vertraut waren; er skizzierte sie, er prüfte sie Punkt für Punkt und benützte dabei sowohl seine Augen als auch die Kunstgriffe seiner Fragen und Anregungen. Erwärmt durch seine dezente Aufmerksamkeit, reagierte Judith so wie alle Frauen auf Henry reagierten: Sie öffnete sich, wie sich eine Rosenknospe der Sonne öffnet.

Gegen Ende des Abends, als die Männer genug hatten vom Essen und Trinken, ging es in der Konversation um die Vorteile von irischen Hunden zur Wildhatz, während der Spielmann auf seiner Laute *Stella Maris* spielte – bis einer von Henrys Boten erschien und beim Prinzen vorgelassen wurde.

Henry, der aus seiner müßigen Bequemlichkeit gerissen worden war, hörte dem Knienden zu. Seine

Züge blieben leidenschaftslos, aber der Wein im Glas, das er in der Hand hielt, zeigte kleine Wellen, und zwischen dem Kinn und dem Hals färbte sich seine Haut unter den schwarzen Stoppeln dunkelrot.

Sein älterer Bruder Robert, der ruhmbedeckt vom Kreuzzug nach Hause kam, hatte in Sizilien Aufenthalt gemacht und sich eine reiche junge Braut zur Frau genommen, eine Sybil von Conversano, Tochter eines apulischen Contes mit engen normannischen Verbindungen. Der Name war nicht wichtig, der Adelstitel auch nicht, aber der beträchtliche Reichtum der jungen Frau würde ihn nunmehr erst recht in die Lage versetzen, sein verpfändetes Herzogtum von Rufus zurückzukaufen, und diese Hochzeit ließ die Möglichkeit eines Erben mehr als wahrscheinlich werden. Henrys Chance auf die Krone hatte sich damit wesentlich verringert, war jedenfalls damit mehr als unsicher geworden.

Der Bote war am Ende seines Berichts. Schweigen lastete über dem Raum. Keiner schaute den anderen an. Henry hob seinen Becher. »Einen Toast«, sagte er mit seiner leichten, etwas brüchigen Stimme. »Auf meinen Bruder und seine Braut, und auf daß sie sicher in den Hafen finden mögen.«

Becher klirrten. Der Toast wurde in unterdrücktem Ton wiederholt.

»Und was nun?« Earl Hugh faltete die Hände über seinem Bauch, der Körper schlapp, die Augen so scharf wie blaue Glasscherben.

Henry schürzte die Lippen. Er tauschte einen Blick mit Gilbert de Clare. »Rufus wird mich nicht als seinen Erben einsetzen«, sagte er leise, »und Robert hat Hammer und Amboß, um seine eigene Brut ins Leben zu setzen. Ich nehme an, ich muß dem Beispiel meines Vaters folgen.«

Chester wedelte eine Mücke vor seinem Gesicht fort. »Wenn Ihr damit Bürgerkrieg meint, könnt Ihr nicht mit mir rechnen«, sagte er immer noch in freundlichem Ton. »Ich habe genug zu tun mit den Walisern, als daß ich mich mit Erbschaftsproblemen der Krone befassen könnte.«

»Bürgerkrieg?« Henry öffnete seine unschuldigen grauen Augen. »Nun, wer würde mich dabei unterstützen?«

»Ihr habt Freunde, Sire«, sagte Roger de Clare mit leiser Stimme.

»Ich brauche keine Freunde, sondern Gelegenheiten und die richtige Unterstützung ... Würdest du sie mir geben, Guy?« In seinen Augen waren Bitterkeit und Bosheit zugleich zu lesen.

»Ein feudaler Treueschwur ist geheiligt bis zum Tod, Mylord«, erwiderte Guyon nach einem Moment. »Es machte mir große Schmerzen, aber ich müßte Euch von meinen Burgen fernhalten.«

»Genau.« Henry zeigte ein Lächeln. »Großartige Bauten, wenn sie mein wären. Kann ich nichts anbieten, was deinen Sinn mildert?«

Sie schauten sich in die Augen. »Nicht einmal, wenn Ihr mit mir verwandt wärt, Mylord«, sagte Guyon mit großem Nachdruck.

Judith fand, daß das Gespräch lange genug in trübe Gewässer getrieben war, und ließ absichtlich ihren Becher fallen. Sie stieß einen ärgerlichen Schrei aus, machte sich daran, die glitzernden, grünen, teuren Scherben einzusammeln, erwischte dabei versehentlich mit dem Ärmel die Fingerschüssel und kippte sie in den Schoß von Prinz Henry.

Der Prinz stieß einen hohen Ton aus und verstummte im Schock. Earl Hugh stieß ein bellendes

Lachen aus, schlug mit der Hand auf den Tisch und stach sich eine grüne Glasscherbe in den Handballen. Aus dem Gelächter wurde ein Schmerzensgeheul. Judith packte eine Serviette vom Tisch und versuchte, die Blutung damit zu stillen, stieß aber in ihrer Hast einen Kerzenleuchter um und setzte Gilbert de Clares eleganten Pelzkragen in Brand.

Guyon, mit heimlichem Lachen in den Augen, schnappte sich die Wasserkaraffe und duschte seinen Gast mit viel Begeisterung und sehr schlechtem Ziel für einen Mann, der so viel Erfahrung als Krieger hat. Gilberts Jagdhund knurrte und versuchte, Guyon in den Ärmel zu beißen, wurde aber durch einen Fußtritt quer durch den Raum geschleudert. Pandämonium regierte. *Stella Maris* verstummte. Der Sänger verzog sich aus dem Raum, während de Clares mißbrauchter Hund nach seinen Fersen schnappte. Judith flatterte durch den Saal wie ein kopfloses Huhn und schuf mehr Chaos, als sie beseitigte, verband schließlich Chesters Wunde, wenn auch ungeschickt, mit der Serviette, schaute sich dann in all der Zerstörung um und schlug sich die Hände vors Gesicht. Es sah aus, als ob sie schluchzte; jedenfalls zuckten ihre Schultern entsprechend.

Guyon warf einen strengen Blick auf seine Frau, mußte aber achtgeben, daß er nicht hinausprustete, bückte sich schließlich und hob einen Teller auf, um die Kontrolle wiederzugewinnen. »Ich schlage vor, Madam«, sagte er streng und mit erstickter Stimme, »Ihr besorgt jetzt erst einmal meinem Lord, dem Prinzen, frische Kleidung.«

Es dauerte nicht lange, bis Judith wieder auftauchte, wobei ihre Schultern immer noch zuckten, und Prinz Henry ein Wams und eine Kniehose reichte.

Henry zog die Brauen zusammen und war nicht ganz so auf die Komödie hereingefallen, als es sein Ausdruck nahelegte.

»Macht Euch um Himmels willen keine Vorwürfe, Lady Judith«, sagte er großmütig. »Solche kleinen Unglücke geschehen eben hier und da.«

Von da an verlief der Rest des Abends in Gelächter und gutmütigen Scherzen.

Beim Aufbruch schwang sich auch Prinz Henry in dem mit Fackeln erhellten Hof auf sein Pferd; das schwarze Haar fiel ihm in die breite Stirn, und die grauen Augen glänzten noch von der Erinnerung an einen guten Witz. »Du hast ungewöhnliches Glück mit deiner Frau, Guy«, bemerkte er und schaute über die Schulter zurück, wo sie unter der Tür stand, von hinten als Silhouette beleuchtet und unerreichbar wie eine Statue. Das Wams, das ihm Judith gegeben hatte, reichte bis fast zu den Fingerspitzen in der neuen Mode des Hofes, und die Hose, auch wenn sie zu lang war, hatte Judith mit den Gamaschen auf attraktive Weise hochgebunden.

»Ich weiß, Mylord«, antwortete Guyon nachdenklich. »Obwohl, wie ihr gesehen habt, die meisten ihrer Tricks einen Stachel im Schwanz haben.«

Henry kicherte. »Kein Wunder, wenn man unter dem Zeichen des Skorpions geboren ist«, sagte er.

Guyon blickte hoch und schaute ihn nachdrücklich an.

Henry beugte sich über den Sattelknauf und sagte anzüglich: »Empfehlt mich Alicia, wenn Ihr sie das nächste Mal seht. Und bestellt ihr, ich bin sehr zufrieden.«

Das Pferd wurde unruhig und machte einen Satz vorwärts. Guyon trat zurück und sah zu, wie der glänzende Braune, ein Hengst aus der Zucht seines Vaters, aus dem Hof trabte. Gilbert de Clare folgte auf seinem scheckigen Wallach, seinen Bruder im Schlepptau, und zuletzt kamen Earl Hugh und sein Leibwächter.

»Was war das für ein Gequassel darüber, daß irgendwer mit irgendwem verwandt sein soll?«

»Gar nichts«, antwortete Guyon und war sich bewußt, daß Hugh d'Avrenches fast nie etwas entging. »Ein privater Scherz. Ich weiß nicht, ob ich ihn verstanden habe. Außerdem – und interessanter – finde ich, daß Henry den de Clares anscheinend sehr nahe steht. Auch da hat es das eine oder andere Wort gegeben, das nicht alle hören sollten.«

»Haltet einfach die Nase raus, Guy. Judith hatte ganz recht, als sie in dem Moment, sobald es brenzlig wurde, den Becher fallen ließ. Was das Auge nicht sieht und das Ohr nicht hört, kann einem keinen Ärger machen.«

»O ja«, bestätigte ihm Guyon ein wenig bitter. »In der Kunst der Diplomatie bin ich nicht unbedingt ein Experte.«

Guyon schaute ihm nach, und ein Stirnrunzeln zog seine Brauen zusammen, dann ging er zu den Stallungen, um ein leichtes Hinken an Rhuddems rechter Hinterhand zu überprüfen, das vielleicht schlimmer wurde, wenn er das Pferd morgen auf der Jagd ritt.

Als Guyon schließlich in die Schlafkammer kam, nachdem er bei Rhuddem keine Verletzung hatte entdecken können, fand er Judith auf dem Bett sitzend, wo sie ihre Fingernägel feilte. Das Kerzenlicht ließ einen goldenen Halo hinter ihrem Kopf entstehen. Sie blickte auf, zeigte ihm ein etwas bemühtes Lächeln und ging barfuß zur anderen Seite des Raums, um ihm Wein einzuschenken.

Er nahm den Kelch aus ihrer Hand, und sein Ausdruck zeigte, daß er in Gedanken woanders war. Er betrachtete das schön gearbeitete Glas und schien erst jetzt allmählich zu Sinnen zu kommen, denn auf einmal kehrte sein Blick zurück, und er konzentrierte sich darauf, seine Frau anzusehen.

»Was ist los?« wollte sie wissen. »Warum starrst du mich so an?«

Kein Zweifel, es war da. Man konnte es sehen, wenn man es wußte. Die Mienen, die gelegentlichen Manierismen und kleinen Gewohnheiten, so, wie das Haar ihrer Brauen nach vorne ragte. »Nichts«, sagte er tonlos und fragte sich, ob sein Vater es wußte. Vielleicht. Wenn es zu einem allgemeinen Skandal wurde, wären die Folgen verheerend. Sie war nicht die Tochter von Maurice von Ravenstow, daher gehörte die Baronie auch nicht ihr, kraft Geburtsrechts, wie man gedacht hatte, sondern ihren Montgomery-Onkeln: Robert de Belleme, Arnolf und Roger. Ihm war auf einmal sehr kalt geworden.

»Guy?« Judith berührte seinen Arm, und als er sich nicht bewegte, auch seine Stirn. Sie war feucht, und der olivfarbene Teint zeigte deutlich einen gelblichen Ton.

»Was ist geschehen? Hat sich Prinz Henry von mir beleidigt gefühlt? Hat er bemerkt, daß ich …«

»Prinz Henry?« Er lachte kurz. »Nein, Prinz Henry hat sich keineswegs beleidigt gefühlt. Wie hätte er auch?« Im Gegenteil, es war alles nach seinem Sinn. Guyon starrte auf den Kelch in seiner Hand, stellte ihn ab und ging dann ruhelos zu den Läden. Der Riegel war nicht eingehakt, und er stieß die Läden auf. Der Geruch nach Weißdorn war stark und süß. Er sah die Blüten schimmern, unten im Garten. Eine Brise erfaßte sein Haar und bewegte eine der Tapisserien.

»Ist es etwas so Schreckliches, daß du es mir nicht sagen kannst?« fragte Judith. »Gehen wir dem Ruin entgegen?«

Guyon nahm seine ganze Erfindungsgabe zusammen, und nach einer Weile wandte er sich zu ihr. »Ich kann es dir nicht sagen, Liebes«, murmelte er. »Nenne es ein politisches Geheimnis, wenn du so willst, oder einfach Diskretion. Es ist ein Geheimnis, das mir anvertraut wurde, und lieber würde ich sterben, als es zu verraten.« Er küßte ihre sommersprossige Stirn und zupfte wieder an einer Strähne ihres Haars.

»Und ist es wichtig, daß du es niemandem verrätst? Nicht einmal mir?«

Er trank seinen Wein, trank ihn aus und schaute über den Rand des Kelchs hinweg auf sie. »Ganz besonders dir nicht, *cath fach*«, sagte er, stellte den Kelch ab und ging zum Vorhang.

»Wohin gehst du?«

»Hinunter zu Walter. In einem Alkoven hat man ein Notbett für mich aufgebaut, und es wird schon spät.« Er nahm seinen Umhang.

»Aber das Bett ...« Sie deutete nach hinten, und das Herz schlug ihr im Halse. »Es ist groß genug.«

»Nicht für uns beide«, entgegnete er mit Überzeugung.

»O doch, das ist es ...« Sie atmete tief ein und riß die Augen dazu auf.

Guyon schaute ihren gespielten Mut an, und ihm drehte sich fast das Herz um. »Als ich den Vertrag unterschrieb, da habe ich dich nicht gewollt, *cath fach*. Jetzt will ich dich. Wenn es nur um die Lust ginge, die könnte ich mir anderswo besorgen. Aber da es nicht so ist, schlafe ich lieber unten.«

Judith schluckte, doch der Klumpen in ihrer Kehle wollte nicht weichen.

»Nos da, fy anwylyd«, sagte er zu ihr mit einem schiefen Lächeln und, den Umhang über der Schulter, schnappte mit den Fingern nach Cadi. »Schlaf gut, Liebste.«

Sie wartete, bis er beinahe den Vorhang erreicht hatte, kämpfte und kämpfte, bis sie schließlich die Stimme über den Klumpen in der Kehle hinausgezwungen hatte.

»Guyon!« krächzte sie und streckte ihm ihre Hand entgegen. Er drehte sich um. Sie räusperte sich. »Bevor du gehst, kannst du mir noch mit meinem Kleid helfen? Ich habe Helgund schon ins Bett geschickt, und es wäre wirklich schade, sie zu wecken wegen eines verknoteten Bandes an meinem Rükken.«

Guyon zögerte einen Moment, dann legte er den Umhang hin. Sie ging zu ihm und zeigte ihm das Band, das sich verknotet hatte.

»Ich bin doch keine Zofe«, knurrte er und beugte sich über den Knoten. »Vielleicht solltest du doch Helgund rufen, oder du schläfst einfach im Mieder.«

»Das wäre zu warm, und ich habe die arme Helgund den ganzen Tag über genug umhergejagt. Laß sie schlafen.«

Er drehte sie zum Licht, weil er besser sehen wollte, was er da tat, und stellte bald fest, daß die Aufgabe unlösbar war. Ungeduldig langte er nach dem Messer an seiner Hüfte und zog es heraus. »Ich muß das Band abschneiden. Wie konntest du es nur so festziehen, Judith!«

Die Klinge zupfte am Material, und dabei wurde Judith zu ihm hergezogen. Sie leistete keinen Widerstand, im Gegenteil, sie schmolz zu ihm hin. Die Klinge glitt glatt durch den Knoten, und das Mieder fiel, hing nur noch an ihren Schultern und an einem hauchdünnen Faden.

Guyon schluckte. Seine Kehle war trocken. Er wußte, wenn er nicht sofort seinen Umhang nahm und verschwand, würde er etwas sehr Törichtes tun. »In Gottes Namen, Judith«, sagte er mit rauher Stimme, »glaubst du, daß ich aus Stein bin?«

Sie hob den Blick und schaute ihn aus unschuldigen Augen an, war aber voll entschlossen. »Ich weiß es nicht. Zeig es mir«, kommandierte sie und legte ihre Arme um seinen Hals, wozu sie sich auf die Zehenspitzen stellen mußte. »Ich will es wissen.«

Das Mieder fiel auf den Boden, und ihr Oberkörper war nackt. Guyon schloß die Augen. Das war reine Lust, sagte er sich, und keine Liebe. Außerdem: Wenn schon der beste Wein geboten wurde, mußte man ihn langsam trinken, auf der Zunge genießen und nicht in einem einzigen Schluck hinunterkippen. Sehr schwierig, wenn man am Verdursten war.

»Ja nun, *cath fach*«, sagte er leise, »ich weiß nicht, ob das der richtige Augenblick ist, einfach so, eiskalt und so – so zweckgebunden.«

»Guyon, ich ...«

Er legte seinen Finger auf ihre Lippen, nahm ihre eisige Hand in die seine, führte sie zum Bett und setzte sie darauf, dann suchte er nach ihrem Schlafmantel, fand ihn und gab ihn ihr. »Zieh ihn an«, sagte er. »Nackt bist du mir eine zu große Verführung.«

Tränen standen in Judiths Augen, aber sie tat, worum er gebeten hatte, um ihre Glieder unter Kontrolle zu zwingen. »Du sagst, du bist nicht sicher«, schniefte sie. »Aber ich bin es. Ich habe Zeit genug gehabt zum Nachdenken, und wenn ich noch mehr nachdenken sollte, werde ich verrückt, ich schwöre es dir.«

Guyon schüttelte den Kopf, hin und her gerissen von seinen Gefühlen: Zweifel und Verlangen, Zurückhaltung und Bedürfnis. »Ich weiß nicht einmal, ob ich es dir zeigen kann«, sagte er. *»Ich kenne nicht die Grenzen meiner Beherrschung.«*

Judith errötete und glättete eine Falte in ihrer Überdecke. »Es muß ja nicht kalt sein«, bot sie zitternd an. »Wir haben doch eine ganze Nacht dafür Zeit.«

Er lachte und wandte sich ab. »Du hast blindes Vertrauen in mich, nicht wahr?«

»Was gäbe es sonst für mich?«

Er verschränkte die Arme, setzte sich auf die Bettkante und betrachtete sie lange und mit düsterer Miene.

Judith überlegte die ganze Zeit, um etwas zu sagen, was das Gewicht seines dunklen Starrens verringern könnte. »Du hast noch nicht dein Nachtgebet gesagt«, erinnerte sie ihn und zwang sich zum Lächeln.

Guyon stieß die Luft aus in einem langen Seufzer. »Ich habe auch noch kein Ave Marie gesagt«, erwiderte er, aber nach kurzem Zögern öffnete er dann seine Arme und legte sie um ihre Schultern, zog sie zuletzt in die roten Schatten der Vorhänge des Himmelbetts.

Zuerst, geschlagen von der Ungeheuerlichkeit dessen, was sie getan hatte, reagierte Judith nur dadurch, daß sie sich wie in einem Kälteschock ungeschickt an ihn drückte, mit beschleunigter, vor Angst flacher Atmung. Er hielt sie, er streichelte sie sachte, wie er Melyn oder Cadi gestreichelt hätte, redete auf sie ein, lauter triviale Dinge, wie sie ihm in den Kopf kamen, und seine Worte waren ein angenehmer, murmelnder Fluß.

Nach und nach beruhigte sich Judith und fing an, sich zu entspannen, gestattete den lüsternen, angenehmen Gefühlen Eingang durch die Barrieren der Taubheit, die sie selbst errichtet hatte und die sie gefangen hielten. Erst verließ die Starre ihren Körper, dann auch die Kälte. Sie kuschelte sich an ihn, streckte die Arme aus, legte sie um seinen Hals. Er strich mit seinen Lippen sachte über ihre Schläfe, die Wangen, drückte zarte Küsse auf den Kiefer, bis er ihr Ohrläppchen erreicht hatte, hielt dort inne, um damit zu spielen, leckte dann die kleine, empfindliche Höhlung dahinter.

Judith begann zu keuchen, drückte sich noch mehr an ihn, und ein seltsames Gefühl machte sich in ihrer Magengrube breit. Zögernd leckte sie seinen Hals, da, wo das Wams offenstand, streckte den Arm noch ein bißchen weiter, damit ihre Hand nicht den Stoff, sondern die Haare an seinem Halsansatz berührten. Seine Hand hielt an ihrer Taille inne, und wieder war das Gefühl in ihrem Magen zu verspüren, breitete sich an den Innenseiten ihrer Schenkel aus. Sie schmeckte seine Haut.

Als seine Hand zum erstenmal unter ihren Nachtmantel glitt, versteifte sie sich – mehr aus Überraschung und nicht aus Angst, aber Guyon hielt augenblicklich inne und tat so, als wollte er sie zurückziehen. Sie grub ihre Finger in seinen Nacken, zog ihn zu sich herunter und hob ihr Gesicht an. »Zeig es mir«, sagte sie wieder, die Augen verengt vor Konzentration. »Ich will es wissen.« Mit sachtem Druck auf ihre Taille zog er sie herunter und über sich, bis sie auf ihm lag und ihr Haar alle beide wie ein Vorhang bedeckte in seiner leuchtenden Dichte. »Jetzt bist du es, die bestimmt, *cath fach*«, sagte er weich. »Jetzt kannst du mit mir tun, was du willst.«

Judith warf die losen Strähnen nach hinten und schaute ihn an. Ihre beschleunigte Atmung war nicht mehr ein Zeichen von Panik, sondern von zunehmender Erregung. Die Finger seiner anderen Hand beschrieben immer noch abwechselnd langsame Kreise um ihre Brustwarzen, was warme Schauer durch ihren Körper schickte, und wenn sie sich der Länge nach gegen ihn preßte, konnte sie ihn dick und hart an ihrer Hüfte und ihrem Bauch fühlen, fühlte aber auch und wesentlich unangenehmer den kalten Druck seiner Gürtelschließe und des Messerhefts an ihrem Blinddarm. Langsam ließ sie beide Hände auf die Gürtelschließe gleiten, öffnete sie, und der Gürtel teilte sich. In der ganzen Zeit verließ sein Blick nicht einen Moment lang ihre Augen, ihr Gesicht.

Er ging in die Brücke, so daß sie den Gürtel unter ihm hervorziehen und mit lautem Pochen auf den Boden fallen lassen konnte. Die Hitze seiner Erektion preßte sich gegen ihre Schenkel, war aber seltsamerweise keine Bedrohung mehr. Sie rieb sich verführerisch gegen ihn, beobachtete den Ausdruck von schmerzvollem Entzücken auf seinem Gesicht, und ihre eigene Sensation verstärkte sich mit dem Wissen, daß sie ihn so erregen konnte.

Er zog sie wieder nach unten, Lippen ersetzten die Finger, die sich damit beschäftigten, ihr den Nachtmantel von den Schultern zu streifen. Judith stieß leise Schreie aus über die verstärkten Gefühle und schlängelte sich zu ihm hin, suchte den Kern dieses Zitterns, diesen gefühlvollen Druck zwischen ihren Schenkeln zu stillen.

»Warte noch«, sagte Guyon atemlos und schob sie auf die Seite, so daß er sich aufsetzen und seinen Wams über den Kopf ziehen konnte, dann das Hemd.

Judith ließ ihre Blicke anerkennend über seinen Brustkorb und die Schultern schweifen, die Muskeln, die in einem Leben des Krieges entwickelt und geübt worden waren, dafür auch mehrere weiße und rosa Narben aufwiesen. Jetzt saßen sie einander gegenüber auf dem Bett, Gesicht an Gesicht. Guyon umarmte wieder ihre Taille und zog sie zu sich her, Fleisch an Fleisch. Seine Finger fuhren durch ihr Haar und über ihre duftende Haut. Er begrub seine Lippen an ihrer Kehle, in dem weißen Tal zwischen ihren Brüsten, fand die Kordel ihres Nachtmantels, löste sie mit den Zähnen und zog sie dann wieder hinunter zu sich, wobei seine Hände ihre hübschen, runden Hinterbakken umfaßten und er sie damit erneut an sich drückte.

Judith schnurrte und rieb sich an ihm wie eine Katze. Sie küßte seinen Hals und seine Brust, folgte der Haarlinie, die in der Mitte seines Brustbeins begann und über die schmalen quer untereinander angeordneten Muskelstränge verlief, über den flachen Bauch, wobei ihre Brüste leicht über seine Haut strichen. Er stöhnte leise, verstärkte den Griff um ihren Körper, und sie suchte die Schnur seiner Kniehose, hörte aber nicht auf, an seinem Körperhaar zu knabbern, während sie sie löste.

Plötzlich schlang er die Arme um sie und rollte sie unter sich. »Jesus!« rief er laut, »was kann ich dir noch zeigen?«

Judith hatte aufgeschrien, als er sie herumgerissen hatte. Die Stiche der Lust, die von ihren Lenden ausgingen, ließen nach, denn jetzt war ein Unterton von wilder Gewalt in seiner Stimme, die Andeutung dessen, was er jetzt tun würde, und sie wußte nicht, wie sie damit fertig werden sollte. »Du tust mir weh!« schluchzte sie und versteifte sich in seinen Armen.

Guyon hielt inne und stützte sich auf die Ellbogen, um auf sie hinunterzuschauen, während er sich wieder unter Kontrolle brachte. »Judith, es tut mir leid«, murmelte er und strich ihr eine Strähne aus dem Gesicht. »Ich hatte nur nicht gedacht, daß du so schnell lernen würdest. Du hast mich überholt.«

Sie schluckte, rieb sich den Handrücken über die Augen und schaute ihn zurückhaltend an.

Jetzt liebkoste er sie wieder sachte, streichelte ihren Körper, vor allem die besonders empfindlichen Zonen, die Brustwarzen, ihre Schenkel, die kleine Knospe in ihrer Spalte. Judith wand sich vor Lust, drückte sich gegen ihn, neckte ihn und ließ seine wissenden Finger gewähren. Sie preßte ihren Leib gegen seine Hand und bog sich nach hinten, um den Druck zu verstärken.

Glatt und geschickt wie eine Lanze im Kampf drang Guyons Glied in ihren Körper ein und hielt sie fest. Seine Hüften preßten nach unten, aber ohne den Druck zu verstärken. Ihr geöffnetes Fleisch umschloß ihn wieder, und nach und nach kam sie ihm mit den Hüften entgegen. Durch die Bewegung wurde er tiefer in sie gesogen, und ihre Muskeln zogen sich unwillkürlich um seinen Schaft zusammen. Eine noch kühnere Sensation als alles vorherige breitete sich zwischen ihren Beinen aus und ließ nach. Sie suchte nach der Quelle und stieß sich gegen ihn in einer Bewegung, die älter war als die Zeit. Guyon riß den Kopf zurück, die Augen geschlossen, und sein Atem kam stoßweise, war fast ein Stöhnen. Wieder war sie es, die die Bewegungen machte, und ihr eigenes Vergnügen wurde dadurch verstärkt, daß sie das seine verstärkte, bis sie sich beide in einem langsamen Kontrapunkt bewegten.

Guyon ergriff ihre Hüften und hielt sie still, keuchte, sie solle aufhören, aber Judith kämpfte gegen das Zurückgehaltenwerden, suchte verzweifelt nach der Reibung, dort, wo sie sie brauchte.

»Judith, ich kann nicht mehr ...«

Ihre Fingernägel klammerten sich vor verzweifeltem Verlangen in seinen Rücken, und sie bog sich weit nach hinten, damit er bis zum Äußersten in sie eindringen konnte. Er fühlte die kleinen Konvulsionen entlang seines Glieds, und mit einem Schrei der Erleichterung gab er die Kontrolle auf und erlebte die köstlichen Erschütterungen der Klimax.

Erst allmählich wurde Judith des Gewichts gewahr, das auf ihr lag, jetzt nicht mehr durch die Ellbogen gestützt, bemerkte sein starkes Atmen, und wie sich sein Körper gegen den ihren preßte. Das Vergnügen zeigte sich noch in seinen Ausläufern, sterbenden Zuckungen, die eine Wiederholung versprachen. Sie ließ die Hand über seinen schweißnassen Brustkorb gleiten und rutschte ein wenig zur Seite, weil sie sich unangenehm beengt fühlte durch sein Gewicht.

Guyon seufzte und murmelte Unverständliches, dann hob er den Kopf und schaute ihr in die Augen.

»Du preßt mich ganz platt«, beklagte sie sich atemlos und unterdrückte das Bedürfnis, zu kichern, als sich Enttäuschung in seiner Miene zeigte.

»Hab' ich dir wehgetan? Ich dachte ...« Er verengte die Augen und betrachtete sie. Sicher, man hätte das Kratzen ihrer Klauen mißverstehen können, vielleicht auch die gedämpften Schreie, aber nicht das Zittern und Beben im Inneren ihres Körpers.

Judith legte sich auf ihn und wand sich. »Es ist besser, als sich betrinken«, räumte sie ein und kicherte jetzt wirklich. »Bestimmt.«

»Ich sollte dich das nächste Mal mittendrin fragen, nicht nachher«, erklärte er trocken.

»Das nächste Mal? Du meinst, wir müssen das alles noch einmal tun?« Sie riß die Augen auf in gespieltem Entsetzen. »Wo ist die Nesselsalbe?«

»Für meinen Rücken, meinst du? Du mußt ihn in Fetzen gerissen haben.«

»Sei doch nicht so empfindlich«, erwiderte sie schnell, streckte die Zunge heraus und fuhr mit ihrer Spitze über seinen Hals. Dazu bewegten sich ihre Hüften verführerisch.

Guyon lachte. »Dann bin also ich derjenige, der Übung nötig hat«, sagte er und zog sie zu sich herunter.

Judith erwachte beim Blöken einer Herde von Schafen, die in die Stadt getrieben wurde, und dem scharfen Pfeifen des Schäfers, der seine Hunde kommandierte. Es waren Geräusche, mit denen sie aufgewachsen war und die sie jetzt an die grünen Marken im Sommer erinnerte; zugleich weckten sie ihre Sehnsucht, wieder zu Hause zu sein und die Stadt zu verlassen.

Sie fühlte eine warme Last auf ihrem Körper – Guyons Arm, die Finger entspannt, die Kurve ihrer einen Brust nachzeichnend. Er schlief noch fest, ausgebreitet auf dem Bauch, und hatte sich nicht bewegt seit ihrer letzten Vereinigung vor dem Morgengrauen. Ihre Mundwinkel zuckten. Es war ihre Schuld gewesen. Sie hatte ihm gesagt, daß es besser sei, als sich zu betrinken. Das war es in der Tat, aber wie bei Wein konnte man süchtig werden danach.

Sie hörte Sir Walter mit dem Schäfer sprechen, und

zugleich begann einer der Hunde fürchterlich zu bellen. Noch nicht in der Stimmung, diese zufriedene Stimmung zu stören, kuschelte sie sich wieder in Guyons Umarmung und schloß die Augen.

Als Guyon schließlich aufwachte und seine Lider aufschlug, war es mitten am Vormittag, hell und warm, und die Jäger waren längst davongezogen in die Wälder. Er warf einen Blick auf die schlafende Unschuld neben sich ... Von wegen Unschuld! Guter Gott! Im Vergleich zu diesem im Schlaf versunkenen, unschuldigen kleinen Mädchen waren Rhosyn und sogar die unwahrscheinliche Alais de Clare ahnungslose Novizinnen. Wie oft waren sie beisammengewesen in dieser Nacht? Mindestens viermal. Von wegen Vergewaltigung! Dieses Mädchen hatte sich davor gefürchtet, vergewaltigt zu werden. Er mußte ein Lachen unterdrücken.

Sachte berührte er eine Strähne ihres Haars und schaute sie an. Sie waren einen weiten Weg miteinander gegangen bis zu diesem Tag, nicht immer auf derselben Straße, hatten sich aber immer wieder an einem Kreuzweg getroffen. Die Enkelin von William dem Eroberer mit dem Wikingerblut von Herzog Rollo und dem der lohfarbenen Falaise in den Adern.

Im Licht dessen, was er in der vergangenen Nacht erlebt hatte, mußte er erst recht über ihre wirklichen Eltern nachdenken. Er fragte sich, was Alicia dazu getrieben haben mochte, mit einem Jungen zu kopulieren, der halb so alt war wie sie und über doppelt so viele Erfahrungen verfügte. Wahrscheinlich würde er es nie erfahren, und es gab auch gute Gründe, das Wissen streng geheim zu halten, nicht nur wegen der Verletzlichkeiten auf seiner Seite.

Als ob sie seine Gedanken erraten konnte, streckte sich Judith, öffnete die Augen und gähnte.

»Bore da, cath fach«, begrüßte er sie und küßte sie leicht auf die Lippen.

»Du hast die Jagd verpaßt«, sagte sie mit schläfrigem Lächeln.

»Nein, habe ich nicht«, widersprach er ihr grinsend. »Ich hatte nur nicht geahnt, daß ich die Beute sein sollte.«

Judith errötete. »Macht nichts. Ich kann mir bessere Möglichkeiten vorstellen, den Tag zu verbringen, als mit Pfeil und Bogen auf ein Reh oder einen Hirsch anzulegen. Außerdem käme ich heute ohnehin auf kein Pferd.«

Ihre Röte vertiefte sich und breitete sich auf den Hals und die Schultern aus. »Bist du böse mit mir wegen gestern abend, Guy?«

»Welchen Teil des Abends meinst du denn?« neckte er sie. »Den Moment, als du Prinz Henrys Männlichkeit mit einer Schüssel Wasser abgekühlt hast – oder als du die meine bis auf den letzten Rest konsumiertest?«

Judith biß sich auf die Lippe. Ihre Augen waren brillant wie Topase. »Es war wie wenn man diesen gelben Wein trinkt: ich habe nicht mehr aufhören können«, entschuldigte sie sich. »Guyon, es tut mir leid.«

»Zwei Nächte nacheinander betrunken!« scherzte er vorwurfsvoll. »Was mache ich nur mit dir? Nein, sag es mir nicht, dazu habe ich jetzt nicht die Kraft. Und bitte mich nicht, es dir gleich wieder zu demonstrieren, auch wenn du es gerne wissen willst.«

Judith hämmerte ihm mit den Fäusten auf die Brust und die Rippen, und er jaulte. »Vorsicht!« warnte er sie. »Aber wenn du zufrieden warst, war es die Mühe durchaus wert. Ich habe nichts dagegen, auf diese Weise zu sterben – nur laß es uns nicht immer viermal pro Nacht tun!«

Sie warf ihm einen Seitenblick zu. »Dann ist wenigstens nichts mehr übrig von dir für Alais de Clare«, bemerkte sie, wobei ihr spitzer Ton von früher zurückkehrte. Dazu schüttelte sie das Haar nach hinten. Die Sonne schickte einen Strahl über ihre Schulter, vergoldete den Schopf und erhellte ihre Augen mit kleinen Funken von Katzengold.

»Ich will keine Alais de Clare«, antwortete Guyon und streckte sich faul. »Warum soll ich mich mit Schlacke zufriedengeben, wenn ich reines Gold haben kann?«

Judith schaute ihn an. Seine Augen hatten dunkle Ringe, und auf seiner Haut waren hier und da die Kratzer ihrer Fingernägel zu erkennen. »Ich träume«, sagte sie nachdenklich. »Eines Tages wache ich auf, allein, und merke, daß ich das Opfer einer Illusion gewesen bin.«

»Was ist aus dem blinden Vertrauen der vergangenen Nacht geworden?« Er zupfte an ihrem Haar. »Reicht dir das auf einmal nicht mehr?«

»Das ist es nicht, Guy«, antwortete sie mit gefurchter Stirn. »Im Gegenteil. Ich habe zuviel davon. Es kann einfach nicht wahr sein.«

»Du bist aber auch nie zufrieden, wie?« Er legte den Arm um sie. »Was soll ich denn noch tun? Einen heiligen Eid schwören? Oder einen Bluteid? Den haben wir bereits hinter uns.«

Judith schüttelte den Kopf. »Aber diesmal habe ich das Blut gegeben«, sagte sie leise und wandte sich dem Bettuch zu, das ebenso getrocknete Blutflecken aufwies wie die Innenseite ihrer Schenkel.

»Vertraust du mir?« Er küßte ihre Schulter. »Vertraue mir, Judith.«

Sie fühlte seine Lippen, die lächelten in Erinnerung. Ihre eigenen Lippen bebten ein wenig. »Hat dir Rhosyn getraut?«

Das hatte er nicht erwartet. Er setzte sich auf und murmelte etwas, das sie nicht verstehen konnte. »Du weißt wirklich genau, wo die empfindlichen Stellen sind«, sagte er.

Judith senkte ihre Lider. Guyon schlang die Hände um die hochgestellten Knie und schaute sie genau an. »Rhosyn war gar nicht bereit, mir zu vertrauen«, sagte er nach ein paar Sekunden. »Wir waren nie in dieser Weise miteinander verbunden. Es wäre zu gefährlich gewesen, und Rhosyn war diejenige, die es erkannte, wenn ich es nicht sah.«

Judith betrachtete ihn ernst. »Guyon, ich kann dir nicht meine Seele geben.«

»Die will ich auch nicht«, sagte er leise. »So etwas vertraut man nicht dem Besitz eines anderen an. Behalte sie für dich, *cath fach*. Ich verstehe viel mehr, als du glaubst.«

Judith blinzelte ihn an und rieb sich mit dem Unterarm die Augen. Von draußen hörte sie Elflin mit Helgund reden, und es klang so, als würde Ale oder Milch in ein Gefäß gegossen. Cadi an der Tür jaulte. Judith legte den Arm um Guyon und küßte ihn, als sei der Kuß ein Talisman. »Ich glaube jedenfalls, daß du imstande bist, notfalls durch ein Dornengestrüpp zu kriechen«, sagte sie.

Er erwiderte die Umarmung und zog sich dann zurück, um aus den weggeworfenen Haufen auf dem Fußboden etwas zum Anziehen zu finden. »Was, glaubst du, werde ich jetzt tun?« fragte er mit einem nachdenklichen Lächeln. »Du bist das dornigste Dikkicht, das ich jemals gesehen habe.« Er beugte sich über das Bett und küßte sie warm auf die Lippen und auf die lange, weiße Kehle. »Und zugleich die süßeste Rose.«

»Aber es gibt eben nicht das eine ohne das andere«, stimmte sie ihm ernst zu, und ihre eigenen Worte klangen in ihrem Kopf wie eine Prophezeiung.

Guyon stand auf, schloß seinen Gürtel und ging zur Tür. »Ich schicke dir Helgund herein«, sagte er, kraulte Cadis Kopf und hob das Mieder auf, das er nur mit dem Messer hatte aufschneiden können. »Aber das hast du absichtlich gemacht, oder?« Er warf ihr das Mieder auf das Bett.

Judith lehnte sich gegen die Kissen und lächelte verschmitzt, genau wie ihr wirklicher Vater.

Neunzehntes Kapitel

Im August des Jahres 1100

Donner grollte in der Ferne, wo der Himmel purpurn war wie zerstampfte Trauben. Auf dem Wehrgang strengte Judith die Augen an, um in diese Ferne zu schauen. Blitze zuckten zur Erde. Die Bäume waren leuchtend grün, und der Stein der Schartenbacke, an der sie lehnte, war ein sattes, warmes Gold. Die meisten der Verteidigungsbauten von Caermoel waren noch aus Holz, aber die Außenmauer von doppelt dikkem Sandstein war fast komplett, ebenso das Torhaus mit dem Fallgitter und den Winden für dieses und für die Zugbrücke.

Der Bote war noch innerhalb der letzten Stunde des Sonnenscheins angekommen und hatte die Nachricht gebracht, daß Guyon vor dem Einfall der Nacht ankommen würde und daß die Vergeltung für den letzten Überfall der Waliser erfolgreich gewesen war. Sie hatte alles für die Ankunft vorbereitet, Nahrung, Wärme und Bequemlichkeit, und war dann nach oben gelaufen, um Ausschau zu halten nach seiner Rückkehr.

Es war fünf Tage her, seit die jungen Männer in ihrem heißen Blut durch die Lücke eingedrungen waren, um Vieh und Getreide zu stehlen von den fruchtbaren, reichen Ebenen auf der anderen Seite der Grenze. Fünf Tage, seit Alarm geschlagen worden war und Guyon rasch seine Truppen gesammelt hatte und ausgeritten war, in Verfolgung einer wertvollen Milchherde, drei flämischen Stuten mit Fohlen an der Seite, die ihm gehörten, und dem Inhalt eines großen Kornspeichers aus dem Besitz von Earl Hugh.

Sie schaute hinunter, weil Melyn mit hoch aufgerecktem Schweif um ihren Rock strich und kläglich miaute, bevor sie an ihr hochkletterte und sich auf ihre Schultern setzte, offenbar ohne das Unwetter zu erkennen, das von Süden mit aufkommendem Wind herantrieb.

Ein Ruf auf der anderen Seite der Mauer, und sie strengte ihre Augen in diese Richtung an; gleich danach lächelte sie, ihr Herz begann schneller zu schlagen, und sie drehte sich um und lief über die Treppe hinunter in den Hof.

Die Ausläufer des Gewitters trafen ein, als die Männer vom Pferd stiegen. Der Donner erschütterte den Himmel und zeigte die gezackten Fänge seiner weißgoldenen Blitze. Mehrere Kühe muhten unruhig, als sie in eine Ecke des Hofes getrieben wurden, wo sie bleiben mußten, bis man die jeweilige Eignerschaft hatte feststellen können. Ein Pferdeknecht nahm sich der drei Stuten und ihrer Fohlen an, und ein zorniger, walisischer Ponyhengst schlug mit gefährlichen, kleinen Hufen um sich.

Guyon beendete sein Gespräch mit dem Stallmeister und sah Judith, die auf ihn zugerannt kam, das Gesicht strahlend vor Wiedersehensfreude. Sie bewegte sich unaffektiert, fast wie ein Mann, aber ihr Kleid formte dabei ihre schlanken Rundungen nach und zeigte sie ganz als Frau. Die zeitbedingten Veränderungen ihres Geistes und Körpers brachten ihn immer wieder ins Staunen. Vor einem Jahr noch hätte sie ihn ernst und mit düsterem Blick begrüßt und wäre außerhalb seiner Reichweite stehengeblieben, als ob sie einen Schlag erwartete. Sechs Monate später hätten sie sich gar nicht angeblickt, hätten die Köpfe gesenkt, um den Hunger und die gespannte Angst zu verhüllen. Und jetzt warf sie sich ihm lachend in die Arme, zog seinen Kopf herunter und küßte ihn. Melyn sprang von ihrem Platz und ging mit erhobenem Kopf auf das Quartier zu.

»Es waren doch nur fünf Tage!« Guyon lachte und freute sich über die Wärme der Begrüßung. »Was wirst du tun, wenn es einmal vierzig sind?«

Judith lockerte die Umarmung und errötete; sie war sich der amüsierten Blicke seiner Männer bewußt. »Dann nehme ich mir einen Liebhaber«, erwiderte sie schlagfertig. »Ich habe dir eine Wanne vorbereitet, und danach steht die Mahlzeit bereit. Wie ist es dir ergangen?«

Guyon folgte ihr, zog den Kopf ein und beschleunigte seine Schritte, als der Regen sich verstärkte. »Wir haben zurückgeholt, was unser war, und auch ein bißchen was von ihrem Besitz. Die kommen nicht mehr zu uns herüber – jedenfalls nicht so bald.«

»Es sei denn, sie kommen *en masse*«, bemerkte Judith, als sie das Holzhaus im Innenhof erreichten, das ihr privates Quartier sein mußte, bis die Mauern und Türme rings umher nach oben gezogen waren. »Könnten wir einem vollen Anschlag der Waliser widerstehen, nicht nur einem Scharmützel mit ein paar heißblütigen jungen Männern?«

»Wahrscheinlich, aber ich würde es momentan noch nicht erproben wollen. Ist hier alles ruhig gewesen?«

»Könnte man sagen, ja. Madoc kam vor zwei Tagen

mit Rhys und einem entfernten Verwandten aus Bristol, der ihm beim Geschäft hilft. Sie brachten den neuen Schafbock, um den du Madoc gebeten hattest. Er sagt, Heulwen kann jetzt schon gehen, plappert neunzehn aufs Dutzend und hinterläßt bereits jetzt überall, wo sie auftaucht, gebrochene Herzen. Ich nehme an, er wollte dich erinnern an die Verbindung.«

»Das habe ich kaum nötig«, sagte er sehr leise. »Hat er auch Rhosyn erwähnt?«

»Nur, daß es ihr gut geht und sie ihre Grüße sendet. Ich nehme an, er hätte es mir verschwiegen, wenn sie ihm mehr bestellt hätte für dich.« Sie waren an der Schlafkammer angelangt. Er öffnete die Tür, und sie gingen hinein. Drinnen stand die Badewanne mit heißem Wasser bereit.

»Was könnte es da sonst noch geben?« Guyon umarmte sie und drückte ihre Taille. »Du läßt mir weder die Neigung noch die Energie, um mit anderen Frauen zu spielen. – Was ist das?« Er nahm den Briefbeschwerer aus poliertem Achat weg und den Brief vom Tisch.

»Von meiner Mutter«, sagte Judith und schenkte ihm Glühwein ein. »Sie fragt, wann wir einmal unseren Horst verlassen und ihr einen Besuch abstatten.«

Guyon trank den Wein und küßte Judiths Hand. »Irgendwann zwischen dem Michaelstag und dem Martinstag«, erwiderte er und schaute nachdenklich drein, während er trank. »Ich muß ohnehin ein Wort mit ihr sprechen.«

»Worüber denn, Guy?«

Er warf das Pergament auf den Tisch und trank den Wein aus. »Nichts. Eine kleinere Einzelheit im Zusammenhang mit deiner Erbschaft.«

Judith preßte die Lippen zusammen, als sie seinen

beiläufigen Ton erkannte. Guyon sagte ihr nicht die ganze Wahrheit. Sie wußte es, erkannte es an seinem Blick. Sie bekam etwas von der verzuckerten Kruste, und ansonsten verschwieg er ihr, was er zu verschweigen wünschte.

»Was für eine kleinere Einzelheit?« forderte sie ihn jetzt heraus und hatte immer noch den Gürtel in der Hand, an dem sein Schwert und sein Dolch befestigt waren.

»Eine Sache, die vor allem die Privatangelegenheit deiner Mutter ist. Wenn sie es dir sagen will, wird sie es tun«, antwortete er gelassener, als er war.

»Ich wundere mich, daß dir das Gehirn nicht platzt mit all den kleinen Einzelheiten, die du mir nicht gestehen kannst, aus Angst, irgendein Versprechen zu verletzten!« fuhr sie ihn an.

»Ich auch.« Guyon schaute sie betrübt an. »Judith, ich möchte nicht streiten.«

»Das liegt ganz bei dir«, erwiderte sie kalt und legte seinen Schwertgürtel beiseite.

»Ich möchte etwas ganz anderes.«

»Ja?«

Er drückte seine Lippen auf die ihren.

Judith kämpfte kurz, um ihr Gewissen zu beruhigen, dann gab sie sich dem Vergnügen hin. Drei Monate der intensiven, erfindungsreichen Unterweisungen hatten ihr viele der reizvollen und neuen Tricks beigebracht, und nun war sie darauf bedacht, sie in der bestmöglichen Weise einzusetzen. Er versucht, mich abzulenken, dachte sie, mich die Probleme vergessen zu machen, und – mein Gott, es gelingt ihm fast jedesmal. Der scharfe Geruch nach Pferd und Schweiß schärfte ihr Verlangen, ebenso wie das liebkosende Knabbern seiner Lippen und die Stoppeln seiner Wangen, die erfahrenen Bewegungen seiner Hand.

»Guy, was ist mit dem Bad?« fragte sie etwas atemlos und wölbte ihm zugleich verführerisch den Leib entgegen, um ihn zu empfangen.

»Das kann warten«, murmelte er. »Ich nicht«, und er drang ein in heiße, klebrige Seide, hielt noch einen langen Moment inne, um die Sensation zu spüren, wenn er ganz tief vorstieß, bis zum innersten Kern.

Blitze zuckten, der Regen rauschte herunter. Auf dem Hof schwang sich Simon de Vere aus dem Sattel seines zitternden, erschöpften Pferds. Er war so lange unterwegs gewesen, daß ihm die Beine fast den Dienst versagten und der Pferdeknecht ihm helfen mußte, damit er nicht in den Schmutz fiel.

»Lord Guyon ist ... äh ... beschäftigt«, sagte de Bec zu dem jungen Mann, als er ihn hinauf in die Halle führte. »Setzt Euch erst einmal und erholt Euch von dem Ritt.«

»Er wird nicht zu beschäftigt sein, um diese Nachricht zu empfangen«, sagte Simon, fuhr sich mit den Fingern durch das regennasse Haar und wischte sich einen Tropfen vom Ende seiner Nase. »Der König ist tot, getötet im New Forest, und Prinz Henry beansprucht die Krone für sich. Ich habe mein Pferd fast totgeritten, um so schnell wie möglich hierher zu kommen.«

De Becs buschige Brauen gingen nach oben. »Gott sei uns gnädig«, sagte er und bekreuzigte sich. »Hier, setzt Euch erst einmal nah ans Feuer. Du, Mädchen, bring Essen und Trinken für Sir Simon und sag Mistress Helgund, sie soll Mylord und Mylady holen.«

Guyon leckte schläfrig ihren Hals und ihre Schulter, fühlte, daß auch sie den Höhepunkt erlebt hatte, aber durchaus weiterspielen wollte. So etwas brauchte seine Zeit und Zeit hatten sie mehr als genug. Ihr Verhalten sagte mehr, als ihre Stimme sagen konnte.

Judith schaute ihn von der Seite an, und der Schweiß trocknete auf ihrem Körper. Draußen grollte der Donner, und hier und da blinkte ein Blitz durch eine Ritze der Läden. »Da fällt mir gerade ein«, sagte sie, »als Madoc hier war, hat er mir noch etwas erzählt. Mabel von Thorneyford soll ein Kind tragen.«

Guyons Lider waren geschlossen gewesen. Jetzt riß er sie auf, stützte sich auf einen Ellbogen und schaute sie an. »Unmöglich! Sie ist neunzig, Judith!«

Sie lachte über den Ausdruck des Entsetzens auf seinem Gesicht. »Nicht ganz. Sie ist meines Wissens nur ein paar Jahre älter als Mama. Achtundvierzig oder so. Sicher, ich weiß, das ist alt, um noch ein Kind zu bekommen, aber nicht unmöglich.«

»Und ich habe Walter de Lacey immer für einen Feigling gehalten!« murmelte Guyon. Dazu traten Falten auf seine Stirn. Er fragte sich, was geschehen würde, wenn diese Art von Gottes Gnade auch Alicia zukäme. Selbst wenn sie und sein Vater die Genehmigung zur Ehe erhielten, es wäre eine teuflische Arbeit, die verwirrten Blutlinien auseinanderzuhalten.

Es klopfte an der Tür, und Helgunds Stimme kam von draußen. »Mylord, Mylady, Ihr werdet in der Halle verlangt. Es gibt Neuigkeiten aus Winchester.«

Guyon stöhnte und fluchte. Judith kletterte aus dem Bett und zog sich in aller Hast ihr Nachtgewand an. »Kann es nicht warten?« zischte sie und kam sich vor, als wenn sie von einer Dienerin beim Kopulieren im Stroh angetroffen worden wäre.

»Es ist Simon de Vere, Mylady. Er sagt, der König ist tot!«

»Was?« Judith fuhr herum zu Guyon. Er fluchte wieder und langte nach seiner quer durchs Zimmer geschleuderten Kleidung.

»Sir Michael schickt mich, Euch und Lord Guyon zu holen, Mylady. Mehr weiß ich auch nicht.«

»Schon gut, Helgund. Danke.«

Schweigen. Judith ließ Bad und Nachtmantel und suchte nach ihrem Mieder. »Wenn Rufus tot ist, wer wird an seiner Stelle König?«

»Was meinst du denn?« zischte Guyon, weil es eine so naheliegende Frage war. »Laß lieber einen der Burschen meine Rüstung herrichten, denn ich werde sie brauchen.« Er zog sich Kniehose, Hemd und Wams an, fuhr sich mit einem ihrer Kämme durchs Haar und stampfte dann knurrend hinaus. Judith starrte ihm hinterdrein; ihre Augen verengten sich, und heiße Worte füllten ihren Mund. Sie kühlten unausgesprochen. Er war müde gewesen, als er nach Hause gekommen war, und die Energie, die er zwischen den Laken verbraucht hatte, zehrte ebenso an seinen Vorräten. Kein Wunder, daß er unwirsch war, wenn er statt in Ruhe ein paar Stunden schlafen zu können eine so ernste Nachricht empfing. Sie seufzte schwer, ließ die Hände sinken und rief nach Helgund, damit sie ihr beim Ankleiden half.

»Es war ein Unfall«, sagte Simon, den Richard am Morgen der Beisetzung von Winchester hergeschickt hatte. »Ein Jagdunfall, am vergangenen Donnerstagabend. Walter Tirel hat auf einen Hirschen geschossen und traf den König in die Brust. Er war augenblicklich tot. Prinz Henry war bei der Jagdgesellschaft, aber nicht in der Nähe der Todesszene. Er fuhr direkt nach

Winchester, um den Thronschatz zu sichern. Er soll vom Bischof in London gekrönt werden. Er behauptet das Recht der Porphyrogenitur*) vor Robert.« Simon rieb sich die blutunterlaufenen Augen. »Er erwartet Euren Feudaleid, so bald Ihr dazu in der Lage seid.«

Guyon preßte mit den Handrücken gegen seine Augen. Es war zu spät, noch in dieser Nacht aufzubrechen, aber es mußten Vorbereitungen getroffen werden für den folgenden Tag, und Reiter vorausgeschickt werden, die die Übernachtungsplätze organisierten. Die Strecke von Caermoel nach London war ein guter Sechstageritt, den man nicht ohne Vorbereitung unternehmen konnte.

»Ich selbst und Richard waren vermutlich die letzten, die ihn lebendig gesehen haben, außer der Jagdgesellschaft, natürlich«, fügte Simon hinzu, aus einem Zwang des Schocks heraus, sich alles vom Herzen zu reden. »Ich kann es immer noch nicht glauben. Wenn er doch nur im Bett geblieben wäre und nicht Clares Vorschlag aufgegriffen hätte, zur Jagd zu gehen – er wäre noch am Leben.«

»Gilbert von Tunbridge?« fragte Judith.

»Ja, und sein Bruder. Der König hatte Magenschmerzen am Morgen, also hat er die Jagd zunächst abgesagt. Gegen Mittag aber waren die Schmerzen weg. Nach dem Essen sagte de Clare, er würde sich ganz gern den Schädel klären lassen durch einen Ritt, um zu sehen, was es ihm bringe, und ich fand schon damals, daß er nicht von der Jagd sprach und daß sein Kopf nie klarer gewesen war als in diesem Augen-

* griech. ›im Porphyrsaal geboren‹, Bezeichnung von byzantinischen Fürstensöhnen, deren Vater zur Zeit ihrer Geburt den Herrscherpurpur trug.

blick.« Simon biß die Zähne zusammen und attakkierte sein Essen, um nicht sehen zu lassen, daß ihm die Tränen kamen. Rufus hatte seine Schwächen, aber er war nie ungerecht gewesen zu ihm, und auch Richard war, wie Simon berichtete, offen zu Tränen gerührt über diesen verfrühten Tod.

»Wollt Ihr sagen, daß er ermordet worden ist?« fragte de Bec scharf.

»Ich sage gar nichts dazu.« Simon schaute auf die anderen. »Tirel ist aus dem Land geflohen, nicht ohne sein Unschuldsbekenntnis wie eine Staubwolke hinter sich herzuziehen. Er sagt, er sei überhaupt nicht in der Nähe des Königs gewesen, und außerdem sei es nicht sein Pfeil, der den Tod hervorgerufen hätte.«

»Und die de Clares sind seine Schwäger.« Judiths Stimme war so farblos wie ihr Gesicht.

»Ich vermute, die Untersuchung wird die Wahrheit ans Licht bringen«, sagte de Bec, der die Beine ausstreckte, bis er damit Cadis weißen Körper berührte.

»Was für eine Untersuchung?« fragte Simon verbittert. »Henry wird keine veranstalten.«

Guyon hörte zu essen auf und starrte Simon an. Nach einer Pause fuhr er fort zu kauen, langsam, wie in Gedanken versunken. »Wer hat sonst noch an dieser Jagd teilgenommen, Simon?«

»Rannulf des Aix en Louvent, der Onkel Eurer Ladyschaft, William Breteuil, Gilbert de Laigle und William de Monfichet.« Simon schüttelte den Kopf. »Er muß verrückt gewesen sein. Ebenso gut hätte er mit einem Rudel Wölfe ausreiten können. Sie ließen sich nicht einmal so viel Zeit, um den Leichnam auf anständige Weise zurückzubringen ins Jagdhaus, sondern ritten augenblicklich zum Königsschatz in Winchester. Richard und ich haben uns um den Toten gekümmert und ihn ordentlich aufgebahrt für die Rückkehr nach Winchester. Es ist nicht richtig, sage ich ...« Er trank hastig einen Schluck und ballte die Hand zur Faust. »Jedenfalls, Henry hat Anspruch auf die Krone erhoben, und Ihr solltet Euch beeilen und Eure Gefolgschaft beschwören.«

Judith erhob sich von der Bank; ihre Augen waren ausdruckslos, und ohne Entschuldigung oder Erklärung entfernte sie sich wie eine Schlafwandlerin von den Männern. Keiner achtete sonderlich darauf. Guyon bedachte sie mit einem überraschten Seitenblick, aber seine Gedanken waren beschäftigt mit der Fülle von Nachrichten, die Simon überbracht hatte, ihren Folgerungen und der Frage, was nun getan werden mußte. Die Situation mit den Walisern war momentan einigermaßen stabil und konnte vorübergehend unbeaufsichtigt bleiben. Henry, ganz gleich, ob er seine Seele befleckt hatte oder nicht, besaß die Eigenschaften eines starken Monarchen. Außerdem stand dann Guyon – vorausgesetzt, daß Henry nicht extrem töricht oder verräterisch handelte – in allerhöchsten Gunsten, solange Henry König blieb.

»Wenn Robert Courthouse das zu hören bekommt, wird es ein Freudenfeuer geben«, bemerkte er düster und rieb die Hände aneinander, als fühlte er die Schwielen seiner Haut dort, wo er erst vor kurzem Schwert und Schild getragen hatte.

»Und de Belleme wird Fackeln anzünden zur Feier des Ereignisses, wie damals im Jahre siebenundsiebzig«, fügte de Bec hinzu.

»O ja. Wir werden uns sehr dafür einsetzen müssen, wenn wir erreichen wollen, daß Henry die Krone behält – ganz gleich, wie er sie erreicht hat. Courthouse hat ungefähr so viel Kontrolle über Robert de

Belleme wie ein totes Huhn über seine Gliedmaßen. Ihr habt gesehen, was er in der Normandie getan hat. Gott bewahre ihn davor, seinen Segen auch auf unsere Länder auszudehnen.«

»Soll ich die Wachen an der Grenze unserer Ländereien zu Thorneyford verstärken? Dort ist es in letzter Zeit sehr ruhig gewesen.«

»Es kann nicht schaden, aber das darf nicht zur Folge haben, daß unsere Grenzen anderswo zu schwach kontrolliert werden.« Guyon schob seinen Teller weg und rief nach einem Schreiber, um die Nachricht über die Veränderungen an seine Vasallen weitergeben zu können.

Judith nahm Guyons Schwertgürtel und überprüfte den Streifen Wildleder, ohne ihn recht zu sehen: die eingelegten, goldenen Leoparden oder das Geflecht aus Goldfäden, das die Schnalle zierte. Das Schwert lag in seiner Scheide auf dem Bett. Sie ließ es von einem der jungen Burschen im Haus reinigen und ölen, denn es war in letzter Zeit recht häufig im Einsatz gewesen gegen die Waliser. Das Schärfen der beiden Schneiden überließ sie Guyon selbst. Sie hätte es auch tun können, war durchaus dazu in der Lage, aber das Gefühl in ihren Händen hätte ihr Angst gemacht – bei den Vorstellungen, was sie damit tun konnte.

Vorsichtig ließ sie sich auf das Bett nieder und schaute auf die zerwühlten Laken, erinnerte sich an eine warme Frühlingsnacht und an das Gelächter hochgeborener Männer, die in einem kerzenerhellten Raum feierten, dabei den Wein aus grünen Glaskelchen tranken, feierten und dennoch nichts anderes als Mord im Sinn hatten. Der Prinz und die de Clare-

Brüder hatten an der fatalen Jagdpartie teilgenommen, und Walter Tirel war mit Gilberts und Rogers Schwester verheiratet.

Malwood, die königliche Jagdhütte, war nur sechzehn Meilen von Winchester, dem Sitz des Königsschatzes, entfernt. Tirel war geflohen, und aller Augen hatten in dessen Richtung geblickt und dabei die Männer übersehen, die nicht geflohen, sondern zurückgeblieben waren. Und Guyon wußte es, hatte es seit jenem Abend im Mai gewußt. Sie erinnerte sich, wie er in die Bettkammer gekommen war, nachdem die Gäste davongeritten waren, mit wächsernem Gesicht, die Augen in sich versunken, und als sie ihn gefragt hatte, war er ihr ausgewichen. Was hatte er gesagt? Ein Vertrauen, das er nicht brechen durfte, gerade nicht ihr gegenüber. Lieber würde er sterben. Und wenn er es wußte, war er auch in irgendeiner Form daran beteiligt. Er war lange genug mit dem Prinzen befreundet, und seine Abneigung gegenüber Rufus und dessen Annäherungsversuche waren kein Geheimnis.

Judith biß sich auf die Lippen. Das zerwühlte Bett erinnerte sie nur allzu deutlich an diese erste Nacht, nur daß es jetzt keine liebenswerte Erinnerung war, sondern eine obszöne. Er hatte den Tod eines Mannes geplant und hatte sich anschließend mit ihr im Bett vergnügt. Es war eine Gewalttat gewesen. Ihr war übel, und sie wünschte, man hätte die Badewanne noch nicht entfernt – dann hätte sie seine Berührung abwaschen können. Sein Samen war tief in ihrem Körper. Sie schlug die Hand vor den Mund, um sich nicht übergeben zu müssen.

Guyon kam herein, streckte sich und gähnte. »Ich könnte eine Woche lang schlafen«, klagte er, als er die

Tür geschlossen hatte. »Aber ich fürchte, ein paar Stunden müssen reichen. Ich habe nie gewußt, daß Richard so sehr an Rufus gehangen hat. Natürlich muß er jetzt auch um seine Position bei Hofe fürchten.« Er nahm die Scheide seines Schwerts, prüfte sie geistesabwesend und streckte dann die Hand nach dem Schwertgürtel aus. Sie warf ihn auf das Bett, rieb sich die Arme, als seien sie kalt bis ins Mark, und drehte ihm den Rücken zu.

Guyon schaute sie nur kurz an und beschäftigte sich dann damit, die kleinen Riemen zu befestigen. »Morgen nachmittag machen wir halt in Ravenstow. Es ist sicherer, wenn wir dich auf unserem Weg nach Süden dorthin begleiten. Ich glaube zwar nicht, daß die Waliser einen Überfall auf Caermoel wagen, aber man kann nicht wissen, wie sie auf diese Neuigkeiten reagieren. Ich habe schon mit Elflin und Helgund gesprochen wegen des Packens.«

Judith antwortete nichts, weil sie ihrer Stimme nicht traute. Guyon legte den Gürtel weg, und sein Argwohn steigerte sich, denn bisher hatte keine seiner Bemerkungen eine Antwort hervorgerufen, und sie hatte seit den frühen Tagen ihrer Hochzeit nie wieder so abweisend bei ihm im Zimmer gestanden.

»Judith?« fragte er leise.

Die Nachtkerze warf zitternde Schatten gegen die Wände. Melyn sprang nach einer Motte, fing sie geschickt mit den Pfoten und trug sie triumphierend in eine Ecke, um sie zu verzehren.

»Es geht nicht anders. Ich komme heim, sobald ich kann«, fügte er hinzu, und dann, als ihm klar wurde, daß sie ihn in die Defensive gedrängt hatte, ohne auch nur ein Wort zu sagen, preßte er die Lippen zusammen und begann sich auszuziehen.

»Reiß dir nur kein Bein aus!« fuhr sie ihn an. »Bleib, so lange du Lust hast.«

Guyon zog sich das Hemd aus und fluchte, weil sich das Leinen an der Hose verfing. Er fragte sich, ob es vielleicht wieder die Zeit ihrer Tage war. Schließlich kam er hinter sie und legte eine Hand auf ihre Schulter. »Judith, Liebste, was ist? Sag es mir.«

Sie wich zurück von ihm und drehte sich dann in einer einzigen Bewegung um. »Rufus ist ermordet worden, nicht wahr?« fuhr sie ihn an, das Kinn nach oben gereckt.

Guyon zuckte mit den Schultern, und seine Miene war völlig perplex. »Ja, vermutlich.«

»Ach, spiel doch nicht den Unschuldigen mit mir, Guyon, du weißt ganz genau, was da vor sich gegangen ist!« spuckte sie ihm entgegen.

»Judith, du machst dich lächerlich!« Er streckte den Arm nach ihr aus. Sie entwich. »Ich bin dem König und dem Hof seit über drei Monaten nicht nahe gewesen, und Henry weiß genau, daß das, was de Clare für ihn tun würde, bei mir ausgeschlossen ist!«

»Wirklich? Du hast allen Grund gehabt, Rufus abstoßend zu finden, und du bist seit deiner Jugendzeit mit Henry befreundet.«

»O mein Gott, Judith, wofür hältst du mich?« Jetzt war seine Stimme ein entrüstetes Knurren, zugleich erfüllt von Verzweiflung. »Ich hatte nichts übrig für Rufus und seine privaten Gewohnheiten, aber das wäre kaum ein Grund gewesen, seinen Tod zu planen oder meine Ehre zu beflecken.«

»Dann sag mir, was dir Prinz Henry gesagt hat, als er zu Pfingsten bei uns gegessen hat«, forderte sie ihn auf.

Sie sah es: Wie er mit den Lidern zuckte, wie sich

die Muskeln auf seinen Wangen anspannten, wie sein Gesicht sich verdunkelte und seine Augen weit öffneten. »Er hat mir gar nichts gesagt«, antwortete er tonlos.

»Lügner!« schrie sie ihn an. »Es ist noch keine drei Monate her. Glaubst du, ich bin so verzaubert von deinem Charme, daß ich das Gedächtnis dabei verliere? Du hast gesagt, es sei etwas, das du mir nicht verraten könntest, ein politisches Geheimnis, das dir anvertraut sei und bei dem du lieber sterben würdest, als es zu brechen. Du hattest kalten Schweiß auf der Stirn.«

»Das alles hatte nichts, aber auch gar nichts mit dem Tod von Rufus zu tun.«

»Was war es dann?« Ihre Lippen verzogen sich zu einem spöttischen Lächeln. »Was könnte noch geheimer sein als der Plan, einen König zu ermorden?«

Der Ausdruck der Unschuld auf Guyons Gesicht wurde plötzlich sehr düster. »Ich werde es dir nicht sagen, Judith. Es ist nicht meine Sache, und vielleicht würde es mehr Schaden anrichten als nützen.«

Sie schaute ihn triumphierend und besiegt zugleich an. »Ich hätte gedacht, dir fällt eine bessere Antwort ein«, sagte sie wütend.

Er packte sie an den Schultern und schüttelte sie. »Judith, ich schwöre dir bei meiner Seele ... Bei der Seele meiner Mutter schwöre ich dir, daß das, was da vielleicht gegen Rufus geplant worden ist, nicht das geringste mit mir zu tun hat. Ich kann dir nicht mehr geben als mein Wort. Das, was mich von deinem absurden Verdacht befreien würde, kann ich nicht sagen. Es würde nur die Lasten und die Schuld auf Schultern laden, die sie noch schwerer tragen können als ich.«

»Du tust mir weh«, sagte sie dumpf.

Er fluchte und lockerte seinen Griff, aber nur, um

daraus eine Umarmung zu machen. Er zog sie zu sich her. »Judith, was soll ich nur tun, wenn du mir nie vertraust?«

Sie stand zitternd in seinen Armen, hin und her gerissen vom Zweifel. Und sie haßte es, eine Entscheidung treffen zu müssen. Er war geschickt mit Wörtern, konnte sie zu seinen Gunsten formulieren, konnte jeden davon überzeugen, daß Schwarz Weiß war, wenn man ihm die Gelegenheit dazu gab. »Und wenn du mein Vertrauen mißbrauchst?« fragte sie. »Beweise mir, daß ich im Unrecht bin.«

»Wie sollte ich?« Er schaute sie aufgewühlt an. »Wenn ich dein Vertrauen bestätige, breche ich das von jemand anderem.«

Sie schaute ihn gnadenlos an. »Und welches ist dir wichtiger?«

Er ließ sie los, setzte sich auf das Bett und fuhr sich mit den Händen durchs Haar. »Ich weiß es nicht. Weder das eine noch das andere. Ich kann es nicht abwägen. Und ich schwöre dir noch einmal, daß es nichts, aber auch nicht das geringste zu tun hat mit einem eventuellen Plan, Rufus zu ermorden.« Er schaute zu ihr hinüber und stieß die Luft aus in einem etwas ungeduldigen Seufzer. »Es ist spät. Kommst du jetzt zu Bett, oder bleibst du die ganze Nacht hier stehen und starrst mich vorwurfsvoll an?« Er streckte ihr die Hand entgegen.

Sie warf einen Blick auf seine Finger, war sich bewußt, wie sie sich fühlen würde, wenn sie über ihre Haut glitten, wußte, wie sie die Zügel zu halten verstanden oder das Schwert, kannte ihre gefühlvolle Kraft und alle ihre geheimen Fähigkeiten.

»Weder noch«, sagte sie und verließ den Raum.

Zwanzigstes Kapitel

Rhosyn schaute auf die Schüsseln mit gesalzenen Bohnen, die auf dem Tisch standen, das Ergebnis einer langen Arbeit am Morgen, dann mit Verwünschungen auf ihre geröteten Hände. Sie waren rauh vom gemahlenen Salz, und die kleinen Risse und Schnitte, die sie vom Schnitzeln der Bohnen bekommen hatte, machten sich äußerst schmerzhaft bemerkbar.

»Schon fertig?« fragte Heulwen und strahlte sie an. Rhosyn lächelte und hob ihre jüngste Tochter hoch, setzte sie auf den Tisch. Heulwen war ein stämmiges kleines Energiebündel, strotzend vor Gesundheit mit ihren rotgoldenen Locken und den riesigen, aquamarinfarbenen Augen, Erbschaft ihres normannischen Urgroßvaters – laut Madoc, der behauptete, ihn gekannt zu haben. Die Erbschaft ihres normannischen Vaters war ihre Fähigkeit, bei sämtlichen Vertretern des anderen Geschlechts warme Zuneigung und Schmeicheleien zu wecken. Rhosyn hatte Guyon seit den Tagen nach Heulwens Geburt nicht mehr gesehen. Aber über Madoc wurden Nachrichten getauscht. Die Handelsbeziehung war geblieben, aber die anderen, flüchtigen Bande, die sie und Guyon mehr oder weniger vier Jahre aneinander gefesselt hatten, waren vom Winde verweht, und übrig geblieben war dieses warme, lebendige, köstlich gesponnene Band.

»Alles erledigt«, bestätigte sie, nahm die Kleine um die Hüfte, verließ die Küche und ging über den weidenbewachsenen Hof hinüber zur Halle. Nach zehn Schritten hielt sie so abrupt inne, als ob man sie mit dem Ochsenhammer geschlagen hätte.

Eluned sprang an Guyons Steigbügel hoch, und sein kastanienbrauner Renner trat ruhelos von einem Lauf auf den anderen und rollte das Weiße seiner Augen. Dahinter sah sie Eric und die Männer der Wache. Guyon beugte sich über den Schwertknauf, eine mit Kettenhandschuh bedeckte Hand am Schenkel, die andere an den Zügeln, und sprach mit Eluned. Sie warf ihren Kopf rebellisch in den Nacken, trat aber nach einem Moment zur Seite. Er sprach wieder, lächelte, und Rhosyns Herz begann zu pochen und zu flattern. Als ob es nichts ausmachte, ob sie ihn erst vor einer Woche gesehen hätte, ging sie auf ihn zu, einen herzlichen Gruß auf den Lippen.

Guyon sprang vom Pferd und hielt Rhuddem an der Führleine. Rhosyn sah, daß seine Kleidung mit Staub gepudert war, und daß die Wangenknochen und seine Nasenbrücke von der Spätsommersonne verbrannt worden waren. »Dürfen wir um die Gastfreundschaft eines Trunks bitten?« fragte er. »Und um Wasser für die Pferde?«

»Du weißt, daß du willkommen bist, wann immer du dich zu kommen entschließt«, erwiderte sie und fühlte, wie ihr Gesicht sich unter seinem Blick erwärmte. Die leuchtenden, braunen Augen richteten sich auf Heulwen, die sich aus den Armen ihrer Mutter befreien wollte.

»Ich hab' es nicht gewußt«, murmelte er und übergab Rhuddem an einen seiner Männer. »Es ist schon so viel Zeit vergangen, und viel Wasser ist unter unseren Brücken hindurchgeflossen. Wo ist Madoc?«

»Unterwegs mit Rhys und Prys, meinem Vetter zweiten Grades, nach Bristol, aber wir erwarten ihn jeden Tag zurück. Wolltest du ihn insbesondere sehen?«

»Wir brauchen Wein, und er sollte mir zwei flämische Stuten besorgen. Ich brauche etwas mehr Knochen in meiner Zucht. Geht es Madoc gut?«

»Er arbeitet zu schwer, aber ebenso gut könnte ich eine Mauer mit dem Kopf einrennen wie ihn davon zurückhalten. Er atmet pfeifend und hat auch immer Schmerzen im Arm, aber er gibt es einfach nicht auf.« Sie drehte sich um, ging voraus in den *hafod*, das Holzhaus mit dem großen Wohnraum. »Ich höre, er hat erst kürzlich mit deiner Frau gesprochen.«

»Ja.«

Rhosyn entging nicht der Mangel an Betonung, und sie schaute ihn erstaunt an. Ihr Vater hatte berichtet, daß Judith geradezu gestrahlt hätte vor Zufriedenheit, geliebt zu werden und in Sicherheit zu leben. Guyon war seit über einem Jahr nicht hiergewesen. Sie hatte angenommen, er würde nie mehr wiederkommen, und nach dem Bericht des Vaters geschlossen, daß die Zufriedenheit gegenseitig sein müsse.

»Du wirst groß, *cariad*«, sagte Guyon zu Eluned, während er sich setzte und sie auf ihn hinunterschaute, mit ernsten Haselnußaugen. Das Halsband aus geschnitzten Elfenbeinblüten, das er ihr einmal gegeben hatte, lag blaß und glänzend auf der dunklen Wolle ihres Kleides. »Und so hübsch wie deine Mutter.«

»Bin ich hübscher als deine Frau?« forderte sie ihn heraus.

»Ist ein Apfel hübscher als eine Birne?« konterte er und zog sie zu sich her, küßte sie leicht auf die Wange, und seine Augen trafen sich mit Rhosyns besorgtem Blick über der schmalen Schulter des Kinds. »Das kann niemand beantworten, *cariad*.«

Heulwen, von ihrer Mutter losgerissen, watschelte auf ihn zu, verlor aber das Gleichgewicht und fiel auf das Hinterteil. Unbeirrt stand sie wieder auf und hielt sich an Guyons Gamaschen fest.

»Da«, sagte sie und lächelte ihn entwaffnend an. Es war das walisische Wort für Vater.

»Das sagt sie zu jedem«, fügte Rhosyn schnell hinzu und errötete dabei. Guyon blickte von dem einnehmenden Kind mit dem Feuerhaar auf seine Mutter, die sich auf die Lippe biß und versuchte, ihren Gleichmut in seiner Gegenwart wiederzugewinnen. Es war ein Fehler gewesen, herzukommen, dachte er, ein Fehler, entstanden aus seinem häuslichen Kummer, und er bewegte sich rastlos, als würde er in Kürze wieder gehen.

Rhosyn war auf den Füßen, bevor er aus dem Gedanken Wirklichkeit machen konnte. »Ich möchte dir etwas zeigen«, sagte sie mit gezwungener Fröhlichkeit. »Hast du einen Moment Zeit?«

Er wirkte etwas überrascht. »Natürlich.«

»Eluned, paß für mich auf Heulwen auf.«

Eluned schnitt eine Schnute, wagte es aber nicht, der Mutter den Wunsch zu versagen.

Guyon zog eine Augenbraue hoch, als sie ihn in ihren Privatraum führte, versagte sich aber die lockere Bemerkung, die ihm auf der Zunge lag. Vieles hatte sich verändert seit damals. Ob zum Besseren, konnte er nicht sagen. Rhosyn nahm einen Schlüssel von dem Bund, der an ihrem Gürtel hing, und warf ihm über die Schulter einen Blick zu. »Wir haben gehört, daß du jetzt in den Marken noch eine Burg gebaut hast – direkt an der Grenze nach Nordwales.«

»Um die Grenze gegen die Überfälle von Lord Gruffydd zu schützen. Es hat wenig Sinn, gute Wolle zu züchten, wenn sie dann in die Wälder und Berge verschwindet.«

»Manchmal glaube ich, ihr Normannen würdet die ganze Welt auffressen, wenn ihr könntet.«

»Ach, ein Bissen hier und ein Bissen da«, antwortete er und wollte sich nicht in eine Diskussion hineinziehen lassen. »Was wolltest du mir zeigen?«

Sie bückte sich, öffnete eine große Eichentruhe und holte aus ihren Tiefen ein Stück Stoff heraus. »Was hältst du davon? Mein Vater hat den Ballen auf der letzten Reise in Flandern gekauft, von einem italienischen Händler, der ihm eine Gefälligkeit schuldig war.«

Sie breitete den Stoff auf dem Bett aus. Er hatte die reichen Rost- und Ambrafarben von Herbstblättern. Die Berührung war weich und dick zugleich, wie sonnengewärmtes Moos oder Katzenfell. Guyon, der noch nie solchen Stoff gesehen hatte, setzte sich auf das Bett und versuchte zu erraten, was Rhosyn ihm damit in Wirklichkeit zeigen wollte.

»Das ist alles eine Frage der Schur«, murmelte er und strich über den Ballen.

Sie schaute auf seine schlanken Finger und auf den Stoff. »Es ist ein ganz besonderes Können, das man dazu braucht, und nicht viele besitzen es. Mein Vater dachte, es in Winchester zu verkaufen, bei der nächsten Versammlung des Hofes.«

»Die nächste Versammlung in London findet im November statt«, sagte Guyon. »Was soll eine flämische Elle davon kosten?«

Ihre grüngoldenen Augen trafen seine braunen, und die Blicke der beiden vergruben sich ineinander.

Die seinen zuckten in den Winkeln. Sie nannte einen Betrag. Er lachte und antwortete mit einer wesentlich niedrigeren Summe.

»Was geschieht denn im November?«

»König Henry heiratet Edith von Schottland. Judith mag Herbstfarben.«

»Euer neuer König heiratet?«

»Es war schon eine Weile im Gespräch, bevor Rufus gestorben ist. Ich glaube, sie haben sich nur ein- oder zweimal gesehen. Aber immerhin öfter als Judith und ich.«

Rhosyn schaute ihn von der Seite an. »Ist sie noch ein Kind, Guy?«

»Weder Kind noch Jungfrau, aber empfindlich wie mundgeblasenes Glas.« Seine Stirn runzelte sich. »Weiß Gott, Rhos, einmal glaube ich, daß ich sie habe, und dann entwischt sie mir mit einer einzigen Wende ihrer Launen, und wir sind wieder da, wo alles angefangen hat.«

»Ich weiß, was du meinst«, sagte sie mit schmerzlichem Lächeln, dann nannte sie eine etwas niedrigere Summe.

Seine Stirn war wieder glatt. »Für den Preis bekomme ich zwei Ellen Seidendamast.«

»Aber Seidendamast ist nicht so selten.«

»Und du bist einfach unbezahlbar!« Er warf ihr einen Blick zu aus halbgeschlossenen Lidern und machte ein neues Angebot. Sie kam mit einer Entgegnung. Er tat so, als überlege er, bevor er sprach.

Rhosyn begann den Stoffballen wieder zusammenzufalten.

»Ich bin nicht einmal sicher, ob ich ihn wirklich will«, fügte er leise hinzu. »Judith denkt sicher, ich biete ihr das Geschenk, um ihr die Versöhnung zu versüßen. Wir haben gestritten, bevor ich losgeritten bin, und ich konnte mich nur mit meinem Wort verteidigen. Das war ihr offenbar nicht gut genug.«

Rhosyn erhob sich und starrte ihn an. Er senkte rasch den Blick, aber nicht rasch genug, und wurde von ihr dabei beobachtet. »Und ist es eine Versüßung?« fragte sie kalt. »Kaufst du es nur, weil du sie anders nicht für dich gewinnst?«

»Nein, ich glaube nicht.« Er kaute an seiner Unterlippe. »Die Hochzeit des Königs bringt sie in die königlichen Kreise. Henrys neue Königin wird gefeiert von den Ehefrauen und Töchtern des englischen Adels, und Judith muß sich entsprechend ihrem Rang kleiden. Es ist ein praktischer Luxus, vermute ich.« Und dann hellte sich seine Miene auf, und seine Augen funkelten teuflisch. »Da Judith es bei Hofe tragen wird, unter all den anderen Frauen der beneidenswert reichen Männer, die ihre Männer danach zu Tod plagen werden, um auch ein solches Kleid zu bekommen, solltest du eigentlich großzügiger sein bei deinem Handel mit mir.«

Rhosyn konnte nicht umhin, zu lachen. »Guyon, du Gauner!« rief sie und gab ihm einen Klaps.

Er grinste sie an. Ihr Herz schmolz, aber sie ließ es sich nicht anmerken. »Also gut, treffen wir uns in der Mitte.«

»Wie immer«, sagte er, und seine Mundwinkel zuckten. Dann stand er auf.

Sie hatte vergessen, wie groß er war, und mit der Rüstung, die er trug, wirkte er doppelt so breit wie sonst. Ihr hungriger Körper vibrierte. Ihre Gedanken, kalt und klar, registrierten es und verhinderten, daß sie sich zum Narren machte. Ihre Zeit war vorbei. Draußen in der Halle konnte sie seine Männer hören und Heulwens fröhliches Krähen, das ein Lachen war. Sie bewegte sich in Richtung auf die Geräusche der Vernunft.

»Robert de Belleme ist wieder in den Marken«, warnte er sie und nahm ihren Arm, als sie hinausgingen. »Sag es deinem Vater, falls er es noch nicht weiß. Und er ist bei sehr schlechter Laune. Mit Henry kann man bei weitem nicht so leicht umspringen wie mit Rufus, daher wird er seinen Zorn an denen auslassen, die sich am wenigsten verteidigen können. Also paß gut auf dich auf, und auf die Kinder, und erinnere dich, was ich dir über eine Eskorte gesagt habe, falls du einmal die Absicht hast, zu reisen.«

»Wie könnte ich es vergessen, wenn du es mir immer wieder unter die Nase hältst?« sagte sie und verdrehte die Augen gen Himmel. »Guyon, ich bin nicht verblödet.«

Er drückte sacht ihre Taille. »Nein, *cariad*, aber ich.« Er zeigte ihr ein entschuldigendes Lächeln und dachte an Judith.

Einundzwanzigstes Kapitel

London

November 1100

Alicia stieß einen leisen Fluch aus, als sie sich unabsichtlich mit der Sticknadel stach – zum drittenmal innerhalb von ebensoviel Minuten. Dann bat sie Agnes, die Kerzen anzuzünden. Sie schaute hinüber zur Kohlenpfanne, wo ihre Tochter saß, die Schulter gegen die Wand gelehnt, die Augen auf das tiefer werdende Grau gerichtet, regenverdunkeltes Licht, das nur schwach durch das dicke Fensterglas drang.

Es war Alicias Aufmerksamkeit nicht entgangen, daß ihre Tochter und Guyon kaum miteinander sprachen in diesen Tagen. Judith benahm sich, als wäre ihr allein schon sein Anblick zuwider; sie ließ ihn nicht so nahe zu sich, daß er ihr eine Hand auf die Schulter hätte legen können, und versagte ihm sogar jeglichen Augenkontakt. Manchmal, wenn er sich abwandte, schaute sie ihn an, und ihre Augen waren erfüllt von Befremdung und dem schmerzvollen Blick einer tödlichen Verletzung. Alicias einzige Folgerung daraus war, daß Guyon die Ehe endlich vollzogen und daß Judith darauf schlecht reagiert hatte, aber das erklärte nicht all die anderen Spannungen, die sie in ihrer Umgebung fühlte. Es schien, als habe Judith echten und berechtigten Kummer. Und Guyon verteidigte sich wie ein Mann, dem die Hände hinter dem Rücken gebunden waren, verzweifelt, aber völlig wirkungslos.

Gelegentlich sah sie seinen Zorn aufbrausen in den Augen, sah, wie er ausgelöscht wurde durch Judiths kalte Verachtung und seine eiserne Selbstbeherrschung.

Seit Henry ihm an seinem Hochzeitstag die Grafenwürde erteilt hatte, war Judith besonders bösartig gewesen, und ihr Verhalten ging zum Teil sogar über die Grenzen des Vernünftigen hinaus. Sie hatte Guyon die Verleihungsurkunde aus der Hand gerissen und vor den Augen von Miles und ihr selbst zerrissen, ihm die Fetzen dann wie einen Fehdehandschuh vor die Füße geschleudert.

»Bring das deiner walisischen Hure!« hatte sie ihn angefaucht, und ihre Augen hatten vor Tränen gefunkelt. »Glaube nicht, daß ich auch noch meine Finger in Blut tauche!«

Kein Wunder, daß er es daraufhin vorzog, sich nicht bei ihr blicken zu lassen und statt dessen König Henry in Westminster zu beraten. Seine Frau, die mit ihm der Königin ihre Aufwartung hätte machen sollen, hatte Kopfschmerzen vorgeschützt und sich geweigert, zu kommen, und jetzt saß sie zitternd auf der Fensterbank und starrte blinden Auges in die Ferne.

»Komm herüber in die Wärme, Liebes«, lud Alicia sie ein und schaute sie besorgt an. »Wenn es dort Zugluft gibt, holst du dir eine Erkältung.«

Sie schüttelte wortlos den Kopf. Alicia steckte die Nadel wieder in den Stoff, diesmal vorsichtiger, legte ihre Handarbeit beiseite und ging hinüber zum Fenster. Sie umarmte ihre Tochter, beruhigte sie, streichelte ihr das Haar, und dann zog sie sie zur Kohlenpfanne hin und schickte die ebenfalls tief besorgte Agnes weg, mit der Bitte, noch mehr Holzkohle zu besorgen.

»Und jetzt«, sagte sie, als der Vorhang hinter ihr gefallen war, »sag mir, was ist bloß zwischen dich und Guyon gekommen? Kann es nicht wieder gutgemacht werden? Geht es nur um deinen und seinen Stolz? Oder um eine andere Frau?«

Judith schüttelte den Kopf und schneuzte sich in das Leinentuch, das Alicia ihr gereicht hatte. »Das wäre leicht in Ordnung zu bringen«, sagte sie zitternd. »Nein, Mama, es ist eine Sache des Vertrauens. Er schaut mir ins Gesicht und lügt mich an. Ich kann das nicht ertragen.«

»Die meisten Männer lügen bei der einen oder anderen Gelegenheit«, sagte Alicia betrübt. »Bist du sicher, daß du nicht aus einem Maulwurfshügel ein Gebirge machst?«

Judith ließ die Hand mit dem Taschentuch in den Schoß sinken und drehte es zu einem Strick. Ihr Kinn zitterte. »Ja, ich bin sicher. Es ist etwas, das will er mir nicht sagen. Ich habe ihn immer und immer wieder gefragt, aber er weicht aus, er geht hinaus, wenn ich darauf bestehe, und das Dumme dabei ist, Mama, wenn er es zugäbe, wenn er mir ins Gesicht sagte, was ich bereits weiß, dann, glaube ich, würde ich auf der Stelle sterben.«

»Judith, ich habe keine Ahnung, was du meinst.« Alicia schaute sie scharf an, fühlte sich immer unwohler und war sich bewußt, daß es dabei um mehr ging als um ein Mißverständnis zweier Liebender oder einen eifersüchtigen Streit.

Ihre Tochter senkte den Kopf und begann wieder zu weinen und zu zittern. Durch Tränen, ein wenig unzusammenhängend, aber zuletzt doch verständlich, bekam Alicia die Geschichte zu hören, und ihre eigene Miene wurde so entsetzt und verzweifelt, wie es die von Judith gewesen war, als sie vorhin an dem regennassen Fenster gesessen hatte. Sie schlug sich die Hand vor den Mund und fühlte sich nicht nur unwohl, sondern ausgesprochen elend.

»Mama, was soll ich denn tun?« schluchzte Judith in heftigen Stößen.

Alicia stand auf und ging mit steifen Schritten zur Karaffe. Sie war fast leer, aber Alicia goß die letzten Tropfen in einen Becher und kippte den Wein, ohne auf das Sediment zu achten, hinunter. »Guyon ist unschuldig«, sagte sie abrupt. »Die Schuld liegt allein bei mir. Lege sie an meine Tür, Kind, nicht an die seine.«

Judith riß den Kopf hoch und starrte über die Schatten der Kerzen hinweg auf ihre Mutter, einen Ausdruck tiefster Verwirrung auf ihrem tränenverschmierten Gesicht.

»Ja, du hast ein Recht, es zu wissen, aber nicht von deinem Ehemann, der nur durch Zufall darüber gestolpert ist.« Ihre Atmung hatte sich beschleunigt und war zugleich flach geworden. Ihr war schwindlig, und sie faßte nach der hohen Lehne ihres Handarbeitsstuhls. Nicht in ihren wildesten Alpträumen hatte sie gedacht, daß es einmal so kommen würde, so plötzlich, ohne jede Vorbereitung. *Was soll ich ihr jetzt sagen? Mutter Gottes, hilf mir ...*

»Judith ...« Die Kehle schnürte sich ihr zu. Sie schluckte hart, hob dann das Kinn und preßte die Worte heraus, als verbrannten sie ihr die Zunge. »Judith, Maurice de Montgomery ist nicht dein Vater ... Ich hätte es dir seit langem sagen sollen, aber es war nie der richtige Zeitpunkt dafür ... Und jetzt, fürchte ich, ist es zu spät.«

Judith schaute sie verständnislos an, betrachtete die

mit sich kämpfende Mutter, als hätte sie plötzlich zwei Köpfe, oder als wären ihr Flügel gewachsen.

Alicia legte die Hand auf ihre Brust und wußte nicht, was mehr flatterte: ihr Herz oder die Finger. »Ich weiß, es ist schwer für dich, das zu verstehen, aber wenn Maurice jemals dahintergekommen wäre ...«

»Und wer ist es dann?« unterbrach Judith sie hart.

»Judith, ich ...« Die Hand, die eben noch an ihrem Herzen gelegen hatte, streckte sich jetzt ihrer Tochter entgegen.

Judith sprang auf, achtete nicht darauf. »Wer, Mama?« fragte sie nun fordernd, mit wildem Ausdruck auf dem Gesicht.

Alicia machte eine kleine, verschreckte Geste. »Henry ... Prinz Henry ... Der König.«

»Das ist nicht möglich. Er ist jetzt nicht viel älter als Guy!«

»Auch mit vierzehn war er kein Neuling in der Sache«, antwortete Alicia erschöpft und wußte, daß dieses Geständnis mehr war, als ihre Kraft erlaubte. »Er wußte mehr als eine Frau, die schon seit zwölf Jahren verheiratet war.« Sie ließ einen Moment lang den Kopf hängen, hob ihn dann wieder, um die Blicke ihrer entsetzten und wütenden Tochter zu erwidern und die Schuld zu empfinden, die sie hinunterzog ins Dunkel der Hölle.

»Aber warum, Mama, warum?«

Der Zorn in Judiths Augen und in ihrer Stimme versengte Alicia wie ein loderndes Feuer. Sie biß auf ihre Unterlippe, um das Bedürfnis, laut loszuheulen, zu unterdrücken, und packte den Stuhl so fest, daß sich die Schnitzereien in ihre Haut eingruben.

»Warum?« fragte Judith noch einmal ohne Gnade

und wischte sich mit dem Ärmel über die Augen, bevor sie sie brennend vor zorniger Anklage wieder auf ihre Mutter richtete.

»Maurice hat mir den Vorwurf gemacht, unfruchtbar zu sein. Jeden Monat, wenn ich meine Blutungen bekam, hat er mich geschlagen, und in den Zeiten dazwischen hat er mich benützt, als ob ich ein Hund gewesen wäre – nein, denn selbst eine Hündin läßt sich nur besteigen, wenn sie dazu bereit ist, und ich bin vergewaltigt worden – für nichts! Maurice hatte mehr Mätressen und Gelegenheitshuren, als ich mich erinnern kann, aber keine von ihnen wurde schwanger, es sei denn vom Samen eines anderen Mannes. Er war unfähig, Kinder zu zeugen.«

Sie senkte den Blick. Ein schwaches, bitteres Lächeln der Erinnerung verzog ihren Mund. »Der Prinz kam vorbei, auf einer Jagd. Maurice war fort. Ich hatte die Reste eines blauen Auges und Blutergüsse an meinen Armen, und seine derzeitige Hure spielte die Herrin des Hauses. Es machte mir nichts, daß Henry so jung war. Ich hatte Maurice so über, daß ich mich einem leprösen Bettler ergeben hätte, nur um endlich ein Kind zu bekommen und meinem sogenannten Mann das gemeine Maul zu stopfen. Wir hatten eine gemeinsame Nacht und einen gemeinsamen Vormittag, und dabei bist du gezeugt worden. Eine Zeitlang war es danach besser mit Maurice. Er hat mich nicht geschlagen oder mißbraucht, aus Angst, ich könnte eine Fehlgeburt erleiden, aber nachdem du geboren warst, eine Tochter, wurde alles noch schlimmer. Er wollte, daß ich noch einmal schwanger werde, und als es nicht gelang, wurde ich wieder geschlagen, mehr als je zuvor.«

Judiths Stimme brach. »Mama, warum hast du mir das nicht gesagt?« fragte sie.

Alicia biß sich auf die Lippe. »Ich hatte es immer vor, wirklich, aber es war nie die richtige Zeit, und ich wußte ja, wie sehr du Maurice gehaßt hast. Ich fürchtete, du würdest es ihm ins Gesicht schleudern, wenn er einmal zu weit ging.«

»Und Guyon weiß die Wahrheit über meinen Ursprung?«

»Nicht alles davon«, sagte Alicia und beobachtete sie aus verengten Augen. Judiths Miene war unergründlich, aber sie ballte die Hände an den Seiten, und so sehr sie sich wünschte, den Graben zu überwinden und ihre Mutter zu umarmen, war die Angst vor einer Zurückweisung größer und fesselte sie an Ort und Stelle. »Vielleicht kennt er Henrys Version der Sache ... Ich war nicht einmal sicher, bis du davon sprachst, daß Henry von deiner Existenz wußte.«

»Es hat Bemerkungen bei Hof gegeben über meine Ähnlichkeit mit Arlette von Falais«, sagte Judith tonlos, während sich der Zwang, es zu verstehen, mit dem Bedürfnis, loszuschlagen, vermischte. Ihre Ehe zerstört durch dieses dunkle Geheimnis aus der Vergangenheit – der Vergangenheit ihrer Mutter! Sie erinnerte sich an alles, was sie in ihrem Schmerz Guyon an den Kopf geworfen hatte, und sie wußte nicht, ob diese Wunden jemals wieder geheilt werden konnten. Der Schmerz ergriff sie in einer fast körperlichen Weise, so, wie einen die Liebe ergreift ... »Mama!« Sie hielt inne und schaute sich um.

Cadi kam herein und schüttelte sich; dabei spritzte die Hündin Wasser um sich. Regentropfen funkelten wie Kristalle auf Guyons pelzbesetztem Mantel, und sein Haar begann sich an den nassen Enden in Locken aufzuringeln. Ein braunes Blatt klebte auf dem Oberleder von einem seiner Stiefel. Er hatte eine Pergamentrolle in der Hand, und sein Ausdruck war zuerst verständnislos, dann wachsam, als er die beiden Frauen anschaute und die Spannung fühlte.

Alicia stieß einen leisen, erleichterten Keuchlaut aus, ließ die Stuhllehne los und verlor das Bewußtsein. Guyon war nicht schnell genug zur Stelle, und sie schlug hart mit dem Kopf auf die Kohlenpfanne auf.

Judith stand bewegungslos da, konnte keinen Muskel, keinen Knochen und keinen Nerv bewegen. Guyon beugte sich über Alicia und fühlte nach dem Puls an ihrer Halsschlagader. Er war stetig – im Rhythmus mit dem Blut, das aus der Kopfwunde in ihr dunkles Haar schoß. Er fluchte und drückte die Bewußtlose an sich, hob sie ein wenig an, damit das Blut nicht mehr so stark ausdrang.

»Judith, um Himmels willen, steh nicht da wie ein geprelltes Schaf. Geh und hol deine Medizinen ... Lauf schon, verdammt, bevor sie uns verblutet!«

Die drohende Schärfe in seiner Stimme setzte sie in Bewegung. Sie nahm sich das nächste erreichbare Ding, das geeignet war, die Blutung zu stillen – die so mühevoll bearbeitete Stickerei ihrer Mutter –, warf es Guyon zu und lief dann los, um ihre Heilmittel zu holen.

Danach arbeitete sie verbissen und schnell, und verdarb dabei ihren wunderschönen, neuen Samtspenzer. Ihre Befehle an Guyon waren knapp und autoritativ, und er tat, worum sie ihn bat, ohne sich zu beklagen oder über ihren Ton zu beschweren. Als sie fertig war, lehnte sie sich zurück und betrachtete ihre Arbeit. Es war nicht so glatt und ordentlich, wie es hätte sein sollen, aber das Licht war schlecht, und sie hatte schnell arbeiten müssen. Es machte nichts. Alicias Haar würde die Narbe verdecken.

Ihre Mutter war immer noch bewußtlos und würde es wohl auch noch eine Weile bleiben. Ihre Gesichtsfarbe jedoch war einigermaßen gut, die Atmung und der Herzschlag blieben stetig, und die Pupillen reagierten auf das Licht der Kerze. Nach und nach zogen sie sie aus bis aufs Mieder, und Guyon trug sie zu dem großen Bett mit den roten Vorhängen und legte sie darauf. Dann blickten sie gemeinsam auf sie hinunter, schauten sich dann an, und langsam ging Judith auf Guyon zu, in seine weit geöffneten Arme, und legte ihren Kopf an seine Brust.

»Ich verstehe, warum du es mir nicht hast sagen wollen«, begann sie mit kleiner Stimme. »Guyon, ich weiß, es ist unpassend, aber es tut mir wirklich unendlich leid.«

»Hat sie es dir also gesagt? Ich wollte schon mit ihr darüber reden, aber Henry hat mir zuviele Aufgaben zugewiesen, als daß ich in den letzten Tagen auch nur einen Moment Muße gehabt hätte; außerdem konnte ich die Atmosphäre in diesem Haus nicht länger als zum Wechseln meiner Kleidung ertragen. Jedesmal, wenn du mich angeschaut hast, hatte ich das Gefühl, daß du mir einen Dolch in die Brust stößt.«

»Guy ...«

Er schaute hinunter auf ihre geschickten, jetzt blutverklebten Finger, die nach dem dunklen Stoff seines Überhangs griffen. »Still, Liebes, wir haben alle unsere Fehler gemacht und auch dafür bezahlt.« Er schnitt eine Grimasse. Vielleicht bezahlten sie immer noch dafür.

Sie hob den Blick zu ihm. »Glaubst du, daß mich Henry offen anerkennen wird?«

»Herr im Himmel, ich hoffe, daß er vernünftiger ist!« sagte Guyon, den schon die Vorstellung entsetzte. »Die Bosheit hat ihn dazu getrieben, es mir zu gestehen. Er liebt es, die Menschen wie Puppen an Fäden zu lenken und sie nach seiner Melodie tanzen zu lassen. Aber wenn er dich offiziell als sein Kind anerkennt – was, glaubst du, wird Robert de Belleme tun? Abgesehen von der Beleidigung seiner Familie durch den Ehebruch deiner Mutter, würde er als erstes dein Erbrecht anzweifeln. Dann besitzt du Ländereien, die nicht wirklich dir gehören. Wenn deine Onkel dahinterkämen, hätten wir Krieg, darüber gibt es keinen Zweifel.«

»Aber sie könnten doch nicht ... Nicht, wenn Henry ...«

»De Belleme unterstützt Robert Courthouse als Anwärter auf die Krone, genau wie mehr als die Hälfte der anderen Adeligen. Ich habe Briefe bei mir, noch als Rohentwürfe, in denen er sich an den niedrigen Adel wendet, an die Lehensnehmer und meine Vasallen. Er bereitet sich auf einen Krieg vor, in dem er hofft, vom einfachen Volk unterstützt zu werden, weil er nicht weiß, wieviele von den lächelnden Gesichtern an seiner Tafel auch Courthouse zulächeln. Wenn Courthouse mit de Belleme als seine rechte Hand zu den Waffen ruft, dann gnade uns Gott.«

Judith schauderte. »Guyon, mach mir nicht Angst!« keuchte sie, und ihre Zähne begannen zu klappern, nicht nur, weil die Kohlenpfanne fast leer war.

»Unser beider Leben ist ein einziges Elend gewesen in den letzten drei Monaten, nur weil du gedacht hast, ich hätte dich belogen«, sagte er, ging mit ihr zur Kohlenpfanne und gab Holzkohle nach aus dem Becken darunter.

»Ich weiß«, sagte sie mit leiser Stimme und massierte sich die Arme. »Aber ich habe es nicht wirklich so gemeint. Und ich bin lieber tot als noch einmal so unglücklich.«

Er erhob sich, klopfte sich Kohlenstaub von den Händen und schaute sie nachdenklich an. »Also bin ich unschuldig, *cath fach*, aber was ist mit Henry? Rufus war sein eigener Bruder.«

Judith überlegte, und ihre Augen verengten sich. »Ich fühle nicht, daß Henry mein Vater ist«, sagte sie nach einem Moment. »Ich weiß es, weil man es mir gesagt hat, und selbst jetzt noch kann ich es kaum glauben. Außerdem hat Papa – ich meine Lord Maurice – mindestens ebenso schlimme Verbrechen begangen.«

»Aber du hast dir Sorgen gemacht, weil du gedacht hast, daß ich irgendwie in der Sache drinnenstecken könnte?« Er schaute sie eingehend an und hielt den Atem zurück.

»Das war etwas anderes.« Im Licht der Kohlenpfanne und der Kerzen sah ihr Teint rosig und golden aus. »Ich ... ich liebe die beiden anderen nicht so, wie ich dich liebe.« Sie schien immer noch gegen die Worte zu kämpfen, die sie ausgesprochen hatte. Rosen und Dornen. Man konnte nicht die einen haben, ohne die anderen zu riskieren.

»M'lady, ich bringe die Holzkohle ...« Agnes hielt an der Schwelle inne, den Korb an ihren umfangreichen Busen gedrückt, und starrte mit großen Augen auf Guyon und Judith, die sich ihr zugewandt hatten. Judiths schöner Samtspenzer war blutbefleckt, Guyons Gewand wies ebenfalls Flecke auf, und hinter ihnen lag Alicia auf dem Bett und hatte nichts als das weiße Mieder an.

Guyon, der inzwischen seine Erfahrungen gesammelt hatte, war schnell genug bei der alten Dienerin und fing sie nach dem ersten Schwanken auf. Er setzte sie in einen Sessel und ließ sie die Stirn mit einem Taschentuch abtupfen, während er ihr erklärte, was geschehen war.

»Soll ich eine Wanne füllen, M'lady?« Agnes, schon fast wieder erholt, stand auf und ging zu ihrer schlafenden Herrin hin.

Judith seufzte bedauernd. »Nein, Agnes. Sie braucht Ruhe und Erholung, und das Durcheinander mit der Wanne und dem Auffüllen macht zuviel Geräusch. Morgen vielleicht. Vorläufig muß ich mich mit Waschen begnügen.«

»Wie lange wird es dauern, bis sich deine Mutter wieder erholt hat?« fragte Guyon.

»Ich weiß es nicht. Ihre Farbe ist gut, aber sie liegt in tiefer Ohnmacht und wird beim Schlafen beobachtet werden müssen.«

»Kann man das Agnes überlassen? Und Helgund, damit sie sie ablöst?«

»Ja, aber ...«

»Gut. Dann zieh deinen Mantel an.«

»Aber Guy, ich kann doch nicht einfach weggehen und dies alles ... oh!« Sie brach ab, um den Mantel zu fangen, den er ihr zuwarf.

»Such dir noch was anderes zum Anziehen und bring es mit.«

Sie starrte ihn an, oder eher seinen Rücken, denn er hatte sich umgedreht und kramte in seinem eigenen Kleiderschrank nach einem ordentlichen Wams. »Guy, wohin gehen wir?«

»Warte und laß dich überraschen. Ich habe dir schon öfters gesagt, wie es mit dem geschenkten Gaul ist.«

»Guy?«

»Vertraust du mir?« Seine Miene war eine Mischung aus Lachen und Spannung. »Vertraust du mir endlich, Judith?« Er legte seinen Arm um ihre Taille und zog sie zu sich her, so nahe es die Kleidungsstücke über ihren Armen erlaubten, und küßte sie in einer Weise, daß Agnes in die entfernteste Ecke des Raumes verschwand und an einem Hustenanfall fast erstickte.

»Ich weiß nicht, ob ich soll«, murmelte Judith und betrachtete ihn durch halbgeschlossene Augen. »Was erwartet mich, wenn ich dir vertraue?«

»Ein schlimmeres Schicksal als der Tod«, scherzte er, drapierte ihr den Mantel um die Schultern und steckte ihn mit der Nadel zu.

Sie schaute ihn ernst an. Eine Flamme schoß ihr durchs Blut, die sich dann beruhigte zu einem stetigen, warmen Pulsieren. Ihre Lippen zuckten erst, dann öffneten sie sich, und ihre Blicke tanzten. Sie würde alles andere später überdenken. Dieser Augenblick gehörte ihr und Guyon allein.

»Zeig es mir«, sagte sie, und in ihrer Stimme lag glückliches Lachen. »Ich will es wissen.«

Judith saß neben Alicia, als sie erwachte; ihre Finger stachen eine Nadel in ein Tuch, das sie für Guyon bestickte, und ihre Haltung war die einer bescheidenen, häuslichen Zufriedenheit. Noch nie zuvor war sie in einem Southwark-Badehaus gewesen, hatte sogar heftig protestiert, als sie ihr Ziel erfuhr, aber Guyon hatte sie gegen ihren Protest grinsend durch die Tür geschleppt, und von da an war es für sie zu interessant gewesen, als daß sie noch hätte gehen wollen.

Wenn man ein Southwark-Badehaus erwähnte,

zogen die meisten Leute die Augenbrauen hoch und lachten heimlich hinter dem Rücken, verzogen die Lippen zu einem Katzenarsch und schüttelten die Köpfe. Sicher waren auch viele derartige Etablissements einer solchen Bewertung würdig, aber Guyons spezielle Wahl, die, wie sie vermutete, aus langer Erfahrung stammte, schien für solche Kundschaften gedacht zu sein, die reich genug waren, um Privatsphäre und Diskretion bezahlen zu können. Sie hatte dort einige Leute getroffen, die sie vom Hof kannte, zwei von ihnen allein, ein dritter mit einem bildhübschen Mädchen, das sicherlich nicht seine Frau war.

Sie und Guyon hatten sich erst in einer riesigen Wanne gemeinsam gewärmt und gereinigt und dazu gelben Anjou-Wein getrunken – nicht in großen Mengen freilich. Sie hatten ›Schwimmende Tische‹ gespielt und andere, weniger intellektuelle Spiele, deretwegen man die Southwark-Dampfbäder kannte und die Lippen schürzte, was zugegebenermaßen der Sache einen besonderen Reiz verlieh.

»Immerhin«, hatte sie Guyon geneckt, als sie von einem mürrischen, schwarzgekleideten Fährmann zurückgefahren wurden über die Themse, »kann nicht jede Mutter ihrem Erstgeborenen sagen, daß er in einem Bordell gezeugt wurde.«

»Ich glaube kaum, daß jede Mutter ihrem Erstgeborenen so etwas würde sagen wollen«, hatte er spöttisch erwidert.

Ihre Lippen zuckten, auch jetzt noch, in der Erinnerung. Sie unterdrückte ein Kichern und biß den Faden ab. Dabei bemerkte sie, daß Alicia sie anschaute.

»Mama?« Einen Moment lang war sie erschrocken, erholte sich aber rasch und beugte sich vor. »Wie geht es dir?«

»Es ist, als ob mein Schädel zerquetscht worden wäre«, sagte Alicia schwach und nahm die Hand hoch zu ihrem bandagierten Kopf. »Was ist denn geschehen?«

»Du bist ohnmächtig geworden und mit dem Kopf gegen die Kohlenpfanne geschlagen.«

Vom Zimmer nebenan, gedämpft durch den schweren Vorhang, kam das beruhigende Geräusch von männlichen Stimmen im Gespräch. Alicia setzte sich auf, dann legte sie sich mit einem Seufzer wieder zurück.

Judith drückte sie auf die Kissen. »Ich habe die Wunde rasch nähen müssen«, entschuldigte sie sich. »Es ist nicht meine beste Arbeit.«

Alicia betrachtete ihre Tochter. »Judith, wie lange bin ich bewußtlos gewesen?«

»Ein paar Stunden, Mama. Mach dir keine Sorgen darüber.«

»Ich glaube, mich zu erinnern, daß ich sehr wohl Grund zur Sorge habe.«

Judith schüttelte den Kopf in wortloser Verneinung.

Die Stimme ihrer Mutter war klein und scheu. »Dann haßt du mich also nicht?«

»Dich hassen?« Judith schaute sie erstaunt an. »Mama, aber natürlich nicht!«

Alicias Lippen zitterten. Judith beugte sich über sie und umarmte sie impulsiv. Dann drückte sie ihr die Hand. »Mama, lassen wir die Sache ruhen. Sie hat schon genug Kummer verursacht. Ich glaube, wenn ich Zeit zum Nachdenken habe, werde ich deine Gründe verstehen.«

»Und ist alles wieder gut zwischen dir und Guyon?«

»Ja, Mama«, sagte sie und errötete; dabei kämpfte ihre Stimme mit einem Lachen. Ihre Mutter mochte ihren Mann mit einem Vierzehnjährigen betrogen haben, aber sie wäre entsetzt gewesen über das, was ihre Tochter noch vor zwei Stunden getan hatte – und wo!

Alicia schaute sie zweifelnd an. Judith war mit den Gedanken anderswo, und die gesenkten Lider konnten ein Versuch sein, die Tränen zu verbergen. »Bist du sicher?«

»Sehr sicher, Mama.« Judith brachte sich unter Kontrolle, hob dann den Blick und zeigte ihrer Mutter ein strahlendes Lächeln, in dem immer noch eine Andeutung von geheimer Ironie lag. »Miles drückt sich schon eine ganze Weile draußen herum wie ein Kater voller Flöhe. Ich schicke ihn dir hinein.« Und ohne auf Alicias Jawort zu warten, ging sie hinaus auf den Korridor und verschwand, nachdem sie Miles zu ihrer Mutter hineinkomplimentiert hatte.

Zweiundzwanzigstes Kapitel

Guyon lehnte den Kopf gegen die hohe, gepolsterte Lehne des Sessels, schloß die Augen und war in Minuten eingeschlafen. Es war eine Fähigkeit, die er aus der Notwendigkeit entwickelt hatte, seit dem letzten Pfingstfest. Er konnte sogar im Sattel sitzend dösen, obwohl das natürlich alles andere als sicher war. Von der Geburt an ans Reiten gewöhnt, wäre er bestimmt nicht aus dem Sattel gefallen, aber es bestand immerhin die Gefahr eines walisischen Überfalls oder eines Überraschungsangriffs von einem der Vasallen de Bellemes.

Er wurde von allen Seiten bedrängt. Henry brauchte Männer, Geld und Unterstützung, die Guyon finden oder anderen abschwatzen mußte. Courthouse drohte jenseits des Kanals, war vielleicht inzwischen schon auf See; de Belleme und sein Wolfspack standen bereit, jeden Augenblick loszuschlagen, sobald es politisch ratsam war, und um das Maß vollzumachen, war Earl Hughs gewaltiger Körper unter der Anstrengung und den Aufregungen zusammengebrochen und lag gelähmt und dem Tode nahe in einem normannischen Kloster. Sein Erbe war ein Kind, und die Waliser warteten bereits gierig an der Grenze. Inzwischen hatten ein paar Scharmützel die etwas fließenden Grenzen der Grafschaft in Aufregung versetzt. Die Garnison in Caermoel hatte schon zwei Überfälle in dieser Woche erlebt und zurückgeschlagen.

Guyon tat sein bestes, aber er fürchtete, daß es nicht reichte. Es war ein schlimmes Jahr bisher, und es hatte nicht viel gegeben, um das gähnende schwarze Maul von Bellemes Ehrgeiz und Habgier in Zaum zu halten. Im Januar hatte Mabel von Thorneyford einem gesunden Sohn das Leben geschenkt, und Mutter und Kind hatten gegen alle Erwartungen überlebt. De Lacey hatte die Taufe seines Sohnes zum Vorwand genommen, einen Kriegsrat einzuberufen, unter dem Vorsitz des Earls von Shrewsbury, der mit seinen blassen Augen dem König frech die Stirn bot und seinen Verrat so öffentlich plante, daß das allein schon eine Beleidigung höchsten Grades war. Und Henry, der sich nicht einmal der Unterstützung der Hälfte des Adels sicher sein konnte, mußte zusehen und es schlucken.

Im Februar war Rannulf Flambard aus der Haft im Tower von London entkommen und in die Normandie geeilt, so schnell ihn seine Sandalen trugen, um dort die Sache von Robert Courthouse zu vertreten. Flambard war ein redestarker Prälat, der es fertigbrachte, Blut aus einem Stein zu reden, und der dieses Blut dann auch noch auf vorzügliche Weise zu verwalten wußte. Wäre Henry ein Mensch gewesen, der leicht in Panik geriet, dann hätte er sicherlich durchgedreht. Aber so musterte er weiterhin in aller Ruhe die Quellen und Unterstützungen, die ihm noch zur Verfügung standen, und versuchte, daraus eine wirkungsvolle Kampfeinheit zu bilden. Wirkungsvoll? Guyon hatte geholfen, einige von ihnen auf das vorzubereiten, was ihnen bevorstand. Er hatte sich vor allem um die

Bauern und Dorfbewohner gekümmert, angeblich das Rückgrat der englischen Armee. Sie hatten nicht den Hauch einer Chance gegen Männer, für die der Krieg der Beruf war – die *Cwmni Annwn*, die Wilde Jagd der Normandie und von Flandern, bezahlt dafür, daß sie das Feuer aus der Hölle holten und auf der Erde ausbreiteten.

Das Geräusch von Wein, der glucksend aus einer Karaffe geschenkt wurde, und das Gewicht von Cadi, die auf seinen Füßen lag und jetzt beim Eintreten seines Vaters mit dem Schweif auf den Boden klopfte, ließ seine Lider hochfahren.

»Geh zu Bett«, riet ihm Miles und schenkte ihm noch einen Becher ein. »Alicia hat mir gesagt, daß du so müde aussiehst. Ich weiß, sie übertreibt gern, aber diesmal würde ich sagen, sie hat recht.«

Guyon nahm den Becher, den man ihm reichte, und schaute auf das Muster an der Kante des Glases. »Ich kann nicht. Ich habe hier nur halt gemacht, weil es praktisch war, um die Pferde zu tränken, eine Mahlzeit zu mir zu nehmen und nicht damit rechnen zu müssen, daß man mir dabei einen Dolch in den Rükken stößt. Ich muß morgen abend in Stafford sein.«

»Du brennst aus, wenn du so weitermachst«, warnte ihn Miles.

Guyon hielt sich die freie Hand über die Augen. »Glaubst du, das wüßte ich nicht?« fragte er mit Nachdruck.

»Roll dich wenigstens eine Stunde in deinen Mantel.«

Guyon nahm die Hand weg und lächelte seinen Vater an. »Wer übertreibt jetzt? Übrigens wollte ich das gerade tun, auch ohne deine Anweisung – vorausgesetzt, ich kann mich darauf verlassen, daß du mich aufweckst. Ich muß erst Quatford und Bridgenorth und zuletzt Shrewsbury umgehen. In einem so ungastlichen Land möchte ich nicht im Sattel einschlafen.«

Miles setzte sich in den gegenüberstehenden Sessel. »Gibt es noch Neuigkeiten aus dem Süden?« fragte er.

Guyon schüttelte den Kopf und zog seine Füße unter dem Gewicht von Cadi hervor. »Es kommen keine Neuigkeiten, nur Kommandos.«

»Aber es gibt doch noch mehr Reserven als diejenigen, die du aufbringen kannst?«

»Klar, nur nicht in den Marken. De Belleme ist auf der Seite von Courthouse; Mortimer sitzt auf dem Zaun und grinst. Earl Hugh ist tot oder so gut wie tot, und Arnolf von Pembroke ist ein Montgomery. Fitz-Hamon, Warwick und Bigod machen die Arbeit anderswo. Wer also ist noch da außer mir?« Er schnitt ein schlaues Gesicht und trank den Wein. »Ich kann nicht mehr lange weitermachen. Hast du gemerkt, woher der Wind weht auf den Zinnen? Er weht schon seit drei Tagen ungünstig für uns. Wenn Courthouse jetzt nicht übersetzt, dann kommt er nie mehr.«

»Die Königin wird jetzt jeden Tag ins Wochenbett gehen, nicht wahr?« murmelte Miles.

»Im nächsten Monat. Sie ist in Winchester, zusammen mit dem Schatz der Krone.« Guyons Worte waren tonlos. »Seine Frau, sein Erbe und sein Geld. Ich wüßte, was ich täte, wenn ich Courthouse wäre.« Er trank den Wein aus und stellte den Becher ab. »Henry nimmt an, er landet in der Nähe von Hastings. Nützlich und symbolisch.«

Miles knurrte. »Glaubst du wirklich, daß sie gegeneinander kämpfen? Ich hatte immer den Eindruck, daß Courthouse seinen Bruder Henry behandelt wie ein lästiges, kleines Anhängsel: hier und da einen Klaps, aber keine schweren Prügel.«

Guyon zuckte mit den Schultern und verschränkte die Arme. »Wenn sich Flambard und de Belleme da einmischen, dann wird es zu einem Kampf kommen, aber wie du sagst, es wäre gegen Roberts Natur. Er hatte immer eine weiche Stelle für Henry, den kleinen Bruder, und er ist so sehr darauf aus, ein *preux chevalier* zu sein, daß sie ihn verdammt lange überreden müßten, wenn er anders reagieren sollte. Doch es sind beides Männer, die es verstehen, jemanden zu überzeugen ...«

»Ja«, stimmte Miles ihm zu, und sein Ausdruck war deutlicher, als es diese eine Silbe sein konnte. Er schaute sich um im großen Raum der soliden, rechteckigen Burg, die er in den letzten dreißig Jahren in Ashdyke auf- und ausgebaut hatte. Er war auf den Krieg vorbereitet, denn wenn man an der walisischen Grenze lebte, war das ein Dauerzustand. Allerdings war ein Scharmützel mit den Walisern nicht das gleiche, als wenn man Männern wie Walter de Lacey und Roger Mortimer Widerstand bieten mußte.

»Und Judith kommt zurecht?«

Guyons Gesicht wurde weich. »Besser als ich«, sagte er mit einem Funken Humor. »Sie ist ein vorzüglicher Quartiermeister und eine erstklassige Aufseherin der Burg. Wenn sich ihr ein Widerstand in den Weg stellt, gleitet sie elegant darüber hinweg. Manchmal habe ich gute Lust, sie mitzunehmen; sie lernt so schnell. Wenn ich denke, wie sie vor zwei Jahren war, als wir heirateten: ein mageres, verängstigtes Kind, und heute hält sie die Zügel einer Grafschaft in den Händen und kontrolliert alles, daß ich mich manchmal frage, ob ich träume. Und dann schaut sie mich an, lächelt, und ich weiß, es ist kein Traum.«

»Das Blut drängt ans Licht«, sagte Miles mit einem schwachen Lächeln.

Guyon lächelte etwas säuerlich. »O ja, das Blut will heraus«, stimmte er zu und schloß wieder die Augen.

»Aber sie zeigt noch nicht, daß sie schwanger ist?« fragte Miles zögernd. »Alicia macht sich schon Gedanken …«

Guyons Brauen gingen hoch, nachdem sich seine Lider geöffnet hatten. »Judiths Gründe dafür können doch wohl kaum die Sorgen ihrer Mutter sein, oder? Schließlich habe ich meinen Wert als Zuchthengst ja schon bewiesen, auch wenn das Ergebnis in beiden Fällen eine Tochter war.«

»Das habe ich nicht gemeint«, entschuldigte sich Miles. »Aber deine Ländereien und Titel sind wesentlich bedeutsamer als die meinen, Judith hat königliches Blut in den Adern …«

»… und es wäre doch zu schade, wenn daraus keine Ernte einzubringen wäre«, beendete Guyon den Satz in seinem Sinne, wobei sein Ton spöttisch klang.

»Na ja, so ist es doch«, verteidigte sich Miles und massierte sich den Hals. »Außerdem wäre Alicia überaus glücklich, mit Enkeln gesegnet zu sein. Sie fürchtet, daß als Strafe für ihre eigenen Sünden Judith mit der Unfähigkeit zur Empfängnis bezahlen muß.«

»Vollkommene Idiotie«, murmelte Guyon verächtlich. »Sag ihr, ich teile das Kinderkriegen nach günstigen Gelegenheiten ein. Ich kann übrigens die Versuche an den Fingern einer Hand abzählen, die wir seit Ostern hatten, und meistens war ich dabei so müde, daß ich schon weg war, als ich den Kopf auf das Kissen legte. Abgesehen davon sind momentan keine sicheren Zeiten, um ein Kind in die Welt zu setzen. Ich möchte nicht sehen, wie einer meiner Söhne im Gefängnis von Shrewsbury umkommt. Weiß Gott, ich mache mir schon genug Sorgen um Rhosyn und Heulwen.«

Guyons Unterlippe zog sich zusammen, als empfinde er Schmerzen. Er atmete tief ein und versuchte, sich unter Kontrolle zu bringen, bevor er sagte: »Judith ist noch ein kleines Mädchen, auch wenn es manchmal nicht so aussieht. Wem würde es nützen, wenn ich mich in dieser Richtung besonders engagieren würde?« Er zog die Schultern hoch, bis er einigermaßen bequem in dem Sessel lag, und schloß wieder die Augen. »Entschuldige mich. Ich bin sehr müde.«

»Du hast recht, es würde gar nichts nützen«, sagte Miles und ließ ihn schlafen.

Guyon erwachte erschreckt, weil ihn jemand heftig an der Schulter packte und schüttelte. Einen Moment lang war er so steif, daß er sich nicht bewegen konnte, und als er es dann versuchte, waren seine Füße völlig taub, da, wo der Hund gelegen hatte.

»Was 's los?« fragte er groggy, die Augen noch voller Schlaf. »Zeit zum Gehen?« Und dann, die Pupillen allmählich auf ihn gerichtet: »Warum trägst du deine Rüstung?«

»Henrys Bote ist gerade auf einem halbtoten Pferd hier angekommen. Courthouse ist gelandet, und nicht in Pevensey, wie alle erwarteten.«

»Was? Wo denn?« Guyon schubste Cadi von seinen Füßen, stieß sich aus dem Sessel hoch und begann automatisch, wenngleich noch etwas unsicher auf den Beinen, die Rüstung anzulegen, die ihm Eric bereithielt.

»In Portsmouth«, sagte Miles grimmig. »Man hat ein paar englische Seeleute überredet, Courthouse und seine Schiffe in den Hafen zu lotsen.«

»Dann ist die Straße nach Winchester also offen?«

»Ja.«

Guyon fluchte, als er seinen Schwertgürtel nahm und die Schlaufen knüpfte. *Die Königin, der Erbe, der Schatz*.

Alicia huschte besorgt im Hintergrund herum und sah aus, als würde sie im nächsten Moment in Tränen ausbrechen. Guyon suchte nach seinen Sporen und fand sie auf einem Spieltisch. »Kümmere dich um Cadi für mich«, sagte er zu ihr. »Ich kann sie diesmal nicht mitnehmen.«

Alicia nickte ihm geistesabwesend zu, aber ihre Augen waren auf Miles gerichtet. Vielleicht sah sie ihn ja zum letztenmal. Guyon schaute vom einen zum anderen. »Ich treffe dich dann unten«, murmelte er seinem Vater zu, küßte Alicia auf die Wange, mußte kurz an Judith denken und verließ dann den Raum, Eric im Schlepptau.

Alicia schluchzte ein wenig und warf sich dann in Miles eisenstrotzende Arme. Er glättete ihre glänzenden schwarzen Zöpfe und begrub sein Gesicht an ihrem weißen Hals. Der Schwertknauf geriet zwischen sie, stieß sie unterhalb der Rippen. Er hätte ebenso gut in ihr Herz eindringen können, mit der anderen Seite voraus.

Dreiundzwanzigstes Kapitel

Wäre Robert de Belleme der Mann gewesen, der sich das Haar ausrauft und das Gewand zerreißt, der brüllt und flucht, dann hätte er es wohl getan. Diejenigen, welche ihn näher kannten, sahen die deutlichen Zeichen seiner Erregtheit und entschlossen sich, ihm aus dem Weg zu gehen, ehe es zu spät war. Die anderen glaubten, einen Skorpion an seinem gefährlichen, giftspritzenden Schwanz erwischt zu haben.

Jetzt, als sich die Truppen an den Aufbruch machten, saß er in seinem Zelt und starrte ausdruckslos auf die Wand aus grobem Segeltuch. An seiner fleischigen Wange zuckte ein Muskel. Seine Hände hatten sich zu Fäusten geballt. Nach einem Moment blickte er nach unten auf das schmutzige Gelb seiner Knöchel, bewegte sie, löste die Finger und legte die Hände mit dem Rücken nach oben auf seine Schenkel.

Er hatte sich, bildlich gesprochen, sein Pferd ausgesucht, hatte es gefüttert, aus der eigenen Hand, hatte ihm gut zugeredet und es mit sanfter Überredung zum Wassertrog geführt. Es hatte die Nüstern hineingesteckt, und im letzten Augenblick hatte es sich geweigert, das Wasser zu trinken, weil es nicht so kristallklar war, wie der Gaul sich das vorgestellt hatte. Eigentlich hätte er sein Schwert nehmen und die Bestie zu Hundefutter zerhacken sollen.

Vor dem Zelt hörte er Walter de Lacey und einen anderen seiner Vasallen miteinander scherzen, etwas über die Kind-Hure, die derzeit de Laceys Zelt bewohnte. Ein roter Nebel trieb vor seinen Augen. Sie lachten über ein Weibstück, wo Monate sorgfältiger Planung und harter Arbeit sich zuletzt auffaserten wie die Spindel auf einem Webstuhl, der in die falsche Richtung arbeitete. Er schluckte und versuchte, sich unter Kontrolle zu bringen. Was konnte er schon erwarten von diesen Narren? Als er sicher war, daß ihm das Temperament nicht durchging, stand er auf und stakte zielbewußt ins Freie.

»Stehen denn noch nicht diese anderen Zelte dort unten?« brüllte er.

»Beinahe, M'lord«, antwortete ein Sergeant nervös.

Er schob ihn beiseite und schnippte mit den Fingern in Richtung auf den Soldaten, der seinen Hengst hielt. De Lacey und der andere Mann hörten auf zu lachen, und tauschten warnende Blicke. Er würdigte sie keines Blickes, obwohl er wußte, daß sie Teil seiner persönlichen Eskorte waren, die mit ihm reiten sollte zur Unterzeichnung des Friedensabkommens zwischen den Brüdern. Friedensabkommen! Ha! Für Robert Courthouse war es so viel wert, daß er sich ebensogut damit den Hintern abwischen konnte.

Das Pferd wurde gebracht, ein tänzelnder, seidiger Rappe. De Belleme stieg auf und schnallte die Zügel enger. Das Sonnenlicht wurde von seinem Ring reflektiert, in dessen Mitte ein großer Amethyst saß.

»Wenn Ihr dann mit dem Geplauder fertig seid, Gentlemen«, sagte er eisig, und seine blassen Augen waren so hart und scharf wie Glasscherben.

De Lacey räusperte sich, murmelte eine Entschuldigung und nahm die Zügel seines Braunen von dem jungen Burschen, der sie gehalten hatte.

Der König und sein Bruder saßen nebeneinander an einem langen, mit weißem Leinen gedeckten Tisch. Guyon, der weiter unten am Tisch saß, beobachtete die Banner, die in der warmen Brise wehten, und verengte die Augen vor der Helligkeit der Sonne. Dahinter und davor hatten sich zwei Armeen versammelt, die eine bestehend aus Landbesitzern englischer Grafschaften, die Henry loyal geblieben waren, die andere aus Normannen und Flamen, die von den Vasallen und Untertanen von Männern wie Robert de Belleme, Arnolf von Pembroke und Ivo Grantmesnil aufgestellt oder angeheuert worden waren.

Der Geruch so vieler Leiber, vorwiegend ungewaschener, war der eines Abfallhaufens, und für ihre Sprache galt das gleiche. Die Engländer beleidigten die Normannen, weil das ihre traditionelle Lieblingsbeschäftigung war. Und die Normannen fluchten, weil ihr Führer beschlossen hatte, Frieden zu schließen mit seinem Bruder, wo es doch eine krasse Idiotie war, so etwas zu tun. Es wäre viel besser gewesen, gegeneinander zu kämpfen.

Guyon und Miles hatten mit ihren Truppen Winchester am Abend des Tages nach dem Eintreffen des Boten erreicht; man hatte sie kurzzeitig versehentlich für den Feind gehalten und beinahe ein Scharmützel gegen sie eröffnet. Guyon hatte seinen Namen den Männern an der Mauer entgegengebrüllt, seinen Schild gezeigt, und nachdem man den Captain der Wache geholt hatte, der noch dabei war, seine Hose zu schließen, und sich beschwerte, daß man nicht einmal mehr in Ruhe pissen könne, wurden sie eingelassen, um die Nacht dort verbringen zu dürfen.

Die Armee von Courthouse war an Winchester vorbeigezogen, hatte ihnen der Captain mitgeteilt, die zynischen Blicke voll Mißtrauen. *Vorbeigezogen!* Guyon warf einen kurzen Blick auf den bärtigen, stämmigen Robert Courthouse. Welcher Mann würde einen solchen Preis ausschlagen, wenn er ihn nur noch zu nehmen brauchte? Ein Narr, der unfähig zum Regieren war, antwortete er sich selbst.

Courthouse lebte in einer Welt kavaliershafter Irrealität, in einem gemalten, einem wunderschönen Stundenbuch. Das war auch der Grund, weshalb er nie Geld hatte. Er warf es ständig zum Fenster hinaus für prächtige Rüstungen und Uniformen, für eine goldene Schale. Es war eine Geste der Ritterlichkeit, die völlig fehlplaziert erschien, wenn er erklärte, er könne schließlich nicht so brutal sein und die Königin stören, wo sie doch so nahe an ihrer Zeit war.

Robert de Belleme, der ohne weiteres so brutal hätte sein können und noch viel mehr, knirschte mit den Zähnen und riß sich im Geiste, wenn auch nicht körperlich, das Haar aus über die Unfähigkeit von Courthouse, vernünftig zu handeln, oder wenigstens seine Vernunft an andere zu delegieren und seinen Zorn auf Henry zu bewahren. Von der glühenden Entschlossenheit, die ihn während des Kreuzzugs ins Heilige Land beherrscht hatte, war nicht ein Fünkchen übriggeblieben.

Courthouse hatte nur allzu willig den Überredungskünsten von Henry gelauscht, die natürlich dessen stärkste Waffe war. Courthouse' Entschlossenheit, Krieg zu führen gegen seinen Bruder, hatte sich bedeutend abgekühlt seit ihrer ersten, verärgerten

Eruption, und außerdem gebrach es ihm zur Zeit an Mitteln. Eigentlich brauchte er nur etwas Geld, um seine Ausgaben zu decken und zurückgehen zu können in die Normandie, wo er erst einmal warten wollte, bis sich der Staub gelegt hatte. Und in diesem Punkt war Henry äußerst entgegenkommend. Das alles sollte hier diskutiert werden, und jetzt ging es um die Summe, die jährlich an Courthouse bezahlt werden sollte, dafür, daß er Henry die Rechte auf die Krone nicht streitig machte. Und was, dachte Guyon, hatte ein Versprechen für Henry jemals bedeutet? Sobald Courthouse vom englischen Boden verschwunden war, würde die Bereitschaft zur Zahlung der Summen rasch nachlassen. Henry spielte brillant und verstand es, die Menschen zu manipulieren, namentlich die Mitglieder seiner eigenen Familie. Courthouse wäre nicht einmal in der Lage gewesen, einen Klumpen Lehm zu manipulieren, geschweige, ihn in die Form eines Königreichs zu bringen.

Guyon beobachtete die Versammlung. Grantmesnil, de Belleme und Roger de Poitou waren eingetroffen; sie schwangen ihre dunklen Umhänge, sahen aus wie ein Trio böser Zauberer, und ihre Anhänger drängten sich hinter ihnen, darunter natürlich Walter de Lacey. Der Lord von Shrewsbury trug den neuen Samt in einer dunklen, blutroten Farbe, die ihn selbst noch dunkler erscheinen ließ. Dies galt auch für die bläulich-schwarzen Bartstoppeln, die er sich ein paar Tage lang hatte stehen lassen. Gegen das viele Dunkel wirkten seine Augen besonders hell, blaß und kalt, und erstachen einen jeden, den er fixierte, mit ihrem Blick.

Als dieser Blick auf ihn traf, erwiderte Guyon ihn gelassen und wappnete sich in Gedanken gegen die

Bosheit, die de Lacey ausdrückte, durch die Erinnerung an ihre letzte Begegnung und den lohnenden Anblick von de Belleme und Sir Walter auf der Straße mitten in einer Herde blökender und stinkender Schafe. Seine Mundwinkel zuckten, und er senkte rasch den Blick, um ihm nicht direkt ins Gesicht zu grinsen. Als er es wagte, den Kopf wieder zu heben, hatte sich der Earl an FitzHamon gewandt, mit seinem bösen Blick, während Walter de Lacey ihn, Guyon, ins Auge gefaßt hatte.

Diesmal brauchte sich Guyon nicht zurückzuhalten und lachte ihm offen ins Gesicht.

De Lacey versteifte sich, und seine Rechte zuckte in Richtung auf sein Schwert, nur daß er keines bei sich trug. Keiner kam bewaffnet zu einer Besprechung beim König. Jetzt wußte er nicht, was er mit seiner Faust machen sollte, und steckte sie in seinen Gürtel, hakte den Daumen ein und blieb so, bis er das selbstmörderische Verlangen überwunden hatte, über den Tisch zu springen und den Earl von Ravenstow mit bloßen Händen zu erwürgen.

Die jährliche Summe, die Henry seinem Bruder bereitstellen wollte, wurde auf dreitausend Silbermark festgelegt. Robert lächelte und schien überaus befriedigt zu sein. Henrys Lächeln war eher bedauernd, aber mit einer geheimen Unterströmung, die Guyon sehr wohl erkannte. Judith schaute ihn so an, wenn eine Sache nicht ganz in ihrem Sinne gelaufen war, sie aber beabsichtigte, dies im Laufe der Zeit zu korrigieren. Courthouse würde vielleicht in diesem und auch im nächsten Jahr seine Zahlung bekommen, aber sobald Henry sein Königreich sicher im Griff hatte, würde er zweifellos einen Weg finden, um die Vereinbarung umgehen zu können.

Zwölf Barone von jeder Gruppe ratifizierten den Vertrag. Guyon setzte seinen Namen neben das Kreuz von Warwick und den Daumenabdruck von Meulan. Robert de Belleme unterschrieb mit sarkastischem Schwung und spuckte dann ins Gras. Henry und Robert umarmten sich. Die Umarmung von Courthouse war herzlich und aufrichtig, Henrys dagegen eine blasse Imitation. Herzlichkeit war bei Henry vorbehalten für diejenigen, die ihm nicht seine Krone streitig machen wollten, und wurde in diesen Tagen nur sehr selten vergeben. Er hatte sich in die Aufgabe verliebt, das Land zu regieren, und das ließ wenig Raum für andere, zärtlichere Emotionen.

Guyon erhielt einen Becher Wein und ein Stück Brot vom Captain seines Vaters, während sich die Männer rings um ihn daran machten, die Lastpferde zu beladen. Henry kam auf ihn zu und suchte sich sorgfältig einen Weg um die Lagerfeuer und die Haufen von Gepäck. FitzHamon war bei ihm, und die Sonne spiegelte sich in seiner rosigen, mit Sommersprossen besetzten Glatze.

Guyon verbeugte sich, den Mund voller Brot. Miles tauchte aus dem Zelt auf, holte Luft, um etwas zu sagen, erschrak und erwies dem König ebenfalls seine Reverenz.

Guyon schluckte hastig. »Frühstück, Sire?« fragte er mit einem Hauch von Humor. Das Brot war etwas altbacken, und der Wein war warm und klebte am Gaumen. Es war alles, was übriggeblieben war, denn sie machten sich daran, abzureisen.

Henry zeigte eine ablehnende Geste und kam gleich zur Sache. Er konnte ausweichen und mäandern wie ein Gebirgsfluß im Frühling, doch dazu war jetzt weder die Zeit noch die Notwendigkeit. »Ich muß de

Belleme, seine Brüder und ihre Anhänger etwas in die Schranken weisen«, sagte er gepreßt, »und dabei brauche ich deine Hilfe, Guy, und auch die von Euch, Miles.«

»Wenn es in meiner Macht liegt, Sire«, antwortete Miles höflich, den Blick jedoch voller Argwohn.

Guyon schaute hinüber zu FitzHamon, doch dessen Gesicht war völlig ausdruckslos. Dabei sank ihm das Herz. Alles, was er wollte, war nach Hause reiten, den Kopf sechs Monate zwischen den Kissen begraben, die Welt ausschließen, schlafen und das Vergnügen einer Badewanne wiederentdecken, mit Judith, die dabei duftend und weich in seinen Armen lag. Judith, die immerhin Henrys Tochter war. »Sire?«

»Ich habe den Fiskus seit dem letzten Herbst Beweise gegen Surrey und Grantmesnil sammeln lassen, aber ich brauche mehr Informationen über de Belleme und seine Brüder. Es muß viel grundlegende Arbeit getan werden in den Marken, und bis ich so weit bin, daß ich die Schlinge auswerfe, möchte ich vermeiden, daß meine Beute erkennt, wie eng ich sie ziehen werde.«

»Ihr wollt, daß wir für Euch spionieren?« Das kam von Miles, und es klang scharf.

Henry zupfte sich an seiner stumpfen Nase. Miles, von Geburt halb walisisch, war einer der wertvollsten Kundschafter seines Vaters gewesen, ein Meister in der Kunst der Ermittlung, eine der Stützen der normannischen Armee während der berüchtigten Schlacht im Norden, in den neunundsechzigern. »Natürlich nicht persönlich«, sagte er mit einem schüchternen Lächeln. »Ich möchte keinen von Euch an die sadistischen Vergnügungen des Herrn von Shrewsbury verlieren, aber ich bin sicher, Miles, Ihr habt noch Kontakte aus den alten Zeiten, zu Männern, denen Ihr vertrauen könnt.«

»Damit ich sie mißbrauche?« fragte Miles mit stiller Verachtung.

»Seid doch nicht so widerspenstig, Miles«, sagte FitzHamon freundlich. »Jemand muß die Männer aufstellen und die Informationen sammeln. Wäre es Euch vielleicht lieber, wenn de Belleme noch weitere dreißig Jahre an unseren Grenzen lauert wie ein räudiger Wolf?«

Miles stieß einen Laut des Mißvergnügens aus. »Ein Messer im Dunkeln würde genauso gut funktionieren«, sagte er, »und das wäre vermutlich leichter zu bekommen.«

Henry schüttelte den Kopf. »Daran habe ich auch schon gedacht, aber es würde nicht viel nützen«, sagte er bedauernd. »Wenn Robert de Belleme tot ist, geht das Land an seinen Sohn oder an einen seiner Brüder. Wenn er dagegen wegen finanzieller Verfehlungen seines Lehens enthoben würde, fielen die Ländereien und Besitztümer direkt an die Krone.«

»Doch zuvor muß man eine solche Verfehlung entdecken«, murmelte Guyon, der zu begreifen begann. Seine Mundwinkel verzogen sich. »Und dann kommt es zum Krieg.«

FitzHamon zuckte mit den Schultern. »Man kann keinen Wein machen, ohne die Trauben zu treten, und zum Krieg kommt es zuletzt doch – so oder so.«

»Blut – und Wein, beides ist rot, nicht wahr?« sagte Miles neutral, mit ausdrucksloser Miene.

»Ich bin sicher, Ihr seid lieber ein Treter als eine Traube«, erwiderte Henry und zeigte seine Zähne in einer Grimasse dessen, was Amüsement sein sollte. »Überlegt es Euch. Wenn Ihr Euch dafür entscheidet, laßt es mich wissen oder schickt einen Boten zu Beaumais in Shrewsbury. Ihr kennt ihn doch, oder?«

»Aber Beaumais ist doch ...« sagte Miles.

Henrys Lächeln war katzenhaft und hochzufrieden. »Ja, er ist Justitiar in Bellemes Haushalt und seit einem Jahr in meinen Diensten. Wenn Ihr diese Aufgabe übernehmen wollt, werdet Ihr eng mit ihm zusammenarbeiten.«

Miles schluckte und starrte Henry an; die Haare standen ihm in die Höhe. Guyon, der die raffinierten Methoden seines Herrschers eher gewohnt war, zeigte ihm ein Hätte-ich-wissen-müssen-Gesicht. Henry lachte aufrichtig und gab ihm einen Klaps auf die Schulter. »Überleg es dir«, wiederholte er. »Wir reden später noch darüber.«

»Werdet Ihr tun, was er verlangt?« fragte FitzHamon, als er sich aufmachte, um Henry über das Lager zu folgen.

»Ich glaube, wir haben keine andere Wahl«, murmelte Guyon. »Es nützt nicht viel, ihm die Stirn zu zeigen.«

»Das würde ihn nicht daran hindern, ein Bastard zu sein wie sein Vater«, bemerkte Miles wesentlich ungnädiger. »Bei William war es eine Sache der Geburt. Bei ihm ist es ein Geschenk der Natur.«

»Deshalb ist er der König, und Courthouse ist es nicht«, sagte Guyon und ging zu seinem Pferd.

Vierundzwanzigstes Kapitel

Im Sommer des Jahres 1102

Rhosyn zügelte ihr Pferd und ließ die Lederriemen dann schlapp in ihren geschickten Fingern hängen, so daß die alte Gwennol das staubige Gras am Straßenrand fressen konnte. Dahinter, mit Steigungen und Senken, schnitt sich die Straße durch Felder und Wälder, vorbei an mächtigen Forts – die Horste von Robert de Belleme in den Marken –, bis sie Shrewsbury erreichte, geschützt in der Windung des Severn. Hinter ihr, an derselben Straße, lagen Wales und die Sicherheit, soweit in diesen Tagen noch irgend etwas als sicher bezeichnet werden konnte. Guyon hatte recht, Robert de Belleme und seine Vasallen hatten die Grenzregion der Marken zu einer Hölle gemacht für diejenigen, die ihren Lebensunterhalt mit Reisen und Handel verdienten. Der Krieg im Süden, wo König Henry seinen aufständischsten Earl auf die Knie zwingen wollte, schickte beunruhigende Gerüchte in den Norden. Wenn Arundel unter dem Ansturm der königlichen Streitkräfte fiel, würde der Sturm auch hierher getrieben in das Herz von Bellemes Besitztümern, und dann würde der Krieg wie ein Blitz das Land spalten, auf dem sie ritt.

Sie überlegte sich, ob sie die linke Abzweigung nehmen sollte, und sofort flatterten die kalten Samtflügel in ihrem Magen. Das geschah immer, wenn sie an

Guyon dachte, und nicht nur wegen dem, was einmal zwischen ihnen gewesen war. Er würde wütend sein, wenn er erkannte, daß sie es gewagt hatte, die Grenze zu überschreiten mit nur einem Viehtreiber und seiner Herde, Schafe, die für den Markt bestimmt waren, als Begleitung und Schutz.

Ihr Vater war in Flandern gewesen, als sein Herz schließlich den Willen zum Weiterschlagen aufgegeben hatte, und er war in einem Hostel auf der Straße nach Brügge gestorben. Prys war von Bristol aus hinübergesegelt, um den Toten zur Beerdigung heimzuholen. Sie würden ihn betrauern, und wenn die Zeit gekommen war, würden sie heiraten. Rhosyn biß sich in die Unterlippe und bedauerte jetzt schon den Impuls, der sie getrieben hatte, von ihrem *hafod* aus zu den verlockenden Farben des Sommermarkts in Ravenstow zu fahren. Es gab Dinge, die sie brauchte, sagte sie sich, Dinge für die Beerdigung und für ihre Hochzeit. Das, was sie am notwendigsten brauchte, konnte sie nicht haben. Und zu wissen, daß der Wunsch allein schon unvernünftig war, erleichterte nicht den Schmerz.

»Warum haben wir angehalten, Mam?«

Rhosyn drehte sich zu ihrer Tochter um, und die feinen Fältchen um ihre Augen vertieften sich zu einem sich selbst verspottenden Lächeln. »Ich frage mich schon, warum wir überhaupt hergekommen sind.«

»Jetzt ist es zu spät«, erklärte Twm säuerlich und näherte sich von hinten; die Lastenponys klingelten hinter ihm.

»Freut Guyon sich denn nicht, wenn er uns sieht?« Eluned schaute erst ihre Mutter an, dann Heulwen, die in ihrem Körbchen vor Twm schlief.

»Wahrscheinlich nicht«, gestand Rhosyn betrübt.

»Aber er ist möglicherweise auch gar nicht da, nicht solange im Süden Krieg ist.«

»Und seine Frau – ist sie da?« fragte Rhys und dachte an das mürrische, katzenartige Mädchen, das er mehrmals gesehen hatte bei seinen Handelsbesuchen mit dem Großvater. Er mochte sie. Unter ihrer mürrischen Art schlummerte ein Sinn für Humor und ein echtes Interesse an den Menschen, gleich, welchen Standes.

»Vielleicht.« Rhosyns Finger zupften an den Zügeln, und Gwennol hob den Kopf und machte einen Schritt zurück. Guyons Frau. Wie würde sie reagieren auf ihren Besuch in Ravenstow, und was, in Gottes Namen, sollte sie zu ihr sagen, wenn sie sich begegneten? Weder Kind noch Jungfrau, hatte Guyon gesagt, aber so empfindlich wie mundgeblasenes Glas, und dabei hatte er einen Ausdruck im Gesicht gehabt, den sie noch nie an ihm bemerkt hatte.

»Ich will sie nicht sehen«, murmelte Eluned und verengte die haselnußbraunen Augen. »Sie ist wahrscheinlich ein hochnäsiges normannisches Luder mit langen Fingernägeln und einem Gesicht wie eine Hexe.«

»Jetzt aber genug damit!« zischte Rhosyn ihre Tochter an. »Wem auch immer wir begegnen und was auch immer geschieht, du erinnerst dich gefälligst an die Manieren, die ich dir beigebracht habe, und wirst meinem Namen und dem deines Großvaters keine Schande machen. Ist das klar?«

»Ja, Mam«, sagte Eluned ungeduldig und schaute sie mit gefurchter Stirn an.

Euraidds Ohren stellten sich erwartungsvoll auf, und als die Zügel gelockert wurden und die Sporen kommandierten, fiel die Stute glatt vom Schritt in einen flüssigen Trott. Einige der Dorfbewohner hielten in ihrer Feldarbeit inne und schirmten die Sonne von ihren Augen mit den Händen ab, als die Gräfin von Ravenstow, golden auf ihrer Stute, die Kante des Hügels erreicht hatte und mit ihrer Eskorte hinter sich den Abstieg in das kleine, saubere Städtchen begann, das sicher hinter seinen römischen Steinmauern lag.

Der Sommermarkt war in vollem Gange, die Buden laut und belebt, trotz oder vielleicht sogar wegen der Unruhe des Krieges, die das ganze Land überzog. Die Händler und die Bauern mußten sich ihren Lebensunterhalt verdienen, und obwohl der Earl abwesend war, bei der Belagerung von Arundel, waren die Ländereien des Grafen von Ravenstow noch sicherer als viele andere.

Es gab Stände mit Bohnen, Brot und Süßgebäck. Gewürzverkäufer riefen ihre Besonderheiten aus. Einer der Wachleute aus der Burg ließ sich einen Zahn ziehen, und die Bemühungen des schwitzenden Chirurgen wurden mit gruseligem Vergnügen von einer kritischen Menge begutachtet. Ein Bär vollführte seine Kunststücke: er tapste in plumpen Kreisen zu der Musik eines verstimmten Dudelsacks, der gespielt wurde von einem Mann mit einem Bauch, so dick, daß er als zusätzlicher Dudelsack hätte benützt werden können. Ein braunhäutiges Mädchen tanzte, und an seinen Armbändern klimperten kleine Glöckchen.

Vieh, das zum Verkauf stand, muhte, blökte und wieherte. Frauen hatten Körbe voll mit eigenen Produkten bei sich, die sie tauschen oder verkaufen wollten: Kirschen und Wurzeln, Gemüse, Butter und

Käse. Der Töpfer war da mit seinen grünglasierten Waren, der Salzhändler, der Schuster und die anderen Handwerker der Stadt.

Judith brachte ihre Pflicht hinter sich bei den ihr bekannten Händlern und Stadtbewohnern, blieb stehen, um zu sprechen, zu lächeln oder zu diskutieren, und sie beruhigte sie, was die Auswirkungen des Krieges betraf, bevor sie ihre Einkäufe tätigte.

Und da war noch eine Frau, die gerade mit großer Aufmerksamkeit ein Stoffband begutachtete. Ein kleines Kind hing ihr an den Röcken und schaute aus runden, strahlenden, tiefblauen Augen zu Judith empor. Ein größeres Mädchen war an der anderen Seite der Frau und trat von einem Fuß auf den anderen. Sie hatte schwarzes Haar und haselnußbraune Augen, und sie bewegte sich so schnell und so elegant wie ein Rehkitz. De Bec, der hinter Judith geblieben war, stieß einen unterdrückten Fluch aus.

»Was ist?« fragte Judith und drehte sich halb um. In diesem Moment kam der junge Rhys zu der Gruppe und mischte sich unter sie. Die enge Beziehung war nicht zu verkennen. Sie zeigten alle Variationen der gleichen, stumpfen Nasen, und auch ihr Haar wuchs in ähnlicher Weise.

»Heulwen, dewch yno«, sagte die Mutter geistesabwesend, als ihr rothaariges Jüngstes sich aus der Sicherheit ihrer Röcke begab und auf Judith zulief.

Judiths Magen sackte ganz nach unten, als das Kind sie anlächelte. Sie schlug sich die Hand vor den Mund und hatte Mühe, nicht ohnmächtig zu werden oder sich übergeben zu müssen. Guyons Mätresse, Guyons Tochter, hier im Herzen seiner Grafschaft. Hier, wo sie sich unangreifbar gefühlt hatte.

Was konnte sie tun? Kämpfen? Sich zurückziehen

wie eine Katze, die ihre Rivalin entdeckt hat? Judith schluckte das Erbrochene, das ihr in die Kehle gestiegen war, und hob ihr Kinn ein Stück an. Sie hatte jetzt sein Vertrauen, sie verwaltete seine Grafschaft. Alles, was diese Frau hatte, waren die Bande der Vergangenheit – und dieses Kind. »Heulwen«, sagte sie etwas unsicher und lächelte dazu.

Rhys wandte den Kopf, und seine dunklen Augen wurden groß. Rhosyn drehte sich ihr ebenfalls zu, das Band immer noch in ihren hübschen Fingern, und ihr Ausdruck war erst überrascht, dann besorgt. Es war ein angenehmes Gesicht mit glänzenden, hochgewölbten Brauen und vollen, herbstlich gefärbten Augen. Hübsch, aber nicht hinreißend schön, und in ihren Augenwinkeln und am Hals zeigten sich erste Altersfalten.

»Ich bin Judith von Ravenstow, Guys Frau«, stellte sich Judith mit einer Gelassenheit vor, die nichts verriet von den Emotionen in ihrem Inneren. »Wenn Ihr ihn besuchen wolltet, dann, fürchte ich, muß ich Euch enttäuschen. Er liegt mit dem König vor Arundel.«

Heulwen lächelte Judith vertraulich an und kuschelte sich dann an ihre Mutter, drückte das Gesicht in die weiten, staubigen Röcke. Rhosyn schaute die Frau an, die sich nun vor ihr aufbaute. Ohne Judiths Erklärung hätte sie niemals die Vorstellung mit der Wirklichkeit in Verbindung gebracht. Das hier war eine bildhübsche, junge Frau, so schlank und gerade wie ein Kornhalm in ihrem goldenen Wollkleid und ohne den leisesten Hinweis auf Empfindlichkeit im Verhalten.

»Ich freue mich, Euch kennenzulernen«, erwiderte sie in vorzüglichem, nur ganz leicht akzentuiertem Französisch, das lediglich durch den rauhen Unterton ihrer Stimme ein wenig getrübt wurde. »Ihr seid ganz anders, als ich es mir vorgestellt habe.«

Golden und grau funkelte der Gürtel polierter Achate um Judiths schlanke Taille. Golden und grau, kühl wie die Steine, hielten ihre Augen die von Rhosyn fest. »Das gilt auch für Euch.«

Rhosyn schluckte. »Ich bin nicht gekommen, um Guyon zu einem Streitpunkt zwischen uns zu machen«, sagte sie und verteidigte sich gegen Judiths Blick, der etwas von der Sonne im Winter hatte: strahlend, aber eiskalt.

»Dennoch seid Ihr hier, und ich glaube nicht, daß Ihr gekommen seid, weil Ihr Euch für einen Jahrmarktstand interessiert oder den Bären tanzen sehen wollt.«

»Nein, ein bißchen mehr steckt natürlich dahinter«, räumte Rhosyn ein. »Ein Teil davon ist geschäftlich. Ich habe die Gewürze bei mir, die Ihr bei meinem Vater bei seinem letzten Besuch bestellt habt, und ich selbst brauchte ein paar Bänder und Verzierungen für ein neues Kleid ...« Sie atmete zitternd ein. »Mein Vater ist im vergangenen Monat nach Flandern gefahren und dort gestorben. Prys ist gerade da, um ihn nach Hause zu bringen. Ich hatte gehofft, Guyon um eine Eskorte nach Wales bitten zu können – er hatte mir früher einmal ein solches Angebot gemacht –, und ich dachte, er sollte wissen, daß mein Vater nicht mehr lebt ... Und das eine oder andere.« Dann verstummte sie.

»Dann halte ich es für das beste, Ihr kommt herauf auf die Burg«, erklärte Judith hölzern. »Wir werden miteinander abrechnen müssen, und Ihr braucht einen Platz, wo Ihr schlafen könnt. Das mit Eurem Vater tut mir leid. Wir waren Freunde geworden.« Sie fragte sich, was sie tun würde, wenn Guyon unerwartet nach Hause käme und sein Interesse auf Rhosyn und ihre kleine, entzückende Tochter lenken würde. Es war ein Bereich, den sie bisher ausgespart hatten. Judith hatte nie gefragt bis auf das Übliche, Oberflächliche, und er hatte selten Auskünfte angeboten: Sie umgingen beide das, was ihnen vielleicht doch zuviel Schmerzen bereiten würde. Jetzt, viel zu spät, sah sie ein, daß das ein Fehler gewesen war.

Die Spannung zwischen den zwei Frauen blieb eine deutlich fühlbare Realität, obwohl Judith ihr Interesse weit genug auf das Geschäftliche richtete und die Preise mit Rhosyn aushandelte, die ihrerseits heftig auf die Herausforderungen reagierte, als sie Judiths Geschicklichkeit im Handeln erkannt hatte. Die beiden Frauen waren dabei zu zweit, zusammen mit dem kleinen Mädchen.

»Eluned hat ihren Vater verloren und nun auch ihren Großvater«, seufzte Rhosyn, »und dieses neue Baby hat die Sache nicht gerade einfacher gemacht. Sie ist eine Verbindung mit Guyon, auf die ich gut und gern hätte verzichten können.« Dabei strich sie der Kleinen sachte über das rotblonde Haar und lächelte. »Die Farben hat sie von Guyons Großvater, Renard de Rouen. Er hat ein walisisches Mädchen geheiratet, die Tochter des alten Lords Owain, Heulwen. Mein Vater war bei ihrer Hochzeit, natürlich selbst noch ein kleiner Junge.«

Judith schwieg, und Rhosyn schaute von ihrer schläfrigen Tochter hoch. »Vielleicht ist es besser, wenn Ihr mir jetzt meine Eskorte gebt«, schlug sie voller Würde vor.

»Nein, ich bitte Euch, bleibt über Nacht. Es ist

schon zu spät, um noch nach Wales aufzubrechen. Ihr würdet Euer Heim nicht vor Einbruch der Dunkelheit erreichen. Außerdem sind wir mit unseren Geschäften noch nicht fertig. Könnt Ihr mir noch mehr Samt besorgen? Mein letztes Kleid ist in London ruiniert worden.«

Ein paar späte Schwalben pflügten die hyazintische Luft, und ihre Schreie waren scharf wie Nadeln in dem blauen Samt des Himmels.

»Ihr habt das Zeug, ihn zu halten«, sagte Rhosyn unvermittelt und sah nun das Versprechen in ihr. Das war nicht nur eine unberührte Jungfrau, die sich zu einer höchst attraktiven Frau ausgewachsen hatte, von bester Erziehung und normannisch mit all den häuslichen und gesellschaftlichen Fähigkeiten, die es bei einem Mann von der hohen Stellung Guyons brauchte, sondern auch ein Mädchen, die unter dem kultivierten Firnis immer noch eine Halbwilde war, ein Kind der Wälder, zu selbständig, um es festzuhalten oder in einen Käfig sperren zu können. Guyon würde es mit ihr niemals langweilig werden.

Judith schaute auf ihre Hände. »Wenn uns ein gemeinsames Leben gegönnt ist«, sagte sie mit einer Andeutung von Bitterkeit. »Seit dem letzten Martinstag habe ich ihn so gut wie gar nicht gesehen. Entweder er ist beim König, oder er kümmert sich um die Angelegenheiten des Königs, und wenn er zu Hause ist, dann nur, um zu essen und zu schlafen, und seine Laune ist miserabel – aber ich nehme an, er hat allen Grund dazu. Es gibt noch keine Garantie dafür, daß Henry diesen Krieg gewinnt. Und de Belleme weiß, wer hinter den Herausforderungen steht, denen er sich ausgesetzt sieht.«

Rhosyn lehnte sich neben sie, und sie beobachtete

die Schwalben. Ein Schauder der Angst lief ihr über das Rückgrat. »Ist er in ernsthafter Gefahr?« fragte sie, und ihre Augen wurden besorgt.

»Ich habe noch niemals eine Zeit erlebt, in der mein Lord nicht in ernsthafter Gefahr gewesen wäre«, entgegnete Judith mit einem zurückhaltenden Lächeln. »Und wenn nicht von außen, dann durch seine eigene Natur.«

Die Wache wechselte, Speere kratzten auf Stein, die Männer tauschten Scherze. Schafe wurden von den umgebenden Feldern hereingetrieben in den Hof, wo sie am nächsten Morgen geschlachtet werden sollten. Judith beugte sich hinunter.

»Es war töricht von mir, herzukommen«, sagte Rhosyn mit weicher Stimme und so leise, daß Judith die Ohren spitzen mußte, um sie überhaupt zu hören. »Aber ich ... ich wollte Euch einmal sehen. Es war wie ein Zwang. Ich gebe es zu, das war mindestens der halbe Grund, weshalb ich hergekommen bin.«

Judith war überrascht. Sie starrte sie an. »Ich würde es als einen sehr gefährlichen Zwang bezeichnen«, sagte sie zuletzt.

Rhosyn schnitt eine Grimasse. »Glaubt Ihr, ich hätte mir das nicht hundertmal gesagt?« Sie zeigte ein trauriges Lächeln. »Aber es war wie ein schmerzender Zahn: Er nagte an mir und nagte an mir, und schließlich mußte er gezogen werden. Ich mußte es wissen. Jetzt weiß ich es, und ich bin froh, daß ich es hinter mir habe, doch das ist nicht der einzige persönliche Grund, weshalb ich hier bin.« Sie holte tief Luft und richtete den Blick auf den Horizont, wo die Sonne am Untergehen war. »Prys, mein Vetter zweiten Grades, der in Bristol lebt und mit dem wir enge geschäftliche Beziehungen pflegen, hat mich gebeten, ihn zu heiraten, und ich habe ihm das Jawort gegeben.«

»Meine Gratulation«, sagte Judith und war zu wachsam, um etwas mehr Wärme in den Glückwunsch zu legen. »Wann findet die Hochzeit denn statt?«

»Das wissen wir nicht genau. Aber ich nehme an, noch vor Weihnachten. Zuvor müssen wir meinen Vater begraben und eine angemessene Trauerzeit beachten, und außerdem müssen wir das Geschäft in Ordnung bringen.« Sie drückte den Handballen gegen den rauhen Stein. »Ich kenne Prys, seit wir Kinder waren, und Rhys und Eluned mögen ihn gern ... Aber es geht mir vor allem um Heulwen, versteht Ihr? Sie ist schließlich Guyons Tochter, und ich fand, nach allem, was zwischen uns gewesen ist, sollte er Bescheid wissen über meinen Entschluß. Prys hat keine Erben. Vielleicht werde ich ihm Kinder bringen, aber er ist bereit, Rhys, Eluned und Heulwen als seine eigenen Kinder anzuerkennen und die Mädchen mit angemessenem Heiratsgut auszustatten, wenn sie erst ins entsprechende Alter gekommen sind.«

»Ich glaube kaum, daß Euch da Guyon im Weg stehen wird«, sagte Judith langsam, nachdem sie eine Weile nachgedacht hatte.

»Ich auch nicht.« Rhosyn blinzelte und biß sich auf die Lippe. »*Adeiniog pob chwant*. Kein Verlangen währt ewig. Die Sache ist vorbei, zumindest für ihn. Wir hatten nie genug Gemeinsamkeiten, daß es für mehr als ein trockenes Grasfeuer gereicht hätte. Ich wünschte ...« Rhosyn schüttelte den Kopf und wandte sich ab.

Judith zögerte. »Und was wird mit Heulwen? Werdet Ihr ihr sagen, wie es um ihre Herkunft steht, wenn sie erst etwas älter geworden ist?«

Rhosyn betrachtete Judith neugierig und fühlte eine gewisse Erneuerung der Spannung in ihrer Haltung zueinander. »Natürlich. Bei ihr wird die Farbe ihrer Haut und ihres Haars Fragen und Bemerkungen hervorrufen, lange bevor sie es wirklich kapieren wird. Ich möchte nicht, daß sie einem jeden dänischen Seemann hinterherschaut, der in Bristol an Land geht, und sich fragt, ob sie vielleicht seine Tochter ist. Sie wird es von mir erfahren, sobald sie alt genug ist, um es verstehen zu können. Ich möchte nicht, daß sie mich eines Tages dafür haßt.«

Judith stieß den Atem aus, den sie angehalten hatte. »Ihr seid sehr weise«, sagte sie zitternd. »Ich wollte, meine Mutter hätte mehr von Eurer Klugheit besessen.« Sie schaute hinunter, als die Zugbrücke unter dem Klirren der Ketten für die Nacht hochgezogen wurde.

»Ich hoffe, Guyon wird uns dennoch gelegentlich besuchen«, fügte Rhosyn hinzu und fragte sich, was Judith wohl mit ihrer letzten Bemerkung gemeint haben mochte, wagte aber nicht, ihr tatsächlich diese Frage zu stellen.

»Heulwen wird immer seine Erstgeborene sein«, sagte Judith und hatte sich wieder voll und ganz unter Kontrolle. »Es wäre falsch, ihn dabei zu behindern. So weit gestatte ich Euch ein Eindringen in meinen Bereich, aber alles andere geht auf Eure eigene Gefahr.«

Rhosyn schaute Judith mit offenem Mund an. In ihren seltsamen, steinfarbenen Augen lag deutlich die Herausforderung, aber zugleich ein Zwinkern des Vergnügens, so, als stehe sie neben sich und beobachte sich mit einem gewissen Abstand.

Vom inneren Hof ertönte das Hornzeichen zum Abendessen, und jemand applaudierte ironisch.

»Gehen wir hinunter?« fragte Judith und bot ihren Arm an.

Rhosyn lächelte und nahm ihn.

Rhosyn ritt am nächsten Morgen auf einer sonnenpolierten Straße davon, begleitet von einer Eskorte von acht Sergeanten von Ravenstow und ihrem Diener Twm. Die Ponyhufe warfen Echos beim Ritt über die Planken der Zugbrücke. Sie schaute zurück über die schwankenden, beladenen Lasttiere zu der Stelle, wo Judith stand, zwischen Brücke und Fallgitter, einen Arm hochgehalten, um die Sonne abzuschirmen, den anderen winkend. Rhosyn erwiderte kurz den Gruß und wandte sich dann um im Sattel, so daß sie wie ihr Pferd in Richtung Wales schaute.

Mittags hielten sie, um die Pferde zu tränken und ein paar kalte Happen aus Brot, Käse und gebratenem Geflügel zu essen. Heulwen aß wie üblich nur den Käse und machte mit allem übrigen eine fürchterliche Schweinerei. Eluned dagegen aß so zierlich wie ein Reh, betrachtete kurz ihre Mutter, schluckte hinunter und sagte: »Er war gezwungen, sie zu heiraten, nicht wahr, Mam?«

Rhosyn hob den Kopf, und die Sorge stand deutlich auf ihrer Stirn. Eluned war tags zuvor ungewöhnlich still gewesen, ein tief in Gedanken versunkenes Kind, das auch keiner Liebkosung zugänglich gewesen war. »Zunächst ja«, antwortete sie vorsichtig.

»Er liebt sie nicht.« Eluned strich mit den Fingern über das Elfenbeinhalsband, das er ihr geschenkt hatte.

Rhosyn biß sich auf die Unterlippe. Die Augen des Kindes waren wie ihre eigenen: haselnuß-grün-golden und voller Schmerzen. Man wurde erwachsen und lernte es zu verbergen – das war der einzige Unterschied. »Das kannst du nicht sagen, Eluned«, antwortete sie leise. »Du möchtest, daß es die Wahrheit ist. Aber es ist nicht die Wahrheit. Du solltest den beiden viel Freude miteinander wünschen, nicht, daß zwischen ihnen Zwietracht herrscht.«

»Sie ist häßlich!« Jetzt streckte sie die volle Unterlippe nach vorn.

»Eluned!«

Heulwen hustete, und Rhosyn rettete mechanisch das halbgekaute Stück Hühnchen aus dem Hals des Säuglings; ihre Aufmerksamkeit war jedoch ganz auf die älteste Tochter gerichtet.

»Ich hasse sie; sie ist eine normannische Hure. Guyon gehört zu uns, nicht zu ihr!«

Rhosyns Hand schoß vor und verpaßte Eluned eine kräftige Ohrfeige. Eluned hielt den Atem an. Die Männer schauten hoch von ihrem Haferkuchen und dem Ale. Eluned schlug sich die Hand vors Gesicht, starrte ihre Mutter in tiefster Verachtung an, wirbelte herum und floh zwischen den erschreckten Männern hindurch in das Dickicht der Brombeerbüsche und in den Wald.

»Nein, Mam, laß sie ruhig«, sagte Rhys und hielt Rhosyn am Arm fest, die sich gerade an die Verfolgung machen wollte. »Sie hinterläßt eine Spur, die sogar ein Blinder finden könnte. Ich glaube auch nicht, daß sie sehr weit läuft.«

Rhosyn gab nach, mit einem kleinen, erschöpften Seufzer. »Ich hatte nicht gewußt, daß es bei ihr so tief sitzt. Sie hat immer gesagt, daß sie Guyon heiraten will. Ich habe das für ein Kinderspiel gehalten.«

»Sie wahrscheinlich auch«, bemerkte Rhys mit

einem trockenen Sarkasmus, der weit über seine Jahre hinausging.

Rhosyn setzte sich wieder auf die ausgebreiteten Felle, um ihr Mahl zu beenden, schaute aber alle paar Sekunden auf den Waldrand.

Rhys beobachtete sie noch eine Minute lang, dann stieß er einen sehr erwachsen klingenden Seufzer aus und nahm seinen Gürtel. »Also schön, Mam, ich suche sie.«

Ein dankbares, besorgtes Lächeln huschte über ihr Gesicht.

Heulwen rieb sich die Augen und begann zu jammern und zu klagen. Rhosyn lenkte sich vom Problem Eluned ab und überredete ihr jüngstes Kind, ein bißchen unter den Fellen zu schlafen.

Zwei Grünfinken hüpften über die Lichtung, und die Schreie, die sie ausstießen, waren deutlicher Alarm. Ein Pferd wieherte, warf den Kopf zurück und stellte die Ohren auf. Einer der Männer stellte seinen Becher ab und ging zu dem unruhigen Tier hin.

Die Geräusche von etwas, das blindlings durch das Unterholz kracht, waren jetzt deutlich zu hören, dann folgte ein erschöpfter Schrei. Rhosyn war auf den Füßen, erfüllt von einer furchtbaren Ahnung. Sie bedeckte Heulwen, die inzwischen schlief, mit einem weiteren Fell und schleppte einen toten Ast, der in der Nähe lag, davor hin, um das schlafende Kind so gut wie möglich zu schützen.

Schwerter kratzten aus den Scheiden, Schilde wurden ergriffen und fluchend in Position gebracht. Rhosyn war wie gelähmt vor Entsetzen, als ihr Sohn auf sie zutaumelte, sich an den Bäumen stützte, seine Tunika von Blut getränkt.

»Rhys!« schrie sie und lief auf ihn zu. Ein junger Sergeant, Erics Bruder, zog sie zurück.

Der Junge schaute in die Richtung ihrer Stimme, aber seine Augen waren blind, und aus seinem Mund kam Blut. »Mam!« keuchte er mit Blasen auf den Lippen, erstickend. »Die *Chwmni Annwn*!«

»Rhys!« schrie sie noch einmal und riß sich frei, stolperte, wurde gehalten von ihren Röcken, die sich an den Zweigen verfingen. Er war tot. Sie sah die Öffnung in seiner Kleidung, wo ein Schwert eingedrungen war, und das Blut war heiß und dunkel an ihren Händen.

Gebeugt über ihren Sohn, hörte sie nicht die entsetzten Warnungsschreie ihrer Begleiter, sah nicht die Reiter der wilden Jagd, die sich durch die Bäume näherten und der Blutspur bis zu ihrem Endpunkt folgten.

De Laceys Renner beugte sich die Senke hinunter, und die Gefolgsleute und Söldner zügelten ihre Rösser, um Schritt zu halten. Sie näherten sich einer Wegkreuzung, wo sich eine der traditionellen Handelsstraßen mit der römischen Straße nach Shrewsbury kreuzte. Die erstere überquerte zwei Besitztümer von Ravenstow, verlief entlang der Grenze des Thorneyford-Besitzes, überquerte dort den Wasserlauf und die Grenze nach Wales und verlief weiter gegen Llangollen. Die Lastponys benützten sie regelmäßig. Wolle und Kohle, Eisen, Kupfer und Blei kamen aus Wales, Korn, Stoffe und Luxusgüter wurden in die entgegengesetzte Richtung transportiert.

Heute nacht würden sie in Thorneyford bleiben und es für die Belagerung vorbereiten. Arundel war verloren, und damit der Nachschub aus der Normandie und aus Flandern. De Belleme hatte sich zurückgezogen bis nach Shrewsbury. De Lacey streckte die Hand nach dem Weinschlauch aus, nahm ihn ungeduldig von Hakon, dem Captain seiner Wache, zog den Stöpsel heraus und schluckte mehrere warme, säuerliche Mundvoll des Weins, bevor er den letzten ausspuckte. Sein Magen war die ganze Woche über schon angegriffen. Es hatte nichts zu tun mit der Angst, sagte er sich, aber die Belagerungsrationen und der Mangel an Schlaf waren dazu angetan, den Magen eines jeden Mannes anzugreifen.

»Ich hätte die Sache schon damals bei der Eberjagd beenden sollen«, sagte de Lacey, nachdem er den Weinschlauch zugekorkt und zurückgegeben hatte. Sein Pferd, das am Kauen war, zuckte nicht mit den Ohren, sondern wandte sie nach vorn in Richtung auf die Straße. De Lacey erstarrte, und seine Hand war augenblicklich am Schwertknauf.

»Gott im Himmel, ein Weib!« rief einer der Ritter, und seine Lippen teilten sich in einem breiten Grinsen.

De Lacey blickte hinunter auf das Kind, das keuchend und schluchzend aus dem Wald herausgebrochen war auf die Straße. An ihrem blauen Kleid hingen Zweige und Gestrüpp, ihre schönen Züge waren mit Baumrinde verschmiert und verzerrt von wilder Emotion. De Lacey vergaß die Unannehmlichkeiten. Seine Hoden zogen sich zusammen, sein Penis begann zu schwellen und sich zu verlängern. Das Herz schlug ihm in der Kehle.

»Laß sie, Giles, sie gehört mir!« krähte er, und seine Stimme kippte um vor Lust. Unschuldige, vorpubertäre Mädchen waren seine besondere Vorliebe: Blüten, die erst noch aufgehen mußten, mit engen, duftenden Knospen.

»Wo mag die her sein?«

»Finden wir es doch heraus, oder?« Er zeigte ein dünnes, grausames Lächeln und brachte den Braunen in Bewegung.

Eluned sah sie kommen, das vorderste Pferd sehr schnell, und der Mann, der fast quer darüber lag, mit einem Grinsen, das zu einem Wolf gepaßt hätte. Die Sonne funkelte an seinem Kettenhemd und der Rüstung. Sie sah sehr deutlich den roten Edelstein, der im Mittelpunkt seines Schilds befestigt war, und die dekorativen Quasten an den kniehohen Stiefeln.

Sie schrie und wirbelte herum, um den ganzen Weg zurückzulaufen, den sie gekommen war, und aus ihrem Kummer, ihrem Zorn war jetzt nackte Angst geworden.

Walter de Lacey war ein hervorragender Reiter. Der Braune drehte und wand sich geschickt zwischen den Bäumen. Eluned schlug einen Haken auf die Seite, aber das gleiche tat das Pferd und brachte damit seinen Reiter parallel zu ihr. De Lacey beugte sich über den Sattel und hob sie herauf, wobei seine Finger sich an ihrem ledernen Strumpfgürtel festhielten. Eluned keuchte und wehrte sich, aber sie konnte sehr wenig tun, außer sich zu winden wie ein Fisch auf dem Trokkenen.

De Lacey bewunderte die kleinen, schmalen Kurven ihrer Hinterbacken, pfirsichrund, als sie sich wand und wehrte. Das Elfenbeinhalsband schimmerte in der Sonne. Einfach, aber teuer. Das Kind flehte auf walisisch, und ihr Kleid war gutes, flämisches Tuch. Händler, taxierte er, und keine Armen.

»Hakon, nimm sie, aber Pfoten weg!« kommandierte er seinem Captain. »Ich wette, wo die herkommt, gibt es noch mehr zu holen.«

Hakon nahm das Mädchen auf seinen Sattel. Sie versuchte, ihn zu beißen, und er fluchte, aber statt ihr eine Ohrfeige zu geben, erinnerte er sich an de Laceys Anweisung, nahm seinen Umhang ab, wickelte sie darin ein, und sie war hilflos wie eine Raupe im Kokon.

Er war ganz und gar nicht vorbereitet auf Rhys Überfall oder auf das Messer, das sich in seinen Arm bohrte, und daher ließ er das Bündel mit wütendem Heulen einfach los.

»Eluned, lauf!« schrie Rhys und zog sein Messer aus dem Fleisch, um noch einmal zuzustechen.

Sie war benommen vom Sturz, kam aber wieder auf die Füße und versuchte davonzulaufen, wie er es befohlen hatte. Wieder schlossen sich harte Hände um ihren Gürtel und hoben sie hoch. Ihr war schlecht. Hakon, der heftig blutete, wand Rhys das Messer aus der Hand, rammte es ihm tief in den Körper und beförderte ihn dann mit einem Tritt in das Unterholz des Waldes.

Rhys rollte herum, erhob sich und begann, benommen vom Blutverlust, durch die Bäume davonzutaumeln.

De Lacey lächelte und hielt sich absichtlich ein paar Minuten lang zurück, wobei er Eluneds Hinterbacken streichelte. »Das ist noch etwas viel Besseres als die Eberjagd«, sagte er leise.

Fünfundzwanzigstes Kapitel

Kurze Zeit nachdem Rhosyn und ihre Eskorte ausgeritten waren, holte sich Judith ihren Umhang und verließ Ravenstow mit ihrer eigenen Eskorte, um einen der Lehensherren der Grafschaft zu besuchen. Der Herr der kleinen, zu Dank verpflichteten Burg in Farnden war erst kürzlich gestorben, und sie hatte seinem Sohn, dem Erben des Lehens und seiner militärischen Verpflichtungen, versprochen, daß sie an einer Messe in der dortigen Kirche für die Seele seines Vaters teilnehmen würde, bevor der Sohn hinausritt, um Guyons Leute zu unterstützen. Außerdem waren die Gebräuche und Rechte der neuen Lehensherrschaft festzulegen und der Eid der Lehenstreue zu erneuern.

Thomas D'Alberin war ein angenehmer, wenngleich nicht besonders gescheiter junger Mann. Von schlichtem Aussehen und Gemüt, kannte er seine Pflichten gegenüber dem Feudalherren, war bereit, sie stoisch und auch gut zu erfüllen, selbst wenn ihm die Phantasie oder der Ehrgeiz fehlte, um auch nur einen Handstreich mehr zu tun, als man es von dem unbedeutenden Lord eines kleineren Besitzes erwartete. Doch das war keineswegs ein Grund, ihn zu mißachten. Der Nagel eines Hufeisens war ebenso wichtig wie das Pferd, und Judith schenkte ihm ehrliche Aufmerksamkeit für die Zeit ihres Besuchs.

Die Messe wurde in der winzigen anglosächsischen Kirche gefeiert, und an ihr nahmen alle Bewohner der Burg und die Dorfbewohner von einer gewissen Autorität teil. Es wurden Almosen ausgegeben und Brot. Das Essen wurde im Freien, im Obstgarten eingenommen, die Tische breiteten sich unter dem üppigen Sommergrün der Bäume und ihrer noch harten, grünen Früchte aus. Es war sehr angenehm und der extreme Gegensatz zu den Kriegshandlungen im Süden, ein Kontrast, der bei Judith einen Kloß in der Kehle verursachte und ihr Tränen in die Augen trieb, so daß sie dem besorgten Sir Thomas versichern mußte, daß es nichts mit ihm zu tun habe und daß hier alles wunderbar in Ordnung sei.

Am frühen Nachmittag, zur Zeit der Mittagsoffizien, als sie ihre Vorhaben erledigt hatte, verabschiedete sie sich von Sir Thomas und machte sich auf den Nachhauseweg. Den Blick auf die fast noch im Zenit stehende Sonne, nahm de Bec die Abkürzung über die Handelsstraße und durch den Wald, um auf diese Weise schneller die direkte Straße zu erreichen.

Der Tag war heiß, die grüne Waldluft feucht und schwer zu atmen. Die Korsage klebte Judith am Körper. Unter dem Schleier juckte die Haut ihres Gesichts, als ob ein ganzer Schwarm Mücken sich dort versteckt hätte. Immer wieder lief ihr ein Bächlein Schweiß zwischen den Brüsten oder am Rücken hinunter, und ihre Hüften waren gerötet von der ständigen Reibung des Sattels. Sie dachte mit Sehnsucht an eine erfrischende Wanne mit kühlem Wasser, an ein loses Seidenkleid und einen Becher Wein, der in der Kühle der Burgquelle gelagert wurde.

Zwei Tauben klatschten an ihnen vorbei, und eine Drossel schalt mit lauter Stimme. Als ihnen ein Buntspecht folgte und ebenfalls Alarm schlug, nahm de Bec, der bis dahin entspannt dahingeritten war, eine wachsamere Stellung ein; er hatte die eine Hand schon fast am Schild, die andere frei für den Knauf des Schwerts. Das waren keine Vögel gewesen, die sich von ihrem Näherkommen hätten aufscheuchen lassen. Sie mußten zuvor schon von etwas anderem gestört worden sein. Dieser Streifen Waldgebiet lag innerhalb von Guyons Jurisdiktion, aber an seinem nordwestlichen Rand befand sich ein Graben, der die walisische Grenze markierte, und die aufrecht stehenden Steine an der Südwestseite waren die Grenzmarkierungen zwischen Ravenstow und Thorneyford. Es waren letztere, deretwegen de Bec leise Verwünschungen murmelte, sein Schwert zog und seinen Männern befahl, einen engen Kreis um Judith zu bilden.

Ein Pferd kam durch die Bäume vor ihnen. Sowohl Judith als auch de Bec erkannten den schönen Fuchs auf den ersten Blick, denn er stammte aus Guyons eigener Züchtung und gehörte Erics jüngerem Bruder Godric, der Rhosyns Eskorte geleitet hatte. Eine kalte Hand umschloß Judiths Herz, denn obwohl Godric im Sattel saß, lag er ganz vornübergebeugt, hielt sich am Sattelknauf fest und antwortete nicht auf ihre Rufe. Das Pferd riß den weiß gefleckten Kopf hoch und bahnte sich einen Weg durch das Unterholz zu ihnen.

De Bec beugte sich vor und nahm die Zügel in seine Hand, die im Kettenhandschuh steckte. »Godric, was ist geschehen, Mann?«

Der junge Ritter hob die Augen, blieb aber nach vorn gebeugt. »De Lacey«, krächzte er in stark akzentuiertem Anglo-Französisch. »Er ist über uns hergefallen ... Zu viele. Wir hatten keine Chance ... Ich hab' das Baby da gerettet.« Er schwankte, das Gesicht eine graue Maske des Todes. Gegen seine Brust gedrückt, zur Sicherheit noch innerhalb seines Umhangs festgebunden, begann Heulwen zu weinen und sich zu befreien, ihr Gesicht so rot wie die Locken auf ihrem Kopf.

Ein anderer Ritter band das Kind los und hob es aus Godrics Umhang, dann stieß er einen entsetzten Fluch aus, als er sah, daß die Kleine von Kopf bis Fuß blutbeschmiert war.

»Es ist nicht ihr Blut, es ist meines«, erklärte Godric mit rauher Stimme, rutschte aus dem Sattel und brach augenblicklich bewußtlos zusammen. Judith sprang ebenfalls vom Pferd und war mit ein paar Schritten bei ihm, bückte sich neben den jungen Sergeant und überprüfte seine Verletzungen. Er hatte einen bösen Stich in die Körpermitte abbekommen. Soweit sie erkennen konnte, war aber kein inneres Organ verletzt; dennoch war die Wunde tief und hatte stark geblutet. Sie hob sein Kettenhemd und das Wams, riß das Hemd herunter, machte Streifen daraus und bandagierte damit die Wunde notdürftig, bevor sie genäht werden konnte. Zwei von ihren Begleitern bauten eine Tragbahre aus Ästen und Pferdedecken.

Heulwen schluchzte und schrie in gebrochenem Walisisch nach ihrer Mutter. Glücklicherweise hatte der Wachmann, der sie hielt, selbst fünf Kinder und wußte mit den wetterwendischen Launen kleiner Würmer umzugehen. Er sprach außerdem fließend Walisisch und redete leise in dieser Sprache auf Heulwen ein, bis sie sich einigermaßen beruhigt hatte und nur noch gelegentlich schluchzte, unterbrochen von einem Schluckauf.

Godrics Lider zuckten. Judith legte eine Hand auf seine Stirn. »Ruht Euch jetzt aus«, versuchte sie ihn zu trösten. »Die Hilfe ist zur Stelle.«

»Mistress, wir haben nichts tun können«, brachte er mit Mühe heraus, und sein Kehlkopf arbeitete schwer. Sie hielt ihm einen Weinschlauch an die Lippen, und er trank zuckend einen Schluck von dem warmen, nach Gerbsäure schmeckenden Wein. »De Lacey war uns im Verhältnis vier zu eins überlegen. Das Kind hier hat unter ein paar Fellen geschlafen. Sie haben es übersehen, und mich hielten sie für tot ... Dancer ist davongelaufen, während die Männer wüteten, aber er ist zurückgekommen, als ich ihn gerufen habe.« Er biß die Zähne zusammen und stöhnte vor Schmerzen, die ihm Judith ohne Medizin nicht stillen konnte.

»Wie weit von hier, Sohn?« De Becs Augenbrauen zogen sich zusammen.

»Nicht mehr als eine Meile ... Gleich neben der Straße. Wir hatten Rast gemacht, um zu essen, und sie kamen aus den Wäldern und haben uns überfallen.« Er schloß die Augen und schluckte; in seine Gedanken hatten sich Bilder eingebrannt, die für immer Spuren auf seiner Seele hinterlassen würden.

»Sind sie Euch gefolgt?« De Bec schaute sich nach allen Seiten um.

»Nein, Sir. Ich habe dagelegen wie tot, und sie hielten mich auch dafür. Ich hörte de Lacey sagen, es sei weniger ergiebig gewesen, als er gedacht hatte, und sie machten sich jetzt besser auf den Weg ... Sie wollten nach Thorneyford. Das Kind und ich, wir beiden haben als einzige überlebt ... Das andere kleine Mädchen ... O mein Gott, sie haben sie mit sich geschleppt!« Sein Gesicht nahm einen grünlichen Ton an. Judith mußte selbst ihr Entsetzen niederkämpfen und legte dann wieder beruhigend ihre Hand auf seine Stirn.

»Liegt still, Godric«, sagte sie sanft und hob dann

den Kopf, um de Becs granitenem Blick zu begegnen. Sie konnten sie nicht mit ihren eigenen Truppen verfolgen, und der Überfall lag mehr als drei Stunden zurück. De Lacey mußte inzwischen sicher in seiner Burg sein.

»Man muß die Toten nach Ravenstow bringen«, sagte sie. Die Kälte von Schock und Angst und das Wissen um das, was noch getan werden mußte, ließ in ihr eine Übelkeit entstehen, doch sie wollte es nicht zeigen. »Am besten nehmen wir sie jetzt gleich mit uns, bevor die Wölfe und die Füchse über sie herfallen.«

De Bec schaute nicht auf ihr Gesicht, sondern auf das Klopfen des Pulses an ihrer Halsschlagader und auf die zuckenden Bewegungen, wenn sie schluckte. »Mistress, es ist kein Anblick, den man einer Lady zumuten kann, und Godric und das Kind sollten ohnehin so schnell wie möglich nach Ravenstow gebracht werden.«

Judith überlegte einen Moment, dann nickte sie kurz, aber mit offensichtlicher Erleichterung. Es war nichts zu gewinnen, wenn sie selbst Zeuge dieses Schlachtfelds wurde. De Bec konnte die Einzelheiten für Guyon und den Sheriff notieren. Es war nachher noch schlimm genug, wenn man die Toten waschen und anständig aufbahren mußte – und bei der Abfassung eines Berichts für Guyon. Was würde sie ihm schreiben? Wie würde sie es ihm beibringen, wenn er zurückkam? Es brachte nichts, jetzt darüber nachzudenken, aber es mußte getan werden, genau wie das Aufbahren, und das alles stand unter ihrer Verantwortung.

Die Wirklichkeit war dann bedeutend schlimmer, als Judith oder irgendein Mensch es sich hätte vorstellen können. Sie nähte Godrics Wunde, verband sie mit Schimmelbrot und betäubte ihn dann mit Mohnsirup, damit er fürs erste schlafen konnte. Heulwen weinte nach ihrer Mutter und nach Eluned, aber abgesehen davon, daß die Kleine völlig verstört war, schien sie keine Schäden abbekommen zu haben.

Judiths Prüfung begann erst, als de Bec zurückkam. Sein Gesicht hatte dieselbe Farbe wie sein Bart und seine Augen, und sein Ausdruck war so steinern, als wäre er selbst einer von den zehn Toten gewesen, die man in Umhänge eingewickelt und wie das Wild nach einer Jagd auf die Rücken mehrerer von Thomas d'Alberin geborgter Lastenponys gebunden hatte. Die Männer, die mit de Bec ritten, hatten alle den gleichen Ausdruck im Gesicht, und als man die Toten dann in die Kapelle brachte, begriff Judith sehr schnell, warum. Die Scheußlichkeit unter Rhosyns Umhang hatte keinerlei Ähnlichkeit mehr mit der schönen Frau, die sie gestern erst kennengelernt hatte. Ihr Geist war entwichen, und ihre sterbliche Hülle war so schauerlich entstellt, daß man nur mit Mühe feststellen konnte, ob es sich dabei um ein menschliches Wesen gehandelt hatte.

Judith schlug sich die Hand vor den Mund und kam eben noch bis zu einem Abfalleimer, wo sie sich übergab, bis sie glaubte, sich die Seele aus dem Leib gespien zu haben. Das, was de Lacey hier angerichtet hatte, war nicht nur Mord – es war eine Entweihung des menschlichen Wesens, wider alle Natur.

De Bec berührte sachte ihren Ellbogen, reichte ihr wortlos einen kleinen Hornbecher mit Whisky und wartete, bis sie ihn hustend und keuchend ob der ungewohnten Stärke des Alkohols hinuntergewürgt hatte.

Zitternd lehnte sich Judith gegen den in Eisen gekleideten Mann. »Das ist kein Mensch, das ist der Teufel!« Sie zitterte am ganzen Körper.

De Bec legte einen kettenbewehrten Arm um ihre zuckenden Schultern und fühlte so etwas wie väterliche Beschützerinstinkte. »Habt Ihr schon einen Boten zu Lord Guyon geschickt?« dröhnte seine tiefe Stimme. »Er muß hier sein und das alles mit eigenen Augen sehen.«

Judith schüttelte den Kopf. »Ich weiß nicht, was ich ihm schreiben soll«, sagte sie. »Und ich weiß auch nicht, ob er noch bei Arundel ist.«

»Schreibt ihm nur, daß er schnell hier gebraucht wird. Der Bote wird ihn früher oder später finden. Ich kann auch FitzWalter für euch schreiben lassen.«

Judith schniefte und fühlte, wie sie allmählich Kraft gewann; dann machte sie sich von ihm los. »Nein«, sagte sie entschlossen. »Ich schreibe selbst. Ich war nur einen Moment lang feige.« Sie schaute ihn an, und ein schwaches Lächeln zeigte sich auf ihren Lippen. »Ihr fühlt Euch an, so sicher wie ein Felsblock, und Ihr seid auch einer.«

De Becs Augen begannen zu strahlen. Er blinzelte mehrmals schnell nacheinander. Er hatte Judith seit dem Tag ihrer Geburt als seine Tochter angesehen, hatte miterlebt, wie sie gegen ihre Ängste und Zweifel angekämpft und wie sie sie besiegt hatte mit ihrem eisernen Willen. Es war fast nicht zu glauben, daß in einer so zarten Gestalt so viel Kraft schlummerte.

Dann schaute er ihr nach, wie sie zu den Greueln in der Kapelle zurückkehrte und mit dem Priester sprach. Ihr Gesicht war so blaß, daß jede Sommersprosse wie ein goldenes Mal hervorstach. Dabei wirkte sie so gefaßt, daß er sich dachte: Wenn ich schon ein Felsblock bin, dann ist sie so unverwüstlich und stark wie der beste Stahl, aus dem man Schwerter macht.

Sechsundzwanzigstes Kapitel

Guyon rutschte hin und her auf seinem Hochsattel und lockerte die Zügel, damit Arian sich seinen Weg zwischen den Bäumen suchen konnte. Das Licht des Nachmittags war golden und grün wie der beste französische Wein und so mild und warm wie frischgemolkene Milch. Einzelne Sonnenflecken und Blätterschatten fielen auf den Trupp von Männern, die mit gleichbleibender Eile in Richtung Ravenstow ritten und sich auf einen Krieg in den Marken gefaßt machten.

Arundel war erobert und de Belleme jetzt wirkungsvoll von seinem Nachschub vom Kontinent abgeschnitten. Jetzt beabsichtigte der König, mit seiner Armee an der Kette düsterer Forts in Shropshire entlangzuziehen und eines nach dem anderen zu schleifen, und Guyon kehrte nach Ravenstow zurück, um ihn in diesem Bemühen zu unterstützen.

Als sie aus dem Wald ins Ödland kamen, richteten sich aller Augen auf die leuchtenden, weißen Sandsteinmauern der riesigen Burg, die den Felsenhügel von Ravenstow dominierte.

Guyons Blick auf diese Burg, das Zentrum seiner Grafschaft, war bewundernd und bedauernd zugleich. Sie war der Entwurf von de Belleme und folgte dem System, das der Earl von Shrewsbury auch bei anderen Burgen und Forts angewendet hatte und das sie zu fast uneinnehmbaren Festungen machte. Weiß Gott, Arundel war eine Nuß, die nur sehr schwer hatte geknackt werden können.

Ein Kuhhirt brüllte Guyon und seinen Soldaten Schmähworte zu und schlug seinem Vieh mit einer Gerte auf die Rücken, damit es in Bewegung blieb. Sein Hund lief herüber, um die Reiter zu beschnüffeln, wurde aber scharf zurückgepfiffen. An der Mühle lud der Müller Mehlsäcke auf einen der von Ochsen gezogenen Karren, hielt inne, um sich die Braue zu wischen und die Stirnlocke zum Gruß der vorüberziehenden Soldaten zu berühren, und regte seinen verblödeten Sohn zu einer ähnlichen Geste des Respekts an. Seine Frau hörte auf damit, einen Kittel auf einem Stein im Wasserlauf mit einem Holz zu schlagen, und nickte höflich und mit Anteilnahme. Sie faßte dann nach dem Rosenkranz, hob ihn an und küßte das Kreuz, das daran hing.

Guyon warf einen Blick auf die Frau und wunderte sich wieder einmal, wie schnell die Nachricht eines bevorstehenden Krieges sich ausbreitete. Er glaubte zwar nicht, daß de Belleme sich anschickte, Ravenstow zu überfallen – er hatte genug damit zu tun, seine eigenen Befestigungen zu verstärken –, aber die Waliser standen immer bereit, und de Belleme hatte einige walisische Vasallen, die nichts lieber getan hätten, als die feindlichen Burgen in den Marken zu überfallen und auf deren Kosten ihre Speisekammern und den Holzvorrat für den Winter zu ergänzen.

Die Zugbrücke war herabgelassen, um ihnen Eintritt zu gewähren, das gähnende Maul des Fallgitters dahinter bleckte seine Zähne, schwarz wie ein Höllenloch. Guyon schüttelte die Zügel und ließ Arian in einen leichten Trott verfallen, und bald danach fanden sie sich im späten Sonnenschein des Burghofes wieder.

Eine Frau gab Zweige auf eine riesige Kohlenpfanne, das Mädchen neben ihr rupfte ein Huhn, das für den Topf bestimmt war. Die Frau blickte hoch zu den Männern, gab dem Mädchen einen Stoß mit dem Ellbogen und bekreuzigte sich ebenfalls, die Augen voller Mitleid auf Guyon gerichtet, bevor sie hinüberschaute zum Hauptgebäude, wo Judith herausgelaufen kam.

Cadi bellte und sprang fröhlich auf Guyon und die Gruppe zu, um sie zu begrüßen; dabei peitschte ihre Rute die Luft vor Freude. Guyon stieg vom Pferd und übergab die Zügel einem Stallknecht. Der junge Mann sagte nichts und schaute über die breiten, lederbekleideten Schultern hinweg auf Judith, senkte dann den Kopf und führte den Grauen in seinen Stall.

Guyon blickte seiner Frau entgegen, wie sie auf ihn zugerannt kam, und fühlte, wie sich seine Stimmung hob. Ihr Haar fing das restliche Sonnenlicht und glühte wie geschmolzene Bronze; ihr Gesicht war gerötet vom Laufen.

Und dann schaute sie ihn an, und seine Bewunderung erstarb, sobald er den Ausdruck ihrer Augen und ihres Mundes erkannt hatte.

»Rhosyn ist tot«, sagte sie ohne lange Einleitung. »Ich habe mir lange überlegt, wie ich es dir beibringen soll, aber ich glaube, ich kann dir die Nachricht nicht erleichtern.«

Er schaute sie verständnislos an. Die Sonne wärmte ihm den Nacken, aber ihm war plötzlich am ganzen Leib eiskalt geworden.

»Sie sind auf unserem Land, auf der Handelsstraße nach Llangollen, überfallen worden, gestern mittag.

Ich habe ihr eine Eskorte mitgegeben, aber die Männer wurden alle getötet, bis auf Erics Bruder. Pfarrer Jerome ist in der Kapelle, um für sie zu beten ...« Sie stotterte und konnte nicht weitersprechen, weil sie nicht wußte, wie. »Guyon, komm erst einmal rein, und ich erzähle dir den Rest.« Sie hielt ihn am Ärmel. »Heulwen ist in Sicherheit. Erics Bruder Godric hat sie gerettet. Sie sind die beiden einzigen, die den Anschlag überlebt haben ...«

Er ließ sich führen. Die meisten ihrer Worte spülten wie die Brandung über ihn hinweg und ließen nur die Worte *Rhosyn ist tot* unauslöschlich in seinem Bewußtsein zurück.

Judith gab ihm Wein, versetzte ihn ordentlich mit Whisky und schenkte sich selbst einen tüchtigen Becher ein. Guyon setzte sich mechanisch, warf einen Blick auf den Becher, schob ihn zur Seite und hob seine Augen mit dem Ausdruck völliger Verständnislosigkeit auf sie.

»Sag mir das alles noch einmal«, befahl er. »Ich weiß nicht, was du da eben gesagt hast.«

Sie schluckte ihren Wein mit Whisky in einem Zug und wiederholte die Schreckensnachricht. Während des ganzen Berichts änderte sich seine Miene nicht, aber als sie zu Ende war, neigte er den Kopf, vergrub ihn in seine schlanken, sehnigen Hände und murmelte etwas ganz leise in die Handflächen. Judith biß sich auf die Lippe, streckte die Hand aus, um seine Schulter zu berühren, zog sie aber wieder zurück. Ihr fehlten die Worte. Normale, gesellschaftliche Beileidsbezeugungen paßten nicht zu gemeiner Vergewaltigung und Menschenschlächterei. »Es tut mir leid, Guy«, sagte sie elend. »Es tut mir wirklich leid.«

Er gab keine Antwort.

»Wenigstens ist dir Heulwen geblieben.«

Er schien das zu überlegen. Dazu machte er die Augen frei. Sie waren ausdruckslos und dunkel wie die eines Toten. »Ja«, stimmte er tonlos zu durch Lippen, die steif waren wie die einer Totenmaske, »wenigstens ist mir Heulwen geblieben.« Und dann begann er aberwitzig zu lachen, schüttelte den Kopf und begrub ihn in seinen Händen.

Nach langer Zeit stand er auf und ging in die Kapelle.

Dort schaute er auf die Reihe von zugedeckten Holzkisten, zehn an der Zahl, die vor dem Altar standen. Pfarrer Jerome blieb besorgt im Hintergrund. Er fühlte sich nicht in der Lage, den in seiner Trauer erstarrten jungen Earl zu trösten. Schließlich versuchte er es doch: »Eine schreckliche Sache«, sagte er. »Aber jetzt haben sie ihren Frieden.«

Guyon zog eines der Laken zurück und schaute in das Gesicht von Herluin FitzSimon, eines vielversprechenden jungen Mannes aus dem Oxley-Besitz, der mit ihm im Krieg gegen die Waliser gekämpft hatte und sicher eines Tages, in seinen mittleren Jahren, der Captain einer Garnison geworden wäre. Das alles jetzt vergeudet durch die Schneide eines Schwerts.

»Sie haben ihren Frieden, meint Ihr?« fragte Guyon eisig und deckte den toten Soldaten wieder zu.

Pfarrer Jerome verlor den Mut. »Ihr dürft das nicht bezweifeln, mein Sohn«, sagte er und streckte ihm eine tröstende Hand entgegen.

Guyon trat zur Seite. »Es wäre mir lieber, wenn Ihr mich allein lassen würdet.«

Der Priester zögerte, aber eine sanfte Hand berührte seinen Arm. »Es ist besser, Ihr geht, Hochwürden«, sagte Judith. Inzwischen hatte Guyon das nächste Leichentuch angehoben. Er starrte hinunter auf Rhys. Man hatte dem Jungen Silberpennys auf die Lider gelegt, weil sie nicht unten bleiben wollten und sein entsetzter Ausdruck Judiths Blut hatte gefrieren lassen.

»Die gefühlvolle Judith«, sagte er, und es klang wie eine Beleidigung.

Guyon schluckte. »Wo ist Eluned?« fragte er.

»De Lacey hat sie mitgenommen.«

Guyon brauchte sich nicht lange vorzustellen, was de Lacey mit dem Kind tun würde. Er wußte es.

Judith und der Pfarrer, die gemeinsam die Kapelle verlassen wollten, wurden beiseite gestoßen von einem jungen Mann mit wilden, wahnwitzigen Blikken.

»Wo ist sie?« fragte er mit rauher Stimme, und sein Französisch war mit einem starken, walisischen Akzent durchsetzt – so stark, daß Judith ihn erst einen Moment anschaute, ohne zu begreifen. »Wo ist sie, *meine* Rhosyn?«

»*Eure* ...« Judith begann zu verstehen. »Dann seid Ihr Prys ...«

»Ich bin hinübergefahren, um ihren toten Vater zur Beerdigung abzuholen, und jetzt sagt man mir, daß ich zwei beerdigen muß, und den Jungen ...« Die wilden Augen auf Guyon gerichtet, mit offener Anklage: »Hättet Ihr sie nicht in Ruhe lassen können? Wenn Ihr nicht wärt, dann wäre sie noch am Leben, jawohl, und wäre meine Frau!«

Guyon zuckte zusammen, als seine Seele noch diesen unerwarteten, brutalen Schlag verkraften mußte. »Ich habe nicht gewußt, daß sie nach Ravenstow kommt«, verteidigte er sich. »Ich hätte sie davon abgehalten. Weiß Gott, ich hätte sie gewarnt.«

»Aber was, zum Teufel, hat sie überhaupt in Ravenstow zu suchen gehabt?«

»Sie ist hergekommen, um uns zu Eurer Hochzeit einzuladen«, sagte Judith und versuchte, die Funken der Spannung zu löschen, die durch die Luft flogen. »Und um über Heulwens Zukunft zu reden.« Es war nicht die ganze Wahrheit, aber sie fühlte keine Schuld, das zurückzuhalten, was besser nicht gesagt wurde.

»Weder das eine noch das andere war so wichtig!« zischte Prys. Er deutete auf die zwei Reihen Toter, und dabei kam Guyon zu einer Erkenntnis, daß der junge Waliser sich ebensolche Vorwürfe machte wie er selbst, denn auch er war nicht hiergewesen, um das zu verhindern.

Prys trat an ihm und an Judith vorbei. »Welcher Sarg ist es?« fragte er. Judith öffnete den Mund, um zu sagen, er solle Rhosyn nicht ansehen, aber Guyon hielt sie davor zurück und deutete auf das erste Leichentuch. »Walter de Lacey ist dafür verantwortlich«, sagte er leise. »Ich werde Thorneyford abreißen, Stein für Stein, und werde daraus ein großes Grabmal für diese Opfer bauen.«

Der junge Mann zog das Tuch zurück und fiel auf die Knie. »Ah, Rhosyn, *cariad*, nein!« schrie er entsetzt. Pfarrer Jerome kam herbei und legte ihm tröstend einen Arm um die Schulter.

Nach einem Moment, der sich in die Ewigkeit auszudehnen schien, deckte der Pfarrer den Leichnam behutsam wieder zu. Prys zitterte und bekreuzigte sich, eine blinde, automatische Geste. Dann erhob er sich auf die Füße und starrte Guyon an.

»Ich bin Kaufmann«, sagte er, und seine Stimme schwankte von ungeweinten Tränen. »Ich trage ein Schwert zu meinem Schutz, aber ich bin nicht gut in der Handhabung, habe es nie richtig gelernt ...«

Judith atmete scharf ein und dachte einen verrückten Augenblick lang, der Waliser würde Guyon herausfordern. Guyon mußte das gleiche gedacht haben, denn sie fühlte, wie er neben ihr erstarrte, wie sich alle seine Muskeln anspannten.

»Ihr sollt mir beibringen, wie man damit kämpft. Wenn Ihr nach Thorneyford marschiert, komme ich mit Euch. Sie haben mir draußen auch von Eluned erzählt. Rhosyn kann nun nichts Schlimmeres mehr angetan werden, sie hat es hinter sich ... Aber Gott allein weiß, was das Kind alles zu erdulden hat ...« Er würgte, wandte sich ab, lief hinaus und übergab sich.

Guyon preßte die Lippen zusammen und mußte sich sehr beherrschen, um sich nicht ebenfalls zu übergeben. »Ihr seid in unserem Trupp willkommen«, sagte er, als er wieder sprechen konnte. »Ich borge Euch eine Rüstung aus meiner Waffenkammer. Und ich zeige Euch, wie man mit dem Schwert umgeht.«

Die Kapelle war kalt und fast ganz dunkel. Die Kerzen auf dem Altar und um die Särge bildeten Lichtpunkte in der Dunkelheit der frühen Dämmerung. Guyon starrte auf die Flammen, bis sein Blick unscharf wurde, und wiederholte die lateinischen Worte, die er seit der Kinderzeit auswendig konnte. Immer und immer wieder hatte er sich glauben gemacht, daß es nur ein Traum war, nichts als ein Alptraum, aus dem er schwitzend und erleichtert aufwachen würde. *Ave Maria, gratia plena* ... Aber er brauchte nur dieses Stück Leinen anzuheben, und wußte, es war kein Traum.

Die Kerzen flackerten im Zugwind. Eine sanfte Hand berührte seine Schulter, und er fuhr hoch und herum, erschreckt von seiner Frau, einen unterdrückten Fluch auf den Lippen.

»Guyon, komm jetzt mit«, bat sie ihn leise. »Es ist Abend, und wenn du die Männer führen willst, mußt du ausgeruht sein. Prys ist schon vor einer Stunde schlafen gegangen.« Sie reichte ihm seinen Umhang, und er sah, daß sie ebenfalls einen Umhang trug, aber nicht den goldenen vom Tag zuvor.

»Ich habe dir eine Wanne vorbereiten lassen. Du mußt vor Kälte steif sein.«

Er schwieg und starrte sie an. Die Worte ›gefühlvolle Judith‹ kamen ihm wieder in den Sinn, und plötzlich wurde ihm bewußt, wie erschöpft er war, und wie die Kälte über die Knie in seinen Körper eingedrungen war.

Wie ein Schlafwandler folgte er ihr nach oben ins Schlafgemach, ließ sich von ihr wie ein folgsamer Hund über die Treppen führen. Sie schickte die Zofen mit einer Handbewegung fort, und als der Vorhang hinter der letzten gefallen war, kniete sie sich vor ihn, um ihm den Schwertgürtel zu lösen.

Er war noch immer wie ein Schlafwandler, der plötzlich erwachte. »Jesus, Judith«, sagte er in gebrochenem Flüstern und zog sie an sich. Sie wurde so hart gegen sein Kettenhemd gedrückt, daß sie kaum atmen konnte, hätte aber für nichts auf der Welt auf die Umarmung verzichtet, weil sie den Kontakt ebenso nötig hatte wie Guyon.

»Ich habe sie am Tag, bevor es geschehen ist, erst kennengelernt«, sagte sie gegen seine Brust, und das Metall war kalt an ihren Lippen. »Sicher war ich eifersüchtig, aber sie – sie war so ehrlich, und sie hat das einfach nicht verdient!«

»Judith, Liebste, hör auf!« flehte Guyon mit rauher

Stimme, küßte ihr nasses Gesicht, und seine Augen waren voller Tränen wie die ihren.

»Aber ich kann nicht!« schluchzte sie. »Seit dieser Nacht in Southwark haben wir keinen Augenblick mehr für uns gehabt, der nicht erfüllt gewesen wäre von Angst und Erschöpfung, von Krieg und Tod!« Sie hatte die Hände zu Fäusten geballt.

Schließlich machte sie sich frei, trat einen Schritt zurück und schaute ihn an. »Ich wollte ruhig sein und stark, wenn du nach Hause kämst«, warf sie sich wütend vor. »Und statt dessen heule und kreische ich wie eine Harpyie. Die Wanne wird kalt, und du hast immer noch einen Teil deiner Rüstung an.«

»Vergiß die Wanne, *fy cath fach*«, sagte er durch klappernde Zähne, und sein ganzer Körper zitterte vor Kälte, der verspäteten Reaktion auf den Schock und seiner Müdigkeit. »Ich habe nun so lange ohne den menschlichen Komfort gelebt, also kommt es auf einen Tag und eine Nacht auch nicht mehr an. Hilf mir nur beim Ablegen der Rüstung, und dann komm zu Bett.«

Judith betrachtete ihn, fragte sich, ob sie ihn überreden sollte, einen Bissen zu essen, und entschied sich dagegen, nicht zuletzt, weil sie seinem Widerstand keine Energie mehr entgegenzusetzen hatte. Die Schlacht konnte wieder aufgenommen werden, nachdem sie beide ein wenig geschlafen hatten.

»Judith«, bettelte er und streckte die Hand nach ihr aus. Sie betrachtete die vom Schüttelfrost erfaßten, schmalen Finger, und mit einem leisen Schrei erwiderte sie die Umarmung, blieb einen Moment lang in seinen Armen stehen und machte sich dann daran, ihm die Rüstung abzunehmen.

Siebenundzwanzigstes Kapitel

Das Morgengrauen am Horizont war tatsächlich ein gestreiftes Grau; wenig später kam ein cremefarbener Ton und dann das Grau von Austernschalen dazu; schließlich liefen die Farben ineinander wie bei italienischem Marmor. Rauch von den Kochfeuern stach in die Nasen und mischte sich in der Luft. Fetter Schinkenspeck bruzzelte in den Pfannen. Ein Wagen mit frischen Laiben Brot wurde in das Lager gekarrt; es stammte vom Bäcker aus dem Dorf. Die Männer hörten die Messe, und ihre Bäuche knurrten.

Guyon öffnete die Augen und sah, wie das Katapult wieder einen Felsblock gegen Thorneyfords äußere Mauer schmetterte. Man hörte das Krachen von Stein, der gegen Stein splitterte, und einen hohen Schrei von der anderen Seite.

»Es ist sehr schade, so schöne, neue Verteidigungsanlagen niederreißen zu müssen«, murmelte Eric an seiner Seite.

»Hast du einen besseren Vorschlag?« knurrte Guyon. »Wenn nicht, dann frag diese verdammten Bergleute, die gerade beim Frühstück sitzen, warum sie mit ihrem Graben so lange brauchen, und schaff mir einen Schluck Wein, ehe meine Kehle austrocknet.«

Lord Guyon war in letzter Zeit sehr schwierig gewesen. Nachdem es ihm bisher nicht gelungen war, de Lacey in die Hand zu bekommen, ließ er seine schlechte Laune an seiner Umgebung aus. Natürlich waren alle von seinen Leuten empört über das, was Rhosyn und der Eskorte geschehen war. Kriegsopfer waren eine Sache, aber die bestialische Zerstückelung von Frauen und Kindern eine andere, vor allem, wenn die Opfer Menschen waren, mit denen man Gesellschaft gepflogen und angenommen hatte, man würde sie noch oft treffen.

Nachdem er den Vormann der Bergleute gefunden hatte, der gerade die Arbeit unterbrochen hatte, um selbst zu frühstücken, gab Eric ihm Guyons Frage weiter.

Der kleine Mann wischte sich mit seiner dreckigen Hand über den Mund und schnitt eine Grimasse. »Wir arbeiten die ganze Nacht, so schnell wir können. Was erwartet er – ein Wunder?«

Sie gruben einen Tunnel bis zu einer Stelle unter der Burghofmauer und stützten die Grube mit hölzernen Bohlen. Wenn der Tunnel fertig war, würde man ihn mit trockenem Holz und pechgetränkten Lappen füllen, dazu mit Blasen voller Schweinefett, und würde ihn in Brand setzen. Wenn die Stützen abbrannten, gab der Boden nach, und die Mauern würden einstürzen; in diesem Fall ein beträchtlicher Teil der inneren Burgmauer. Dai ap Owain und die Männer, die buchstäblich unter ihm arbeiteten, verdienten sich bei dieser schmutzigen und schwierigen Arbeit einen Shilling pro Tag, die gleiche Summe, die ein voll ausgestatteter Ritter erwarten konnte.

»Und was sage ich ihm, Dai?«

»Sag ihm, wir sind fertig bei Tagesanbruch und brauchen dann noch mehr Öl und Holz, weil der Tunnel länger ist, als wir dachten.«

Eric schaute ihn zweifelnd an. »Nicht früher?« fragte er und stellte sich Guyons Verärgerung vor.

»Wenn Mylord sich so etwas in den Kopf setzt, dann soll er doch runterkommen und selber graben.«

Erich zog sich zurück. »Also bei Tagesanbruch«, sagte er zu Guyon, »und sie brauchen noch Reisig und Öl. Ich kümmere mich darum.« Er verschwand, ehe ihn Guyon mit einer giftigen Bemerkung verärgern konnte.

Bis zum Vormittag war aus dem ersten grauen Morgenlicht eine kräftige blaue Hitze geworden, und die Pfeile, die zwischen Belagerern und Belagerten hin und her flogen, waren wie harte, schwarze Schäfte, die aus einem wolkenlosen Himmel regneten. Guyon warf einen Blick auf seine Pfeilschützen. Die Hälfte hatte ihre Bogen beiseite gelegt und ihre Kurzschwerter und die Rundschilde für den direkten Angriff bereitgemacht. Das war die Stille vor dem Sturm, ein Moment allerhöchster Spannung, wie das Seil eines Katapults. Guyons Finger zupften an den Zügeln von Arian. Er ließ sie bewußt locker, und als der Hengst tänzelte, beruhigte er ihn mit weichen Worten und einer Hand am glatten, seidigen Hals.

Es hatte einen Monat gedauert, um so weit zu kommen, und es war nicht ohne Schwierigkeiten abgelaufen. Walter de Lacey war vielleicht ein Narr, was die Politik betraf, ein Kinderschänder und ein pervertierter Mörder, aber er war auch ein erfahrener Soldat und Kriegstaktiker. Ihre Belagerungsgeräte waren im Zuge eines mutigen nächtlichen Überfalls sabotiert worden, ein Versuch, die Burg mit Leitern einzunehmen, hatte kläglich geendet. Und für jeden Versuch hatten sie mit Blut bezahlt.

Guyon rieb sich die schwitzenden Hände an seiner Hose. Nichts hatte er sich so sehr im Leben gewünscht, als Thorneyford einzunehmen, hier und jetzt, und seine Besetzer einzeln in Stücke zu zerreißen. Dabei brauchte und wollte er auch gar nicht an Eluned denken. Das würde sein Gleichgewicht gefährlich stören, während es bisher einigermaßen gehalten hatte.

Drüben an den Wasserfässern kühlten sich zwei Bergleute die schweißüberströmten Körper ab. Guyon hatte nie einen Mann dieses Handwerks erlebt, der wesentlich größer als einsfünfzig gewesen wäre. Ja, sogar Dai, ihr Vormann, stellte sich gern auf eine Kiste oder einen Stein, damit er mit Guyon in Augenhöhe sprechen konnte. Wild, mutig und unabhängig, sah Dai keinen Grund, auf sich herabschauen zu lassen, nur weil es ihm an einem Fuß in der Länge fehlte, und die Männer, die ihn kannten, hatten es sich seit langem abgewöhnt, ihn deshalb von oben herab zu behandeln.

Er war jetzt an der Grube und überwachte das Feuer, das seit etwa einer halben Stunde brannte. Guyon richtete seinen hungrigen Blick auf die Abwehrmechanismen von Thorneyford, und an seiner Wange zuckte ein Muskel. Die Steinmauer war an die Stelle einer Holzpalisade gekommen, als vor etwa zehn Jahren die Überfälle der Waliser besonders wild geworden waren. Man hatte praktisch das Original-Befestigungswerk in Stein nachgebaut. Thorneyford hatte nicht die beeindruckende Größe von Ravenstow – nur wenige Burgen konnten das von sich behaupten –, aber es war sicherlich stark genug, um die Waliser abzuschrecken und auch ein paar Wochen lang einer entschlossenen, fachmännischen Belagerung Widerstand zu leisten.

»Jetzt ist es gleich so weit«, lispelte Dai ap Owain, der unbemerkt neben Guyon getreten war.

Guyon stieß einen leisen, triumphierenden Fluch aus und signalisierte seinen Captains, die Plätze einzunehmen und ihre Männer bereit zu halten.

Er schaute über die Schulter. Godric bewachte seinen Rücken, sein Fuchs tänzelte so nervös wie sein Reiter, der bereit war, loszuschlagen. Neben Godric saß Prys ap Adda, mit gezücktem Schwert, und wenn er behauptete, ungeschickt mit dieser Waffe umzugehen, so konnte ihm Guyon das keineswegs bestätigen. Wenn er von Jugend auf trainiert worden wäre, dann hätte er, Guyon, ihm sicher nicht im Schwertkampf das Wasser reichen können.

Ein dumpfes Grollen wie ein entferntes Gewitter wurde nach und nach lauter, und der Boden begann sich zu bewegen. Die äußere Mauer des Burghofs brach zusammen und ließ lose Steine und Mörtel über den Hof fliegen. Rauch und dicker, braungoldener Staub stiegen nach oben und umwölkten die Sicht. Jemand, von einem fallenden Stein getroffen, stieß einen dünnen Schrei aus.

»Das geht ganz prächtig für Euch!« keuchte Dai vor Begeisterung.

Guyon hörte ihm nicht zu. »Vorwärts!« brüllte er und preschte mit Arian auf die Lücke in der Mauer zu.

Er, Godric und Prys drangen gemeinsam durch das weit offene Loch in den Burghof ein.

»Ravenstow á moi!« brüllte Guyon, und die Männer seiner Gruppe trennten sich von den anderen und kamen so nahe wie möglich zu ihm her. »Den Rammbock!« brüllte Guyon, und der Befehl wurde rasch weitergegeben. Der riesige Eichenstamm mit der verstärkten Eisenspitze wurde von fünfzehn Mann getra-

gen. Guyon sprang vom Pferd und nahm seinen Platz ein.

»Vor!« kommandierte er, und die Ramme krachte gegen das Tor, wurde aber zurückgeschleudert. »Zurück! ... Heben ... Vor!« Und der Rhythmus wurde schneller und echote im ganzen Hof. Sehr zur Freude seiner Männer stimmte Guyon in englischer Sprache ein wildes Soldatenlied an, in dem es um die Entjungferung eines schwierigen Mädchens ging.

Ein Schwert traf auf ein Schild, als Prys einen Verteidiger niedermachte. Ein Pfeil krachte in den Rammbock, dicht neben Guyons Schulter. Einen Moment später zischte ein zweiter an seinem Ohr vorbei.

»Schnappt den Pfeilschützen!« unterbrach er wütend seinen Gesang. »Bevor er mich erwischt. Keine Pause, nicht aufhören! Zurück ... Heben ... Und wieder vor!«

Der polierte Kopf des riesigen Eichenbalkens donnerte gegen die soliden Planken des Tors. Guyon begann zu schwitzen von der Anstrengung. Hinter und um ihn hatten viele von den schwächeren Gegnern bereits aufgegeben, und Erics Männer konnten um so wirkungsvoller gegen die weniger werdenden vorgehen, die noch zum Kämpfen bereit waren.

»Lord Guyon!« keucht der Soldat neben ihm. Sonnenlicht funkelte auf seinem Helm, als er mit dem Kopf in Richtung des Tors nickte. Guyon schaute erst ihn an, dann ihr Ziel, stand auf und hob die Hand. Die Männer legten den Rammbock nieder und starrten mit ihrem Lord auf die oberflächlich gesplitterten, ansonsten aber intakten Torflügel. Guyon hob sein Schild, wischte sich mit der Hand über die Unterlippe und kommandierte dann die besten Bogenschützen voraus auf das Tor zu, während die beiden großen, dicken Flügel sich nach innen öffneten.

Ein mürrisch dreinschauender Angelsachse im einfachen Lederwams stand im Tor; das grau-strähnige Haar fiel ihm auf die Schulter, und blaue Tätowierungen schmückten seinen Hals und seine Handgelenke. Er war waffenlos, hatte nicht einmal ein Eßmesser bei sich, und hinter ihm, wie der Inhalt eines fast geleerten Weinschlauchs, duckten sich die Männer, die die restlichen Bewohner der Burg zu sein schienen.

»Mylord, wir ergeben uns und diese Burg Eurer Gnade«, sagte er formell, und die Augen verrieten die Angst, die seine entschlossene Stimme zu verbergen versuchte.

Guyon sagte nichts zu dem Mann im Tor, deutete aber den Männern rings um sich selbst an, sie sollten sich hineinbegeben und strategisch wichtige Stellungen einnehmen.

»Es ist kein Trick, Mylord«, sagte der Mann am Tor mit Würde. »Ich öffne Euch lieber jetzt und erspare uns und Euch das Leben guter Männer, statt bis zum letzten Tropfen Blut für einen wie Lord Walter zu kämpfen. Wenn das Verrat sein soll, kann ich nichts daran ändern.« Er hob stolz den Kopf. In der Menge hinter ihm war beistimmendes Murmeln zu hören.

»Und wo befindet sich Lord Walter?« fragte Guyon mit harter Stimme.

»Er ist in den frühen Morgenstunden über die westliche Mauer entkommen, und seine Wache ist bei ihm. Ich bin Wulfwin, der Stellvertreter der Burgwache und ehemalige Leibwächter für Lord Ralph. Es befindet sich niemand von höherer Autorität hier. Ihr habt den Mann, den Lord Walter als seinen Stellvertreter hiergelassen hat, beim ersten Angriff getötet.« Der Anglosachse zuckte mit den Schultern. »Lord Walter wußte, daß er diese Burg nicht halten konnte, nicht ohne Unterstützung von außen. Er hat alles getan, um sie zu erhalten, aber nachdem die Streitkräfte des Königs bis Wenlock Edge vorgestoßen sind, bezweifle auch ich, daß er Unterstützung erhalten wird, es sei denn aus Wales.«

Guyons Schwerthand zuckte. »Eric«, sagte er über die Schulter, seine Stimme weich und ein bißchen rauh, »finde heraus, wer in der letzten Nacht auf der Westseite Wache hatte, und bring ihn zu mir.«

Eric bestätigte den Befehl, und ein kalter Strom lief durch seinen Arm und das Rückgrat hinunter, als ob es frei daläge.

Guyon wandte seine Aufmerksamkeit wieder dem Mann von der Burgwache zu. »Was ist mit dem Kind?«

Der Mann schüttelte den Kopf. »Der Sohn des Earls ist hier, Mylord, aber es geht ihm nicht gut, gar nicht gut. Er und seine Mutter leiden beide an der roten Ruhr und werden vermutlich auch daran sterben.«

Guyon starrte ihn verständnislos an. In seinen Gedanken gab es nur ein Kind, seine Eluned, aber für den Angelsachsen ging es natürlich um de Laceys Erben. »Ich meine nicht den Jungen«, sagte er, »sondern das walisische Mädchen.«

Der Mann lutschte an seinen Zähnen. »Mylord, das Mädchen ist tot«, sagte er mit besorgtem Stirnrunzeln. »Der Earl hat sie in der ersten Nacht hergebracht. Nachdem er sein Vergnügen mit dem Mädchen hatte, ist es der Kleinen gelungen, ihm zu entkommen, und sie ist vom Wehrgang gesprungen.« Er schaute auf die Gesichter der anderen, die sein Körper verbarg. »Nick war dort; er hat versucht, sie festzuhalten, aber er kam zu spät.«

Der junge Mann, der Nick hieß, nickte ein paarmal, teils wegen der Erinnerung, teils wegen des Ausdrucks auf Guyons Gesicht.

»Wir haben sie im Garten nahe der Kirche begraben«, fuhr der grauhaarige Anglosachse fort. »Lord Walter meinte, wir sollten sie in den Burggraben werfen, aber das haben wir nicht fertiggebracht. Lady Mabel hat uns ein Laken gegeben, daß wir die Tote einwickeln konnten ... Wir haben getan, was wir konnten, Lord.«

Guyon biß sich in die Innenseite seiner Wange und zwang sich, vernünftig zu denken. »Dafür habt meinen Dank«, bestätigte er dem Alten. »Ich werde es Euch nicht vergessen.«

Schließlich teilte sich die Menge, um Guyon durchzulassen, und er ging quer über den Hof und über die Treppe hinein ins Hauptgebäude, nicht mehr im Eilschritt des Kriegers, sondern mit schweren Schritten, als seien die Sporen, die an seinen Fersen klirrten, aus Blei. Es war alles unnütz. De Lacey schuldete ihm immer noch Leben und Freiheit. Die Burg mußte geräumt und inspiziert und gegen mögliche Gegenangriffe gesichert werden; außerdem war ein Bericht an König Henry fällig, zu dem er stoßen mußte, sobald hier alles erledigt war. Nun war es eben nicht erledigt und würde es vielleicht niemals sein.

In den Binsen auf dem Boden, nur ein paar Meter von der Stelle entfernt, wo er stand, spielte eines der Kinder der Dienerschaft mit einer Strohpuppe, und seine Aufmerksamkeit war ausschließlich darauf gerichtet, das grob geschneiderte Kleid mit einem Halsband zu dekorieren – einem Halsband mit kleinen, zierlichen Gänseblümchen aus Elfenbein.

Guyon legte sein Gesicht auf die Hände und weinte.

Achtundzwanzigstes Kapitel

Als Judith in Thorneyford eintraf, aufgrund einer dringenden Botschaft ihres Mannes, war es Sonnenuntergang des zweiten Tages und noch eine Menge zu tun, um die schlimmsten Schäden der Bergleute und ihres Tunnels zu beheben.

Im äußeren Burghof, der Szene der größten Zerstörungen, brannten die Kochfeuer wie üblich, versorgt von Dienerinnen der Burg oder den Frauen von Soldaten, und der Geruch nach Brot und Gemüsesuppe wehte verführerisch im Abendwind. Judith lenkte Euraidd zwischen den Feuern hindurch. Eine Fledermaus zog ihre Kreise, dicht über den Köpfen, um die Insekten zu fangen, die durch die Feuer angelockt wurden. Zerbrochene Pfeile und Lanzen waren auf dem Boden verstreut, zusammen mit Mauerteilen der vorderen Befestigung.

Ein Pferdeknecht hielt ihre Stute, und Guyon selbst kam aus den Schatten, um sie aus dem Sattel zu heben. Seine Lider waren schwer und staubumrandet. Schweiß und der Staub der Schlacht hatte sich in den Falten seiner Haut festgesetzt, aber jetzt erkannte sie den Hauch eines Lächelns, bevor er sich herunterbeugte und ihr einen stoppeligen Kuß gab.

»Du bist schnell vorangekommen, *cath fach*«, bewunderte er sie. »Ich hatte nicht vor morgen mittag mit dir gerechnet.«

»Was sein muß, muß sein«, antwortete sie leichthin, und ihre Blicke waren voller Sorgen.

Das Lächeln verschwand. »Ja«, stimmte er ihr tonlos zu. »Was sein muß …«

Judith schaute ihn nachdenklich an. Sein Brief hatte sie über den Sieg in Kenntnis gesetzt und sie gebeten, schnell herzukommen. Sonst hatte nicht viel daringestanden, und seine Schrift war groß und manchmal fast unleserlich gewesen, so daß sie den Boten von seinem Mahl zurückholte und sich von ihm versichern ließ, daß Guyon nicht verletzt war. Nach dem ersten Schrecken hatte sie dann den Mann über Informationen ausgehorcht, die nicht in dem Brief standen.

»Das mit Eluned tut mir so leid, Guy«, sagte sie leise und drückte seinen Arm.

Guyon machte eine schuldbewußte Geste. Er hatte vor der Vorstellung gestanden, daß er einfach nicht mehr weitermachen konnte, und ein verzweifeltes Bedürfnis nach Judiths resoluter, mutiger Gegenwart gehabt, und trotz seiner Kürze und seines Gekrakels war der Brief direkt vom Herzen gekommen. Hätte er nachgedacht während des Schreibens, dann hätte er sie bestimmt lieber auf Ravenstow gelassen, als sie hierher zu holen in die Trümmer eines Schlachtfelds – aber gestern hatte er wenig Zeit zum Nachdenken gehabt.

»Ich schätze, es war das beste«, sagte er, als sie den inneren Hof betraten. »Wenn man eine Blüte auf diese Weise zertritt, ist sie nicht mehr zu retten. Hätte ich nur …«

»Guyon, nein!« Sie stellte sich auf die Zehenspitzen und preßte die Handfläche gegen seine Lippen. »Du mußt dir keine Schuld vorwerfen, da, wo du keine hast. Rhosyn hätte die Handelsstraße viel ungenierter benützt, wenn du ihr nicht diese Warnung hättest zukommen lassen. Du hast versucht, sie und ihre Kinder zu schützen, und ich habe das auch getan, mit der Eskorte.«

»Aber es war nicht genug.«

Die Stoppeln kitzelten auf ihrer Hand, als sich seine Lippen bewegten. Judith schaute ihn mit zusammengekniffenen Augen an. »Wann hast du zuletzt gegessen und geschlafen?«

Guyon mußte fast schielen, um ihrem Blick zu begegnen, und er nahm ihre Hand in die seinen. »Wenn man dich hört, könnte man denken, es ist meine Mutter«, sagte er mit der Andeutung eines Lächelns.

»Die ganz offensichtlich eine vernünftige Frau war«, erwiderte sie geschickt. Dazu zog sie die Brauen zusammen. »Warum hast du mich kommen lassen, wenn du nicht willst, daß ich mich um dich kümmere?«

»Weil ...« Er atmete scharf ein, als wollte er seine Gedanken ändern, dann hielt er inne und schaute sie an, fuhr sich zugleich mit der einen Hand geistesabwesend durch das Haar, das dringend geschnitten werden mußte. »Ach, vergiß es, Judith ... Weil du das aufreizendste, sturste und tüchtigste Frauenzimmer bist, das ich jemals das Pech hatte kennenzulernen!«

Sie brach in Gelächter aus. »Ist das als Kompliment oder als Beleidigung gedacht?«

»Um ehrlich zu sein, ich weiß es nicht!« Auch seine Lippen deuteten jetzt ein Lächeln an. »Ich weiß nur eines, *cath fach*: daß ich dich brauche, wie ich nie zuvor im Leben etwas gebraucht habe.«

Judith hielt die Luft an und kam ins Taumeln. Er

roch scharf nach Pferd und Schweiß und Rauch. Seine Rüstung hätte von allein stehen können, so stark waren die gemischten Gerüche. »Ich hätte dich auch fragen können, wann du dich zuletzt gewaschen hast«, ergänzte sie mit spöttischem Ernst.

Er gab ihr einen Klaps aufs Hinterteil. Sie stieß einen Schrei aus, schaute sich um und sah Eric, der sie durch eine ähnliche Maske aus Schmutz angrinste. Sie wandte sich wieder ihrem Mann zu und massierte sich die Hinterbacken. »Und warum brauchst du mich im Besonderen?« fragte sie spitzbübisch. »Abgesehen vom Naheliegenden.«

Daraufhin grinste er, schüttelte den Kopf über ihre ungenierte Art und wurde rasch wieder nüchtern, als sie weitergingen. »Abgesehen vom Naheliegenden, *cath fach*, brauche ich dich, um Ordnung in dieses Chaos hier zu bringen, so daß wir mehr als kalte Gemüsesuppe und Trockenfleisch auf den Tisch bekommen. Die Dienerinnen wissen nicht mehr, was oben und was unten ist, und Lady Mabel ist nicht imstande, sie zu organisieren. Ich habe nicht die Zeit dazu.«

»Lady Mabel ist hier?«

»Mit ihrem Sohn.« Ein Stirnrunzeln zog seine Brauen über der Nase zusammen. »Sie leiden beide unter der verdammten roten Ruhr. Sieh nach ihnen, wenn du willst, aber ich schätze, es liegt jetzt in Gottes Hand.«

Es war etwas in seinem Ton, eine Schärfe, die Judith veranlaßte, ihn mit Neugier anzuschauen. Er blieb am Fuß der Treppe zum Wohngebäude stehen und stützte sich auf den Knauf seines Schwerts, als wollte er es in der Scheide halten.

»Was wird aus ihnen, wenn sie überleben, Guy?«

Er folgte ihrem Blick auf seine geballte Faust und nahm sie langsam vom Schwertknauf, ehe er ihr antwortete, und sein beiläufiges Achselzucken strafte das Flattern seiner Nasenlöcher und das Pulsieren seiner Halsschlagader Lügen. »Die Ländereien werden eingezogen, weil de Lacey gegen seinen König rebelliert hat; sie gehörten ihm ohnehin nur durch das Eherecht. Ich nehme an, der Junge wird sie eines Tages erben, wenn er alt genug dazu ist, und in der Zwischenzeit wird Henry einen Verwalter benennen. Der beste Platz für Lady Mabel ist meines Erachtens das Kloster.«

»Und de Lacey?« fragte sie leise.

»Für den bleibt immer noch die Hölle!« zischte er. »Die Abrechnung ist aufgeschoben, aber nicht aufgehoben.«

Judith fand Lady Mabel und das Kind in einer Kammer, die von der Halle aus zu betreten war. Der Boden war mit frischen Binsen bedeckt, das Bett mit sauberem Leinen frisch überzogen, aber die Luft war erfüllt vom typischen Gestank einer Darmkrankheit. Judith ging zu den Läden und stieß sie auf, woraufhin kühle, kobaltblaue Luft in den Raum eindrang. Helgund schwor, daß die Nachtluft schlecht war für die Lungen, aber Judith hatte oft genug unter freiem Himmel geschlafen, um solchem Aberglauben irgendwelche Bedeutung einzuräumen. Außerdem roch die Nachtluft angenehmer als die menschlichen Ausdünstungen in diesem Raum.

Geräusche drangen aus dem Burghof herauf; das gemütliche Rabauken zweier Sergeants, das fremde, walisische Singen am Feuer der Bergleute, das Wiehern eines nervösen Schlachtrosses.

Die Frau im Bett warf sich unruhig hin und her und stöhnte. Judith ging zu ihr hin und legte eine Hand auf ihre heiße Stirn. Mabel von Thorneyford hob die tiefliegenden Lider und versuchte, Judith in den Blick zu bekommen, stöhnte wieder, und die Lider fielen ihr vor Schmerzen zu. Ihr Kopf rollte auf dem Kissen hin und her, und ein Schauer schüttelte ihren erschöpften Körper. Auf den abgezehrten Wangen waren rote Fiebermale zu sehen, und sie atmete schwer. Nur noch eine Frage der Zeit, dachte Judith – und einer sehr kurz bemessenen.

Das Kind in der Krippe war wach und munter. Als sie vor den Jungen hintrat, schaute er ihr in die Augen und folgte von da an jeder ihrer Bewegungen. Es waren die Augen seines Vaters, dunkelbraun in der Farbe, ein Ton, der von dem dichten Haar wiederholt wurde. Er hatte die Knie bis an die Brust hochgezogen und jammerte heftig. Judith bückte sich und hob ihn heraus. Seine Haut war heiß, aber nicht so heiß wie die seiner Mutter, und soweit Judith das beurteilen konnte, war seine Situation keineswegs aussichtslos.

»Armes, kleines Wurm«, murmelte Helgund, als sie Judiths Körbchen mit Medikamenten abstellte. »Was mag der für ein Leben haben, nach diesem Beginn?« Sie schaute dem Kind ins Gesicht und bekreuzigte sich, als sie die deutliche Ähnlichkeit mit seinem Vater erkannte.

»Jedenfalls ein besseres als im anderen Falle«, antwortete Judith, während sie ihn wieder in die Krippe legte und dann ein beruhigendes Elixier zur Linderung von Mabels Schmerzen mischte. »Eine Mutter, die nicht sprechen kann und die ihn niemals gewollt hat, und ein Vater, der gelogen und betrogen, gemordet und geschlachtet hat, mit einer speziellen, perversen Vorliebe für ganz junge Mädchen. Was ist das für ein Vorbild für ein heranwachsendes Kind? Jedenfalls hat er jetzt eine Chance, Begriffe wie Ehre und Anstand kennenzulernen.«

»Vielleicht habt Ihr recht, M'lady«, sagte Helgund, dennoch blieb ihre Stirn gefurcht. »Aber ich glaube, daß Wölfe immer wieder Wölfe zeugen.«

»Er ist nur zur Hälfte Wolf«, sagte Judith leise »Auf der Seite seiner Mutter gibt es gutes Blut. Komm, hilf mir, sie hochheben, und dann hol den Pfarrer.«

»Es gibt also keine Hoffnung mehr?«

Judith schüttelte den Kopf. »Es sind einige hier in der Burg von der Krankheit befallen. Ich nehme an, das Wasser ist schuld daran, aber nur die Schwächsten stehen es nicht durch. Guyon hat die hiesigen Diener an die Arbeit geschickt, daß sie den Brunnenschacht reinigen.«

»Ich frage mich, warum Ihr die Läden aufgelassen habt, M'lady.«

»Und warum, meinst du?«

»Damit ihre Seele frei fliegen kann.«

Judith sagte nichts dazu. Sollte Helgund glauben, daß sie dem alten Brauch nachhing; es ersparte ihr, sich eine Lektion über die Schädlichkeit der frischen Nachtluft anhören zu müssen. Mabel hustete und verschluckte sich an der bitteren Medizin; der größte Teil davon lief ihr über das Kinn.

Das Kind wurde erfolgreicher als seine Mutter in den Schlaf gebracht; danach wechselte man das Bettzeug. Im Gegensatz zu Heulwen war der Junge nur schwer zum Lachen zu bringen, und strahlte nicht ein Jota von ihrem Charme aus. Sein Blick war stets ernst, fast alt ... Aber Heulwen, dachte sie, und die Kehle schnürte sich ihr zu, hat ihr Leben lang nur Liebe und Zuneigung gekannt, während es bei diesem Kind sicher nicht der Fall gewesen war. Mabel hatte ihn nicht gemocht, sagten die Zofen, und ihn der Amme überlassen, die ein halbblödes Mädchen aus dem Dorf war, mehr interessiert am Essen auf der Burg und an den Aufmerksamkeiten von einem der Pferdeknechte als an dem Kind, das sie betreuen sollte.

Judith blinzelte die Tränen fort und setzte sich neben die Krippe, glättete dem Kind das dichte Haar und streichelte es, bis seine Lider wieder zugefallen waren und seine Atmung leicht und lang wurde. Dann stand sie auf, überließ den Kleinen Helgund und ging in ihr Schlafgemach, um ihrem Ehemann eine ähnliche Pflege zukommen zu lassen.

Guyon stieg in die Wanne und zischte leise durch die Zähne, als das heiße Wasser die kleinen Schnitte und Kratzer fand, die er selbst völlig vergessen oder übersehen hatte. Langsam ließ er sich in das mit Kräutertinkturen getränkte Wasser sinken, bis es an seine Schultern reichte. Er lehnte sich zurück und schloß die Augen.

Umwölkte Visionen tanzten vor seinen dunklen Lidern. Der Tod von Eluned, wie er ihn sich vorstellte, und die Wirklichkeit des kleinen Erdhügels im Garten hinter dem Friedhof. Rhosyns verwüsteter Körper. Heulwen, die voller Entsetzen nach ihrer Mutter rief. Heulwen, die ihn anlächelte, durch die dichten Wimpern, genau wie Rhosyn es getan hatte. Er schluckte und fluchte, öffnete die Augen und bewegte sich ruckartig im Wasser nach vorn. Judith stieß unwillkürlich einen Schrei aus und hätte beinahe ihr Körbchen mit den Heilmitteln fallengelassen.

»Was ist los?« Sie schaute sich um, als rechne sie damit, daß sie im nächsten Moment vom Feind überfallen werden würde.

Guyon schüttelte den Kopf. »Nichts«, sagte er und langte nach der Seifenschale.

Judith schaute ihn skeptisch an und stellte dann das Körbchen ab. »Seltsames Verhalten für nichts«, bemerkte sie. »Du hast einen scheußlichen Kratzer an der Schulter. Laß mich ihn behandeln, bevor du dich anziehst.«

Seine Lippen verzogen sich leicht. »Jawohl, Madam.«

Sie bückte sich, suchte in seinem Gepäck nach etwas, das er anziehen konnte, und klickte mit der Zunge in Verwunderung darüber, wie ein Mann innerhalb eines Monats ohne weibliche Hilfe seine Garderobe verdrecken und ramponieren konnte.

»Was ist mit Lady Mabel und dem Jungen?« fragte er viel zu beiläufig, als daß es ihm Judith abgenommen hätte.

Judith schaute sich um, ein paar Gemaschen in der Hand. »Lady Mabel wird sterben«, sagte sie, »vermutlich noch vor dem kommenden Morgen. Das Kind hat eine Chance zum Überleben.«

Danach herrschte langes Schweigen. Judith kam herüber, und er blickte kurz auf zu ihr, dann wandte er sich düster ab und schaute ins Leere. »Weißt du, Judith«, gestand er leise, »als sie mir sagten, daß Eluned tot war und daß sich der Junge und seine Mutter noch hier befanden in der Burg, in meiner Macht, da habe ich einen Moment lang gedacht, ich bringe sie beide um.« Er schluckte hart. »Der kleine Junge ... Er sieht seinem Vater so ähnlich ... Ich hatte mein Schwert aus der Scheide gezogen und stand über ihm ... Und dann habe ich mich gefragt, worin der Unterschied besteht zwischen mir und Walter de Lacey.«

Judith kniete neben der Wanne, ob unabsichtlich oder weil ihre Beine weich geworden waren, konnte sie selbst nicht sagen. Sie berührte seinen angespannten Schwertarm. »Der Unterschied besteht darin, daß du kein Vergnügen daran gehabt hättest, Guy. Das ist es, was dich von de Lacey unterscheidet.«

»Glaubst du?«

»Du hast es ja auch nicht getan, selbst wenn du es wirklich gewünscht hättest«, erwiderte sie ruhig, während sich ihr Inneres vor Angst umdrehte.

Sie schüttelte ihn an der Schulter. Es war die Seite mit der Verletzung, und er zuckte zusammen. »Guy, schau mich an.«

Er wandte ihr den Kopf zu.

»Man hätte es dir nicht zum Vorwurf machen können«, sagte sie langsam und deutlich.

»Nein«, stimmte er ihr tonlos zu, und sein Blick richtete sich wieder in das dunkle Nichts.

»Also schön, im Namen der Heiligen Jungfrau!« Judith, erschrocken und zornig zugleich, stand auf. »Mach ruhig so weiter, wate in diesem Sumpf, bis du in deinem eigenen Schuldgefühl steckenbleibst und untergehst. Aber erwarte nicht, daß ich dir auf diesem Weg folge!« Sie eilte zur Karaffe und suchte nach einem Becher oder Glas.

Guyon schloß die Augen und lehnte den Kopf wieder gegen den Rand der Wanne. »Judith, laß es sein. Ich will nicht streiten mit dir – nicht jetzt.«

»Und das ist erst die Hälfte des Problems«, diagnostizierte sie mit beißender Schärfe. »Du bist so müde, daß deine Sinne dir kaum noch gehorchen. Du brauchst jetzt erst einmal Zeit zum Ausruhen und Erholen.«

Er lächelte schief. »Es gibt Dinge, die sein müssen, und andere, die müssen noch viel dringender sein, *cath fach*. Henry braucht meinen Bericht, und er braucht mich. Meine eigenen Bedürfnisse müssen warten.«

»Du würdest in diesem Zustand völlig nutzlos sein für ihn.«

»Hör auf, mich zu quälen, Judith. Ich schaffe das schon.«

»Und du hast die Nerven, mich als stur zu bezeichnen!« erwiderte sie, die Hände in die Seiten gestemmt. Als er nichts darauf antwortete, verengte sie die Augen, und mit entschlossen zusammengepreßten Lippen streckte sie die Hand nach dem Fläschchen mit Mohnsirup in ihrem Körbchen aus und gab eine tüchtige Portion davon in seinen Wein. Dann kippte sie noch ein halbes Glas Whisky dazu, gerade, als er wieder herschaute.

Zurück an der Wanne, gab sie ihm den gewürzten Wein. »Weil wir von Bedürfnissen sprechen«, sagte sie und änderte die Richtung ihrer Attacke. »Die Männer wollen in Kürze zur Ernte freigelassen werden.«

»Soweit notwendig«, stimmte er ihr zu. »Ich werde Söldner anheuern, die sie ersetzen. Ich schicke jemanden nach Ravenstow zum Tresor.« Er trank einen Schluck von dem Wein und hustete über die Schärfe des Whiskys.

»Trink es aus!« kommandierte sie und befürchtete, daß er den Geschmack des Opiums erkennen könnte.

»Kann ich es wagen?« fragte er. »Als du mir zuletzt einen Becher unter die Nase geschoben und mich so kommandiert hast, warst du gerade noch der Folter entkommen.«

Judith fühlte, wie sie errötete. »Dabei hab' ich dir das Leben gerettet, nicht wahr?«

»Ja, das hast du, *cath fach.*« Er schaute sie prüfend an. »Warum bist du denn auf einmal so rot geworden?«

»Das ist die Sommerhitze«, erklärte sie als Ausrede. »Ich bringe dir etwas zum Essen.« Sie murmelte es atemlos und lief zur Tür.

Guyon schüttelte den Kopf und tauchte wieder unter das Wasser. Ihr Abgang war allzu abrupt gewesen, um natürlich zu sein, und die Erklärung für ihr Erröten war nicht viel besser. Zorn breitete sich in seinen Nervenenden aus, ein unangenehmer Zorn, der seine Müdigkeit noch verstärkte. War es möglich, daß sie seinen Wein nicht nur mit Whisky versetzt hatte?

Judith kehrte zurück mit einem Tablett beladen mit kaltem Truthahnbraten und hellem Hefebrot, einer neuen Flasche Wein und einer Entschuldigung für ihr etwas abruptes Verhalten von vorhin.

»Du meine Güte, Guy, du hättest inzwischen zu Bett gehen sollen«, beklagte sie sich und befürchtete, daß sie nun zwei Männer von der Wache holen mußte, die ihn aus dem kühler werdenden Wasser hievten und ins Bett legten, ohne daß das Bett klatschnaß wurde. Sie verschränkte die Arme, zog die Brauen zusammen – und stieß einen Schrei aus, als Guyon in der Wanne aufstand, sie packte und nach unten zog.

»Und du solltest aufhören, mir den Wein zu vergiften, du Hexe!« zischte er, während sie versuchte, seinem harten Griff zu entkommen.

»Das hab' ich nicht, Guy, ehrlich.«

»Willst du leugnen, daß in dem Wein Mohnsirup war?«

»Nur so viel, damit du fest und gesund schlafen kannst. Du hast es nötig.«

»Aber du hast es heimlich getan.«

»Nur zu deinem Besten.«

»Ah, ja, mein Bestes«, sagte er glatt. »Und dazu gibst du mir Schlafmohn wie einem Baby, das ruhig gehalten werden soll.«

»Guyon, bitte, du tust mir weh!«

»Ich sollte dich verprügeln, ja, bis du nicht mehr weißt, wo oben und unten ist«, knurrte er, aber er ließ sie dann doch los. Ihr Kleid war klatschnaß auf der Vorderseite, und auf dem Boden standen Wasserpfützen. »Mach das nie wieder, das rate ich dir!«

Judith nahm ihren Mut in beide Hände und baute sich hinter ihnen wie hinter einem Schild auf. »Das nächstemal achte ich nur besser darauf, daß du es nicht merkst«, gab sie ihm zurück. »Meine Schuld wai es, daß ich in meiner Hast keine Zeit hatte, den Geschmack zu übertönen.«

Guyon stieg jetzt aus der Wanne, mit einem Schwall von abgekühltem Wasser. »Wage es – auf deine Gefahr«, sagte er mit dicker Zunge.

»Ist das eine Drohung oder ein Versprechen?« fragte sie mit frechem Selbstvertrauen, das sie in Wirklichkeit überhaupt nicht fühlte. »Wirst du mir jetzt das Kleid aufbändeln? Es ist naß, und ich erkälte mich.«

»Selbst schuld. Hol eines deiner Mädchen.«

»Kann ich nicht. Helgund sitzt bei Mabel und dem Kind, und wenn du Elflin so anstarrst, wirst du sie erschrecken, ganz zu schweigen davon, was Brand dazu sagen wird, wenn er glaubt, daß du seiner Frau unsittliche Avancen gemacht hast.«

»Was?« Guyon wußte, daß sie ihn an der Nase herumführte, wollte sie aber dabei zunächst nicht hindern.

»Nun, wenn ich Elflin kommen lasse, und die sieht dich in diesem Zustand – Gott allein weiß, was sie sich denken wird. Du weißt, sie hat vor allen Männern Angst mit Ausnahme von Brand.«

»In diesem Zustand ...« Guyon folgte der Richtung ihres Blicks, dann drehte er ihr rasch den Rücken zu. Sie lachte schallend. Er wandte sich langsam wieder um. Ihre Augen wirkten unschuldig und groß, und ihre Blicke wichen nicht von ihm, auch nicht, während sie das Mieder löste und den Rock aufband.

»Soll ich mich vielleicht nicht darum kümmern?« fragte sie herausfordernd. »Oder läßt du mich wenigstens näher an dich hin, damit ich dich abtrocknen kann?«

»Judith!« Guyon verschluckte sich fast, mußte dann aber selbst lachen. Noch vor einer halben Stunde war er so deprimiert und krank in der Seele gewesen, daß er sich am liebsten hingelegt hätte und gestorben wäre. Jetzt strömte wieder Energie durch seinen Körper. »Was mache ich bloß mit dir?«

»Vielleicht versuchst du, mir ein Kind zu machen«, schlug sie vor und schaute ihn provozierend durch die Wimpern an. »Frauen werden angeblich verträglicher und weicher, wenn sie geboren haben. Öffnest du mir jetzt das Kleid auf meinem Rücken, Guy?«

Er langte an die Schleife, zog sie auf und die Bändchen aus den Ösen. »Du bist nichts als ein Flittchen, weißt du das? Und das bei dieser Sommerhitze!«

Sie stieg aus dem nassen Kleid und warf sich in seine Umarmung, schlag ihre Arme um seinen Hals, und seine Lippen trafen sich mit den ihren. Dann zog sie das bereits geöffnete Mieder nach unten. »Diesmal habe ich vorgesorgt«, sagte sie gegen seine Lippen. »Ich habe es nicht extra fest zugeknotet.«

»Damit habe ich auch nicht gerechnet«, erwiderte er, als ihr nackter Körper mit dem seinen verschmolz.

Neunundzwanzigstes Kapitel

Guyon bewegte sich, nachdem ein Lichtstrahl über seine Lider geglitten war, und öffnete sie vorsichtig. Die Schlafkammer lag im Halbdunkel, und ein versprengter Sonnenstrahl war durch einen Riß im Fensterladen eingedrungen. Er bewegte den Kopf und sah die Staubpartikel in dem scharf gebündelten Licht. Er brauchte einen Moment, bis er wußte, wo er war, und warum. Dann kam das vertraute Gefühl eines kalten Steins, der ihm in die Gedärme sank, ein Gefühl, das augenblicklich aufgelöst wurde durch das Bewußtwerden von Judiths warmem Körper, der sich an seine Seite kuschelte. Sie schlief mit der unschuldigen Hingegebenheit eines Kätzchens – und das war ja auch ihr walisischer Kosename. Ein unschuldiges Kätzchen – schwer zu glauben, in der raffinierten Verführung der Nächte.

Mit einem Lächeln kam ihm zum Bewußtsein, daß dies das erste Mal in drei Tagen war, daß er am Morgen und nicht erst am Mittag aufwachte. Die letzten drei Tage waren für ihn wie Szenen aus einem fernen, illuminierten Stundenbuch gewesen, und er hatte als Analphabet, der er in Wirklichkeit nicht war, nur umblättern und die Bilder ansehen können. Er erinnerte sich, in der Halle gegessen und mit Leuten gesprochen zu haben, obwohl er nicht mehr sagen konnte, mit wem er diese Gespräche geführt, und was er gegessen hatte. Er erinnerte sich auch, hinausgegangen zu sein und die Reparaturarbeiten an der äußeren Mauer beaufsichtigt zu haben, aber Judith hatte ihn mit irgendeiner raffinierten Ausrede zu sich gerufen – und das hatte jedesmal unweigerlich im Bett geendet, wo sie ihn zweifellos durch unfaire Mittel festzuhalten verstand.

Lady Mabel war noch in der ersten Nacht gestorben. Gott schenke ihrer Seele die Ruhe, dachte er, die sie auf Erden nicht gefunden hatte. Judith hatte geweint, obwohl sie selbst vermutete, daß es eher Tränen der Erleichterung waren als besondere Trauer um diese Tote. Der Junge lebte noch. Sein Fieber war zurückgegangen, und er hatte auch kein Blut mehr im Stuhl – das jedenfalls hatte ihm Judith berichtet. Sie hielt ihm den Kleinen fern, und er selbst hatte nicht das Bedürfnis, ihn zu sehen.

Jetzt schaute er wieder hinunter auf seine Frau und mußte an den Zwischenfall mit dem allzu heftig gewürzten Wein denken. Judith hatte es danach tränenreich bereut, obwohl er nicht sicher war, ob sie es ernst gemeint hatte. Mach mir ein Kind, hatte sie gesagt. Er war nicht sicher, ob er sich Judith mütterlich und weich vorstellen konnte. Es lag nicht in ihrer Natur, wenigstens jetzt noch nicht. Ein Wurf Kätzchen machte Katzen nicht kätzischer. Meistens stimmte das Gegenteil.

Ein Hornruf unterbrach seine Gedanken, ein Jagdhorn, aber die Töne kamen nicht in der Folge, die die Hunde zur Treibjagd riefen, sondern schnitten sich wie Blitze durch sein Wohlgefühl, rissen ihn im Bett hoch und ließen ihn augenblicklich nach seinem Schwert langen. Im selben Moment schob Michel de

Bec ohne vorherige Ankündigung den Vorhang beiseite und betrat den Raum.

»Mylord, es ist de Lacey«, sagte er kurz und bündig. »Er hat leichtes Belagerungszeug bei sich und eine Armee von Walisern hinter sich, und er ist im Begriff, die Mauern zu stürmen.«

Guyon wurde grau. »De Lacey?« wiederholte er. Neben ihm setzte sich Judith auf, hielt sich das Bettlaken vor die Brust, und ihre Augen füllten sich mit schläfriger Verwirrung.

De Bec wischte sich mit der Hand über den Bart und sah elend aus. »Wir haben sie nicht eher bemerkt. Bei Morgengrauen herrschte dicker Nebel, und sie haben sich unter einer Schafsherde versteckt, die sie zur Burg getrieben haben.«

»Schafe?« Guyon warf seinem Burgvogt einen Blick zu. »Schafe?« wiederholte er und stieß ein bitteres Lachen aus über die Ironie der Situation. Dann schleuderte er die Bettlaken beiseite.

»Hölle und Verderben, Michel!« explodierte er. »Erst lassen wir den Kerl über die Mauer entkommen, ohne daß es jemand von uns bemerkt, und dann kehrt er auch noch auf dieselbe Weise zurück! Gott im Himmel, ja, sind meine Wachen denn alle blind?« Er begann schnell, sich anzuziehen. »Cadwgans Männer, wie ich vermute.«

»Ich weiß es nicht, Mylord.«

»Zum Teufel, was wißt Ihr denn?«

De Bec schluckte. »Sie sind von Westen gekommen, direkt von der Grenze her, Mylord. Ich glaube nicht, daß sie zu den Shrewsbury-Leuten gehören.«

Guyon zog seine Hose an. »Deshalb sind sie nicht weniger entschlossen, uns alle umzubringen«, sagte er mit einer Stimme, die rauh war von ungezügeltem Zorn. »Wie weit sind sie in der Überzahl?«

»Etwa drei zu eins, Mylord, aber mindestens die Hälfte davon sind kaum mehr als wilder, barfüßiger walisischer Pöbel.«

»Auch den darf man nicht unterschätzen«, erwiderte Guyon scharf. »Sie sehen vielleicht aus wie primitive Bauern, aber sie kämpfen wie die Wölfe, und eine geschwächte Burg ist für sie wie ein neugeborenes Lamm – genau nach ihrem Geschmack.« Er schaute seinen Burgvogt nachdenklich an. »Die sitzen keine zwei Tage da und belagern uns: die wollen alles beim ersten oder zweiten Überfall entscheiden. Wenn wir sie dann zurückschlagen, und zwar so, daß sie den Mut verlieren, haben wir eine Chance.«

»Und die Frauen ...«

Guyon folgte de Becs Blick. Gekleidet jetzt in ein anliegendes, weißes Unterkleid aus Wolle, war Judith ein Anblick, der die Lust eines jeden Mannes im Krieg wecken würde, und der Rang bildete da kein Hindernis, wenn Walter de Lacey es war, der den Überfall leitete.

Judith nahm Guyons langen Dolch aus seinem Schwertgürtel. »Ich kann mich allein verteidigen«, sagte sie leise und hielt die Klinge in erfahrener Weise.

Guyon wollte den Mund aufmachen und ihr erklären, sie solle sich nicht lächerlich machen, als sie ihm bereits die gereinigte Rüstung brachte. Es hatte keinen Sinn, ihr zu sagen, daß die Waliser erfahrene Messerkämpfer waren und daß sie es vielleicht einmal versuchen konnte, mit dem Überraschungsmoment auf ihrer Seite, aber kein zweites Mal. Wahrscheinlich wußte sie es sogar.

»Die Frauen müssen ihre Chance wahren wie wir alle«, sagte er zu de Bec, während er die schwere Rüstung über die Schulter zog und mit den Gurten befestigte. Er drehte sich zu Judith um und streckte die Hand nach seinem Schwertgürtel aus. Sie brachte ihn, und er fuhr ihr leicht mit seinen Knöcheln über die Wange.

»Organisiere die Dienerschaft, so gut du kannst, Liebes. Die Frauen sollen sich um die Verletzten kümmern und alles heißmachen, was wir haben: Wasser, Öl, Teer. Die Männer sollen alles brennbare Material zusammentragen, löschen und Nachschub auf die Schanzen bringen. Ich gebe Nachricht im einzelnen, sobald ich mich mit der Situation vertraut gemacht habe. Vor allem eines, Judith: Bewahre sie unter allen Umständen davor, daß sie durchdrehen und in Panik geraten.«

Sie nickte mutiger, als sie sich fühlte. Aber sie hob das Kinn an, schaute Guyon stolz in die Augen, und er zog sie an sich, einen Arm um ihre Taille gelegt.

»Guy, paß auf dich auf«, flüsterte sie und fühlte plötzlich die ganz große Angst, als ihr klarwurde, was da geschah. »Geh nicht auf de Lacey los, koste es, was es wolle.«

Er trat einen Schritt von ihr weg, damit sie den Gürtel schließen konnte. »Das werte ich als Torheit und nicht als Beleidigung, *cath fach*«, sagte er leise. »Ich weiß, worum es geht und was auf dem Spiel steht.«

Sie schaute ihm nach, und die Angst rollte sich zusammen wie eine Schlange in ihrer Magengrube, drückte auch auf ihr Herz und auf ihre Kehle. Sie zog ihre Tunika an, flocht sich das Haar und steckte es mit Nadeln so, daß es aus dem Weg war. Es war eine Art Mutbeweis, aber dann gürtete sie ihre Tunika und steckte den Dolch in seine Scheide an dem Gürtel, auf der linken Seite. Das gab ihr das Vertrauen, wie eine Amazone aus ihrem Schlafgemach zu treten und dann mit der Organisation der halb hysterischen Dienerschaft zu beginnen, damit sie nicht allzu sehr an eine Schar von Hühnern erinnerte, über die der Fuchs hergefallen war.

Guyon schaute vom Wehrgang zwischen den Schießscharten hinunter auf ein totales Chaos und brüllte seinen Leuten einige Kommandos zu. »Bringt die Ölfässer an die Mauer und stoppt die Anrennversuche, bevor dieser noch nicht ganz reparierte Teil der Mauer nachgibt. Das gilt auch für die Ramme. Und hier oben sind nicht genügend Haltehaken. Holt welche aus dem Magazin, das können die Jungen machen, und bringt auch Pfeile, soweit vorhanden. Tränkt sie mit Pech und setzt sie in Brand, vielleicht erwischen wir ja das Katapult damit.«

»Verdammter Mist«, fluchte Eric neben ihm. »Es sieht so aus, als würde da unten halb Wales nach unserem Blut heulen.«

Guyon lächelte grimmig. »Nicht ganz«, sagte er, »aber genug, um uns aus dieser Welt zu befördern, wenn sie durchbrechen; de Lacey wird schon dafür sorgen.« Er setzte sich den Helm auf, und seine Miene, wie sie auch sein mochte, verschwand hinter einem breiten Nasenschutz und den Schläfenplatten. »Die Balliste soll dort hinüber. Wo sie jetzt steht, ist sie nicht allzu günstig. Michel, kümmere dich darum, und du kannst gleich für diesen Teil der Mauer das Kommando übernehmen. Nimm dir zehn deiner besten Männer – und du, Eric, komm mit mir.«

»Haben wir denn eine Chance, Mylord?« Eric schaute ihn zweifelnd an, dann blickte er hinunter in das Ameisennest von Walisern, deren Führer zu erkennen waren durch das goldene Band um die Stirn und die schlangenhautartige Rüstung. Sie bereiteten einen Angriff vor mit einer Leiter, die sie sehr schnell anlegten, und dabei machten sie sich nicht einmal die Mühe, den Angriff zu verschleiern. Auch Walter de Lacey war da, außerhalb der Reichweite der Pfeile, und sprach mit seinen Captains und Vasallen.

»Eine Kampfbelagerung, buchstäblich«, sagte Guyon, während er zuschaute, wie die kleine Gruppe von Männern sich trennte und ihre Positionen einnahm, und sein Blick folgte de Lacey mit geschärfter Konzentration, bevor er sich umdrehte, die Hand am Schwert, und den Rest des Burgfriedens inspizierte.

Der Angriff kam mit der sengenden Wut eines Sommergewitters – schnell, hart und wild, und schwer zu halten. Steine und geschmolzenes Pech wurden auf die Ramme gekippt, und kochendes Öl goß man über die Männer, die es mit der Leiter versuchten. Pfeile schwirrten durch die Luft. Einer sauste ganz nah an Guyons Ohr vorüber und streifte sein Kinn. Ein dünner Faden Blut lief über seinen Hals und verschwand unter den Ringen der Rüstung. Ein anderer Pfeil riß ihm den Helm vom Kopf, als er mit Eric und einem anderen Ritter versuchte, eine Leiter loszumachen und hinunterzukippen. Zehn Meter lang und in einem Winkel von sechzig Grad an die Mauer gelehnt, war sie sehr schwer abzuwehren, namentlich, wenn fünfzehn halbwilde, zu allem entschlossene Männer draufstanden.

»Sie rutscht!« keuchte Eric, während er hochroten Kopfes seine ganze Kraft einsetzte. Der vorderste Waliser hatte die Mauer erreicht und zog sich auf die Krone hoch, den runden Schild vor sich, das Schwert bereits nach Erics Hals gezückt. Eric mußte sich abducken und seinen Griff lockern. Guyon war unter dem walisischen Wachmann durch, schlitzte ihm seine lederne Jacke auf, als sei sie aus Pergament, und kickte ihn zurück über die Mauer, wo er unten zerschmettert ankam, dann schwang er dem zweiten Mann den Schwertknauf unter den Kiefer, daß er rückwärts taumelte und den Tritt auf der Leiter verlor.

Die Leiter rutschte über den Stein, als sie nach unten ging. Noch einer der Feinde gelangte auf die Mauerkrone und empfing den Tod durch Guyons Schwert. Sein Schrei mischte sich mit dem seiner Kameraden, als die Leiter zur Seite kippte und unten in den Burggraben krachte. Aber es war nicht die Zeit, sich zu gratulieren, denn zu beiden Seiten der eben gestürzten standen weitere Leitern, und von einer davon hatten die Waliser eine Brustwehr erreicht und schwärmten über den Wehrgang aus.

Eine Weile war der Kampf so verzweifelt, daß Guyon kaum die eigene Stellung halten konnte und mit Entsetzen daran dachte, was an den anderen Stellen geschehen würde; wenn es danach in seinem Abschnitt ruhiger wurde, so nur deshalb, weil die Mauer auf der anderen Seite nachgegeben hatte und de Lacey seine Männer abzog, um die Bresche zu sichern und zu erweitern.

Fluchend, daß jedem Pfarrer die Ohren bei lebendigem Leib abgefallen wären, sprintete Guyon auf die Gefahr zu und wurde von einem verletzten Waliser aufgehalten. Ein Messer funkelte. Guyon blockierte die herabfahrende Hand mit einer instinktiven Bewegung seines Schilds, dann rammte er ihn einem anderen Mann ins Gesicht und kam wieder auf die Beine. Eric bellte eine Warnung. Er duckte sich, und eine Handaxt stieß mit der Seite seines Helms zusammen, statt seinen Schädel zu spalten, aber die Wucht des Aufpralls schickte ihn auf die Knie. Den zweiten Hieb fing er mit seinem Schild ab, und der dritte erreichte ihn nicht, denn er hatte die Klinge über die Schienbeine seines Angreifers gezogen, was ihn schreiend hinunterfallen ließ. Aber an seiner Seite kam ein anderer und wieder einer, und es gelang ihm nicht, durchzubrechen.

Dreißigstes Kapitel

»Ich möchte die Waliser aus dieser Rechnung heraushalten, Miles.«

Der Lord von Milnham und Ashdyke ließ den Huf los, den er überprüft hatte, gab dem Renner einen Klaps auf die kraftvolle, glänzende Schulter und drehte sich dann zu seinem König um. »Das ist leichter gesagt als getan, Sire«, sagte er zurückhaltend. »Wenn wir unter uns Krieg führen, ist das die Zeit, in der sie den größten Profit daraus schlagen können.« Er wischte sich die Hände an der Hose ab und langte nach seinem Hemd.

»Vielleicht hätte ich sagen sollen, die Waliser, die mit de Belleme alliiert sind. Das letzte, was wir uns wünschen, wenn wir gegen Shrewsbury marschieren, ist, daß Cadwgans Horden aus Wales herüberkommen und uns von der Seite angreifen.«

Miles zog sich das Hemd und die Tunika an und gab dem Pferdeknecht ein Zeichen, den Renner herumzuführen, damit man sehen konnte, wie gut sich der überanstrengte Vorderlauf erholt hatte.

»Das heißt, ich soll einen gesonderten Krieg führen gegen die Waliser, Sire?« fragte er mit trügerischer Milde.

Henry betrachtete den langen, flüssigen Schritt des Hengstes. Seine Lippen verzogen sich zu einer flachen

Kurve. »Ich möchte, daß Ihr mit ihnen verhandelt, Miles, daß Ihr sie an den Tisch bringt, wo man ihnen Vernunft lehrt.«

Miles stieß einen Laut des Unwillens aus. »Ein jeder, der mit Euch am Tisch sitzt, Sire, ist letzten Endes derjenige, der verspeist wird«, sagte er trocken.

Henrys Lächeln vertiefte sich, und er unternahm keinen Versuch, die Bemerkung zu leugnen. »Es heißt, daß sie gegen Bestechung nicht immun sind. Bietet Cadwgan, was immer er will – natürlich in vernünftigem Rahmen. Er ist nicht besonders intelligent, aber gierig und gerissen. Mit Euren Verbindungen zu den Walisern und anderen Talenten solltet Ihr in der Lage sein, ihn mir vom Hals zu schaffen und statt dessen auf de Belleme zu hetzen.«

Miles schaute Henry von der Seite an. »Und was ist für mich dabei drin?« fragte er. »Abgesehen von einem warmen Händedruck und der Bestätigung, daß ich ein loyaler Diener meines Königs bin?«

Henry schürzte die Lippen und erinnerte sich daran, warum es niemals klug war, irgend etwas vorauszusetzen, wenn man nicht flach aufs Gesicht fallen wollte. Ein jeder hatte seinen Punkt, von dem aus er nicht weiter gehen wollte, nur daß die einigen ihn unbemerkter erreichten als andere. Vielleicht hatte er Miles zu sehr gedrängt, zu sehr und zu lange. Das galt auch für Guyon. Wenn man das mit einem Pferd machte, dachte er, während er das Schlachtroß von Miles beobachtete, dann geht es früher oder später ernsthaft lahm.

»Vielleicht – eine Weile Befreiung vom Dienst?« sagte er und hob dann den Blick auf Alicia, die gerade die Treppe herunterkam, ein Paket in der Hand.

Miles' Lippen zogen sich zusammen. Er nickte dem

Pferdeknecht zu, und das Tier wurde weggebracht. »Wann soll ich losziehen?«

»Sobald Ihr wollt. Ich möchte im Besitz von Shrewsbury sein, bevor der Frost des Winters das Gras am Wachsen hindert.« Er wandte sich Alicia zu, mit einem höflichen Lächeln. Ihre Zöpfe waren immer noch so schwarz wie die Mitternacht, und sie duftete wunderbar nach Rosenöl. »Das ist es doch wert, oder?«

»Das will ich hoffen«, murmelte Miles dunkel.

Alicia senkte den Blick vor dem König. Er kam zwar häufig als Besucher, aber sie fühlte sich stets unwohl in seiner Gegenwart und versuchte, ihren Kontakt mit ihm auf ein Minimum zu beschränken.

Boshaft, wie er war, langte Henry nach ihrer Hand, um sie zu küssen, aber sie verweigerte sich und drückte ihm statt dessen das Paket in die Hand.

»Was ist das?« fragte er.

»Ich weiß es nicht, Sire. Der Botschafter ist eben erst angekommen.«

Henry warf einen Blick auf das Siegel. Es war das von Guyon – ein Leopard im Sprung. Er schlitzte die Verpackung mit seinem Eßmesser auf und schaute schnell den Inhalt durch. Alicia hakte sich bei Miles unter und suchte die Sicherheit seines Körpers.

»Er hat Thorneyford eingenommen«, sagte Henry mit Befriedigung. »Er wird dort alles in Ordnung bringen, eine Garnison einrichten und dann weiterziehen nach Bridgenorth über Ledworth und Oxley, um frischen Nachschub zu besorgen.«

»Was ist mit de Lacey? Ist er tot oder gefangengenommen?«

Henry schnitt eine Grimasse. Die Schrift war krakelig, sehr seltsam für den ordentlichen, rechtshändigen

Guyon, dessen Schrift er in all den Jahren so oft gelesen hatte. »Nein«, sagte er zuletzt. »Anscheinend hat er sich vor dem letzten Angriff davongemacht, nach Shrewsbury, wie einer von der Garnison sagte, aber Guy kann nicht sicher sein. De Laceys Frau und sein Sohn sind auf Thorneyford, beide schwer krank mit der roten Ruhr.«

»Hat er etwas von einem walisischen Mädchen geschrieben?«

Henry schüttelte den Kopf und gab den Brief an Miles weiter. »Eine besondere Sorge für ihn? Hatte er nicht einmal eine walisische Geliebte?«

»De Lacey hat sie und ihren Sohn ermordet und ihre gemeinsame zehnjährige Tochter zu seiner perversen Befriedigung mitgeschleppt«, erklärte Miles brüsk. »Um ihr anderes Kind, Guyons Tochter, wird auf Ravenstow gesorgt. Sie ist dem Schicksal ihrer Mutter nur um Haaresbreite entkommen.«

»Das tut mir leid; das habe ich nicht gewußt.« Einen Moment lang legte Henry die übliche Herrscherallüre ab und zeigte Mitleid und Überraschung zugleich.

»Guyon wollte es nicht an die große Glocke hängen«, antwortete Miles knapp. »Es war eine private Angelegenheit, die ihm sehr tief gegangen ist, und es ist vor nicht einmal zwei Monaten passiert.«

Henry tippte sich mit dem Zeigefinger gegen das Kinn, wo er sich einen schönen, dunklen Bart wachsen ließ. Die Worte des Briefes waren klar und deutlich, aber die fast betrunken wirkende Schrift war Anlaß zur Sorge, ebenso wie das, was er eben erfahren hatte.

»Vielleicht, angesichts dessen, was Ihr mir eben berichtet habt, wäre es gut, wenn Ihr einen Umweg über Thorneyford machen würdet auf Eurem Weg zum Gespräch mit den Walisern – um sicher zu gehen, daß alles in Ordnung ist.«

»Das hatte ich ohnehin vor, Sire«, erwiderte Miles, den Rücken steif, den Blick defensiv. »Er ist schließlich mein Sohn.«

Henry lächelte. »Nun, dann habt Ihr jetzt auch noch die königliche Sanktion dafür. Es fängt zu regnen an. Gehen wir hinein und diskutieren wir, was ich von Cadwgan im einzelnen haben möchte?«

Miles starrte konsterniert auf den Sergeant, den er eben vorausgeschickt hatte, um Guyon von seiner unmittelbar erfolgenden Ankunft zu informieren, denn der Mann kam mit seinem Renner zurück auf die Truppe zu, ohne das Pferd in der Sommerhitze zu schonen. Selbst wenn Guyon nach Ravenstow zurückgekehrt oder schon auf dem Weg nach Ledworth gewesen wäre, hätte kein Grund zur Hast bestanden, es sei denn, etwas Schlimmes war geschehen. Sein Magen zog sich zusammen, und sein Hengst zitterte nervös als Antwort darauf.

»Die Burg wird angegriffen, Mylord; soweit ich sehen konnte, von den Walisern, und es wird hart für die Verteidiger!« Er keuchte nicht weniger als das Pferd, und Miles' Miene, die sich zuerst verdüstert hatte, zeigte plötzlich wildes Vergnügen.

»Die Waliser, sagt Ihr?« Seine Lippen schürzten sich. »Auf der Suche nach ein bißchen normannischer Freundschaft. Na schön, warum nicht?«

»Mylord?«

Miles schüttelte den Kopf und ritt zur Spitze des Zuges, verschärfte den Schritt und trieb seine Leute nun mit einem federnden Kanter voran.

Sie brauchten dennoch fast eine Stunde, um Thorneyford Rise zu erreichen, und bis dahin hatten die Verteidiger trotz tapfersten Widerstands einen Zustand kurz vor der Aufgabe erreicht. Miles sah die Leitern, die an der Mauer lehnten, sah, daß keine Männer sich mehr darauf befanden, nahm an, daß die meisten inzwischen im Inneren der Festung waren, sah auch die Bresche in der Mauer und hörte das Geräusch eines verzweifelten Kampfes aus der Burg. Er wendete seinen Hengst, erhob sich im Sattel und wandte sich an seine Männer, die ihre Schilde in die linke Hand nahmen, die Waffen in die Rechte, und sich auf einen Angriff vorbereiteten.

»Ich gebe euch keine langen Erklärungen. Ihr seht selbst, worum es geht. Ihr seid alle erfahrene Krieger und kennt die Kampfweise der Waliser. Paßt gut auf die Bäuche eurer Rosse auf, die Waliser schlitzen sie auf, wenn ihr sie zu nahe heranlaßt. Und denkt daran, der Waliser trägt keine Rüstung. Er ist dadurch verletzlicher, aber auch schneller als ihr. Tötet, wenn es darum geht, eure eigene Haut zu bewahren, aber versucht ansonsten, Gefangene zu machen. Die sind wichtig, um danach mit Cadwgan verhandeln zu können. Habt ihr verstanden?«

Als sie es bestätigt hatten, nahm Miles selbst seinen Schild in die linke Hand, prüfte den sicheren Sitz seines Helmes, befreite seinen Morgenstern von der Schlaufe am Sattel und trieb sein Roß voran. Der Hengst bebte vor Erwartung und kaute an der Beißstange. Zugleich lockerte Miles die Zügel und trieb brüllend die Sporen in die Flanken des Hengstes.

Der normannische Angriff schuf im äußeren Burghof ein großes Durcheinander bei den angreifenden Walisern. Ein barfüßiger Kämpfer aus den Bergen wurde von der Schulter des Hengsts umgedrückt und von den nachfolgenden Pferden niedergetrampelt. Der Morgenstern traf ins Gesicht eines Flamen, unter die Kante seines Helms. Er schrie und stürzte. Der Waliser hinter ihm versuchte, seinen Kopf zu schützen, war aber zu langsam und fiel mit ausgebreiteten Armen in den Staub. Wie Miles gesagt hatte, trugen nur sehr wenige Waliser Rüstungen, und die Waffen der Normannen gingen durch sie hindurch wie eine Sichel durch einen Korb voll reifer Pflaumen.

Miles preschte unter dem Fallgitter durch. Er erhielt einen scharfen Schlag gegen seinen Schild, als er aus dem inneren Hof ins Tageslicht kam. Er keuchte, als sein linker Arm dadurch festgehalten wurde, und schleuderte den Morgenstern über die obere Kante des Schilds. Ein dumpfer Schlag und ein erstickter Schrei waren die Antwort. Er zog an den Zügeln, und das Roß fuhr herum. Hufe trampelten über etwas Weiches, das gurgelte, sich wand und dann still lag.

Miles schwang seinen Hengst noch einmal herum und sah mitten in den erneut aufgeflammten Kämpfen einen barfüßigen Waliser, der auf eine Gruppe seiner Kameraden zulief. Sie kämpften wütend gegen etwas, das sie eingekreist hatten. Barfuß mochte dieser Krieger sein, aber der Griff seines Kurzschwerts war mit ungeschliffenen Edelsteinen besetzt, und sein Gürtel war mit Blattgold verziert. Auf seinen schwarzen Locken saß ein Normannenhelm. Mit einem Triumphschrei ritt Miles ihn nieder.

Die Gruppe von Walisern explodierte nach außen, wie die Wellen, die entstehen, wenn man einen Stein in einen Teich geworfen hat. Einer von ihnen rollte über den Boden, hielt sich seinen Bauch und schrie.

Guyon folgte, stieß seinen Schild gefährlich vor sich her und schwang das Schwert gegen die ungeschützten Beine der Gegner. Hinter ihm, die Beine weit gespreizt, schwang Eric seine Streitaxt durch die Luft und traf jeden Waliser, der es wagte, sich in den Weg des funkelnden Stahlkeils zu stellen.

Miles' Roß pflügte in den Haufen der Waliser, und der Morgenstern verringerte ihre Chancen zusätzlich. Guyon spuckte einen Mundvoll Blut aus einem Riß an der Lippe und drängte vorwärts. Er handelte jetzt nur noch nach seinem Instinkt, und er brauchte einen Moment, bis er den Hengst seines Vaters erkannte, und noch etwas länger, bis er sich bewußt wurde, daß Hilfe zur Hand war, und sei es auf noch so wunderbare und unerklärliche Weise.

Miles zügelte seinen Hengst, um den Rückzug des walisischen Edelmanns zu verhindern, den er angegriffen hatte. Die Blicke des jungen Mannes bewegten sich zwischen den tanzenden Hufen und dem eindrucksvoll schwingenden Morgenstern hin und her. »Wirf dein Schwert weg und ergib dich!« kommandierte Miles auf Walisisch. »Ich verspreche dir, daß dir dann nichts geschieht.«

Guyon schaute sich in dem inneren Burghof um, sah, daß der Vorteil des Kampfes jetzt wieder auf seiner Seite war, und stellte zugleich fest, daß die scheinbar unbesiegbaren Türen aufgebrochen waren. Ein gepreßter Fluch zischte zwischen den zusammengepreßten Zähnen hindurch, und er rannte, mit dem Kommando einer Handvoll Soldaten, auf das Hauptgebäude zu.

Miles warf unwillkürlich einen Blick auf seinen Sohn, und der Waliser sah seine Gelegenheit und rannte in die Freiheit. Das Pferd war eher dort als er, und die Streitaxt traf seinen Helm und schlug ihn halb bewußtlos zu Boden. Mit einem Knurren über die Torheit des jungen Kerls machte sich Miles daran, einen weiteren Fluchtversuch des Walisers zu verhindern.

Innerhalb des Wohngebäudes lauschte Judith auf das Gebrüll der Männer, die das kochende Öl ins Gesicht bekamen, auf die Kriegsrufe, die Todesschreie, das Donnern des Rammbocks, und war krank bis in die Seele vor Angst, daß einer dieser Schreie die letzte Lebensäußerung ihres eigenen Mannes sein könnte.

Sie hatte alles getan, was möglich war, bis auf die Teilnahme am Kampf an den eigentlichen Schlachtstätten, und sie wäre auch davor nicht zurückgeschreckt, wenn sie nicht so sehr von ihrer Verantwortung für die Verwundeten in Anspruch genommen worden wäre und für diejenigen im Innersten der Festung, die von ihr beschützt werden mußten.

Sie wußte, daß ihre Situation verzweifelt war. Die Waliser allein hätten sie abwehren können, aber mit normannischen Führern war das etwas anderes. Guyon hatte Thorneyford ziemlich stark beschädigen müssen, um es einnehmen zu können, und vier Tage waren nicht genug gewesen, um auch nur die notdürftigsten Schäden zu beseitigen. Sie konnte nur Gott danken, daß sie Heulwen in Ravenstow gelassen hatte, denn eigentlich hatte sie vorgehabt, die Kleine mitzubringen, und nur die Zweifel über das, was sie hier erwarten würde, hatten sie davon abgehalten.

Judith drehte sich der Magen um, wenn sie sich überlegte, was ihr die Zukunft in den Händen von Walter de Lacey bringen würde. Er würde sie zur Heirat zwingen, um Anspruch auf die Grafschaft erheben zu können. Was hatte Guyon über Panik gesagt? Der Raum schien immer kleiner zu werden, schien sie zu erdrücken. Der Verletzte, um den sie sich kümmerte, stöhnte und zuckte. Die Wunde war mit Salbe versorgt, und sie langte nach einer Bandage. Es war keine mehr vorhanden, und sie benützte den Vorwand, den Raum zu verlassen und Lady Mabels Wäschetruhe im Söller zu plündern.

Sie kniete neben der Kommode und schnitt mit einem Dolch von Guyon ein Tischtuch aus Leinen in Streifen, als sie bemerkte, daß die Kriegsgeräusche näher gekommen waren. Von draußen war ein ungeheurer Krach zu vernehmen, und dann die Schreie der Frauen, das Klirren von Schwertern gegen Schwerter. Sie hörte auf zu schneiden und erhob sich, die Augen weit aufgerissen, wobei ihr der Atem stockte. Waffen trafen aufeinander, direkt vor dem Ledervorhang. Sie hörte einen gezischten Fluch und umspannte das Heft ihres Dolches; dabei klopfte ihr Herz, als würde es dem Körper entfliehen.

Man hörte einen heftigen, dumpfen Schlag, und einem scharfen Schrei folgte ein tiefes, kehliges Stöhnen. Gleich danach wurde der Vorhang zur Seite gerissen, und ihr Alptraum stand vor ihr. Walter de Lacey blockierte das Licht. Sein Kettenhemd funkelte wie eine Schlangenhaut, während die Luft mit rauhem Rasseln in seine Lungen eindrang und sie wieder verließ. Sein Schwert war blutbeschmiert, und das Rot schien sich in seinen Augen widerzuspiegeln, die mit unheiliger Freude glühten.

Ihr schnürte sich die Kehle zu, doch zuvor war noch ein unwillkürliches Wimmern durch ihre Lippen gedrungen. Vergewaltigung und ein Leben in einer Hölle auf Erden. Jetzt sah sie ihre Zukunft deutlich voraus, in der Miene dieses Mannes.

De Lacey beobachtete sie, berauscht vom Triumph und dem Entsetzen, das er in ihren Augen erkannte. Sie drückte sich ein paar Leinenstreifen gegen die Brust, und ihre Lippen preßten sich heftig zusammen, damit sie sich nicht übergeben mußte.

»Ihr seid zwar nicht ordentlich gekleidet für eine Hochzeit, aber es wird eben so gehen müssen«, spottete er mit messerdünnem Lächeln. »Außerdem stört das Gewand später ja ohnehin nur dabei.«

»Kommt mir nicht zu nahe«, fauchte Judith ihn an.

Er schüttelte den Kopf und schnalzte mit der Zunge. »Sagt das eine Braut zu ihrem Zukünftigen? Ich glaube, ich muß Euch ein paar Lektionen erteilen, damit Ihr etwas Gehorsam zeigt.« Er steckte das Schwert in die Scheide und kam näher.

Judith wich zurück. Ihre Hüften stießen gegen die Kommode. Sie war gefangen, in die Ecke getrieben, und es gab keinen Ausweg. Jetzt würde er alles mit ihr tun, was Maurice de Montgomery mit ihrer Mutter getan hatte. Sie mußte an Rhosyn denken, an Rhys und Eluned, und was mit ihnen geschehen war. Sie dachte an Guyon, der da draußen irgendwo auf dem Hof liegen mußte, denn sonst hätte es de Lacey nicht gewagt, hier vor ihr zu stehen – und als er die Hand nach ihr ausstreckte, blitzten ihre Augen, und sie riß das Kinn nach oben.

Guyon rannte, ohne das Gewicht seines Kettenhemds, der Rüstung und der Waffen zu spüren. Eine furchtbare Vorahnung hatte von ihm Besitz ergriffen. Ein Flame stellte sich ihm in den Weg und wurde niedergemäht. Die Mädchen schrien und duckten sich in eine Ecke. Die Verwundeten, die nicht selbst gehen konnten, waren alle getötet worden. Ein Waliser trank Wein aus einer Flasche. Er drückte sie noch an die Brust, als Guyon ihn abstach wie ein Schwein. Blut und Wein mischten sich auf dem Boden. Guyon packte Helgund am Arm. »Wo ist deine Herrin?«

»Sie ist ... fort ... im Söller ... Stoff zum Verbinden ...« Helgund schaute ihn aus einer Maske von Angst und Entsetzen an, während rings um sie die Männer zu kämpfen begannen, sich über Tische und Stühle hinweg verfolgten und in Stücke hackten, töteten oder getötet wurden.

Guyon ließ ihren Arm los und zwang seine bleiernen Füße, durch die Halle zu laufen. Prys lag ausgebreitet vor dem Eingang zum Söller. Guyon blieb stehen und drehte ihn um, doch das Leben hatte ihn geflohen, der blutgetränkte Körper war schlapp und erkaltete bereits; die glasigen Augen schauten ins Nichts.

Es war, als ob Guyon das Blut erstarrte; die Welt rings um ihn schien zu stürzen. Er hielt sich an der Wand fest, bis sein Gleichgewicht sich wieder hergestellt hatte, atmete tief ein, teilte den Vorhang und betrat den Söller.

Ein Sonnenstrahl teilte den Raum bis zur Wand über dem *prie dieu* und erhellte eine Pfütze Blut und eine rote Perlschnur von Tropfen darum. Er folgte dem Muster nach oben und wieder nach unten, wo es in den tiefen Schatten neben der offenen Leinenkommode verschwand. Zögernd folgte er seinem Blick, bis er auf den Körper von Walter de Lacey hinunterschaute und, darunter, den groben Stoff von Judiths ältestem Arbeitskleid erkannte.

Wenn sein Blut vorher zu erstarren drohte, jetzt schien es zu gefrieren, und er war einen Augenblick lang nicht imstande, zu denken oder sich zu bewegen, geblendet und gelähmt durch seine Vorstellungskraft. Etwas stupste ihn an seiner Hand, eine feuchte, kühle Schnauze, und Cadi jaulte. Ihre Rute schlug gegen seine Hose, und er unterbrach den Blickkontakt mit dem, was zu sehen er sich so fürchtete, um sich unwillkürlich dem Hund zuzuwenden. Cadis Zunge fuhr ihm über die Wange; die Hündin jaulte leise und schnüffelte dann an de Laceys Rüstung.

Guyon stellte fest, daß wieder Bewegung zurückgekehrt war in seine Glieder, obwohl sie einem Fremden zu gehören schienen. Er bückte sich, packte de Laceys Schulter und rollte ihn auf die Seite. Er hatte einen tiefen, zackigen Schnitt in der Kehle, und seine Augen waren fixiert in einem vorwurfsvollen, blicklosen Starren.

Judith war blutgetränkt, aber er konnte nicht wissen, wieviel davon ihr eigenes Blut war. Ihr Gesicht war sauber geblieben bis auf einen kleinen Strich, der ihre Blässe betonte. Ihre Augen waren geschlossen, und einen schrecklichen Moment lang wußte er nicht, ob sie tot war oder noch lebte.

»Judith?« sagte er leise, kniete sich neben sie, umarmte sie und lehnte ihr Gewicht gegen seine Schultern. »Judith?« Er strich über ihr Gesicht, und sie kippte gegen ihn wie eine Lumpenpuppe. Entsetzt gab er ihr einen Klaps, und dann packte er ihr Handgelenk, ehe sie und ihr Dolch das mit ihm machen konnten, was sie mit Walter de Lacey gemacht hatten.

»Guyon?« Ihre Augen klärten sich rasch, waren nicht mehr umwölkt. Sie blickte zu ihm hoch, schaute auf das Messer und ließ es fallen, dann drehte sie sich um, warf sich in seine Arme und zitterte.

»Judith, Liebste, bist du verletzt? Ich weiß nicht, es ist so viel Blut ...«

»Verletzt? ... Nein, es ist alles sein Blut. Er wußte nichts von meinem Dolch, bis ich zugestoßen habe ... Als er hier hereinkam, da habe ich gedacht, du bist tot ...« Wieder stockte ihr der Atem, und Guyon streichelte ihr das Haar und küßte sie. Sie erwiderte den Kuß wild und leidenschaftlich, dann stieß sie ihn ein wenig von sich, um ihn zu betrachten. »Du redest von meinen Verletzungen, als ob die deinen gar nichts wären!« sagte sie und zeigte auf eine blutige Spur, die vom Kinn unter seine Rüstung verlief.

»Das ist ein Kratzer«, antwortete er, wobei er nicht ganz die Wahrheit sagte. »Ich habe Schlimmeres beim Üben erlitten. Und es macht auch nichts. Denn jetzt ist alles vorüber.«

Sein Ton war so müde, daß sie fast wieder durchdrehte. »Wie meinst du das? Glaubst du, jetzt, wo de Lacey tot ist, werden die Waliser Vernunft annehmen?«

»Das hoffe ich zumindest, obwohl sie unberechenbare Bastarde sein können und ich selbst nicht in der Position bin, mit ihnen verhandeln zu können.« Sein Blick ging zur Tür.

Judith schaute Miles an und riß den Mund vor Erstaunen weit auf, als er über den Toten auf der Schwelle trat und hereinkam in das Söllerzimmer.

»Ich dachte, du hättest nicht die Zeit gehabt, nach Unterstützung zu schicken?« sagte sie zu Guyon in äußerster Verwirrung.

»Hatte ich auch nicht, Liebes.« Guyon ließ sie los, um sein Schwert an de Laceys Kniehose abzuwischen, und wünschte gleich darauf, er hätte es gelassen, weil sich danach der Raum bewegte und nach den Seiten kippte wie ein Schiff im Sturm. Er hatte Mühe, wieder das Gleichgewicht zu finden, und ihm wurde übel; vorsichtig steckte er daraufhin die Klinge in die Scheide. »Es war einfach Glück, oder der Wille Gottes ...« Er schaute seinen Vater an. »Wenn du nicht in diesem Augenblick gekommen wärst ...«

»Es war der Wille des Königs, meinst du«, sagte Miles mit einem spöttischen Lächeln, während Guyon sich bemühte, seinen Helm abzunehmen. »Und wie es so geht, konnte die Situation wieder einmal gar nicht günstiger sein für ihn.« Er bückte sich und streichelte den Hund.

Guyon warf einen Blick auf seinen Vater. »Entschuldige. Ich habe mich gerade bis zum Tor der Hölle gekämpft und zurück. Ich kann noch nicht richtig denken.«

Miles ließ den Hund, ging hinaus in die Halle und kehrte von dort mit einer Weinkaraffe zurück, die auf wunderbare Weise die ganzen Verwüstungen überstanden hatte. »Henry möchte, daß ich mit den Walisern verhandle. Nun, dank dir und Walter de Lacey habe ich eine nette Sammlung von Waliser Vögelchen in meinem Gewahrsam. Mit denen werde ich Cadwgan sicher an den Verhandlungstisch locken können. Ich habe übrigens auch seinen eigenen Sohn.«

»Cadwgans Sohn?« Guyon trank den Wein direkt aus der Karaffe; dabei lief mehr über seine Rüstung als in seinen Mund. »Du meinst, dieser Idiot mit dem edelsteinbesetzten Schwert, der nicht weiß, wie er damit umgehen soll, ist Cadwgans Sohn?«

Miles grinste wie ein Wolf. »Genau der. Glaubst du nicht, seinem Vater wird er wichtiger sein als seine Treue zu Robert de Belleme?«

Guyon schüttelte staunend den Kopf. Dabei fiel sein Blick auf den Leichnam von Walter de Lacey, und ein Zittern lief durch seinen Körper. Er stellte die

Weinkaraffe weg. »Schade, daß er tot ist«, murmelte er. »Er ist mir zu billig davongekommen.« Dabei fuhr er sich mit der Hand übers Gesicht und fluchte, als er sich den Kratzer von dem Pfeil wieder aufriß, so daß er erneut zu bluten anfing.

Selbst noch zitternd von den Schockwellen, erhob sich Judith und ging zu ihm hin.

Die geschundenen Muskeln protestierten und zitterten, als er die Hand ausstreckte, um ihr über die Wange zu streichen. »Mach dir keine Sorgen, Liebste«, sagte er mit seiner üblichen Art, sie zu beschwichtigen. »Das Aufräumen und Reparieren von Thorneyford wird eine Weile dauern. Ich gehe jetzt nicht gleich nach Bridgenorth, also brauchst du dir auch nicht zu überlegen, in welchem Getränk du mir diesmal das Opium verpassen sollst.« Er zupfte sie am Zopf, lächelte und rutschte dann bewußtlos an der Kommode entlang zu Boden.

Einunddreißigstes Kapitel

Ashdyke

Im Herbst des Jahres 1102

Unterhalb der Klippe von Ashdyke, auf der sich die Burg erhob, zwischen ihr und dem Wye-Fluß, war das allgemeine Weideland illuminiert von einem großen Freudenfeuer, um das sich die Menschen aus den umgebenden Dörfern versammelt hatten, um zu tanzen und umherzutollen.

Das Wasser glitzerte von den Edelsteinen der reflektierten, bunten Lichter, und die scharfe, herbstliche Brise bewegte die schwarze Oberfläche mit kleinen Wellen, die aussahen wie Streifen und Flecken aus flüssigem Gold. Das brennende Holz einer gefällten und zersägten Buche knackte und spuckte Funken, und der stechende Rauch wurde durch die orangefarbenen Flammen immer wieder erneuert.

Judith schaute von einem Sehschlitz in der kleinen Kammer der Burg hinunter auf die Szene und lächelte, als sie das Leder wieder vor den Schlitz knöpfte. Es gab so viel zu feiern, daß man kaum glauben konnte, noch vor nicht einmal einer Jahreszeit von Gewalt und Häßlichkeit, von Krieg und Tod umgeben gewesen zu sein.

Sie wandte sich ab und nahm ihren neuen, marderpelzbesetzten Umhang. Helgund bewegte sich schnell und geräuschlos in der Kammer. Die Nachtkerzen erhellten die Gesichter der zwei schlafenden Kinder mit ihrem weichen Licht. Der König hatte Guyon die Vormundschaft von Adam de Lacey übertragen, und so befanden sich der Junge und seine Erbschaft in Guyons Verantwortung, bis Adam mannbar geworden war. Guyon hatte erst versucht, sich dagegen zu wehren, aber Judith hatte ihn überredet. Der Junge war nicht verantwortlich für die Verbrechen seines Vaters, und in den Jahren, die ihnen zur Verfügung standen, konnten sie ihn nach ihren eigenen Regeln und Gesetzen erziehen. Skeptisch hatte Guyon seine Zustimmung gegeben, weil er zu der Zeit einfach nicht die Kraft besaß, mit ihr zu argumentieren, und sie hatte schamlos den Vorteil aus seiner Schwäche gezogen und das Kind in ihren Haushalt eingefügt. Adam lächelte noch immer sehr selten, war überwiegend ernst, aber er hatte zugenommen an Fleisch und an Vertrauen, und folgte Heulwen überall hin, solange sie es ihm gestattete.

Heulwen. Schlafend sah sie so unschuldig und engelhaft aus mit ihren rotgoldenen Locken und den köstlichen Zügen, daß man kaum glauben konnte, was für ein Teufel sie in den wachen Stunden war. Abgesehen von ihrem Aussehen und ihrem Charme, hätte Heulwen ebenso gut ein Junge sein können. Sie kletterte auf Bäume und rannte herum, schaukelte und ritt bereits auf den Ponys – und war dabei verwegener als Helgunds Enkelkinder.

»Schlafen sie?« fragte Alicia, die auf Zehenspitzen hereingekommen war und Judith über die Schulter schaute.

Die drehte sich um und umarmte ihre Mutter. »Ich bin so froh, dich glücklich zu sehen.«

Alicia erwiderte die Umarmung. »Nie hätte ich gedacht, es noch einmal sein zu können. Ich hatte solche Angst, Miles in diesem schrecklichen Krieg zu verlieren.«

Einen Augenblick lang hielten sie sich umarmt, Frauen, die sich bewußt waren, wie zerbrechlich ihre glückliche Gegenwart war, denn auch jetzt war der Krieg nicht wirklich vorüber. De Belleme war zwar aus England verbannt, aber wie lange? Die Verbannung konnte durch den Federstrich eines Königs aufgehoben werden.

Alicia trat als erste einen Schritt zurück. Sie betrachtete Judith von oben bis unten. »Weiß er es schon?«

Judiths Hand legte sich unwillkürlich auf ihren Bauch, der noch fest und flach war. Es war sogar fast noch zu früh, um ganz sicher zu sein; die Symptome waren vage – mehr ein Wissen des Körpers als des Geistes.

»Wie bist du eigentlich ...«

»Du hast Fleisch zugesetzt. O nein, nicht da, das wird man wohl nicht so bald sehen, aber du hast deine Kleider noch nie zuvor so hübsch ausgefüllt.«

Judiths Blick wanderte hinunter zu ihrem Busen. »Ich schätze, ich sollte das beste daraus machen, bevor das andere überhand nimmt«, seufzte sie mit gespieltem Bedauern und lächelte, als sie den Raum verließ und die enge Wendeltreppe hinunterging. »Nein, Guy weiß es nicht. Aber ich hatte ihm einmal gesagt, der beste Weg, um mir die Unruhe und die Lebhaftigkeit zu nehmen, sei es, mir ein Kind zu machen, und er hat es wohl sehr wörtlich genommen.« Das Lächeln wurde ein Kichern, doch gleich danach klang ihre Stimme wieder nüchtern. »Ich habe das Kind in Thorneyford empfangen, irgendwann zwischen dem Tod von Lady Mabel und der zweiten Belagerung. Es ist in gewisser Weise ein neuer Anfang, ein Licht in der Dunkelheit, und mir daher um so wertvoller.«

Sie fand Guyon allein unten am Fluß, wo er den Widerschein der Flammen auf dem Wasser beobachtete, und ging vorsichtig auf ihn zu, über das hohe, braune Herbstgras, dessen Halme durch ihre Strümpfe pieksten. Er hörte das Rascheln, als sie näherkam, und drehte sich rasch um, dann entspannte sich seine Miene zu einem Lächeln, und er streckte ihr die Hand entgegen.

»Allein und in Gedanken?« fragte sie leichthin, aber mit einem bedächtigen Unterton für den Fall, daß er über seine persönlichen Verluste des vergangenen Jahres nachdachte.

»Jetzt nicht mehr«, antwortete er ebenso leicht und zog sie an sich. Ihr Atem ließ Nebel entstehen in der Nachtluft, zwei kleine Schwaden, die sich schnell vereinigten und wieder auflösten. Das Wasser schlug gegen die Steine, nicht weit von ihren Füßen. »Ich fragte mich, was in der Normandie geschehen mag, seit de Belleme sich dort in der Verbannung befindet.«

»Es soll uns keine großen Sorgen machen«, antwortete sie eine Sekunde zu schnell, und ihre Finger klammerten sich fester in die seinen.

Er schaute sie von der Seite an. »Nein«, sagte er und deckte das, was er sah, mit einer halben Lüge zu. »Aber mir tun wirklich Herzog Robert und die übrigen normannischen Lords leid. Er wird sie bei lebendigem Leib fressen.« Und dann würde Henry dazwischenfahren, und es würde wieder Krieg geben – diesmal in der Normandie und nicht in England.

»Mir ist es egal, solange er uns in Ruhe läßt.« Sie blickte zu ihm hoch und erkannte, was da alles unausgesprochen blieb. Er war sehr krank gewesen nach der Schlacht um Thorneyford – nicht todkrank wie das letzte Mal, Gott sei's gedankt, aber krank genug, daß Bridgenorth hatte fallen und Miles sein Abkommen mit den Walisern hatte treffen müssen, bevor Guyon in der Lage war, wieder hinauszugehen und ein Pferd zu besteigen – ihrer Meinung nach immer noch zu früh. Er ermüdete sehr schnell. Ja, an der bitteren Belagerung von Shrewsbury hatte er teilgenommen, einer der englischen Adeligen, die bezeugten, wie Robert de Belleme und seine Brüder die schwer mitgenommene Festung verließen, um unter Bewachung ins Exil in der Normandie gebracht zu werden. Für den Augenblick waren sie sicher hier.

»Bist du müde?« Sie rieb ihre Wange an seinem Umhang.

Er zuckte mit den Schultern. »Ein bißchen.«

»Vielleicht sollten wir uns zurückziehen«, schlug sie vor, dann schaute sie ihn ängstlich an, als fühlte sie, daß ihm ein Schauder über den Rücken lief. Aber es war kein Schauder – er lachte.

»Vor dem Bräutigam und der Braut? Schande über dich, du kleines Luder.«

Ihre Lippen zuckten. »Ja«, seufzte sie niedergeschlagen. »Schande über mich.«

»Judith, bist du denn niemals imstande, deinem Mann das letzte Wort zu lassen?« fragte er grinsend.

»Wenn es demnächst so ist, dann hast dabei allein du die Schuld.«

»Ich? Aber wieso denn?«

»Warum sonst sollte ich weich und nachgiebig werden?«

Das stoppte ihn, als wenn er gegen eine Mauer gerannt wäre. Er schaute sie an wie ein Bauer, der vom rauhen Cidre betrunken war.

»Es wird, schätze ich, im späten Frühjahr so weit sein«, fügte sie hinzu, und ihre Augen waren rund und unschuldig. »Freust du dich denn nicht?«

Guyon nahm sie bei den Schultern. Ein fragendes Lächeln ersetzte nach und nach den betäubten Ausdruck auf seinem Gesicht. »*Cath fach*, ich liebe dich«, murmelte er.

Sie schlang die Arme um seinen Hals. »Zeig es mir«, sagte sie an seinen Lippen. »Ich will es wissen.«

Elizabeth Chadwick

Die Füchsin

Für Roger, Ian und Simon

Ich möchte an dieser Stelle meinen Dank ausdrücken für die Unterstützung, welche ich von Mr. R. Venner und dem Team der West Bridgford County Library erhalten habe, die mir mit Begeisterung dabei behilflich waren, die weithin unbekannten und schwer zugänglichen Nachschlagewerke zu finden, welche zu meiner Ergründung der Bräuche und der Geschichte des Mittelalters wichtig waren. Außerdem drücke ich Dank aus meiner wundervollen literarischen Agentur Blake Friedman, der ich mich zutiefst verpflichtet fühle, und allen meinen Helfern beim Verlag Michael Joseph, die meinen Vorstoß in die Welt des Verlegtwerdens zu einem uneingeschränkten Vergnügen gemacht haben.

Erstes Kapitel

Die Marken von Wales

Herbst 1126

An dem Tag, als Adam de Lacey seine heimatlichen Grenzen erreichte, nach einer Abwesenheit von mehr als einem ganzen Jahr, war der Monatsmarkt von Ravenstow in vollem, geräuschvollem Gang, und nicht wenige Zeugen tuschelten versteckt hinter den Händen über den kleinen, aber disziplinierten Troß, den sie beobachteten, während er sich durch ihre Mitte wand.

Der junge Mann an der Spitze achtete wenig auf ihr Interesse, auf die umlagerten Verkaufsbuden und die Mischung von Gerüchen und Gestänken, das Geschrei der Händler und die Aufforderungen, ihre Waren zu betrachten und zu kaufen – nicht weil es unter seiner Würde gelegen hätte, sondern weil er erstens müde und zweitens in Gedanken versunken war. Er kam an einer Frau vorüber, die Felle, Winterschuhe aus Schafsfell und Fellwesten verkaufte. Das leichte Lispeln der walisischen Sprache schmeichelte seinen Ohren, riß ihn aus seiner Verträumtheit und brachte ihn dazu, sich umzusehen, mit einem halben Lächeln auf den Lippen. Er hatte sich zu sehr an das schwere, gutturale Deutsch gewöhnt, gesprochen von humorlosen Menschen mit einem starren, strengen Sinn für Rang und Ordnung. Ihre Lebensweise war das Gegenteil der sorglosen, robusten Waliser, die nicht viele Güter besaßen, aber auch relativ anspruchslos waren und sich von den Besitzenden nicht allzu sehr beeindrucken ließen.

Die weite Reise zu den Trauerfeierlichkeiten für den jüngst

verstorbenen deutschen Kaiser war von Gewalttaten und Schwierigkeiten langer Wegstrecken durch oftmals feindlich gesonnene Landstriche und Straßen erfüllt gewesen, und die Rückreise kam ihm fast noch schlimmer vor, was man auf die Ungeduld seines Charakters zurückführen konnte. Adam war ein erfahrener Soldat und sehr wohl in der Lage, sich um sich selbst zu kümmern, was die Gefahren der offenen Straße betraf. Die Stiche der Zunge einer hochmütigen Frau, wenn es sich dabei zudem auch noch um die Tochter des Königs und um die Witwe des Kaisers aus dem Deutschen Reich handelte, waren eine ganz andere Sache. Ihr hoher Stand hatte es ihm verboten, sich in der Weise zu verteidigen, wie es ihm gefallen hätte, und die Pflichten der feudalen Regeln hatten es ihm unmöglich gemacht, sie einfach auf der Straße sitzenzulassen. Sie hatte ihn gezwungen, sich mit zusammengebissenen Zähnen dem zu ergeben, was nicht zu ändern war, und mit der Zeit hatte er sich daran gewöhnt.

Ein altes Weib rief ihm etwas zu und bot ihm an, für einen Fourthing seine Zukunft zu weissagen. Das halbe Lächeln wurde breiter, nicht ohne einen bitteren Zug um den Mund. Er warf ihr eine Münze zu, die sie mit den ausgestreckten, schmierigen Fingern in Empfang nahm, und neigte sich herunter, um ihre Prophezeihung zu hören. Dabei kannte er seine Zukunft bereits – der Teil, auf den es ankam oder angekommen war, bis der Schmerz des Verlangens die Wünsche erstickt hatte. Abrupt gab er seinem Hengst die Sporen und trieb ihn zu einem schnellen Galopp an.

Die Burg Ravenstow, Sitz der Grafschaft seines Ziehvaters, leuchtete strahlend weiß vom frischen Kalkanstrich oben auf der Klippe, welche die Stadt überragte. Die Festung war entworfen und erbaut worden während der Herrschaft von König William Rufus, von Robert de Belleme, dem vormaligen Earl von Shrewsbury, der in seinen letzten vierzehn Jahren Gefangener von König Henry gewesen war. Seine bösen Mächte waren nur noch eine wenn auch lebhafte Erinnerung, zu lebhaft für manche, die ihre Freunde und ihre Familien an die barbarischen Schindereien verloren hatten, welche von ihm in den Verliesen seines Schlosses verübt worden waren.

Adams leiblicher Vater war Vasall von de Belleme gewesen, und sein Name hatte denselben schändlichen Ruf. Adam wußte aus den Erzählungen der Dienerschaft, die zur Winterszeit in den düsteren Ecken der Burg beisammenhockten, flüsterten und die ungezogenen Kinder von bösen Taten abschreckten, was für ein Mann sein leiblicher Vater gewesen war: ein mörderischer Kinderschänder, dem es größten Spaß gemacht hatte, bei den Folterungen eines Menschen zuzusehen.

Jetzt war die Zugbrücke unten, aber die Wachen senkten erst ihre Speere, als sie einen Blick auf sein Wappen geworfen hatten und auf das Gesicht, das sich hinter dem nach oben geschlagenen Visier zeigte. Danach ließen sie ihn durch, mit Worten der Begrüßung und Neugier in den Augen.

Eadric, der Stallmeister, kam aus den Stallungen, um den Braunen in Empfang zu nehmen, und schickte seine Pferdeknechte zu Adams Männern. »Willkommen Mylord«, sagte er mit einem Halbmondgrinsen. »Lange her, daß Ihr uns verlassen habt.«

Adam schaute sich in dem belebten Burghof um, der so aussah wie immer. Der Hammer des Schmieds war deutlich zu hören aus der Schmiede in einer Öffnung der Zwischenwand; eine Soldatenfrau setzte einen Topf mit einem Dreifuß über offenes Feuer, und der appetitanregende Dampf zog wie der Schleier einer Huri in seine Nase und erinnerte ihn daran, daß er seit dem frühen Morgen nichts gegessen hatte. Hennen pickten und gackerten zwischen seinen Beinen, Tauben aus dem Schlag von Gräfin Judith gurrten und drehten ihre Pirouetten. Eine kurvenreiche, junge Dienerin trug ein Tablett mit Brotlaiben über den Hof; ihr pfiff eine Gruppe dienstfreier Soldaten hinterher, die Würfel spielten und sich den Pelz an der von der Sonne aufgeheizten Mauer wärmten.

»Eine lange Zeit, das stimmt, Eadric«, bestätigte Adam mit einem Seufzen und dem etwas müden Lächeln, an das sich der Stallmeister so gut erinnerte. »Ich bin auch noch nicht zu Hause in Thorneyford gewesen. Ist Lord Guyon hier?«

»Auf der Jagd, Lord Adam, und die Gräfin begleitet ihn.« Der Stallmeister zuckte mit den Schultern und schaute schuldbewußt drein, doch dann hellte sich seine Miene plötzlich auf. »Aber Master Renard ist hier und Mistress Heulwen.«

Das Lächeln erfror und splitterte. Adams Gesicht, seine freundliche Miene, veränderte sich in drastischer Weise. Er legte die Hand auf den Sattelknauf seines Hengstes, als wollte er wieder aufsetzen, und drehte sich zu seinen Männern um. Dabei hörte er, wie sie erleichtert stöhnten, und sah, wie sie die schmerzenden Muskeln dehnten und ihre steifgewordenen Nacken massierten. Sie waren müde, waren eine knochenbrechende Tour geritten, und es wäre nicht nur töricht, sondern auch überaus rücksichtslos und unaufhörlich gegenüber dem Hausherrn gewesen, wenn er wieder davongeritten wäre, jetzt wo man von seinem Besuch wußte. Der Geruch aus dem Kochkessel verursachte bei ihm plötzlich ein Gefühl der Übelkeit im Magen.

Ein junger Mann mit langen Storchenbeinen kam aus der Richtung der Stallungen auf ihn zu und zog sich beim Näherkommen einen Falknerhandschuh von der rechten Hand – ein breitschultriger junger Bursche mit pechschwarzem Haar und kräftigen Zügen, die gerade dabei waren die Rundheit der Kinderzeit zu verlieren. Adam brauchte ein paar Sekunden, um zu erkennen, daß das Renard war, der dritte Sohn von Earl Guyon, denn als er den Jungen zuletzt gesehen hatte, war er ein schlaksiger, knochiger Vierzehnjähriger gewesen; jetzt dagegen bekamen seine Glieder die muskulösen Polster des erwachsenen Mannes, und er bewegte sich wie eine junge Wildkatze.

»Wir dachten schon, du seist auf Nimmerwiedersehen verschwunden«, erklärte Renard und begrüßte Adam mit einem großspurigen Klaps auf den Arm und jeglichem Mangel an Respekt.

»Das habe ich auch manchmal gedacht«, antwortete Adam etwas hintersinnig und trat einen Schritt zurück. »Mein Gott, bist du gewachsen!«

»Das sagt mir jeder – aber nicht zu alt für eine Tracht Prügel, pflegt Mama hinzuzufügen!« Er lachte fröhlich und zeigte weiße, ein wenig unregelmäßige Zähne. »Sie sind mit Papa auf die Jagd geritten, weil das die einzige Möglichkeit ist, ihn einen Tag von seinen Pflichten abzulenken, wenn sie ihn nicht betrunken machen will – und das hat sie schon ein paarmal versucht. Also sind nur ich und Heulwen da. Sie wird sich freuen, dich zu sehen.«

Adam ließ den Blick senken, um zu verbergen, was in seinen Augen stand. »Ist ihr Mann auch da?

Sie gingen die Treppe zum Hauptgebäude hinauf und durch den mit Vorhang versehenen Bogengang in die große Halle. Der dichte Belag von süß duftenden Sägespänen knackte bei jedem Schritt, und die Sonne warf durch die hohen, schmalen Fenster ohne Läden schräge goldene Streifen darauf und ließ die Goldstickerei an den Flaggen im Hintergrund funkeln. Renard gab einem Diener einen Wink mit dem gekrümmten Finger, dann schaute er seinen Gast von der Seite aus verengten, dunkelgrauen Augen an. »Ralph ist im Hochsommer von einem Waliser erschlagen worden.«

»Gott sei seiner Seele gnädig.« Adam bekreuzigte sich und sagte die von ihm erwarteten Worte, obwohl es in seinem Schädel raste.

Renard schüttelte den Kopf. »Es war eine schlimme Sache. Die Waliser haben die ganze Zeit an unserer Grenze herumgeknabbert wie Fliegen an einem Kadaver. Warrin de Mortimer hat sie dabei gestört, die Waliser verscheucht und die sterblichen Überreste von Ralph, oder das, was noch von ihm geblieben war, nach Hause gebracht. Es hat Heulwen schwer getroffen. Wie es scheint, haben sie und Ralph gestritten, bevor er ausgeritten ist, und jetzt gibt sie sich die Schuld.«

Das Mädchen kam mit einem grünglasierten Krug und zwei Bechern, und ihre Blicke richteten sich abschätzend auf Adam. Er starrte durch sie hindurch, und ein Muskel zuckte an seiner Wange. Mechanisch kostete er den Wein, den sie für ihn eingeschenkt hatte. Es war ein voller, glatter Rheinwein, und Adam würgte es in der Kehle, als er sich an Heulwens Hochzeit erinnerte und wie er sich gerade von diesem Wein so sehr betrunken hatte, daß Lady Judith ihm ein Brechmittel hatte eingeben müssen, um sein Leben zu retten. Später hatte das Ereignis seinen Platz gefunden in einer traurigen Erinnerung, wobei über seine Rettung bitter gelacht wurde. Er selbst wünschte sich manchmal insgeheim, sie hätten Gnade walten und ihn zugrunde gehen lassen.

Renard setzte sich auf den fellbezogenen Hocker vor dem Feuer, stellte sich den Becher zwischen die Beine auf den Boden und schnitt eine Grimasse. »De Mortimer scharwenzelt jetzt um Heulwen wie eine verrückt gewordene Wespe um den offenen Honigtopf. Es ist nur noch eine Frage der Zeit, bis er Papa formell um ihre Hand bitten wird.«

»Und glaubst du, dein Vater wird sie ihm geben?«

Renard zuckte mit den Schultern, als scheuche er etwas Lästiges davon. »Es wäre eine nützliche Verbindung, und da Warrin einmal Papas Leibwächter war, wird er sicher mit Vorzug angehört werden.«

Adam füllte seine Backen mit dem Wein und schluckte ihn dann hinunter. Er erinnerte sich an den Staub an seinen Zähnen, an das Gefühl eines mit Sporen besetzten Absatzes an seinem Rückgrat und an eine spöttische Stimme, die ihm befahl, aufzustehen und wieder das Schwert zu präsentieren. Die Verletzungen, die Erniedrigung und die Tränen ließen seine Kehle anschwellen; die Mühe, sich zu ergeben und seinem Gegner ins Gesicht zu schauen, dabei zu wissen, daß er erneut niedergeschlagen werden würde... Man nannte es Training: ein Dreizehnjähriger gegen einen Mann von zwanzig Jahren, dem es nur darauf ankam, seine Überlegenheit spüren zu lassen und den jüngsten Herren an den Platz zu rücken, der ihm gebührte. O ja, er kannte Warrin de Mortimer.

»Und Heulwen selbst?« fragte er mit erzwungener Neutralität.

»Ach, du kennst doch Heulwen. Sie spielt die Unerreichbare, aber ich glaube, am Ende bekommt er sie doch. Warrin hatte schon früher um sie geworben, wie du weißt, aber er wurde abgewiesen zugunsten von Ralph.«

»Und nun ist Ralph tot«, sagte Adam ohne Betonung.

Renard warf ihm einen neugierigen Blick zu, aber etwas in Adams Verhalten veranlaßte ihn, sich statt einer Bemerkung dazu auf die Zunge zu beißen und danach zu fragen: »Wie ist eigentlich Maud?«

Adam rieb sich das graustoppelige Kinn. »Sie läßt sich lieber mit ihrem vollen Titel ansprechen«, sagte er ein wenig ärgerlich. »Ein hochnäsiges Luder, stolz und hart wie ein Stein von Caen.«

»Du magst sie nicht«, bemerkte Renard mit Interesse.

»Ich bin ihr nicht nahe genug gekommen, um es herauszufinden – und sie selbst behandelte mich auch wie ein Stück Stein.«

Der jüngere Mann grinste über den Rand seines Bechers.

»Da gibt es nichts zu lachen, Ren. Henry hat sie nicht nur heimgerufen, um sie mit ihrem Witwengut zu belohnen. Sie wird unsere zukünftige Köchin sein, und wenn ich sehe, daß sie sich wie ein verzogenes Luder benimmt, wird mir ganz elend vor Sorge um das Land.«

»Warum hat der König dann ausgerechnet dich ausgeschickt, um sie zu holen?« fragte Renard. »Ich meine, dich persönlich?«

Adam lächelte dunkel. »Ich habe bei Hof gedient, also

nehme ich an, Henry hält mich für diskret und gelassen, einen Mann, der nicht so leicht durchdreht, wenn man ihn zum Beispiel einen flegelhaften Trottel schilt, der an Stelle seines Gehirns eine zerquetschte Rübe im Kopf hat.«

»Das hat sie zu dir gesagt?« Renard riß die Augen auf. Er verbarg das sich vertiefende Grinsen hinter dem Becher.

»Das war noch die geringste ihrer Beleidigungen. Die meisten waren natürlich auf deutsch, und ich habe sie mir nicht übersetzen lassen. Selbst ein flegelhafter Trottel mit einer zerquetschten Rübe im Kopf hat seinen Stolz. Und außerdem...« Er hielt inne und starrte zur anderen Seite der Halle, im Herzen versteinert durch eine Vision.

Sie stand im breiten Strahl des Sonnenlichts, das ihre Zöpfe unter dem einfachen weißen Schleier zur Farbe von Herbstlaub aufblitzen ließ. Das rostbraune Wollkleid war mit Spitzen besetzt und schmiegte sich eng an die vielen Kurven eines dennoch schlanken Körpers, und als sie sich dem Kamin näherte, funkelten die köstlichen Goldstickereien an Hals und Saum im Licht der Glut.

Adam schloß die Augen, um den Kontakt zu unterbrechen, schluckte und wappnete sich dann, um die Begegnung zu ertragen. Lieber hätte er hundertmal den hochmütigen Zorn der Kaiserin Matilda über sich ergehen lassen, als der Frau noch einmal entgegenzutreten, die sich ihm jetzt näherte: Heulwen, der unehelichen Tochter von Lord Guyon mit einer Waliserin, die sein eigener Vater im Krieg von 1102 ermordet hatte.

Er erhob sich unbeholfen, und etwas von dem Wein lief ihm über den Wams und befleckte den blauen Samt. Er fühlte, wie seine Augen brannten, und wußte, daß er rot angelaufen war wie ein schüchterner, linkischer kleiner Junge.

»Adam!« rief sie voller Freude und warf sich ihm unbedenklich in die Arme, schlang die ihren um seinen Hals und zog seinen Kopf nach unten, um ihn auf die Lippen zu küssen. Der Geruch nach Honigsüße umgab ihn. Ihre Augen hatten die Farbe sonnenheller Untiefen des Meeres: Azur und Aquamarin, dazu Kobalt, gefleckt mit Gold. Seine Kehle schnürte sich zusammen. Er brachte kein Wort heraus und dachte, daß Mathildas Bemerkungen vielleicht keine Beleidigungen, sondern die Wahrheit waren.

Sie ließ ihn los, um einen Schritt zurückzutreten und den neuen, modischen Wams zu bewundern, den er über seinem Kettenhemd trug, und den schweren, reich verzierten, germanischen Schwertgürtel. »Meine Güte«, neckte sie ihn, »bist du nicht ein Labsal für müde Augen? Mama wird wütend sein, daß sie nicht hier war zu deiner Begrüßung. Du hättest aber auch einen Boten vorausschicken können!«

»Ich hatte eigentlich vorgehabt, zuerst nach Thorneyford zu reiten«, sagte er mit gepreßter Stimme, »aber ich habe einen Brief vom König an deinen Vater.«

»Grobian!« schalt sie ihn, während die Lichter in ihren Augen tanzten. »Aber nein, es ist ein Glück, daß nicht alle bei uns solche Schmeichler sind. Oben steht eine heiße Wanne für dich bereit.«

Adam starrte sie mit wachsendem Entsetzen an. Nicht, daß er nicht gern badete oder es nicht gewohnt gewesen wäre – im Gegenteil, er genoß den Luxus und die Entspannung, die ihm eine heiße Wanne bot. Aber er befürchtete, daß Heulwen als seine Gastgeberin diejenige sein würde, die ihm die Waffen abnahm und ihn bediente – und es war zu lange her, daß er zuletzt eine Frau gesehen hatte. »Ich bin noch nicht mit meinem Wein fertig«, sagte er hölzern, »und mit meinem Gespräch.«

Renard breitete die schlanken Finger aus und sagte wenig hilfreich: »Du müßtest deinen Bericht ohnehin nur bei meinen Eltern wiederholen; außerdem ist es nicht verboten, einen Becher Wein mit nach oben zu nehmen.«

»Und da ich mir schon die Mühe gemacht habe, dir eine

Wanne vorzubereiten, kannst du dich ja wenigstens hineinsetzen. Du stinkst nach der Reise!« So sprach man kaum zu einem willkommenen Gast, und Heulwen hätte sich gleich danach die Zunge abbeißen mögen. Seit Ralphs Tod hatte sie selbst mit Erschrecken festgestellt, daß sie ohne Sinn und Anlaß Gift spie, und die Leute sahen es ihr nach – zumindest diejenigen, die sie gut kannten. Aber es war lange her, daß sie und Adam die Nähe einer Kinderfreundschaft genossen hatten.

Adam starrte auf die Wand jenseits ihres Kopfes und wich ihren Blicken aus. »Das kommt wahrscheinlich daher, weil ich schon lange unterwegs bin. Zu lange, denke ich manchmal.«

Sie berührte ihn wieder, und ihr Blick war betrübt. »Adam, entschuldige. Ich weiß nicht, warum ich das gesagt habe.«

»Weil du dir die Mühe gemacht hast, und ich bin nicht entsprechend dankbar dafür«, erwiderte er mit einer Grimasse, die ein Lächeln sein konnte. »Wenn ich nicht höflich genug bin, so kommt es daher, daß ich letzter Zeit sehr von einer Frau herumkommandiert worden bin.«

»*A outrance!*« krähte Renard seiner errötenden Halbschwester zu.

»Ich wollte niemanden beleidigen.« Adam setzte den Becher ab, der immer noch mehr als halb voll Wein war, und ging zu dem Vorhang, der die Treppe nach oben in den Turm verbarg. »Ich bitte euch, ertragt mich eine Weile, bis ich die Gnade hatte, mich von dem, was hinter mir liegt, zu erholen.«

»Jesu.« Renard schnitt eine Grimasse. »Er hat sich gar nicht verändert, was?«

Heulwen schlang die Arme nachdenklich ineinander. »Ich weiß nicht. Als ich das Bad erwähnte, dachte ich, er dreht sich auf dem Absatz um und ergreift die Flucht.«

»Vielleicht haben ihn die Deutschen da unten verletzt«, bot

Renard spöttisch an und machte eine entsprechende Handbewegung, dann warf er ihr einen schlauen Blick zu. »Oder vielleicht ist das Gegenteil der Fall.«

Das war typisch für Renard. Wer ihn nicht kannte, sah einen liebenswerten, manchmal etwas oberflächlichen jungen Burschen, der durch die Fallen des Heranwachsens zu einer noch in der Ferne liegenden Reife wanderte – doch dann zerstörte er nicht selten diesen Eindruck mit einer scharfen Bemerkung oder klugen Beobachtung, die seinen Jahren und vermeintlichen Fähigkeiten weit voraus zu sein schien.

»Na, wenn schon!« fuhr ihn Heulwen an. »Ich habe genug Männer gebadet, um zu wissen, was manchmal geschieht, wenn sie zu lange zurückhaltend gelebt haben. Mich kann da nichts erschüttern.«

»Nein.« Renard zwinkerte. »Aber ihn.«

Sie legte den Kopf auf die eine Seite, und ihre Wangen zeigten schelmische Grübchen. »Glaubst du wirklich?«

»Ich glaube«, sagte Renard mit Nachdruck, »daß man sich leicht die Finger verbrennt, wenn man mit dem Feuer spielt.« Dann trank er seinen Wein aus und ging wieder hinaus zu den Stallungen.

Oben in der Kammer stand Adam in Bewunderung vor der dampfenden Wanne; rings um ihn waren die Mädchen beschäftigt, prüften die Wassertemperatur, warfen eine Handvoll Kräuter hinein, legten Handtücher aus weichem, angerauhtem Leinen bereit, gaben noch mehr Scheite aufs Feuer und frische Holzkohle in die Wärmepfannen, um die Kälte aus den dicken Steinmauern zu vertreiben.

»Es tut mir leid, wenn ich einen Fehler gemacht habe«, sagte Heulwen und senkte den Vorhang hinter sich. »Ich dachte, ein Bad wäre angenehm nach einem langen Tag unterwegs.«

Er lächelte mit dem Mund, aber seine Blicke hielten Distanz. »Das ist auch so. Wie du sagtest, es ist mir nur ein bißchen ungewohnt.«

Sie schaute ihn nachdenklich an. In seiner Stimme hatte weder Wärme noch Überzeugung gelegen. Es war ihr vorgekommen, als spreche sie bei der Erwiderung, die sie erhielt, mit einer Jahrmarktspuppe, und allmählich flammte ihr Ärger auf.

»Oder geht es nur darum, daß du die Hitze loswerden willst?« fragte sie boshaft-süß. »Soll ich eine von den Soldatenhuren kommen lassen?«

Das rief ein weiteres Aufreißen seiner Augen hervor. *»Was?«* Sein Tonfall sagte, daß er sehr wohl gehört hatte, aber seinen Ohren nicht trauen konnte.

»Nun, welchen anderen Grund könntest du haben, um ein Bad abzulehnen? Du bist doch bestimmt nicht schüchtern«, forderte sie ihn heraus.

»Ich habe es nicht abgelehnt.« Die Augen verengten sich wieder, aber seine Halsmuskeln waren angespannt.

»Du hast es zumindest versucht.«

»Weil ich müde bin und weder Witz noch die Geduld besitze, mit dir schlaue Konversation zu treiben!« fuhr er sie an, und durch den Zorn und seinen Schock wurde ihm plötzlich klar, daß sie ihn herausforderte, um zu sehen, wie weit sie seine Geduld strapazieren konnte. Genau wie früher.

»So ist es schon besser«, lobte sie ihn. »Ich dachte schon, du seist selbst in Deutschland geblieben und hättest nur ein Wachsbild statt deiner nach Hause geschickt, das natürlich im Badewasser schmelzen könnte.«

Adam schluckte und unterdrückte das Verlangen, ihr den Kragen umzudrehen; doch dann kämpfte sich sein Humor an die Oberfläche und trat sorglos auf die Ruinen seines Stolzes. »Daß du die Farbe der Füchsin trägst, ist kein Zufall, was?« fuhr er sie an. »Du hast das mit Absicht getan.«

»Ich wollte die Maske zerstören, die du auf dem Gesicht

getragen hast, und das ist mir doch gelungen, oder nicht?« Ihr üppiger Mund schürzte sich, und sie betrachtete ihn, den Kopf zur Seite gelegt, was eine ihrer Gewohnheiten war. »War die Kaiserin wirklich so schrecklich?«

»Ich habe Schlimmeres erlebt«, sagte er und lächelte jetzt.

»Unsinn!« Sie lachte. »Also gut, ich höre jetzt auf, dich zu plagen, vorläufig. Gib mir dein Wams.« Mit erfahrener Bewegung nahm sie ihm das Kleidungsstück ab. Es war aus feinstem, azurblauem italienischem Samt, und sie drückte ihre Freude über die Qualität des Stoffes aus und ihr Bedauern darüber, daß es von seinem Kettenhemd Rostflecken bekommen hatte.

»Es hält die Sonne von der Rüstung«, sagte er und legte den verzierten Schwertgürtel beiseite, froh, das Thema des Gesprächs wechseln zu können. »Außerdem zeigt es den Bauern an der Straße den Reichtum, und das ist wichtig, wenn man eine Kaiserin begleitet.« Sein Ton strotzte vor Sarkasmus.

Heulwen beschäftigte sich damit, ihm das Kettenhemd abzunehmen. »Das muß geflickt und poliert werden, bevor du es wieder tragen kannst«, murmelte sie, ganz erfahrene Ehefrau. »Ich schicke einen der Burschen hinunter damit in die Waffenschmiede. Dieses Jahr hat es schon mehrere Überfälle der Waliser gegeben, darunter einen, bei dem Ralph ums Leben gekommen ist.«

Vorsichtig rollte sie das Kettenhemd zu einem ordentlichen, ziemlich großen Bündel, und bevor er protestieren konnte, daß er nicht so lange zu bleiben beabsichtige und daß es nicht nötig sei, wurde das Kettenhemd bereits zum Reinigen und Reparieren weggebracht.

Er biß die Zähne zusammen und setzte sich auf einen niedrigen Hocker, um die Stiefel und die Strümpfe auszuziehen. »Als ich wegging von hier, war die Lage ziemlich ruhig, sonst wäre ich nicht gegangen.«

»Jetzt ist alles unsicher«, sagte sie betrübt. »Sie haben

einen neuen Lord, auf der anderen Seite der Grenze, und der schlägt seine Zähne in unser Land, schon die ganze Zeit seit deiner Abwesenheit und erst recht, seit Ralph nicht mehr da ist, seit dem frühen Sommer. Papa hatte nicht die Zeit gehabt, ihn dafür anzulernen. Miles wäre alt genug gewesen, um ihm einen Teil der Last abnehmen zu können, aber Miles ist tot, und wir können noch nicht einmal an seinem Grab trauern, weil er ertrunken ist.« Sie biß sich auf die Lippe, ehe sie zu zittern begann und sich verriet. »John hat die Kirche gewählt, weil er fast völlig blind ist und daher wenig Nutzen gebracht hätte. Renard macht sich gut, aber er ist noch nicht alt genug, um Verantwortung übernehmen zu können, und Henry und William sind noch Kinder.« Sie zeigte ihm ein gepreßtes, etwas herausforderndes Lächeln. »Aber jetzt, wo du zu Hause bist, kannst du dich um das Schlimmste kümmern, wie ich hoffe.«

»Oh, es gibt nichts, was mir mehr Spaß macht als ein guter Kampf«, sagte er etwas leichthin und senkte den Blick dann, um die Kreuzbänder zu lösen.

Heulwens Lächeln verschwand, und zwischen ihren kräftigen roten Brauen erschienen schwache vertikale Falten. Adam war immer schwierig gewesen. Obwohl nicht vom Blut her ihr Bruder, hatte sie ihn immer so gesehen. Sie war in der Kinderzeit mit ihm durch die Gegend getollt, war mit ihm auf die Bäume geklettert und hatte sich an Stricken durch die Stallungen geschwungen, hatte Äpfel aus den Vorratskellern und Honigkuchen vor der Nase der Köchin gestohlen. Sie hatten beide die Leidenschaft geteilt für die großen, reinblütigen Pferde, die ihr Vater und ihr Großvater züchteten. Ein sattelloses Rennen als Mutprobe hatte mit Prügel für beide geendet. Sie hatte danach eine Woche nicht aus dem Haus gedurft, und Adam war in Unehren auf eines der anderen Güter seines Vaters geschickt worden, um in der Einsamkeit über den verrückten Streich nachzudenken.

Das Erwachsenwerden hatte beide unerwartet überfallen.

Sie war schnell zur reifen jungen Frau geworden und hatte mit fünfzehn Ralph le Chevalier geheiratet, den Sohn eines Krongutsbesitzers und Meister im Erziehen der großen Kriegshengste ihres Vaters. Es war ihre Bewunderung für die geschickte Handhabe dieses Talents, die sie zusammengebracht hatte.

Als ihre Liebe zu Ralph erste Knospen schlug und dann voll erblühte, hatte sich Adam in mürrische Schweigsamkeit zurückgezogen, und in seiner natürlichen Zurückhaltung wollte er mit nichts mehr etwas zu tun haben außer mit den Pferden. Sie sah ihn jetzt noch aus dieser Zeit vor sich: mit verschlossenem Gesicht, das rote Zornesflecken aufwies, und einem langen, schlaksigen Körper mit unkoordinierten Bewegungen.

Als sie jetzt sein Hemd nahm, schnalzte sie bedauernd mit der Zunge über dessen fadenscheinigen Zustand. »Ich sehe, die Kaiserin war nicht so großzügig, was die verdeckten Kleidungsstücke angeht«, bemerkte sie. »Du mußt mich Maß nehmen lassen, daß ich dir ein paar neue anfertigen kann.«

»Willst du mein Leben neu ordnen?« trieb es ihn zu sticheln.

Heulwen lachte und reichte die restlichen Kleidungsstücke dem Mädchen. »Wozu sind Schwestern sonst da?« Als sie ihm scherzend über die Schulter schaute, erfror das Lächeln auf ihrem Gesicht zu Eis, und ihr Magen drehte sich um. In Gedanken hatte sie zu dem schlaksigen, sommersprossigen Jungen ihrer Kindheit gesprochen. Der Irrtum war mit Händen zu greifen, ja, er stand nackt vor ihr, und sie sah vor sich Adam, den Mann – einen Fremden, den sie gar nicht kannte. Renard hatte sie gewarnt, sie hatte die Herausforderung angenommen, und jetzt war es plötzlich zu spät.

Die Sommersprossen ersetzte der rötliche Schimmer der Bartstoppeln, die sich durch seine von der Sonne gebräunte Haut stachen. Sein Haar war von der Sonne gebleicht, das rötliche Braun zu Bronzetönen, dort wo es am meisten den

Strahlen ausgesetzt war, und seine Augen hatten die Farbe von Honig, mit dichten Wimpern, deren Spitzen golden schimmerten. Darunter ragten die edlen Backenknochen deutlich und kühn hervor. Die Linie seiner schmalen, feinen Nase war in der Mitte, an einer Bruchstelle, ein wenig verdickt, und eine kaum sichtbare weiße Narbe zog sich von der Nase bis zur geschwungenen Oberlippe. Auch an seinem Körper waren Narben, die sie von früher nicht kannte, die Narben eines aktiven Kämpfers. Eine von ihnen, offenbar neueren Datums und noch rosa, schwang sich wie eine Mondsichel über seine Hüfte und endete in dem lockigen Haarbüschel seiner Kruppe – und was dort hing, war ebenfalls weit über die Knabenzeit hinaus.

Sie preßte die Lippen zusammen; ihre Kehle war plötzlich ausgetrocknet, die Stelle zwischen ihren Schenkeln im Gegensatz dazu feucht. Nicht in ihren wildesten Träumen hätte sie den Begriff ›schön‹ bei Adam de Lacey verwendet, aber das häßliche Entlein hatte seine Daunen abgeworfen und war zum edlen Schwan geworden. »Du scheinst einiges an Kämpfen hinter dir zu haben«, sagte sie schwach, um ihren Schock zu überspielen, und suchte sich dann eine Schale mit Seife.

Er stieg in die ovale Wanne und setzte sich. Das Wasser war heiß, so daß er kurz zusammenzuckte und die Luft anhielt, aber wenigstens brachte das seinen halbgeschwollenen Schaft dazu, daß er sich in sich zurückzog und vor ihrem Blick verborgen werden konnte. »Wir sind immer wieder von Wegelagerern und Räubern angefallen worden. Bei mir haben sie sich freilich das falsche Opfer ausgesucht, aber einige haben erst davon überzeugt werden müssen. Soll ich das hier benutzen?«

»Was meinst du denn?« Sie nahm die Seifenschüssel aus seiner ausgestreckten Hand zurück.

»Damit rieche ich so süß wie türkisches Konfekt!« rief er und lachte ungezwungen.

Verärgert über ihren Fehler, schnalzte sie mit der Zunge

und ersetzte die Mischung aus Rosen- und Lavendelöl durch etwas, das weniger duftete.

Danach herrschte Schweigen. Heulwen war zu besorgt, um es mit leichtem Geplauder zu brechen, und Adam war von Natur kein redseliger Mensch. Sie verstand die Reaktion ihres Körpers auf den seinen. Einmal, in den frühen Tagen, hatte sie so ähnlich gegenüber Ralph empfunden, aber das Versprechen ihrer Ehe war schnell sauer geworden, verdorben durch seine Untreue. Wenn sie nicht das Ganze haben konnte, wollte sie auch nicht den Teil davon, der ihr wie einer Bettlerin vor der Festhalle zugeworfen wurde.

»Renard hat mir von Ralph erzählt«, sagte Adam in die immer lastender werdende Atmosphäre. »Es tut mir sehr leid. Ich weiß, daß er ein guter Mann war, und ich weiß auch, daß du ihn geliebt hast.«

Sie blinzelte und riß sich zusammen. Ja, Ralph war ein guter Mann gewesen: ein hervorragender Krieger und ein erstklassiger Reiter, alles, was die Männer bewundern. Aber er war ein schlechter Ehemann und ein mieser Liebhaber gewesen, der hinter anderen Frauen her war wie seine Hengste hinter hitzigen Mähren – und dann war da noch die Tatsache, daß er kein Silber in ihre Kassetten brachte.

»Es ist nie gut, auf Flugsand zu bauen«, sagte sie mit einem Hauch von Bitterkeit und brachte ihm ein Unter- und ein Überhemd von ihrem Vater. Sein eigenes Gepäck war noch bei seinen Männern.

»Was ist mit den Hengsten von Ralph?«

Heulwen zuckte mit den Schultern. »Ich dachte, ich könnte sie verkaufen, aber zwei von den dreien sind erst halb abgerichtet und wären weitaus mehr wert, wenn sie vor dem Verkauf richtig zugeritten würden.«

Er kehrte zu seinen Waschungen zurück. Frauen und Pferde. Le Chevalier war ein Experte in der Kunst beider gewesen. Adam hatte nur die Pferde, eine Erfahrung, die er sich aus eifersüchtigem Bedürfnis angeeignet hatte, zu beweisen, daß er ein ebenso guter Mann war wie der, den sich Heulwen gewählt hatte, eine Fähigkeit, auf die er nun als erwachsener Mann zu Recht stolz war.

»Ich könnte Ralphs Arbeit zu Ende führen«, bot er an mit einer Nonchalance, die verbarg, wie sehr er daran interessiert war.

Heulwen zögerte, dann schüttelte sie den Kopf. »Adam, ich kann doch nicht den Nutzen aus dir ziehen, wo du eben erst wieder zu Hause angekommen bist.«

»Du würdest mir einen Gefallen tun. Ich habe nicht mehr mit Pferden gearbeitet, seit ich Deutschland verlassen habe, und es gibt mir Zeit zur Entspannung zwischen dem Zurücktreiben der Waliser und dem Organisieren meiner eigenen Ländereien. Nicht du mir, ich wäre dir zu Dank verpflichtet.«

Sie betrachtete ihn. Seine Blicke trafen die ihren, dann wandte er sich ab. Er war immer noch sehr verspannt. »Ja nun, dann kann ich dir nur danken«, kapitulierte sie und nickte dazu. »Es sind zwei halb abgerichtete Hengste, wie ich sagte, und einer, den Ralph dieses Jahr zu Weihnachten in Windsor verkaufen wollte.«

Adam stieg aus der Wanne und trocknete sich mit den bereitliegenden Handtüchern ab; dann zog er rasch die Sachen an, die sie herausgelegt hatte. Er kämpfte mit einem Gefühl der Hoffnungslosigkeit und kam sich vor wie ein Fisch, der im Netz gefangen war. *O Heulwen, Heulwen!*

»Sie stehen in unserem Stall. Papa und Renard haben mit ihnen gearbeitet seit dem Tod von Ralph.« Ihr Ausdruck hellte sich auf. »Du kannst sie jetzt gleich anschauen, wenn du willst – es sei denn, du bist zu müde von der Reise. Wir haben noch genügend Zeit vor dem Abendessen.«

»Nein, ich bin nicht zu müde«, sagte er, froh, diese Kammer verlassen zu können und den Geruch, den sie ausströmte, nach Honigseim und nach Frau, der aus der Nähe so verwirrend war. Obwohl sie als erste den Vorschlag gemacht hatte, bewegte er sich noch vor ihr auf die Tür zu. »Um gute Pferde anzusehen, bin ich nie zu müde.«

Ihre Lippen zuckten. »Ich habe gedacht, daß du das sagen würdest.«

Die Hände in die Hüften gestemmt, beobachtete Adam, wie Eadric und zwei Stallburschen die drei Schlachtrösser auf der Koppel an der Seite der Stallungen herumführten. Der eine war ein ausladender Brauner, schön und beseelt, der andere ein großspuriger Schecke, der dritte ein andalusischer Fuchs mit einer cremefarbenen Mähne und dem hohen Laufwerk eines Tiers aus einem besonders edlen Haus. An ihn wandte sich Adam, voller Bewunderung für das seidige Fell, und fühlte, wie es sich fest und muskulös unter seiner Handfläche bewegte.

»Lyard ist auch Ralphs Liebling gewesen«, murmelte Heulwen und schaute zu, wie er seine Hand über den einen Vorderlauf des Hengstes gleiten ließ, um einen Huf hochzuheben und zu prüfen. »Er hat ihn geritten, als er ums Leben gekommen ist.«

Adam schaute sie an und setzte vorsichtig den Huf wieder auf den Boden. »Und die Waliser haben ihn nicht behalten?«

»Wahrscheinlich hatten sie nicht die Zeit...«

»Für so ein Tier hätte ich mir die Zeit genommen.« Er nickte dem Stallmeister zu, und mit geübtem Schwung saß er auf dem breiten, sattellosen Rücken des Hengstes. Das Roß scheute und versuchte, ihn abzuwerfen, aber Adam beruhigte und liebkoste das Tier, nahm es zwischen Schenkel und Knie und drückte mit den Hacken.

Heulwen beobachtete, wie er Lyard in einem Kreis in der Koppel ritt, und fühlte, wie sich ihr Magen zusammenzog, als er die gleichen Übungen vollführte wie Ralph seinerzeit und seinen Rücken jeder Bewegung des Pferdes anglich. Selbst ohne Sattel war sein Sitz locker und elegant. Lyard stolzierte mit gebogenem Rücken. Er wechselte rasch den führenden Vorderlauf. Ein Kommando von Adam, und er trabte rückwärts, erhob sich auf die Hinterhände und machte eine Pirouette. Dann senkte er die Vorderläufe wieder, und Adam ließ ihn in einem entspannten Trab gehen, dann in einem weiter ausschreitenden Kanter. Eine schnelle Berührung am Rumpf, und das Tier schlug nach hinten aus.

Adam hielt vor Heulwen an und ließ sich von dem Tier gleiten, mit vor Freude gerötetem Gesicht. »Ich bin nie besser geritten!« erklärte er mit jungenhafter Begeisterung. »Heulwen, das Roß ist eine königliche Summe wert.«

»Gott lasse es geschehen, daß du dir jemals so sorgfältig eine Frau aussuchen mögest.« Sie lachte.

Seine Miene änderte sich, als ob vor einem offenen Fenster eine Jalousie heruntergelassen würde. »Wieso denkst du, daß ich das nicht getan habe?« sagte er und wandte seine ganze Aufmerksamkeit dem Pferd zu.

Heulwen holte Atem, um die naheliegende Frage zu stellen, wurde aber abgelenkt durch die Jagdgesellschaft, die in den Hof geritten kam, und wandte statt dessen die Augen gegen die Sonne, um ihre Rückkehr zu beobachten.

Guyon, der Earl von Ravenstow, saß auf seinem Pferd mit der Lässigkeit des geborenen Reiters. Er war barhäuptig; die späte Sommerbrise zerwühlte sein mit silbernen Strähnen durchsetztes schwarzes Haar und trug das Geräusch seines Lachens zu Adam herüber, als er auf eine Bemerkung antwortete, welche die neben ihm reitende Frau gemacht hatte.

Ein Packpferd, das einen toten Rehbock trug, wurde in den Schlachtschuppen neben der Küche geführt. Der Hundeführer und sein Gehilfe kümmerten sich um ihre Tiere, die die Menschen umschwänzelten. Eine scheckige irische Hündin drückte sich eifersüchtig an die Seite des Earl und berührte mit der Nase seine Hand.

»Ja, er hat Gwen immer noch«, murmelte Heulwen. »Das erstemal, seit sie Junge geworfen hat, durfte sie wieder mit auf die Jagd laufen. Wenn du Papa recht schön bittest, schenkt er dir vielleicht einen Welpen, sobald sie entwöhnt sind.«

»Wer sagt denn, daß ich einen Hund möchte?«

»Gesellschaft für dich, in Thorneyford.«

Er ließ ihr einen zweifelnden Blick zukommen und ging über den belebten Burghof.

Der Graf, durch einen Pferdeknecht aufmerksam gemacht, hob den Kopf, und bevor Adam ein halbes Dutzend Schritte weit gekommen war, lief er auf ihn zu, und seine Frau raffte die Röcke und eilte ebenfalls in seine Richtung.

»Wir hatten dich fast schon für ein Gespenst gehalten!« rief Guyon und umarmte Adam in einem kurzen, kräftigen Bärendruck.

»Ja, du undankbarer Knabe, warum hast du nicht geschrieben?« Dieser Vorwurf kam von Gräfin Judith, die ihn danach umarmte und ihn warm und herzlich küßte. Ihr ernster Ausdruck wurde Lügen gestraft durch die Lachfältchen um ihre haselnußfarbenen braungrauen Augen.

»An den Ecken und Enden der Welt, wo ich gewesen bin, war es nicht immer leicht, Pergament und Feder und eine stille Ecke aufzutreiben, und außerdem weißt du, daß mein Talent nicht im Schreiben liegt.«

Die Gräfin lachte und wußte, daß das die Wahrheit war.

Ihr Stiefsohn war zwar des Lesens fähig – durch ihre und der Priester Bemühungen in jungen Jahren –, doch mit dem Schreiben haperte es stets etwas bei ihm. Seine Buchstaben sahen nicht selten etwas merkwürdig aus auf dem Pergament. »Keine Entschuldigung«, sagte sie ernst. »Ich bin sicher, du hättest einen Schreiber finden können.«

»Das bezweifle ich«, sagte Guyon trocken.

Adam versuchte, ohne großen Erfolg, reumütig zu erscheinen. *»Mea culpa.«*

»Und was«, fragte Judith mit einem Anflug von Herablassung, der ihn an ihre Halbschwester, die Kaiserin, erinnern ließ, »führt dich in die Weihe häuslicher Bequemlichkeit, wenn du statt dessen bei Hofe glänzen könntest?«

Adam breitete die Hände aus. »Meine Aufgabe ist erledigt, und der König hat mir Urlaub gegeben, daß ich mich bis Weihnachten um meine eigenen Ländereien kümmere.«

»Dann ist er also zurück in England?« Judith nahm seinen Arm und begann mit ihm auf das Hauptgebäude zuzugehen. »Als wir zuletzt von ihm hörten, hielt er sich in Rouen auf.«

»Ja, und bei bester Laune. Er hat mir Briefe gegeben für euch und den Lord. Ich habe sie in meinem Gepäck.«

Die Gräfin von Ravenstow seufzte und schaute etwas betrübt über die Schulter auf ihren Mann. Briefe von König Henry waren selten rein gesellschaftlicher Natur. Meistens enthielten sie Befehle und riefen saftige Schimpfkanonaden bei ihrem Gatten hervor, der sie ausführen mußte. »Können sie nicht bis nach dem Dinner warten?« fragte sie hoffnungsvoll.

Guyon lachte sarkastisch. »Entweder verderben sie mir den Appetit oder die Verdauung. Wo ist da der Unterschied?«

Judith schenkte ihm einen vorwurfsvollen Blick. »Der Unterschied ist, daß du warten kannst, bis Adam es sich ein bißchen bequem gemacht hat. Wenn die Nachrichten so drängend wären, hätte er sie dir sicher sofort gegeben.«

»Aha, hab' ich mal wieder meine Lektion empfangen!« beklagte sich Guyon und deutete in einer Pantomime mit den Händen die schimpfenden Kiefer seiner Frau an, grinste aber dazu.

Ihre Augen verengten sich vor Lachen. »Hast du es vielleicht nicht verdient?« Dann wandte sie die Aufmerksamkeit von ihm ab und sah sich in der Halle um. »Wo ist Renard?«

»Ich bin ziemlich sicher, daß er die Tochter des Falkners zum Locken ausbildet«, antwortete Heulwen. »Der neue Falke hat nicht mehr seine ganze Aufmerksamkeit nötig.«

»Jesus!« Judith rollte die Augen gen Himmel. »Der Junge hat die Moral eines hitzigen Katers.«

»Ja, und nicht einmal die«, sagte Guyon gelassen. »Er wird früher oder später die Sache leid werden, und das Mädchen des Falkners ist nebenbei kein unschuldiges Lämmchen, das sich so ohne weiteres auf einen Satz verschlingen läßt. Sie wird ihn ganz schön picken, und zwar so, wo es weh tut, wenn er über das, was willkommen ist, hinausgeht.« Er nickte in die andere Richtung der Halle auf die Gruppe von Männern, die sich dort versammelt hatte, und wechselte rasch das Thema. »Ich sehe, daß Sweyn und Aubrey noch bei dir sind, aber die beiden anderen kenne ich nicht.«

Adam verstand den Wink. »Ich mache sie mit dir bekannt«, sagte er mit einem Seitenblick auf die etwas ärgerliche Gräfin und Heulwen, die lächelte. »Stephen hat in Germanien geheiratet, und Saer hat die Kutte genommen. Ich mußte sie beide ersetzen. Der Junge ist mein Knappe, Derbys unehelicher Sohn. Sein Vater hatte ihn für seine Laufbahn in der Kirche vorgesehen, aber er wurde schon als Novize gefeuert, buchstäblich, weil er Feuer im Refektorium und die Dienerin eines Gastes im Skriptorium gelegt hatte. Er verspürte eben keinerlei Berufung. Sein Vater, Derby, hatte mich gebeten, ihn bei mir aufzunehmen und auf ein Leben mit dem Schwert vorzubereiten. Er macht sich bisher recht gut. Vielleicht behalte ich ihn, wenn er zum Ritter geschlagen wird.«

Guyon, der es in dreißig Jahren gelernt hatte, die Spreu vom Weizen zu sondern, betrachtete die Männer mit kritischem Auge. Sweyn, Adams englische Leibwache, war so mürrisch und zuverlässig wie immer, sein Mund ein faltiger Riß in einem roh behauenen Stück Felsen, seine Fäuste so rot und riesig wie Schinken. Aubrey Fitz Nigel war jetzt schon über zehn Jahre bei Adam: ein sanft sprechender Normanne mit etwas wäßrigen Augen, einem dünnen blonden Schnurrbart und der Schlaksigkeit eines blassen, ohne Sonne gezogenen Sämlings. Sein Aussehen täuschte: In Wirklichkeit war er so hart und sehnig wie ein Stückchen ausgekochtes Leder.

Stephen und Saers Ersatz waren Vettern, zwei Angeviner

und ausgesprochene Söldlingstypen, und Guyon hätte keinem von ihnen weiter getraut, als er einen der Begrenzungssteine von der Mauer heben konnte. Ferrars Bastard war ein kompakter, stämmiger Bursche mit grünlichen Haselnußaugen, einem Schopf aus holzfarbenen Locken und einer sommersprossigen Stupsnase, die ihn jünger aussehen ließ als die siebzehn, die er war, und wesentlich unschuldiger, als Adams Beschreibung ihn darstellte.

Zu der Gruppe gehörte auch noch ein Dutzend waffenerprobter Männer, die unzählige Scharzmützel an der walisischen Grenze überlebt hatten und auch in dem Flickwerk aus Herzog- und Fürstentümern zwischen dem englischen und dem deutschen Reich. Eine mutige Mannschaft, und alle mit der herausfordernden Sicherheit erprobter Kämpfer.

»Gute Männer, um sie im Rücken zu wissen, wenn es mal hart auf hart geht«, sagte Adam, als sie die Soldaten allein ließen, um ihre Sachen von den Tischen zu räumen, auf denen jetzt das abendliche Mahl vorbereitet wurde.

»Waren meine Zweifel so deutlich zu erkennen?« Guyon schaute betroffen drein. »Dann werde ich alt.« Und, nachdenklich, mit einem Seitenblick auf Adam: »Werden sie nicht unruhig ohne Arbeit?«

»Wahrscheinlich, doch da sehe ich kein Problem. Ich rechne nicht mit längerem Frieden.«

Guyons Blick verhärtete sich. »In diesem Fall solltest du mir jetzt den Brief zeigen«, sagte er leise.

Adam zuckte ungerührt mit den Schultern. »Ich kann dir den Inhalt sagen und meinem Mann den Gang sparen. Ich weiß, was drin steht, weil ich dabei war, als Henry den Brief seinem Schreiber diktiert hat. Du wirst zum Weihnachtsfest auf Windsor eingeladen, und deine Familie ebenfalls.«

Guyon entspannte sich und führte Adam mit erleichtertem Brummen zu dem kleinen Söller am entgegengesetzten Ende der Halle, der vom Hauptraum durch eine schöne, fein geschnitzte Wand aus Holz abgetrennt war, in der sich ein mit Vorhang verdeckter Bogengang befand. »Nicht nur wegen der Freude, seine Enkel zu sehen, nehme ich an«, sagte er zynisch, nahm das von einem der Kleinen liegengelassene Holzschwert von einem pelzbezogenen Hocker und setzte sich darauf. »Seit dem Tod seines Erben verzehrt sich Henry vor Neid auf meine eigene Brut, so daß es nicht einmal sicher ist, von ihnen zu sprechen, geschweige sie ihm unter die Nase zu halten. Das gilt vor allem für William.«

Kein Wunder, dachte Adam. König Henry hatte einer ganzen Zahl von Bastarden das Leben geschenkt, unter ihnen Gräfin Judith, aber sein einziger rechtmäßiger Sohn war ertrunken, und bei seiner neuen jungen Frau gab es bisher keine Anzeichen von Fruchtbarkeit. Das *White Ship* war ein großartiges Segelboot gewesen, neu und schlank, als es an einem kalten Novemberabend von den jüngeren Adeligen des Hofes bestiegen worden war, in der Absicht, die übrigen Schiffe einzuholen, die schon am Nachmittag von England abgefahren waren. Die Passagiere waren guten Muts, die Besatzung ebenfalls, doch das Schiff war auf einen Felsen gelaufen, noch bevor es den Hafen verlassen hatte, und dabei war fast ein jeder, der sich an Bord befunden hatte, ertrunken. Auch Guyons Erstgeborener und Erbe war ein Opfer des *White Ship* geworden, aber er hatte noch vier weitere Jungen, die ihm nachfolgten, und der letzte wurde erst einen Monat nach der Katastrophe geboren. »Er lädt auch jeden anderen ein, um sie auf Mathilda als seine Nachfolgerin einzuschwören.«

Guyon rieb an einem Rindenfleck an seinen Strümpfen. »Dann werde ich ja wohl kommen müssen«, seufzte er. »Sie ist schließlich seine einzige und letzte direkte Erbin, aber es wird keine populäre Entscheidung sein. Rechnet er denn mit Rebellion?«

»Mit Widerstand sicher – aber nicht mit Rebellion.«

Die leichten Altersfalten um Guyons Mundwinkel vertieften sich. »Das eine kann dem anderen sehr nahe kommen«, sagte er und zog die Stirn in Falten. »Es steckt den Leuten in der Kehle, einer Frau gehorchen zu müssen – noch dazu einer Ausländerin! –, und was ich von ihr höre, wird Mathilda es ihnen kaum leicht machen, ihren blutenden Stolz hinunterzuschlucken. Sie wird eher dafür sorgen, daß sie daran ersticken.« Er warf Adam einen fragenden Blick zu. »Was ist denn mit William le Clito? Er ist der Neffe des Königs, der Sohn seines älteren Bruders, und er hat zweifellos Vorrechte auf die Normandie, wenn nicht auf den Thron.«

Adam starrte ihn an. »Gehörst du zu denen, die le Clito unterstützen?«

»Großer Gott, natürlich nicht!« Guyon stieß ein kurzes, bellendes Lachen aus. »Wofür hältst du mich? Der Bursche ist nicht besser zum Regieren geeignet als ein Falke mit Scheuklappen zum Fliegen. Er hat sein ganzes Leben lang nach den hinterhältigen Flötentönen des französischen Königs getanzt! Nein, wenn ich jemanden bevorzugen würde, dann Henrys anderen Neffen, Stephen von Blois, aber auch bei ihm bin ich mir nicht sicher. Er ist zu gutmütig und schlicht, um so stark wie Henry regieren zu können.«

Adam stieß mit der Stiefelspitze einen Zweig getrockneten Lavendels vor sich her. »Und was ist mit Robert von Gloucester?« fragte er. »Er ist schließlich Henrys Sohn, und er hat den Mumm, der dem Hause Blois fehlt.«

Guyon wertete Adams Kandidaten mit einer Bewegung des Holzschwertes ab. »Bauern-Mumm. Er ist zu tief unten geboren, Adam. Wenn wir ihn uns als zukünftigen König vorstellen, müßten wir erst einmal alle anderen königlich-blaublütigen Kandidaten betrachten, und das sind so viele wie die Jahre, die Henry auf dem Thron verbringt. Abgesehen davon ist Rob gar nicht so schlecht, und ich würde ihm ohne Bedenken meinen Zweitgeborenen als Knappen anvertrauen. Aber er hätte keine Freude an einer Krone auf dem Kopf, und er hat immer Mathilda bewundert, als sie noch Kinder waren.« Adam neigte den Kopf. »Ich habe kapiert«, sagte er und lächelte.

Guyon schnitt die Luft mit der Kinderspielzeug-Waffe, dann legte er sie sich über die Knie und schaute Adam verschmitzt an. »Aber wenn wir uns für Mathilda entscheiden, entscheiden wir uns auch für ihren zukünftigen Mann, wer immer das sein mag – oder können wir das schon sagen? Wie ich Henry kenne, als alten Schlaumeier, ist er selbst da bereits ziemlich sicher.«

Adam machte in Gedanken vorsichtig einen Rückzieher und merkte, von wem Renard es gelernt hatte, jemanden auf dem falschen Fuß zu erwischen.

»Glaubst du, er weiß, wer das sein könnte? Und du hast keine Ahnung, trotz der langen Reise durch Deutschland?«

Adam fühlte, wie seine Ohren brannten. »Nein, Mylord«, entgegnete er und schaute zu, wie er mit der Fußspitze den Lavendel zertrat, daß die kleinen, getrockneten Samenkörner auf den Boden fielen. Der Geruch stach in seine Nase.

»Na schön, wenn du meinst...«

»Es geht nicht darum, daß –«

Guyon atmete scharf aus. »Ach, vergiß es. Ich werde es zweifellos früh genug erfahren. Es reicht mir, daß du deine Krieger behältst. Ich weiß, womit ich rechnen muß.«

»Ich halte sie weniger aus diesem Grund als wegen der Waliser.« Adam sagte die halbe Wahrheit, die auch eine halbe Lüge war, in einem, wie er hoffte, aufrichtigen Ton. Immerhin hatte er es rein zufällig mitgehört, bei einem Gespräch zwischen dem König und dem Bischof von Salisbury, und das war nur eine Diskussion der verschiedenen Möglichkeiten gewesen. »Heulwen meint, daß es einen neuen Lord auf der anderen Seite des Dykes gibt, der Ärger machen könnte!«

»Davydd ap Tewdr.« Guyon schnitt eine Grimasse, als er den Namen aussprach. »Und Ärger ist nicht das richtige Wort. Er umzingelt mich und die Wachen, behauptet, daß meine Bauern und die von Ralph sein traditionelles Land besetzt halten und daß wir die Grenze in seine Richtung verschoben haben. Vermutlich sollte ich mit ein paar Männern über die Grenze gehen und ihn in seine Schranken verweisen, aber er ist sehr raffiniert in seiner holzgeschnitzten Kriegskunst, und ich könnte ihm sogar unterliegen. Ich habe mit dem Gedanken gespielt, ihm eine Verbindung durch Heirat anzubieten, jetzt, wo Heulwen Witwe ist. Sie ist schließlich mütterlicherseits walisisch, aber in diesem Punkt habe ich praktisch de Mortimers Angebot bereits angenommen.«

»Jesus – du wirst sie ihm doch nicht geben?«

Guyon zuckte mit den Schultern. »Warrins Vater, Hugh, ist mit mir persönlich befreundet. Er hat die Idee einer Heirat zwischen den beiden schon vor zehn Jahren ins Spiel gebracht, aber damals hatte sich Heulwen bereits für Ralph entschieden, und ich mußte das Angebot abschlägig bescheiden. Seit damals bringt Hugh seine jüngste Tochter mit Renard ins Spiel, doch dabei habe ich es nicht eilig. Außerdem: Wenn es Ärger mit den Walisern gibt, brauchen wir eine Persönlichkeit wie Warrin an der Grenze. Witwen können sich normalerweise nicht lange in den Marken halten. Es ist zu gefährlich, und Heulwen hat nichts gegen eine baldige neue Heirat einzuwenden.«

»Du bist bereit, sie im Interesse der Politik zu opfern?« fuhr ihn Adam an und schluckte.

Guyon schaute ihn ärgerlich an. »Du mußt erwachsen werden, Adam. Wie oft werden Ehen ohne praktischen Hintergrund geschlossen? Außerdem ist es wohl kaum ein Opfer. Frag sie selbst, wenn du Zweifel hast. Sie mag ihn, und Warrin ist erwachsen geworden seit damals. Er liebt immer noch seinen eigenen Willen, aber das ist ein Vorteil, wenn es um meine Tochter geht. Sie ist durchaus bereit, mit einem Mann von geringerem Charakter Schindluder zu treiben. Du kennst sie gut genug.«

»Sie kann nicht lange mit einem Mann von de Mortimers

Sorte in gutem Einvernehmen leben«, sagte Adam mit Nachdruck. »Was wirst du tun, wenn er sie verprügelt? Wie ich mich erinnere, war das seine Antwort für diejenigen, die nicht seinem Willen nachkamen oder ihm freche Antworten gaben.«

»Ich weiß es nicht. Wahrscheinlich werde ich stillhalten. Weiß Gott, sie hat mich immer um den kleinen Finger wickeln können – das einzige Mädchen in einer Schar von Jungen, und dazu das Andenken an ihre Mutter. Ich bin nie so streng mit ihr gewesen, wie ich es hätte sein sollen.«

»Also wirst du statt dessen Warrin de Mortimer dieses Privileg gönnen?« Adams Brauen gingen fast bis zum Haaransatz hoch.

Guyons Gesicht verdunkelte sich, und seine Lippen wurden schmal. »Ich weiß, daß ihr beide, du und Warrin, euch haßt, daß es ein Haß ist, der sehr tief geht, und ich weiß, daß du müde bist von der Reise, sonst müßte ich dich jetzt aus dem Raum weisen. Die letzte Wahl trifft schließlich meine Tochter. Ich zwinge sie zu nichts, was sie nicht aus eigenem, freien Willen tut, und das weiß sie auch.«

Adam zwickte sich in die Nasenbrücke. Besser das Thema wechseln, bevor es zu einer ernsthaften Meinungsverschiedenheit kommt.

»Was macht Lord Miles? Ist er noch gesund?«

»Zerbrechlich wie ein Bergkobold, aber gesund angesichts seines hohen Alters.« Guyon lachte, Erleichterung in der Stimme. »Die Feuchtigkeit plagt allerdings seine Knochen, und er ermüdet schneller als früher, vor allem seit dem Tod von Alicia. Sie war immerhin volle zehn Jahre jünger als er, und er dachte immer, er würde vor ihr gehen müssen. Er hat William ein paar Tage nach Caermoel genommen. Der Junge mochte Spurensuchen lernen wie ein Waliser, und mein Vater hat nichts dagegen. Sie werden morgen oder übermorgen zurück erwartet.«

Adam sagte nachdenklich: »Ich sehe William immer als ein Baby in der Wiege; mir scheint es, als sei er gerade erst getauft worden.«

»Drei Monate nachdem das *White Ship* gesunken ist, und all unsere zukünftige Sicherheit mit ihm.« Guyon warf und fing das kleine Holzschwert seines jüngsten Sohnes, dann legte er es hin, und sein Gesicht war plötzlich alt und rauh. »Gott schenke William den Arm eines Kriegers und die Schlauheit eines Anwalts, wenn er einmal erwachsen ist. Er wird beides brauchen.«

ZWEITES KAPITEL

Adam schlug ruckartig die Augen auf und lauschte auf das Dunkel mit klopfendem Herzen und angestrengten Ohren. Die Luft in der kleinen Wandkammer war dicht wie schwarze Wolle und schwer zu atmen. Schweiß kroch ihm über den Körper wie eine Armee von Spinnen. Er kämpfte mit sich selbst, wußte nicht, ob er die blutigen Schrecken seines Traumes zurückrufen oder in der Erleichterung des Erwachens vergessen sollte, und entschloß sich für letzteres, legte den Unterarm gebeugt über das Gesicht und stöhnte.

Am Fußende seines Lagers raschelte das Stroh. »Mylord?« fragte die körperlose Stimme seiner Leibwache. Das Stroh raschelte noch einmal, als der Junge nach Pulverfaß und Zündstein tastete und dabei den eisernen Tisch zu fassen bekam, auf dem die Nachtkerze stand. Licht flackerte schwach in einem Durcheinander von riesigen Schatten.

»Lord Adam?«

Er nahm den Arm weg und sah das erschreckte, dunkle Glitzern in den Augen seines Leibknappen. »Ist schon in Ordnung, Austin, ein böser Traum, nichts weiter.« Er setzte sich auf und deutete auf den Weinkrug.

Der Junge schenkte den Becher daneben halb voll und reichte ihn besorgt seinem Herrn. Der hatte eben noch gestöhnt und sich in seinen Träumen gewunden wie ein Mann, den man aufs Rad gebunden hatte.

Adam trank durstig, dann blickte er über den Rand des Bechers hinweg auf den Jungen. »In Gottes Namen, hör auf, mich so anzuschauen. Es ist alles in Ordnung. Bei dem Leben, das wir in letzter Zeit führen, ist es kein Wunder, wenn wir von Alpträumen geplagt werden!«

Austin kaute an seiner Unterlippe.

»Tut mir leid, Mylord. Ich dachte nur, Euch hätten irgendwelche Sorgen geplagt, bevor wir uns zu Bett begeben haben.«

Adam knurrte – Sorgen war nicht das passende Wort. Er schüttelte dumpf den Kopf über den Jungen und dachte an Heulwen in ihrem herbstlaubfarbenen Gewand und wie er den Blick auf die vollen, weichen Schwellungen gerichtet hatte, die sich unter dem Doppelring aus Kristall und Topas an ihrem weißen Hals erhoben. Er hatte Mühe gehabt, den Blick auf die Mahlzeit zu richten und die Gedanken auf das zu konzentrieren, was die Leute zu ihm sagten.

Vielleicht hatte sie recht – vielleicht brauchte er eine Frau. Er dachte darüber nach, hielt den Gedanken aber für eine phantastische Maßlosigkeit, ein unzulängliches Schwellen, und legte sich wieder hin, die Hände hinter dem Kopf verschränkt, schloß die Augen und sah wieder das Halsband vor Augen. Es war Ralphs Hochzeitsgeschenk gewesen. Ralph, dessen Geschmack bei Schmuck, Pferden und Frauen immer untadelig gewesen war.

Jetzt konnte er nicht mehr schlafen. Seine Gedanken flatterten ruhelos hin und her wie ein Vogel im Sturm. Das Leinen der Decke kratzte an seiner Haut. Die Besorgtheit des Knappen war zu spüren, war irgendwie beengend, und er wünschte, er hätte ihn unten schlafen lassen bei den anderen seiner Wachtposten. Er war sich der Anbetung des Jungen sehr wohl bewußt, der in ihm eine Heldenfigur sah, den Heros, der ihn aus dem Kloster befreit hatte, und war sowohl amüsiert als auch verärgert darüber. Er war schließlich auch nur ein Mensch, und sobald Austin über die Phase hinaus war, in der er ihn als Idol betrachtete, würden sie wahrscheinlich angenehmer miteinander auskommen.

Adam setzte sich wieder auf und langte nach seinen Kleidungsstücken. »Schlaf du ruhig weiter, Junge«, murmelte er und zog sich mit raschen, geschickten Bewegungen an. »Es ist noch mitten in der Nacht. Ich gehe hinaus auf den Burgfried, um frische Luft zu schöpfen.«

Mit ernster Miene auf seiner Pritsche sitzend, sah Austin zu, wie sein Herr die Spange an seinem Umhang befestigte und dann geräuschlos hinausging auf die mit Fackeln erhellte Treppe. Er wußte, daß etwas ganz und gar nicht in Ordnung war, etwas, das im Zusammenhang stand mit dieser kühnen, feuerhaarigen Witwe, die Lord Adam als »Bruder« bezeichnete. Sie war sehr schön, und er war sicher, daß Lord Adam ihren fremdländischen Namen gerufen hatte, als er in seinem Alptraum stöhnte. Er konnte ihn natürlich nicht danach fragen, und er besaß auch nicht den Überblick, um alles zu verstehen, denn Frauen waren für ihn bis jetzt nichts als ein vorübergehendes fleischiges Interesse gewesen. Zuletzt legte er sich, verwirrt und besorgt, wieder hin und schloß die Augen, aber er brauchte noch lange, um wieder einschlafen zu können.

Die Nacht war klar und kalt, und es lag mehr als nur ein Hauch von Herbst in der frischen Brise, die vom Fluß Dee heraufkam. Adam ging an der Mauerkrone entlang und atmete den Geruch des fernen, weißen Sternenlichts und des funkelnden, dunklen Wassers ein. In den Stallungen wieherten Pferde, und das Geräusch drang zu ihm herauf, zusammen mit dem Lachen der Wachen, die sich ihre Hände an einem Feuer im äußeren Burghof wärmten.

Adam erinnerte sich der zahllosen Nächte, die er selbst als Leibwache verbracht hatte, an die Wachübernahme, wenn er die Augen auf leeres Mondlicht gerichtet hatte. Henry war ihm friedlich gesinnt, und Ravenstow war uneinnehmbar für die Überfälle der Waliser, aber die Wache wurde dennoch ernst genommen. Es war eine Übung für den Krieg, der ihnen aufgezwungen werden würde, falls die robuste Gesundheit des Königs nachlassen würde, oder wenn sich Zwist erhob, sobald sie seiner Tochter Mathilda die Gefolgschaft schwören mußten.

Dabei dachte er an seine eigenen Ländereien. Der Besitz seines Vaters war von der Krone konfisziert worden als Folge der Rebellion gegen die Krone von 1102, aber Thorneyford und die von ihm abhängigen Güter gehörten ihm selbst, zusammen mit einer kleineren Burg nahe Shrewsbury. Was das Land betraf, so war er ein kleiner Fisch in einem weiten Ozean, aber seine Beziehungen hatten ihn dennoch zu einem wichtigen Mann gemacht. Er war der Pflegesohn des Earl von Ravenstow, hatte seine spätere Jugend als Edelknappe im königlichen Haushalt verbracht und dabei einflußreiche Freunde und Kontakte gewonnen. König Henry traute ihm – soweit Henry irgend jemanden traute – und hatte ihm guten Lohn für seine Loyalität und seine Dienste versprochen. Adam war klug genug, sich davon nicht allzu viel zu erwarten: Versprechungen waren eine Sache, ihre Erfüllung, gerade was den König betraf, eine andere.

Eine Wache näherte sich ihm auf der Mauerkrone, einen riesigen, scheckigen Hund neben sich an der Leine, und begrüßte Adam. Der dankte, bewunderte die gefährlichen Zähne des Hundes aus der Ferne und wandte sich dann den Kasematten zu; noch immer fehlte ihm das Bedürfnis nach Schlaf. Er schlief so selten in der Abgeschiedenheit einer privaten Bettkammer, daß es ihn bedrückte und beunruhigte. Sein Leben verlief meistens in der Art der Nomaden, und er bettete sich zwischen seinen Männern, entweder in der Halle einer großen Burg, in einem Gästehaus in einem Kloster oder eingerollt in seine Decke unter den Sternen, mit dem Lagerfeuer zu Füßen.

Ein zweiter Wachmann in einem Umhang mit Kapuze, der an das Gewand eines Mönches erinnerte, lehnte an einem der

Vorsprünge, das Gesicht im Schatten. Als er es versäumte, zu grüßen, hielt Adam überrascht inne und trat einen Schritt zurück. Ravenstows Constable nahm die Disziplin seiner Leute ernst und würde hart mit einem Mann umspringen, der seine Pflicht vernachlässigte.

»Paß auf, Soldat!« fuhr er ihn an und erkannte zu spät, als sich die Gestalt umdrehte, wie aus einem Traum hochgeschreckt, daß es gar keine Wache war. »Was machst du denn hier?« fragte er halb wütend darüber, daß er selbst hier oben und mitten in der Nacht keine Ruhe hatte vor ihr.

Heulwen blickte zu ihm hoch, die Augen rund vor Überraschung. Er konnte das Weiße im Licht der Sterne leuchten sehen. »Ich bin hergekommen, um zu überlegen«, sagte sie etwas atemlos. »Hier ist es frei, hier sind die Gedanken nicht von Mauern eingeengt.« Sie betrachtete ihn und legte den Kopf etwas zur Seite. »Und du?«

»Ich bin hier, weil ich die Einsamkeit suchte«, sagte er rauh, und zugleich hätte er am liebsten über sein Benehmen geflucht. »Entschuldige, ich bin schon wieder ein ungehobelter Büffel, nicht wahr?«

Er fühlte, wie sich ihr Lächeln verstärkte. »Ja, das bist du.«

»Ich – ich hatte einen Alptraum, und meine Leibwache hat sich nicht beruhigen können.« Er blickte hinunter. »Ich weiß nicht, was geschehen ist, und ich glaube, ich will es auch gar nicht wissen.« Er zitterte, und die kleinen Härchen an seinem Rücken stellten sich auf beim Gedanken daran.

»Das deine war wenigstens nur ein Traum.« Sie wandte sich um und zog die Kapuze herunter, so daß ihr Gesicht zum Vorschein kam, eingerahmt in den schwachen, silbernen Schein der Mondsichel.

Adam schluckte. Ihr Haar war lose, freigebürstet, wie er es nicht mehr seit ihrem Hochzeitstag gesehen hatte. Sie war sehr schön. Seine Gedanken und sein Körper wurden eins in einem dumpfen Schmerz. »Ich weiß, daß du immer noch um Ralph trauerst«, sagte er unsicher.

Sie zog einen ihrer Mundwinkel hoch. »Ralph!« rief sie spöttisch. »Jesus Christus, ich trauere seit Jahren, aber nicht um ihn.« Sie warf ihm einen raschen Blick zu. »Ich mußte ihn haben, Adam, koste es, was es wolle. Weißt du, wie es ist, wenn man nach jemandem brennt? Wahrscheinlich nicht. Nun, ich habe nach ihm gebrannt, und ich habe mich dabei verbrannt, und wenn ich es so schwer genommen habe, so deshalb, weil er mir nichts als kalte Asche übriggelassen hat.« Sie massierte sich die Arme innerhalb ihres kuttenartigen Umhangs.

Adam, der genau wußte, wie es war, wenn man brannte, konnte sie nur anstarren, noch immer voll des Feuers, und war unfähig, sie zu berühren. »Heulwen, ich . . .«

»Nein, du brauchst mich nicht zu bemitleiden.« Sie lachte bitter. »Ich glaube, ich könnte es nicht ertragen, und außerdem paßt es nicht zu dir.« Sie legte ihre Hand auf seinen Ärmel und atmete plötzlich tief und impulsiv ein. »Schau, Adam, ich weiß, wie spät es ist und daß du hierhergekommen bist, weil du allein sein willst, aber es gibt da eine Sache, dir mir Sorgen macht, und ich muß mit jemandem darüber sprechen.«

Adam kaute an seiner Unterlippe und hatte das Bedürfnis, sie zurückzustoßen und in seine Kammer zu rennen, die er eben erst verlassen hatte, brachte es aber nicht fertig. Ihre Augen waren weich und bettelten, und ihre Hand griff nach seinem Ärmel, daß es sich anfühlte wie eine Fessel. Sie war schlank, mit langen Fingern, das feminine Abbild ihres Vaters, und am Ringfinger geschmückt mit zwei goldenen Ringen.

»Wie könnte ich dir eine Bitte abschlagen?« fragte er mit dem Hauch eines Lächelns und wünschte sich, daß er selbst auf diese Frage eine Antwort gehabt hätte.

Es klang wie Musik, als der Wein in zwei geschliffene Glasbecher geschenkt wurde. Die Kerzen, die an dem Hauptleuchter der Nacht brannten, wurden von dem Bronzekandelaber reflektiert, der wie ein Drachenkopf gestaltet war, die Zunge zwischen den scharfen Fängen und über dem furchtbaren Maul, mit blinkender, roter Verzierung. In der Nähe der Kohlepfanne lag ein Rahmen mit einer Stickarbeit, und er betrachtete das kühn entworfene Muster. Es sollte der Saum einer Männertunika werden, mit geduckten Leoparden in Goldfaden, vor einem dunklen Untergrund aus Samt. Lady Judiths Arbeit, dachte er, als er den Stil erkannte. Heulwen hatte nicht die Geduld für so feine Handarbeiten.

»Das wird eine neue Robe für Papa.« Sie reichte ihm den Wein. »Wenn das stimmt, was ich höre, wird er sie brauchen.«

»Daß alle Vasallen zusammenkommen werden, um für Mathilda zu stimmen? Ja, das ist die Wahrheit.«

»Ralph sagte etwas darüber, bevor er getötet wurde«, murmelte sie. »Daß Mathilda unsere zukünftige Königin sein wird.«

Adam schluckte den Wein hinunter und stellte den Glasbecher ab. »Nun, das liegt ja wohl auf der Hand, da König Henry sie aus Deutschland geholt hat.«

Heulwen spielte mit dem Muster auf ihrem Becher und schaute ihn durch ihre dichten Brauen an, aber jetzt gespannt und ohne einen Hauch von Koketterie. »Nein, da war noch mehr. Er wußte etwas, und es hat ihn sehr aufgeregt. Ich habe ihn gebeten, es mir zu sagen, aber er hat nur gelacht und gesagt, es sei nichts. Dann hat er mir den Kopf getätschelt wie einem Hund und ist davongeritten in seinen Tod.« Sie kaute eine Moment an ihrer Unterlippe, als überlegte sie, ob sie den letzten Schritt gehen sollte, atmete schließlich kurz und tief ein. »Als die Trauerfeier arrangiert wurde, Adam, hatte ich den Anlaß, unsere Kassette zu überprüfen, Ralph hatte immer die Schlüssel bei sich gehabt; er hat mich nicht in die Nähe gelassen, also wußte ich erst, als er tot war, wie reich wir wirklich sind – zu reich für unseren Stand. Ich wußte, daß er nach Jahren des Mißerfolgs guten Profit machte mit den Pferden, aber nicht in dem Umfang, wie ich es in der Kassette vorfand.«

Adam schaute sie scharf an. »Du meinst, es war auf unredliche Weise verdient? Heulwen, wieviel?«

Sie sagte es ihm, und er stieß einen leisen Pfiff aus. »Mein Gott, das ist ja soviel wie eine Erbablösung für eine größere Baronschaft.«

»Eine gewaltige Summe für ›nichts‹«, sagte sie wild.

Adam hielt immer noch die Lippen geschürzt. »Glaubst du, er wurde dafür bezahlt, daß es ›nichts‹ blieb, oder durfte er mit seinem Reichtum in aller Öffentlichkeit prahlen? Oder vielleicht beides?«

Ihre Stimme war beunruhigt. »Adam, was meinst du damit?«

»Ralph war häufig auf Reisen. Er war bekannt für seine Schlauheit und wurde dafür von Männern geschätzt, die viel mehr besaßen als er. Ich weiß mit Sicherheit von mehr als einem Fall, in dem er Nachrichten zwischen König Henry und Fulke von Anjou transportierte . . .« Er hielt inne. Seine Augen waren vor Entsetzen größer geworden. »Hast du das nicht gewußt?«

Das Weinglas zitterte in ihrer einen Hand, während die andere in den Falten ihres Kleids verborgen war. »Ich habe alles immer als letzte erfahren«, sagte sie bitter. »Wahrscheinlich ist das seit zehn Jahren und länger allgemein bekannt.«

»Nein, nein, das nicht«, sagte er sanft. »Nur bei denjenigen von uns, die an solchen Spielchen beteiligt sind.«

»Adam?«

Er schaute sie kurz und bitter an. »Eine Nacht der Überraschungen, nicht wahr?«

»Du willst damit sagen, daß du und Ralph – daß ihr als Spione für Henry tätig wart?«

Er stieß einen knurrenden Laut aus, der einem Lachen ähnelte. »Nicht ganz, nein, das würde ich nicht sagen. Wir haben gelegentlich Botschaften transportiert, mündliche, die man keinem Pergament anvertrauen kann.« Seine Miene wurde nachdenklich. »Aber die Bezahlung dafür war noch nicht einmal ein Zehntel so hoch.«

»Dann also – Betrug...«, flüsterte sie entsetzt.

Adam zuckte mit den Schultern. »Ich würde zumindest behaupten, daß er seine Finger in mancher trüben Suppe hatte, aber ich weiß nicht, wie tief.« Er rieb sich das Kinn. »Hast du schon mit jemand anders darüber gesprochen?«

»Nein, ich habe es für mich behalten, und das ist wohl auch der Grund, warum ich oft so schlechte Laune habe. Papa hat ohnehin schon genügend Sorgen, und ich war so verwirrt darüber, daß ich einfach so getan habe, als sei es nicht wahr.« Sie zitterte. »Aber der Beweis ist nun einmal da, und ich habe Angst.«

Es war der verlorene Unterton in ihrer Stimme, der ihn schließlich rührte. Bis dahin war es ihm gelungen, eine neutrale Front zu halten, aber als sie den Tränen so nahe war, vor Angst zitterte und sich völlig deprimiert zeigte, konnte er den Anblick nicht mehr ertragen, und bevor er wußte, was er da tat, bevor er es sich noch einmal überlegte und aus Vernunft davor zurückschreckte, hatte er ihr auch schon den Arm um die Schultern gelegt und sie an sich gezogen. »Es ist schon gut, Heulwen«, murmelte er in einer Mischung aus Zärtlichkeit und wachsendem Verlangen. »Ich werde nicht zulassen, daß dir etwas geschieht.«

Ein Schluchzen kam aus ihrer Kehle, gefolgt von einem zweiten. Sie preßte ihr Gesicht gegen seine Brust und erstickte ihr Weinen an der dunklen Wolle seiner Tunika. Adam murmelte ihr beruhigende Worte zu und streichelte ihr Haar. Es war dicht und seidig unter seinen Fingern und roch ganz leicht nach Kräutern. Sein Körper fühlte den Druck des ihren, ihrer Brüste, der Hüften und der Schenkel, und der Arm, der sie an ihn drückte, glitt wie aus eigenem Willen hinunter auf ihre Hüfte. »Heulwen«, murmelte er ihr ins Haar und senkte den Kopf, fand und küßte die Wangen und die Stirn und dann, als sie überrascht den Kopf hob, ihre Lippen.

Sie öffneten sich unter den seinen, fordernd und warm und feucht wie das Herz einer Blüte. Seine Hände glitten über die Kurve ihrer Schenkel, kräftiger und unnachgiebiger. Weniger als einen Herzschlag lang beugte sich ihr Körper dem seinen entgegen, dann empfing ihr Verstand ein entsetztes Kommando über das ausschweifende Fleisch. Sie zuckte wie ein junges Pferd, das den Sattel verweigert, riß ihre Lippen von den seinen und duckte sich geschickt aus seiner Umarmung.

»Adam, nicht!« keuchte sie, zutiefst gerührt von verwirrenden Sensationen, die sie für tot und begraben gehalten hatte und die bestimmt nicht ausgerechnet hier und jetzt wiederbelebt werden durften. Sie fuhr sich mit dem Ärmel über die Lippen, als wollte sie seinen Geschmack loswerden. Ihre Beine waren weich geworden. »Großer Gott, nein!«

»Heulwen!« Er ging einen Schritt auf sie zu, die Hände einladend ausgestreckt. »Es ist doch nicht . . .«

Zitternd wich sie vor ihm zurück. »Rühr mich nicht an!« Sie nahm ihren Umhang von dem Hocker, auf den sie ihn geworfen hatte, Panik in den Augen. »Ich meine es wirklich. Ein Schritt näher, und ich schreie, daß die Wachen zusammenlaufen. Ich bin kein geiles, kleines Küchenmädchen, das umfällt, sobald man es ein bißchen tätschelt. Wenn du die Art von Vergnügen willst – du weißt, wo sich der Wachraum befindet.«

Adams Augen verdunkelten sich. Hin- und hergerissen zwischen dem Zorn darüber, daß sie es auf eine so gemeine Ebene herabzerrte, und darüber, daß er so sehr die Kontrolle verloren hatte, konnte er sie nur wortlos anstarren. Heulwen erwiderte den Blick. Die Luft zwischen den beiden zitterte.

Mit einem leisen Schrei drehte sich Heulwen um und floh.

»O heiliges Blut Christi!« fluchte er und machte einen Satz, um sie zu verfolgen, aber in der Dunkelheit stolperte er über irgend etwas, stürzte zwischen irgendwelche Hindernisse, und die gestörten Schläfer fluchten, diesmal in Englisch, auf ihn. Adam stieß eine scharfe Erwiderung in Gossen-Französisch aus und rappelte sich hoch. Im schwachen Licht des gedrosselten Feuers sah er die schnarchenden Diener und Soldaten, den Widerschein des polierten Throns aus Eichenholz oben auf dem Podium, ein Pärchen, das sich unter einer Decke bewegte, und einen träumenden Hund, der mit den Pfoten zuckte. Von Heulwen keine Spur.

Wieder fluchte Adam, diesmal über seine eigene Dummheit, und fuhr sich mit den Fingern durchs Haar. Er hatte sie nur trösten wollen, hatte nicht gewußt, wie schmal die Linie war zwischen Trost und Verlangen, und der Mangel an Urteilsfähigkeit hatte ihn viel gekostet. Der Gedanke an ihren Zorn ließ sein Fleisch gefrieren bis zu den Knochen. Und zugleich erfüllte der Gedanke an ihren Körper ihn noch einmal mit einer Hitze, die er nicht beherrschen konnte.

Er kehrte in den abgetrennten Raum zurück, fand die gekreuzten Flaggen an den Wänden und seinen Glasbecher und machte sich daran, Vergessenheit zu suchen in einem Schlaf, von dem er wußte, daß er nicht kommen würde.

Drittes Kapitel

Miles, der Herr der Burgen von Milnham und Ashdyke, sah seinem jüngsten Enkelsohn zu, wie dieser hüpfte, sich drehte und mit seinem hölzernen Schwert gegen einen unsichtbaren Feind kämpfte. Der alte Mann seufzte tief und legte seine schmerzenden Beine auf den Hocker, den ihm Heulwen aufmerksamerweise gebracht hatte.

»Es ist lange her, daß ich auch nur halb so beweglich war«, sagte er in etwas betrübtem Ton. »Er ist schneller als ein Floh.« In seinen Augen stand Stolz geschrieben, denn der schlanke, kleine Junge hatte viel von ihm geerbt; zumindest sah er es so, wenn er sich erinnerte an die unbeschwerten Tage seiner Kindheit, die nun schon sehr lange zurücklagen.

Auch Heulwen beobachtete ihren Halbbruder und zuckte zusammen, weil er um ein Haar das Wasserbecken umgestoßen hätte. »Ich habe Angst, daß er dich ermüdet, Großvater«, schalt sie und brachte dem Alten einen Becher Wein.

»Aber nein.« Miles grinste. »Es war mir ein Vergnügen, ihn bei mir zu haben. Er hat schon ganz allein einen Hasen gefangen und ihn sogar abgezogen und ausgenommen, wie du weißt. Deine Stiefmutter hat versprochen, ihm aus dem Pelz zu Weihnachten einen Kragen für seine Tunika zu machen, und dafür schenkt er ihr eine der Pfoten in einer silbernen Fassung, damit sie sie sich an den Gürtel hängen kann.«

Heulwen lächelte pflichtbewußt, aber der Ausdruck erreichte nicht ganz ihre Augen, die voller Sorgen waren.

Miles suchte ihre Finger und drückte sie. Sie schaute hinunter auf seine Hand. Sie war braun mit dunklen Flecken und einem blauen Netzwerk knotiger Adern, aber hart und fest, und wenn eine von beiden Händen zitterte, dann war es die ihre. Sie biß sich auf die Unterlippe und warf ihm einen Blick zu, den er mit der Gelassenheit seines Alters erwiderte. »Wir hatten Besuch, während du mit William unterwegs warst, Großvater.«

Miles nickte langsam und lächelte dazu. »Ich weiß. Den jungen de Lacey. Eadric hat es mir gesagt, als ich hinunterschaute in die Wachstube. Wenn ich meine alten Knochen lange genug ausgeruht habe, möchte ich mich wieder in einen Sattel setzen und hinüberreiten nach Thorneyford, um ihn willkommen zu heißen.« Er sah sie mit seinen klugen Augen an. »Wirst du mir sagen, was daran falsch sein soll?«

»Großvater, ich habe mit Adam gestritten«, sagte sie in kleinlautem Ton und schluckte, wobei sie an das Ereignis vom vorvorigen Abend dachte. Sie hatte ihn in den Söller gebeten, hatte ihm ihr Dilemma aufgedrängt, und als sein Mitleid zu etwas Gefährlicherem geworden war, hatte sie wie ein wildes Tier reagiert, das sich aus einer Falle befreien wollte. Schlimmer noch, sie hatte ihm Vorwürfe gemacht, als sei alles seine Schuld gewesen, obwohl sie wußte, daß davon nicht die Rede sein konnte. Ihr eigener Körper hatte rasch und heftig auf sein Verlangen reagiert, und als sie ihm dann weglief, da war sie eigentlich vor sich selbst weggelaufen. Den ganzen nächsten Tag hatte sie eine Migräne vorgegeben, um nicht hinunterkommen zu müssen in die Halle, und Adam hätte ohne persönliche Aufforderung nicht hinaufkommen können. Er hatte darum gebeten, mit ihr sprechen zu dürfen, und sie hatte ihre Zofe Elswith geschickt, die ihm mitteilte, daß sie sich nicht wohl fühlte. Er hatte den Wink verstanden, seine Männer zusammengerufen und war weggeritten, und das Schweigen, das er zurückließ, wog so schwer auf ihrem Gewissen, daß sie es nicht ertragen konnte.

»Daran ist nichts Neues, wenn ich mich an eure Kinderzeit erinnere«, sagte Miles schlau.

William kam dahergehüpft. Heulwen öffnete den Mund und schloß ihn wieder. Das Kind legte eine Pause ein, um zu Atem zu kommen, und bedachte sie mit einem etwas boshaften Lächeln. Der jüngste Sohn ihres Vaters hatte eine Fülle blauschwarzer Locken, grünblaue Augen wie sie selbst und ihr Großvater und eine Knochenstruktur, die ihm bis ans Ende seines Lebens nützlich sei würde.

»Heulwen, darf ich mir Gwens kleine Hundekinder ansehen?« Er machte eine bittende Miene und sah dabei fast so seelenvoll aus wie die Hündin Gwen selbst, so daß sie nicht umhin konnte und lachen mußte. »Papa ist in der Stadt, um mit den Händlern zu sprechen, und Mama hat in der Molkerei zu tun. Eric meinte, ich sollte dich erst fragen.«

Sie zerwühlte sein Haar. »Dann geh, aber sei vorsichtig und komm ihr nicht zu nahe. Sie ist entschlossen, ihre Welpen mit Zähnen und Klauen zu schützen.«

»Ich versprech' es dir. Mama sagt, ich kann einen davon haben, wenn sie groß genug sind, um von Gwen weggehen zu können. Ich weiß schon, welchen ich möchte: den scheckigen mit den weißen Pfoten. Ich möchte ihn Brith taufen.«

Heulwen fühlte einen Stich der Erinnerung an die ernste Begeisterung der Kinderzeit, die leidenschaftliche Freude an den kleinen Dingen, das glückliche Mißachten größerer Zusammenhänge und die kindlichen Tragödien, die vergessen sind, sobald man die Tränen darüber weggewischt hat. William lächelte wieder, schaute auf zu ihr und bot sein Gesicht zum Kuß an, umarmte sie kurz, aber heftig, das Holzschwert immer noch in der Hand, und lief dann die Halle entlang.

»Und Judith macht sich Gedanken über Renard und die Frauen!« Miles lachte. »William wird ihn hundertfach übertrumpfen, wenn die Zeit gekommen ist. Ich bin froh, daß ich nicht mehr hier bin, wenn da einmal die Funken fliegen.«

»Sag das nicht!« Ihr Ton war scharf.

»Es ist die Wahrheit, Mädchen, und wir beide wissen es. Ich lebe in einer geborgten Zeit, und wenn ich gehe, werde ich froh sein darüber.« Er lehnte sich zurück in dem schweren, geschnitzten Eichenholzsessel und legte seine Finger gegen die Lippen. Seine Augen waren immer noch kühn, seine Stimme war fest und schwankte nicht wie so oft bei älteren Menschen, aber seine Miene konnte Heulwen nicht die Müdigkeit verhehlen, die sich in seinem Inneren ausbreitete.

In diesen Tagen war er nicht mehr zu längeren Energieausbrüchen fähig und mußte seine Kräfte einteilen. Er war immerhin einundachtzig, ein Alter, das nur wenige erreichten, und langsam, aber unweigerlich begann sein Körper sich seinem Willen zu versagen.

»Also dann«, sagte er gemütlich, »was ist mit diesem Streit? Kann die Sache nicht geschlichtet werden?«

Erst zögernd, dann mit zunehmender Leidenschaft berichtete ihm Heulwen die Geschichte, wobei sie nur die Einzelheiten über das verdächtige Silber in Ralphs Kassette wegließ. »Ich weiß, Großpapa, ich hätte taktvoller sein sollen, aber ich hatte Angst. In einem Augenblick hat er mich zu trösten versucht, im nächsten hat er mich geküßt...«

Miles schloß die Augen und stellte sich Adam de Lacey vor, wie er ihn in Erinnerung hatte: ein ruhiger junger Mann mit ernsthafter, aufrechter Haltung und direkten goldenen Augen unter einem glatten, dichten Schopf bronzebraunen Haars. Ein erstklassiger Reiter und Pferdekenner, gut mit dem Schwert, besser noch mit der Lanze und keineswegs voll der Flausen, wie sie ihm eben von Heulwen beschrieben wurden. Er schaute seine Enkelin nachdenklich an und wußte sehr wohl, daß sie ihm nicht die ganze Geschichte erzählt hatte. Sie wußte ebenso, daß er es vermutete, denn sie hatte die Augen gesenkt, und ihre Wangen waren rosa geworden.

»Es ist töricht«, knurrte er, »aber kein Wunder. Zum Teil hast du selbst es verschuldet. Du brauchst kein Schauglas, um zu wissen, daß du auf Männer attraktiv wirkst. Ihre Augen haben es dir immer gesagt.«

»Ich selbst kann schließlich nichts dafür«, erwiderte sie zornig.

»Du hast mich unterbrochen«, erklärte Miles mit geduldigem Lächeln. »Ich wollte sagen, daß ein jeder junger Mann, der sich allein findet mit dir, auf deine Einladung hin, in der dunkelsten Stunde der Nacht, über seine Grenze schreiten würde, von der er bis dahin vielleicht gar nichts gewußt hat. Wahrscheinlich hat er dich zuerst nur trösten wollen. Soviel ich weiß, ist Adam de Lacey kein Typ, der locker mit Frauen umgeht. Dein Vater hatte niemals Ärger mit ihm wie mit dem jungen Miles und seinen Abenteuern.«

»Glaubst du, ich sollte mich bei ihm entschuldigen?«

»Nicht unbedingt, aber ich glaube, daß du ein bißchen hart gewesen bist mit ihm. Du hast aus einem Maulwurfshügel ein Gebirge gemacht.«

Heulwen senkte den Blick und fummelte an der emaillierten Spange ihres Gürtels herum. Das hohe Alter ihres Großvaters hatte keineswegs seinen Verstand getrübt, und sein schlauer Blick machte sie nervös. Sie sagte rasch: »Großpapa, ich glaube, du hast recht. Ich werde die Sache in Ordnung bringen, so gut ich kann.«

Das Licht fing die silbergrauen Stoppeln seines Barts ein, als er schluckte. »Du könntest dir weiß Gott einen Schlechteren als Adam de Lacey zum Mann aussuchen«, sagte er und beobachtete sie scharf dabei. »Der Bursche ist ganz eindeutig in dich verliebt, und man hält viel von ihm, sogar in königlichen Kreisen.«

Sie ließ sich vor seinen Füßen auf die Knie fallen; ihr war schwach geworden angesichts solcher Aussichten. In ihrem Kopf drehte sich alles, und sie brauchte eine Ausrede für etwas, das einmal die Wahrheit gewesen war und jetzt nicht mehr. »Großpapa, ich könnte ihn nicht zum Mann nehmen – das wäre, als wenn ich einen meiner Brüder heiratete«, fügte sie verteidigend hinzu. »Außerdem bin ich schon so gut wie versprochen.«

»Ich verstehe.« Er nickte klug. »Du bist also immer noch bereit, de Mortimers Angebot zu akzeptieren?«

»Ja, Großpapa.« Sie schaute ihn von unten durch ihre pechschwarzen Wimpern an. »Nach Ralph bin ich dankbar für einen Mann, der mich nicht jedesmal, wenn er unterwegs ist, in Anfälle der Eifersucht versetzt.«

Ja, dachte er, sie hatte die Leidenschaft gekannt und war von ihrer Hitze verzehrt worden, aber es hatte keinen heilenden Balsam gegeben für die zerstörerischen Kräfte, nur Lügen, Betrug und Selbsttäuschung. Und sie war viel zu jung gewesen, um zu verstehen. Eine Ehe, die nicht viel mehr als ein geschäftliches Übereinkommen war, schien ihr momentan zu genügen, aber wie stand es in der Zukunft? Ihre Zöpfe hatten die Farbe von flüssigem Feuer, und sie kennzeichneten ihren Geist. Es konnte nichts Gutes werden, wenn sie versuchte, sich in eine Nische zu zwängen, für die sie nicht gemacht war – doch wie konnte er es ihr erklären, wenn sie nicht imstande war, aus den Bäumen der Vergangenheit das Holz der Zukunft zu sehen?

»Heulwen . . .«, begann er, und dann überkam ihn eine große Müdigkeit. Er kam sich vor, als ob all sein Mark aus den Knochen in das Laub des Bodens tropfte.

»Großvater, fühlst du dich nicht wohl?« Sie war auf den Beinen, erschreckt von den grauen Flecken unter seinen Lidern. »Hier, trink noch einen Schluck Wein.«

Miles sah, wie sie nach dem Krug tastete, dann schloß er die Augen. Als sie ihm den Becher wieder in die Hände drückte, öffnete er die Augen wieder, aber seine Lider fühlten sich so schwer an, als ob das Blei des Todes sie bereits beschwerten.

»Großpapa, es tut mir leid. Ich hätte dich nicht damit belästigen sollen.« Ihre Stimme zitterte.

Er streckte die freie Hand aus und berührte leicht ihr Gesicht, als sie sich über ihn beugte. Ihre Wangen waren naß. »Nein, Liebes, du darfst dir keine Sorgen machen«, sagte er mit der Parodie auf ein Lächeln. »Es geht mir gut, ich bin nur sehr müde. Aber wir sprechen noch darüber, wenn ich Zeit gehabt habe, ein bißchen auszuruhen.«

»Es ist nicht wichtig, Großpapa. Ich mache meinen Frieden mit Adam, und sobald Warrin aus der Normandie zurückkommt, nehme ich seinen Antrag an. Damit ist die Sache dann beendet. Ich gehe jetzt und hole Mama.«

»Kind, wie wär's, wenn du mir alles von Anfang an erzählen würdest?« flüsterte er rauh, aber zur Luft, denn sie hatte bereits die Röcke gerafft und eilte durch die Halle.

Viertes Kapitel

Schwitzend schloß Adam die Augen gegen die Sonne und trank den Wein mit durstiger Kehle direkt aus dem Schlauch. Ihm gegenüber ließ Aubrey FitzNigel seine Schwertspitze im Staub ruhen und wischte sich die Stirn mit der Rückseite seiner Hand. Der rote Saft rann durch Adams Kehle und verteilte sich in funkelnde Bächlein in seinem spärlichen, blonden Brusthaar. Als er fertig war, reichte er den Schlauch dem Ritter, bückte sich nach vorn, die Hände auf den Knien, und blies durch seine aufgeblähten Backen.

»Ihr seid aus der Übung.« FitzNigel grinste, trank einen herzhaften Schluck und keuchte dann zufrieden, ehe er hinzufügte: »Ich hätte euch getötet, wenn wir mit scharfen Schwertern statt mit diesen Walfischknochen-Imitationen gekämpft hätten.«

»Hättet ihr nicht.« Adam erwiderte das Grinsen mit einer gehörigen Portion Selbstsicherheit. Übung war Übung, eine Wiederholung verschiedener Bewegungen in einem sich ständig verändernden Tanz der Aggressionen, bis die Perfektion erreicht war – nötig, aber eben ohne den tödlichen Vergleich, der dem echten Zweikampf seinen Reiz verleiht. Es lag eine bestimmte Zufriedenheit darin, seine eigene Geschicklichkeit gegen die eines anderen zu setzen und zu wissen, daß der Einsatz sein eigenes Leben oder das des anderen war. Aber da er nicht die Absicht hatte, seinen Captain umzubringen, war Adams Hieb zuletzt so stumpf gewesen wie das Schwert, das er dazu benutzte.

Aubrey trank zu Ende, verkorkte dann den Weinschlauch und warf ihn hinüber zu Austin, zu dessen Ausbildung diese Übung eigentlich stattfand. »Möchtet ihr mit mir?« forderte er Adam heraus, spuckte in die Hände, hob seinen Schild und duckte sich dahinter in Verteidigungsstellung.

Adam wischte sich die rechte Hand an der Hose ab und legte sie wieder um den Schwertgriff. »Ich möchte dir nicht deine hartverdienten Münzen abnehmen«, erwiderte er und änderte seine Stellung auf dem hartgetretenen Boden des Burghofs von Thorneyford. Als Aubrey zum Angriff überging, sprang er über das niedrig geschwungene Schwert und unter der Deckung des Knappen hindurch, wich dem Schild aus und fuhr mit dem Schwert unten durch. Aubrey sprang rückwärts wie ein erschrecktes Kaninchen, und zugleich stieß er ein Keuchen aus. Lachend setzte Adam seinen Angriff fort.

Pferdehufe klapperten durch den Eingang in den Vorhof. Pferdeknechte kamen heraus, und ein Diener lief in den inneren Hof und wandte sich an den Herrn.

»Lord Adam«, rief Austin, »Miles le Gallois ist hier. Er bringt Euch ein paar Pferde und bittet um einen Augenblick von Eurer Zeit.«

Adam schätzte den Hieb des anderen falsch ein, verlor das Gleichgewicht und sah wiederum Aubreys Schwertspitze und seine klaren Augen auf sich gerichtet. Er schob die Waffe des Knappen angewidert beiseite.

»Entschuldigung, Herr«, sagte Austin und biß sich auf die Unterlippe.

»Ich bin selbst daran schuld, war nicht konzentriert.« Er warf dem jungen Burschen das stumpfe Schwert zu. »Hier, nimm du meine Stelle ein und sieh zu, ob du es besser machst als ich.«

»Das dürfte nicht schwer sein unter den Umständen«, spottete Aubrey.

Adam streckte ihm zwei Finger entgegen in einer beredten

englischen Geste, ließ seinen Schild fallen, um seine Tunika aufzuheben und sie über eine Schulter zu hängen, ging dann zwischen zwei Lagerschuppen hindurch und hinaus in den Vorhof.

Ein alter Mann stieg vorsichtig von Ralphs kastanienbraunem Roß. Hinter ihm, einen Ausdruck nachdenklichen Vergnügens auf dem Gesicht, ließ Renard die Zügel des Rotfuchses los, während noch weiter dahinter an einer Führleine der Schecke ungeduldig von einem Lauf auf den anderen trat.

»Lord Miles!« Adam ging mit aufrichtiger Freude auf den Alten zu und streckte ihm die schwielige Hand entgegen. »Das ist wirklich eine freudige Überraschung!«

Miles ergriff die ihm angebotene Hand. »Das soll es auch sein«, antwortete er warm, schaute dann fragend auf Adams halb angezogenen Zustand und das staubige Hemd, das er sich über die Schulter gehängt hatte.

»Ich habe im inneren Hof meine Schwertkünste geübt und war heute alles andere als gut. Ich bin froh, daß ich damit aufhören kann.« Er wischte sich mit der freien Hand das vom Schweiß gedunkelte Haar aus der Stirn.

»Großpapa hat dir diese da auf dem Nachhauseweg mitgebracht, weil du sie neulich vergessen hast, als du uns so dringend verlassen mußtest.« Renard deutete auf die Pferde, und dazu grinste er boshaft. »Meine Schwester hat sonst nicht diese Wirkung auf Männer, eher das Gegenteil.«

Adam warf Renard einen kühlen Blick zu. »Vielleicht kenne ich sie zu gut«, erwiderte er.

Renard zuckte mit den Schultern. »Oder nicht gut genug.« Er liebkoste Lyards behaarte Schnauze und warf einen Blick auf seinen eigenen, grauen Halbblut-Renner. »Er reitet sich wie Seide. Der alte Starlight ist im Vergleich dazu rauh wie Sackleinwand.«

Miles lächelte ihn von der Seite an. »Du scheinst einen teuren Geschmack zu entwickeln, Junge.«

»Warum nicht? Ich bin doch der Erbe, oder?« Es war flapsig dahingesagt, aber Renards Augen, bevor er sie mit seinen Lidern und den dichten Wimpern bedeckte, waren grimmig im Ausdruck, fast bitter. Das Geräusch des Waffenspiels klang herüber aus dem Innenhof. Renard verließ die Pferde und ging darauf zu.

»Zu schlau als gut ist der Bursche in seinem Alter«, sagte Miles, während die Pferdeknechte den Rössern die Sättel abnahmen und sie und die anderen Reittiere zum steinernen Wassertrog führten. Es sei früher einmal ein Sarg gewesen, hatte der Priester gesagt, und vermutlich ein römischer, denn auf der Seite waren noch Überreste einer verwitterten lateinischen Inschrift zu sehen. »Mit einer solch scharfen Zunge muß er erst lernen, wann er den Mund halten soll und wann nicht.«

»Er ist noch keine sechzehn, und die meisten Jungen in diesem Alter sind in gewissem Umfang indiskret«, sagte Adam und dachte an die Entgleisungen seines eigenen Knappen von vorhin.

»Oder sagt man sich das nur, um ihn zu entschuldigen?« Miles ließ sich vom Aufsteigeblock mit Seufzen auf den Boden und breitete die Handflächen auf den Knien aus.

Adam lachte, nickte zustimmend und gab einem Diener ein Zeichen. »Ihr bleibt doch, um mit uns Fleisch zu essen?«

Miles nickte und fügte dann abschließend hinzu: »Nein, er ist eigentlich ein guter Junge. Sie haben ihn beauftragt, daß er mich nach Hause begleitet, vielleicht auch, um ihn ein paar Tage loszusein, und außerdem braucht er die Verantwortung und Erfahrung, Untergebene zu kommandieren. Vielleicht auch, weil ich vor ein paar Tagen nicht gut beisammen war.«

Adam schaute ihn besorgt an. Miles wedelte durch die Luft, und ein angewiderter Ausdruck huschte über sein Gesicht.

»Es war nichts, meine eigene Schuld. Ich habe mich überanstrengt, weil ich versuchte, es einem Sechsjährigen gleichzutun. Es heißt ja, das Alter kehrt oft zur Kindheit zurück. Nun, ich habe für meine Torheit bezahlt. Judith und Heulwen haben mich zwei Tage lang ins Bett gepackt und niemanden in meine Nähe gelassen.« Ein spöttisches Funkeln lag in den von faltigen Höhlen umgebenen Augen. »Ich habe ihnen gesagt, lieber liege ich gleich in der Kapelle, und war ein so schwieriger Patient, daß sie mich schließlich aus dem Haus geworfen haben!« Er schaute sich um nach den Pferden, die um den Wassertrog standen, dann warf er einen schlauen Blick auf Adam. »Heulwen hat mir gesagt, warum ihr miteinander gestritten habt«, erklärte er leise.

Adam warf sein Hemd auf den Boden und setzte sich daneben, mit dem Rücken zu Miles, damit dieser sein Stirnrunzeln nicht sehen konnte. »Hat sie?« sagte er in gleichgültigem Ton, wand seine Finger um einen Büschel Gras, der zwischen seinen Füßen wuchs, und riß ihn aus der trockenen Erde.

Adam mochte ihm den Rücken zugekehrt haben, aber Miles sah natürlich, wie sich seine Rückenmuskeln bewegten; er fühlte die Spannung, die auf einmal in der Luft lag, und war froh, daß Renard hinüber in den Waffenhof gegangen war. Er nickte in Richtung der drei Hengste und sagte: »Sie schickt sie als eine Art Entschuldigung. Sie ist beschämt und weiß, daß sie dich unfair behandelt hat.« Die Falten um Mund und Augen vertieften sich. »Sie ist natürlich ziemlich stur.«

»Hat sie dir sonst noch was gesagt?« Adam drehte sich zu Miles um. Die Sonne war in seinen Augen, so daß sie in der klaren, starken Farbe von Bernstein strahlten.

Miles breitete die Hände aus. »So viel wie jede Frau sagen würde. Eine vorsichtig bereinigte Version der Wahrheit, nehme ich an. Sie hat zum Beispiel nicht näher erklärt, was ihr beide mitten in der Nacht im Söller zu suchen gehabt hattet.«

Adam schaute ihn noch ein paar Sekunden lang wortlos an, dann senkte er den Blick auf das Grasbüschel, das zwischen seinen Fingern baumelte. »Wir sprachen noch über eine andere Sache, die Ralph betraf und bei der es eventuell um Betrug und Spionage gehen könnte. Heulwen macht sich Sorgen, und die übertrugen sich auf mich – so kam eines zum anderen. – Soll ich es dir erzählen, was meinst du? Das über Ralph?«

Adam warf das Grasbüschel weg und stand auf, in einer einzigen, gelenkigen Bewegung, um die ihn Miles beneidete. »Nein.« Er drehte den Arm, um einen Muskel zu lockern, und betrachtete die Pferde. »Jetzt noch nicht.«

Miles zuckte mit den Schultern und erhob sich erheblich mühsamer auf die Beine, wobei das Feuer der Schmerzen durch seine Knie fuhr.

Adam ging zu den drei Hengsten hin und begann sie mit erfahrener Hand und bewunderndem Blick zu inspizieren. Er streichelte Lyards Schnauze. Der Hengst bewegte den Kopf und ließ sich den Bissen geben. Adam nahm die Zügel und führte ihn in den Innenhof, während ihm ein tiefes Stirnrunzeln im Gesicht stand. Immerhin, er hatte seinen Waffenstillstand. Jetzt brauchte er nur noch den Anstand, ihr Entgegenkommen zu akzeptieren und die ganze Sache zu vergessen.

»Es ist wirklich schade«, fügte Miles hinzu und humpelte an seine Seite. »Wenn du nicht so eng mit ihr aufgewachsen wärst, hätte sie dir nicht die Fußangel ›Bruder‹ angehängt, denn meiner Meinung nach bist du viel besser geeignet, ihre Bedürfnisse zu erfüllen, als dieser gerupfte Gockel, den sie zu heiraten entschlossen zu sein scheint.«

Sie kamen an den Schatten der beiden Lagerschuppen vorbei, und Adam sah nicht den schnellen, berechnenden Blick, der in seine Richtung ging. Er wußte nur, daß auf seinen Armen eine Gänsehaut entstand, und die wurde nicht von den Schatten verborgen. Am liebsten hätte er die Faust gegen die Holzwand gedonnert und alles abgestritten. Aber er war nicht ihr Bruder und konnte es niemals sein. Sie kamen wieder ins offene Sonnenlicht. Miles betrachtete ihn mit versteckter Zufriedenheit, da sein Verdacht bestätigt wurde. Adam hatte kein Wort gesagt, aber wäre er nicht gebräunt gewesen von einem im Sattel verbrachten Sommer, sein Gesicht wäre aschgrau geworden. Jetzt berührte er sachte den Arm des jungen Mannes. »Geht es dir nicht gut?«

Adam zuckte. »Doch«, sagte er durch zusammengepreßte Lippen, nahm die Zügel, setzte auf und trottete mit Lyard über den Innenhof zu einem Bündel zusammengestellter Lanzen an der Wand.

Die Männer hielten inne in ihren Schwertübungen und drehten sich um, schauten ihm zu. Aubrey trank wieder einen Schluck Wein aus dem Schlauch und gab ihn dann an Renard weiter, der jetzt ebenfalls bis zum Gürtel nackt war, ein Walfischknochenschwert in der Hand und dazu einen dreieckigen Schild.

Adam beugte sich über den Sattel und nahm eine der Lanzen, dann trottete er mit dem Rotfuchs hinüber zu der Stelle des Innenhofs, wo die Waffenspiele stattfanden.

Mit einem leichten Lächeln auf den Lippen schlenderte Miles auf die Männer zu und blieb neben seinem Enkel stehen.

»Er macht es im französischen Stil«, stellte Renard mit Interesse und jetzt auch etwas Neid fest, als Adam die Lanze unter den Arm klemmte und Lyard auf die Hinterhände erheben ließ.

»Weil es ein französischer Sport ist«, erklärte Aubrey. »Außerdem ist unter dem Arm besser als darüber. Man hat aus dieser Position mehr Stoßkraft.«

Renard schüttelte den Kopf. »Ich habe es versucht, aber bei Gott, es ist nicht leicht.«

»Schau lieber zu«, sagte Aubrey und bedachte ihn mit einem nachdrücklichen Blick. »Halt den Mund, schau zu und lerne, wie man es macht.«

Die Holzfigur war eine Traverse auf einem drehbaren Zapfen, mit einem Schild, der auf der einen Seite befestigt war, und einem Sandsack auf der anderen, wobei es darum ging, den Schild mit der Lanze genau in der Mitte zu treffen, ohne vom Sandsack vom Sattel gestoßen zu werden. Eine relativ neue sportliche Übung, höchstens zehn Jahre in Mode und vorwiegend als Schlachtübung verwendet. Mit ihr konnte man Auge und Arm auf koordinierte Präzision trainieren; wer die Kunst verstand, war auch auf dem Schlachtfeld im Vorteil.

Adam duckte sich hinter dem eigenen Schild und richtete die Lanze in einem Fünfundvierzig-Grad-Winkel über den Hals seines Pferdes. Dann zog er die Zügel an, und Lyards Vorderbeine tanzten links-rechts. »Ha!« rief er und setzte die Sporen ein. Lyard schoß wie ein Pfeil über den Hof, daß der Staub von seinen Hufen aufwirbelte und die Sonne auf den Trensen, dem Eisen des Geschirrs und dem Fell des Tiers schimmerte. Er bewegte sich mühelos, fraß die Entfernung, und jeder Schritt hämmerte das Wort *Bruder* in Adams Schädel wie die vier Nagelköpfe, die tief in das Holz des Schilds genagelt waren und seinen Mittelpunkt andeuteten, dem Ziel, dem sie sich in so flüssiger, unausweichlicher Geschwindigkeit näherten.

Die Spitze der Lanze wankte und wurde neu eingerichtet. Adam traf den Schild genau dort, wo er ihn treffen wollte, und stieß in verteidigendem Zorn einen Laut aus, der den Zuschauern wie Triumph erscheinen mochte, während er sich über den Sattelknauf beugte, das Gesicht in der fliegenden, blonden Mähne des Tiers verborgen. Der Sandsack knallte heftig gegen den Pfosten und setzte die Luft über seinem gebeugten, nackten Rücken in Bewegung.

Lyard galoppierte bis ans Ende des Innenhofs. Adam setzte sich auf und ließ ihn wenden, setzte die Sporen erneut in die Flanken des Tiers und wiederholte das Manöver, am entfernten Ende in eine Staubwolke gehüllt, raste wieder über den

Hof. Die Lanze krachte gegen den Schild, und der Sandsack wurde herumgewirbelt. Adam duckte sich, zog dann an den Zügeln und beeilte sich, die Lanze in den Staub zu schleudern. Es hatte wenig Sinn, ein gutes Pferd ein drittes Mal zu schinden, nur um die Frustration und den Zorn loszuwerden. Nichts hatte irgendeinen Sinn. Er schaute auf den zitternden Holzschaft, riß die Spitze aus dem Boden und ritt dann mit Lyard hinüber zu seinen Zuschauern.

»Mein Gott!« rief Renard, die Augen groß und rund vor Bewunderung. »Auf einem Schlachtfeld möchte ich einem wie dir nicht begegnen!«

Aubrey FitzNigel beobachtete seinen Lord mit einem neugierigen Ausdruck in den Augen. Er kannte Adam, wenn er spielte, und kannte auch den wirklichen Adam. Jetzt eben waren sie alle seltene Zeugen des letzteren gewesen.

Miles hielt den Blick gesenkt und seine Gedanken bei sich, aber als Renard mit Begeisterung forderte, Adam sollte ihnen noch einmal zeigen, wie man es machte, schnitt er ihm brüsk das Wort ab, das Recht des Ältesten.

»Ist schon recht«, versuchte Adam die Schärfe zu mildern und zeigte ein mühsames Lächeln, als er von Lyards Rücken glitt. »Wir müssen ja alle einmal lernen, oder nicht?«

Fünftes Kapitel

Frankreich

Im Spätherbst 1126

William le Clito, der das Herzogtum der Normandie und die englische Krone für sich beanspruchte, obwohl beide in festen Händen seines Onkels Henry waren, schubste das Mädchen ungeduldig von seinem Schoß und schaute durch den Raum auf den makellos gekleideten Mann, der auf der Sarazenen-Couch saß und Wein trank.

»Ihr habt gesagt, es ist ganz einfach«, sagte er in anklagendem Ton und hob die Stimme zu einer Singsang-Imitation. »Ein Pfeil von einem Felsen weiter oben oder ein plötzlicher Überfall im Wald, vielleicht sogar ein zweites Unglück wie das mit dem *White Ship* – aber sie ist immer noch sicher wie der Hof ihres Vaters in London, hat nicht den geringsten Kratzer aufzuweisen, und alle Edelleute und Bischöfe sind dabei, ihr zu huldigen.«

Warrin de Mortimer strich sich über den kurzgeschnittenen, flachsblonden Bart und betrachtete den ihn anklagenden Mann ihm gegenüber mit einer Verärgerung, die sich allerdings nicht auf seinen schweren, aber angenehmen Zügen zeigte. Le Clito – der Prinz. Der Prinz von Gar Nichts. König Henry hatte seinen eigenen Bruder – Clitos Vater – nacheinander Englands, der Normandie und seiner Freiheit beraubt, und zwar in dieser Reihenfolge; aber getrieben vom Gewissen und den Protesten seines Adels hatte er den Sohn in Freiheit gelassen. Der Junge, jetzt zum Manne herangereift, besaß durchaus einen berechtigten Anspruch auf die englische Krone. Seine Blutsverwandtschaft war genauso eng oder sogar noch enger als die von Mathilda, weil sein Vater der älteste Sohn von William dem Eroberer gewesen war, Henry dagegen der jüngste. Die neue Frau des Königs, Gott segne sie, war nicht in der Lage, ihm einen Erben zu schenken, daher stellte Mathilda das einzige ernsthafte Hindernis dar.

»Ja«, sagte er zu dem rotgesichtigen, untersetzten und noch jungen Mann. »Es wäre auch einfacher gewesen, hätte man ihr nicht eine so professionelle Begleitung mitgegeben und wäre ich nicht von Euch mit lauter Vollidioten ausstaffiert worden. Wir haben mehrere Versuche unternommen, doch de Lacey war stets darauf vorbereitet.«

»Hat er es denn bemerkt?«

Warrin zuckte verärgert mit den Schultern. »Er muß Informationen erhalten haben, aber diese Lücke habe ich inzwischen gestopft. Er war einfach in den meisten Fällen zu erfahren, um sich auf diese Weise erwischen zu lassen. Man wächst nicht auf mit Männern wie Miles le Gallois und Guyon von Ravenstow als Unterweisern und läßt sich von einem Haufen von Trotteln bei einem Scharmützel niedermachen. Mathildas Eskorte hat ein paar Wunden davongetragen, aber keine davon war ernst, geschweige tödlich.«

Das Mädchen setzte sich auf einen Teppich vor dem Kamin und zog, verärgert darüber, daß man ihr keine Beachtung schenkte, den Rock auf der einen Seite hoch. Dann löste sie ein Band und begann den Strumpf nach unten zu rollen, langsam und herausfordernd, so daß ihr schlanker, weißer Schenkel sichtbar wurde. Le Clitos Augen richteten sich auf seine Geliebte. Sie warf Mortimer ein triumphierendes, boshaftes Lächeln zu.

»Wir haben sehr viel Geld bezahlt für die Information«, knurrte le Clito. »Wir hätten uns Zeit und Unkosten sparen können.«

König Louis' Zeit und Unkosten, dachte Warrin zynisch. William le Clito hatte selbst keine Reichtümer; es hing davon ab, daß Henrys Feinde ihn bezahlten, damit er auch weiterhin ein Dorn im Fleische seines Onkels sein konnte.

»Ich habe die Absicht, einen Teil davon noch vor dem nächsten Lichtmeßtag zu retten«, sagte er mit einem Lächeln und betrachtete dabei die Geliebte von le Clito. Ihr Haar war so braun und glänzend wie das Fell eines Rotfuchses, ihr Gesicht schön gekennzeichnet, mit großen, klaren Augen. Ein hübscher Leckerbissen, aber nichts im Vergleich zu dem Festmahl, das ihn zu Hause erwartete.

Le Clito zog die Augenbrauen hoch. »Und wie?«

Warrin schaute auf seine Fingernägel und bewunderte einen Ring an seinem kleinen Finger. »Ich fahre mit dem nächsten Schiff nach England, wo ich die Witwe unseres Informanten heiraten werde.«

Le Clito begann zu lachen, merkte dann aber, daß sein Besucher nicht scherzte, und beugte sich mit offen hängendem Unterkiefer nach vorn.

»Ihr werdet – was?« Das Mädchen streckte die Zehen aus und bewegte sie vor dem Feuer, dann lehnte sie sich auf die Ellbogen zurück, den Rücken gebogen, die Brüste herausgestreckt, das lose Haar bis auf den Teppich aus Zobelpelz fallend.

»So kann ich legal meine Hände auf das Silber legen und was sonst noch in seinen Kassetten sein mag. Ich bekomme eine Burg und drei Herrenhäuser, dazu einen Blutsbund mit dem Earl von Ravenstow, dessen Tochter die Witwe ist – und eine sehr schöne Witwe obendrein. Neben ihr sieht Euer Mädchen da wie ein Fetzen aus.«

Le Clito starrte erst ihn, dann das Mädchen mit glasigen Augen an, dann richtete er sie wieder auf sein Ziel. »Du raffinierter Bastard!« gluckste er.

»Wer sich selbst hilft, dem hilft Gott.« Warrin polierte den Ring an seiner teuren, pelzverbrämten Tunika und schaute nonchalant drein.

»Und ist die fragliche Lady auch einverstanden?« Le Clito

nahm seinen Weinbecher und grinste ihn über den Rand hinweg an, wobei er das Mädchen auf dem Teppich in seiner verführerischen Pose zu sich lockte.

»Ich sehe bisher keine Probleme.« Er erhob sich und streckte seinen hochgewachsenen, kräftigen Körper. »Ich bin in den letzten Monaten sehr oft in ihrer Nähe gewesen und habe frei mit ihrem Vater gesprochen. Mein Vater ist persönlich mit ihm befreundet und an der Verbindung sehr interessiert, so daß auch von dieser Seite eine gewisse Überredung eingesetzt werden kann. Bleibt nur noch, daß ihr Onkel Henry sein Jawort gibt, da die Ländereien von le Chevalier in seinem Lehen sind. Und ich glaube kaum, daß er mich ablehnen wird.« Er zeigte le Clito ein säuerliches Lächeln.

Das Mädchen kuschelte sich an le Clito und massierte mit der Hand das V-förmige, dunkle Brusthaar, das unter seinem offenen Hemd zu sehen war. »Für dich fällt auch etwas ab dabei«, knurrte er. »Ein dicker Beutel Geld und ein warmes Bett. Aber wie sieht die Zukunft aus? Ich bin der Erbe in direkter Linie zu meinem Großvater, dem Eroberer, der älteste Sohn des ältesten Sohnes. Wirst du mich dann verlassen und dich dem Willen meines Onkels unterwerfen, wirst du zulassen, daß du von diesem hochnäsigen Luder regiert wirst – und von dem streunenden Kater, den er aus der Gosse zieht und der ihr Mann sein wird?«

Warrin zog eine Grimasse. »Mein Vater gibt seine Lehenstreue und wird für unsere Länder stimmen, nicht ich. Ihr wißt, daß ich lieber im Gestank eines Pfurzes aus dem Arsch des Teufels sitze, als meine Hände zwischen die von Mathilda zu legen, um sie anzuerkennen. Ich werde zur Einschwörung in Windsor sein, weil mir nichts anderes übrig bleibt. Ich lasse Euch wissen, was geschieht, und stelle fest, wen wir als erstes zur Ablehnung bewegen können. So sind wir eben Heuchler.« Er zuckte philosophisch mit den Schultern. »Ich mußte le Chevalier loswerden; er hat auf beide Seiten der Münze gesetzt, aber ich habe immer noch meine Kontakte bei Hof.«

Die Finger des Mädchens glitten weiter nach unten, und le Clito bewegte sich auf der Couch, um ihr die Handlungen zu erleichtern.

»Ihr solltet wieder heiraten«, riet ihm Warrin, als er den Vorhang hob, um zu gehen. »Es ist nicht gut, zu viele Bastarde zu bekommen. Fragt Euren Onkel. Er hat zweiundzwanzig von der Sorte, und keiner von ihnen kann seine Krone übernehmen.«

Sechstes Kapitel

Die scheckige Hündin gähnte und kratzte sich heftig an einer Stelle hinter dem Ohr. Ihr Halsband klimperte. Vier Welpen mit funkelnden Augen, dicken Bäuchen und großer Neugier torkelten und spielten um sie herum. Die Sonne kam in breitem Strahl durch ein Windauge herein, dessen Laden geöffnet worden war, und badete ihr zerwühltes Babyfell, wobei sie die elegante rote und graue Zeichnung auf dem schmalen Rücken ihrer Mutter deutlich in Erscheinung treten ließ.

Judith schnitt mit der Schere durch den scharlachroten Samt, der auf ihrem Nähtisch ausgebreitet war, und während sie sich konzentrierte, streckte sie die Zungenspitze ein wenig durch die Lippen. Es sollte ein Gewand für Renards Auftritt bei Hofe werden, und die Zeit zum Nähen wurde knapp, denn schon war November, der Monat, in dem geschlachtet wurde. Der Junge wuchs noch immer; seine beste Tunika, die sie gerade erst in diesem Sommer bestickt hatte, war ihm an den Ärmeln zu kurz und reichte gerade noch bis zu den Knien, obwohl sie es wesentlich länger gemacht hatte.

Bestes flandrisches Tuch war es gewesen, teuer, in leuchtendem Blau, und üppig geschmückt mit silbernen und roten Stickereien. Es würde immerhin später noch für Henry taugen, also waren Material und Arbeit nicht verloren, aber dennoch mußte ein neues Kleidungsstück bestickt werden, und sie betete beim Nähen darum, daß Renard wenigstens eine Weile nicht in diesem Tempo weiterwachsen würde.

Der Vorhang klickte an den Ringen. Heulwen stieß einen leisen Schrei aus, als sie beinahe auf einen neugierigen Welpen getreten wäre, dann fluchte sie leise, als das Tier sich mit den scharfen, kleinen Milchzähnen in den Saum ihres Kleids verhakte und nun daran herumzerrte. Mit etwas Mühe brachte sie es fertig, daß das Hündchen sie losließ; sie trug es hinüber zu der dösenden Mutter.

»Bist du fertig?« Judith schnitt entschlossen in den Samt. Sie warf einen kurzen, prüfenden Blick auf das schöngefärbte Tuch.

»Vorläufig, ja.« Heulwen nahm einen Topf mit duftender Salbe von Gänseschmalz aus einem Fach des Kastens und massierte es sich in ihre trockenen, von der Kälte geröteten Hände. Drei Schweine waren geschlachtet und eingesalzen worden, und die Überwachung hatte hier und da genauere Unterweisungen erforderlich gemacht. Das Waschen der Exkremente aus den Innereien der Schweine, das Säubern und das Packen in trockenes Salz zum späteren Gebrauch als Wursthaut war eine scheußliche Arbeit, aber das galt auch für die Nadelarbeit, und wenn man sie fragte, dachte Heulwen, daß sie lieber Wursthäute reinigte.

»Ich habe Mary die Schweinsblasen mit Speck füllen lassen, und Githa und Edith machen die Pökelbrühe. Nach einer Weile gehe ich wieder hinunter und sehe nach, aber sie haben es schon hundertmal gemacht und sollten es jetzt eigentlich schaffen. Thomas kümmert sich um die Schinken. Wir brauchen noch Salz vor Weihnachten.«

»Ich weiß.« Judith kam zum Ende des Stoffes und legte die Schere weg. »Wenn du schon hier bist, kannst du mir helfen, das hier zusammenzunähen.«

Heulwen verzog das Gesicht. Judith begann zu lächeln. »Du brauchst die Übung«, neckte sie sie freundschaftlich. »Bald hast du selbst wieder einen Mann, für den du nähen mußt.«

Heulwen fühlte, wie ihr die Röte in die Wangen und auf die

Stirn stieg. Sie nahm sich ein Nadelkissen. »Es ist noch nichts entschieden« murmelte sie verteidigend. »Ich weiß, daß Papa einen Brief von Warrin erhalten hat, in dem dieser formell um meine Hand anhält, aber zuvor muß noch der König seine Zustimmung geben – und natürlich ich selbst. Außerdem hält sich Warrin noch in der Normandie auf.«

»Aber wird er nicht täglich zu Hause erwartet?« Judith begann damit, methodisch die Ränder zusammenzunähen. Ihre Finger waren einen Monat lang etwas taub, dann hielt sie inne und schaute ihre Stieftochter nachdenklich an. »In gewisser Weise kann man sagen, je eher, desto besser für dich, nicht wahr?«

»Und für dich, Mama.«

Judiths forschender Blick verschärfte sich, aber sie war nicht beleidigt, lächelte vielmehr ein bißchen. Mehrere Wochen in Gemeinsamkeit hatten die Freundschaft etwas abgenützt, denn so sehr die Gräfin ihre Stieftochter liebte, besaß sie nicht die gelassene, mütterliche Geduld, die ihr in diesem Falle am besten gedient hätte. Statt dessen zeigte sie eine Neigung, hier und da scharf zu antworten oder eine herausfordernde Bemerkung zu machen, und dann sträubte sich bei Heulwen das Haar, sie biß sich auf die Zunge oder gab eine betont freundliche Antwort. Kein Wunder, daß sich ihre Charaktere aneinander rieben, dachte Judith. Heulwen hatte Ralph mit fünfzehn geheiratet und war mehr als zehn Jahre alleinige Schloßherrin gewesen. Sich nach den Regeln ihres früheren Lebens einzurichten, mußte eine ziemlich schwierige Sache sein, auch wenn es sich nur um einen vorübergehenden Aufenthalt handelte – namentlich, wenn sie es mit einer wesentlich älteren Frau zu tun hatte, die zwar lächelte, aber dennoch nicht glücklich war über die Störung durch den Eindringling.

»Ja.« Sie lachte. »Auch für mich. Ich genieße die Ruhe und den Frieden, wenn du aus dem Haus bist.« Dann wurde sie ernst. »Aber, Tochter, du mußt dir selbst vor allem sicher sein, daß du diese Verbindung mit Warrin wirklich willst. Du weißt, daß dein Vater und ich dich niemals gegen deinen Willen in eine solche Rolle treiben würden.«

Heulwen holte tief Luft, um ja zu sagen, das sei es, was sie wirklich wolle, sie habe sich entschieden, aber das, was aus ihrem Mund kam, war nicht das, was sie eigentlich sagen wollte. »Mama, glaubst du denn, das Warrin ein passender Mann ist für mich?«

Judith zog eine Schnute und dachte darüber nach, während sie ein Dutzend Mal mit der Nadel in den Samt stach. »Passend – ja«, sagte sie schließlich. »Aber ob er der Richtige ist für dich, wird die Zeit erweisen müssen. Du kennst ihn noch aus der Kinderzeit. Er ist ehrgeizig, von sich selbst überzeugt und so empfänglich für die Gefühle der anderen wie diese Burgmauer. Er erwartet, daß du eine Dekoration darstellst für sein Bett und seine Tafel, wie es sich für einen Mann seines Standes gehört.« Sie richtete sich auf und warf einen Blick auf Heulwens besorgtes Gesicht, wollte etwas sagen, das geeignet war, das Gleichgewicht wiederherzustellen.

»Es wird dir sicher an nichts fehlen. Warrin war immer großzügig. Ich möchte behaupten, du wirst sogar genug Mägde haben, die das Nähen für dich besorgen.« Sie lächelte kurz, fügte dann nüchtern hinzu: »Aber wenn du Bedürfnisse hast, die über die goldenen Dekorationen hinausgehen, rate ich dir, es lieber noch einmal zu überdenken. Für Warrin de Mortimer bist du eine Trophäe, um die ihn die anderen beneiden. Du selbst wirst nicht zu beneiden sein.«

»Das weiß ich, Mama, und es stört mich nicht«, antwortete Heulwen mit Überzeugung. »Ich denke vielmehr –«

»Heulwen, du hast einen Gast«, verkündete Renard, der in den Raum gekommen war. Er aß ein Stück Apfelkuchen mit Zimt, den er der verärgerten Köchin unter der Nase weggestohlen hatte, und seine schmalen grauen Augen verengten sich vor freundschaftlichem Spott.

»Warrin?« Sie ließ das Nadelkissen los und hob die Hände, um den Sitz ihres Schleiers und die Ordnung ihrer Zöpfe zu überprüfen.

»Falsch geraten«, sagte er fröhlich und kam weiter herein in den Raum. Dann, nachdem er sich den Rest den Kuchens in den Mund gestopft hatte, bückte er sich vor dem offenen Kamin und hob einen Welpen auf. Der kleine Hund wand sich vor Vergnügen und versuchte ihn begeistert mit der rosa Zunge zu lecken. »Adam de Lacey.«

Heulwen war leicht errötet beim Gedanken an Warrin de Mortimer. Jetzt schwand ihre Farbe, und ihr Gesicht wurde kalkweiß. Die Hände fielen nervös von den Zöpfen. »Adam?« wiederholte sie schwach. »Warum will er mich sprechen?«

Renard zeigte ihr ein spöttisches Grinsen, dabei hielt er den Kopf schief, um den Liebkosungen des Welpen zu entgehen. »Vielleicht will er dich wieder um Mitternacht im Söller treffen«, gab er zu überlegen.

»Renard!« fuhr ihn seine Mutter an, wandte sich an ihn und warf ihm einen Blick von äußerster Ungnade zu. »Wenn du in der Zeit, wo du deine freche Zunge schärfst, deinen Verstand schärfen würdest, wärst du als kluger Bursche zu beneiden.«

»Entschuldigung«, sagte er mit dem Vergnügen dessen, dem es nicht im mindesten leid tut und der weiß, daß er unschwer wieder in Gnade fällt dank seines beträchtlichen Charmes. »Er bringt dir deine Pferde. Sagt, daß du sie in Windsor verkaufen wolltest. Außerdem wirst du ihm früher oder später doch begegnen müssen.« Er hielt den Welpen in der Armbeuge wie einen Säugling, kitzelte ihn an seinem rosa Bäuchlein und ging dann hinüber zum Nähtisch, um mit müßigem Interesse einen Blick auf die Bemühungen seiner Mutter zu werfen.

Sie blickte mit gefurchter Stirn zu ihm hoch. Er überragte sie bei weitem. Aber auf dem Gesicht des werdenden Mannes waren noch die Züge der Kindheit zu erkennen. In der dünnen, ausrasierten Linie seines Oberlippenbarts waren Krümel zu sehen. Der scharlachrote Samt würde ihm sehr gut stehen. Er war hochgewachsen wie Guyon und dunkel, mit den grauen, rauchigen Augen seines königlichen Großvaters. Außerdem verfügte er über die lockere Zunge seines Vaters, zu der ein völliges Fehlen von Taktgefühl kam, was freilich bei einem Jungen in diesem Alter nicht verwunderlich war.

Renard küßte ihre Wange und schaute dann hinüber zu seiner Halbschwester, mit funkelnden Augen. »Willst du mich hinunterschicken mit der Botschaft, daß du ihn nicht empfangen kannst, weil du zu sehr mit Nähen beschäftigt bist?«

Die Vorstellung, was Renard zu ihm sagen mochte, trieb Heulwen von der einen Panik in die andere. Sie legte die Nadelarbeit mit Bedacht zur Seite und widerstand der Versuchung, sie in ihren Bruder selbst zu stecken statt in seine neue Tunika. »Nein, Renard, das wäre auch gelogen, und außerdem freue ich mich, ihn zu sehen. Ein Mißverständnis muß noch nicht der Anlaß für eine lebenslange Feindschaft sein.« Dazu weitete sie die Augen spöttisch. »Was, glaubst du, ist im Söller geschehen? Aber wie ich deine Phantasie kenne, kann ich mir die Frage sparen. Der Hund hat dich gerade naß gemacht.«

»Was?« Renard schaute nach, fluchte, setzte den Hund ab und begann seine Tunika auszuziehen, während ihm seine Mutter Vorhaltungen machte über die Flüche, die er dabei ausstieß. Heulwen suchte inzwischen das Weite.

Es war albern, solche Angst zu haben, dachte sie, als sie die Turmtreppe hinunterlief und gleich danach die große Halle betrat. Albern auch, sich so nervös zu fühlen. »Er ist doch mein Bruder«, sagte sie zu sich und wünschte, daß es wahr wäre, doch das war für alle Zeiten vorbei, vertrieben durch den Anblick des muskulösen Kriegers in der Badewanne. Nein, fügte sie hinzu, es war nicht ganz so albern, in Panik oder Angst zu geraten, wenn sie dem Mann gegenüberstand.

Adam war draußen auf dem Hof und sprach mit Eadric; er hatte den Pelzumhang von den Schultern genommen, und das kalte Sonnenlicht wurde von seinem Kettenhemd und der verzierten Gürtelschnalle seines Schwertgürtels reflektiert. Der Pferdeknecht hielt Sorcerer und Jester; Adam selbst hatte die Zügel von Lyard in der Hand, und während er mit dem Diener sprach, liebkoste seine freie Hand den Hals des hellen Fuchses, dessen Fell jetzt im vollentwickelten Winterhaar dicht geworden war. Heulwen atmete tief ein, nahm ihren Mut zusammen und ging über den Vorhof, um ihn zu begrüßen.

»Du wolltest mich sprechen, Adam?«

Er drehte sich zu ihr um, ein blankes, steifes Lächeln auf dem Gesicht. Seine Hand trennte sich von Lyards Hals und fiel zur Seite. »Ja, das wollte ich.«

»Kommst du nicht mit hinein in die Halle?«

Er zögerte. Sie sah, wie sein Zögern mit seiner Höflichkeit kämpfte. Seine Augen waren wachsam, sein Gesicht die Maske seiner früheren Ankunft, alle Emotionen beherrscht und verborgen. Ralph war genauso gewesen, nur daß er eine Maske ständigen Lachens getragen hatte. Die anderen Männer lachten mit ihm – auch die Frauen, und sie kamen nie unter diese erste Schicht. Sie schauderte, nicht nur, weil ihr der Wind in die Kleider fuhr.

Adam gab Lyards Zügel Eadric in die Hand, neigte dann den Kopf in Resignation und folgte ihr durch die vordere Halle. Eine Frau kam auf sie zu und stellte eine Frage im Hinblick auf die geschlachteten Schweine, die jetzt zerlegt wurden. Adam hielt inne und schaute sich um: Ein Hauptmann drillte seine Männer, Speerspitzen kratzten auf dem Kies und klickten in hölzerner Symmetrie, ein Wald von Stangen, entsprechend den gebellten Befehlen. Die Magd ging, nachdem Heulwen ihr Anweisungen gegeben hatte. In der Nähe des Eingangs spielten zwei kleine Jungen mit Murmeln. Einer von ihnen hob den Kopf und warf einen klaren, blau-grünen Blick auf die Schwester und ihren Besucher.

»Warum bist du nicht bei deinen Lektionen?« fuhr ihn Heulwen scharf an. »Wo ist Bruder Alfred?«

»Mit Papa in die Stadt gefahren.« William schnitt eine Grimasse. »Wir haben unsere Lektionen erst am Nachmittag.« Seine Augen richteten sich wieder auf Adam und fixierten die reich verzierte Schwertscheide und den ähnlich geschmückten Griff.

Heulwen blickte auf Adam. »William war nicht hier, als du uns das letzte Mal besucht hast«, bemerkte sie, und dann, zu dem Kind: »William, das ist Adam de Lacey, mein Stiefbruder, sozusagen. Ich glaube nicht, daß du dich an ihn erinnerst.«

Adam bückte sich und hob eine der glatten, runden Steinmurmeln auf, das Gesicht ausdruckslos. Er war sich wohl bewußt, daß sie das mit Absicht gesagt hatte.

»Kann ich mir Euer Schwert ansehen?« fragte William ungeniert, den Blick voller Verlangen. Nachträglich fiel ihm das »Bitte« ein.

Adam ließ die Murmel gegen eine größere prallen, die in der Nähe der Wand lag. Er hörte das Krachen von Stein auf Stein und schloß kurz die Augen, die Fäuste auf den Knien geballt. Dann stand er auf und lächelte hinunter, bevor er die Waffe aus ihrer fellbesetzten Scheide zog.

»William, du sollst nicht so –«

»Er ist ganz in Ordnung«, unterbrach Adam mit beiläufiger Stimme, die seine steigende Anspannung verbarg. »Ich war in seinem Alter auch scharf auf das Schwert deines Vaters – genau gesagt, auf jedes Schwert, weil sie echt waren, während meines nur aus Holz oder Walfischknochen bestand.«

William nahm es verehrungsvoll entgegen. Seine kleine Hand schloß sich um den ledergefaßten Griff, und er hielt das Schwert so ins Licht, daß es bläulich funkelte. Im Blatt, weiter unten, befand sich die ziselierte lateinische Inschrift *O Sancta,* mehrmals zu einem dekorativen Muster wiederholt. Der Knauf war ein unregelmäßiger Halbkreis aus eingelegtem, polierten Ahornholz. »Papa meint, ich kann nächstes Jahr selbst ein richtiges Schwert haben«, erklärte William eifrig.

»Mit einem richtig abgestumpften Blatt, ja«, fügte Heulwen hinzu. »Du richtest schon genug Unheil an mit dem einfachen Holzschwert, das du jetzt hast!«

Adam lachte. »Das kann ich mir denken!« Sanft, mit mehr als nur einem Hauch des Verständnisses, nahm er dem Kind das Schwert wieder ab, steckte es in die Scheide, strich dem Jungen die schwarzen Locken aus der Stirn und ging dann mit Heulwen hinein in die Burg.

Sie schickte eine Dienerin, die ihm Glühwein bringen sollte, und bot ihm einen Sessel auf dem Podest in der Nähe einer Holzkohlenpfanne an. Er öffnete die Schließe seines Umhangs und warf ihn auf den Tisch, dann legte er das Schwert in der Scheide darüber.

»Möchtest du dich entwaffnen?« Heulwen deutete auf sein Kettenhemd, während er die Beine ausstreckte, um sich zu wärmen.

Er schüttelte den Kopf. »Danke, ich bin nur kurz vorbeigekommen. Ich halte dich nicht lange auf.«

Heulwen biß sich auf die Lippe und senkte den Blick; sie wollte sich entschuldigen für die Art und Weise, wie ihr letztes Gespräch geendet hatte, wußte aber nicht, ob eine Versöhnung in ihrem Interesse lag. Die weißglühende körperliche Anziehung, die dieser Mann auf sie ausübte, flößte ihr Angst ein. Sie hatte sich zu nahe ans Feuer gesetzt, sah jetzt zu, wie es ausging, und zitterte über der verbleibenden Glut.

Die Magd brachte ihnen Wein und einen Teller mit den Zimtapfelkuchen, dann kehrte sie zu ihren Pflichten zurück. Auf der anderen Seite der Halle, an einem anderen Tisch, saßen Adams Männer bei mehreren Laiben Roggenbrot, einer Schüssel mit gesalzenem Quark und Krügen mit Apfelmost. Adam warf einen Blick hinüber und sagte: »Ich habe dir Ralph's Hengste gebracht, damit du dich entscheiden kannst, ob du sie in Windsor verkaufen willst.«

Heulwen schenkte beiden Glühwein ein, dabei hielt sie den Blick gesenkt – nicht daß er sie angesehen hätte. »Was sind sie wert? Hast du Zeit gehabt, es herauszufinden?« Sie sprach rasch und fühlte sich eingeschüchtert.

»Der Braune ist fast fertig ausgebildet und gut genug, um zwischen siebzig und achtzig Mark einzubringen«, sagte er in kurz angebundenem, kühlen Ton. »Der Schecke ist nicht von dem gleichen Kaliber, aber wegen seiner Zeichnung könntest du mindestens fünfzig Mark für ihn fordern. Wenn ich ihn noch den Winter über ausbilde, dürfte er einen Preis um die sechzig einbringen.«

»Und Lyard?« Sie versuchte, in seinem Ton zu sprechen.

»Das ist der eigentliche Grund, weshalb ich hier bin.« Er richtete den Blick von seinen Männern auf die ihren. »Ich möchte ihn dir abkaufen, Heulwen. Ich gebe dir dafür hundert Mark.«

Sie vergaß ihre Zurückhaltung und schaute ihn mit offenem Mund an. »Wieviel?« fragte sie mit schwacher Stimme.

»Das ist er meines Erachtens wert.«

Seine Augen waren plötzlich leuchtend und klar wie die von Renards neuem Falken, und er beugte sich in seinem Sessel nach vorn, offenbar mit der Absicht, sie zu überzeugen, für den Fall, daß sie sich vor einer Entscheidung drückte. »Adam, nein. Ich kann keine solche Summe von dir annehmen.«

»Aber du würdest sie von einem Fremden in Windsor annehmen«, stellte er fest.

»Ich würde mir nichts dabei denken, das Geld eines Fremden zu nehmen.«

Er rückte den Unterkiefer gerade, nahm den Kelch mit dem Wein, ließ die Flüssigkeit darin rotieren, dann richtete er seine Augen über den Weinkelch hinweg auf die ihren.

»Heulwen, ich bitte dich um eine besondere Gunst: Gib mir Lyard als Gefälligkeit. Du hast mich einmal ins Gesicht geschlagen. Um Christi willen, laß mir ein klein bißchen Selbstachtung. Weißt du, was es mich gekostet hat, heute hierherzukommen?«

Sie atmete tief ein, hatte den Mund dabei offen, änderte ihre Absicht und streckte die Hand nach ihrem Becher aus, um einen Schluck Wein zu trinken. »Ja, das weiß ich«, sagte sie, nachdem sie geschluckt hatte. »Das gleiche, was es mich gekostet hat, von der Kemenate hierherzukommen und dich zu treffen.«

Adam schaute unter seinen Brauen hervor auf sie. Sein Mund verzog sich zu dem bekannten, dunklen Lächeln. »*Pax?*« fragte er ernst.

»*Vobiscum.*« Sie erwiderte das Lächeln und fühlte sich, als sei eine große dunkle Wolke von ihrem Horizont verschwunden. »Also gut, Adam, um unserer gegenseitigen Selbstachtung willen kannst du Lyard haben – aber nicht zum vollen Preis, und bevor du wieder anfängst zu streiten, möchte ich dich daran erinnern, daß ich dir immerhin einiges schuldig bin für die Ausbildung und die Unterbringung dieses und der beiden anderen Pferde. Achtzig Mark nehme ich, und keinen Penny mehr.«

»Und wenn Warrin glaubt, daß du einen Teil seines zukünftigen Besitzes beträchtlich unter Preis verkauft hast?« fragte er mit scharfer Betonung.

»Dann kann mir Warrin den Buckel... O mein Gott, nein!« Sie wurde kalkweiß.

»Was ist denn los?« Er folgte ihren entsetzten Blicken durch die Halle und sah, wie durch ihre Gedanken herbeigerufen, Warrin de Mortimer in Fleisch und Blut auf sie zukommen. Sein Umhang flatterte im raschen Schritt, und er zog die Brauen über den dunkelblauen Augen zusammen bei dem Anblick, der sich ihm auf dem Podest bot.

»Adam, ich bringe dich um, wenn du irgend etwas

anfängst«, zischte ihm Heulwen aus dem Mundwinkel zu, während sie sich erhob, um ihren zukünftigen Ehemann zu begrüßen.

»Ich?« sagte er spöttisch. »Und warum sollte ich? Glaubst du, ich will dir den Rest deines Lebens auf dem Gewissen lasten?«

Heulwens Knie wurden weich, als die zweischneidige Klinge traf, und Adam mußte sie am Ellbogen halten, damit sie nicht die Treppe des Podiums hinunterfiel. Am unteren Ende legte Warrin de Mortimer seine Hand auf seinen Schwertknauf und betrachtete Adam mit einer Mischung aus Ärger und heftiger Abneigung. Heulwen machte sich aus Adams Griff frei und nahm dann Warrins Umhang mit einem warmen Lächeln der Begrüßung. Als sie nach der Schließe griff, umfaßte er ihre Taille mit den Händen und beugte sich hinunter zu ihren Lippen. Der Kuß war nicht von Dauer, aber er zeigte die Besitzverhältnisse an.

»Zu Hause und noch immer unverletzt vom Ausflug mit der Kaiserin, wie ich sehe«, sagte er zu Adam.

»So scheint es.« Adam beugte sich über den Tisch nach seinem Schwertgürtel und schnallte ihn sich dann ohne Hast um.

De Mortimer warf ihm einen Blick verächtlichen Amüsements zu, als betrachte er ein störrisches Kind, dem er in jeder Beziehung klar und deutlich überlegen war. »Es kommt mir vor«, sagte er, »als sei es noch keine Stunde her, seit wir draußen auf dem Hof miteinander gerauft haben.« Aus dem Amüsement entstand ein häßliches Lächeln. »Ich höre, daß du gelernt hast von den Lektionen, die ich dir damals erteilt habe.«

»Jedenfalls wesentlich mehr als du, Warrin«, antwortete Adam gleichmütig und wandte sich dann an Heulwen, als ob der andere Mann gar nicht existierte. »Das Geld ist in meinen Satteltaschen. Ich lasse es dir von Austin hereinbringen. Und was ist mit Jester?«

»Ich – ich weiß nicht«, stotterte sie und kam aus dem Konzept angesichts der Feindseligkeit, die sich zwischen den beiden Männern ausbreitete. »Ich hatte noch nicht Zeit, um darüber nachzudenken.«

Adam warf de Mortimer einen schrägen Blick zu. »Dann lasse ich ihn dir. Wenn ich seinen Charakter recht beurteilen kann, wirst du ihn in Windsor nicht verkaufen können. Und was die andere Sache betrifft, überlaß das ruhig mir. Sobald ich etwas höre, lasse ich es dich wissen.«

Sie nickte und schluckte. »Danke, Adam.«

»Nicht der Rede wert.« Sein Mund war trocken, als er sich den Umhang überwarf und den Wein unangerührt stehenließ, an ihr und de Mortimer vorbeischritt und auf seine Männer zueilte.

»Willst du uns nicht gratulieren?« stichelte de Mortimer. »Ich bin in Kürze beinahe so etwas wie dein Schwager, nicht wahr?«

Adam wandte sich nicht um. Er schluckte und sagte dann »Meine Gratulation« durch schmal gewordene Lippen, dann ging er rasch durch die Halle, um nicht doch noch etwas Törichtes zu tun.

Sobald er draußen war in der kalten, klaren Luft des Burghofs, ließ er sich gehen und knallte seine Faust gegen die nackte, harte Wand statt in de Mortimers hübsches, spöttisches Gesicht. Die Haut platzte und wurde abgeschürft. Er schaute auf das Blut; seine Brust hob und senkte sich, und er begrüßte die Schmerzen, welche die Gedanken überlagerten.

»Bei mir bewirkt er fast das gleiche«, sagte Renard, der die Treppe herunter auf ihn zukam. »Er ist so verdammt herablassend und behandelt mich, als ob ich gerade erst so alt wie William wäre.«

»Manchmal benimmst du dich aber auch so.«

»Gehst du jetzt zurück nach Thorneyford?«

Adam betrachtete seine aufgeschürften Knöchel, der Preis

dafür, daß er sich zu lange unter Kontrolle gehalten hatte, dann warf er einen dunklen Blick auf Renard. »Warum fragst du?«

»Ach, nur so.« Renard zuckte nonchalant mit den Schultern. »Ich dachte, daß ich dich in diesem Fall begleite. Starlight braucht Bewegung, und ich bin lieber nicht hier, wenn Warrin sich wie ein Gockel, der eine Henne haben will, vor Heulwen aufplustert. Hast du all die Ringe gesehen, die er an den Fingern trägt?«

Adam warf einen Blick auf seinen Verbündeten und fand ein kurzes Lächeln für ihn. »Ja.«

»Und er benutzt Lavendelöl, ich konnte es aus einer Meile Entfernung riechen.« Renard rümpfte die Nase. »Jesus Christus, der hat nicht viel Platz für Heulwen in seinen Herzen. Der ist zuallererst wahnsinnig in sich selbst verliebt.«

Ohne Kommentar ging Adam zu Lyard, schnallte eine Satteltasche los und nahm einen ledernen Geldbeutel heraus, dann reichte er ihn seinem wartenden Knappen. »Geh hinein, Austin, und gib ihn Lady Heulwen. Sag ihr, die restlichen zwanzig sind ein Hochzeitsgeschenk. Sie wird wissen, was ich meine.«

»Ja, Mylord.«

Adam sah, wie er davonlief, dann wandte er sich wieder dem Pferd zu, nahm seinen Helm vom Sattelknauf und setzte ihn sich auf. »Du wirst eine Rüstung brauchen«, sagte er zu Renard. »Aber ich glaube, das brauche ich dir nicht zu sagen. Hast du ein Kettenhemd?«

»Ich habe das, was mein Bruder getragen hat, bevor er ertrunken ist. Es paßt mir besser als ihm. Wartest du auf mich?«

Adam nickte, und der graubraune Hengst blieb neben Lyard stehen. »Du kannst mein Pferd nehmen statt deines, wenn du willst. Ich habe schon gleich, als du nach Thorneyford gekommen bist, gesehen, daß du über den Grauen hier hinausgewachsen bist.«

Renards dunkle Augen strahlten. »Danke, Adam. Du bist wirklich ein Freund!« Er schlug Adam mit solcher Begeisterung auf den Rücken, daß dieser fast ins Taumeln kam und einen Moment lang die Luft verlor.

»Und wie machst du es mit deinen Feinden?« fragte er schwach.

»Wozu ist das Geld?« Warrin de Mortimer hob den Beutel mit Silberstücken an, der Heulwen von dem stupsnäsigen Knappen überbracht worden war, und ließ ihn wieder auf den Tisch sinken.

Trotz des beiläufigen Tons seiner Frage konnte Heulwen erkennen, daß er verärgert war. Zwei tiefe, halbmondförmige Falten zogen sich zwischen den dünnen Mund und die kräftige, gerade Nase, und seine Nasenlöcher waren ein wenig zusammengekniffen. »Ich habe ihm Lyard verkauft.«

Warrin klopfte mit dem Knöchel des Zeigefingers gegen den Beutel. »Dem Gewicht nach für eine ordentliche Summe.«

»Er bestand darauf, mir mehr zu geben, als er sollte.« Ihre Stimme zitterte und strafte sie Lügen. »Er ist sehr stur. Ich habe es nicht verlangt.«

»So stur, daß ihm jemand eines Tages das Genick brechen wird«, murmelte Warrin.

»Du vielleicht?«

Er lachte und zog die Brauen hoch. »Sieht man es so deutlich?«

»Ihr wart wie zwei Hunde, die einander umkreisen und darauf lauern, einander an die Kehlen zu springen.«

»Ich mag den Kerl nicht, das gebe ich offen zu.« Er streckte die Hand in Richtung auf die Kohlenpfanne aus. »Er hat nie gewußt, wieviel er sich als Knappe leisten kann, und das ist, fürchte ich, bis heute so geblieben.«

Heulwen beobachtete ihn, und in ihrem Magen flatterten

kleine Schmetterlinge. Seine Hände waren ruhig über der Hitze. Breit und kräftig, paßten sie nicht zu den vielen Ringen, die sie bedeckten. Ihr Vater trug praktisch niemals Schmuck, und sie hatte es auch nie an Adam gesehen. Sie mußte an ihn denken und kaute an ihrer Lippe.

»Was war das für eine andere Sache, von der er gesprochen hat?« fragte er in die Stille.

Sie schüttelte den Kopf und war durchaus imstande, einen entscheidenden Fehler zu erkennen, wenn jemand einen machte. »Eine Nebensache«, erläuterte sie. »Ralph hat ein Pferd verkauft, und ich habe ihn gebeten, den Kauf rückgängig zu machen.«

»Du hättest ja zum Beispiel auch mich darum bitten können.« Er schaute sie vorwurfsvoll an. »Kein Grund, um Adam de Lacey da hineinzuziehen.«

»Du warst in der Normandie, und außerdem kennt Adam den Käufer.« Sein Kinn spannte sich, genau wie das ihre, in entscheidender Erwiderung. »Warrin, schau mich nicht so an. Ich bin noch nicht in dein Eigentum und werde es wohl auch nie sein, wenn du aus nichts eine Eifersuchtstragödie machst. Adam ist mein Stiefbruder seit meinem zweiten Lebensjahr. Wenn du nicht seine gelegentliche Anwesenheit an gemeinsamen Orten wie Ravenstow ertragen kannst, dann solltest du den Brief zerreißen, den du an Papa geschrieben hast, und dir eine andere Frau suchen!«

Augenblicklich gab er sich zerknirscht, wandte sich von der Kohlenpfanne ab und nahm ihre Hände in die seinen; dabei suchten seine Blicke ihr Gesicht. »Heulwen, entschuldige. Ich komme hier an und habe nichts im Kopf, als dich zu sehen, also habe ich nicht erwartet, daß sich Adam de Lacey im Sessel deines Vaters fläzt . . .«

»Und du bist es gewohnt, daß alles immer genau so ist, wie du es dir vorstellst«, ergänzte sie sarkastisch.

»Ja, das bin ich!« Und ehe sie rebellieren konnte, war seine Hand wieder um ihre Taille geglitten, und sein Atem war warm an ihrer Wange, als seine Lippen sich fordernd auf die ihren preßten, in der Erfüllung seines Willens. Seine Arme drückten sie an sich, und seine Zungenspitze versuchte, in ihren Mund einzudringen. Heulwen stand passiv da bei der Umarmung, wies sie nicht zurück und kam ihr nicht entgegen, aber es genügte ihm, daß sie weich und warm in seinen Armen lag, und er drängte weiter, getrieben von dem Bedürfnis, zu besitzen, und einem noch tieferen, instinktiven Drang.

Der Geruch nach Lavendelöl war zu stark, um angenehm zu sein. Er stach ihr in die Nase und brachte sie zum Niesen. Warrin trug noch sein Kettenhemd, und die Ringe drückten sich schmerzhaft in ihren Arm, wo sie ihr weiches Fleisch berührten. Eine leise innere Stimme fragte sie, ob sie diese Unannehmlichkeiten auch gefühlt hätte, wenn Adam sie so umarmt hätte. Sie versuchte, nicht darauf einzugehen und statt dessen Warrins Berührung zu erwidern, aber der Schmerz und sein Kinn, das sich gegen das ihre preßte, machte den Versuch unmöglich. Sie brach den Kuß ab. »Warrin, du erdrückst mich.«

Er atmete keuchend, und seine Augen leuchteten jetzt trübe in der Farbe des Himmels. Er leckte sich die Lippen, kam wenigstens so weit zu Sinnen, um zu erkennen, wo er war und worum es ging, riß sich zusammen, ließ sie los und warf sich dann in den Sessel, den Adam noch vor kurzem eingenommen hatte.

»In Gottes Namen, Heulwen, laß uns bald heiraten«, sagte er mit rauher Stimme. »Ich weiß ja, daß du noch um Ralph trauerst, aber die Zeit steht nicht still – es sei denn, man ist weit weg von hier und redet Unsinn mit irgendeinem verblödeten Verwalter auf den normannischen Ländereien seines Vaters und zählt die Stunden, bis man nach Hause kommen und sein Herz erfreuen kann mit einem Anblick wie dem deinen.«

»Schmeichler«, sagte sie leichthin und setzte sich neben ihn.

»Es ist die Wahrheit, Heulwen – und du machst mich ganz verrückt.« Er schüttelte den Kopf, als wundere er sich über seine eigene Erklärung.

Sie senkte den Blick. Sein Arm lag auf dem Tisch, dort, wohin sie den Blick gerichtet hatte. Sie rieb ihren Zeigefinger an seinem Handgelenk und streichelte die steifen, goldenen Härchen gegen den Strich. »Wenn Papa und du die Bedingungen ausgehandelt habt und du den König um Ralphs Ländereien gebeten hast, könnten wir ohne weitere Verzögerung heiraten«, sagte sie mit weicher Stimme.

»Mir kann es nicht schnell genug gehen.« Er warf ihr einen Blick zu, dann spreizte er leicht die Beine, um den Druck in seinen Lenden zu mildern, und dachte an ihren vollen, aber dennoch schlanken Körper unter dem seinen auf dem Hochzeitslager und noch mehr an eine Schatulle frisch gemünzten Silbers – und lächelte.

»Mir auch nicht«, erwiderte sie, aber ihr Ton war eher grimmig als eifrig, ihre Gedanken waren bei Adam und bei den Lektionen, die sie in der Zeit mit Ralph gelernt hatte.

»Bekomme ich keine heiße Badewanne?« fragte er hoffnungsvoll, und sein Blick verengte sich lüstern.

Heulwen hörte auf, sein Handgelenk zu streicheln, und erhob sich. »Eine kalte Dusche bekäme dir vielleicht besser.« Sie lachte. »Ich werde sehen, was die Mägde tun können.«

Erst als sie die oberste der Stufe zum Turmzimmer erreicht hatte und dort in der kalten, muffigen Stille stand, bemerkte sie, daß sie am ganzen Leib zitterte.

Siebentes Kapitel

»Schnee«, knurrte Sven, drehte seine mächtigen Schultern und warf einen düsteren Blick auf die anrollenden graugelben Wolkenbänke, die sich rasch von den walisischen Bergen näherten, getrieben von einem scharfen, kalten Wind.

Adams Troß war aus dem Wald gekommen auf die Viehstraße, die sie nach ein paar Meilen zur Gabelung von Thorneyford brachte. Hinter ihnen knackten die Äste der Bäume und bewegten sich wie graue Tänzer, die versuchten, das letzte Hemd aus getrockneten Blättern abzuschütteln. Das Gras am Rand der Straße war hochgewachsen und schlapp, die Straße selbst ein durchgepflügter, schlammiger Morast von Hufabdrücken und eisernen Radspuren. Wenn erst der Winter ganz da war, würde daraus gefrorener Sumpf werden.

Lyard wieherte und senkte den Kopf, um zu sehen, was da an seinen Hufen klebte. Adam ließ die Zügel locker und drehte sich im Sattel nach Renard um. »Willst du immer noch mit uns kommen?«

Renard warf einen Blick auf die drohenden Wolken, mit vom Wind geröteten Augen. Er trug warme Unterwäsche und eine dicke Tunika, darüber ein gefüttertes Wams und eine Rüstung, dies alles noch bedeckt von einem pelzbesetzten Umhang; ihm war daher trotz des eisigen Windes warm genug. Und der Hengst unter ihm war ein Vergnügen zum Reiten nach dem armen Starlight, der für ihn wirklich unzulänglich geworden war.

»Lieber lasse ich mich mit dir einschneien als mit Warrin de Mortimer«, sagte er lächelnd und trieb sein Pferd hinaus auf die Straße.

»Es ist erst November – so weit kommt es noch nicht.« Aus dem Lächeln wurde ein spöttisches Grinsen. »Warum das Risiko eingehen? Du konntest ja auch nicht schnell genug wegkommen.«

Der Helm mit dem breiten Nasenschutz verbarg viel von seinen jugendlichen Zügen, und mit den Polstern seiner Rüstung konnte er durchaus als erwachsener Mann gelten. »Wenn du mitkommen willst, dann halt den Mund«, sagte Adam scharf.

Renard zuckte mit den Achseln; dennoch funkelten seine Zähne weiß, als er den Ritt fortsetzte.

»Er ist ja noch ein Junge«, murmelte Aubrey, der seinem Herrn folgte, als sie in den scharfen Wind ritten.

»Das ziehe ich in Betracht, oder ist dir das noch nicht aufgefallen?«

»O ja, sicher« murmelte Aubrey, »aber er ist doch auch seiner Halbschwester ziemlich ähnlich, oder nicht? Er würzt den Eintopf mit Bosheit und beobachtet, ob die Leute eine Grimasse ziehen, wenn sie ihn essen. Ich weiß, wie es mit Euch steht und mit dieser rothaarigen Circe. Und es nützt nichts, wenn Ihr mich dabei so anschaut. Es ist die Wahrheit, das wißt Ihr genau. Ich war bei ihrer Hochzeit dabei, erinnert Ihr Euch? Wer, glaubt Ihr, hat Lady Judith geholt, als Ihr all den Wein in Euch hineingekippt habt? Wer hat an Eurem Lager gesessen, bis Ihr Eure Sinne wiederbekommen habt, oder das, was von ihnen noch übrig war? Und jetzt ist sie frei, und sie macht es wieder genauso. Wie weit werdet Ihr gehen, wenn es Warrin de Mortimer ist, den sie ins Bett nimmt?«

Adams Finger zuckte an den Zügeln. »Aubrey, laß mich in Ruhe, du bist ja noch schlimmer als der Junge«, sagte er durch die Zähne, und unter ihm tanzte Lyard, warf den Kopf hin und her und rollte die Augen, daß man das Weiße sehen konnte.

»Erst gestern abend haben Sweyn und ich gesagt, daß Ihr Euch eine Frau nehmen solltet. Es gibt in diesen Monaten vor Weihnachten mehr als genug Adelige, die ihre Tochter loswerden wollen, und es ist wahrhaftig an der Zeit, daß Ihr Euch eine aussucht und mit ihr Erben in die Welt setzt statt in verlorenen Träumen zu leben.«

Adams Geduld war am Ende. Er drehte sich zu dem Knappen um und wollte ihm seinen Ärger ins Gesicht schreien, kam aber nicht weiter als bis »Wenn ich deine Meinung hören will, dann –« Der Atem blieb ihm in der Kehle stecken, und seine Augen weiteten sich in entsetzter Überraschung, als ein Pfeil durch das kleine Dreieck zwischen seiner Hand an Lyards Zügeln und Lyards Rücken sauste und sich dann in dem Roßhaarkissen von Aubreys Sattelkrempe bohrte. Danach begann der dunkle Himmel nicht Schnee, sondern tödliche Pfeile zu regnen, und acht Waliser, bewaffnet mit Bogen auf ihren kleinen, aber kräftigen Bergponys, jagten hinter ihnen her, die Mäuler offen, fremdartige Laute ausstoßend, während ihre Kurzschwerter im restlichen Licht des Tages funkelten.

»Bei den Scheißaugen des Teufels!« fluchte Aubrey durch zusammengebissene Zähne und griff nach seinem Schwert, während er versuchte, seinen hochgehenden Hengst unter Kontrolle zu bringen.

Adam hatte seinen Schild im linken Arm. »Enge Formation!« bellte er. »Und gebt ihnen keine Chance, die Pferde scheu zu machen. Sweyn, du bleibst Renard an der Seite und bewachst ihn mit deinem Leben!« Mehr konnte er nicht sagen, denn dann begann der Kampf und nahm ihre ganze Aufmerksamkeit in Anspruch.

Das erste, was Renard von dem Überfall der Waliser mitbekam, war der Pfeil, der ein Loch in seinen Überhang riß und sich in den Bauch seines Hengstes bohrte. Das Tier schrie und ging auf die Hinterbeine, die Vorderhufe in die Wolken erhoben, dann kam es steifbeinig wieder herunter und bockte. Der hohe Sattel und Renards schnelle Reflexe hielten ihn auf dem Rücken des Tiers, aber das war auch alles. Ein angeschossenes Pferd unter Kontrolle zu bringen war unter diesen Umständen aussichtslos. Wenn der Falbe zu Boden ging, würde Renard erdrückt werden, und wenn er ihn abwarf, konnte es sein, daß er ihn zertrampelte oder daß Renard sich bei dem Sturz das Rückgrat brach.

Es gab keine Zeit zum Denken, nur das Handeln nach Instinkt. Er ließ die Zügel fahren, löste seine Füße aus den Steigbügeln, und während der Falbe auf allen vieren zu Boden ging, benutzte er den Sattelknauf, um sich vom Rücken des stürzenden Tiers zu schwingen. Er stolperte und fühlte, wie er sich den Knöchel verstauchte, konnte sich aber von den Zuckungen des Streitrosses abducken und zugleich sein Schwert ziehen. Sein Schild hing noch am Sattel, und es bestand nicht die geringste Möglichkeit, ihn zu holen, solange das Tier mit allen Vieren strampelte und ihm den Schädel mit den beschlagenen Hufen einzutreten drohte.

Rings um ihn tobte der Kampf. Ein untersetzter, schwarzäugiger Waliser, der so aussah, als ob er Hufeisen frühstückte, kam mit einem eisenbeschlagenen Eichenknüppel auf ihn zu. Renard wehrte den ersten heftigen Schwung des Angreifers ab. Sein Gegner lachte nur. Die kriegerische Auseinandersetzung machte nicht selten verrückte Wilde aus den Männern, und dieser sah seinen Gegner als einen Feind an, dem er nur spotten konnte. »*Cenau!*« sagte er voll Verachtung. Und Renard war vielleicht wirklich ein Welpe, aber einer aus einer Rasse von Kriegern und zum Kampf erprobt. Als der Waliser noch einmal seinen Streitknüppel schwang, diesmal um zu töten, unterlief Renard den Hieb und richtete das Schwert gegen die ungeschützten Schenkel des Feindes. Blut spritzte in Renards Gesicht, als die scharfe Schneide den Muskel trennte, dann die Sehnen und die Arterie. Der

Knüppel traf ihn schwach an der Schulter, der Schlag eines tödlich Verletzten, der zu Boden ging.

»Yr cenau gan dant!« keuchte Renard und atmete dabei schwer.

»Renard, paß auf, hinter dir!« brüllte Sweyn.

Er fuhr rasch herum, aber nicht schnell genug, um einem Speer auszuweichen. Er wand sich heftig, als er fühlte, wie die Ringe seiner Rüstung nachgaben und das gefährliche Eisen sein Wams durchdrang und gegen die Rippen stieß. Renard war wie ein Fisch am Spieß gefangen, und im nächsten Augenblick würde er sterben. Das Letzte, was er sah, war der schneeverhangene Himmel und das angsterfüllte, zugleich triumphierende Gesicht seines Killers.

Doch dieser letzte Stoß fand nicht statt, weil Sweyn bei ihm war und fluchend seine Axt auf den Schädel des jungen Walisers schmetterte, der nur von einer Lederkappe geschützt war und sich daher wie ein weichgekochtes Ei spalten ließ. Heftig zuckend fiel der Mann zu Boden und zog dabei die Lanze mit sich.

»Du verdammter Narr, wo hast du deinen Schild?« brüllte Sweyn.

»Er hängt an meinem Sattel«, sagte Renard mit rauher Stimme.

Der Angelsachse schaute sich um und sah den am Boden liegenden, immer noch wild um sich schlagenden Falben, unter dem sich Renards gesplitterter Schild befand. »Da, nimm Fury«, sagte er mürrisch und schwang sich vom Sattel.

»Ich kann doch nicht –«

»Hölle und Tod, Junge, tu, was ich dir sage. Das hier ist kein Training im Waffenhof. Zu Fuß bist du schutzlos, und das können wir uns nicht leisten!«

Farbe trat auf Renards Wangen. Er öffnete den Mund, um irgend etwas zu sagen, überlegte es sich dann aber und schloß ihn wieder, nahm statt dessen die Zügel des Rappen und setzte auf. Der Schmerz in seiner Seite brannte wie

Feuer, aber er biß die Zähne zusammen, weigerte sich, es zu zeigen. Und innerhalb von zehn Herzschlägen hatte er auch nicht mehr Zeit, daran zu denken, da sich der Kampf an Wildheit verdoppelte und die Lektionen, die er in der Sicherheit des Waffenhofs in Theorie gelernt hatte, und der grimmig entschlossene Angelsachse, der eine englische Streitaxt schwang, waren alles, was zwischen ihm und einem sicheren Tod stand.

Vorbei. Adam glitt von Lyards Rücken, wischte sich das Schwert an dem Beinkleid des Toten zu seinen Füßen ab und starrte in die Stille des Novembers, welche die Waliser zurückgelassen hatten. Die Straße war übersät mit Leichen, vorwiegend Walisern, aber unter den Toten waren auch zwei von Adams Männern, und ein dritter hatte einen Pfeil in den Bauch bekommen und würde die Nacht nicht überleben. Das nackte Schwert in der Hand, betrachtete er die Toten und wischte sich ein kleines Bächlein Blut von einem tiefen Kratzer an seiner Wange ab, das nicht zu fließen aufhören wollte.

»Der da lebt noch: Soll ich ihn töten, Mylord?« Einer seiner Leute aus Anjou kniete über einem Waliser, riß mit der Hand in den schwarzen Locken den bewußtlosen Kopf zurück und begutachtete die Schwere seiner Verletzung.

Adam ging zu den beiden hin. Es handelte sich um einen jungen Mann – keine zwanzig Jahre alt, hätte er geschätzt –, und sein Leben stand auf der Kippe. Seine Tunika war aus hausgewobenem Stoff, und seine kurzen Strümpfe waren mit Wildlederbändern gebunden, aber die Stiefel hatten verblaßte Vergoldungen um die Schäfte, und sein Schwertgürtel war mit Karneolsteinen besetzt. »Wie schwer ist er verletzt, was meinst du, Thierry?«

»Ziemlich schwer. Die Beule an seinem Schädel ist größer als ein Möwenei, und an seiner Seite klafft eine tiefe Wunde.«

Adam tupfte sich noch einmal die blutende Wange ab und schätzte kurz die Chancen des Jungen ab. »Nehmen wir ihn mit. Vielleicht nützt er uns, wenn er nicht an Wundfieber oder Starrkrampf stirbt.« Er schaute sich um. »Sweyn, wo ist Renard?«

Der Angelsachse bewegte den Kopf auf die Seite der Straße. »Es geht ihm nicht gut«, knurrte er. »Der erste Geschmack eines richtigen Kampfes, und es kam gleich ganz dick für ihn, aber er hat sich gut gehalten. Seid ihr heil geblieben, Herr?«

»Es geht.« Er blickte hoch, und in diesem Augenblick landete eine dicke Schneeflocke auf seinen Wimpern. Er steckte sein Schwert in die Scheide. Der walisische Junge wurde über den Rücken eines Ponys gelegt, das man einem seiner Männer abgenommen hatte. Adam nahm Lyards Zügel und ging mit ihm hinüber zu Renard. Der Junge wischte sich sein gerötetes Schwert im Gras ab, aber als er sah, daß Adam auf ihn zukam, stand er auf und steckte mit zitternden Händen die Waffe in die Scheide. Sein Gesicht war kalkweiß und von Tränen gezeichnet, dazu klapperten ihm die Zähne, aber nicht, weil ihm kalt war. Er hatte dem Tod ins Gesicht gesehen – seinem eigenen und dem der anderen Männer, und selbst nach dem Rückzug der Waliser war er noch einmal gezwungen gewesen, zu töten.

»Es tut mit leid, Adam.« Er schluckte. »Dein Falbe. Er war tödlich getroffen von einem Pfeil. Ich mußte es tun.«

Adam folgte Renards Blick. Ein walisischer Pfeil steckte in der Flanke des Tiers, und aus der aufgeschlitzten Kehle strömte das Blut. Ein treuer, kraftvoller Begleiter, immerhin hatte ihn dieses Streitroß zum deutschen Hof und zurück getragen und seit sechs Jahren in seinem Stall gestanden. »Du hättest nichts anderes tun können«, sagte er mit fester Stimme. »Danke Gott, daß es sein Bauch war, und nicht der deine.« Er warf kurz einen Blick über die Schulter auf die Stelle, wo Aubrey und ein anderer Knappe den sterbenden

Mann sachte auf sein Pferd hoben. Glücklicherweise war auch er bewußtlos.

Renard rieb sich die Hände. Es war Blut daran; es bildete dunkle Blutkrusten um die Fingernägel. »Ich habe noch nie einen Menschen getötet«, sagte er und schluckte dazu. »Im Waffenhof macht es nichts aus. Die Schwerter sind stumpf, oder der Gegner ist eine Strohpuppe. Er schreit nicht und blutet nicht und stirbt nicht zu deinen Füßen, die Augen auf dich gerichtet . . .« Seine Stimme schwankte.

Adam legte mitleidig einen Arm auf Renards Schultern. »Genauso ist es mir beim erstenmal gegangen, aber auch noch beim zweiten- und beim drittenmal. Jedem von uns geht es so, aber es ist eine Lektion, die man für sich selbst lernen muß. Das kann einem niemand anders beibringen.«

Renards dunkelgraue Augen wurden ausdruckslos. »Wird es denn später leichter?« fragte er mit steifen Lippen.

»Man lernt es abzuschütteln.« Adam zuckte mit den Schultern. »Man muß es einfach abschütteln. Wenn du den anderen nicht getötet hättest, dann hätte er dich getötet.«

»Ja, vermutlich«, sagte Renard düster.

»Ich weiß es.« Adam verstärkte seinen Griff und schüttelte den Jungen leicht, um ihn zu beruhigen. Renard zuckte zusammen und zischte kurz durch die Zähne; dabei ging seine Hand unwillkürlich an seine Seite. Adam ließ ihn los, und sein Blick schärfte sich. »Du Idiot, warum sagst du nicht, daß du verletzt bist?«

»Es ist nicht schlimm – das glaube ich jedenfalls. Sweyn hat den Hund getötet, bevor er richtig zustoßen konnte.« Renard schloß die Augen und kämpfte gegen das Bedürfnis, sich zu übergeben, als er wieder die Axt sah, die seinem Gegner den Schädel spaltete.

»Kannst du reiten?« Adam deutete auf Lyard. »Du wirst steif dasitzen müssen wie eine Puppe, aber jetzt, wo es zu schneien beginnt, möchte ich Thorneyford noch vor der Nacht erreichen, außerdem könnte es sein, daß die Waliser in der Nähe Verstärkung warten haben. Einen zweiten solchen Angriff könnten wir nicht überstehen.« Er saß selbst auf und streckte ihm die Hand hin. Renard schnitt eine Grimasse, biß die Zähne zusammen, zog sich aber in erfahrener Weise nach oben, und erst als er in Sicherheit war, ließ er den Kopf hängen und stieß einen Schmerzenslaut aus.

Einer der Männer nahm dem Falben das Geschirr ab und lud es auf das Pferd mit den zwei Toten. Die toten Waliser ließen sie an Ort und Stelle liegen, sie würden vermutlich von ihren eigenen Leuten abgeholt werden. Es schneite jetzt heftig, und bald würde das Land in eine weiche, weiße, heilende Decke gehüllt sein, die auch die Reiter bedeckte und den Hufschlag dämpfte, bis man nur noch das Heulen des Windes hören konnte.

Achtes Kapitel

»Meinst du, ich hätte der Verbindung zwischen Heulwen und Warrin meinen Segen verweigern sollen?« fragte Guyon seine Frau.

Judith betrachtete ihr Bild im polierten Sarazenen-Spiegel, legte den Kamm weg und fragte sich, warum sie dazu verdammt war, immer solche seelenerforschenden Fragen beantworten zu müssen. Sie wandte ihm das Gesicht zu. Er saß vor dem offenen Kamin und wirkte geradezu unverschämt entspannt, mit einem Becher Wein in der Hand, die Füße bequem auf Gwens vom Feuer rötlich gefärbten Körper gelegt, aber sie war schon zu lange mit ihm verheiratet, um sich von solchen Posen täuschen zu lassen.

»Aus welchem Grund hättest du ihn verweigern sollen?« Sie ging zu ihm hin, legte ihre Hand auf seine Schulter, fühlte deutlich die Spannung, die ihn beherrschte, und begann mit kräftigen, erfahrenen Händen, seine knotigen Muskeln zu massieren. »Beide scheinen es kaum erwarten zu können. Sie ist kein Kind mehr, Guy, sie ist eine erfahrene Frau, erwachsen und bereits verwitwet.«

Er schloß die Augen und stieß einen Seufzer der Erleichterung aus über ihre Handhabungen, aber sein Verstand blieb wach und scharf.

»Das ist mir durchaus klar, Liebste, und ich weiß auch, daß es für dich nicht ganz leicht ist, sie hier in Ravenstow zu haben.«

»Und du fragst dich unter anderem, ob du allzu leicht dem

Wunsch nachgegeben hast, nur um wieder Frieden in deinen Haushalt einkehren zu lassen«, sagte sie schlau.

»Das ist sicher zum Teil richtig«, bestätigte ihr Guyon mit einem Lachen, dann wurde er wieder nüchtern. »Ich möchte allerdings wissen, warum Warrin so besonders darauf aus ist, sie zu heiraten. Männer von seinem hohen Stand heiraten nicht aus Liebe. Wenn Liebe aus einer solchen Verbindung entsteht, um so besser, Aber sie ist nicht der Hauptgrund, um ein solches Band zu knüpfen.«

»Heulwen hat zumindest beim ersten Mal aus Liebe geheiratet«, bemerkte Judith.

Guyon knurrte. »Oder aus dem, was sie für Liebe hielt. In Wirklichkeit war es eine Art von mondsüchtiger Lust, und ich muß im nachhinein zugeben, daß ich leider nichts anderes als eine völlige Katastrophe befürwortet habe.«

»Es war eine gesunde geschäftliche Vereinbarung«, wandte sie ein, bückte sich und küßte ihn auf einen Mundwinkel. »Ralphs Kenntnisse – und unsere Pferde. Du hast das Angebot nicht wegen Heulwens Bitten gemacht.«

»Vielleicht«, räumte er ein. »Aber es hat mir Anlaß gegeben, jetzt an meiner Entscheidung zu zweifeln. Mache ich es diesmal richtig? Was Heulwen betrifft, stehe ich ihr zu nahe, um klarzusehen.«

Judith knetete eine Weile schweigend seinen Rücken. »Sind nicht die Blutsbande und ihr Witwenbesitz zusammen mit seinen Gefühlen für sie genug?« meinte sie. »Er kennt sie seit frühen Tagen, und er hat schon einmal um sie angehalten.«

»Wer weiß«, sagte Guyon ohne Überzeugung. »Vielleicht will er sie auch nur wie einen seiner Ringe tragen, will sie herumzeigen, damit die anderen eifersüchtig werden.«

»Und wer könnte ihm das verdenken? Sie ist sehr schön. Nach dem, wie Ralph sie behandelt hat, wird Warrins Stolz auf sie wie Balsam auf eine offene Wunde sein.«

Guyon schwieg. Judith betrachtete seinen Rücken mit Verzweiflung, erkannte in seinem Zögern auch die Launen des Alters. Er würde auf seinen Zweifeln sitzen wie eine brütende Henne auf ein paar Eiern, und nichts konnte ihn bewegen, es sei denn, sie schlüpften oder wurden faul. Und wie konnte man sie faul machen? Sie schürzte die Lippen. Nach achtundzwanzig Jahren Ehe hatte sie ein paar Waffen in ihrem Arsenal – zumindest solche, die auf kurze Zeit wirkten. Sie ließ die Hand an seinem Schlüsselbein entlanggleiten, dann über die Brust; sie beugte sich hinunter, um ihn auf Hals und Lippen zu küssen, ließ das Haar nach vorn fallen, biß ihn sachte . . .

»Es schneite in unserer Hochzeitsnacht, erinnerst du dich?«

Guyons Lider zuckten, öffneten sich aber nicht. Er streichelte Judiths Haar mit seiner trägen Hand. »Ja, ich erinnere mich«, sagte er mit der Andeutung eines Lächelns. »Du hattest wahre Todesangst.«

Sie stützte ihr Kinn auf eine Hand und fuhr mit dem Zeigefinger leicht über seine Brust. »Ich war zu jung und zu sehr mißbraucht, um etwas Besseres zu kennen«, sagte sie weich. »Du hast mir die Zeit gegeben, die ich brauchte, und dafür werde ich dir immer dankbar sein.«

»Nur dankbar?«

»Was denkst du denn?« Sie rutschte neckend weiter nach unten und lachte leise, als sie ihn stöhnen hörte.

»Jesus, Judith, ich bin nicht mehr jung genug, um die ganze Nacht spielen zu können.«

»Was riskierst du?«

»Zweifellos mein Leben, wenn ich es versuchte.« Er lachte und hob halb die Lider, um sie zu betrachten. Das volle, kastanienrote Haar war jetzt mit silbernen Strähnen durchzogen, und feine Fältchen umrundeten ihre Augen und den Mund. Doch sie war immer noch attraktiv, ihr Körper schlank, obwohl sie fünf Söhne zur Welt gebracht und zwei

Fehlgeburten erlitten hatte. Es hatte sich um einen rein politischen Ehekontrakt gehandelt, der beiden aufgezwungen worden war, und er hatte mit Mißtrauen und Abneigung auf beiden Seiten begonnen. Aber aus den Samen einer möglichen Katastrophe war eine tiefe und anhaltende Liebe geworden. Seine Freude an ihr war immer noch so groß und kühn wie in den frühen Tagen, und Judith verfügte über genügend Raffinesse und Überraschungen, um sein Interesse wachzuhalten. Abgesehen davon war er von Natur aus treu und sah keinen Anlaß, außer Haus Eintopf zu essen, wenn er zu Hause ein Festmahl bekommen konnte.

»Das Problem mit Ralph war, daß er zu häufig Eintopf haben wollte«, murmelte er.

»Was?« Judith starrte ihn verdutzt an.

»Ach, nichts. Dumme Gedanken, laut ausgesprochen. – Ich sage dir doch, du peitschst ein totes Pferd.« Lachend schob er ihre Hand weg.

»Aber weil wir schon davon sprechen, Renard braucht ein neues Pferd, bevor wir nach Windsor gehen.« Sie küßte ihn auf die Wange und legte dann ihren Kopf an seine Schulter. »Er ist schon fast größer als du und vor Lichtmeß keine sechzehn.«

»Das habe ich auch schon festgestellt«, sagte Guyon mit Stolz. »Er kann doch noch Starlight benutzen. Das Pferd hat sicher noch fünf Jahre drauf. Es war fast noch ein Fohlen, als Miles es hatte.«

Judith fühlte den ihr vertrauten Stich im Herzen, als er den Namen ihres Ältesten aussprach: ihr erstgeborener, der mit seinem Vetter Prinz William ertrunken war bei der Havarie des *White Ship*. Wie lange lag das jetzt zurück? Sechs Jahre, und immer noch kam es ihr vor wie gestern. Sie sah noch Guyon vor sich, wie er in den Hof von Ravenstow geritten kam mit der schrecklichen Botschaft, die er in Southampton erhalten hatte – und sie war im achten Monat schwanger gewesen mit William; der Wind hatte ihr ins Gesicht geblasen und ihre Wangen ebenso taub werden lassen wie ihr Bewußtsein. Kein Grab, an dem man um ihn hätte trauern können, nur eine weite graue Wasserfläche. In der Kapelle von Ravenstow gab es ein Bild von ihm, kein Ersatz für das, was einmal warmes, lebendiges Fleisch gewesen war.

Sie drückte ihre Wange an Guyons Bizeps, um die Schmerzen zu lindern, und dachte an ihren Vater, den König, dessen einzige Hoffnung und dessen Zukunftspläne mit diesem Segelboot untergegangen waren. Es war für ihn nicht nur der Verlust eines Sohnes, sondern der männlichen Linie einer Dynastie gewesen. Miles konnte nicht ersetzt werden, aber wenigstens waren sie und Guyon mit vier weiteren Söhnen gesegnet.

»Ich habe Mathilda nicht gesehen, seit sie Kaiserin geworden ist«, bemerkte sie, und die Gedanken an König Henry führten sie zu der kleinen mürrischen Halbschwester, der sie zuletzt im Alter von sieben Jahren begegnet war; damals stampfte Mathilda gegenüber Königin Edith mit dem Fuß auf und schrie aus voller Kehle, daß sie nicht daran denke, nach Germanien zu gehen, und daß niemand sie dazu zwingen konnte.

»Du hast wahrscheinlich Glück«, sagte Guyon trocken. »Adam war offenbar nicht von ihr beeindruckt.«

»Sie tut mir irgendwie leid«, verteidigte sie Judith. »Sie kann nicht viel Freude an diesem Leben haben. Ein kleines Mädchen, allein in einem fremden Land, zu unbekannten Bräuchen und einer fremden Sprache gezwungen und von ihrer Familie getrennt. Ich weiß, daß ihr Mann gut zu ihr gewesen ist, aber für ein Kind ihres Alters muß er ihr wie ein Greis vorgekommen sein.«

»Also eine Art Vaterersatz«, sagte Guyon schläfrig und gähnte dazu.

»Wahrscheinlich«, stimmte ihm Judith zu. »Und als er starb und ihr wirklicher Vater forderte, daß sie nach Hause kommen sollte, nachdem er sie zunächst gegen ihren Willen fortgeschickt hatte, wundert es da, daß sie mürrisch und schwierig geworden ist? Immerhin, Guy, hat er sie ja nicht aus liebender Sorge zurückgeholt, oder? Ich wette, er hat sich hämisch die Hände gerieben, als ihr armer Mann gestorben ist! Sie weiß sehr wohl, daß sie noch in Germanien wäre, wenn Prinz William noch am Leben wäre oder Königin Adeliza sich als Zuchtstute erwiesen hätte, als Kaiserin-Witwe hochgeehrt von den Leuten, die sie inzwischen kennengelernt hatte und die sie mochte. Aber so beäugen sie alle Adeligen am Hof mit Verdacht und brummeln in ihre Bärte, und ich wette, es ist schon ein neuer Ehemann für sie bestimmt, nach der Wahl ihres Vaters.«

Sie hielt inne, um Luft zu schöpfen, und stellte fest, daß ihr Ärger über das Leben der armen Mathilda sie zu weit getrieben hatte. Sie hielt jetzt den Mund, da alle weiteren Worte unweigerlich wieder zu der Diskussion des Heiratsversprechens führen würden, das sich Heulwen und Warrin de Mortimer geben wollten, genau das Thema, von dem sie Guyon zunächst mit Erfolg hatte ablenken können.

»Jedenfalls«, sagte sie und lenkte damit geschickt in ein anderes Fahrwasser, »wird es ein Vergnügen sein, Harry zu sehen und zu entdecken, wie er auf die Aufforderung von Robert von Gloucester reagiert, und außerdem ist es lange her, seit ich zuletzt ausführlich mit Robs Frau über die Zustände bei Hof klatschen konnte.« Ihr Ton erwärmte sich von der Vorfreude. »Zu Weihnachten ist immer der kleine Laden dort, du weißt, der Rosen- und Blütenöl verkauft, und ich muß ein paar Knäuel Goldfäden kaufen für die Altardecke in der Kapelle, außerdem ist der Safran so gut wie aufgebraucht, und –«

»Genug!« Ihr Mann lachte und stöhnte zugleich. »Du machst mich zum armen Mann.«

»Aber aus gutem Grund.« Sie knabberte an seinem Ohr und streckte die Zunge heraus. Dann glitt ihre Hand wieder nach unten, neckend und wissend zugleich.

»Sehr angenehm«, murmelte er und rutschte näher zu ihr hin.

»Für ein totes Pferd bist du bemerkenswert lebendig«, erwiderte sie, bevor er mit seinem Mund den ihren zum Schweigen brachte.

». . . ein totes Pferd«, sagte der Hauptmann, als Guyon ihn sich erheben ließ. »Ein Falber mit einem Pfeil im Bauch, die Kehle weit aufgeschlitzt. Unsere Patrouille hat ihn mitten auf der Viehstraße gefunden; er war eisverkrustet und bedeckt von dem in der Nacht gefallenen Schnee.«

»Sonst irgendwelche Zeichen von einem Scharmützel?« fragte Warrin de Mortimer, der den Mund voll hatte mit bestem Manchet-Brot und Honig.

»Ich kann es nicht sagen, Mylord. Der Schnee ist in der Nacht vom Wind verweht worden. Erst haben wir nicht einmal das Pferd erkannt, bis einer der Hunde es fand und verbellte.«

»Ein Falber.« Heulwens Becher zitterte in ihrer Hand. Sie stellte ihn ab, und ihr Gesicht wurde weiß. »Adam hatte gestern einen Falben bei sich, und es ist die Straße nach Thorneyford, die er vermutlich gewählt hat, die kürzeste Verbindung zwischen hier und dort.«

Warrin warf ihr einen kurzen Blick zu, leichte Verärgerung in seinen eisblauen Augen. Geschickt senkte er die Lider und trank einen Schluck Cidre, um das Brot hinunterzuspülen, in der Hoffnung, daß die Waliser mit Adam genauso verfahren waren wie seinerzeit mit Ralph. Auf diese Weise wäre Heulwens Sympathie für den blöden Ochsen ein Ende gesetzt, und er konnte sie so trösten, wie das nur ein Ehemann kann.

»Und Renard war bei ihm«, sagte Judith, die eine Hand an der Brust, die andere auf den Tisch gestützt.

»Er hat einen Falben geritten, ich habe es gesehen«, sagte

William. Er hatte bis dahin stumm am Ende des Podiums gesessen, einen Spielzeugsoldaten in der einen und ein Stück Brot in der anderen Hand; er hatte nur halb verstanden, was gesprochen wurde, war aber von der Besorgnis der Erwachsenen genügend gewarnt, um auch selbst besorgt zu sein. »Es war das Pferd von Sir Adam. Es hatte eine schwarze Mähne und einen großen weißen Stirnfleck.«

Der Hauptmann schluckte und nickte.

»Jesus Christus . . .« Judith schloß die Augen.

»Mama, Renard ist doch nichts geschehen, oder?«

Sie richtete ihren blinden, entsetzten Blick auf ihren jüngsten Sohn, veränderte dann rasch, aber nicht rasch genug die Miene und zeigte ihm ein leeres, sinnloses Lächeln. »Nein, natürlich nicht, mein Lieber . . .« Man hatte schließlich keine Toten gefunden, nur dieses Pferd. William ging auf sie zu, und sie zog ihn zu sich her und drückte den kleinen, warmen Körper an den ihren.

»Eric, laß die Männer aufsatteln«, zischte Guyon seinem ergrauten Constable zu. »Das will ich mir selbst ansehen. Wir reiten nach Thorneyford über diese Viehstraße.«

»Ich komme mit Euch«, bot Warrin an, kippte den letzten Rest seines Cidres hinunter und stand auf. »Ihr könnt meine Männer als Verstärkung benutzen. Die Sicherheit liegt in der Zahl, in diesem Fall.«

Guyon nickte brüsk, verließ den Tisch, um sich zu rüsten, und winkte den Hauptmann mit sich, so daß er ihm unterwegs weitere Fragen stellen konnte über das, was er gesehen hatte.

Judith beugte sich über ihren Jüngsten und tröstete ihn; ihr Herz war von einer schrecklichen Angst halb gelähmt. Das Novemberopfer, dachte sie: zwei Söhne geopfert, drei noch am Leben. Sie schauderte.

»Gib auf dich acht«, sagte Heulwen zu Warrin und ließ seinen Ärmel los.

Er schaute sie an. Das Licht, das durch die Windaugen

fiel, ließ ihr Haar wie Feuer strahlen und beleuchtete die kräftige, ausgeglichene Knochenstruktur und die Kurven ihres Körpers. »Keine Sorge«, antwortete er mit einem etwas grimmigen Lächeln. »Ich lasse mich nicht um das betrügen, was rechtmäßig mir gehört.«

Sie biß sich auf die Unterlippe, und ein Stirnrunzeln verscheuchte die Glätte über den Brauen. »Hör zu«, sagte er mit angestrengter Geduld, »Adam de Lacey ist ein zu erfahrener Kämpfer, um einer Rotte von Walisern in die Hände zu fallen, und wenn Renard bei ihm war, dann ist dem Jungen nichts geschehen. Vertrau mir, Liebes.« Er brachte ihre Absicht zur Widerrede mit einem harten Kuß zum Verstummen, ließ sie los und folgte Guyon, blieb unterwegs nur noch einmal stehen, um beim Vorbeigehen Judiths Schulter beruhigend zu drücken.

Heulwen schaute ihm nach, wie er durch die Halle schritt, und ihrer Meinung nach waren sogar seine Bewegungen selbstsicher und arrogant. Ein Eisbrocken steckte in ihrem Herzen. Sie erinnerte sich an einen schönen Sommertag und an die Schreie der Diener, als er in ihren Hof geritten kam, Ralphs blutgetränkten Leichnam wie ein totes Reh über Lyards Rücken hängend. Sie erinnerte sich an die schwarzen, blicklosen Pupillen, deren braune Iris fast verschwunden war, an die Wunden, durch die ihr Mann ausgeblutet war, und an den Ausdruck, den der Tod auf sein Gesicht gelegt hatte. Auch damals hatte ihr Warrin gesagt, sie solle sich keine Sorgen machen, genau wie jetzt, als wäre das ein Vorgeschmack auf das Verderben. Mit einem leisen Schrei raffte sie die Röcke und lief durch die Halle, lief, bis sie die Kapelle erreicht hatte, und warf sich vor dem Altar auf die Knie. Dort weinte sie um Renard, um Adam – und um sich selbst.

Adam hielt inne, die Hände in die Hüften gestemmt, den Atem in die klare, frostige Luft ausstoßend, und beobachtete die Männer von Ravenstow, wie sie in den Burghof ritten.

Ein Knurren des Unmuts drang aus ihm, als er den gescheckten Hengst und den reich geschmückten Warrin de Mortimer darauf erkannte. Er drehte sich zu Aubrey um. »Du schuldest mir zwei Mark. Ich habe behauptet, er würde dem Hengst nicht widerstehen können, nicht wahr?«

Der Knappe kniff die Lider gegen das kalte Sonnenlicht zusammen und schnitt eine Grimasse. »Das wären dann zwei Mark mehr, als er vermutlich für das Pferd bezahlt hat«, sagte er scharf. »Aber wozu bezahlen, wenn es doch nur um den Besitz seiner zukünftigen Ehefrau geht, und Ihr seid töricht genug gewesen, ihn aus Liebe und nicht wegen des Geldes zu verachten.«

Adam schaute seinen Begleiter hart an. Die wäßrig-blauen Augen erwiderten den Blick ungerührt. »Ja, wozu sollte er?« sagte er tonlos und ging dann über den festgetretenen Schnee, um die Männer zu begrüßen. »Adam, dem Himmel sei Dank!« rief Guyon, während er vom Pferd stieg. »Was, um alles in der Welt, ist denn geschehen?«

Adam zuckte mit den Schultern. »Was zu erwarten war. Die Waliser mußten gestern ihre Späher ausgeschickt und mich auf der Straße nach Ravenstow gesehen haben. Wir waren nicht allzu schwer mit Gepäck beladen, daher brauchte es keine große Intelligenz, um daraus zu schließen, daß wir in Kürze auf demselben Weg zurückkehren würden.« Er berührte vorsichtig die Narbe an seiner Wange. »Ich habe drei gute Männer und ein Pferd im Wert von sechzig Mark verloren, ganz zu schweigen von den Verwundeten.«

»Wo ist Renard?« Guyon schaute sich besorgt im Hof um. »Ist er verwundet?«

»Es sind eher kleinere Wunden«, versicherte ihm Adam, während sie auf die Halle zugingen. »Er hat einen walisischen Speer mit den Rippen gestoppt, aber Sweyn war rechtzeitig bei ihm. Er schläft noch, aber ich habe das gestern abend so arrangiert, mit einem Krug vom stärksten Cidre, den wir hatten, und einem Mädchen aus dem Dorf. Ich rechne nicht damit, daß er vor Mittag zu sich kommt.«

»Was habt ihr?« De Mortimer schaute ihn angeekelt an.

»Werdet jetzt bloß nicht bigott und heuchlerisch mir gegenüber, Warrin!« fuhr ihn Adam an. »Der Junge hat gut gekämpft, hat selbst zwei von den Schweinehunden erledigt und sich mitten im Kampf von seinem tödlich getroffenen Pferd befreit – aber es war eine harte Feuertaufe für einen Fünfzehnjährigen, der direkt vom Waffenhof kommt. Danach ist er ganz grün geworden, so übel war ihm. Unter diesen Umständen hielt ich es für das beste, seine Träume im Alkohol zu ertränken und im geschwungenen Schoß eines Frauenkörpers, und Gott allein weiß, warum ich mich ausgerechnet vor Euch rechtfertige!«

»Beruhige dich, Adam.« Guyon berührte den verletzten, steifen Arm. »Wahrscheinlich hätte ich das gleiche mit ihm gemacht. Wir können Gott danken, daß ihr beide es heil überstanden habt. Als ich das Pferd auf der Straße liegen sah ...«

»Ich wollte dir schon heute morgen Nachricht schicken, aber ich bin selbst erst vor kurzem aufgestanden.«

»Habt Ihr Euch etwa auch einen starken Trunk und Weibergesellschaft besorgt?« stichelte de Mortimer.

Adams Kiefer wurde hart, was seine Wunde schmerzen ließ. Er dachte an mehrere mögliche Antworten, fand aber, daß er damit nur de Mortimers Absichten entgegengekommen wäre. »Wir haben einen Gefangenen gemacht«, sagte er statt dessen zu Guyon, wobei er die Schulter nur halb dem anderen zuwandte. »Er hat eine böse Kopfverletzung und einen aufgeschlitzten Schenkel, und er ist immer noch nicht bei Bewußtsein. Dame Agatha, die Heilerin und Medizinfrau aus dem Dorf, hat ihn untersucht und behauptet, daß er durchkommen wird, aber sie hat keine Ahnung, wie lange es dauern wird, bis er wieder zu Sinnen kommt.«

»Hattest du denn einen Grund, ihn zum Gefangenen zu

machen?« Guyon schlenderte auf den offenen Kamin zu. Der Schnee an seinen Stiefeln wurde durchsichtig und schmolz rasch in das Sägemehl.

Ein Hund kam und schnüffelte an der kühlen Luft, die seinem Umhang entströmte.

»Er trug vergoldete Stiefel, und sein Schwertknauf war mit Juwelen besetzt. Ein Mann von Bedeutung unter seinen Leuten, nehme ich an. Wenn wir ihn liegengelassen hätten, wäre er gestorben.«

»Was bedeutet schon ein Waliser mehr oder weniger?« sagte de Mortimer launisch und versetzte dem Hund, als er an ihm zu schnüffeln begann, einen Fußtritt.

»Nicht unter diesen Umständen. Es könnte sein, daß wir ihn gegen eine Weile Frieden austauschen.«

De Mortimer lachte, als ob Adam etwas besonders Komisches gesagt hätte. »Und wir kennen ja alle die Gültigkeit eines solchen Versprechens von einem Waliser!« knurrte er. »Wenn ich es gewesen wäre, ich hätte diesen Hurensohn sterben lassen.«

»Ich weiß!« sagte Adam mit gepreßter Stimme. »Entweder das, oder Ihr hättet ihm auf seinen Weg geholfen. Ihr seid bekanntlich gut in solchen Dingen.«

Es war eine Beleidigung, die wie ein Hieb in einem Kampf wirkte, und sie traf auch offensichtlich ins Schwarze, da de Mortimer augenblicklich die Farbe verlor. Einen Moment lang schaute er verblüfft drein, doch er erholte sich rasch und fletschte die Zähne, als er erwiderte: »Ausgerechnet Ihr redet so daher, wo doch Euer eigener Vater –«

»Jesus Christus, hört schon auf damit!« rief Guyon scharf. »Ihr seid wie zwei raufende Knaben. Wenn das die Manieren sind, die ich euch in Ravenstow beizubringen versuchte, hätte ich mir die Mühe wahrhaftig sparen können.«

Der blonde Mann öffnete den Mund, um zu widersprechen, entschloß sich dann aber anders und schaute Adam nur mit einem wilden Blick an.

Die Stille danach war mehr als unangenehm. Adam räusperte sich. »Wollt Ihr meinen Waliser sehen?« fragte er. »Vielleicht kennt Ihr ihn ja.«

Guyon neigte den Kopf und merkte, daß keiner der beiden Männer imstande war, sich zu entschuldigen.

Er lag auf einer Pritsche in einer der oberen Wandkammern, eine Magd kümmerte sich um ihn, und ein Fußsoldat hatte vor dem mit einem Vorhang verdeckten Eingang Posten bezogen. »Obwohl er mit der Verletzung am Bein weiß Gott nicht weit kommen würde«, sagte Adam, als sich die Frau verbeugte und ein wenig zurückzog. Eine Kohlenpfanne hatte dem Raum die Kälte genommen; sie stand in der Nähe der Pritsche, um dem Verwundeten möglichst viel von der Wärme zu geben. Der Raum hatte keine Öffnung zum Tageslicht, und der ständige Gebrauch von Fackeln und Kerzen hatte die weißgekalkten Mauern mit Ruß geschwärzt.

Guyon schaute hinunter auf das mit Blutergüssen gezeichnete, bläulich-hohle Gesicht. Die schwarzen Locken waren von einer schlimm aussehenden Beule an der Stirn in der Größe eines Möweneis abrasiert worden. Die Lider der Augen darunter waren schlapp, aber geschlossen, und die dichten schwarzen Wimpern glänzten ebenso wie die Wangen vom Schein der Jugend. »Er ist noch sehr jung«, sagte Guyon, und der Bursche sah in der Tat nicht älter aus als Renard. »Nein, ich kenne ihn nicht. Und Ihr, Warrin?«

Warrin zuckte gleichgültig mit den Schultern. »Für mich schauen die alle gleich aus. Ich war in den letzten drei Jahren nicht oft hier an der Grenze, und wenn man mich fragt, hat der vor drei Jahren noch an der Flasche gehangen.«

»Jemand wird ihn ja wohl anfordern«, sagte Guyon. »Die Blutsbande gelten den Walisern als heilig, und er scheint mir ein gut ausgebildeter Bursche zu sein, also vielleicht sogar der Anführer dieses Überfalls?«

»Das wäre leicht möglich.« Adam nickte. »Die Waliser geben ihren jungen Männern früh die Blutweihe.«

»Wie gefährlich ist die Wunde am Bein?«

»Man hat ihn zusammengeflickt wie einen Teppich von Bischof Odo, aber er bekommt vielleicht doch noch das Wundfieber, obwohl Dame Agathe für ihn tut, was sie kann.«

Guyon wandte sich wieder ab. Warrin wollte ihm folgen, aber seine Umhangnadel hatte sich gelöst, und die Brosche fiel mit leisem Klimpern zu Boden. Er murmelte einen unterdrückten Fluch, bückte sich und hob die Brosche auf, und in diesem Moment bewegte sich der Patient, stöhnte und öffnete mit letzter Willenskraft die Lider.

Augenblicklich beugten sich Guyon und Adam über den Liegenden, aber de Mortimer war noch näher; seine eckigen, kräftigen Gesichtsknochen wurden vom goldenen Licht des Kohlenfeuers erhellt, und auf sie richteten sich die Blicke des Walisers als erstes. Ein Ausdruck von blankem Entsetzen breitete sich über sein Gesicht aus, und er warf sich zurück in die Kissen, wobei er Schreie in walisischer Sprache ausstieß.

»Es ist ja alles gut«, sagte Guyon in derselben Sprache. »Niemand tut dir etwas. Deine Wunden werden geheilt, und danach kannst du zu deiner Familie zurückkehren.«

Der Junge schüttelte den Kopf, atmete schwer und richtete die Augen auf de Mortimer.

»Ihr sagt, daß Ihr ihn nicht kennt, aber er scheint Euch offenbar zu kennen, und zwar ziemlich gut«, stellte Adam fest und zog Warrin von dem Lager weg, während Guyon fortfuhr, den Patienten zu beruhigen.

»Ich habe den Kerl nie im Leben gesehen!« knurrte Warrin. »Das ist doch ganz klar: Er hat einen Schlag auf den Schädel bekommen, und dabei hat er den Verstand verloren. Jeder, der nur halbwegs normannisch aussieht, ist jetzt Futter für seine Alpträume.«

»Ja, vielleicht«, sagte Adam unverbindlich und warf noch

einen Blick auf den Gefangenen, der sich wieder in die Kissen zurückgezogen hatte, mit geschlossenen Augen, offenbar erschöpft und vielleicht zu erschreckt, um die Lider zu öffnen und Warrin de Mortimer noch einmal anzuschauen.

»Was wirst du mit ihm machen?« fragte Guyon, als sie die Wendeltreppe hinuntergingen in die Halle. »Du mußt innerhalb von zwei Wochen nach Windsor aufbrechen.«

Adam zog eine Schnute. »Ich weiß noch nicht. Vielleicht bitte ich deinen Vater, in die Marken zu kommen. Er kennt die meisten walisischen Clans und Familien der Umgebung, ist, um es genau zu sagen, mit der Hälfte von ihnen verwandt. Er wird in der Lage sein, mit allem fertigzuwerden, was geschehen könnte, und ich kann ihm ja Aubrey hierlassen. Falls die Familie des Burschen zu Verhandlungen herkommt, können sie den ersten Schritt ohne mich tun, und ich bin Ende Januar zurück, um die Verhandlungen zu Ende zu führen.«

Guyon rieb sich das Kinn und nickte zustimmend; dabei blieben seine Blicke nachdenklich.

»Was hat er denn da alles gebrabbelt?« fragte Warrin, als sie an den Kamin zurückkehrten.

Guyon nahm seine Hand vom Kinn. Seine Stimme klang neutral. »Er sagte, er hätte nicht zuhören wollen, und wenn Ihr ihn leben laßt, wird er es keiner lebenden Seele verraten.«

»Was wird er keiner lebenden Seele verraten?« Warrin schaute ihn verständnislos an. An seinem Hals klopfte ein Puls.

»Ich schätze, das finden wir zu gegebener Zeit heraus«, erwiderte Adam, und seine Stimme klang kühl und vernünftig. Dazu blickte er Warrin de Mortimer allerdings drohend an, wandte sich dann um und schaute auf den anderen schwarzhaarigen Jungen in Hemd und Hose, der sich gerade auf eine Bank hatte fallen lassen und jetzt dasaß und stöhnte, den Kopf zwischen den Händen.

»Dein Erbe.« Adam grinste Guyon an. »In Sicherheit und unbeschädigt.«

Trotz der Zobelfelle, die ihren Reiseumhang zierten, schauderte Heulwen, als sie unter einem Vordach stand und darauf wartete, daß die Pferdeknechte ihren gesattelten Schecken aus dem Stall brachten. Aus dem Schnee war Eisregen geworden, weiße und silberne Nadeln, die aus einem Himmel von der Farbe schmutziger Rüstungen fielen – und Rüstungen waren auch überall, als die Vorbereitungen für die Reise nach Windsor getroffen wurden – eine feuchte, unbequeme Reise, wie es aussah.

Renard stapfte über den inneren Burghof, den pelzbesetzten Umhang bereits am unteren Saum beschmutzt, aber mit funkelnder Rüstung und einem Helm, der ihm an den Fingern baumelte. Sie wollte ihn zu sich rufen, aber ein schlankes Mädchen mit honigblondem Haar kam aus einem der Gebäude und trat an seine Seite. Renard schaute sich rasch nach allen Seiten um, dann legte er den freien Arm um die schmale Hüfte des Mädchens und zerrte sie rasch in die Dunkelheit eines Türgangs, wo Heulwen gerade noch sah, wie er seinen Umhang um sie schlang und sein Kopf sich zu ihren Lippen hinunterbeugte. Die Tochter des Falkners, dachte sie mit dem Funken eines Lächelns. Erstaunlich, daß der Mut als Krieger die Männer in den Augen der Frauen so sehr aufwertete. Judith hatte ihren Sohn dafür tüchtig gescholten, aber hinter ihrem Zorn hatte Stolz gelegen, und hinter dem Stolz lauerte die Angst. Renards Anspruch, ein Mann zu sein, würde nur allzu schnell Realität werden.

Heulwen selbst war geradezu hysterisch erleichtert über seine unversehrte Rückkehr gewesen, aber nur ein Teil dieser Erleichterung war auf Renards Konto gegangen. Die Vorstellung, Adam könnte jetzt in einer gefrorenen Pfütze seines eigenen Blutes liegen, ein Opfer der Waliser wie Ralph, hatte sie über jede Vernunft hinaus entsetzt. Seitdem war alles anders. Sie war immer noch unsicher, schwankte hin und her auf der Schaukel vom Wunsch zur Ablehnung.

Sie hatte ihre Finger zu Fäusten geballt und richtete ihren Blick auf Warrins breiten, kräftigen Körper, als er heraustrat in den Eisregen, wobei sein Gesicht eine Grimasse des Unbehagens zeigte. Er war ihr jetzt zugesprochen in allem bis auf den eigentlichen Eheschwur, jetzt, da sie selbst sich entschlossen hatte. Alles, was ihre Vereinigung noch vereitelte, war die Formalität des königlichen Jaworts, und es gab keinen Grund dafür, daß es versagt werden würde.

»Kinn hoch, Liebste, du siehst so trübe aus wie dieses gottverlorene Wetter.« Er bückte sich und küßte ihre kalten Lippen, dann trat er einen Schritt von ihr weg, um sie zu begutachten.

»Diese Reise wird sicher keine Vergnügungsfahrt«, erwiderte sie und versuchte, etwas innere Wärme des Gefühls von seiner Anwesenheit zu erhalten, aber die einzige Wärme, die sie spürte, kam daher, daß er sie ein wenig vom beißenden Wind abschirmte.

»Ich habe dir ein Geschenk gebracht«, sagte er mit seinem herablassenden Lächeln, das sie am meisten ärgerte, und legte einen kleinen Beutel mit Zugschnur in ihre Hand. »Es wird die Unannehmlichkeiten des Wetters nicht beheben, aber vielleicht erhellt es dein Herz, und es wird sicher das meine erfreuen, wenn ich es dich tragen sehe. Du kannst es als ein Brautgeschenk betrachten.«

Sie löste die Schnur mit ungeschickten, kalten Fingern und ließ eine runde Anstecknadel auf ihre Hand rutschen. Sie war keltischen Ursprungs, aus Silber, mit goldenen und silbernen Filigraneinlagen, betont durch kleine, runde Edelsteine und Halbedelsteine wie ambrafarbener und klarer Feldkristall, und in der Mitte saß ein riesiger, purpurner Amethyst.

»Sie ist wundervoll!« rief sie, drehte sich um und dachte

zugleich, daß die Brosche zu auffällig war und ein Hinweis auf den Geschmack ihres Zukünftigen.

»Laß mich sie dir anstecken.« Er streckte die Hand aus, um die Nadel zu lösen, die bis jetzt ihren Umhang zusammengehalten hatte; es war ein einfaches Stück im Vergleich zu dem grandiosen Objekt, das sie jetzt in der Hand hatte, ein Produkt des Bronzeschmieds von Ravenstow, in der Gestalt eines springenden, knurrenden Leoparden mit winzigen Rubinen als Augen. Diese Brosche war ein Geschenk ihres Vaters gewesen, das er ihr an ihrem siebten Geburtstag überreicht hatte. Sie sah ungern, daß es abgenommen werden mußte. Vorsichtig und sachte legte sie es in den Lederbeutel.

»Ist es nicht riskant, auf der uns bevorstehenden, langen Reise solchen Reichtum zur Schau zu stellen?« fragte sie ihn zweifelnd. »Vielleicht sollte ich sie lieber erst tragen, wenn wir Windsor erreicht haben und wenn du den König um meine Hand bittest.«

Warrin knurrte mit herablassender Nachsicht und ließ sie tatsächlich wie eine Siebenjährige dabei erscheinen. »Du machst dir zuviel Sorgen über Zwischenfälle«, sagte er, als er ihr die neue Nadel durch das dicke flämische Tuch steckte. »Wir sind stark bewaffnet, um für alle Eventualitäten unterwegs gerüstet zu sein. Wir könnten spielend mit einer Horde Waliser fertig werden, wenn sie uns überfallen würden. Nein, Liebes, es gefällt mir, wenn die Männer sehen, welch hohen Preis ich einsetze, um meinen Gewinn zu bekommen.«

»Deinen zukünftigen Gewinn«, erinnerte sie ihn, verärgert durch seinen herablassenden Ton.

»Also schön, meinen zukünftigen Gewinn.« Er war mit dem Schließen der Anstecknadel fertig und senkte die Hand, als würde er rein zufällig über ihre Brust streichen. »Meine zukünftige Frau.« Seine Stimme klang belegt, und sein Mund drückte sich auf den ihren wie ein Blutegel, kalt und fordernd. Heulwen kam sich wie eine Hure vor, die im voraus bezahlt wurde, doch um Dankbarkeit zu zeigen, erwiderte sie den Kuß mit der gedankenlosen Erfahrung, die sie bei Ralph gewonnen hatte, das Herz so taub wie die kalten Finger, die sie um Warrins muskulösen Nacken schlang.

Neuntes Kapitel

Der walisische Gefangene öffnete die schwarzbraunen Augen; er war jetzt bei vollem Bewußtsein und starrte in schwacher, fiebriger Verwirrung auf die an einigen Stellen rußgeschwärzten, weißen Wände, die ihn umgaben. Eine Fackel flackerte. Zwischen seinen Fingern fühlte er die körnige Konsistenz eines Leinentuchs, darunter das heftige Trommeln seines Herzens in dem fiebernden Körper. Seine ausgetrocknete Kehle bewegte sich, und seine Lippen bildeten geräuschlose Worte.

»Er ist wach«, sagte Adam leise und berührte dabei das Knie seines Begleiters.

Miles knurrte. Er hob das Kinn von der Brust, und seine halbgesenkten Lider gingen nach oben. Jetzt wandte er sich dem jungen Mann auf der Pritsche zu, sah, daß er trotz eines leichten, schweißtreibenden Fiebers bei Sinnen und wach war, und versicherte ihm ruhig auf Walisisch, daß er keine Angst zu haben brauche. Der Blick aus den dunklen Augen blieb verwirrt und argwöhnisch, aber der Junge trank gierig den mit Wasser verdünnten Met, den ihm Adam gebracht hatte. Er hörte zu, während Miles sich in der walisischen Weise vorstellte, wobei er alle seine Ahnen und Verwandten nannte, bevor er ihm Adams Identität mitteilte, ihm sagte, wo er sich befand und wie schwer er verwundet war.

»Eine Torheit, Lord Adams Trupp zu überfallen«, fügte Miles noch leise hinzu. »Er spricht zwar nicht das *Cymraeg*, von ein paar Worten abgesehen, aber das heißt noch lange nicht, daß er ein Idiot ist, was die Führung der Grenzscharmützel betrifft.«

Der Mund des jungen Mannes verzog sich zu einem säuerlichen Lächeln. »Ich brauche keine Lektionen«, sagte er. Seine Stimme war rauh und rostig von drei Tagen Liegen.

»Nein.« Miles nickte gütig. »Und bestimmt nicht von mir, aber euer Volk wird dir mit großem Vergnügen deine Dummheit unter die Nase halten. Davon bin ich überzeugt.«

Das Lächeln verschwand, und die Mundwinkel zogen sich nach unten, eine Miene, die durch die zusammengezogenen, dichten schwarzen Brauen ergänzt wurde.

Miles übersetzte für Adam, was bisher gesprochen worden war. Adam stellte den Becher mit dem Met ab. »Frag ihn, wer sie waren.«

Miles öffnete den Mund, aber der Junge hatte gehört und verstanden, blickte jetzt hoch und sagte in stockendem Französisch: »Mein Bruder wird nicht erfreut sein, im Gegenteil, er wird toben. Ihr hättet mich gar nicht erst zu retten brauchen. Er wird mich mit blanken Händen erwürgen, wenn er hört, wie die Sache gelaufen ist.«

»Dein Bruder?«

»Davydd ap Tewdr.« Wieder blickte er hoch. »Ich bin Rhodri und zehn Jahre jünger als er. Wir stammen von verschiedenen Müttern.«

Ein zunehmend strahlenderes Lächeln erhellte das Gesicht von Adam. »Dann bist du dein Gewicht in purem Gold wert«, sagte er leise.

»Oder einen Friedensvertrag«, meinte Miles. »Wie ich es sehe, ist er der Erbe von ap Tewdr.«

»Nur so zu«, sagte der junge Waliser jämmerlich. »Freut euch nur darüber.« Er warf sich zornig im Bett herum, und sein Körper spannte sich an. Dabei stockte ihm der Atem vor Schmerzen, und er kniff die Augen zu.

»Ja, Junge, du hast dir dein Bein ganz schön kaputtmachen

lassen«, erklärte ihm Miles. »Du kannst von Glück sagen, wenn es nicht den Wundbrand bekommt.«

»Ich schicke eine Botschaft zu deinem Bruder.« Adam bot ihm wieder den Met an. »Es gibt einen walisischen Händler, der hier einmal im Monat vorbeikommt. Er wird für nächste Woche erwartet und dürfte wissen, wem er die Nachricht bestellen muß. Außerdem wäre ich wohl sehr naiv, nicht zu wissen, daß Euer Bruder seine eigenen Mittel und Wege hat, um herauszubringen, wo du dich befindest.«

Der Junge trank und sagte nichts, aber sein Gesicht bekam ein wenig Farbe.

Adam sog seine Wangen ein, warf noch einen Blick auf den Gefangenen und traf dann eine Entscheidung. »Sag mir, wieso kennst du Warrin de Mortimer?«

Die Farbe verschwand wieder aus Rhodris Gesicht und hinterließ ein verkniffenes Grau. »Er war also wirklich hier?« fragte er mit rauher Stimme. »Ich dachte, es war vielleicht nur ein Teil von einem bösen Traum.«

Adams Mund zuckte. »Ich auch«, sagte er leise, und dann: »Nein, er war wirklich hier, aber er sagte, daß er dich nicht kennt.«

Der Junge zitterte. »Vielleicht stimmt es ja auch.« Er senkte den Blick, schaute auf seine Finger und verschlang sie ineinander auf der Decke aus zusammengenähten Schafsfellen.

»Hast du nicht etwas von Spionage gesagt?« fragte Adam sachte. »Daß du versprichst, es keiner lebenden Seele zu sagen?«

Rhodri grub seine Finger in das wollige Vlies. »Er kam zu meinem Bruder unter der Flagge des Waffenstillstands. Sie sprachen eine Weile miteinander...«

»Und du hast mitgehört?« vermutete Miles.

»Ja.« Er schluckte und schaute die beiden an. »Davydd gesteht mir keine Verantwortung zu. Er schickt mich auf die Jagd und auf lächerliche Erkundungsreisen, als wäre ich ein Kind.«

»Manchmal ist es schwer, festzustellen, wann ein Junges flügge wird«, sagte Miles leise.

»Und manchmal werden einem, wenn man flügge ist, die Flügel gestutzt!« erwiderte der Junge. Seine Lippen preßten sich zu einer dünnen, harten Linie zusammen.

Adam verschränkte die Arme. »Was hast du nun gehört?«

Rhodri grub seine Finger in die dicke Wolle und hielt den Blick darauf gerichtet. »De Mortimer hat meinem Bruder Silber geboten, wenn er einen von Euren Edelleuten umbringt – Ralph le Chevalier. Er sagte, der Mann habe eine allzu lose Zunge und müsse stumm gemacht werden. Davydd hatte nichts dagegen. Le Chevalier war nicht gerade ein Freund von uns, und er hat mehr als einmal Affären mit unseren Frauen gehabt. Ich ... Kann ich noch einen Schluck Met haben?«

»Ja, natürlich.« Adam wechselte einen Blick mit Miles, während dieser den Becher vollschenkte und ihn dem Jungen gab.

Rhodri nahm einen tiefen Zug, dann lehnte er sich gegen die Kissen, die Augen geschlossen, das Haar schweißverklebt. »De Mortimer hat den Hinterhalt arrangiert und le Chevalier so bestellt, daß er von uns getötet werden konnte, – aber das wissen nur Davydd und ich. Die anderen Männer dachten, es sei einfach Glück gewesen, daß wir ihnen im Wald begegneten. De Mortimer beobachtete uns; er wartete, bis le Chevalier vom Pferd gefallen war und verblutete, bevor er etwas unternahm. Erst dann warf er sich mit vollem Einsatz auf uns. Wenn Davydd nicht einen derartigen Betrug erwartet hätte, wären wir erledigt gewesen. *Rhaid wirth lwy hir i fwyta gyda'r diafol.*«

»Man braucht einen langen Löffel, wenn man mit dem Teufel essen will«, übersetzte Miles grimmig.

»Mein Bruder war wütend, daß er den kastanienbraunen Hengst verloren hat«, fügte der junge Waliser hinzu. Er warf einen raschen Blick auf Adam. »Ich bringe ihn zur Weißglut, wenn ich auf demselben Pferd zurückkomme, das ihm fehlte, und dazu muß er mich auslösen und seinen Feinden auch noch danken, daß sie mich am Leben gelassen haben.«

»Vielleicht wäre es ihm unter den Umständen lieber, du würdest verrotten«, sagte Miles trocken.

Rhodri zeigte ihm ein müdes Lächeln. »Die brüderliche Liebe siegt, wenn überhaupt, dann nur um Haaresbreite«, sagte er.

Adam ging durch den Söller bis zur Kohlenpfanne, hielt seine Hände über die Glut und schaute Miles an. »Du weißt, was das bedeutet?«

Miles zuckte mit den Schultern. »Es bedeutet eine ganze Menge«, sagte er nachdenklich. Aber das wichtigste ist, daß meine Enkelin momentan dabei ist, ihr Leben in die Hände des Mörders ihres ersten Mannes zu legen.«

»Miles, das darf man doch nicht zulassen!«

Die faltigen Lider hoben sich und zeigten, daß die Gedanken des alten Mannes höchst lebendig waren. »Dann halte du sie davor zurück.«

»Aber wie?« Adam breitete die Hände aus. »Sie weiß, daß ich den Namen de Mortimers nicht einmal auf der Zunge haben will, und alles, was ich ihr über ihn erzähle, hält sie für Übertreibung oder Phantasie. Was soll ich tun? Sie entführen?«

»Wenn alles andere fehlschlägt, ist selbst das einen Versuch wert«, sagte Miles mit einem Lächeln, dann wurde er wieder ernst. »Ich glaube, ich bin ein paar entscheidende Jahre zu alt, Adam. Aber muß ich es dir wirklich mit dem Löffel eingeben? Geh zum König, lege die Angelegenheit in seine Hände, und wenn du schon dabei bist, kannst du ihn auch um eine Gnade bitten.«

Adam verengte die Augen. »Um was für eine Gnade?«

»Hat er dich schon belohnt für deine Bemühungen, seine

reizende Tochter am Leben gehalten zu haben? Wie ich Henry kenne, hat es dir einen Sack voll Versprechungen und eine leere Hosentasche eingetragen.«

»Und er wird sich auch kaum ändern«, knurrte Adam brüsk. »Wenn es um seine Börse geht, lehnt er mit Sicherheit ab.«

»Aber in diesem Fall geht es nicht um seine Börse«, hielt ihm Miles vor Augen. »Bitte ihn, daß er dir Heulwen zur Frau gibt.«

Adams Augen wurden groß und weit. »Ich soll ihn um Heulwens Hand bitten?« wiederholte er mit erhobener Stimme, die so knirschte wie seit zehn Jahren nicht mehr.

»Du hast dein Lehen direkt von ihm, genau wie Ralph es hatte, und ich glaube kaum, daß Guyon nach dem ersten Schock dagegen sein wird. Es könnte sogar sein, daß es ihn sehr erleichtert.«

Adam schüttelte den Kopf und ging ein paar Schritte weit, starrte dann geistesabwesend auf einen Teppich, der an der Wand hing. Es war eine Arbeit, die seine Mutter lange vor seiner Geburt geknüpft hatte, und die Motten begannen, die Wolle zu fressen. Adams Gedanken rasten zu dem rätselhaften, heftigen Klopfen seines Herzens.

»Du brauchst eine Frau«, fügte Miles hinzu, und in den Fältchen lauerte ein Hauch von Bosheit. »Die Burg hier kommt mir fast schon vor wie ein Müllhaufen.«

»Ich kann nicht«, sagte er hölzern. »Ich bin so etwas wie ihr Stiefbruder.«

Miles antwortete etwas sehr Unanständiges auf Walisisch, dann kehrte er zum Französisch zurück. »Hast du denn dieses Gefühl bei ihr?«

Adam drehte sich herum, setzte sich auf einen Hocker und stützte den Kopf auf seine Hände. »Nein, natürlich nicht«, stöhnte er. »Einmal, als ich noch klein war, habe ich sie wie ein Bruder geliebt, aber das hat sich geändert, schon vor langer Zeit, wenigstens für mich. Heulwen dagegen sieht mich immer noch als ihren Bruder.«

Miles zog skeptisch eine Braue hoch. »Bist du dir da so sicher?«

»Sie hat es mir regelrecht in die Kehle gerammt, als ich ihr die Pferde brachte.«

»Mit mehr Angst als Überzeugung, wette ich.« Miles schaute ihn nachdenklich an. »Ich hatte seit jeher vermutet, daß du für dieses Mädchen etwas übrig hast, aber Jungen können ihre Zuneigung mit den Jahreszeiten ändern, und meistens wachsen sie raus aus ihrem ersten, liebeskranken Verlangen wie aus den Hosen. Mädchen sind, was das betrifft, immer schon viel früher reif.« Adam schwieg dazu und saß zusammengesunken auf dem Hocker. »Natürlich«, sagte Miles sanft, aber mit der Präzision, die früher einmal seinen Schwertarm so wirkungsvoll gemacht hatte, »das alles brauchst du Henry nicht zu erzählen. Es genügt, wenn du ihm das von Warrin und Ralph sagst und bei Gott hoffst, daß er darauf entsprechend reagiert – und daß Heulwen mit der Zeit einen besseren Mann finden wird. Das ist eine Sache, bei der du ganz nach deiner Wahl vorgehen kannst.«

Adam saß schweigend da. Die Kerze auf dem Tisch flackerte, und das Licht fiel auf den Schmuck seines Schwertgürtels, auf die Schließe und den Griff des Dolchs. Adam seufzte tief, richtete sich auf und hob den Kopf. »Und wenn sie sich im Haß gegen mich wendet?« fragte er und zog sich angesichts der Vorstellung, von ihr noch einmal abgewiesen zu werden, wie eine Schnecke zusammen.

»Dann würde ich das als eine Täuschung betrachten, eine Tarnung ihrer wahren Gefühle. Und wenn sie dich ablehnt und dir böse Wort ins Gesicht spuckt, hab Geduld, das geht vorüber.«

Adam wandte sich ab, aber in ihm kämpften die von Miles geweckten Hoffnungen mit seinen Befürchtungen. Was auch immer, Warrin de Mortimer hatte sich zweifellos eines Mordes schuldig gemacht. Er wußte vermutlich auch von dem Silber in Ralphs Schatulle und hatte beschlossen, es zu dem seinen zu machen, indem er die Frau heiratete, die er selbst zur Witwe gemacht hatte.

»Ich lasse dich jetzt allein, damit du darüber nachdenken kannst«, sagte Miles und stieß sich aus dem harten Stuhl mit der hohen Lehne hoch. »Ich möchte das Mädchen versorgt sehen, bevor ich sterbe, also solltest du dich etwas beeilen.«

»Ich weiß nicht, ob ich dich küssen oder umbringen soll.« Adam schüttelte betrübt den Kopf.

»Spar dir den Kuß für Heulwen auf und das Töten für eine Gelegenheit, bei der es besser angebracht ist«, riet ihm Miles mit ernster Stimme, und mit vom langen Sitzen steif gewordenen Beinen humpelte er aus dem Raum.

Adam starrte auf den Bogengang, unter dem er verschwunden war, und erhob sich langsam, einen nachdenklichen Ausdruck auf dem Gesicht. Seine Gedanken waren weit weg, und es kam ihm vor, als bewegten sie sich auf einem Drahtseil. Nach einer Weile wurde ihm klar, daß sich das Seil über eine Schlucht spannte, die sich in eine Ferne erstreckte, welche er nicht sehen konnte – vielleicht war es die Unendlichkeit? –, und daß dahinter und darunter die Dämonen der Feigheit und der Selbstzweifel lauerten. Er wußte, daß er nur vorwärts konnte und nicht zurück. Nachdem ihm das klargeworden war, schien ihm seine Bürde plötzlich leichter geworden zu sein. Er richtete sich auf, streckte die Schultern mehr zurück, als mache er sich auf einen Schlag gefaßt, verließ den Söller und rief nach Austin und Sweyn.

Zehntes Kapitel

Unten im Süden hatte sich der Schnee zu Regen gemildert, wenn milder das richtige Wort war für die bitterkalten, fast gefrierenden Tropfen, die in die Augen stachen, solange man sie nicht auf die verschlammten, abfallübersäten Straßen richtete. Wenn man sie dennoch zwischen den einzelnen Böen hob, sah man die Flaggen und Wappenschilder, welche die Balkone der Reichen zierten, und die immergrünen Büsche vor jedem Ale-Haus, das die derzeitig zahlreichen Besucher Windsors anlockte. Der Hof war hier, um Weihnachten zu feiern, nicht nur der übliche, ständige Hof, sondern fast ein jeder königliche Kronvasall, eine Schar geringerer, aber nicht weniger wichtiger Adeliger, der hohe Klerus und David, der König von Schottland, mit seiner gesamten Begleitung – sie alle waren bereit, auf König Henrys Tochter, die Kaiserin-Witwe Mathilda, den Treueid als zukünftige Thronfolgerin zu leisten.

Heulwen zitterte und versuchte, sich tiefer in die Falten ihres Umhangs zu kuscheln, als der Wind ihre Kleidung aufplusterte und ihr den Regen ins Gesicht trieb. Sie kämpfte, um ein Interesse zu heucheln für die Stoffballen, die zu ihrer Besichtigung auf der Theke des Händlers ausgebreitet waren. Pflichtgemäß betastete sie das feine, gebleichte Leinen und rieb es zwischen den Fingern, stimmte zu, daß es ideal geeignet war für Hemden und Wäsche, und versuchte, nicht zu lächeln, während die Bahnen gemessen und abgeschnitten und zusammengerollt wurden.

»Und jetzt«, sagte Judith mit einem Ton der Befriedigung, wobei sie den Blick auf die Stoffballen des Händlers hielt, »kommt dein Hochzeitskleid dran. Wie wär's mit dem grünen Samt dort drüben?«

Beflissen brachte der Händler den bezeichneten Ballen.

»Ich weiß nicht. Ich habe noch gar nicht darüber nachgedacht.« Heulwen zitterte, und ihr Gesicht war verkniffen und blaß.

»Aber in Gottes Namen, dann tu es jetzt!« fuhr Judith sie an mit der Verzweiflung, die davon kam, daß sie schon den ganzen Morgen auf dem Markt gewesen war mit einem Mädchen, das sich für nichts interessierte. »Heulwen, du wirst dich morgen verloben und an Lichtmeß heiraten. Du hast nicht mehr die Zeit, jetzt noch ewig herumzutrödeln.«

»Entschuldige, Mama. Aber mir ist kalt, und ich bin so gar nicht in Stimmung«, entschuldigte sich Heulwen und zeigte wieder das schwache, verlorene Lächeln, das Judith zur Verzweiflung brachte. »Der grüne Samt ist sehr schön.«

»Gott im Himmel, Kind, du hast den Stoff ja noch gar nicht angeschaut!«

Der Händler senkte den Blick von der erzürnten älteren Frau und dem hübschen, offensichtlich betrübten jungen Mädchen an ihrer Seite und begann den meeresgrünen Samt auf der Theke in attraktiven Falten auszubreiten.

Heulwens Unterlippe zitterte, und sie kämpfte mit den Tränen. Feine Eisnadeln stachen ihr wie winzige Glassplitter in die Wangen. Hinter ihnen stampften zwei Begleiter mit den Füßen, um sich warmzuhalten, und Helgund, die ältliche Zofe ihrer Stiefmutter, schnitt eine Grimasse wegen der Schmerzen, die ihr ihre Frostbeulen bereiteten.

»Ich verlasse mich auf dein Urteil, Mama«, sagte Heulwen in unterwürfigem Ton und starrte auf den beschmutzten Saum ihres Umhangs.

Judith schloß die Augen und schluckte. Ein Packpferd, beladen mit bunten Gürteln, wurde vorbeigeführt, und die

Dienerin einer anderen Herrschaft kam herbei und hatte eine mit Stoff verpackte Pie in der Hand, deren würziger Duft die Nasen erfüllte und die leeren Mägen derer quälte, die vor dem Stand des Stoffhändlers froren. »Also schön«, sagte Judith mit bemerkenswerter Ruhe für jemanden, dessen Geduld derartig strapaziert wurde, »zwei Ellen von dem grünen Samt und eine Elle vom goldenen Damast für einen Unterrock. Schickt sie ins Haus des Earl von Ravenstow, und mein Haushofmeister wird die Lieferung bezahlen.«

Der Händler verbeugte sich, lutschte an den Zähnen und legte den Samt wieder zusammen, wobei die immer wieder nach oben gerichteten Augen seine fortgesetzte Neugier verrieten.

Als sie den Stand verließen, wich Judiths Verzweiflung der Sorge, denn Heulwen folgte ihr mit der Ergebenheit eines betäubten Schafes. »Vielleicht sollte man die Verlobung verschieben, bis du dich besser fühlst«, murmelte sie und zog die Stirn in Falten.

»Nein!« Die Entgegnung kam scharf und schnell und stand so sehr im Gegensatz zu Heulwens derzeitiger Stimmung, daß Judith anhielt beim Aufsetzen und ihre Stieftochter mit weit aufgerissenen Augen anstarrte.

»Nein«, wiederholte Heulwen in etwas beherrschterem Ton. »Ich bin nicht krank, Mama. Ich möchte unbedingt, daß diese Verlobung morgen stattfindet. Es ist das lange Warten darauf, das mich so fertig macht. Ich kann mich nicht für mein Hochzeitskleid interessieren, wenn ich dieses schreckliche Gefühl habe, es könnte noch etwas geschehen und die Hochzeit verhindern.«

»Unsinn!« sagte Judith brüsk.

»Ich weiß, aber davon geht die Angst nicht weg.«

Judith ließ sich von ihrem Diener in den Sattel helfen. Die Falten blieben auf ihrer Stirn. Heulwen war vielleicht mehr als nur zur Hälfte walisisch, aber ihre Natur war sonst ganz auf das Praktische gerichtet, ohne die eher unheimlichen

Vorahnungen, mit denen so viele ihrer Rasse begabt waren. Wenn sie Vorahnungen hatte, dann deshalb, dachte Judith, weil sie ihr wie ein verurteilter Gefangener vorkam, der den Augenblick seiner Hinrichtung naherücken sieht und ungeduldig auf den Augenblick wartet, damit er ihn hinter sich bringt und der Frieden und die Dunkelheit ihn einhüllen.

Vielleicht hätten wir ihr diese Heirat ausreden sollen, dachte ihre Stiefmutter grimmig, aber wir haben nichts unternommen, um sie daran zu hindern, und wenn man ein Boot mit der Strömung treiben läßt, landet es nicht selten irgendwann an einem Felsen und zerschellt in tausend Teile. Vielleicht sollte die Verlobung in der Tat gestrichen werden, bis Heulwen genügend Zeit hinter sich hatte, um sich von Ralphs Mißhandlungen zu erholen – und von dem Schicksalsschlag seines Todes.

»Man hat mich gezwungen, deinen Vater zu heiraten«, sagte sie sanft, während sie an den Zügeln zog. »Ich war unglücklich, ja sogar entsetzt, und ich konnte nichts tun außer mir das Leben nehmen, wenn ich diese Hochzeit verhindern wollte. Es hat viel Zeit und Geduld von seiten deines Vaters erfordert, bis ich lernte, ihm zu vertrauen, und noch mehr, bis daraus auch für mich Liebe wurde.« Sie schaute hinüber zu ihrer Stieftochter. Heulwens Lippen waren jetzt zusammengepreßt, ein Ausdruck von Sturheit, aber man konnte nicht sagen, ob sie sich gegen Judith oder einen Ausbruch von Tränen wehrte.

»Sicher, auch bei dir und Ralph war es schwierig«, fügte sie hinzu. »Du hast ihn von Anfang an begehrt, aber ich glaube nicht, daß es für ihn genauso war. Ich glaube vielmehr, es ging ihm in erster Linie um deine Mitgift, und außerdem war es angenehm, eine zarte Fünfzehnjährige im Bett zu haben, wann immer es ihm gefiel, zu Hause zu schlafen. Das waren vermutlich seine Gründe, und nicht die große Liebe.«

»Mama, was willst du mir damit sagen?«

»Ach, ich weiß nicht. Vielleicht, daß du dir durch die Erfahrungen mit Ralph zukünftige Erwartungen nicht versauern lassen solltest.«

»Das tu' ich ja nicht.« Heulwen bewegte die Schultern. »Sie sind nicht versauert, aber vermindert. Ich glaube jetzt nicht mehr daran, daß mir die Sterne in den Schoß fallen, wenn ich danach greife. War das, was meine Mutter für Papa empfand, die große Liebe?«

Judith zügelte ihre Stute, um einen vollbeladenen Wagen vorbeipreschen zu lassen. Niemals hatte sie etwas aus ihrer Vergangenheit vor Heulwen geheimgehalten, aber zum Glück fragte Heulwen selten, und manches war zu schmerzlich für Judith, um es ungefragt zur Sprache zu bringen. »Ja«, sagte sie nachdenklich. »Ich glaube, so ist es gewesen. Deine Mutter hat gewußt, daß sie niemals heiraten konnten: eine walisische Händlerstocher und ein Lord aus den Marken. Also verbarg sie ihre wahren Gefühle vor ihm. Ich bin ihr nur einmal begegnet, am Tag bevor sie ermordet wurde. Sie kam, um Guyon zu sagen, daß sie die alten Bande trennen und selbst heiraten würde; es war eine Vernunftehe, genau wie die deine.«

Momentan abgelenkt von ihren Problemen, legte Heulwen den Kopf schief. »Warst du denn nicht eifersüchtig auf sie? Ich kenne das Gefühl; als ich einmal einer von Ralphs Frauen begegnete, habe ich daran gedacht, ihr einen Dolch in die Kehle zu rammen und ihm den Sack abzuschneiden!«

Judiths Lippen zuckten. »Eifersüchtig?« Sie trieb die Stute wieder an. »O ja, so eifersüchtig, daß es an mir nagte und fraß wie Gift, aber ich konnte sie nicht hassen. Außerdem hatte dein Vater sie zwar gelegentlich auch nach der Hochzeit besucht, sie aber nicht über unsere Heirat im unklaren gelassen und mich auch nicht mit ihr betrogen.« Aus dem Zucken der Mundwinkel wurde ein offenes, etwas trauriges Lächeln. »Sicher nicht aus moralischen Gründen, oder um meine Gefühle nicht zu verletzen, doch zu der Zeit ging sie schon schwanger mit dir, und als du geboren warst, stellte er fest, daß er eine Ehefrau zum Kinderkriegen brauchte.« In ihren Augen standen jetzt Tränen. »Einmal bin ich mit einem Messer zu einer der Frauen bei Hof gegangen, obwohl sie behauptete, es handle sich um eine alte, gewesene Freundschaft. Das war Alais de Clare. Sie ist heute abend sicher auch bei Hof. Es ist lange her, daß wir uns auf dem Schlachtfeld der Liebe begegnet sind – ich frage mich, ob sie sich noch daran erinnert.« Und ihr Lächeln wurde fröhlicher, ein etwas boshaftes Lachen, so daß auch Heulwens Stimmung sich aufhellte und sie ihrer Stiefmutter das erste echte Lächeln des Tages zeigen konnte.

Als sie in den Hof ihres Stadthauses ritten, waren die Pferdeknechte dort mit mehreren Pferden beschäftigt. Ein Knappe massierte einen Apfelschimmel in einem wertvollen goldenen Geschirr. Die rosaschimmernde Decke des Hengstes glänzte wie Satin und zeigte, daß sein Besitzer es sich leisten konnte, ihn während der langen Wintermonate im Stall zu füttern. Der Knappe schaute sich um, und ein freudiges Lächeln breitete sich auf seinem Gesicht aus. Rasch gab er den Schimmel einem anderen jungen Burschen, dann lief er über den Hof, um erst der Gräfin, dann Heulwen aus dem Sattel zu helfen.

»Harry!« Judith küßte fröhlich ihr viertes Kind. Er duckte sich, verbarg eine Grimasse und glättete sich das sandfarbene Haar, das sie eben zerwühlt hatte, wobei eine starke Röte vom Hals her in sein sommersprossiges Gesicht stieg. Er hatte den Körperbau seines königlichen Großvaters mitbekommen, untersetzt und stämmig, und versprach eher bullige Kraft als die geschmeidige Eleganz seiner Brüder, außerdem war er der einzige mit ihrer eigenen, rötlich-haselnußbraunen Haar- und Augenfärbung, während die anderen alle dunkel waren wie Guyon.

Heulwen, gewarnt von seiner Reaktion auf Judiths Umarmung, beschränkte sich auf einen raschen Kuß auf seine

Wangen und eine bewundernde Bemerkung über den neuen Degen an seinem Gürtel.

Er lächelte übers ganze Gesicht, als er ihn vorführte. »Den hat mir Earl Robert gegeben, weil ich gestern abend so gut bei der Tafel serviert habe«, erklärte er stolz dazu.

»Dann mußt du einiges dazugelernt haben«, sagte Judith trocken und betrachtete ihn mit kurzer Billigung. Harry war ziemlich ungeschickt gewesen, als man ihn als Knappe in das Haus von Robert von Gloucester gegeben hatte, aber er schien seit damals Schliff bekommen zu haben, auch was sein freies, ungeniertes Auftreten anging und die geschickten, glatten Bewegungen, mit denen er ihr vom Pferd geholfen hatte.

»Er hat mit der Kaiserin diniert. Und sie hat mich angelächelt. Sie ist sehr hübsch und nicht so –« Er ließ den Rest des Satzes in der Luft hängen und schaute Heulwen an, die gerade einen besonders attraktiven, dunkelbraunen Hengst betrachtete, der zwischen den anderen stand.

»Eine Schönheit, nicht wahr?« sagte Harry begeistert.

»Harry, was macht er hier?«

Der Junge blinzelte wegen der Schärfe ihres Tons. »Lord Robert war gerade drüben auf dem Pferdemarkt. Er war ganz hingerissen von diesem hier, und da Adam von Thorneyford ihn verkaufte und er einen guten Ruf als Pferdezüchter hat, kaufte er ihn. Mein Lord meinte, der Preis sei zwar gewaltig gewesen, aber wahrscheinlich angemessen für das, was er damit bekam.« Verwirrt schaute er zwischen seiner Mutter und seiner Halbschwester hin und her. »Was ist denn? Was habe ich denn so Komisches gesagt?«

Heulwen schüttelte den Kopf und biß sich auf die Unterlippe. »Er war einer von Ralphs Hengsten. Adam verkauft ihn in meinem Auftrag. Was hat Earl Robert denn bezahlt?«

»Nach langem Handeln dreiundachtzig. Wie meinst du das, Adam verkauft ihn in deinem Auftrag?«

Heulwen berührte seinen Arm. »Das erzähle ich dir alles

später«, sagte sie, biß sich wieder auf die Unterlippe und folgte ihrer Stiefmutter ins Haus.

Vor einem rauchenden Kamin in der Mitte saß Earl Robert von Gloucester, der älteste Erbe jenes unehelichen Sprosses auf seinem Weinstock, den König Henry erzeugt hatte, und wärmte sich die Füße am Feuer, einen Becher Hippokras in der Hand, die hohe Stirn gefurcht von freundschaftlichem Bitten, als er sich an den offenbar skeptischen Earl von Ravenstow wandte.

»Hör zu, wir brauchen deine Unterstützung. Ich weiß, du hast deine Zweifel, was den Treueschwur auf Mathilda betrifft, und weiß Gott, sie könnte einen Heiligen in den Selbstmord treiben, aber sie hat das Talent zum Regieren, das schwöre ich dir.«

Guyon zeigte ein schmerzhaftes Lächeln. »Ich bezweifle nicht ihr Talent. Ich bin schließlich selbst mit jemandem aus deinem Clan verheiratet.« Seine Blicke richteten sich mit Amüsement auf die Schwelle, wo gerade seine Frau ihren Umhang einem Mädchen reichte. »Aber Männer wollen nun mal von einem Mann regiert werden, nicht von einer Frau.«

»Gilt das auch für dich?«

»Ich ziehe es vor, ja – in gewisser Weise, zumindest«, fügte er mit einem weiteren amüsierten Blick auf seine Frau hinzu, dann wurde seine Stimme wieder nüchtern. »Was mir Sorgen macht, Rob, ist die Tatsache, daß sie jemanden heiraten wird und daß dieser Jemand versuchen wird, die Krone an sich zu reißen und uns auf diese Weise alle zu hintergehen.«

»Mein Vater ist klüger. Er wird sich umsehen und ihr sehr sorgfältig einen Mann aussuchen«, widersprach Gloucester. »Außerdem gehört Maud bestimmt nicht zu denen, die das aufgeben, was ihnen von Rechts wegen zusteht.«

Guyon zog die Stirn in Falten, starrte in eine mittlere Distanz und dann wieder auf das ernste Gesicht seines Schwagers.

»Es reicht nicht, zu behaupten, daß dein Vater eine sorgfältige Wahl treffen wird. Er wird nach seinem eigenen Gutdünken entscheiden, es sei denn, man bringt ihn dazu, zu beschwören, daß er über Mathildas Heirat zuvor noch ein Wort mit seinen Lehnsherren spricht.«

»Du hast schon mit Henry von Blois gesprochen, nicht wahr?«

»Nein, habe ich nicht.« Guyons Nasenlöcher weiteten sich, so heftig atmete er jetzt. »Ich habe Henry von Blois bisher nur aus der Ferne gesehen. Der einzige, mit dem ich gesprochen habe, ist der Earl von Leicester, und das nur, weil mein Sohn bei ihm Hausgeistlicher ist – und Leicester ist ganz und gar nicht begeistert davon, auf Mathilda zu schwören, egal ob mit oder ohne Ehemann.«

Robert von Gloucester fuhr sich mit den Händen durch das zurückweichende, dunkle Haar. Für Unterstützung seiner Schwester zu werben war wie wenn man einen steinigen Acker pflügte: alle paar Schritte stieß man auf starken Widerstand, auch von so vernünftigen, loyalen Männern wie dem Earl von Ravenstow, dessen Kinder die Nichten und Neffen von Maud waren, und das warf ihn regelrecht um. »Guy ...« begann er wieder, doch sein Schwager breitete die Hände aus, seufzte tief und sagte: »Also gut, Robert, ich schwöre auf sie, für sie und zu ihren Gunsten, aber nur, wenn Henry verspricht, sie nicht an einen völlig unpassenden Ehemann zu binden.«

»Ich bin sicher, man kann ihn in diesem Punkt zu einer Zustimmung bringen«, sagte Robert mit der Glätte eines Diplomaten, dem der andere mit der inzwischen vertrauten, skeptischen Haltung einer halb erhobenen Schulter und einem Blick von kaum verhülltem Unglauben begegnete. Er hielt den Augenblick für gegeben, sich zu entfernen und Ravenstow über das nachdenken zu lassen, was gesprochen worden war, denn wenn er sich beeilte, war noch genügend Zeit, um Bigod von Norfolk zu besuchen und ihn auszuhorchen, bevor er sich für das abendliche Festmahl vorbereitete und seinen Bericht bei König Henry ablieferte.

Er stand auf, drehte sich um, küßte seine Halbschwester, dann Heulwen zum Gruß und Abschied.

»Wir haben gerade deinen neuen Hengst bewundert«, sagte Judith. »Wenn Heulwen gewußt hätte, daß du ein neues Schlachtroß suchst, hätte sie Sorcerer nicht hierher nach Windsor zu schicken brauchen.«

»Wie bitte?« Er lächelte und schaute sie verständnislos an.

Lachend erklärte ihm Judith, von wem er in Wirklichkeit das Pferd gekauft hatte. Auch Robert lachte, und während er sich eine elegante Kappe im phrygischen Stil aufsetzte, betrachtete er Heulwen. »Einer von Ralphs Hengsten – keine Wunder! Ich fand es ein bißchen seltsam, daß der junge de Lacey ein Pferd dieses Kalibers zu verkaufen hat, wo er doch eben erst vom Festland nach Hause gekommen ist. Der schlaue Fuchs, er hat kein Wort davon gesagt.«

»Vielleicht war er nicht sicher, daß du den wirklichen Preis bieten würdest, wenn du gewußt hättest, daß es ein Kauf in der Familie war«, gab Heulwen zu bedenken und begegnete dem Affront damit, daß sie lächelte, so daß die beiden Grübchen in ihren Mundwinkeln erschienen.

Robert knurrte. »Sehr wahrscheinlich. Er ist so schlau wie eine Höhlenkatze, dieser Bursche. Da ich ihm dreiundachtzig Mark für das Tier bezahlt habe, wirst du ihn eher früher als später zu Gesicht bekommen.«

Heulwen fummelte an der reichverzierten Brosche, die sie an der Schulter stecken hatte und die schwer war wie eine Männerhand, die sich auf sie legte und auf diese Weise ihren Besitz wahrnahm. Sie hatte Adam seit dem Tag des Überfalls der Waliser nicht mehr gesehen und sich selbst inzwischen davon überzeugt, daß das, was sie für ihn empfand, nur eine vorübergehende Lust gewesen war und daß sie an seine Stelle praktisch jeden anderen Mann setzen könnte – doch ein Ersatz war trotz allem nicht das Original. Sie dachte an

Adams dunkles Lächeln, die fragende Art, wie er einen unter den dichten Brauen hervor anschaute, an die Trockenheit seines Humors, wenn er ihre Rede erwiderte, den sachten Druck seiner Hände auf einer Pferdeflanke oder auf ihrer Taille, wenn diese Hände nach unten glitten auf die Schenkel...

Robert von Gloucester war, wie seine derzeitigen inneren Kämpfe zeigten, keineswegs gefühllos gegenüber den Stimmungen der anderen, und jetzt sah er, daß er irgendwie einen Fehler gemacht haben mußte. Die Grübchen des Mädchens waren verschwunden, die Funken in ihren aquamarinblauen Augen erloschen. Er räusperte sich und sagte mit erzwungener Fröhlichkeit: »Ich habe auch Warrin de Mortimer auf dem Pferdemarkt gesehen. Er und sein Vater probierten einen Renner aus. Ich habe ein paar Worte mit ihnen über Maud gesprochen, und dabei hörte ich, daß der junge Mann bald heiraten würde. Er hat großes Glück mit seiner Wahl, und das habe ich ihm auch gesagt.«

»Ich halte sehr viel von ihm«, sagte Heulwen tonlos.

Guyon zog nachdenklich die Brauen hoch über die Antwort seiner Tochter und erhob sich dann, um ihren Gast hinauszubegleiten. »Ich kann nur hoffen, daß Warrin und Adam sich nicht begegnet sind«, bemerkte er. »Als sie sich das letztemal sahen, hatte ich Mühe, zu verhindern, daß sie mit den Schwertern aufeinander losgegangen sind.«

Gloucester schüttelte den Kopf. »Nein, sie waren auf entgegengesetzten Enden des Platzes, und der junge de Lacey hat mit mir den Platz verlassen.« Er lächelte verschwörerisch unter dem Zobelkragen seines Umhangs.

Guyon stellte eine Frage mit den Augen.

Robert richtete den Blick auf Heulwen. »Deine Tochter ist nicht die einzige Verlobte, die wir in dieser Festzeit feiern werden, mein Lieber. Ich weiß aus ziemlich sicherer Quelle, daß mein Vater die Absicht hat, Sir Adam eine reiche Braut zuzusagen als Belohnung für die Dienste, die er der Krone geleistet hat. Es gibt zur Zeit nur eine oder zwei entsprechende Erbinnen in seinem Einflußbereich, und er wird dem jungen de Lacey die erste Wahl lassen.«

Nachdem er gegangen war, bemerkte Heulwen, daß sie offenbar die richtigen Antworten gegeben hatte, denn niemand hatte Bemerkungen über ihr Verhalten gemacht, und sie waren alle bei guter Laune und sprachen über sich selbst. Das hier war ihre Familie, und dennoch kam sie sich wie eine Fremde vor, die sich die Wärme von einem Herd stahl, welcher nicht der ihre war.

Die Vorstellung, daß Adam sich eine Frau suchen würde, schnitt ihr ins Herz. Sie konnte mit dem Mund bekennen, daß es genau das war, was sie ihm wünschte, aber in Gedanken sah sie es anders. Drei Monate lang hatte sie, was Adam betraf, den Kopf in den Sand gesteckt, genau wie sie es gegenüber Ralphs Untreue getan hatte – im vollen Wissen, aber nicht bereit, es wahrhaben zu wollen. Eine solche Blindheit dauerte jedoch nicht ewig, und wenn dann das Licht zurückkehrte, war es zu hell, als daß man es ertragen konnte.

Sie schützte Kopfschmerzen vor, als Judith ihre schweigsame Blässe bemerkte, und ließ sich in warme Pelze packen und ins Bett bringen wie ein Kind, einen heißen Stein an den Füßen und ein dampfendes Honiggetränk in einem Becher zwischen den kalten Fingern. Sollten sie denken, sie hätte sich beim zu langen Herumstehen auf dem Markt verkühlt. Als Warrin kam, um sie zu besuchen, bat sie Judith, ihn wieder wegzuschicken, krümmte sich im Bett zu einem Häufchen Elend und wünschte, sie wäre tot.

Elftes Kapitel

Henry, von Gottes Gnaden König von England und Herzog der Normandie, hielt die Hand hoch, um das Kratzen der Feder des Schreibers zum Stillstand zu bringen, und starrte mit schlauen, feuersteingrauen Augen auf den jungen Mann, der vor ihm kniete. »Und Ihr seid dessen ganz sicher?«

»Der Mann hatte Fieber, Sire, aber er war dennoch völlig bei Verstand«, antwortete Adam ruhig. »Er wußte, was er sagte, und ich hielt es für die Wahrheit.«

»Wäre es nicht möglich, daß Euer Urteil gefärbt ist durch die allgemein bekannte Tatsache, daß Ihr und Warrin de Mortimer einander nicht ausstehen könnt?«

»Miles le Gallois von Milnham-on-Wye war Zeuge der Szene. Er wird meinen Bericht gern bestätigen, und er hat nichts gegen den Mann.«

Henry schürzte die Lippen und betrachtete Adam. Der Vater des jungen Mannes war ein Rebell gewesen – gewalttätig, unzuverlässig, ehrgeizig und pervertiert, aber ein guter Krieger im Feld, ein sehr guter. Nach dem äußeren Urteil hatte sein Sohn nur die letzte Eigenschaft geerbt, obwohl man natürlich nie etwas voraussetzen durfte. Es war besser, davon auszugehen, daß gute und schlechte Eigenschaften nicht unbedingt vererbt zu werden brauchten. Der alte Hugh de Mortimer war treu, gutmütig und schwerfällig gewesen und hatte keinen einzigen eigenen Gedanken in seinem Hirn. Warrin dagegen hatte nichts Schwerfälliges an sich, und er war wohl auch weder treu noch gutmütig.

»Ralph le Chevalier ist im vergangenen Jahr mehrmals als Kurier für mich tätig gewesen«, sagte er und rieb sich die Nase mit dem Zeigefinger. »Ihr mußtet mehrere Überfälle auf der Reise durch das Deutsche Reich und die Normandie abwehren, nicht wahr?«

Adam schnitt eine Grimasse und zitierte: »Zwei Überfälle von Briganten, ein Heckenschütze auf der Straße nach Rouen, ein Feuer in einem Kloster, wo wir übernachteten. Außerdem sind drei Fässer Pechöl auf geheimnisvolle Weise auf dem Schiff explodiert, das wir eigentlich von Barfleur aus hatten nehmen wollen, wenn wir nicht unsere Pläne im allerletzten Augenblick geändert hätten. Das letzte muß nicht auf Ralphs Konto gehen, weil er zu dieser Zeit schon tot war, aber Ihr werdet feststellen, daß Warrin de Mortimer zu diesem Zeitpunkt in der Normandie war.«

Henry schaute lange Zeit auf einen entfernten, unbestimmten Punkt. Der Schreiber unterdrückte ein Gähnen hinter seiner Hand und spitzte dann unnötigerweise seine Feder. Schließlich beugte sich der König auf seinem Thron nach vorn. »Ich höre, er macht der Witwe le Chevaliers den Hof?« Adam richtete seinen Blick auf die kalten, gemusterten Fliesen, die sein Knie schmerzen ließen, und starrte auf ein rotes Karomuster, bis seine Augen wäßrig wurden. »Ja, Sire.«

»Steht schon endlich auf. Ich kann nicht in Euren Augen lesen, wenn ich nur Euren Schädel sehen kann.«

Farbe stieg in Adams Gesicht. Er erhob sich. Henry betrachtete ihn, ohne die schneidende Schärfe seines Blicks zu verändern. »Ist die Familie der Witwe mit der Heirat einverstanden?« fragte er mit leiser Stimme.

»Die Loyalität von Earl Guyon zu Eurer Majestät ist ohne Makel«, sagte Adam rasch, merkte aber, wohin das führte und daß das Gespräch keineswegs in seinem Sinne lief.

»Das habe ich nicht gefragt.«

»Ihre Familie hat nichts einzuwenden; ich glaube aber nicht, daß sie protestieren würde, wenn dieses Arrangement gebrochen würde. In diesem Falle würde ich Eure Majestät bitten, mir eine Gnade zu erweisen.«

Die schwarzen, dichten Brauen bewegten sie nach oben auf den edelsteinbesetzten Reifen zu, der Teil der königlichen Insignien war, in einem Augenblick skeptischer Überraschung. »Ja?«

Adam ballte die Fäuste und holte tief Atem zwischen zusammengepreßten Zähnen. »Ich bitte Euch, mir die Witwe von Ralph le Chevalier zur Frau zu geben.«

»Aha«, sagte Henry mit Befriedigung. »Jetzt kommen wir zum Kern der Sache.«

Adam preßte die Kiefer zusammen, aber er behielt die Fassung und fuhr unterwürfig fort: »Zur formellen Verlobungszeremonie zwischen ihr und de Mortimer fehlt noch die Zustimmung von Eurer Majestät. Meinem Wunsch stehen also keinerlei gesetzliche Schwierigkeiten im Weg.«

Die Brauen senkten sich und wurden wieder gerade. »Ich will sie zur Frau haben«, sagte Adam schlicht, »und viel lieber als Hawise FitzAllen oder Olivia de Roche. Ich weiß, ihre Mitgift ist nicht groß, doch es gibt Dinge, die mir das ausgleichen.«

Henry schaute ihn scharf an. »Woher kanntet Ihr die Namen der Mädchen, die ich für Euch vorgesehen hatte?«

»Euer Sohn, der Earl von Gloucester, hat heute morgen ein Pferd von mir gekauft. Er wollte mir die Chance geben, noch etwas Zeit zum Nachdenken zu bekommen, ohne zu wissen, daß ich mich im Herzen bereits entschieden hatte.«

Henry schniefte durch die Nase. »Robert hat ein weiches Herz und einen Maultierschädel«, knurrte er über seinen ältesten Sohn, aber seine Augen erweichten sich zum Ausdruck einer seltenen, echten Zuneigung, bevor sie sich wieder auf Adam richteten. »Ich sollte eigentlich nein sagen. Ihr bringt mich in eine sehr schwierige Situation.« Er trommelte mit den Fingern auf die geschnitzten Armlehnen seines reich verzierten Thronsitzes mit der hohen, steifen Lehne.

Während einer scheinbar nur nach Äonen zu messenden Zeit erwiderte Adam furchtlos seinen Blick, sprach aber kein Wort. Es hatte wenig Sinn, Henry an die vielen Schulden und Verpflichtungen zu erinnern, an Dinge, die er versprochen, aber von seiner Seite aus nicht erfüllt hatte. Für den König war ein loyaler Mann wie ein Arbeitspferd, und jede besondere Arbeit war nichts als Pflichterfüllung.

»Ihr begehrt sie«, sagten Henry scharf. »Gefühl oder Überzeugung?«

Adam machte den Mund auf.

»Nein, ich sehe es in Eurem Gesicht. Ihr seid rettungslos an sie verloren.« Er fuhr sich mit der Zunge an der Innenseite seines Mundes entlang. »Und was sagt das Mädchen?«

»Sie wird mich vermutlich ablehnen, aber ich habe Mittel und Wege, sie zu überzeugen«, sagte Adam düster und fragte sich, ob das wirklich so war.

Henry knurrte wieder und kaute am Nagel seines Zeigefingers. »Gebt mir das Silber in der Kassette von le Chevalier, und Ihr könnt Sie haben«, sagte er. »De Mortimer bekommt als Ausgleich eine der anderen Frauen, die ich eigentlich für Euch vorgesehen hatte – vorausgesetzt, er hat sich nicht wirklich eines Verrats schuldig gemacht. Das muß noch weiter untersucht werden.« Er schnippte mit den Fingern, und der Schreiber, der aus seinem dösenden Zustand erwachte, begann rasch nach dem Diktat von Henry zu schreiben.

In Gnaden entlassen, stieß Adam einen tiefen Seufzer aus, der weniger Erleichterung war als das Ende einer Spannung, jetzt, wo er die wichtigste seiner Aufgaben erledigt hatte. Nun brauchte er nur noch Heulwen und ihre Familie so zu überzeugen, daß sie die Sache mit seinen Augen sahen, und das war zweifellos leichter als das Gespräch mit dem kleinen, untersetzten Mann vor ihm, der mit seiner Macht über Leben und Tod verfügen konnte.

Heulwen setzte sich im Bett auf, schlang die Arme um ihre hochgestellten Knie und betrachtete den Behang an der gegenüberliegenden Wand, ohne die darauf dargestellte Jagdszene wirklich zu sehen. Der Teppich war von derselben Gruppe von Frauen gestickt worden, die auch Bischof Odos Wandteppiche gearbeitet hatten, und ein kleines Vermögen wert – das heißt, das behauptete Warrin mit seiner Neigung, allem einen Preis anzuhängen.

Die Läden waren gegen den bitterkalten Wind geschlossen, aber sie hörte und fühlte ihn, wie er durch die Ritzen und Sprünge fegte und selbst hier noch wie Nadeln stach. Unten im Hauptraum waren nur die Diener anwesend. Ihr Vater hatte anderswo geschäftlich zu tun, ihre Stiefmutter war auf einen Besuch zu Mabel, der Gräfin von Gloucester gegangen, mit der sie seit vielen Jahren befreundet war, und Renard und Harry sahen eine Vorführung französischer Lanzenkämpfe, die drüben auf dem Pferdemarkt abgehalten wurde.

Schließlich bewegte sie sich und schlug das Bettzeug zurück, um sich auf die Bettkante zu setzen. Eine Kohlenpfanne strömte Hitze aus. Judith meinte, eine Erkältung sollte man am besten ausschwitzen, aber nur Heulwen wußte, daß sie weniger an einer Erkältung des Körpers als an einer der Seele litt.

Heute abend würde sie bei Hof vorgestellt werden, und morgen früh würde Warrin formell König Henry um seine Zustimmung zu ihrer ehelichen Vereinigung bitten – seltsam, wie aus einem sicheren Hafen in so kurzer Zeit eine Falle werden konnte. Ihre Gedanken erstickten sie wie der Druck von Warrins Mund auf dem ihren und das Gefühl seiner schweren Hände auf ihrem Körper. Die Veränderung lag nicht an ihm, sondern an ihr, ein Gefühl, das nach und nach entstanden war, in Wochen unbewußter Gedanken, die heute durch Lord Roberts Neuigkeiten zur Krise geführt worden waren.

Ihre Gedanken waren auf einmal leer, stießen gegen eine undurchdringliche Barriere. Ralph hatte leichtsinnig ihr Herz von der einen in die andere Hand geworfen, hatte es schließlich fallengelassen, daß es zwischen seinen Füßen zerbrach. Sie versuchte, den Knoten des Selbstmitleids in ihrer Kehle hinunterzuschlucken, nahm ihr Unterkleid und die Tunika vom Bett und fummelte am Saum des ersteren herum. Hinter ihr öffnete sich die Tür, wurde sachte wieder geschlossen. Der Riegel fiel ins Schloß. Sie steckte sich eine lose Strähne hinters Ohr und nahm an, ihre Zofe vor sich zu sehen. »Elswith, bitte bring mir – heilige Mutter Gottes, was machst du denn hier?« Die Handarbeit fiel ihr aus den gefühllosen Fingern. »Wo ist Elswith?«

»Unten an der Treppe ...« Adams Kehle zog sich zusammen, und seine Worte waren ein Krächzen, denn sie trug nur das kurze Hemd, das wenig freiließ für die Phantasie. »Ich habe ihr gesagt, daß ich ganz dringend privat mit dir sprechen muß – ich hab' das nicht gewußt – Elswith hat gesagt, daß du dich ein bißchen ausruhst. Ich dachte nicht ...« Er schloß den Mund, als er merkte, daß er nur ungeschickt daherstotterte.

»Du scheinst nie zu denken!« Sie packte ihren Schlafmantel und zog ihn sich rasch an. »Was sind das für Manieren, daß du nicht unten warten kannst, bis ich dich heraufbitte?«

»Es geht jetzt nicht um Manieren, Heulwen«, sagte er erschöpft.

»Um was dann?«

»Es geht um Mord – um den Mord an Ralph.« Er legte einen ledernen Geldbeutel auf den Tisch neben dem Bett. »Hier, das Geld für dein Pferd.«

»Was hast du gesagt?« Sie hielt inne, den Mantel halb zugezogen, und starrte ihn an, die Augen weit vom Schock und mit dunklen Ringen vom früheren Weinen.

»Heulwen, setz dich hin.« Er deutete auf das Bett, nahm

seinen Umhang ab und legte ihn auf den Tisch neben den Geldbeutel.

Sie blieb stehen. »Die Waliser haben Ralph getötet«, flüsterte sie. »Oder willst du etwas anderes behaupten?« Das Kerzenlicht ließ ihr rotes Haar in seinem weichen Licht schimmern und warf eine falsche Wärme auf ihre Haut. In Wirklichkeit war sie eiskalt und blaß.

»Ja, die Waliser haben ihn getötet, aber sie wurden dafür bezahlt von Warrin de Mortimer.« Er hatte Mühe, aber es gelang ihm, einen Fluch bei der Nennung seines Rivalen zu unterdrücken.

»Ich glaube dir nicht«, sagte sie tonlos.

»Damit habe ich auch nicht gerechnet.«

»Adam, wenn das eine List ist, um Warrin mir gegenüber anzuschwärzen, dann wird dir das nicht... Oh!« schrie sie plötzlich, als er auf sie zukam, ihren Arm packte, daß es blaue Flecken gab, und sie auf das Bett zurückschleuderte.

»Setz dich hin!« fuhr er sie an und keuchte vor Wut. »Renn nicht immer weg und, verdammt noch mal, hör mir endlich zu!«

Sie war überrascht von der Gewalt, die er angewendet hatte, als ob ein zahmer Hund plötzlich bissig geworden wäre, und schaute entsetzt zu ihm hoch, erschrocken über die Härte seines Ausdrucks. Brutal und ohne Mitleid berichtete er ihr alles, was ihm der walisische Gefangene mitgeteilt hatte. »Dein Großvater war dabei; frag ihn, wenn dir mein Wort nicht gut genug ist«, endete er bitter.

»Ich – nein, Adam, du mußt dich irren ...« Sie biß sich auf die Lippe und schaute ihn verzweifelt an wie eine Frau, die er einmal gesehen hatte und der ihr Haus und alles, was sie besessen hatte, niedergebrannt war. »Warum sollte Warrin so etwas tun? Ich kann einfach nicht glauben –«

»Du machst dir etwas vor, wenn du es nicht glaubst«, knurrte er.

»Du warst immer schnell dabei, das Schlechteste in Warrin

zu sehen!« schlug sie zurück und klammerte sich an einen Strohhalm. »Vielleicht ist er dahintergekommen, daß Ralph das Vertrauen des Königs mißbrauchte. Das wäre ebenso leicht daraus zu schließen wie deine Version.«

Adam fluchte und ging ans andere Ende des Raumes, bis er sich unter Kontrolle gebracht hatte, dann kehrte er zurück und setzte sich zitternd neben sie auf das Bett. »Warrin würde sich den Teufel scheren um die Königstreue von Ralph, es sei denn, es brächte seine eigene Position in Gefahr.«

»Brüll mich nicht so an«, sagte sie kläglich und wischte sich mit dem Handrücken über die Augen; dabei schmierte sie die Tränen über ihr Gesicht. Adam fühlte ihre Verletzlichkeit und wurde von Schuldgefühlen überflutet. Sie hatte ihn nur so wütend gemacht mit ihrer vorsätzlichen Blindheit. Er verschränkte die Finger zwischen den zusammengekniffenen Knien, nur um sie nicht zu berühren.

»Es tut mir leid«, sagte er, inzwischen etwas ruhiger geworden. »Aber ich komme mir bei dir vor, wie wenn ich mit dem Kopf gegen eine Steinmauer stoße, und es ist kein Wunder, wenn ich vor Schmerzen aufheule.«

Heulwen biß sich in die Innenseite ihres Mundes und überblickte die Ruinen ihrer Welt: Warrin war vermutlich doch der Auftraggeber des Mordes an Ralph, und die Gründe für sein Werben erschienen dadurch in einem sehr düsteren Licht. Es konnte keine Verlobung geben, keine Heirat, nichts; die Falle war aufgesprungen, und sie war frei – aber zu welchem Preis? Sie wischte sich wieder die Augen und schaute Adam durch ihre feuchten Wimpern an. Er blickte auf seine verschränkten Finger, und seine Lippen waren zusammengekniffen. Impulsiv beugte sie sich zu ihm hinüber und küßte seine Wange. »Nein, Adam, wenn jemand sich entschuldigen muß, dann bin ich es.«

Adam stöhnte leise und drehte ihr den Kopf zu. Ihre Lippen trafen sich, und seine Hände, aus ihrer Haft befreit, hielten sie fest und drückten sie an sich. Er wußte, daß er ihr erst noch den Rest der Geschichte berichten mußte: was er vom König verlangt hatte, und was Henry als Gegengabe forderte, aber er fürchtete, damit die Stimmung des Augenblicks zu zerstören und danach schroff zurückgewiesen zu werden. Der Kuß wurde kurz unterbrochen, als beide nach Atem rangen. Keuchend starrte ihn Heulwen an, aber wenn sie rasch atmete, war das jetzt weniger die Panik als reines, körperliches Verlangen. Nachdem sie seit dem Frühherbst dagegen angekämpft hatte, wurde sie jetzt einfach überwältigt und gab sich geschlagen. Adam würde eine reiche Frau nehmen, die ihm König Henry vorschlug, und sie war nicht mehr aus Ehrengründen körperlich an Warrin gebunden – an Warrin am wenigsten von allen. Jetzt bot sie Adam wieder ihre Lippen, drückte sich an seinen muskulösen, zuckenden Leib, und sie fielen beide rückwärts auf das Bett.

Es war wild und verzweifelt, rasend auf beiden Seiten, so heiß, daß es jegliche Vernunft verbrannte und nichts übrig ließ als die Weißglut von Haut auf Haut, von geschwollenem Fleisch tief im anderen Fleisch, bis zu einer vulkanischen Eruption, die sie beide verschlang.

Nur langsam wurde sich Adam seines rauhen Atmens bewußt, schmeckte das Salz des Schweißes und fühlte unter seinen Lippen den Puls, der wild an Heulwens Kehle pochte. Ihr Brustkorb hob und senkte sich heftig mit dem seinen. Er stützte sich ein wenig hoch, um vorsichtig in ihr Gesicht zu schauen. Sie hatte die Augen geschlossen, die Lippen offen.

Jetzt leckte sie sie, als suche sie nach seinem Geschmack, und diese Geste war so sinnlich, daß er, obwohl auch er den Höhepunkt hinter sich hatte, wieder in ihren warmen Leib eindrang. Sie stieß einen leisen, schnurrenden Laut aus und kam ihm mit den Hüften entgegen. Er berührte eine ihrer Strähnen, fühlte, daß sie wie Seide durch seine Finger glitt, und war erfüllt von einer überwältigenden Mischung aus Zartheit und Schuldgefühl. »Heulwen«, murmelte er zögernd. »Heulwen, schau mich an.«

Sie schlug die Augen auf. Sie waren noch immer glasig von der allmählich nachlassenden Leidenschaft.

»Es tut mir leid«, sagte er. »Ich hatte nicht so weit gehen wollen . . .«

Sie schloß seine Lippen mit ihrem Handrücken. »Es macht nichts«, flüsterte sie rauh. »Es mußte ja einmal dazu kommen, und ich habe genau gewußt, was ich tat.«

»Das heißt, du bist nicht wütend auf mich?« fragte er und dachte an das letzte Mal, als er sie geküßt hatte und sie vor ihm davongelaufen war.

Heulwen nahm ihre Hand weg und ersetzte sie durch ihre Lippen in einem langen, hemmungslosen Kuß. »Höchstens auf mich, weil ich dich zu schnell angetrieben habe. Es war zu früh vorbei, als daß wir es ganz genießen konnten.«

Adam schaute hinunter auf sie, wie sie vor ihm lag und allmählich errötete, und war erschrocken über das sinnliche, ehrliche Bedauern, das sie so offen äußerte.

»Stört dich meine Ungeniertheit?« neckte sie ihn mit einem halb lächelnden, halb ernsten Blick.

»Mich – stören?« Er dachte einen Moment darüber nach, dann mußte er grinsen. »Natürlich, es stört mich sogar sehr, aber in einer Weise, die mir sehr willkommen ist. Du hast hiermit die Erlaubnis, mich jederzeit auf diese Weise zu stören und sooft du willst.« Er selbst schaute halb scherzend, halb ernst drein, als er sich jetzt von ihr erhob. Aber statt nach seiner Kleidung zu greifen, legte er sich neben sie und wand die Strähne ihres Haars, die er noch in der Hand hielt, um seine Finger. Das Bett war warm von der Hitze ihrer Körper, und die Matratze aus Fell und Federn machte ihr Lager so weich und angenehm wie eine Wolke im Himmel. Es war still im Raum bis auf ihr Atmen, dem Knistern der Holzkohle in der Pfanne und dem gelegentlichen Spucken der Kerzenflammen. Draußen heulte die Welt, zerrte mit eisigen Fingern an den Läden und versuchte, ihren abgeschlossenen Hafen der Stille und Wärme zu zerstören.

Adam drehte ihr den Rücken zu, um seine Augen mit dem Anblick der Schönheit zu füllen, die da neben ihm lag, und seine Hand bewegte sich unwillkürlich, um die volle, milchig zarte Brust zu streicheln. »Heulwen, würdest du mich heiraten, wenn ich dich darum bitte?« Seine Stimme war mild und ruhig und nicht dazu bestimmt, sie zu erschrecken.

»Ich dachte, Henry hätte dir die Auswahl unter mehreren reichen Erbinnen freigestellt? Robert von Gloucester hat es mir heute vormittag berichtet.« Ihre Augen waren jetzt klarer und richteten sich auf ihn, als schwinde ihr gemeinsames Vergnügen zu einer gewesenen Sensation.

»Das hat er in der Tat, und ich habe sie alle abgelehnt. Ich habe statt dessen um deine Hand gebeten, und er war einverstanden.«

»Wie meinst du das?« Die Haarsträhne wurde von seinen Fingern gerissen, als sie sich auf einen Ellbogen erhob, um ihn entgeistert anzustarren. »Wie ich es sagte. Ich will dich zur Frau. Hör zu, Heulwen . . .« Er streckte den Arm nach ihr aus, als sie sich aufsetzte, die Augen wild vor Zorn und Angst.

»Und dabei ist dir nicht der Gedanke gekommen, erst einmal mich zu fragen?« schrie sie. Die rauhe Wolle seiner zerknitterten Tunika kratzte an ihren Schenkeln. Sie zog den Stoff unter sich hervor und warf ihn ihm zu.

»Ich frage dich jetzt. Du kannst doch nicht leugnen, daß du mich ebenso begehrst wie ich dich.«

»Das war Lust, pure Lust«, zischte sie. »Zur richtigen Zeit ist jede Stute recht für einen Hengst.«

Adam schleuderte das Hemd wieder auf das Bett und packte Heulwen an den Schultern. Sie wand sich in seinem Griff. »Laß mich los«, zischte sie ihn an, »sonst schreie ich.«

»Dann schrei doch! Sollen die Mädchen uns so finden. Läute die Glocken, laß es ganz Windsor erfahren!« Aber er ließ sie los und lehnte sich hart keuchend zurück.

»Adam, ich heirate dich nicht«, sagte sie etwas ruhiger, aber in sehr entschiedenem Ton.

»Und warum nicht?« Es war keine Bitte, sondern ein hartes Wort, das die Wahrheit als Antwort forderte. »Und sag jetzt nicht, weil ich dein Bruder bin. Das hab' ich schon mal geschluckt, aber seitdem hab' ich eine Menge gelernt.«

Sie verbarg einen Moment lang das Gesicht mit den Händen, dann öffnete sie die Handflächen, strich sich das zerwühlte Haar zurück und betrachtete ihn unverwandt. »Ganz einfach«, sagte sie. »Weil ich mich nie wieder durch ein heiliges Band an diese Art von Hölle fesseln lassen will.«

»Aber einen Dreckskerl wie Warrin de Mortimer hättest du geheiratet«, hielt er ihr vor. »Vielleicht bin ich etwas blöde, aber ich sehe nicht ein, weshalb du ihn mir vorziehst.« Jetzt schaute er auf seine geballten Hände und lockerte sie nur mit Mühe.

»Wir hatten eine Arrangement aus Gründen der Nützlichkeit getroffen«, sagte Heulwen mit zitternder Stimme. »Du würdest mehr von mir verlangen, als ich geben kann. Ja, mein Körper spricht auf dich an, aber es ist ein flüchtiges Bedürfnis. Ralph hat mich diese Lektion nur allzu gut gelehrt; ich werde sie im Leben nicht vergessen.«

»Ich bin nicht Ralph.« Er beugte sich zu ihr hin. »Und es ist viel mehr als nur ein flüchtiges Bedürfnis. Das hätte ich mir überall suchen können.«

»Das sagst du jetzt«, erwiderte sie bitter und nahm ihren Rock. »Aber was wirst du in zehn Jahren sagen?«

»Wenn die vergangenen zehn Jahre mein Herz nicht geändert haben, dann können es auch die kommenden zehn Jahre nicht.« Er berührte ihre Schulter, ließ seine Hand über ihren Arm gleiten, bis er ihr Handgelenk erreicht hatte, und zog sie sachte an sich. Seine Lenden begannen zu schwellen und sich wieder mit Blut zu füllen. »Heulwen, ich liebe dich«, murmelte er gegen die Hammerschläge in ihrer Schlagader am Hals. »Heirate mich.«

Einen Augenblick lang fühlte er, daß sie unter seiner sanften Überredung dahinschmolz, und streckte die Hand aus, um den Rock wegzuzerren, den sie als Barriere benutzt hatte. »Heirate mich«, sagte er noch einmal und suchte ihre Lippen mit kleinen Küssen.

Heulwen keuchte, hin- und hergerissen zwischen ihrer Sinnlichkeit und ihrer Vernunft. »Adam, nein.« Ihre Stimme war tränenerstickt, doch sie schlang ihre Arme freiwillig um seinen Hals. »Hör auf damit, das ist nicht fair ...«

Draußen rief eine Magd eine Warnung, das Geräusch wurde zu einem Schrei und verstummte dann abrupt. Heulwen und Adam fuhren auseinander. Schwere Schritte polterten die äußere Holztreppe empor, und die Tür wurde bis zu den Angeln aufgerissen. Wind trieb den Schnee über die Schwelle, und über sie kam Warrin de Mortimer, das Gesicht ein Blizzard aus Wut, als er die Szene im Innern überblickte.

»Du mißratener, von der Hölle ausgespieener Sohn eines mörderischen Pervertierten!« brüllte er, und das kratzende Geräusch seines Schwerts, das aus der Scheide gerissen wurde, schnitt durch die Luft wie die Klinge selbst.

»Warrin, steck das Schwert weg!« schrie Heulwen und schluckte. Er blockierte die Tür, die einzige Möglichkeit zur Flucht, und er war ein Mörder mit Mordgelüsten in den Augen. Kalt wie Eis richteten sie sich auf die Stelle, wo Heulwen nackt und zitternd stand, nur in ihr Haar gehüllt und von ihrem abgewinkelten Arm geschützt. »Du hältst das Maul, Hure!« knurrte er verächtlich. »Soll ich annehmen, das ist einer von den ›gelegentlichen Besuchen deines Stiefbruders‹, die ich deiner Meinung nach dulden muß?«

Adam war näher an das Bett herangetreten. »Ich habe durchaus das Recht«, erklärte er gelassen. »Heulwen ist mir heute nachmittag vom König zur Frau gegeben worden.« Er zog spöttisch die Brauen hoch. »Mein Gott, haben Eure Spione Euch das noch nicht berichtet?«

Heulwen hörte den Stolz in seiner Stimme. »Adam, hör

auf damit!« flehte sie ihn an, ohne große Hoffnung, gehört zu werden, und ging einen Schritt auf Warrin zu.

»Heulwen, zurück!« kommandierte Adam, und zugleich warf er sich zur Seite, während Warrin wie ein wütender Bulle brüllte und auf ihn losging. Das Schwert traf das Kissen, das Adam zu seinem Schutz gepackt hatte; als die Federn flogen, raubten sie Warrin die Sicht. Adam tauchte quer durch den Raum, und es gelang ihm, Guyons Schild zu fassen, der an der Wand lehnte. Er steckte seinen linken Arm durch die ledernen Halteschlaufen und versuchte, das in der Scheide steckende Schwert zu erreichen, das daneben an der Wand stand.

Warrin kam ihm zuvor, und nur die kriegserfahrenen, schnellen Reflexe retteten Adam davor, wie ein Kaninchen tranchiert zu werden. Ein Holzsplitter flog von der Oberfläche des Schilds und blieb wie die Nadel eines Stachelschweins in Mortimers Wange stecken. Er riß den Splitter weg, und dunkles Blut strömte über sein weißes Gesicht.

»Macht dir das Morden Spaß?« fragte Adam und duckte sich unter dem tödlichen Schwung des Schwertes durch. »Ein bestellter Überfall der Waliser für Ralph und ein Schwert durch den Leib für mich. Mein walisischer Gefangener hat ein Gespräch zwischen dir und Davydd ap Tewdr mitgehört und war zugleich Zeuge seines Ergebnisses.«

Warrin war einen Augenblick lang abgelenkt, und Adam machte einen Satz auf ihn zu, schleuderte ihm die scharfe Kante des Schilds ins Gesicht und tauchte nach dem Schwert. Der große Kerzenleuchter auf dem Nachttisch krachte zu Boden, und Judiths kostbare, geschnitzte Schatulle mit Wandteppichseide folgte ihm. Der Deckel öffnete sich, und die leuchtend bunte Seide breitete sich auf dem Boden aus.

Warrin erholte sich von seiner vorübergehenden Verwirrung. »Für diesen faulen Betrug verlange ich deinen Kopf!« keuchte er und kam auf ihn zu, als Adam das Schwert aus der Scheide riß.

Heulwen schoß auf die offene Tür zu und schrie aus vollem Hals um Hilfe. Im Wachraum starrten Renard und Harry, die eben von ihrem Ausflug zurückgekommen waren und schon vom Kreischen der Mägde darüber informiert worden waren, daß etwas nicht in Ordnung war, die Treppe hinauf und betrachteten in verblüffter Konsterniertheit die Erscheinung, die da nach Hilfe schrie.

»Gott im Himmel!« rief Harry, eine Lieblingsredensart von Gloucester, und riß ungläubig die haselnußbraunen Augen auf. Hinter seiner nackten Halbschwester gab es einen gedämpften Krach und zugleich wütendes Geheul.

»Sieht mehr nach der Hölle aus«, erwiderte Renard grimmig und hielt nur kurz inne, um einen Blick auf zwei Hauptleute zu werfen, die die Treppe hinaufstürmten.

»Renard, halte sie auf, bevor sie einander umbringen!« schrie Heulwen und rollte die Augen.

Er warf ihr seinen Umhang zu. »Bedeck dich erst mal«, sagte er brüsk und schubste sie zur Seite, während er die Schlafkammer seiner Eltern betrat. Ein Kelch flog auf ihn zu und landete an der Wand, um Haaresbreite an seinem Kopf vorbei. In der Luft wirbelten noch die Gänsefedern, von denen einige in die Kohlepfanne geflogen waren – die erstaunlicherweise noch stand – und entsetzlich stanken. Auf der anderen Seite des Raums war, so nackt wie eben noch Heulwen, Adam de Lacey hinter einem stark beschädigten Schild in die Ecke getrieben, und Warrin de Mortimer schwang sein Schwert mörderisch nach ihm. Adam atmete hart und konterte, und die Muskeln seiner Oberarme traten deutlich hervor. »Im Namen Jesu Christi, hört auf!« brüllte Renard, und seine Stimme fuhr bis in den Himmel wie manchmal, wenn er großen Druck dahintersetzte. Aber er wurde ignoriert, und seine Kiefer, die sehr denen seines königlichen Großvaters glichen, versteiften sich. Er sprang auf das Bett, tauchte mit den Stiefeln zehn Zentimeter tief in Federn und machte dann einen Satz hinunter auf die Gegner, wobei er dicht vor Mortimer zu stehen kam und auf die Stelle zwischen seinen Schulterblättern zielte.

»Renard, halte dich da raus«, sagte Adam sehr rauh zu dem Jungen, der ihm den Rücken zugekehrt hatte.

»In Abwesenheit meines Vaters habe ich hier die Autorität«, sagte Renard, und seine Stimme war wieder klarer und kontrollierter. »Steckt Eure Schwerter weg.«

Adam schoß einen Seitenblick auf die zwei zögernden, aber kräftigen Hauptleute, die sich zu beiden Seiten der Tür aufgebaut hatten; Heulwen stand zitternd neben ihnen, das Gesicht verkniffen und blau. Er senkte die Schwertspitze auf den Boden, behielt aber die Finger um den Knauf und senkte auch nicht den Schild.

Warrin zog die Lippen von den Zähnen, als er Renard anknurrte: »Komm dir bloß nicht zu toll vor, Welpe. Was ist das für eine Autorität, die es deiner Schwester erlaubt, die hitzige Hündin zu spielen, hier oben in den Betten, mit diesem verfluchten Schweinehund?«

Röte stieg in Renards Wangen. »Hebt sein Schwert auf«, befahl er ihm rasch, während er den Hauptleuten zunickte, die sich ihm näherten, »und ich meine, es ist an der Zeit, daß Ihr Euch zurückzieht.«

Warrin de Mortimer starrte in Renards zusammengekniffene, feuersteingraue Augen, dann dahinter, wo Adam stand, bereit, zu verteidigen oder anzugreifen. »Dafür bekommst du noch eine Abrechnung«, sagte er mit schwerer Stimme, als er sein Schwert in die Scheide rammte, »und zwar eine, die man auf deinem Körper lesen kann.«

»Mit Vergnügen«, erwiderte Adam mit einer winzigen, nur angedeuteten, sarkastischen Verbeugung. »Ich an deiner Stelle würde schon einmal anfangen zu beten. Ich sehe bereits die Flammen der Hölle um deine Füße zucken.«

Einen Augenblick lang herrschte gespannte Stille, während sich die beiden Männer fixierten und bei beiden Wollen gegen Vernunft kämpfte. Warrin streckte seinen Zeigefinger nach Adam aus. Ein goldener Ring zitterte am Knöchel. »Du bist tot«, sagte er mit rauher Stimme, drehte sich auf den Absätzen um und ging mit steifen Beinen zur Tür. Als er Heulwen erreicht hatte, schlug er ihr mit dem Handrücken ins Gesicht, daß sie rückwärts an die Wand prallte. »Hure!« Er spuckte vor ihr aus und war draußen im bitterkalten Schneewind.

Renard deutete den beiden Hauptleuten an, ihm zu folgen. »Vergewissert euch, daß er auch wirklich verschwindet«, sagte er mit zusammengekniffenen Lippen und hob seine Schwester vom Boden auf. Adam stieß ihn mit der Schulter zur Seite, ließ den Schild los, bückte sich und hob sie selbst auf. Ein häßlicher roter Fleck bedeckte schnell die zarte Haut ihrer Wange, und ein Auge war verschlossen. Sie atmete in tiefen, rasselnden Zügen.

Renard nahm ein Schafsfell von dem zerwühlten Bett und legte es ihr über den Umhang um ihre Schultern. »Diesmal habt ihr wirklich Öl ins Feuer gegossen.« Er schüttelte den Kopf. »Hättet Ihr Euch nicht an einem weniger gefährlichen Ort treffen können?«

»Es war zunächst nicht unsere Absicht gewesen«, sagte Adam, ohne sich umzusehen in der Runde. »Es kam einfach über uns. Gib Öl in ein Feuer, und du bekommst eine Flamme, die du nicht mehr kontrollieren kannst.«

Renard zog skeptisch eine Braue hoch, dachte an sich, an die Tochter des Falkners und an die entgegenkommende kleine Wäscherin im Palast mit dem Gesicht eines Kätzchens und entsprechenden Klauen; keine von beiden hätte es fertiggebracht, ihn völlig aus der Kontrolle zu bringen. Er hob den Schild auf und lehnte ihn vorsichtig gegen die Wand.

»Das dumme ist nur«, sagte er und schützte die Lippen, »daß du damit auch ein paar anderen Leuten die Hölle heißmachen wirst.«

Adam schickte ihm einen Blick seiner topasfarbenen Augen, in dem mehr als nur ein Rest des vergangenen Ärgers lag. »Renard, laß die Finger von dieser Sache«, sagte er mit leisem Nachdruck und setzte Heulwen auf das Bett. »Komm, Liebste, ich muß mich um dein Gesicht kümmern.«

Sie stieß ihn weg. »Es ist nichts – die geringste meiner Wunden«, flüsterte sie und beugte sich nach vorn, die Arme über der Taille verschränkt, das Gesicht hinter der Masse kupferroten Haars versteckt, als sie zu schluchzen begann.

Adam legte seinen Arm um ihre Schulter und fühlte sich hilflos, hielt sie einfach fest. »Still, Heulwen, es ist alles gut«, murmelte er immer wieder wie eine Litanei und streichelte und glättete mit den Fingern ihr Haar.

Renard räusperte sich. »Ich sehe nach, ob etwas Whisky unten ist«, sagte er und ging zur Treppe, stieß dort aber mit seiner Mutter zusammen und ihrer Zofe, die beide heraufgekommen waren. Nach der Miene auf Judiths Gesicht zu schließen, war es klar, daß sich die Nachricht von dem Ereignis bereits wie ein Lauffeuer durch die ganze Stadt verbreitete.

Judith starrte auf die Trümmer ihres Schlafgemachs mit einem Gesicht, das den ruhigen Ausdruck des vorgewarnten Nichtglaubenwollens trug. Sie sah ihr Handarbeitskörbchen mit dem Durcheinander aus aufgerollten Seidenfäden, nahm den umgekippten Kerzenständer wahr, das rohe Holz, das durch die Lederhaut über dem Schild ihres Mannes zu sehen war wie rohes Fleisch, die zerstückelten Kissen und die Federn, die sich sachte in die Luft erhoben, als sie auf die Verwüstung zuging, und schließlich wandte sie den Blick ganz dem Bett zu.

Adam de Lacey blickte zu ihr hoch. Den einen, muskulösen Arm hatte er um Heulwens Schulter gelegt, die Hand des anderen war in ihrem zerwühlten Haar vergraben. »Es ist alles meine Schuld«, sagte er und schaute ihr offen in die Augen. Sie erwiderte den Blick. »Das hier läßt sich reparieren; ich werde dafür sorgen.« Judith warf noch einmal einen raschen Blick durch den verwüsteten Raum, dann richtete sie sich wieder an Adam: »Darüber mache ich mir keine Sorgen. Du wirst dich darum kümmern, das weiß ich« sagte sie streng. »Ich nehme an, ihr seid *in flagrante delicto* angetroffen worden.«

»Nicht ganz.« Adam errötete. »Es tut mir leid, ich . . .«

»Diese Entschuldigungen nützen jetzt nichts mehr«, erwiderte Judith giftig, aber nachdem sie ihren Umhang abgenommen hatte, setzte sie sich an die Seite ihrer Stieftochter, dazu schnalzte sie tadelnd mit der Zunge. »Adam, zieh dir etwas an, bevor du erfrierst, und laß mich deine Verletzung am Arm sehen. Sie muß zumindest mit Salbe behandelt werden.«

Er schaute verständnislos auf den schmalen Riß zwischen Handgelenk und Ellbogen, aus dem ein wenig Blut sickerte. »Das hab' ich mit dem Kerzenleuchter gemacht«, sagte er vage, »das war nicht Mortimers Schwert. Kümmere dich lieber erst um Heulwen. Er hat ihr brutal mit der Hand ins Gesicht geschlagen, bevor er gegangen ist.«

Judith betrachtete ihre Stieftochter oder das, was durch den Vorhang aus rotem Haar zu sehen war. Sie wimmerte jetzt leise, und Judith nahm an, daß der Schmerz der Ohrfeige von Warrin noch das geringste ihrer Leiden war.

»Adam, wenn du angezogen bist, wäre es vielleicht ratsam, daß du nach unten gehst und auf Guyon wartest«, sagte sie mit sanfterem Ton, und zu Heulwen: »Komm, Kind, beruhige dich. Es ist noch niemand vor Scham gestorben.« Sie küßte sie, und unter der Last ihres Blickes lockerte Adam schließlich die Umarmung und begann seine Kleidung zu suchen. Mit steinernem Gesicht hob die Zofe sein zerknittertes Hemd vom Boden auf und reichte es ihm auf Armeslänge. Er fühlte sich unangenehm in dem bedrückenden Schweigen, zog es mühsam an und kämpfte danach mit Hose, Strümpfen und Tunika.

»Ich nehme an«, sagte Judith etwas erschöpft, »ich hätte das voraussehen sollen.« Und dann mit einem zornigen, verzweifelten Unterton: »Wenn ihr beide einander so begehrt, warum habt ihr dann nicht in Gottes Namen mit mir oder Guyon gesprochen?«

Adam stieg in einen der Stiefel, dann suchte er, bis er den zweiten gefunden hatte, begraben unter einem Haufen Bettzeug. »Ich hatte es für heute nachmittag vor, aber . . . In diesem Fall kam der Wagen vor dem Ochsen.«

»Nicht nur der Wagen, sondern auch eine ganze Ladung von Fußangeln!« sagte Judith spitz, während er den anderen Stiefel anzog und sich anschickte, den Gürtel zu schließen.

Renard kam zurück mit der Flasche Whisky. »Papa ist eben auf den Hof geritten«, verkündete er fröhlich. »Viel Glück, Adam. Ich weiß nicht, was er mit dir anfangen wird, wenn er seinen Schild in diesem Zustand sieht.«

»Renard!« Judiths Ton war hart und tadelnd.

Ihr Sohn gab die Flasche an Helgund und kam ans Bett, wo er sich geschickt auf die Absätze hockte und unter das Lager schaute – und unter Heulwens offenes Haar. »Komm schon«, beruhigte er sie. »Nicht, daß ich so etwas unbedingt hätte erleben wollen, aber de Mortimer hat schon so lange einen Tritt in den Hintern verdient für seine Arroganz, daß es mich gefreut hat, es endlich zu sehen, als es soweit war. Ich hätte viel lieber Adam zum Schwager als diesen eingebildeten Kerl mit seinem Erbsenhirn . . . Schon gut, Mama, ich gehe ja schon.« Mit einem Grinsen, das mehr als nur ein wenig boshaft war, verschwand er durch die Tür.

»Du gehst auch besser nach unten«, sagte Judith mit verkniffenen Lippen zu Adam.

Er schluckte und nickte, doch seine Füße trugen ihn nicht zur Tür, sondern zu Heulwen, vor der er stehenblieb und dann in die Knie sank. Er nahm ihre Hände zwischen die seinen, und dabei fielen ihm wieder die beiden kleinen Leberflecken an ihrem Handgelenk auf. »Heulwen, schau mich an«, bettelte er sie.

Sie schüttelte den Kopf. Er ließ eine ihrer Hände los und

teilte damit ihre Strähnen, daß er ihr Gesicht sehen konnte. Einen Augenblick lang trafen sich ihre Blicke, und die ihren waren voller Jammer, bevor sie sie wieder verbarg, indem sie den Kopf auf die Seite drehte.

»Heulwen, ich bitte dich ...«

»Adam muß jetzt gehen«, sagte Judith scharf. »Siehst du nicht, daß sie nicht einmal mit sich selbst fertig wird, geschweige mit der Bürde, die du ihr aufladen möchtest?«

Er biß sich auf die Unterlippe und erhob sich, stand dann gerade da und wünschte nichts sehnlicher, als die Dinge in Ordnung zu bringen, wußte aber zugleich, daß das, was nach seinen Gesetzen das einzig Richtige war, nicht unbedingt auch für Heulwen gelten mußte.

Das Drahtseil schwankte in einem scharfen, gefährlichen Sturm ...

Zwölftes Kapitel

Guyon schaute über das Damebrett hinweg auf den jungen Mann, der ihm gegenübersaß, und unterdrückte mit Mühe das Bedürfnis, buchstäblich Hand an ihn zu legen und ihn aus dem Haus zu werfen. Es war eine Reaktion aus dem Gefühl heraus. Adam de Lacey sah seinem Vater manchmal so ähnlich, daß Guyon dazu neigte, zu vergessen, daß die körperliche Ähnlichkeit das einzige war, was die beiden gemeinsam hatten.

Er senkte den Blick auf das Brett mit den Elfenbeinsteinen und schob einen Stein über die Quadrate, wobei er sich daran erinnerte, daß das Leben im Gegensatz zu den Spielsteinen nicht in eindeutigem Schwarz und Weiß, sondern meistens in verschiedenen Nuancen von Grau gefärbt war. »Ich weiß nicht, was ich dir sagen soll«, räumte er ein. »Ein Teil von mir ist so wütend, daß ich dich auf der Stelle ohne Reue umbringen könnte, aber es ist nur ein Teil, und zwar der geringere. Ich sehe deutlich vor mir, wie es geschehen ist und wie die Sache jedem Maß und jeder Vernunft entglitten ist – Jesus Christus allein weiß, wie lange es dauern wird, bis alle verwirrten Fäden in Ordnung gebracht worden sind –, und damit meine ich nicht nur die Seidenfäden der Wandteppicharbeit meiner Frau.« Er seufzte schwer und folgte dem Muster auf dem Schachtisch mit dem Finger. »Das reicht tief hinein in den Stolz, Adam; was du getan hast, ist ungefähr dasselbe, wie der gesamten Mortimer-Familie einen verfaulten Fisch ins Gesicht zu schlagen. Bist du denn wenigstens sicher, daß deine Fakten stimmen?«

»Du warst dabei, du hast selbst die Reaktion des jungen Walisers beobachtet, als er Warrin sah, und dein Vater war bei mir, als der Junge uns die ganze Geschichte erzählte; er wird es bestätigen können. Der Waliser hat sich weder geirrt, noch hat er gelogen, darauf setze ich mein Leben.«

»Das wirst du vermutlich auch tun müssen«, erwiderte Guyon grimmig. »Ein Kampfgericht ist dir praktisch schon sicher. Warrin wird seine Verbrechen nicht eingestehen, und jetzt hat er zu allem noch einen persönlichen Grund, dich zu hassen, nicht wahr?« Er warf einen kurzen Blick über den Schachtisch auf Adam und schüttelte den Kopf. »Heulwen versteht es, sich die Männer auszusuchen – alle drei.«

Adam fühlte, wie der andere Mann gegen ihn abwehrende Feindseligkeit ausströmte. Sein Magen zog sich zusammen, doch er war nicht wirklich überrascht. Guyon hatte bemerkenswerte Ruhe an den Tag gelegt in einer Sache, die in einen Skandal auszuarten drohte und in eine ernsthafte Fehde mit der Familie von de Mortimer, die früher einmal enge Freunde und Helfer von Ravenstow gewesen waren. Hier und da, wie Dampf aus einem Topf mit Deckel, schoß noch ein Ausbruch von Zorn in die Höhe. »Glaube mir, ich wollte, ich könnte es ungeschehen machen«, sagte er.

»So weit, daß du auch deine Bitte an den König zurückziehen würdest?« fragte Guyon und zog dazu die Brauen hoch.

In Adams Augen spielte ein härteres gelbes Licht. »Nein.« Er streckte das Kinn vor. »Es tut mir leid, daß ich als erster auf ihn losgegangen bin, aber ich wußte nicht, wieviel Zeit mir zur Verfügung stand, und ich mußte Heulwen davon abhalten, daß sie sich bei de Mortimer entschuldigte.«

Eine kurze, unbehagliche Pause entstand. Schließlich sagte Guyon: »Es zerbricht Hugh de Mortimer, wenn Warrin sich als schuldig erweist.«

»Vielleicht wäre es dir lieber, wenn ich die Anschuldigung

zurückzöge, Heulwen aufgäbe und mit dem nächsten Schiff nach Outremer führe!« sagte Adam mit scharfem Unterton in der Stimme, als er Guyons Unentschiedenheit spürte.

»Ja, vielleicht«, knurrte Guyon. »Aber es wäre nicht gerecht, oder?« Und dann ballte er die Faust und ließ sie auf das Schachbrett donnern, daß die Steine in die Höhe hüpften. »Mein Gott, Adam, warum hast du mich nicht um die Hand von Heulwen gebeten, bevor uns das alles wie kochender Teer ins Gesicht klatscht?«

»Weil ich wußte, daß sie mich nicht haben wollte!« erwiderte Adam bitter. »Sie will keinen Mann, der sie liebt und dessen Liebe sie erwidern kann. Sie will einen, der mit ihr einen kaltblütigen, praktischen Ehevertrag abschließt.«

Guyon schaute ihn an, und nach und nach wurde sein harter Ausdruck weicher. Er seufzte. »Kein Wunder nach der Art und Weise, wie Ralph sie behandelt hat. Sie hatte ihn so sehr geliebt, daß es sie beinahe zerbrach, als er begann, sich um andere Frauen zu kümmern.«

»Ich brauche keine anderen Frauen«, sagte Adam mit großem Nachdruck. »Ich war auch bei keiner anderen Frau, es sei denn als eine Salbe für die Wunde, sie nicht haben zu können. Ich weiß, daß wir nicht gerade den besten Anfang hatten, aber so Gott will, verbringe ich den Rest meines Lebens damit, die Fehler, die an ihr begangen wurden, wiedergutzumachen.«

Guyon stieß einen rauhen Laut aus. »Und du wirst einen schönen Märtyrer abgeben«, schalt er. »Wie ich hörte, war die Geschichte nur zur Hälfte deine Schuld. Zugegeben, es war ein schwerer Verstoß gegen die guten Sitten, unaufgefordert nach oben zu gehen, aber ich nehme an, deine Neuigkeiten gaben dir Berechtigung dazu. Und Heulwen fühlte sich nicht gerade vergewaltigt, oder? Wenn eine der Mägde sie schreien hörte, so bestimmt nicht um Hilfe.«

Adam räusperte sich und blickte auf seine Hände, als sei ihre Haltung eine hochinteressante Sache; dabei erinnerte er sich daran, wie Heulwen sich zwischen diesen Händen wand. Die Geräusche hatte er mit seinen Lippen auf den ihren gedämpft, und dann war auch der letzte Rest Vernunft in Flammen aufgegangen. Der Hengst und die Stute, so hatte sie selbst gesagt.

Guyon schüttelte den Kopf. »Gott allein weiß es, Adam, ich nicht. Da begleitest du diesen Weibsteufel mit den scharfen Klauen durch halb Europa, rettest sie aus mehreren gefährlichen Situationen, gehst deinen Weg mit der Geschicklichkeit des geborenen Diplomaten, kennst dich aus an den Höfen der Edelleute, Prinzen und Könige – und dann stößt du dir bei einer so einfachen Geschichte wie dieser die Nase blutig!«

»Vielleicht, weil es für mich zu lange eine zu einfache Geschichte gewesen ist«, erwiderte Adam müde und nahm die Hände hoch, um damit sein Gesicht abzureiben. »Ich bin einfach nicht imstande, die Sache weiter zu ergründen.«

Heulwen schaute zu, wie ihr Vater den dicken Umhang mit dem Wolfsfell abnahm und zur Kohlenpfanne ging, um sich die Hände zu wärmen. Zwei Ringe blinkten im Licht: Der eine war ein Siegelring, der die Autorität des Grafen im Emblem eines gravierten Leoparden symbolisierte; der andere war nur ein Dekorationsstück, ein schöner Schmuck, und wenn es nicht das Protokoll des Hofes erfordert hätte, wären beide in einer Schatulle liegengeblieben, die Guyon so selten öffnete, daß schon die Spinnen ihre Netze um den Verschluß gewoben hatten. Sie legte ihre Handarbeit zur Seite, die ohnehin nur ein Vorwand gewesen war, damit sie nicht ständig und sinnlos die Finger ineinander verschränkte, und war auch schon an seiner Seite.

Mit einem kurzen, etwas müden Lächeln zupfte er an einem ihrer Zöpfe. Es war eine Geste, an die sie sich hundertmal aus ihrer Kinderzeit erinnerte: neckend, liebevoll, verschwörerisch, warnend. Es konnte hundert verschiedene Dinge bedeuten, aber Liebe war immer ein Teil davon. Tränen standen jetzt in ihren Augen, und sie warf sich in die sichere Geborgenheit seiner Arme und weinte gegen die Brust seines Hofanzugs aus smaragdgrünem Samt. »Es tut mir leid, Papa. Wenn ich gewußt hätte, was daraus entstehen würde, hätte ich es nie getan... Ich dachte, Adam würde jemand anders heiraten, und glaubte, daß das eine Mal nichts ausmachte.«

»Still, *cariadferch*, still, du weinst meine Robe naß, daß sie verdirbt«, sagte er leise, die Lippen an ihren Schläfen. »Judith sagte mir, daß sie dir Mohn in den Wein gegeben hat und daß man dich ein wenig schlafen lassen sollte.«

»Ich hab' ihn weggekippt, als sie nicht hergeschaut hat«, gestand sie und stieß sich schniefend aus seinen Armen, um ihm ins Gesicht schauen zu können. »Ich wollte nicht schlafen, bevor du vom Hof zurück warst, Papa. Ich mußte wissen, was geschehen war.«

»Du hättest den Wein besser trinken sollen«, sagte er und ging zu seinem Schild, um die gesplitterte Oberfläche zu prüfen.

»Papa?« Sie schluckte und hatte Angst.

»Was glaubst du, ist geschehen?« sagte er unfroh. »Warrin ist schnell, das muß man ihm lassen. Er hat Adam verklagt, er würde seinen guten Namen durch eine falsche Mordbezichtigung beflecken, ihn betrügen und dich entehren. Auf diese Weise legt er die Beweispflicht von seinen auf Adams Schultern, und weil Warrin die Sache freiwillig geoffenbart hat, mindert das den Verdacht gegen ihn. Henry war sehr zufrieden, einem Gottesurteil zustimmen zu können, und ich will ein schielender Aussätziger sein, wenn ich nicht den Grund dafür weiß.«

»Ja? Was ist das für ein Grund?« konnte Heulwen nicht umhin zu fragen, wobei ihr ganz übel wurde.

»Ein Kampf zweier Männer auf Leben und Tod ist eine großartige Unterhaltung, nachdem wir auf Mathilda geschworen haben. Es wird die Männer ablenken, wird ihnen den Zorn nehmen, auf eine Frau geschworen zu haben. Blut zu sehen wird ihre Frustration lindern, vor allem wenn es das von Adam ist, da er schließlich in erster Linie dafür verantwortlich ist, daß Mathilda hierher zu uns gebracht wurde. Morgen findet die Einschwörung statt und das Gottesgericht am Tag danach.«

»Das ist schrecklich«, flüsterte Heulwen und erbleichte.

»Nein, Kind, für ihn ist es praktisch. Du kannst Henry keinen Vorwurf machen, daß er diese Lösung wählt, die zu seinem Vorteil gereicht. Die Rivalität zwischen Adam und Warrin besteht nun schon länger als zehn Jahre.« Guyon zuckte mit den Schultern. »Ich fürchte, es hätte kein anderes Ende dafür gegeben. Nicht du bist schuld daran: Du bist nur der Funke, der das trockene Heu in Flammen setzte. Keiner der beiden wird jemals auch nur einen Fingerbreit zurückweichen.« Er nahm den nur dekorativen Ring von seinem Finger und warf ihn auf die Kommode.

Sie setzte sich wieder, die Hände an den Mund gepreßt. Guyon schaute sie besorgt an. Er erkannte sich selbst in ihren Zügen wieder und auch die Erinnerung an ihre Mutter. Ihr Haar, obwohl von anderer Farbe, wuchs so üppig wie bei Rhosyn, und ihre Stimme erinnerte genau und schmerzhaft an die Frau, die er an die Mordlust von Walter de Lacey verloren hatte. Und Adam de Lacey war Walters Sohn... Guyon verscheuchte den Gedanken; Adam war Walter de Lacey nicht ähnlicher als ein Stück fehlerhaften Glases einem polierten Edelstein.

»Kind...« begann er leise und drückte sie an sich.

»Es geht mir ganz gut, Papa.« Tränenspuren liefen über ihr zerschundenes Gesicht, während sie auf einen fernen Punkt hinter ihm schaute. »Nur glaube ich, daß mir jetzt der Wein mit dem Mohnsaft guttun würde.«

Dreizehntes Kapitel

Die Kaiserinwitwe Mathilda hatte kalte, schmale Hände und einen kalten, schlanken Körper, der an diesem Tag in einer enganliegenden Tunika und einem Kleid aus frostigem Silberstoff steckte, verziert mit Hermelintuffs an den Ärmeln und dem geknüpften Saum. Adam legte seine Hände zwischen die ihren und erhielt einen eisigen Friedenskuß als Lohn für den Eid der Treue, den er ihr und ihren zukünftigen leiblichen Nachkommen geschworen hatte. Ohne zu lächeln, ohne einen Hauch von Charme nahm sie es als seine Pflicht hin und weigerte sich, anzuerkennen, wie viele Male sie ihm ihr Leben verdankte. Wenn sie ihren Lippen auch nur die leiseste Bewegung gestattet hätte, sie wäre vermutlich hübsch gewesen. Unter dem Schleier aus silberner Gaze trug sie leuchtendbraune Zöpfe, und ihre Augen hatten ungewöhnlich üppige Wimpern und waren funkelnd blau wie das Wasser eines Bergsees, eine Herausforderung für jeden Mann, der es wagte, in sie hineinzuschauen. Auf allen Seiten der großen Halle standen die Edelleute, der hohe Adel und der Klerus des Landes als gegenseitige Zeugen bei der Beschwörungszeremonie: Norfolk, Leicester, Derby, Gloucester, Ravenstow, Chester, Blois, Salisbury, Winchester und Canterbury. Adam trat zurück, wurde von der Menge eingeschlossen, und ein anderer Edelmann nahm seinen Platz ein, kniete sich nieder und schwor Mathilda Treue und Gefolgschaft.

Henry lächelte anstelle seiner Tochter, und es war nicht nur ein steifes Pergamentlächeln, das dem Vorgang Würde verleihen sollte, sondern dieses Lächeln zeigte seine Zufriedenheit. Adam nahm an, daß er tatsächlich zufrieden war; immerhin hatten alle Edlen des Landes zugestimmt, Mathilda als seine Nachfolgerin anzuerkennen, was wohl zum großen Teil auf die unermüdliche Beschwörung durch Robert von Gloucester zurückzuführen war. Aber wenn die Edlen bereit waren, zu schwören, dann nur unter der Voraussetzung, daß Henry ohne die Zustimmung der Adligen keinen Ehemann für seine Tochter wählen würde – das war der Schwur, den Henry zuvor hatte leisten müssen. Allerdings, was hatten solche Eide dem König in der Vergangenheit bedeutet? Er konnte damit erst einmal Zeit gewinnen und sie später um so ungenierter brechen. Henry würde seine Tochter mit jedem verheiraten, den er dafür ausersah – auch das sagte dieses Lächeln.

Das Fest begann mit viel Pomp und Zeremonien, wie es sich für einen so wichtigen Anlaß gehörte, in Gegenwart so vieler wichtiger Männer. Adam, als einer der weniger bedeutenden Lehensnehmer, wurde an einen Platz am unteren Ende der Tafel gesetzt, wofür er sehr dankbar war. Er hegte keine besondere Vorliebe für derartige Versammlungen mit ihren Zurschaustellungen von Heuchelei, wobei ein jeder versuchte, den anderen zu übertrumpfen, und zugleich beobachtete, ob es ihm auch gelang. Es gab die Angriffe von hinten, die raffinierten Beleidigungen und, gerade auch für ihn, das feindselige Rammen der Schultern von Männern, die sich wünschten, daß er das angesetzte Gottesurteil verlieren würde. Männer, die Warrin de Mortimer unterstützten um seines Vaters willen, über den bei Hofe immer noch eine hohe Meinung herrschte und den man respektierte. Man fand, er und sein Haus hatten den Skandal nicht verdient, schon gar nicht von einem jungen Mann, dessen Familie einen weit stärker befleckten Ruf hatte als de Mortimer. Und dazu kam natürlich noch das Gerücht, kamen die Witze, die ihn scharf aufs Korn nahmen, das Kichern hinter den Handrücken und die intriganten, bösartigen Andeutungen. Adam ertrug das alles mit sturer Gelassenheit, doch das hieß nicht, daß er auch innerlich so hart geblieben wäre.

»Also, entweder verheirate ich dich mit Heulwen, oder ich zelebriere deine Beerdigung. Du kannst daher ruhig ein paar Worte mit mir reden!« beklagte sich eine volle, tiefe Baßstimme an seiner linken Schulter.

Adam fuhr herum und starrte auf den grinsenden jungen Pfarrer, der sich gerade neben ihn an den Tisch gezwängt hatte, und seine Antwort war ebenfalls ein Grinsen. »John! Ich hätte nicht gedacht, dich hier zu sehen!«

»Der Earl von Leicester braucht vielleicht einen Beichtvater, nachdem er einen solchen Eid geschworen hat!« sagte Guyons zweiter Sohn und Namensvetter lachend. Um Verwechslungen zu vermeiden, hatte man ihn allerdings von früh an nach dem Heiligen benannt, an dessen Tag er geboren war, und nur bei wenigen förmlichen Anlässen wurde er bei seinem wahren Taufnamen angesprochen.

»Das könnte uns allen so gehen«, bestätigte ihm Adam bedrückt. »Und der König braucht ihn vor allen anderen.« Er streckte seine Hand aus und tätschelte spielerisch die nackte, rasierte Stelle an Johns Schädel, die von einem Meer aus rötlich schimmernden schwarzen Wellen umgeben war. »Du hast also schon die Weihen?«

»Seit dem letzten Martinstag.«

»Ich muß dich also Vater nennen und mit dem gebotenen Respekt behandeln?«

Johns dunkle, schöne Stimme dröhnte vor Lachen. »Ist das denn so schwer?« Er verschränkte die Arme auf dem Tisch. Ein Mädchen, das bei Tisch bediente, lächelte ihn an, als sie sich über ihn lehnte und Wein einschenkte. Er erwiderte das Lächeln, ohne zu bemerken, wie hübsch sie war, nicht weil er unberührt blieb von der Schönheit der Frauen – in der Tat war der Zölibat für ihn ein Gebot, das er bei Gelegenheit gebrochen hatte –, sondern weil er sie nicht deutlich genug hatte sehen können. Schon seit seiner Kindheit, als er über Körbe, Wiegen und Hündchen gefallen war, statt ihnen auszuweichen, und später, als er beim Training mit dem Schwert stets besiegt wurde, weil er die Angriffe erst sehen konnte, wenn es zu spät war, hatte er gewußt, daß er nur die Wahl hatte zwischen dem Priesteramt und einem frühen Tod. Es war eine nicht allzu schwierige Wahl, und er hatte sich hervorragend in sein Los gefügt und einen achtbaren Posten im Haushalt des Earl von Leicester bekommen.

Adam schaute von der Seite auf den jungen Mann. »Dann wirst du mir also keine Predigt halten?«

John verengte seine Augen, um sich auf den Teller mit kleinen, in Kräutern und Wein gedünsteten Aalen zu konzentrieren, und antwortete mit einer eigenen Frage: »Weißt du, warum mein Lord Leicester mich als Hausgeistlichen mehreren anderen Bewerbern vorgezogen hat?«

Adam schüttelte den Kopf.

»Weil er wußte, daß ich nicht ständig den Soldaten ihr sündhaftes Leben vorhalten würde. Die Männer können nun einmal nicht anders als spielen, den Namen des Herrn sündhaft aussprechen und sich der Fleischeslust mit anderen als den eigenen Frauen hingeben, und natürlich prahlen sie auch noch damit. Sie sind nicht geneigt, auf die Ermahnungen eines weichzüngigen Pfarrers zu hören, der jung genug ist, daß er in manchen Fällen sogar ihr Enkel sein könnte. Ich glaube sogar, ich wäre tatsächlich in der Lage, in beeindruckender Weise Hölle und Verdammnis auf sie herabzuschwören, doch das spare ich mir auf für die Sünden, auf die es wirklich ankommt – wie zum Beispiel Mord.«

Adam warf John einen scharfen Blick zu. Seine Augen waren von weichem, halbblindem Rehbraun, aber sie zeigten die Klarheit des Wissens. »Du glaubst mir also?« Er lachte bitter. »Dann bist du der einzige.«

»Das ist nicht wahr«, widersprach ihm John. »Es ist nur so, daß leere Segel am lautesten knattern, und falls es dir nicht aufgefallen ist: Es kam alles von de Mortimers Seite. Mach dir keine Sorgen, Adam, wir sind nicht alle darauf aus, dir ein Messer in den Rücken zu rammen. Das ist Warrin de Mortimers eigene Spezialität.« Er nahm einen Mundvoll von den Aalen, kaute, schluckte und fügte dann nachdenklich hinzu: »Ich habe Warrin de Mortimer im Frühjahr gesehen, als ich von meinen Studien in Paris zurückgekommen bin. Er war bei einer Falkenjagd, an der auch William le Clito teilnahm, als sich unsere Wege kreuzten.«

»Er war – was?« Adam packte die schwarze Wolle von Johns Kuttenärmel.

»Es waren viele junge Männer da, die meisten vom französischen Hof, nehme ich an. Ich finde ja, es ist nichts Schlimmes dabei, wenn man mit William le Clito auf Falkenjagd geht, es kommt nur darauf an, was dabei besprochen wird, und ich gestehe, ich habe nichts davon gehört.« Er griff nach einem Stück feinem weißen Brot, das speziell für das Festmahl gebacken worden war. »Ich habe auch Ralph gesehen.«

»Was, mit den beiden?«

»Nein, tags darauf außerhalb von Les Andelys. Er stand neben einem Wassertrog und schien auf jemanden zu warten. Ich hätte ihn nicht erkannt; mein Augenlicht ist nicht besser geworden, aber mein Pferd mußte trinken, und ich konnte ihn nicht übersehen. Es war ihm nicht angenehm, daß ich ihn gerade dort getroffen habe, und nicht nur, weil er eine Frau am Arm hängen hatte und ich immerhin Heulwens Halbbruder bin.« Er biß in die Kruste und feuchtete sie mit einem Schluck Wein an. »Er bat mich, niemandem etwas zu sagen, erklärte, er sei in einer Privatangelegenheit des Königs hier, und ich glaubte ihm sogar, weil ich keinen Grund hatte, an seiner Aussage zu zweifeln.«

Er begegnete Adams gespannter Aufmerksamkeit mit einem beruhigenden Lächeln. »Keine Angst, der König weiß es. Ich habe es meinem Herrn, Lord Leicester, gestern abend gesagt, sobald ich wußte, was das bedeutet hatte, und er ging damit direkt zu Henry, so daß dein Fall, selbst wenn er mit dem Schwert nicht zu deinen Gunsten entschieden werden sollte, noch nicht verloren ist. Warrin de Mortimer ist ein Gezeichneter.«

»Ich dachte immer, der Arm des Siegers würde durch die Hand Gottes geführt«, sagte Adam trocken, während er einen der kleinen Aale auf seine Gabel nahm und aß. Es war ein Lieblingsgericht des Königs, aber was Adam anging, konnte der König es allein essen.

»Das ist die Theorie«, sagte John mit übertriebener Strenge. »Trotzdem darf man sich nicht ganz auf die göttliche Intervention verlassen, und ich sollte das wissen, denn ich bin ein Priester.« Dann wurde er wieder ernst und betrachtete Adam mit besorgtem Blick. »Als wir Kinder waren, konnte dich Warrin mühelos flachlegen«, sagte er leise.

»Und auf diese Erinnerung verläßt er sich jetzt«, stimmte ihm Adam zu, »aber damals war ich ein Halbwüchsiger, und er war schon fast zum Mann gereift. Wir sind jetzt gleich groß. Ich weiß, er ist breiter und kräftiger, aber ich bin schneller als er.« Sein Lächeln war ein wenig unsicher. »Trotzdem könnte es nicht schaden, wenn du für mich betest – und für Heulwen.« Er langte nach seinem Becher und trank rasch einen Schluck Wein. Es war Rheinwein, die Sorte, von der er mehrere Monate im Fegfeuer am Hof in Deutschland gelebt hatte, die Sorte auch, mit der er sich am Tag von Heulwens Hochzeit fast zu Tode getrunken hätte. »Ich liebe sie schon so lange«, murmelte er.

»So, wie sie Ralph angesehen hat, hätte es ihm das Mark in den Knochen schmelzen müssen«, sagte John nachdenklich und rutschte dabei unbehaglich hin und her, »aber er war statt dessen hinter anderen Weibern her.«

Adam stellte den Becher ab und zupfte an einem losen Faden der Goldstickerei, welche die Ärmel aus gelbbraunem Samt versteiften. »Ich glaube, ich würde ihn fordern, wenn er noch lebte«, murmelte er, riß den Goldfaden ab und ließ ihn aus den Fingern fallen, wo er glitzernd in eine Kerzenflamme fiel und mit einem kurzen, zischenden Feuerstoß verbrannte. John wußte, wann es an der Zeit war, höfliche Floskeln von sich zu geben, und wann man besser schwieg. Er legte seine schlanke Hand mit den langen Fingern auf Adams Schulter und drückte sie kurz und hart.

Der Morgen des Gottesgerichts dämmerte messerkalt mit einem schneidenden Ostwind herauf. Rauhreif funkelte wie Zucker auf jedem Dach und jeder Spitze, hüllte das Schloß in ein Zuckerbrot-Weiß ein, säumte den Rand der Themse wie silberne Pralines und die an Land gezogenen Boote wie gezuckerter Marzipankonfekt. In der Luft flogen Eisstückchen, scharf wie gesplittertes Glas, wenn man sie einatmete.

Adam erhob sich zu den ersten blassen Streifen der Dämmerung, die an dem dicken Frostbelag der Fensterriegel blitzten, zerbrach die Eisdecke, die sich in der Wasserschüssel seiner Reisetoilette gebildet hatte, wusch sich mit dem noch verbliebenen Wasser das Gesicht und ging dann als erstes zur Messe, das Herz bleischwer, aber die Gedanken leidenschaftslos auf die bevorstehende Prüfung gerichtet. Er nahm an der Messe teil, beichtete, erhielt die Absolution und setzte sich dann hin, um mit seinem Knappen Sweyn das Fasten zu brechen. Austin servierte ihnen heißen Wein, Brot und Käse, und sein Verhalten war zugleich ruhelos und besonders dienstbeflissen.

Sweyn fuhr sich mit der großen, schwieligen Hand über die harten Stoppeln seines Barts, räusperte sich lautstark und spuckte in die Hobelspäne auf dem Boden. »Paßt auf seine Beinarbeit auf«, knurrte er mit aschgrauer Stimme. »Das war immer sein Schwachpunkt, und wenn Ihr ihn da bei einem Fehler antrefft, habt Ihr ihn in der Hand. Aber versucht nicht, ganz gleich, was Ihr tut, im Nahkampf sozusagen die

Hörner mit den seinen zu verhaken, ein Stier gegen den anderen. Wenn Ihr das tut, bringt er Euch um.«

»Ich habe doch Augen im Kopf!« fuhr ihn Adam an und brach sich ein Stück Brot von dem Laib, der vor ihm lag, aß einen Bissen und spülte ihn mit einem Schluck des säuerlichen, stark nach Hefe schmeckenden Weins hinunter.

»Und Gehirn?« fragte Sweyn ungerührt frech. »Wenn Ihr nicht bereit seid, auf meinen guten Rat zu hören, dann seid Ihr trotz allem ein Narr ohne Verstand.«

Adam holte Luft, um ihm angemessen zu antworten, sah jedoch die Angst und die Sorge, die hinter den buschigen Brauen lauerte, und verstummte. »Ich höre ja zu«, sagte er statt dessen. »Es ist nur, daß meine Nerven vor dem Kampf nicht die allerbesten sind. Du solltest das inzwischen kennen.«

Sweyns eiserne Kiefer weichten einen Moment lang auf. »Schon gut«, murmelte er, »das kann ja sein, aber Eure Nerven müssen ausgeglichen sein, bevor Ihr in diese Arena steigt.«

»Waren sie jemals anders, wenn es darauf angekommen ist?«

»Nein, aber es hat auch noch nie zuvor so auf Messers Schneide gestanden.« Er brachte seine Kiefer wieder in die übliche, sture Haltung und machte aus den Lippen einen dünnen Strich, dann stützte er sich auf den Tisch und drückte sich hoch. »Wenn Ihr gegessen habt, gebe ich Euch ein Training zum Aufwärmen – aber zuvor muß ich zum Pissen.«

Adam schaute ihm nach, wie er zur Tür ging, dann senkte er den Blick auf das Brot zwischen seinen Händen. Er hatte keinen Appetit, wußte aber, daß er etwas essen mußte. Es wäre unklug gewesen, mit vollem Magen in einen Zweikampf zu gehen, aber falls der Kampf länger dauern würde, brauchte er Nahrung, die seinen Schwertarm unterstützte. Er schluckte also noch ein Stück, spülte mit einem Mundvoll Wein nach und bemerkte, wie ihn sein zweiter Knappe anschaute.

»Austin, glotz mich nicht an, als ob ich schon im Sarg läge. Hol lieber statt dessen mein Schwert«, herrschte er ihn ärgerlich an.

Der junge Kerl fuhr sich mit dem Handrücken über den dunklen Flaum unter seiner Nase. »Im Alehaus an der Straße werden Wetten abgeschlossen, daß Ihr Warrin de Mortimer nicht länger als zehn Minuten standhalten könnt«, sagte er, und seine junge Stimme schwankte zwischen Ärger und Zweifel.

»So, sagen sie das?« Adam zog eine Augenbraue hoch. »Weil ich mich der Verführung schuldig gemacht habe, oder weil mein Schwertarm vermutlich schwächer ist als der seine?«

»Beides, Mylord.«

Adam schob den leeren Becher zur Seite und wischte ungeduldig über die Brotkrümel auf dem Tisch. »Hast du auch gesetzt?«

Der Knappe errötete. »Ja, Mylord«, murmelte er. »Sie haben mich alle ausgelacht, aber sie waren bereit, meinen Einsatz entgegenzunehmen. Ihr Pech. Sie haben Euch noch nicht kämpfen sehen.«

Adam knurrte. »Gott weiß, was dein Vater darüber denkt. Er hat dich meiner Ausbildung anvertraut, und bis jetzt habe ich dir ein schönes Beispiel gegeben, nicht wahr? Saufen, Spielen und die Weiber.«

Austin errötete von neuem. Er schenkte Adam einen seiner unverbesserlichen, anbetenden Blicke. »Papa selbst hat mir das Geld für die Wette gegeben und sagte, ich solle auch in seinem Namen etwas anlegen, wenn ich schon dabei wäre.«

»Das ist allerdings sehr ermutigend«, erwiderte Adam mit einem schmerzhaften Lächeln, und dann: »Austin, ich möchte nicht, daß du herumstehst und dir den Tod holst, während ich kämpfe. Ein Unglück ist genug, und du solltest dein Leben nicht auch noch sorglos aufs Spiel setzen. Hol jetzt mein Schwert, Junge, und dann gehst du ins Haus deines Vaters, wo du weitere Anweisungen von mir abwarten sollst.«

Austins Kehle wurde rauh. »Mylord, ich möchte hier bei Euch sein«, sagte er entschlossen. »Das ist mein Platz als Euer Knappe.«

»Wie auch immer es ausgeht, es wird kein angenehmer Anblick sein«, warnte Adam, betrachtete ihn mit verengten, nachdenklichen Augen und erkannte, in welchem Maße dieser junge Bursche inzwischen gereift und beherrscht war. »Wenn ich unterliege, erwarte ich, daß sich alle Mitglieder meines Haushalts würdig verhalten. Falls du befürchtest, daß deine Trauer oder dein Zorn dich zu einer unüberlegten Tat treiben könnten, dann darf ich nicht zulassen, daß du teilnimmst.«

»Ich verspreche, mich Euer würdig zu erweisen, Mylord.« Austin stand aufrecht da, und plötzlich funkelten Tränen in seinen grünen Augen. »Bitte schickt mich nicht zu meinem Vater.«

Adam nickte kurz. »So sei es denn.« Er stand vom Tisch auf und schnallte sich seinen Schwertgürtel um; dabei ließ er dem Jungen Zeit, sich zu fassen. Austin nahm das Schwert, das in der Scheide steckte, von der Stelle, wo es an der Wand lehnte. Die vergoldete Lederhülle in der einen Hand, den Schwertknauf in der anderen, richtete er sich plötzlich auf und starrte entgeistert auf die Frau, die im Durchgang stand.

»Mylady«, murmelte er, und sein Gesicht wurde erneut knallrot.

Adam fuhr herum; auch sein Gesicht war jetzt so erregt wie das des Knappen, bevor die Farbe langsam daraus verschwand und es weiß wurde wie ein gebleichtes Leinenhemd. Ohne den Blick von Heulwen zu wenden, als fürchte er, sie könnte sich in Nichts auflösen, steckte er die Hand nach dem Schwert aus und schickte Austin mit einer kurzen Geste weg. Der Junge zögerte, verbeugte sich und verließ unwillig den Raum. Heulwen trat zur Seite, um ihn vorbeizulassen, dann schloß sie die Tür, nahm die Kapuze ihres Umhangs ab und näherte sich Adam. Er bemerkte, daß die reichverzierte Brosche mit Kristall und Topassteinen nicht mehr ihren Umhang zierte, sondern durch die Leopardennadel ersetzt worden war, die sie früher getragen hatte.

»Du solltest nicht hier sein.« Seine Stimme war ruhig und verriet nichts von den einander widersprechenden Gefühlen, die ihr Anblick in ihm geweckt hatte.

»Ich kann mich nicht hinter den verschlossenen Türen im Haus meines Vaters verbergen, wenn ich weiß, was dir heute bevorsteht.«

»Vielleicht wäre es leichter gewesen für uns beide.« Er legte seine Hand auf den Schwertgriff und nahm sachte die Waffe aus der Scheide.

»Aber nicht der beste oder der treueste Weg.« Sie wandte den Blick von seinem Gesicht auf den schimmernden Stahl, und eine deutlicher Schauer lief ihr über den Körper. »Adam, ich muß bei diesem Gottesurteil anwesend sein, schon Ralphs wegen. Es ist meine Pflicht als seine Witwe, da zu sein, ganz gleich, was sich am Ende ergibt.«

»Heulwen, wenn ich verliere, wird das keine schöne Sache für dich sein. Du würdest damit in aller Öffentlichkeit zur Buhlerin gebrandmarkt werden.«

Heulwen zuckte mit den Schultern und zwang sich zu einem Lächeln. »Ich habe immer noch Papa und Judith und Freunde der Familie zwischen mir und einer solchen Katastrophe. Ich habe keine Angst, was mich selbst betrifft.« Und dann verschwand ihr Lächeln und wich dem Entsetzen und der Spannung, die darunter lagen. »Adam, in Gottes Namen, steck dieses Schwert weg, bis du es ziehen mußt«, flüsterte sie. »Es macht mich ganz krank.«

Vorsichtig steckte er die Waffe wieder in die Scheide und legte sie auf den Tisch, dann ging er die drei Schritte zu ihr hin. Eine ihrer Strähnen hatte sich selbständig gemacht und strich über seine Hand. Er berührte sie, ließ seine Finger daran emporklettern wie an einem Strick, bis sie ihr Gesicht erreicht hatten. Sachte streichelte er die blaurote und gelbe Schwellung unter ihrem linken Auge. Er konnte ihr nicht sagen, daß er das Schwert ziehen mußte, um es zu schärfen; es hätte ihre Gedanken noch mehr auf die Schrecken gelenkt, die ihnen beiden drohten. Er wartete lieber, bis sie gegangen war.

»Bin ich denn auch nichts weiter als eine Pflichtsache für dich?« fragte er leise.

»Adam, das ist nicht fair.«

Er streichelte die andere, unversehrte Seite ihres Gesichts. »Oder bin ich mehr für dich als ein Hengst für eine Stute?« bohrte er weiter und beobachtete die verzweifelte Miene, als sie versuchte, ihm Widerstand zu leisten.

»Das weißt du doch!« schrie sie mit wütender Zurückhaltung.

»Weiß ich das?« Ihr Zorn schickte einen Schock durch seinen Körper. Er fragte sich, wie lange es dauern würde, um die Barriere zu durchbrechen, die sie um sich errichtet hatte mit Hilfe ihrer Erfahrungen bei Ralph.

Sie stieß einen Laut der Ungeduld aus und nahm seine Hand von ihrem Gesicht fort. »Als ich dich im Herbst auf Ravenstow gesehen habe, da habe ich dich begehrt«, sagte sie, und ihre Stimme klang tief und durchdringend. »Halb sah ich dich als den Jungen, den ich kannte, meinen Stiefbruder. Aber halb sah ich auch den Mann, der du geworden warst, und ich wußte nicht, welcher von den beiden nun der richtige war. Ich weiß es immer noch nicht, aber nun ist es zu spät für eine Wahl. Ich sitze in der Falle.« Sie drehte seine Hand um, so daß sie mit der Handfläche nach oben in der ihren lag.

Ralphs Hände waren feinknochig und beweglich gewesen wie der ganze Mann. Adams Hände waren die eines bildenden Künstlers – kräftig und viereckig mit spatelförmigen

Fingern, die lächerlich ausgesehen hätten, wenn sie mit Ringen geschmückt gewesen wären. Ein Schrecken schoß ihr durch den Körper, als sie daran dachte, daß er in kurzer Zeit schon ein Schwert zwischen diesen Fingern halten – oder daß sie schlapp und leblos auf dem Boden liegen würden. Der Verlust von Fingern war keine seltene Verletzung bei einem Zweikampf mit Schwertern. Sie hielt den Atem an, und ihr Griff verstärkte sich.

»Ich habe mein ganzes Leben lang in dieser Falle gesessen«, murmelte er, »und es ist keineswegs zu spät. Nach heute – denn das ist erst der Anfang.« Er drehte seine Hand in der ihren, verschränkte ihre Finger mit den seinen, und dann fühlte er wieder, wie ihr Körper auf ihn zukam und sich an ihn schmiegte. Er neigte seinen Kopf und drückte seine Lippen auf die ihren, und das Verlangen schmolz jegliche Vernunft wie eine Flamme, die den Rest einer Kerze verbrennt und das Wachs flüssig werden läßt.

Unter der Tür stand Austin, daneben Sweyn, der sich räusperte. »Mylord, ich habe den Wetzstein für Euer Schwert besorgt, und Ihr müßt Euch aufwärmen für den Kampf.« Er warf Heulwen einen harten, unergründlichen Blick zu und neigte dann den Kopf.

Adam seufzte und versuchte, die nackte Realität in den Griff zu bekommen. Die Flamme in seinem Innern wurde ruhiger, verkleinerte sich zu einem Flackern, aber seine Augen waren voller Aufmerksamkeit, als sie sich ihr nach oben gekehrtes Gesicht einprägten. Und dann atmete er tief ein, brachte sich unter Kontrolle und ließ sie los. »Bete für mich«, sagte er mit einem traurigen Lächeln. »Wenn alles gutgeht, feiern wir nachher zusammen. Wenn nicht –«, er zuckte mit den Schultern, »– dann haben wir wenigstens die Gelegenheit gehabt, uns zu verabschieden. Ich bin glücklich, daß du gekommen bist.«

Heulwen schluckte und konnte nicht sprechen, weil Tränen ihr die Kehle zuschnürten. Es war fast, als wäre sie ein zweites Mal Witwe, nur schlimmer. Ralphs Tod hatte sie wie ein Blitz im Sommer getroffen. Diesmal kam der Donner warnend vorher, bedrückend und drohend. Und wenn Adam durch Gottes Gnade überlebte, würde immerhin Warrin sterben, und selbst wenn er schuldig sein sollte, fühlte sie keine Genugtuung angesichts seines Todes, nur erschöpfte Trauer.

»Gott schütze dich«, brachte sie zuletzt hervor. Dann zog sie sich die Kapuze über den Kopf und rannte hinaus, bevor sie vor ihm zusammenbrechen würde.

Hugh de Mortimer sah zu, wie sein hochgewachsener, breit gebauter und einziger Sohn sich unter dem Zaun des abgetrennten Kampfbereichs im Hof des Towers hindurchduckte, und ballte die kriegsvernarbten Hände zu Fäusten.

»Er ist unschuldig«, sagte er mit einer rauhen, metallischen Stimme, die so klang wie eine Schwertklinge auf einem trockenen Schleifstein.

Guyon stampfte mit den Füßen, um sie warmzuhalten, und überblickte die Arena, in der jetzt die zwei Männer waren. Adam bewegte sich ruhelos; er versuchte, seine Muskeln nicht steif werden zu lassen in der Kälte. »Ich fürchte, mein Stiefsohn ist da nicht deiner Meinung, und obwohl ich es nicht gerne sage, Hugh, ich bin es auch nicht.« Er schaute auf den alten Mann, der neben ihm auf der erhöhten Plattform stand.

»Dann setzt du das Wort eines walisischen Barbaren und eines gottverdammten Bastards gegen das meines eigenen Sohnes?«

Guyon spannte die Kiefernmuskeln an. Auf seiner Zunge brannten mehrere bösartige Erwiderungen, aber er ließ sie unausgesprochen. Was nützt es, in einer offenen Wunde zu stochern? »Ich möchte nicht mit dir darüber streiten, Hugh«, sagte er ruhig. »Das ist eine Sache, die uns beide hart ankommt.«

»Wenn Wünsche Pferde wären, dann würden die Bettler reiten, und die Huren bekämen ihre Jungfernschaft zurück«, schnarrte sein Begleiter unentschuldbar giftig. »Weißt du, welche Schätze Warrin gesammelt hat als Geschenk für dein leichtfertiges Luder von Tochter?«

»Ich weiß, wieviel Schmuck er zu seiner eigenen Eitelkeit besitzt«, sah sich Guyon zur Verteidigung Heulwens zu erwidern genötigt. »Und meine Tochter ist kein leichtfertiges Luder. Hüte deine Zunge und paß auf, was du sagst!«

»Ich soll aufpassen? Beim Blut Christi, wenn ich denke, was –«

»Frieden, meine Lords«, rief der König und war auf einmal zwischen ihnen. »Es ist betrüblich genug, daß diese jungen Männer miteinander kämpfen müssen, ohne daß auch noch zwei meiner Edelleute miteinander in offenen Streit geraten.«

Guyon schluckte seinen Zorn hinunter und verneigte sich vor dem König. »Es war nicht meine Absicht, jemanden zu beleidigen oder unziemlich zu behandeln«, sagte er und streckte Hugh de Mortimer die Hand entgegen. Dieser ignorierte die Geste, verneigte sich ebenfalls steif vor dem König und biß die Zähne zusammen.

»Wie bedauerlich, daß Ihr solche Gefühle nicht bei der Ordnung Eures eigenen Haushalts walten laßt, Mylord«, sagte die kühle, seidige Stimme von Kaiserin Mathilda, die jetzt neben ihrem Vater stand. Sie trug einen Samtmantel, dessen Rot genau die Farbe von Blut hatte, und darüber einen bestickten, mit Zobel besetzten Umhang. Ihre schimmernden Zöpfe waren bedeckt mit einem Schleier aus Goldfäden, der durch ein Diadem kleiner, dunkler Juwelen zusammengehalten wurde, welche wie Zuckerfrüchte glänzten. Guyon betrachtete ausdruckslos die Halbschwester seiner Frau, und sein Atem bildete eine eisige Wolke. »Ich schätze, wir haben alle unsere Leichen im Keller, die aus den Verstecken, wo sie mit den Skeletten klappern, ans Licht drängen«, sagte er, und sein Blick schweifte über die adligen Herrschaften und blieb dabei einen Augenblick wohlwollend auf Alain Fergants unehelichem Sohn Brien haften.

Das Gesicht der Kaiserin drückte mit keiner Miene aus, daß sie verstanden hatte, was er meinte, aber er sah, wie sie unter den langen Ärmeln ihres Samtkleides mit den Fingern schnippte, und wußte, ohne darüber Genugtuung zu empfinden, daß er ins Schwarze getroffen hatte. Brien FitzCount war ein gutaussehender und intelligenter junger Mann, eine kraftvolle Persönlichkeit mit allen besseren Eigenschaften eines Mannes bei Hofe, vereint mit der pragmatischen Denkweise eines Soldaten. Er war außerdem der uneheliche Sohn eines beliebten, wenn auch nur wenig bedeutenden bretonischen Herzogs und hatte als solcher nicht die geringste Chance, Mathildas öffentlich anerkannter Begleiter zu werden. Was hinter verschlossenen Türen und Fensterläden vor sich ging, war natürlich eine andere Sache. Du sollst dich nicht erwischen lassen, so lautete das elfte Gebot bei Hofe, und Mathilda war so glücklich gewesen, es nicht zu verletzen – bis jetzt.

Es entstand Unruhe in der Menge, die sich versammelt hatte, um den Kampf zu beobachten, gefolgt von einem Ausbruch der Erregung. In der Arena wandten sich die Gegner voneinander ab und einer Gruppe von gerüsteten Männern zu, die sich dem Podium näherten und in ihrer Mitte die Gräfin von Ravenstow und ihre inzwischen berüchtigte Stieftochter eskortierten. Das gewöhnliche Volk reckte die Hälse, um besser sehen zu können, redete lautstark miteinander, zitierte den bekannten Aberglauben, der sich um rothaarige Frauen rankte, und bewunderte das Bild, das sie von sich gab, als sie durch die Gasse schritt, welche ihr die Hauptleute von Ravenstow freigemacht hatten. Sie hatte die Augen bescheiden zu Boden gesenkt, und ihre Haut war so weiß, als wäre sie aus Eis; diese Kälte wurde noch unterstrichen durch die düsteren Farben ihrer Kleidung, an denen sich keinerlei

Schmuck befand, ausgenommen den rosafarbenen Rosenkranz, der beim Gehen mitunter durch die Öffnung ihres dunklen Umhangs zu sehen war.

Irgendwo in der Menge schrie einer das Wort »Hure«, aber das Echo war gering, denn erstens sah sie keineswegs so aus, und zweitens gab es zumindest unter den einfachen Leuten mehr Mitleid und Verständnis für zwei Liebende als unter dem Adel, wo der Schutz der Familienlinien und des Stammbaums oberstes Gesetz waren. Es kamen sogar einige Gegenrufe, gutmütige, die Adam anfeuerten und Heulwen hochleben ließen.

»Es ist ein Zirkus!« knirschte Hugh de Mortimer zwischen den Zähnen. »Könnt Ihr das hören? Ein Glück, daß ich meine kleine Eleanor nicht mit nach Windsor gebracht habe.«

»Wozu, glaubt Ihr, sind die hier?« sagte Guyon mit einem Hauch von Abscheu in der Stimme. »Sie wollen unterhalten werden.« Er bahnte sich einen Weg über das Podium zu seiner Frau und seiner Tochter und half ihnen die Treppe hinauf. Hugh de Mortimer, der Heulwen noch bei seiner letzten Begegnung umarmt hatte wie eine eigene Tochter, starrte sie jetzt verächtlich an, das Wort »Luder« in den Augen, wenn nicht buchstäblich auf der Zunge. Heulwen, die sich fühlte, als ob sie angespuckt worden wäre, hielt den Blick gesenkt. während sie sich vor Henry und dann vor der Kaiserin verneigte. Die letztere deutete ihr an, sie solle sich erheben, warf ihr einen nachdenklichen, prüfenden Blick zu und gab ihr dann mit einer schwachen, säuerlichen Rundung ihrer Lippen, die kaum die Bezeichnung »Lächeln« verdiente, den Friedenskuß. »Kommt, Lady Heulwen, setzt Euch zu mir, wenn Ihr wollt, und wärmt Euch an der Kohlenpfanne. Einen Schluck Wein?« Sie schnippte mit dem Finger nach einem Bedienten.

Es war eine sowohl diplomatische als auch gütige Geste, aber das kurze, boshafte Funkeln von Mathildas Augen, die sich erst auf Hugh, dann auf Warrin de Mortimer richteten, zerstreute für Heulwen jegliche Illusion. Mathilda tat es keineswegs aus einem dieser Gründe; sie spielte, eine mit Sahne gesättigte Katze, die eine Maus zwischen ihren samtigen, gefährlichen Pfoten hielt.

Heulwen ließ sich führen und setzte sich mechanisch neben die grandios herausgeputzte Kaiserin mit dem Gefühl, als sei sie eine der Figuren in einem gigantischen Mummenschanz. Sie senkte den Blick auf ihre weißen Knöchel, während die gegenseitigen Anklagen verlesen und widerlegt wurden, dann hob sie den Kopf und riskierte einen Blick auf Adam, während er die gegen ihn erhobenen Taten abstritt und seine Anklage gegen de Mortimer erhob. Er war barhäuptig, sein Haar lockig und dunkel mit eisigen Wassertröpfchen darin, und wie Warrin trug er kein Kettenhemd, sondern nur ein besticktes Oberhemd, das in weiten Ärmeln unter den Ellbogen endete, und darunter eine gewöhnliche Tunika. Er hatte einen Schild, sein Schwert und seine Erfahrung im Kampf, und Warrin verfügte über die gleiche Ausstattung. Zwei lebende Menschen hatten die Arena betreten, aber nur einer würde sie lebend wieder verlassen.

Adam warf einen einzigen, kurzen Blick auf sie und hob dabei sein Schwert ein wenig an, um zu salutieren; die Schneide schimmerte in blauem Licht und schnitt sich ihr ins Herz. Hinter ihr legte ihr Vater die Hand auf ihre Schulter und drückte sie sachte. »Mut, *fy merch fach*«, murmelte er auf Walisisch, die Sprache ihrer Geburt und Kindheit. Sie unterdrückte ein Schluchzen und legte ihre Hand auf die seine, um sich an ihm festzuhalten, während Henry dem Haushofmeister neben ihm zunickte und der seine Lungen aufpumpte.

»Au nom de Dieu et du Roi, faite votre bataille. Laissez aller!« lautete der Ruf, und das Schweigen der Menge rollte herein wie eine Flut und schlug gegen die Barrieren, die sie zurückhielt.

Adam duckte sich hinter den Schild und machte ein paar

vorsichtige Schritte, um den Boden abzuschätzen. Ein jeder Grashalm war ein weißer kleiner Speer, glatt und tückisch, und konnte den Tod bringen. Warrin ging rückwärts wie ein Krebs, das Schwert und den Schild vor sich gestreckt wie die Scheren. An seiner Wange war ein tiefer Kratzer, der an den Kampf im Schlafgemach erinnerte.

Er griff an. Adam parierte den Hieb mit einer raschen, ökonomischen Bewegung und drehte sich aus dem Kampfbereich des anderen. Jemand spendete Beifall, aber er konnte nichts wahrnehmen, war völlig auf den Kampf konzentriert. Das hier war keine Übungsstunde auf dem Hof, wo der Unterweiser die Männer trennte, bevor Schaden geschehen konnte, kein Kampf unter Freunden, wo der Sieger die Gratulation des Unterlegenen lächelnd entgegennahm. Das war Töten oder getötet werden. So einfach. So endgültig. Adam dachte nicht daran, etwas zu riskieren, ehe er Warrins Stärken und Schwächen erprobt hatte.

Warrin war leicht im Vorteil wegen seiner Größe – doch das zählte nicht viel, denn beide Männer waren um die einsneunzig, und Adam hatte die längeren Beine, während Warrins Länge in seinem Körper lag. Er war kräftiger gebaut, aber als Folge davon nicht ganz so schnell, und beide Männer, geübt im Waffenspiel in Ravenstow, waren keine Neulinge im Schwertkampf, im Kampf mit dem Schild und bei der Beinarbeit.

Warrin kam erneut auf ihn zu, und Adam parierte. Die Schneide biß in seinen Schild und prallte mit einem dumpfen, metallischen Laut zurück. Jetzt kam Adam mit seinem ersten Hieb, und Warrins Schild war augenblicklich zur Stelle, um ihn abzuwehren. Der Schock fuhr durch Adams Arm bis hinauf zum Schultergelenk. Warrin stieß nach, und Adam machte einen Satz rückwärts, drehte sich halb, den Schild präsentiert, und schlug mit der Rückhand und tief geduckt auf Warrins ungedecktes rechtes Knie. Warrin machte einen Satz und rutschte auf dem gefrorenen Gras aus.

Die Menge brüllte und stürmte nach vorn, wurde aber von der Königlichen Wache zurückgedrängt. Adam setzte sofort nach, aber Warrin nahm den Hieb auf den Schild und schützte sich dahinter, gewann das Gleichgewicht wieder und griff an, wobei er Adam mit einer raschen Folge von kleineren Schlägen zurückdrängte. Die Männer trieben sich vor- und rückwärts über die Arena. Ihre Schwerter krachten zusammen und auf schartiges, mißhandeltes Lindenholz. Ihr Atem kam jetzt in rauhen, kurzen Stößen, herausgepreßt von der Anstrengung. Warrin schlug das erste Blut, auch das zweite, beides geringfügige Kratzer, aber Zeichen dafür, daß Adam an Tempo verlor.

Heulwen drehte halb den Kopf zur Seite, entschlossen, zu bleiben und zuzusehen. Auch Mathilda neben ihr war gespannt und zeigte ein Schimmern in ihren bergseeblauen Augen. Sie sah aus wie eine Göttin der Antike, die über einen Opferritus präsidierte und jeden Augenblick davon genoß.

»Ah«, keuchte sie leise und beugte sich ein wenig nach vorn. »Jetzt hat er ihn, glaube ich.«

Heulwen schluckte und zwang sich, zu sehen, wovor sie sich am meisten fürchtete. Eine weitere Wunde blutete auf Adams Hemd, eine schwerere Verletzung, als sie nach seiner Haltung annehmen konnte, und nun gelang es ihm kaum noch, die Schläge zu parieren, die auf ihn herabregneten, und je schwächer seine Abwehr wurde, desto kräftiger und sicherer wurden Warrins Angriffe. Adams linker Arm sackte noch weiter nach unten, und ohne sich dessen bewußt zu sein, stieß Heulwen einen Schrei aus.

»Um Gottes willen, Adam, sei vorsichtig«, murmelte Guyon, und seine Hand verkrampfte sich um Heulwens Schulter.

Warrins Schwert blitzte und biß erneut zu. Adam wich zurück, stolperte und sank auf die Knie; dabei machte er mit dem Schild eine Lücke frei. Die Menge brüllte.

Guyons Griff war hart wie ein Schraubstock an der Schulter seiner Tochter, als sie aufspringen wollte. »Rühr dich nicht«, befahl er ihr leise. »Siehst du nicht, daß er das absichtlich macht?«

Warrin zog den Arm zurück zum Todesstoß, und in diesem Bruchteil einer Sekunde warf sich Adam auf ihn, in einer Bewegung, so schnell, daß Warrin keine Zeit hatte, sich in Deckung zu begeben. Sein überraschtes Knurren wurde zu einem Schmerzensschrei, als Adams Schwert ihn quer über die Rippen und den Bauch traf und ihn zu Boden stieß.

Keuchend, blutend, torkelnd und schweißüberströmt setzte Adam seine Schwertspitze auf die Kehle von Warrin und wußte, daß er nur ein bißchen dagegenzudrücken brauchte, um sich auf blutige Weise zu befreien von all den Jahren der Mißhandlungen als Knappe und von der Schmach, die Heulwen angetan worden war. Auch für den Mord an Ralph – oder tat er es ausschließlich für sich selbst? Er warf einen Blick auf das Podium und sah in einer verwischten Bewegung, wie Hugh de Mortimer aufgeregt gestikulierend auf Henry einredete. Der König hörte ihm zu, und seine Miene blieb ausdruckslos.

Adam zwang sich über seine Müdigkeit und seine Schmerzen hinweg. Er hatte Warrin de Mortimer besiegt, war noch einen einzigen Stoß mit dem Schwert von dessen Tod entfernt. Damit war der Fall bewiesen. Warrin zu töten, wie er es verdient hatte, würde ihn befriedigen und eine kleine Familienfehde beenden, aber vielleicht eine viel größere anzetteln, die Heuwlens Vater sich nicht leisten konnte.

Henrys Augen waren undurchdringlich und grau wie Schiefer, als der Alte um das Leben seines Sohnes bettelte, aber seine rechte Hand bewegte sich, als wollte sie einen Befehl geben. Adam wartete nicht, denn was es auch war, er würde gehorchen müssen. Er ging rasch hinweg von seinem gefallenen, stöhnenden Gegner und begab sich unsicheren Schrittes zum Podium des Königs.

»Meine Klage ist bewiesen«, keuchte er. »Laß ihn in seiner Unehre leben.« Dabei steckte er das Schwert in die Scheide.

Henry schürzte die Lippen und schaute Adam kurz und berechnend an, bevor er den Kopf ein ganz klein wenig senkte und sich an den Mann neben sich wandte: »Lord Hugh, Euer Sohn hat eine Gnadenfrist von sieben Tagen, um mein Land zu verlassen. Danach ist er vogelfrei.« Er schaute noch einmal auf Adam und sagte in einem Ton, der so frostig war wie das Wetter: »Adam de Lacey, Euer Fall ist geklärt. Gott hat zu Euren Gunsten entschieden. Ihr könnt gehen und Euch um Eure Wunden kümmern.«

Adam öffnete den Mund, um die übliche, formelle Antwort zu geben, aber seine Zunge versagte ihm den Dienst, als es vor seinen Augen schwarz wurde. Das letzte, was er mitbekam, waren der köstliche Duft von Geißblatt und Heulwens bestürzter Aufschrei aus weiter Ferne...

Vierzehntes Kapitel

»Es ist nicht mehr weit jetzt.« Heulwen legte ihre Hand auf Adams Ärmel, und ihr Blick war besorgt, denn sie konnte an der schiefen Art, wie er im Sattel saß, erkennen, daß ihm seine Verletzungen Schmerzen bereiteten.

»Es geht mir gut.« Er zeigte ihr das blasse Abbild eines Lächelns. »Ich bin erschöpft und müde. Nichts, was die Gastfreundschaft von Thorneyford nicht heilen könnte.«

»Du hättest nicht so früh losreiten dürfen«, tadelte sie ihn und war ganz und gar nicht beruhigt, denn wenn seine Verletzungen auch nicht tödlich waren, konnte man sie dennoch nicht so nachlässig behandeln, wie er es tat. Der Wind war bitterkalt und stach in ihre Gesichter, der Himmel hatte die Farbe von Muschelschalen und drohte mit Regen, und Adam selbst hatte den Gang seines Pferdes beschleunigt. »Warrin hat man eine Frist von sieben Tagen gesetzt, das Land zu verlassen – nicht uns.«

»Ich habe dir erklärt, warum es notwendig war, Heulwen, also hör auf, daran herumzumeckern.« Er drückte seine Knie gegen die Flanken von Lyard. Sie biß sich auf die Zunge und warf einen drohenden Blick auf seinen Rücken. Ihrer Meinung nach sollten sie eigentlich noch in London sein, seinem Körper eine Heilungsperiode gönnen und warten, bis seine Kraft zurückkehrte. Aber Adam, stur wie immer und ein höchst ungeduldiger Patient, wie das sehr kräftige Menschen nicht selten waren, hatte erklärt, daß er die Stadt und den Zirkus des Hoflebens satt habe und daß in den Marken für ihn Töpfe am Kochen seien, die er nicht überlaufen lassen dürfe – zum einen sein walisischer Gefangener, zum anderen dessen Bruder und zum dritten die Ländereien seiner neuen Frau –, und nichts, was seine neue Frau sagen oder tun mochte, hatte seinen Entschluß ändern können.

Sie überquerten den Fluß an der Furt und klapperten durch das Dorf, dessen Häuser sich unter dem tiefhängenden Himmel aneinanderkuschelten. Ein kleiner Junge mit einer Schleuder am Gürtel nahm einen Stein und machte Unsinn damit, ehe man es bemerkte und sein entsetzter Vater, dessen Rücken gebeugt war unter der Last von Feuerholz, ihm die Ohren langzog. Sie kamen an einem Transportunternehmer mit seinem Zug von Packponys vorbei, die mit einer Übernachtung in Oswestry nach Shrewsbury unterwegs waren, und grüßten den Führer auf seinem kräftigen, schwarzen Ponyhengst, der bei ihrem Anblick von seinem Reittier geglitten war. Die Nachricht war mit ihrem Boten vorausgeeilt, und man beglückwünschte sie zu ihrer Hochzeit.

Heulwen lächelte und dankte den Männern, deren Blicke offene Neugier zeigten. Adam sagte nichts, neigte steif den Kopf und hielt die Augen versteckt. Sie ritten weiter den niedrigen Hügel hinauf, und sie betrachtete ihn immer noch besorgt, während sie zurückdachte an ihre Hochzeit vor vier Tagen an dem Morgen, als sie Windsor verlassen hatten. Wie bei allen ihren Beziehungen zu Adam hatte man auch diesmal die Konventionen, das Übliche, in den Wind geschlagen. Sie hatten ihr Ehegelübde abgelegt im Kloster von St. Anne's-in-the-Field, dessen Äbtissin ihres Vaters verwitwete Halbschwester Emma war und damit Heulwens Tante. Die Zeremonie, die John vornahm, wurde in Anwesenheit der Familie und der dreißig Nonnen begangen. Nach einem hastig organisierten, kurzen Hochzeitsmahl, wenn man es überhaupt so nennen konnte, setzte sich Adams sture Beharrlichkeit durch, und sie machten sich auf den Nachhauseweg.

Sie hatten vier Nächte hinter sich, und ihre Ehe mußte erst

noch vollzogen werden. Adam war zu schwer verwundet und sattelmüde, um sich um seinen veränderten Personenstand kümmern zu können, und außerdem hatten sie auf ihren Übernachtungen unterwegs keine Ruhe und Privatsphäre gefunden. Sie hatten in den großen Hallen der Burgen und Herrenhäuser geschlafen, wo man ihnen Quartier gegeben hatte, zwischen Adams Männern, und sich um den offenen Kamin in ihre Umhänge gewickelt, um nicht zu frieren.

Heulwen hatte einen Hauch von Verkrampftheit bei ihm gespürt, als hätte er sich wieder einmal hinter die schützende Barriere seiner Jungenhaftigkeit begeben. Kaum daß er ein Wort an sie richtete, und wenn sich ihre Blicke begegneten, dann nur für wenige, kurze Sekunden. Wäre sie nicht so um sein körperliches Wohlergehen besorgt gewesen, hätte sie ihn wohl mit ihrer bekannten, spitzen Zunge traktiert. Aber so, wie es war, behielt sie diese besondere Waffe in ihrem Köcher und tat ihr bestes, um unterwürfig und sanft zu sein, sklavenhafte Aufmerksamkeit zu zeigen und die perfekte Ehefrau zu spielen, zwar nicht immer mit Erfolg, aber gut genug, um ihre Seele zu erleichtern und die von Adam zu zerreißen.

Hätte Heulwen ihrem ersten Impuls nachgegeben und ein paar satte Flüche gegen ihn geschleudert, hätte sie sich viel von ihrer häufig geäußerten Sorge ersparen können. Adam, noch beeinträchtigt von den Schmerzen seiner Wunden und seiner körperlichen Schwäche, war eine leichte Beute für Zweifel. Er sagte sich selbst, daß Heulwen diese Heirat schließlich nicht gewollt hatte und zur Kapitulation gezwungen worden war. Die hektische, ängstliche Sorge, die offenbar das einzige war, was sie ihm gegenüber zeigen konnte, war ihm unerträglich. Der Rest einer vulkanischen Hitze hatte sich zu festem, erduldendem Gestein abgekühlt, und sein Gewicht schien ihn nachgerade zu erdrücken.

Er fühlte, daß sie ihn auch jetzt beobachtete, wußte aber, wenn er sich herumdrehte, würde sie den Blick in die Leere zwischen den Ohren ihrer Stute richten und nicht mehr heben, bis er woandershin schaute. Um seiner Frustration Ausdruck zu verleihen, stieß er Lyard heftiger, als klug gewesen wäre, sobald sie die Torstube erreicht hatten, und als Folge davon machte das Tier einen Satz, der ihm den Atem durch die zusammengebissenen Zähne pfeifen ließ.

Die Wachen grüßten ihn, und ein Pferdeknecht rannte herbei, um ihm Lyards Zügel abzunehmen. Adam umklammerte den Sattelknauf so fest, daß sich das Eichenblattmuster darauf in seine Handfläche eindrückte. Bevor jemand kam, um ihm aus dem Sattel zu helfen, war Heulwen schon unten und lief zu ihrem Ehemann hin. Der Schmerz verminderte sich zu einem leichten, erträglichen Pochen. Er schmeckte Blut von seiner aufgebissenen Lippe und öffnete die Lider, um auf Heulwen hinunterzuschauen.

»Ich weiß, wir hätten noch eine Nacht in Shrewsbury rasten sollen«, rief sie in heftiger Selbstanklage. »Schau, du hast Blut auf der Tunika.«

»Still, Heulwen.« Er schaute sich in dem belebten Hof um. »Oder möchtest du, daß meine Leute fürchten, ich hätte eine zänkische Xanthippe mitgebracht, die sie in Zukunft maßregeln wird?«

»Adam, das ist doch keine Sache zum Scherzen«, erwiderte sie, und Tränen füllten ihre Augen. »Du hast bisher sehr viel Glück gehabt. Du kannst immer noch Wundfieber bekommen oder den Starrkrampf oder ganz einfach sterben, weil du dir zuviel zugemutet hast! Du hast es verdient, ausgescholten zu werden.«

Ein wenig von der Spannung löste sich bei ihm, und etwas natürliche Farbe kehrte zurück und wärmte sein Gesicht. »Aber lieber privat und nicht in aller Öffentlichkeit«, schwächte er ab. »Ich gebe zu, daß ich ein verrückter Hund bin, doch das braucht man nicht öffentlich zu verbreiten.« Er berührte ihre Wange und sah, wie auch bei ihr die Farbe allmählich zurückkehrte, und ihre Augen begannen grün zu leuchten, ein Farbton, in den er sich hätte werfen und ertrinken können. Abrupt sagte er: »Dein Großvater wartet dort drüben«, und zog dann die Hand zurück, um Austin herzukommandieren, damit er ihm vom Pferd half.

Sie sah, daß sich sein Gesicht wieder verschlossen hatte, und mit einem Gefühl der Hilflosigkeit wandte sie sich von ihm ab, lüpfte die Röcke und lief auf den alten Mann zu, der erwartungsvoll auf der Treppe des Vorhauses stand. Mit einem Schrei der Erleichterung warf sie sich in den sicheren Hafen seiner Umarmung und mühte sich vergeblich, die schwachen Zuckungen ihres Körpers unter Kontrolle zu bringen.

»Na, na, na, Kind«, murmelte er leise, »es ist ein Lächeln, das ich auf deinem Gesicht sehen will, und keine Tränenflut!« Und dann, mit einer Leichtigkeit, die wahre Sorge ausschloß: »Sag mir nicht, ihr beide, du und Adam, habt schon wieder gestritten!«

»Schlimmer als das, Großpapa«, würgte sie heraus. »Ich habe ihn geheiratet am Rande der Ehrlosigkeit, und es war ein schrecklicher Fehler. Das weiß ich jetzt.«

»Du siehst schon wieder einmal den Wald vor lauter Bäumen nicht«, antwortete er guten Muts, klopfte ihr auf die Schultern und schaute über ihren Kopf hinweg auf Adam, der sich ihnen langsam und steif näherte, im Gesicht den vorsichtigen, wachsamen Blick, den Miles schon so lange an ihm kannte. »Was hast du gegen ihn?«

Heulwen wischte sich mit dem Ende ihres Ärmels über die feuchten Wimpern, drehte sich dann um und warf sich in seine Arme. In ihren Augen bewegte sich Adam jetzt ein wenig lockerer, nur die angespannten Gesichtsmuskeln verrieten noch seine Schmerzen. »Er hat gegen Warrin in einem Gottesurteil gekämpft«, sagte sie und fühlte mit Überraschung, wie seine Hand nach der ihren griff.

»Warrin ist also tot?«

»Nein, aber schwer verwundet und als Verlierer von König

Henry aus dem Lande gejagt. Es war schrecklich, Großpapa, und ich möchte lieber nicht darüber sprechen, jetzt nicht. Können wir hineingehen?«

Er warf einen Blick auf ihr Gesicht mit den Blutergüssen, sah dort mehr als deren verblassende Male, drückte sie gegen Adam und wandte sich dem Vorbau zu.

Adam ließ sich vorsichtig auf den Stuhl mit der geraden hohen Lehne sinken, schloß die Augen, während er gegen die Schmerzen ankämpfte, öffnete sie dann wieder und sah Miles, der ihm einen Becher mit Whisky gewürzten Weins entgegenhielt. Es gelang ihm, die etwas verzerrte Version eines Lächelns zustandezubringen. »Nicht tödlich, aber schmerzlich. Ich werde mein Leben lang eine Narbe vom Hüftknochen bis zu den unteren Rippen mit mir herumtragen. Und – ich habe viel verpatzt in Windsor, nicht nur an meinem Körper.«

»Ein Zweikampf war noch immer eine gefährliche Sache«, sagte Miles.

»Ja, sicher, aber du weißt ja nur die Hälfte.« Adam warf einen Blick auf Heulwen.

Sie hatte ihm den Rücken zugekehrt und redete mit leiser Stimme auf Elswith, ihre Zofe, ein, während sie die Reisekisten auspackten.

Miles schaute in die Richtung. »So also steht es?« fragte er nachdenklich, nachdem er sich an Heulwens Verzweiflung draußen auf dem Hof erinnerte.

»Schlimmer.« Adam berichtete ihm in kurzen Zügen die Grundzüge der Geschichte.

Miles schürzte die Lippen. »Kein Wunder, daß du es so eilig hattest, in die Marken zu kommen statt den Geiern bei Hofe ein verlängertes Fest zu bieten.«

»Ich war ein Idiot.« Adam senkte den Blick auf den Becher in seinen Händen. »Wenn ich mich nicht kopfüber in diese

Sache gestürzt hätte, wäre das alles wahrscheinlich nicht passiert, oder?«

»Wahrscheinlich nicht«, räumte Miles ein, »aber wenigstens ist der Mord an Ralph gesühnt, und du hast, was dein Herz so lange begehrte.«

»Ja.«

Adams Ton ließ Miles Augenbrauen nach oben gehen, und nach kurzem Zögern griff er in seine Tunika. »Ich habe Heulwen davor gewarnt, den Wald vor Bäumen nicht zu sehen, und wenn du das gleiche tust, nur am anderen Ende des Waldes – wie wollt ihr da jemals zusammenkommen?« Er streckte ihm seine vom Alter faltige Handfläche entgegen, und darauf lag ein Stück schön bearbeitetes Gold.

»Was ist das?« Adam streckte den Arm aus, zuckte zusammen, vollendete aber die Bewegung und hatte eine runde Umhangbrosche in der Hand, ein Beispiel für geschickte angelsächsische Handwerkskunst: ein Wolf, der sich in den eigenen Schweif zu beißen versucht, die Augen mit winzigen roten Karneolsteinen besetzt.

»Sie hat Heulwens Großmutter gehört, meiner ersten Frau. Christen war angelsächsisch, und das Schmuckstück befand sich seit Urzeiten in ihrer Familie. Ich habe es ihr aus dem Norden mitgebracht, vom Sterbebett ihres Großvaters und aus einem blutigen Krieg. Sie hat es mehr als alle anderen Schmuckstücke geliebt, nicht wegen seiner Schönheit, sondern weil es für uns einen neuen Anfang bedeutete. Ich wollte es Heulwen als Hochzeitsgeschenk überreichen, aber vielleicht ist es besser, wenn du es ihr im geeigneten Augenblick übergibst.«

Adam hob den Kopf und schaute in die klugen, tiefliegenden Augen. »Sollte da noch etwas sein, was du nicht verstehst?« fragte er betrübt.

»Rechne es meinem hohen Alter zu«, sagte Miles mit einem kleinen Lächeln. »Und den Tatsachen, daß ihr beide sturer als Maulesel seid und ich nicht mehr viel Zeit habe.«

Hinter ihnen füllte das Geräusch zweier Hausdiener, die Eimer heißen Wassers in eine Badewanne kippten, die Stille der unausgesprochenen Worte, und als dann alles wieder ruhig war, wechselte Miles das Thema.

»Hier war es inzwischen so friedlich wie in einem Nest, wenn die Schwalben ausgeflogen sind: kein Zeichen von Davydd ap Tewdr, der nach seinem Grünschnabel sucht.«

»Weiß er denn überhaupt, daß wir den Jungen haben? Bist du sicher, daß ihn diese Nachricht erreicht hat?«

»An den beiden letzten Markttagen hat es hier nur so von walisischen Gesichtern gewimmelt. Natürlich weiß er es.«

Adams Brauen zogen sich zusammen. »Auf was wartet er dann? Warum kommt er nicht?«

Miles breitete die Hände aus. »Vielleicht kann er auf Rhodri verzichten. Vielleicht will er dem Jungen eine Lehre erteilen und ihn eine Weile schwitzen lassen. Du kannst ihn ja öffentlich hängen lassen und sehen, was dann passiert.«

Adam warf ihm einen Blick zu. »Das meinst du doch nicht im Ernst?«

»Nur als Bluff«, sagte Miles mit einem leichten Lächeln. »Aber so könnte man die brüderliche Liebe testen.«

»Und wenn er nicht auf den Bluff eingeht? Was mache ich dann? Lasse ich ihn hängen? Oder zeige ich, daß mein Wort so wenig wert ist?«

»Du wüßtest wenigstens, ob du die Richtung deines Angriffs ändern sollst oder nicht. Wenn Rhodri ap Tewdr als Köder nichts taugt, könnte er vielleicht ein hervorragendes Tauschobjekt sein.«

Adams Augen verengten sich. Die Haltung ihres Gefangenen gegenüber seinem Bruder war unklar gewesen, als er auf dem Krankenbett mit ihnen gesprochen hatte, und wenn Davydd ap Tewdr sich entschied, nicht über Rhodris Leben zu verhandeln, würde das wohl kaum zur Besserung des Verhältnisses der beiden beitragen. »Du meinst, man könnte Davydd ap Tewdr in Zukunft ersetzen durch jemanden, der den Gedanken der Normannen zugänglicher ist?« murmelte er. »Mit jemandem, der Grund hat, ihnen dankbar dafür zu sein, daß man ihn von der Straße aufgehoben und wiederhergestellt hat, statt ihn unter den Opfern seiner eigenen Torheit sterben zu lassen?«

»So ähnlich, ja. Der Bursche hat einen gesunden, praktischen Kopf auf den Schultern, und wenn er uns auch vielleicht nicht liebt, wird er auch nicht von wildem Haß gegen uns verzehrt. Ich schätze ihn als einen Mann von Verstand, der durchaus in unserem Sinne einzusetzen ist.«

»Also bräuchte ich nur Davydd ap Tewdr erledigen und Rhodri freilassen, damit er an seine Stelle tritt.« Adam trank seinen Becher aus und seufzte schwer. Ein dumpfer Schmerz pochte hinter seinen Lidern. »Momentan ist mir allerdings nicht nach einer Konfrontation zumute. Ich glaube, ich könnte ein Jahr lang schlafen.«

»Zumindest ein paar Tage«, verbesserte Miles ihn fröhlich. »Und das ist mehr, als den meisten Neuverheirateten gegönnt wird, wie du zugeben mußt.«

Adam betrachtete die funkelnde Brosche, die er in der linken Hand hatte. »Ja«, sagte er dann so müde wie nie zuvor. »Aber die meisten Männer müssen sich auch nicht auf solche Weise den Weg zum Altar freikämpfen und als Braut eine Frau nehmen, die am liebsten in der anderen Richtung davonlaufen würde.«

Durch halbgeschlossene Lider, auf dem Bett ausgestreckt, die Wunden frisch versorgt, beobachtete Adam, wie Heulwen seine Kleidung aufhob, einen Teil davon den Mägden zum Waschen, andere Stücke zum Zusammenlegen und Verstauen in seinem Kleiderschrank gab. Alle seine Gliedmaßen schmerzten, aber seine Gedanken bewegten sich ruhelos wie ein Tier im Käfig. Er war zu Hause, er sollte sich wohl fühlen und erleichtert, aber unverständlicherweise war er so angespannt und nervös wie ein Pferd, das eine Veränderung in der Witterung wahrnimmt.

Heulwen selbst zog ihr von der Reise verschmutztes Kleid aus, das Unterkleid und das kurze Hemd, nahm ihren Schleier ab, steckte sich die Zöpfe hoch, wartete dann neben der Wanne und fröstelte ein wenig, während eine Magd einen frischen Eimer heißes Wasser in den Zuber gab. Adam bewunderte die reife Schwellung ihrer Brüste, die schmale Taille, die sich zu üppigen, aber nicht übervollen Hüften weitete, und an der Stelle, wo sich die Schenkel begegneten, fast wie eine Zielscheibe, das Dreieck roter Haare, fast so leuchtend wie die auf ihrem Kopf. Er wußte jetzt, wie sich ihr Körper anfühlte, wenn er mit dem seinen vereint war in der Vergessenheit der Leidenschaft. Es war nicht mehr nur eine dunkle Vorstellung, sondern eine quälende, lockende Erinnerung an die Realität. Seine Lenden erwärmten sich, und er senkte die Lider, bis alles, was er sah, der verschwommene Schimmer der Nachtkerze war.

Heulwen schickte die Magd fort und stieg in den Zuber, der die Form eines großen Fasses hatte, mit einer Bank, die sich an der breitesten Stelle befand. Sie setzte sich auf die Bank und betrachtete nachdenklich das Bett und den Mann, der schweigend darauf lag. »Adam, bist du am Einschlafen?«

»Nein.«

»Soll ich dir etwas mischen, was die Schmerzen lindert?«

»Nein, danke.«

Sie kaute an ihrer Unterlippe und fragte sich, wie sie diese fast feindselige Zurückhaltung durchdringen konnte, wenn all ihre Bemühungen so schroff zurückgewiesen wurden, als wären es Beleidigungen. Sie versuchte es noch einmal. »Adam, ist etwas nicht in Ordnung?«

»Nein. Was denkst du denn?«

»Ich weiß nicht. Und ich kann nicht mit dir reden, wenn du mich ständig von dir stößt.«

Plötzlich war er nicht mehr lethargisch, sondern kämpfte

sich hoch, die Augen weit offen und leuchtend honiggelb vor Verärgerung. »Und ist es ein Wunder?« fuhr er sie an. »Ich habe kein Kindermädchen mehr gebraucht, seit ich sechs Jahre alt war. Aber ich werde betätschelt und gehätschelt wie ein Kleinkind, und jedesmal, wenn ich dagegen protestiere, ringst du entweder die Hände oder bist beleidigt!«

Das Badewasser plätscherte, als Heulwen die Seiten des Bottichs packte. Jetzt lag auch in ihren Augen Sturm. »Nicht ich bin diejenige, die hier beleidigt und mürrisch ist!« fuhr sie ihn an. »Wenn du dich wie ein Sechsjähriger benimmst, mußt du dich nicht wundern, daß du auch so behandelt wirst. Du solltest dankbar sein für meine Fürsorge und sie mir nicht auch noch vorwerfen, als hätte ich dir statt dessen weiß Gott was angetan!«

»Dankbar!« knurrte er. »Dankbar, wenn ich mir vorkomme wie ein Leprakranker, der alle möglichen Gnaden aus den Händen einer Patronin mit Schuldgefühl entgegennimmt!« Auf seinen Wangenknochen erschienen zwei fiebrig rote Flecken.

Heulwen umklammerte mit den Fingern den Rand des Bottichs und erdrosselte das Holz anstelle des Mannes auf dem Bett. »Soll ich vielleicht deine Verletzungen ignorieren?« fauchte sie ihn an. »Soll ich mich deiner Dummheit anschließen und so tun, als wären sie nicht vorhanden? Adam, du machst mich ganz krank, wie du dich so aufführst.«

Abrupt verschwand der Zorn aus ihm. Er ließ sich zurücksinken auf die Kissen, wobei der Schmerz eine dünne Linie zwischen seinen Brauen bildete, und seine Augen waren noch mehr umschattet als zuvor. »Vielleicht tu' ich das, weil ich es nicht wage, damit aufzuhören«, sagte er müde.

Heulwen beendete das Waschen und stieg aus dem Bottich, dann trocknete sie sich an den Leinentüchern ab, welche ihr die Magd hiergelassen hatte. Danach zog sie sich ihr Nachthemd an, und während sie es zuband, sagte sie mit einer Stimme, die jetzt so müde und verdrossen klang wie die seine: »Du hättest dir eines von den anderen Mädchen nehmen sollen, die Henry dir angeboten hat. Ich mache dich nur unglücklich.«

Er antwortete mit einer Bewegung seiner Brauen. »Das ist ein Risiko, mit dem ich leben muß. Bist du fertig? Dann steh nicht zitternd herum und komm ins Bett.« Er rutschte zur Seite und machte Platz für sie.

Sie zögerte, konnte seine Stimmung nicht ausmachen. Sein Körper war steif, sein Ton verriet nichts.

»Bitte.« Er zog die Lider hoch.

»Oh, Adam!« Was sie dort sah, brachte sie ans Bett, ehe sie wußte, daß sie sich bewegt hatte. Sie hatte einen Kloß in der Kehle. Jetzt beugte sie sich über ihn und küßte ihn auf den Mund. Es sollte eine Geste der Versöhnung sein, eine Wiedergutmachung für die harten Worte, die während der Reise gefallen waren, aber Adams Arm schlang sich fest um ihre Taille, zog sie nach unten, und der Kuß vertiefte sich besitzergreifend, bevor er ihren Hals liebkoste, den zarten Stoff ihres Nachthemds zur Seite schob und die Schwellung ihrer Brüste mit Lippen und Zähnen noch verstärkte.

Heulwen hielt den Atem an, denn mit einem solch plötzlichen Überfall hatte sie angesichts seines geschwächten Zustandes keineswegs gerechnet. Sie versuchte sich ihm darzubieten, als er sich etwas ungeschickt auf sie warf und mit einem Knie ihre Schenkel öffnete. Ihr Keuchen wurde zu einem Schmerzensschrei, als er in sie eindrang. Sie war noch nicht bereit gewesen, und die harten, drängenden Stöße schmerzten nicht wenig. Jetzt schloß sie die Augen und kämpfte nicht mehr dagegen an, sondern machte sich so schlapp wie ein Stück Holz, das mit der Brandung hin und her gerollt wurde. Der Instinkt ließ ihren Körper feucht werden, und die Schmerzen ließen nach und gewährten ihr die Möglichkeit, zu denken. Jetzt drängte sie sich ihm entgegen, nahm seinen Rhythmus an, strich mit den Händen über seine schmalen Hinterbacken und drückte ihn in sich hinein. Er atmete in rauhen Stößen. Ohne viel Mühe verstärkte sie das Tempo, drängte ihn weiter, wurde selbst von dem Mahlstrom der Ekstase ergriffen und fühlte, wie aus den Schmerzen in ihrem Innern brennende Lust wurde, aber bevor sie sich verstärken oder sie gar zum Höhepunkt bringen konnten, stieß Adam einen Schrei aus und packte sie, und ihre beiden Körper zitterten von den heftigen Wellen seines Orgasmus'. Sie hörte, wie sein Atem an ihrem Ohr vorbeipfiff, fühlte die Stoppeln, die auf der zarten Haut an ihrem Hals kratzten, und das Heben und Senken seines Brustkorbs, das sie fast am Atmen hinderte. »Adam, du erdrückst mich«, sagte sie in ruhigem, praktischem Ton, und als er sich nicht mehr bewegte, schubste sie ihn an seinen breiten Schultern und versuchte, sich unter ihm hervorzuarbeiten.

Durch die Taubheit nach dem Höhepunkt und der Rückkehr seiner Schmerzen bemerkte Adam, wie Heulwen sich unter ihm hervorkämpfte, und zog sich auf die Seite. Dann legte er sich auf den Rücken, und mit einem Stöhnen hielt er sich einen Ellbogen vors Gesicht, damit er sie nicht anzusehen brauchte. Entsetzliche Bilder seines Vater blockierten seine vernünftige Denkweise. Er hatte soeben seine eigene Frau vergewaltigt, oder beinahe – das machte keinen Unterschied –, und bei einem derartigen Mangel an Beherrschung fragte er sich, was noch alles in ihm schlummerte, bei ihm möglich war.

»Du blutest ja wieder, und das ist kein Wunder«, schalt sie ihn keineswegs im Zorn. »Adam, du brauchst doch noch nicht so hastig zu sein. Wenn du dein Essen genauso runterschlingst, bekommst du eine Magenverstimmung, und das hast du dann auch verdient.«

Vorsichtig nahm er den Arm vom Gesicht, denn es drängte ihn, sie anzusehen, obwohl er Angst hatte vor dem, was ihr Gesicht verraten mochte. Ihr Ausdruck war erschöpft, und sie schaute ihn fragend an, als ob eine Sache, mit der sie immer gerechnet hatte, plötzlich aus ihrem Versteck gekommen wäre. Aber nirgends entdeckte er auch nur das geringste Anzeichen für Abneigung oder Ekel. Sie zupfte ihr Nachthemd zurecht, stand vom Bett auf und holte die Bandagen aus der Truhe neben der Kohlenpfanne. Dann kam sie zu ihm zurück und schnalzte tadelnd mit der Zunge. »Wenn du dir nur etwas Zeit gelassen hättest, zu fragen – und ich hätte einen Weg gewußt, wie du den Druck auf deine Wunde hättest vermeiden können.«

Offene Überraschung ersetzte den düsteren Ausdruck in seinen Augen. Er wischte sich das schweißnasse Haar aus der Stirn und starrte sie entgeistert an. Daß eine Frau eine so überlegene Kenntnis der Schlafzimmerkünste besaß und daß sie es auch noch eingestand, hätte er nie für möglich gehalten. Huren, oder zumindest die kostspieligen, die er sich gelegentlich gekauft hatte, waren meist nichts als weiche Nachgiebigkeit; sie konnten sich nicht genug tun im Rühmen seiner Fähigkeiten – was natürlich gelogen war, wie er in Gedanken hinzufügte –, und er hatte niemals eine länger dauernde Beziehung gehabt, die ihm klarmachte, daß es auch ganz anders möglich war – bis zu diesem Augenblick.

Heulwen hob ihre Schultern in einer seltsamen Geste, halb verteidigend, halb gespielte Nonchalance. »Ich war schließlich zehn Jahre mit Ralph verheiratet. Er war der Typ von Mann, der sich schnell langweilte, wenn man ihm nichts Neues zu bieten hatte. Sobald meine Jungfräulichkeit ein wenig verblaßt war, amüsierte er sich damit, mir all die anderen, teuflischen kleinen Wege zum Mittelpunkt des Labyrinths beizubringen, und sobald ich sie erst kannte, fand er es schon wieder langweilig. Ich war seine Stute. Und ich war sattelmüde. Also suchte er sich ein neues Pferd. Manchmal, wenn er zwischendurch zu mir kam, konnte ich es nicht ertragen, weil ich wußte, daß es nichts weiter als ein ›guter Ritt‹ unter zahllosen anderen war.« Geschickt bandagierte sie seine Wunde mit einer neuen Rolle Leinenstreifen. Ihre Hände waren ruhig, nur ihr Kinn zitterte ein wenig.

»Dein Vater hatte recht«, sagte er nach ein paar Sekunden. »Du weißt es wirklich, wie du deine Ehemänner aussuchen mußt. Wir sind alle Bastarde.« Er berührte eine Strähne ihres Haars, das sich von ihren hochgesteckten Zöpfen gelöst hatte. »Wenn ich mich schlecht benommen habe vorhin, vergib mir. Ich hatte Angst, und ich war überreizt. Verhungernde Männer und Festmähler passen nicht zusammen.«

Sie blinzelte und wandte sich ab, um ihr Nachthemd auszuziehen; danach wischte sie mehrmals ihr Gesicht daran ab. Jetzt hatte sie den Schutzschild seiner Gleichgültigkeit durchdrungen und gesehen, was dahinterlag, und dabei hatte sie mehr von sich selbst verraten, als ihr lieb war. Sie fühlte sich nackt in der Seele, verletzlich und erschreckt. Adam beobachtete sie – sie fühlte, wie sich seine Blicke in ihren Rücken bohrten. Rasch blies sie die Nachtkerze aus, so daß völlige Dunkelheit herrschte, aber als er sie an sich zog, ließ sie sich ohne Widerstand in seine Arme sinken und legte den Kopf auf seine Brust.

Er fühlte ihre Wange, kühl und feucht, streichelte ihr Haar und wußte nicht, ob er im Himmel oder in der Hölle war.

Fünfzehntes Kapitel

Miles fühlte, wie der Schritt des Grauen zum drittenmal erlahmte, und mit besorgtem Blick auf die dunklen Wolken, die sich wie Wolle ballten und Regen verhießen, zog er an den Zügeln, stieg steif vom Rücken des Tiers, und die Schmerzen in seinen Gelenken strahlten ein nicht zu übersehendes Stechen und Ziehen aus. Er nahm seine Kettenhandschuhe ab und strich vorsichtig mit der Hand über die verdächtige Stelle am nahegelegenen Vorderlauf des Tiers, fühlte das heiße, geschwollene Kanonenbein und wußte, daß da nicht mehr viel zu machen war.

»Schwierigkeiten, Mylord?«

Er wandte sich dem Kommandierenden seiner Eskorte zu, der selbst auch abgestiegen war, und breitete die Hände in einer hilflosen Geste aus. »Es ist eine alte Verletzung. Ich dachte, er hätte lange genug gerastet in diesen Wochen auf Thorneyford, aber ich habe mich offensichtlich verschätzt. Ihr solltet das Pferd vom Ende des Zuges holen und ihn statt dessen dort einordnen. Er kann mein Gewicht nicht mehr so weit tragen, wie wir vor Einbruch der Dunkelheit kommen wollen.«

»Ja, Mylord – und Ihr? Ist alles in Ordnung?«

Miles lächelte in das junge Gesicht, das so besorgt wirkte hinter dem breiten Nasenschutz seines Helms. »Es ist nichts, was ein wärmendes Feuer und ein Becher Glühwein nicht kurieren könnten, Gervase. Mein Blut fließt heute so langsam wie der Dee im Winter.« Er zog sich die Handschuhe wieder an und schlug die Hände zusammen, die gefühllos geworden waren von der Kälte. Heute waren die Gliederschmerzen wie ein feines Messer, das seine Klinge zwischen seine Glieder stach und sie auseinanderzusprengen drohte. Die beißende, feuchte Kälte schmerzte in seinen Lungen, als er sie einatmete, und schickte einen Schauer durch seinen Körper. Er fragte sich kurz, ob es der nach Hause drängende Instinkt des sterbenden Pferdes war, der ihm das Bedürfnis eingegeben hatte, durch die Marken zu seinem Hauptsitz zu reisen, ohne auf das Wetter zu achten oder auf die Ermahnungen seiner Enkeltochter und ihres neuen Ehemannes, daß er wenigstens bis Lichtmeß bleiben sollte. Vielleicht. Sein Körper war ihm jetzt meist eine Last und nur noch selten eine Freude. Er ging langsam zum hinteren Ende des Zuges, wo der Knappe von Gervase den Braunen sattelte.

»Ihr könnt aber auch jederzeit im Wagen sitzen«, sagte der junge Ritter und zeigte auf den Wagen mit seinen Reisekisten und Lebensmitteln für Milnham-on-Wye, die ihm Adam und Heulwen aufgenötigt hatten.

»An dem Tag, wo ich nicht mehr auf den Rücken eines Pferdes klettern kann und mit so einem Ding vorliebnehmen muß, möchte ich begraben werden«, entgegnete Miles plötzlich sehr mürrisch. Ja, er fühlte seine Jahre, doch er war noch nicht bereit, zuzugeben, daß er ein zerbrechlicher alter Mann war.

Er setzte den Fuß in den langen Steigbügel und gestattete dem Hauptmann, ihn in den Sattel zu schubsen. Dabei verbarg er die Schmerzen, biß die Zähne zusammen und nahm die Zügel auf. Mit rot angelaufenem Gesicht gab Gervase dem Führer des Zuges den Befehl und stieg dann auf sein eigenes Streitroß, hielt aber auf halbem Weg in den Sattel inne, die Augen vor Schreck weit aufgerissen.

»Zu den Waffen, die Waliser kommen!« schrie er, und seine Stimme peitschte die kalte Luft eine Oktave höher als gewohnt.

Miles' Eskorte versammelte sich um ihn. Er hatte Mühe mit dem steifen Ledergurt seines Schilds und fluchte auf seine ungeschickten, kalten Finger.

Die Waliser vergeudeten keine Zeit mit Höflichkeitsformeln. Pfeile waren da, um zu zerstören, und Pfeile zielten auf die normannischen Rosse, um sie zu Boden zu strecken. Ein Pfeil traf den Wallach, der mit seinem Geschirr am Wagen festgemacht war, in den Rumpf, wo er schmerzte, aber vergleichsweise wenig Schaden anrichtete. Das Pferd riß den Kopf in die Höhe und versuchte, mit einem schrillen Wiehern durchzugehen. Der Fahrer fluchte, vergeblich darum bemüht, seine Angst zu beherrschen. Ein zweiter Pfeil traf den Fahrer und nagelte seinen Arm an das Holz des Wagens. Der Fahrer schrie und ließ die Zügel los, die durch die Bewegungen des verletzten Pferdes an seinen Händen zerrten. Dann machte der Wallach das mit ihm am Geschirr hängende Pferd scheu, das ohne eine lenkende Hand am Zügel zur Seite wich und seinerseits durchzugehen versuchte.

Miles sah es kommen, konnte aber nichts dagegen tun. Er sah auch aus den Augenwinkeln, wie der Knappe von Gervase versuchte, hinüberzuspringen und die Zügel in die Hand zu bekommen. Zugleich gab er einen Warnschrei von sich, die Augen weit aufgerissen vor Entsetzen. Allmählich, in verzögerten Bewegungen, kam das ganze Fuhrwerk ins Schwanken, und die Pferde scheuten und stießen mit den Läufen nach beiden Seiten. Dann kippte der Wagen, daß die Seitenflächen auf den Boden krachten, splitterten und dabei ihren Inhalt nach allen Seiten verstreuten.

Die Pferde rissen sich los, zogen das Geschirr hinter sich her, schossen in die Mitte des Durcheinanders und machten es noch schlimmer. Ein Holzsplitter bohrte sich in das Auge von Miles' Hengst, und mit einem Schmerzensschrei erhob er sich auf die Hinterläufe und ließ die vorderen in den Himmel treten. Miles versuchte, sich an die Zügel und den Sattelknauf zu halten, aber seine Reflexe waren denen von Renard um ein ganzes Leben voraus: Er wurde aus dem Sattel geschleudert und landete hart auf den Resten des Wagens.

Überfallen, in der Minderzahl und ausmanövriert kam die Sache der Normannen schnell und blutig zum Ende. Der Anführer der Waliser, ein großer, breiter Mann, dessen irisches Blut sich in seinen kräftigen Knochen und den hellbraunen Augen zeigte, trieb sein Pferd um einen am Boden liegenden Toten herum und zog an den Zügeln, sobald er bei dem Wagen angekommen war. Ein toter junger Bursche mit gebrochenem Genick lag dicht vor den Hufen des Hengstes. Der Waliser preßte die Knie zusammen und ließ das Pferd einen Weg zur anderen Seite des Wagens suchen. Einen Moment lang erfüllte ihn eine arge Enttäuschung, weil er befürchtete, daß sein Plan schiefgelaufen war, aber dann bewegte sich der Mann auf dem Boden und stöhnte.

Davydd ap Tewdr stieg vom Pferd und bückte sich neben den alten Mann, um ihn mit der Erfahrung eines Kriegers zu überprüfen, der an solche Überfälle gewöhnt war und mit den Opfern umzugehen wußte. »Nur ein paar angeknackste Rippen und Prellungen«, verkündete er mit Erleichterung, in der die Aufregung zitterte. »Aber die Prellungen sind schwer, und außerdem hat er einen Schock. Twm, besorg mir eine Decke. Wir müssen ihn wie einen der unsrigen behandeln, um ihn danach gegen Rhodri austauschen zu können.«

Adam hatte sich die Lanze unter den Arm geklemmt, hielt den Schild auf der linken Seite, ohne eine Lücke entstehen zu lassen, stieß dem Hengst die Absätze in den Bauch und brüllte »Ha!«.

Lyard sprang auf die Beine und flog wie ein Pfeil durch den Waffenhof. Adams Lanze schlug der Übungspuppe eine tüchtige Wunde. Er duckte sich, als der Sandsack herumwirbelte und die Luft über der Gestalt des geduckten Reiters teilte. Dann riß er Lyard herum, daß die Hufe auf dem Sand wirbelten, und wiederholte die Bewegung mit einer Geschicklichkeit, daß ihn sämtliche Zuschauer beneideten um die Eleganz, die er seinem Können hinzugefügt hatte. Der junge walisische Gefangene sah seinem bevorstehenden Versuch nicht ohne leises Zittern entgegen.

Adam setzte ab ohne den leisesten Hinweis auf eine eventuelle Steifheit, die seine Bewegungen beeinträchtigen und auf eine erst vor kurzem verheilte Wunde hindeuten würde. Er ging mit Lyard hinüber zu dem jungen Waliser und reichte ihm die Lanze hinaus. »Denk dran, daß du den Kopf gesenkt hast und den Schild eng bei dir führst, und setz dich danach nicht zu früh auf, sonst kriegst du eins auf den Schädel.«

»Und ich ziele auf das rote Dreieck in der Mitte?« Rhodri schaute den Waffenhof entlang, die Stimme beiläufig, den Mund nonchalant – nur die Augen verrieten seinen Zweifel.

»Richtig.« In Adams Augenwinkeln standen ein paar Lachfältchen, bevor er seinen Ausdruck auf die gütige Neutralität eines geduldigen Lehrers einstellte. »Nicht nur das rote Dreieck, sondern die genaue Mitte davon. Das ist das Herz deines Gegners. Viel Glück.« Er schlug dem Rappen, den er dem Jungen geborgt hatte, auf die glänzende Schulter und trat zurück.

Neben Adam hielt Heulwen an auf dem Rückweg von einem verwahrlosten Hausgarten, wo sie ein paar Kräuterbeete plante, hakte sich bei ihrem Mann unter und fühlte, wie das Zittern eines nur mühsam unterdrückten Lachens durch seinen Körper lief.

»Was ist denn daran so komisch, Adam?«

»Mmmh?« Daß sie ihn angesprochen hatte, gab ihm die Ausrede, die er brauchte, um in ein offenes Grinsen auszubrechen. »Ich weiß genau, was jetzt kommt.«

»Was denn?« Sie sah, wie sich der Adamsapfel des jungen Walisers bewegte, während er die Lanze hochnahm.

»Es bedarf monatelanger Übung an der Puppe, wenn man dem Sandsack entkommen will. Die Anfänger können sich nicht entscheiden, ob sie lieber zielen oder sich ducken sollen. Sie können die beiden Bewegungen nicht koordinieren. Zumindest wird er eins auf den Buckel bekommen; ich rechne damit, daß er auf den Boden fällt.«

»Aber ich habe dir zugesehen. Es sieht so einfach aus!«

Er lachte. »Wenn man es kann – aber man lernt es nur durch schmerzliche Erfahrungen, das kannst du mir glauben.«

»Wie alles im Leben«, sagte sie mit einem kleinen, fast traurigen Seufzer, dann schwieg sie, um Rhodri zuzusehen, der die Übungsbahn entlanggaloppierte, um seinem unausweichlichen Schicksal zu begegnen.

Mehr durch Glück als durch Berechnung wäre es ihm um ein Haar gelungen, einer von der ganz kleinen Elite zu werden, denen es gelungen war, den Sandsack schon bei ihrem ersten Versuch zu überlisten – fast, aber nicht ganz. Der Speer traf das Ziel nicht genau im Zentrum, der Aufprall brachte ihn im Sattel ein wenig aus dem Gleichgewicht, daher duckte er sich für den Bruchteil einer Sekunde zu spät, und der Sandsack streifte ihn an der Schulter, so daß er aus dem Sattel gerissen und auf den Boden geschleudert wurde.

Das schwarze Streitroß lief noch ein paar Schritte, blieb dann stehen, und nach einem neugierigen Blick über die Schulter bückte es sich, die Nase in einen Tuff Gras. Austin lief grinsend hin, um die Zügel zu halten.

»Nicht schlecht«, räumte Adam mit Kennerblick ein, während er sich über den stöhnenden jungen Mann beugte, der sicher ein paar blaue Flecken davongetragen hatte. »Du wirst noch in Paris auf dem Turnier mitmachen.«

Er nahm Austin die Zügel ab und fragte mit einem Hauch von Herausforderung: »Willst du es noch einmal versuchen?«

Der walisische Junge warf ihm einen Blick durch die halbgeschlossenen Lider zu, dann drehte er sich zur Seite und spuckte einen Mundvoll blutigen Schleim aus. »Fahrt zur Hölle!« knurrte er, kämpfte sich dann unsicher auf die Beine und zog sich wieder in den Sattel, mit zusammengebissenen Zähnen und einem blutenden Riß an der Lippe, um die Übungspuppe noch einmal zu attakieren.

»Bravo, Junge!« murmelte Adam und beobachtete mit berechnenden Blicken den Stoß mit dem Speer, das zu späte Ducken und wie er kämpfte, um im Sattel zu bleiben, bis er schließlich nachgeben mußte und auf den Boden des Waffenhofes fiel, wobei ihm die letzte Luft aus den Lungen wich. Adam sammelte Pferd und Speer ein und brachte beides zu dem jungen Waliser zurück. Rhodri stützte sich auf die Ellbogen, rülpste und rang noch immer nach Luft, vergeudete etwas davon, um Adam zu verwünschen, stieg aber dennoch wieder auf den Rappen, sobald sein Körper wieder seinem Willen gehorchte.

Rhodri wendete den Hengst und galoppierte erneut los, diesmal jedoch nicht in Richtung Übungspuppe, sondern direkt auf Adam zu, den Speer gesenkt und in tödlicher Position. Heulwen schrie auf. Adams Körper spannte sich an, um sich im Notfall schneller bewegen zu können, als er es jemals in seinem Leben getan hatte – für den Fall, daß er den jungen Mann falsch beurteilt hatte. Im allerletzten Augenblick wurden die Speerspitze abgelenkt und das Pferd herumgerissen. Ein bißchen Schaum spritzte auf Adams Wams. Er nahm den starken Geruch nach Pferdeschweiß wahr und fühlte den heißen Atem, als das Tier zentimeternah an ihm vorbeiraste, gerade ohne ihn zu Boden zu trampeln.

»Jesus Christus!« schrie Heulwen und kam zu ihm her, das Gesicht weiß wie Kerzenwachs. »Er hätte dich auf der Stelle töten können.«

»Das glaube ich nicht«, sagte er in seiner nachdenklichen milden Weise, die in ihr den Wunsch weckte, vor Frustration laut zu schreien, und wandte sich dem Waliser zu. Zwei

Knappen hatten sein Pferd ergriffen; sie zerrten Rhodri aus dem hohen Sattel und hielten ihm dabei die Arme am Rücken fest.

»Schon gut, Alun, laßt ihn in Ruhe.« Adam machte eine entsprechende Geste. Der junge Waliser schüttelte sich wie ein Hund, der aus dem Wasser kommt, und massierte einen seiner Arme, den er sich offensichtlich geprellt hatte. An seinem Kinn klebte Blut von der geplatzten Lippe. Seine Unterlippe war geschwollen und ganz dunkel. »Wieso wart Ihr so sicher, daß ich im letzten Moment abdrehen würde?« fragte er herausfordernd.

Adam zeigte ein schiefes Lächeln. »Es war meine Einschätzung deines Charakters – und die Vermutung, daß du auch nach einem kurzen Augenblick des Triumphes weiterleben wolltest.«

Rhodri spuckte Blut vor Adams Füße, dann betrachtete er ihn mit düsterem Blick. »Es heißt, wenn mein Bruder nicht kommt, werdet Ihr mich an den höchsten Baum Eures Besitzes aufhängen.«

»Heißt es das?« Adam schaute kurz auf seine Fingernägel, fand einen, der eingerissen war, blickte wieder den Jungen an und nahm dann Austin die Zügel von Lyard ab, wonach er sich mit einer eleganten Bewegung in den Sattel schwang.

»Er wird es nicht schlucken, wißt ihr. Lieber sieht er mich am Baum hängen.«

»Dann kannst du nur hoffen, daß die Gerüchte nicht wahr sind.« Adam nahm einen Speer und wandte sich von seinem Gefangenen ab, um mit lässigem Galopp über den Hof zu reiten, den Schild genau in der Mitte mit der Speerspitze anzutippen, mit Leichtigkeit dem Schwung des Sandsacks auszuweichen und am Ende der Rennstrecke mit elegantem Schwung anzuhalten. Rhodri schaute ihn düster an und berührte seine dunklen, geschwollenen Lippen.

»Adam, warum hast du ihn so herausgefordert? Ich war sicher, er würde dich umbringen.«

Er warf das Büschel Heu weg, mit dem er das Pferd trockengerieben hatte, wischte sich die Hände an seiner Tunika ab und drehte sich zu Heulwen um. »Ich wollte sein Naturell auf die Probe stellen. Ich wollte auch wissen, ob er es noch einmal probiert, nach den ersten Erniedrigungen im Staub des Hofes.«

»Dein Leben ist ein zu hoher Preis dafür, um das herauszufinden!« fuhr sie ihn an. »Weiß der König, wie leichtsinnig du bist? Wohl kaum, sonst hätte er dich nicht damit beauftragt, seine Tochter zu holen.« Die Angst verlieh ihrer Stimme ein schrilles Timbre, und es fiel sogar ihr selbst auf, so daß sie rasch den Mund schloß und ihn nur anfunkelte.

Adam gab dem seidigen Fell von Lyard einen Klaps. »Kauf nie einen Kastanienroten und laß dich nie mit rothaarigen Frauen ein«, zitierte er grinsend. »Sie sind beide schwierig und zänkisch. Und ich scheine beide Fehler begangen zu haben, nicht wahr?«

»Adam ...«

Er schaute auf die Wut in ihren Augen, auf deren hinreißende Farbe, meergrün in ihrem geröteten, zornigen Gesicht, und legte ihr einen Arm um die Schulter. »O Heulwen, mach doch kein Theater aus einem kleinen Scherz.« Er lächelte und küßte ihre Wange.

Sie befreite sich aus seiner Umarmung. »Du bist genauso unmöglich wie Ralph!« warf sie ihm entgegen. »Und wenn ich mich beschwere, tust du, als wäre nichts. Zuletzt bin ich dann an allem Schuld.«

Adam seufzte und fuhr sich mit der Hand durchs Haar. Es war dicht und ungewellt und fiel ihm bis in die Brauen.

Er machte den Mund auf, um sich zu verteidigen, sah, wie steif sie dastand, ahnte, daß sie im nächsten Moment davonlaufen würde und sie wieder einmal an einem toten Punkt angelangt waren. Schnell, bevor sie sich aus dem Staub machen konnte, packte er ihre sich wehrende Hand, zerrte sie um den Hengst herum und in die leere Box nebenan, wo er sie auf den Berg von staubigem Heu hinunterzog, der verlockend nach Sommer und der Erinnerung an strahlenden Sonnenschein duftete.

»Schau«, sagte er und warf sich neben sie, »ich habe nicht sicher gewußt, daß er auf mich losreiten würde. Aber wenn ich mich umgedreht hätte, um davonzulaufen, hätte er mir genausogut die Klinge seines Speers zwischen die Schultern bohren können.«

»Du hättest ihn erst gar nicht so in Wut bringen dürfen«, schalt sie, und ihr Zorn war ungemildert.

»Ich habe, ich sagte es dir schon, seinen Charakter getestet. Wenn er das erste Mal unten geblieben wäre, hätte ich ihn als einen Feigling eingeschätzt, einen Kerl ohne innere Kraft. Daß er wieder aufstand, zeigte mir, daß er Mut besitzt und eine gewisse Sturheit, und daß er dann auch noch auf mich losgeritten ist, beweist seine Verwegenheit.«

Heulwen schniefte durch die Nase. »Das ist, als ob der Topf den Kessel schwarz schilt!«

Er zeigte ihr ein zustimmendes Grinsen. »Aber es war ein von meiner Seite aus kalkuliertes Risiko. Und es ist immer klug, wenn ein Mann das Temperament einer Waffe studiert, bevor er sie einsetzt.«

Sie schaute ihn mit gerunzelter Stirn an. »Was meinst du damit?«

Ein Pferdeknecht führte ein Roß in den Stall, schaute kurz über die Trennwand, räusperte, entschuldigte sich und ging dann wieder hinaus.

»Miles und ich hatten, bevor er uns verließ, mehrmals darüber gesprochen, daß man Davydd ap Tewdr durch seinen jüngeren Bruder ersetzen sollte.«

Das Stroh raschelte, als er sich zurücklehnte und sie anschaute. Hier, im schwachen Licht, waren ihre Zöpfe fast so dunkel wie trockene Ahornblätter vor dem gebleichten

Leinenkragen, und ihr Gesicht war ein blasses Oval mit kühnen, aber sehr weiblichen Zügen. Adam wußte genau, was er wollte, und auch, daß es ein Fehler war, wenn er jetzt diesem Wunsch nachgab. Er hatte keine Lust, sich noch einmal anzuhören, wenn sie ihn mit Ralph verglich, entweder als einer, der ihm ähnlich war, oder einer, der im Vergleich schlechter abschnitt.

»Und was wirst du tun? Ihn töten, wenn er kommt, um den Jungen abzuholen?« fragte sie angewidert, und dabei wurde ihr ganz kalt.

»Es wäre kein schlechter Gedanke«, räumte er ein, »doch das würde nicht klappen. Rhodri würde sich sofort gegen uns wenden, wie du eben gesehen hast, und er würde diesmal nicht stoppen. Selbst wenn ich ihn töte, wäre das noch lange nicht das Ende. Wir hätten dann höchstens einen anderen großen Fisch im Teich, der die kleinen Fische frißt.

Nein, wenn Davydd ap Tewdr kommt, werde ich hart verhandeln, so dicht an den Knochen wie nur möglich. Wenn er nicht einverstanden ist, wecke ich Zweifel in Rhodris Gedanken und stichle mich in Davydds Herrschaftsbereich.« Er hielt inne und betrachtete ihre fast verzweifelte Miene. »Was habe ich Falsches gesagt?«

Heulwen schüttelte den Kopf. Seine lohgelben Augen hatten das abschätzende, ruhelose Funkeln verloren und richteten sich jetzt gelassen auf sie, erfüllt höchstens mit Besorgtheit. Sie konnte ihm nicht sagen, daß sie das Erbe seines Vaters in ihm gesehen hatte – manipulativ, zynisch und kalt – und daß es sie mehr erschreckte als seine Entschlossenheit, rücksichtslos zu planen; dennoch kam ihr sein Blick so strahlend und unpersönlich vor wie der aus den Augen von Renards Falken. Auf sie gerichtet jetzt, war er immer noch strahlend, aber alles andere als unpersönlich. Sie senkte die Lider, bemerkte, wie sich seine Brust schneller hob und senkte, und wußte, daß es nicht nur die Sorge war, die auf eine Erwiderung von ihr wartete. Ihr Körper erwärmte sich, als ob er ihre Haut berührt hätte.

»Nichts«, sagte sie. »Es ist nur eine Seite deines Charakters, die ich bis dahin nicht kennengelernt habe.« Sie neigte den Kopf zur Seite und schaute Adam zurückhaltend an. »Obwohl wir miteinander aufgewachsen sind, scheine ich dich eigentlich kaum zu kennen, was meinst du?«

»Aber du kannst lernen«, murmelte er mit rauher Stimme und berührte ihre Wange, zog dann, bevor es zu spät war, die Hand zurück und machte sich daran, aufzustehen. Dieser Weg war voller Fallen und Hinterhälte. Sie hatten sich seit ihrer ersten Nacht des Nachhausekommens mehrere Male geliebt, und wenn es auch keineswegs Katastrophen waren, so hatten weder er noch sie dieses gelegentliche Beisammensein als einen überwältigenden Erfolg empfunden.

Heulwen war eine willige Partnerin gewesen – willig, aber ohne viel eigenem Dazutun, glücklich, ihm Freude zu machen, aber sparsam mit ihren eigenen Erwiderungen. Er vermutete, es kam daher, daß sie seit ihrer Zeit mit Ralph darauf achtete, nicht allzu viel von sich selbst zu verströmen, es sei denn, sie konnte nicht anders. Sicher war sie weniger frustriert als erleichtert darüber, daß er freier und offener reagierte, doch seinem Selbstbewußtsein half das nicht viel. Laß ihr Zeit, sagte Miles immer wieder zu ihm, aber Adam wußte nicht, wie lange er die Last des Wartens ertragen konnte.

Als er Lyards Box erreicht hatte, umschlangen ihn ihre Arme plötzlich von hinten, und er fühlte, wie sie ihre Wange fest an seinen Hals drückte. »Ich kann es ja versuchen«, murmelte sie so schnell, daß er Mühe hatte, sie zu verstehen. »Aber, Adam, ich habe Angst.«

Er fuhr herum, erwiderte ihre Umarmung, tippte dann mit dem Finger gegen ihr Kinn und hob den Kopf, um ihr Gesicht zu betrachten. »Angst – wovor, Heulwen?« fragte er überrascht. »Doch nicht vor mir?«

»Ich weiß es nicht.« Ein leichter Schauder lief durch ihren Körper wie kleine, kalte Schritte auf ihrem Rückgrat. Sie konnte ihm nicht sagen, daß Ralph, als er dabei war, es zu lernen, sie weggeführt hatte von der Liebe und hinein in eine bösartige Falle der Abneigung und daß sie entsetzt gewesen wäre, wenn es nun noch einmal geschähe. »Adam, halt mich fest.« Sie verstärkte den Druck auf ihn und stand auf Zehenspitzen, um seine Lippen zu erreichen, schmiegte die weichen Stellen ihres Körpers fest gegen die schlanke Härte des seinen. Adam fühlte die Nachgiebigkeit an ihren Brüsten, am Druck ihrer Schenkel, und versuchte, sich zu distanzieren von dem Vergnügen der Vorfreude auf die alles verzehrende Hitze, die schon jetzt in seine Lenden stieg. Als er an etwas anderes zu denken versuchte, gelang es ihm, den Gedanken zu verdrängen, und als Austin gleich danach in die Stallungen kam, war all sein Verlangen gewichen, und seine Augen waren so groß, daß die haselnußbraune Iris völlig vom Weiß umgeben war.

»Was ist, Austin, was ist geschehen?«

»Lord Adam, kommt schnell. Ein Händler ist gerade in den Burghof eingeritten und hat einen Verwundeten mitgebracht – einen schwerverletzten Mann. Ich denke, ich muß Pfarrer Thomas holen, gleich nachdem ich es Euch gesagt habe!« Sein Brustkorb hob und senkte sich vom heftigen Atmen. Adam ließ Heulwen los, legte die Hand auf die breite, aber zitternde Schulter des Jungen und ahnte die Tragödie, die in der Botschaft lag. »Er ist der Fahrer von Lord Miles' Wagen. Sie sind von den Walisern überfallen worden, sagt er, und die haben sie massakriert. Sie haben nur Lord Miles am Leben gelassen, den sie mit sich schleppten.«

»Nein!« schrie Heulwen. »Nein, o nein!«

»Ist gut, Austin.« Adams Stimme war beruhigend und fest, wie immer in Krisenzeiten. »Geh und suche Pfarrer Thomas, dann sag Sweyn, er soll die Männer bereit machen. Sag ihm, wir brauchen Packponys und Stricke.«

»Ja, Mylord.« Austin rannte. Auch Adam lief los, aber in Richtung des Wachhauses am Tor, nicht zur Burg. Heulwen kam hinter ihm her und verfluchte die hinderliche Last ihrer vielen Röcke.

Der Verwundete war quer auf einem der Ponys des Gefährts liegend hergebracht worden und sah aus wie ein halbvoller Krautsack. Jetzt lag er auf einer Bahre aus Rindsleder, und sein Gesicht war grau wie der Lehm eines Töpfers; dazu stöhnte er und stieß krampfartige Laute aus.

»Der ist am Ende, armer Kerl«, murmelte der Bote nach der Seite und spuckte ausgiebig auf den Boden. »Ich hab' noch keinen gesehen, der eine Blutvergiftung überstanden hat, und die Wunde an seinem Arm sieht ganz böse aus.«

Heulwen kniete sich neben die Bahre und hob sachte die Decke, dann zuckte sie zusammen. Der rechte Arm des Mannes war nackt bis zur Schulter, der Ärmel abgerissen, und der Muskel darunter war nichts als zerfetzte schwarze Masse, entzündet und geschwollen. Zwischen Wut und Mitleid biß sie sich auf die Lippe. »Hätte man die Wunde nicht wenigstens reinigen und verbinden können?« fragte sie und warf einen anklagenden Blick auf den Händler, der ihn gebracht hatte.

Er war ein streitsüchtiger Mensch, durch sein Geschäft mit der Welt des Adels und der Schönheit durchaus vertraut und keineswegs von ihrer Undankbarkeit überrascht. Er zuckte mit den Schultern. »Ich habe mein Bestes getan. Wollte nicht auch noch lange in der Gegend bleiben für den Fall, daß einer von diesen walisischen Hunden zurückkam und nachsah, ob sie etwas vergessen haben. Der arme Teufel steckte wie aufgespießt auf dem Zweig hinter mir. War 'ne Teufelsarbeit, ihn freizubekommen, und wenn ich nicht zufällig vorbeigekommen wäre, dann steckte er noch dort, mit lauter Toten als Gesellschaft.«

»Außer ihm waren alle tot?« fragte Adam, und seine Stimme klang beherrscht im Gegensatz zu der zitternden Stimme seiner Frau.

»Soviel ich weiß, ja. Ich habe mir nicht jeden einzelnen genauer angeschaut. Es hat sich jedenfalls keiner mehr bewegt oder gestöhnt, und alle hatten Pfeil- oder Schwertwunden, die kein Mensch überlebt. Sie müssen direkt in einen Hinterhalt der Waliser geritten sein.« Er hielt inne, hustete und fuhr sich dann durstig mit der Zunge um die Lippen.

Adam schnippte mit den Fingern in Richtung eines der neugierig herumstehenden Diener. »Wo war das?«

»Auf dem Weg Richtung Ledworth, nicht weit von Nant Bychan, in der Nähe des großen Grenzsteins, um den dauernd gestritten wird. Auch wenn Ihr jetzt gleich losreitet, kommt Ihr nicht mehr vor Einbruch der Nacht hin.«

Der Mann auf der Bahre stöhnte wieder, diesmal bewußter, und bewegte sich auch. Heulwen legte ihre Hand auf seine Stirn. Unter ihrer kühlen Handfläche öffnete er flatternd die Lider. »Gräfin Heulwen, Herrin«, krächzte er schwach, dann plagte ihn wieder ein Hustenanfall. Adam gab das Ale, das der Diener dem Händler hatte geben wollen, statt dessen seiner Frau in die Hand. Sie nahm den Becher und hob vorsichtig den Kopf des Mannes an, damit er trinken konnte. Er tat es nach mehreren Versuchen, bei denen ihm die goldene Flüssigkeit in den Bart lief und seine Tunika befleckte.

»Es kam so plötzlich«, sagte er schwach. »Wir haben gar nichts tun können. Sie haben uns abgeschlachtet, wie man Fische in einem Kalter absticht. Lord Miles haben sie lebendig mitgenommen – es kam ihnen nur auf ihn an. Wir anderen dienten ihnen nur als Ziel für ihre Pfeile.«

Adam fluchte zwischen den Zähnen. Heulwen schaute ihn aus geröteten Augen an. »Was kann man da noch tun, außer ein entsprechendes Objekt zum Tauschen zu suchen, das im Wert seiner Beute gleich ist?« fragte er tonlos.

Der Händler langte wiederholt nach dem halbvollen Becher mit Ale, den Heulwen neben ihm auf den Boden gestellt hatte, dann trat er zurück und hielt ihn triumphierend in der Hand. Pfarrer Thomas watschelte herein, und seine fünf terrassenförmigen Kinne wabbelten; dazu pfiff sein Atem in der Kehle, als er sich mit einiger Mühe neben die Bahre kniete, um den Mann keuchend auf die Beichte vorzubereiten.

Heulwen erhob sich schwankend. Das Klappern der Pferde, die gesattelt über den Hof geführt wurden, von den Türen der Stallungen her, mischte sich mit dem Singsang des Pfarrers und den zögernden, schwachen Erwiderungen des Schwerverletzten. Adam wandte sich dem entfernteren Geräusch zu, das Gesicht angespannt wie ein Jagdhund, der nur auf das Startsignal wartet. Unwillkürlich legte Heulwen ihre Hand auf seinen Ärmel, als wollte sie ihn an die Leine legen.

Adam blickte nach unten. »Komm und hilf mir beim Anlegen der Waffen«, sagte er und wandte sich der Treppe zum Turm zu; dazu nahm er ihre Hand in die seine. »Rhodri ap Tewdr soll die Halle nicht verlassen. Du brauchst ihn nicht einzusperren, aber man soll immer wieder ein Auge auf ihn werfen.«

»Sein Bruder hat das getan, nicht wahr?« fragte sie mit harter Stimme.

Sie mußten sich voneinander lösen, um über die Wendeltreppe nach oben zu kommen in die Schlafkammer. »Ich wette alles Silber in der Kassette von Thorneyford«, sagte Adam grimmig, »daß er Miles als Geisel genommen hat.« Jetzt hob er die Rüstung von der Stange, an der sie befestigt war.

»Wenn du nicht den Jungen als Gefangenen genommen hättest . . .« begann sie, schloß dann aber den Mund für den Rest des Satzes.

Adam schaute sie scharf an, dann senkte er die Augen,

aber der Zorn über das, was sie ihm beinahe vorgeworfen hätte, zeigte sich in den angespannten Kiefernmuskeln.

»Adam, es tut mir leid.« Sie berührte seine Schulter. »Oder nein, fluche ruhig auf mich, weil ich eine Teuflin bin. Ich weiß, das alles ist nicht deine Schuld, es ist nur, daß –«

»– daß ich nur dastehe und alles ertragen muß«, beendete er den Vorwurf an ihrer Stelle und hatte eine Augenbraue zur Hälfte hochgezogen. »Liebes, geh nicht zu weit. Glaubst du, es macht mir weniger Sorge als dir? Glaubst du, der Gedanke wäre mir nicht auch schon längst gekommen?«

Ihr Kinn bewegte sich. Sie kämpfte mit den Tränen, verlor den Kampf und begann zu weinen. Er fluchte, zog sie zu sich heran und küßte sie. »Heulwen, bitte nicht.«

»Es geht ihm nicht gut!« schluchzte sie. »Er ist alt und krank. Ich habe gesehen, wieviel Mühe es ihm macht, die Stufen hinaufzugehen oder ein Pferd zu besteigen. Es wird ihn umbringen.«

Adam versuchte erst gar nicht, ihre Ängste zu zerstreuen. Was sie sagte, war die Wahrheit. Er selbst hatte die Veränderung bei Miles beobachtet, als ob alles sich freute auf den Frühling und Heulwens Großvater zurückbleiben müßte in den Schmerzen des Winters. Er preßte seine Lippen an ihre Schläfen und hielt sie fest, bis er fühlte, daß ihr Zittern nachließ, dann machte er sich los von ihr, um sie anzusehen. »Komm jetzt, Liebes, hilf mir beim Anziehen der Rüstung. Ich muß an die Stelle, wo es geschehen ist, und mit eigenen Augen sehen, was sich dort ereignet hat.«

Sie schniefte, wischte sich die Augen ab und erhob sich von seinen Knien auf. Ralph hätte sie ausgelacht und ihr das Haar zerwühlt, oder er wäre mit ihr auf der Stelle ins Bett gegangen, um zu sehen, wie es mit ihr war, wenn sie Tränen in den Augen hatte. Warrin hätte sich vermutlich aufgeplustert und seine Muskeln gezeigt. Adam war voll beherrschter Ruhelosigkeit, er wollte so schnell wie möglich weg, aber um ihretwillen ließ er alles mit großer Geduld über sich ergehen.

Sie nahm den oberen Teil der Rüstung vom Bett und half ihm beim Anlegen. Seit er sie zuletzt getragen hatte, war sie in einem Sack von Sand und Essiglösung aufbewahrt worden, was allen Schmutz und Rost entfernte, war dann abgetrocknet, eingeölt und auf die Stange gesteckt worden bis zum nächsten Gebrauch.

Die dünnen Ketten gaben ein flüsterndes, silbriges Geräusch von sich, als sie ihm das Schutzhemd über den Körper streifte, und als er darin aufstand, sah er doppelt so breit aus, als er in Wirklichkeit war. Als nächstes kam der ärmellose Wams aus azurblauem Samt und der vergoldete Schwertgürtel, und als er sich diesen umschnallte, trat sie zurück, um seine Erscheinung zu betrachten. Ein kalter Schauer lief ihr über den Rücken. Der Mann, der nur den Krieger gespielt hatte, war jetzt in einen wirklichen Krieger verwandelt worden.

»Adam, sei vorsichtig«, sagte sie mit schwankender Stimme. »Ich – ich will dich nicht auch noch verlieren.«

Er bückte sich, um den Helm aufzuheben, der am Fuß des Gestells für die Rüstung lag, und schaute sie über die Schulter an. »Ich schicke, wenn ich zurückkehre, einen unserer Boten voraus«, sagte er mit bedauerndem Blick. »Ich weiß, das Warten ist noch schlimmer als das Tun.« Dann richtete er sich ganz auf, steckte seine Handschuhe in den Helm und umarmte Heulwen mit seinem freien, gepanzerten Arm an der Taille, vorsichtig, um sie nicht mit seiner Rüstung zu verletzen. Sein Kuß war wild und hart; er sagte all das, was die Umarmung nicht sagen konnte, dann ging er hinaus auf den Hof und zu den Männern, die sich dort versammelt hatten.

Sechzehntes Kapitel

Miles schlug die Augen auf und starrte mit der Gleichgültigkeit der Erschöpfung auf die schwarzen, verschwommenen Baumstämme des Waldes. Die Schmerzen in seiner Brust und den Arm entlang waren ein dumpfes, bohrendes Ziehen, aber jeder Atemzug bewegte seine gebrochenen Rippen, und das war die reine Agonie. Er fühlte, wie ihm die feuchte, kalte Luft bis ins Mark der Knochen eindrang – aber vielleicht waren es auch die kalten Finger des Todes.

Walisische Stimmen murmelten zwischen den Bäumen – die Sprache seiner Kindheit, die er vor so langer Zeit in den grünen Wäldern von Powys, auf dem Knie seines walisischen Großvaters sitzend, gelernt hatte, und nun war das alles auf einmal so nahe, daß er fast die Schatten der Männer sehen, den feuchten Holzgeruch ihres Feuers riechen und ihr fröhliches Lachen hören konnte. Aber natürlich konnte er sie hören: Er war ihre Geisel, ihr Gefangener; er war zweiundachtzig Jahre alt und keine acht mehr, und sein Körper war noch an die Erde gebunden, sei es durch die Schmerzen, die er erlitt. Das Lachen hörte auf, und einer der Schatten vergegenwärtigte sich in Gestalt des großen, breitschultrigen Walisers, der den Überfall geleitet hatte und ihn nun zu einer Flasche Met und einem Stück dunklen Brotes einlud.

Miles schüttelte den Kopf; er fühlte weder Appetit noch Durst, nichts außer einer schwachen Trauer darüber, daß so viele geliebte und vertraute Dinge ihm nicht einen letzten

Anblick gewährt hatten. »Ihr seid sehr dumm«, sagte er leise auf walisisch.

Davydd ap Tewdr zuckte mit den Schultern. »Warum sagt Ihr das, alter Mann? Ich muß handeln, damit ich meinen Bruder zurückbekomme. Worin liegt da die Dummheit?«

»Tote haben einen geringen Tauschwert.« Miles zeigte ihm die erschöpfte Travestie eines Lächelns. »O nein, damit meine ich nicht den Jungen – noch nicht. Der ist bei bester Gesundheit, aber was geschieht, wenn man eine ausgehende Kerze in die Zugluft bringt? Sie verlöscht. Ich habe keinen weiten Weg mehr vor mir, und das gilt auch für Euch.«

Der Wind kämpfte sich durch die januarnackten Äste der Bäume, die über ihren Köpfen knackten und sich gen Westen neigten. Regen fegte mit dem Wind durch das schüttere Dach der Bäume. Der walisische Prinz blickte hinunter auf den Alten und versuchte herauszufinden, ob er wirklich dem Ende so nahe war; dabei erkannte er, daß Miles de Gallois nicht um seinetwillen log. Ein Zeichen dafür war das trübe Licht des Waldes, das die graublauen Flecken unter den faltigen Augen betonte, vor allem aber das rasche Heben und Senken der Brust des Alten, das mehr ein Kampf um Luft als Furcht oder Angst zu sein schien.

»Gott möge dich in der Hölle verkommen lassen, aber nicht bevor du deinem Zweck gedient hast«, murmelte er.

»Darauf würde ich mich nicht verlassen«, sagte Miles, schloß die Augen und hieß die Dunkelheit willkommen.

Heulwen, in ein pflichtbewußtes Ave Maria für den toten Wagenführer versenkt, wurde im Gebet gestört von FitzSimon, dem Befehlshaber der Garnison in Abwesenheit höherer Ränge.

»Mylady, eine Gruppe von Walisern hat sich der Burg genähert«, sagte er. »Sie haben eine Trage bei sich.«

Heulwen erhob sich von den Knien und klopfte sich

den Staub vom Rock. »Noch keine Botschaft von Lord Adam?«

»Noch nicht, Mylady«, erwiderte er und fügte mit kaum verborgenem Ärger hinzu: »Dafür ist es noch zu früh.«

Heulwen warf ihm einen kurzen, ebenso ärgerlichen Blick zu, biß sich aber auf die Zunge, um ihren Zorn zu beherrschen. »Also gut, ich komme raus«, war alles, was sie sagte, und nachdem sie noch eine Kniebeuge vor dem Altar gemacht hatte, verließ sie die kleine Kapelle und folgte ihm in den grauen Nachmittag. Der Wind wirbelte ihr um den Wollrock und zupfte respektlos an ihrem Schleier; sie hielt den Rock mit der Rechten nach unten und mit der Linken den Schleier auf dem Kopf. So ging sie die Treppen zur Wachstube am Torhaus hinunter.

Zwischen zwanzig und dreißig Waliser waren bis knapp auf Reichweite eines Pfeils herangekommen, alle von ihnen entsprechend ihren Bräuchen auf kleinen Bergponys. Sie trugen die ihnen eigentümliche Kleidung aus bestickten Fellen und rauhem Leinen, hatten die Bogen geschultert und die Kurzschwerter, die sie bevorzugten, an den Seiten. Heulwen kniff die Augenlider zusammen und konnte eine in eine Decke gehüllte Gestalt auf einer Trage vor der in einem Halbrund aufgestellten Gruppe erkennen.

Einer von ihnen trennte sich von der Gruppe und ritt direkt auf die äußere Mauer der Burg zu, um in stark akzentuiertem, vom Wind verwehten Französisch nach Adam de Lacey zu fragen. Heulwen schaute durch eine der Mauerzacken nach unten. »Fragt, wer ihn zu sprechen wünscht und weshalb«, sagte sie einem ihrer Soldaten, den sie dafür ausgewählt hatte, weil er über eine besonders tiefe, deutliche Stimme verfügte. Die Frage wurde gestellt, es gab eine Pause für die Beratung, dann kam die Antwort zurück. Obwohl sie halb darauf vorbereitet war, traf sie sie dennoch wie ein Hieb in den Magen. Davydd ap Tewdr, der ihren Großvater gegen Rhodri tauschen wollte.

»Mein Gott«, flüsterte sie, denn nun gab es keinen Zweifel mehr, daß die Gestalt auf der Trage ihr Großvater war – und die Tatsache, daß er auf einer Trage lag, bedeutete, daß er zu schwach war, um auf einem Pferd zu sitzen, wie es seinem Willen und seinem Stolz entsprochen hätte.

»Haltet ihn hin, bis wir eine Botschaft an Lord Adam schicken können«, sagte FitzSimon, wandte sich um und wollte einem seiner Männer das Kommando dazu geben.

»Nein!«

Er verzog die Mundwinkel nach unten und starrte Heulwen ungläubig an. Gewohnt, nur von Männern Befehle zu empfangen und durch seine Stellung in der Hierarchie der Burg auch solche zu erteilen, war es seine arrogant-männliche Überzeugung, daß sich die Frauen – alle Frauen – ihren männlichen Vorgesetzten unterwerfen sollten. Daher wurde er auf unangenehme Weise überrascht durch ihren Widerspruch.

»Mylady, mit allem gebotenem Respekt, das ist eine zu ernsthafte Angelegenheit, als daß wir sie entscheiden könnten«, sagte er, gewann seine Würde zurück und zuckte unter seinem Umhang mit den Schultern wie ein Habicht, der seine zerzausten Federn ordnet.

Von einer Frau Befehle erteilt zu bekommen: einer rothaarigen Frau mit mehr als der Hälfte walisischen Blutes... Als ob sie in seinen Schädel sehen und es dort lesen könnte, hob sie das Kinn in einer Geste sturer Unnachgiebigkeit. »Im Gegenteil: Die Sache ist zu ernst, als daß wir zu ihrer Entscheidung die Rückkehr meines Gatten abwarten könnten!« entgegnete sie. »Dort unten auf der Bahre liegt mein Großvater, und er befindet sich in ihrer mörderischen Obhut. Bringt mir jetzt Rhodri ap Tewdr hierher, und zwar sofort!«

Er zögerte, bis er nicht länger warten konnte, dann neigte er den Kopf in einer steifen, förmlichen Weise und verließ den Hof. Heulwen schluckte, neigte den Kopf und lehnte ihn einen Augenblick lang gegen den kalten, glatten Stein, der ihr Schutz bot. »Heiliger Jesus, was soll ich tun?« murmelte sie in Richtung ihres eigenen Schattens. »Adam, hilf mir, was soll ich tun?«

Rhodri, die Hände hinterm Rücken gefesselt, wurde ihr vorgeführt. Er hatte die Augen weit aufgerissen, und sein Mund war eine schmale, zusammengepreßte Linie. Sie richtete sich auf, ordnete ihren Umhang und schaute ihn kalt an.

»Dein Bruder ist gekommen, um dich zu holen. Ich wünschte, mein Gatte hätte dich auf dieser Straße liegen und sterben lassen.«

Er betrachtete sie mit einem abschätzenden Blick, denn er hatte von dem Überfall seines Bruders gehört und festgestellt, daß man in Thorneyford darauf reagierte wie in einem gestörten Ameisenhaufen. »Mylady, es tut mir leid, glaubt mir das«, sagte er leise auf walisisch. »Auch wenn ich wußte, daß seine Lordschaft die Absicht hatte, mich zu seinen Zwecken zu verwenden, wäre es mir lieber gewesen, unter anderen Umständen befreit zu werden.«

»Erspar mir deine Entschuldigungen«, fuhr sie ihn an. »Damit vergeudest du nur deinen Atem.« Sie wandte sich dem geduldig wartenden Soldaten zu. »Sag ihm, daß Lord de Lacey nicht hier ist und daß Prinz Davydd ap Tewdr mit seinem Weib vorliebnehmen muß, die selbst von walisischem Blut abstammt und die Enkelin von Miles le Gallois ist.«

Heulwen nahm die Zügel und dankte dem Mann, der ihr in den Sattel half. Ihre Stute, die die Spannung deutlich fühlte, trat von einem Huf auf den anderen, und Heulwen mußte eine beruhigende Hand auf den schwitzenden grauhaarigen Hals legen und begütigende Worte murmeln.

»Mylady, ich behaupte dennoch, Ihr macht einen Fehler, wenn Ihr selbst hinausgeht und mit ihm verhandelt«, sagte FitzSimon neben ihr und brachte seinen eigenen, ruhelosen

Hengst unter Kontrolle. »Es ist zu gefährlich. Sie könnten uns angreifen.«

»Ich bezweifle es, aber wenn sie es wirklich tun, vertraue ich Eurem Schwertarm, der uns im Notfall herausschlagen wird.« Es gelang ihr, die Stimme zugleich weich und herrisch klingen zu lassen. Sie drückte ihre Absätze in die Seiten von Gemini, und die Stute bewegte sich behutsam vorwärts.

FitzSimon, der sich unter ihrem Zorn sehr klein vorgekommen war, schaute sie jetzt von hinten an und wußte, daß er sie, wenn sie die seine gewesen wäre, verprügelt hätte, bis ihr Leib so blau gewesen war wie der Umhang, den er sich an der Brust mit einer Nadel befestigt hatte. Er setzte ihr nach und zog wütend an den Zügeln des Gefangenen. Rhodri ap Tewdr setzte seinen sandfarbenen Wallach schweigend in Bewegung, die Hände an den Sattelknauf gefesselt, die Füße ebenfalls, unter dem Bauch des Tiers, mit einem längeren Strick, und mit einer Bewachung von sechs Hauptleuten umgeben.

Als Gemini die Sicherheit des äußeren Burghofes hinter sich gelassen hatte, fühlte Heulwen eine besondere Spannung in ihr, die so stark war, daß ihr beinahe übel wurde davon. Sie schluckte heftig und hoffte, daß Äußerlichkeiten und Gefühle nicht ein und dasselbe waren. Für die Männer war das alles leichter, denn ihre Gesichter waren zur Hälfte von den Helmen verborgen. Das ihre dagegen war offen, den Blicken der Waliser preisgegeben, und was immer sie darin lesen mochten: es war ihr Schicksal und das ihres Großvaters. Die Verantwortung, die sie einging, war in der Tat erschreckend.

Davydd ap Tewdr beobachtete genau, wie sich die Gruppe von der Burg dem vorbereiteten Treffpunkt näherte, der durch eine walisische Lanze gekennzeichnet wurde, welche im Boden steckte. »In Ordnung«, sagte er über die Schulter. »Bringt ihn her.«

Die Frau, die an den Zügeln zog und den Waliserführer über den im Wind zitternden Speerschaft hinweg anschaute, war hinreißend schön – nicht im klassischen Sinn, dafür war ihr Knochenbau zu kräftig, eher in einem frühen, wilden Sinn, eine Schönheit, die ganz das Gefühl ansprach.

»Lady Heulwen?« Er zeigte ihr ein charmantes, etwas wölfisches Lächeln und schaute dann auf Rhodri, der tief errötete und sich abwandte.

»Ich hoffe, wir brauchen keine Zeit mit Förmlichkeiten zu vergeuden«, erwiderte sie frostig. »Es ist ja vermutlich kaum mehr zu tun, als daß wir den Austausch vornehmen.«

Davydd ap Tewdr strich sich mit den Fingern über den Schnurrbart und ließ sich nicht von dem Eis in ihren Blicken beeindrucken. Er stellte fest, daß sie augenblicklich die Gegenwart ihres Großvaters erkannt hatte, der da auf der Bahre lag.

»Er lebt noch«, sagte Davydd, und dann, herausfordernd: »Wir haben ihn besser behandelt als Ihr meinen Bruder, wie es scheint.«

»Das war meine eigene Schuld«, wandte Rhodri rasch ein. »Ich bin heute morgen vom Pferd gefallen.«

Ap Tewdr warf seinem Bruder einen scharfen Blick zu. »Als du zuletzt vom Pferd gefallen bist, warst du drei Jahre alt!« erklärte er, ließ es aber dabei und wandte sich wieder lächelnd an Heulwen: »Mylady, laßt uns jetzt um Himmels willen den Austausch vornehmen. Ich habe nicht die Absicht, länger hier herumzustehen, und ich bin sicher, auch Ihr wollt Euren Großvater in die Wärme und Sicherheit der Burg bringen.«

Heulwen nickte steif, brachte kein Wort hervor und wußte, daß sie, wenn sie noch lange auf die Bahre schauen würde, in Stücke zerspränge wie Eis, das zu sehr belastet wurde. Sie hob die Hand und rief FitzSimon zu sich.

Jede seiner Bewegungen zeigte seine Abscheu an; der Ritter zog den scharfen Jagddolch aus dem Gürtel und ließ sich dann vom Pferd gleiten, bückte sich und zerschnitt die Stricke, die Rhodri fesselten, hob ihn zuletzt aus dem Sattel.

Rhodri massierte sich die Handgelenke. FitzSimon stach bedächtig die Spitze des Dolchs durch Tunika und Hemd des Jungen, bis sie seine Haut berührte. »Probier jetzt keinen Unsinn«, knurrte er.

»Ich müßte verrückt sein wie ein *saeson*, um das zu tun, mit der Freiheit in greifbarer Nähe«, erwiderte Rhodri, und die Dolchspitze kitzelte an seiner Haut. Die Waliser versteiften sich in ihren Sätteln, und ihre Hände bewegten sich auf die Schwertgriffe zu.

Heulwen warf sich von ihrer Stute und war neben FitzSimon. »Gebt mir den Dolch!« schrie sie und streckte ihm wütend die Hand und das erhobene Gesicht entgegen. Als er sich nicht bewegte – völlig verblüfft, daß eine Frau, und sei es eine von hohem Rang, es wagte, einem Mann eine Waffe abzunehmen –, wand sie ihm den Dolch aus den Fingern und warf ihn so weit weg, wie sie konnte. »Wißt ihr nicht, was da alles auf dem Spiel steht?« spuckte sie ihm ins Gesicht. »Ist Euer Stolz so groß, daß Ihr nicht diesen kindischen Spott hinnehmen könnt, ohne wie ein ebensolches Kind darauf zu reagieren?« Ein Blick des Abscheus zeigte sich in ihrem Zorn, als er sich ruckartig umwandte. »Reitet zur Burg und wartet dort auf mich. Ich brauche Euch so dringend, wie ich einen Pfeil in den Schädel brauche!«

FitzSimon zuckte zurück wie vor dem Gift einer angreifenden Schlange. Er merkte, daß die Waliser ihre Wut überwunden hatten und die Szene mit amüsierter Neugier beobachteten, und er konnte seinen Stolz, den sie im Zorn erwähnt hatte, entweder schlucken oder daran ersticken. Nach einem weiteren schwierigen Augenblick entschloß er sich zu ersterem, aber in sehr uneleganter Weise. Lord Adam würde es zu hören bekommen, beim gekreuzigten Christus, ja, das würde er! »Mylady«, räumte er ein, und jedes seiner Worte war eine Beleidigung, »ich beuge mich Eurem Willen.« Er ging zu seinem Dolch, hob ihn aus dem Gras auf, wischte ihn umständlich ab, ehe er ihn in die Scheide steckte, dann setzte er auf und galoppierte davon.

Heulwen schaute ihm nach, das Kinn trotzig nach vorn gestreckt, dann wandte sie sich wieder an Davydd ap Tewdr. »Ich entschuldige mich für ihn«, sagte sie gestelzt und schluckte. Der Zorn begann von ihr zu weichen. Sie war nahe daran, in Tränen auszubrechen, und wußte, daß sie das nicht durfte, denn dann würde man sie als eine unter all den hysterischen Frauen betrachten und nicht als Autorität, mit der sie zu rechnen hatten.

»Das ist nicht nötig«, sagte ap Tewdr und zuckte lakonisch mit den Schultern. »Ein walisischer Pfeil wird ihm früher oder später ein Ende machen.«

»Ich weiß alles, was ich über walisische Pfeile wissen will«, erklärte sie frostig. »Laßt uns nun die Übergabe vornehmen und dieses Treffen beenden.«

»Selbstverständlich.« Ap Tewdrs Stimme klang voll, mit einem Hauch von Spott, und Heulwen haßte ihn dafür. »Bestellt Eurem Gatten meine Grüße und mein Bedauern, daß wir nicht direkt miteinander verhandeln konnten.«

»Das werde ich tun«, sagte sie durch zusammengepreßte Zähne, »davon könnt Ihr überzeugt sein.« Dann deutete sie den zwei Hauptleuten an, die Bahre anzuheben. Immer noch die Knöchel massierend, wartete Rhodri auf ein Pferd, das ihm einer von seinen Leuten brachte; dabei schaute er hinunter auf den Mann, der da lag, und wandte sich dann ab, doch es war zu spät. Seine Augen hatten bereits das Bild in sein Gehirn eingeprägt.

»Seid vorsichtig«, ermahnte Heulwen die Männer, und während sich die Waliser um den Bruder ihres Führers kümmerten, ihm freudig auf die Schultern schlugen und sich über seine Rückkehr und ihren Erfolg lautstark freuten, warf sie einen ersten Blick auf ihren Großvater.

Er war wach und bekam alles mit; jetzt beobachtete er sie, und als der erste Schluchzer in ihrer Kehle steckenblieb und hinuntergeschluckt wurde, zeigte er ihr den Hauch eines Lächelns, mit einer kaum sichtbaren Bewegung seiner blauen Lippen. »Du hast es sehr gut gemacht, *cariad*«, flüsterte Miles. »Ich bin stolz auf dich.« Seine Hand zuckte unter der Decke, kam dann hervor und streckte sich nach ihr aus. Sie bückte sich, um sie in ihre Hände zu nehmen, und die Männer wurden still, als sie sich über ihn beugte, während ihr Körper vor Kummer und Erleichterung zuckte.

»Komm, *cariad*«, sagte Miles mit rauher Stimme. »Keine Tränen, nicht jetzt...« Er streichelte ihr Haar, dann fiel seine Hand, von einer Schwäche übermannt, auf die Decke. Er schloß die Augen. Heulwen, die jetzt ohne Scheu weinte, steckte die kalte Hand ihres Großvaters unter das Schafsfell, zog ihm die Decke bis zum Kinn hoch und ging hinüber, um Gemini zu besteigen. Halb blind vor Tränen, sah sie zu, wie die Waliser in die entgegengesetzte Richtung davonritten, und ihr Triumphgeschrei tönte lauter als das Heulen des kalten Februarwindes. Einer der Reiter zögerte einen Moment und schaute sich um. Sie dachte, es war Rhodri, aber durch den Schleier ihrer Tränen konnte sie es nicht mit Sicherheit sagen, und es war ihr im Grunde auch egal.

»Jesus Christus, ich dachte wirklich, er stirbt uns noch!« Davydd ap Tewdr lachte mit der Freude der Erleichterung. »Wenn wir bis morgen früh gewartet hätten, wäre es zu spät gewesen. Ich bin sicher, er wird diese Nacht nicht überstehen.«

Rhodri schluckte das Erbrochene, das sich in seiner Kehle gesammelt hatte, und sagte nichts. Er erinnerte sich an das eingefallene, bläuliche Fleisch und hörte, wie der alte Mann keuchend nach Luft rang.

»Du hättest es auch anders machen können«, sagte er, sobald er sich wieder unter Kontrolle hatte.

Die breiten Schultern zuckten ärgerlich unter der Halbrüstung. »Du wirst doch nicht so etwas wie ein Gewissen entwickelt haben, was, Rhod?« spottete er. »Oder hättest du lieber zu Lichtmeß an einem Galgen hängen wollen?«

»Dazu wäre es nicht gekommen. Es war nur eine Drohung, um dich herzulocken. De Lacey wollte einen Handel abschließen mit dir.«

»Herlocken, wie?« Davydd ap Tewdr lachte säuerlich in seinen Schnauzbart. »Nun, de Lacey hat zuletzt doch mehr bekommen, als er sich erhoffen konnte, nicht wahr?«

»Und wir auch. Weißt du, wieviel böses Blut das machen wird? Von nun an haben wir jeden normannischen Lord in den Marken zwischen Hereford und Chester wegen dieser Sache gegen uns.«

Davydd zügelte sein Pferd und schaute düster auf den jüngeren Mann neben sich. »Du wagst es, mich zu belehren, Welpe!« brüllte er und gab Rhodri einen Hieb, daß es ihn im Sattel herumdrehte. »Du wagst es, mir zu predigen wie ein Pfaffe, wo es zuallererst deine Idiotie war, dich in diese Situation zu begeben. Beim gekreuzigten Christus, ich hätte dich dort verrecken lassen sollen, wenn wieder Galgenzeit ist.«

Der Hieb hatte Rhodris Lippe erneut aufplatzen lassen, und dunkles Blut tropfte ihm vom Kinn in das dicke Winterfell seines Pferdes. »Ich bin nicht undankbar«, murmelte er mit belegter Stimme, »ich meine nur, du hättest es auch auf andere Weise schaffen können. Es gibt schon zuviel böses Blut gegen uns. Wir haben Lady Heulwens ersten Mann getötet, und jetzt hast du praktisch ihren Großvater umgebracht.«

Davydd ließ die Zügel los, die er wieder aufgenommen hatte, und starrte Rhodri unverwandt an. »Wie meinst du das: ihren ersten Mann getötet?«

»Ralph le Chevalier, erinnerst du dich nicht?«

»Le Chevalier? Sie ist *seine* Witwe?« Er stützte sich auf den Sattelknauf und schaute seinen Bruder verblüfft an, dann plötzlich wich die Überraschung und machte einem schallenden Gelächter Platz. »Gott, dann muß sie mir ja ewig dankbar sein, daß ich sie von ihm befreit habe. Ich wollte, ich hätte es vorher gewußt!«

Rhodri betrachtete seinen Bruder, und seine in der Gefangenschaft erlangte menschliche Reife riß ihm die Schleier der Kindheit von seinen Augen. Davydd kannte nur den Boden direkt unter seinen Füßen, ohne eine Ahnung vom Horizont zu haben. Das war auch seine eigene Weltsicht gewesen, ehe seine Verwundung und die Gefangenschaft ihm eine andere, der seinen überlegene Umgebung gezeigt hatte. Er schürzte die aufgesprungene Lippe. »Warum kannst du eigentlich nicht Frieden machen mit de Lacey? Schön, er ist ein Normanne und auf seinen eigenen Vorteil aus, aber er ist nicht unersättlich. Er hört zu, wenn man vernünftig mit ihm redet, und er ist jetzt der Schwiegersohn des Earls von Ravenstow.«

Davydd prustete wieder vor Lachen über Rhodris Bemerkung. »Ebensogut könnte ich ein Wolfsrudel in meine Zwinger lassen!«

»Das hast du vermutlich bereits. Miles le Gallois wird auf beiden Seiten der Grenze respektiert und verehrt. Sein Sohn ist ein Earl und mit der leiblichen Tochter des englischen Königs verheiratet, und er hat verwandschaftliche Verbindungen zur Hälfte des walisischen Adels von Gwynedd bis Powys!« Diesmal riß Rhodri sein Pferd zur Seite und wich dem beabsichtigten Schlag aus.

»Ein Wolf im Schafspelz!« röhrte Davydd völlig außer sich, und sein Speichel befleckte seinen Schnurrbart. »Und ich habe ihn an meinem eigenen Herd großgezogen! Du bist weich geworden, einer, der den Normannen in den Arsch kriecht!« Er grub seine Absätze in die Flanken des Ponys und ritt fluchend davon, wobei Rhodri ihm hinterherblinzelte, unerwartete, heiße Tränen in den Augen.

Kroch er in Wirklichkeit den Normannen »in den Arsch«? Er überlegte sich noch einmal, was bei dieser Trainingsstunde von heute vormittag geschehen war, das freundliche, überlegene Amüsement, das rasch zum Zorn wurde, als sich das Schoßhündchen auf einmal knurrend auf seine Wärter richtete. Die berechnenden Falkenaugen von Adam de Lacey und sein trügerisch lächelnder Mund. Nein, Davydd hatte keine Ahnung, was ihn da erwartete.

Dann dachte Rhodri an den alten Mann, Miles le Gallois: Miles ap Heulwen uerch Owain von der Linie Hwyel Dda. Auch da war viel walisisches Blut dabei, ebenso gutes oder sogar besseres als das seine. Er hatte den alten Mann in den Monaten seiner Gefangenschaft achten und lieben gelernt, vielleicht mehr als für ihn gut war. Miles war klug und tolerant gewesen, mitfühlend, ohne mitleidig zu sein, denn er verstand als Waliser die walisische Art besser als mancher von ihnen. Trotz der vielen Gelegenheiten hatte er Rhodri nie verspottet oder als kleinen Jungen behandelt. Er hätte ein besseres Los verdient als das, was sein Bruder Davydd ihm bereitet hatte. Rhodri wischte sich die Augen aus und fluchte, weil er trauerte um einen Mann, der eigentlich sein Feind sein sollte. Dann berührte er die geplatzte Lippe, warf einen düsteren Blick auf den breiten Rücken seines Bruders, trieb das Pony an und galoppierte, bis er ihn eingeholt hatte.

Es war später Nachmittag, als Adam und seine Männer auf die Überreste und Zeichen des walisischen Überfalls stießen. Das Klimpern der Geschirre, das Schnauben der Pferde und das Knarren, wenn sich die Männer unbehaglich in ihren Sätteln bewegten, brachen die Grabesstille, schreckte kleine Tiere in Deckung, und die Vögel stießen Alarmschreie aus.

Einer von Adams französischen Rittern sprang von seinem

Roß und untersuchte den Leichnam eines ausgebreitet daliegenden Soldaten. Die lederne Rüstung war ihm vom Leib gerissen worden, und eine Stelle an einem seiner Finger war deutlich blasser als die Umgebung, wo er noch bis vor kurzem einen Ring getragen hatte. Mit versteinertem Gesicht trieb Adam sein Pferd vorsichtig durch das nasse Gras. Neben den Toten lagen keinerlei Waffen. Schwerter, Äxte, Lanzen, Schilde, alles hatten die Waliser mitgenommen, auch das Geschirr der toten Pferde.

»Diese Bastarde«, murmelte Sweyn an Adams Schulter. »Ich wollte, ich hätte diese Eskorte geleitet.«

»Seid froh, daß Ihr es nicht getan habt«, erwiderte Adam knapp und stieg ab, um den umgekippten Wagen zu betrachten. Miles' Roß war da, und sein blasser Bauch wölbte sich zum regenschweren Himmel. Adam stieg über den ausgestreckten Hals des Tiers und hockte sich dann neben den nackten Leichnam von Gervase de Cadenet. Er versuchte nicht, ihm die Lider zuzudrücken, da sich sein Körper bereits völlig versteift hatte. Eine wilde, dunkle Wut gegen die Verursacher dieses Gemetzels erfüllte ihn. Er machte das Zeichen des Kreuzes über den jungen Ritter und murmelte mit weicher, monotoner Stimme ein leises Gebet, dann winkte er Austin und einem anderen seiner Leute, ein Packpferd zu bringen.

Sie luden die Toten auf die Tiere, die sie mitgebracht hatten, und bedeckten sie mit Decken, dann ging der Zug zurück, die Marken hinauf, und als sich der Himmel zur Abenddämmerung verdunkelte, verließen sie das Grenzgebiet in Richtung Thorneyford.

»Ich schreibe Earl Guyon, sobald wir Thorneyford erreicht haben«, sagte Adam zu Sweyn, während sie nebeneinander durch die seichte Furt eines reißenden Flusses ritten. Sein Gesicht verfinsterte sich. »Gott weiß, wie er die Nachricht aufnehmen wird.«

»Lord Miles ist nicht mehr kräftig genug, um so etwas zu

ertragen«, sagte Sweyn. »Ich habe gesehen, wie Ihr ihm neulich abends die Treppe hinaufgeholfen habt. Bei ihm löst sich jetzt alles sehr schnell auf.«

Adam schnitt eine Grimasse. »Hab' ich es so deutlich erkennen lassen? Ich dachte, ich hätte ihm meine Hilfe sehr dezent zukommen lassen.«

»Das habt Ihr sicher, Mylord, aber es ist keine von Euren Gewohnheiten, beim Gespräch einem Mann den Arm um die Schultern zu legen, auch wenn Ihr ihn gerne mögt und das Recht dazu habt.«

»Jetzt weiß ich, warum Aubrey Euch meinen Wachhund nennt!« Ein Hauch von Humor funkelte in Adams Gesicht.

»Und man kann einem alten Hund keine neuen Tricks beibringen«, erwiderte Sweyn mit der Rauhheit, die große Zuneigung verbergen sollte. »Ich habe mein Auge auf Euch, seit Ihr als Baby in der Wiege gelegen habt.«

»Und sagt nicht, ich hätte mich nicht verändert seitdem«, knurrte er, warf Sweyn einen spöttischen Blick zu, ließ die Zügel auf der Kruppe von Lyard klatschen und beschleunigte so den Schritt.

Sie nahmen einen Abschneider durch ein Waldstück, auf dem ausgetretenen Wagenpfad der Kaufleute. Als es endgültig dunkel wurde, erreichten sie das Weideland, das Thorneyford mit einem Nachbardorf teilte – und dort trafen sie auf die Waliser, die im nebligen Zwielicht in Richtung Grenze ritten.

Ein gegenseitiger Augenblick des Schocks ließ beide Gruppen erstarren, dann gab Adam ein paar scharfe Kommandos an seine eigenen Männer aus, delegierte Austin und einen älteren Ritter, sich um die beladenen Packponys zu kümmern, und gruppierte den Rest zu einer dichten Phalanx aus Eisen und kräftigem Pferdefleisch. Seine Lanze bewegte sich in die Horizontale.

Die Waliser sahen, was geschah; sie versuchten, auszubrechen und zu fliehen, kamen aber nicht weiter, als bis der erste von ihnen sich abzusondern versuchte, wobei ihn auch schon der Zorn der Normannen eingekesselt hatte. Adam hatte sich seinen Mann gemerkt, als Lyard auf die Waliser zugaloppierte, und bestimmte den Zielpunkt, wo er ihn treffen wollte, so genau, wie er immer die vier Nagelköpfe am Schild der Kampfpuppe bestimmte.

Davydd ap Tewdrs Leibwächter wurde durch den Aufprall der schweren Lanze vom Sattel gerissen und starb, noch ehe er den Boden berührte. Adam riß Lyard herum, ließ die Lanze im Körper seines Opfers stecken und zog sein Schwert, mit dem er den Mann zu seiner Rechten angriff. Hinter ihm hatte Sweyn, der laut fluchte, alle Mühe, durch Schwingen seines Schwerts und geschicktes Manöverieren bei ihm zu bleiben.

Adams Gegner hatte keinen Schild, und das Kreischen von Stahl auf Stahl, als der Waliser parierte, ging Adam in die Knochen und ließ seine Zähne pelzig werden. Der zweite Hieb zerschellte den schlechteren walisischen Stahl, so daß der Mann zu seiner Verteidigung nur noch einen kurzen, gezackten Dolch in der Hand hatte. Adam schlug ihn ihm aus der Hand und brachte die Sache zu Ende wie ein Schnitter, der ein Feld aus rotem Weizen abmäht.

Der Schild, den ihm der nächste Gegner zur Abwehr entgegenhielt, war ein normannischer, den sie von Miles' Eskorte erbeutet haben mußten, gut und solide, doch sein Besitzer trug keine Rüstung, nur einen schlechtpassenden Helm, der seinen Schädel schützen sollte. In dem Bruchteil der Sekunde, bevor Adam ihn zur Hölle fahren ließ, erkannte er das entsetzte junge Gesicht hinter dem zu breiten Nasenschutz des Helmes, änderte mit einem gewaltigen Fluch den Griff an seinem Schwert und schlug Rhodri das Schwert mit einer geschickten Bewegung des Armgelenks aus der Hand.

»Im Namen der zehn Finger Christi, was hast du hier zu suchen?« brüllte Adam, sah, wie sich die dunklen Augen weiteten, hörte Sweyns erstickte Warnung, duckte sich instinktiv hinter seinen Schild und riß seinem Gegner den linken Arm bis zum Knochen auf, als dieser versuchte, dagegenzuhalten. Danach brachte er den rechten Arm herüber zu einer guten Abwehr und hatte die Befriedigung, zu hören, wie sein Gegner vor Schmerzen stöhnte, aber die Erwiderung des Walisers kam schnell und entschlossen, und die kurze walisische Klinge riß den Überwurf aus blauem Samt auf und zog eine diagonale Linie an den Nieten von Adams Kettenpanzer entlang.

Er gab Lyard die Sporen, und das Schlachtroß erhob sich auf die Hinterläufe über das Pferd des Walisers, trampelte mit den Vorderhufen und entblößte die Zähne. Adam schwang sein Schwert jetzt rückhand in Schulterhöhe. Seit Kindheit geübt, hatte er so viel Kraft hinter den Hieb gelegt, daß dem Waliser der Schädel glatt abgehauen wurde. Er fiel auf den Boden und hüpfte einmal wie ein Fußball aus einer Schweinsblase zwischen den tanzenden Hufen von Lyard. Der Rumpf, aus dem das Blut spritzte, blieb noch aufrecht im Sattel, eine Ewigkeit, wie es schien, ehe er zur Seite kippte. Das walisische Pony, von den scharfen, beschlagenen Hufen verletzt und erschreckt vom Blut des Kampfes, suchte nach einer Lücke auf der rechten Seite. Dabei fiel der Rumpf des Geschlagenen zur Seite; nur ein Fuß hing noch in einem Steigbügel, und der Rumpf wurde über den Boden geschleift und hinterließ eine breite Blutspur.

Adam keuchte heftig und schaute sich um. Die Waliser befanden sich jetzt auf dem Rückzug, sie flohen in die Deckung des Waldes. »Wo ist der Junge?« fuhr er Sweyn an.

»Er ist in den Wald gelaufen, Mylord. Und die anderen mit ihm.«

Adam schürzte die Lippen in Richtung auf die Bäume. Hinter ihnen war der Himmel grau wie Stahl.

»Wenn der Junge frei ist, und wenn sie von Thorneyford kommen ...« begann Sweyn.

»Dann muß der Austausch bereits stattgefunden haben«,

ergänzte Adam, ein Wissen, an dem er bereits seit dem Beginn dieser Begegnung nicht zweifelte. Seine Brust weitete sich, als er tief durch die zusammengebissenen Zähne die Luft einsog. »Sie haben sich nicht viel Zeit gelassen, was?«

»Verfolgen wir sie jetzt, Mylord?«

»Was – nein, Sweyn. Sobald sie den Wald erreicht haben, zerstreuen sie sich, und es ist ihr eigener Grund und Boden, dort kennen sie sich aus. Wir würden einer nach dem anderen aus dem Hinterhalt von ihren Pfeilen getroffen werden. Ist jemand von uns verletzt? Seht zu, daß ihr das herausfindet.«

»Und die Waliser?« fragte Aubrey. »Ich meine die Toten. Was sollen wir mit ihnen tun?«

Adam warf einen Blick nach unten. Der Kopf des letzten Opfers schaute traurig aus seinem schlammigen Bett, und das Blut sickerte noch aus den Lücken zwischen Sehnen und Fleisch. »Wir lassen sie liegen. Um die wird man sich kümmern, sobald alles ruhig geworden ist.« Er wischte sich das Schwert am Schenkel ab und steckte es in die Scheide, dann blickte er hoch und sagte in scharfem Ton zu dem Mann, der sich von Aubrey hatte Anweisungen geben lassen: »Worauf starrt Ihr?«

»Mylord, das ist Davydd ap Tewdr. Ich würde einen Eid darauf schwören. Ich habe ihn in Shrewsbury auf dem Jahrmarkt gesehen, erst im letzten Herbst, und ich bin ihm damals ganz nahe gekommen. Ich bin in ein Alehaus gegangen, und er ist mit ein paar seiner Leute herausgekommen ... Damals hat er gelacht.« Seine Blicke richteten sich mit unwilliger Faszination auf die hängenden Kiefer, die blutbefleckten Zähne, die den Lebenden drohten im ewigen, bösen Grinsen des Todes. Der Soldat schauderte und bekreuzigte sich.

Adam winkte den Mann weg und schnitt eine Grimasse auf Aubrey. »Ich habe einmal zu Heulwen gesagt, wie es wäre, wenn ich nicht mehr Davydd ap Tewdr im Nacken hätte und

Rhodri an seine Stelle träte. Man darf die Götter nicht herausfordern, wie? Man kann nichts gewinnen, wenn man nicht bereit ist, zu opfern. Geht zu, mustert die Männer. Wir haben noch drei Meilen vor uns, und es ist fast dunkel.«

Als sie ihren Mann sah, wäre Heulwen auf den ersten Blick beinahe in Ohnmacht gefallen, denn als er in die mit Fackeln erhellte Halle kam, bedeckte rostbraunes, getrocknetes Blut fast seinen ganzen zerrissenen Umhang. Auch sein Gesicht war blutbespritzt an den Stellen, wo es nicht durch den Helm geschützt gewesen war.

»Heiliger Gott!« schrie sie und hielt kurz vor ihm inne, einen Ausdruck blanken Entsetzens auf dem Gesicht. »Adam, was ist geschehen? Bist du verwundet?«

Er folgte ihren Blicken. »Es ist nicht mein Blut, Liebste«, beruhigte er sie, »sondern das von Davydd ap Tewdr. Ich habe ihm den Kopf abgehauen.« Er sagte es beiläufig, als spreche er über eine alltägliche Angelegenheit. Dann küßte er sie etwas umständlich. »An der Torwache hat man mir gesagt, daß Miles hier ist. Wo ist er?«

»Ich habe ihn in unsere Bettkammer hinauftragen lassen. Er ist sehr schwach und kaum bei Bewußtsein. Er ist gestürzt, und ich fürchte, daß ihm ein Splitter von einer Rippe in die Lunge gedrungen ist.«

»Ja, wir haben sein Pferd gefunden.« Seine Lippen preßten sich zusammen, als er an die Szene dachte, auf die sie gestoßen waren. Er entschloß sich, Heulwen nichts Genaueres davon zu erzählen, und als er sich den Umhang auszog, schnitt er eine Grimasse und sagte: »Könntest du mir eine Badewanne bereiten? Ich habe im Blut von Tewdr gebadet.«

»Ja, natürlich.« Sie schnippte mit den Fingern nach einer wartenden Magd und gab ihr ein knappes Kommando.

Adam nahm den Becher mit Wein, den man ihm reichte,

trank ihn hastig aus und ging dann über die Treppe nach oben.

»Lord Miles, könnt Ihr mich hören? Ich bin's, Adam. Davydd ap Tewdr ist tot. Wir sind seiner Truppe auf dem Rückweg begegnet, und es hat einen Kampf gegeben. Rhodri ist mit den Überlebenden in die Wälder geflohen, und ich habe ihn laufenlassen . . . Lord Miles?«

Miles kämpfte sich durch eine schwerelose Dunkelheit auf ein Bündel aus Licht und Schmerzen zu. Eine Hand griff nach der seinen, und die Stimme, obwohl leise und tief, war besorgt, fast drängend. »Es nützt nichts!« hörte er seine Enkelin unter leisem Schluchzen sagen. »Es nützt nichts, Adam, er ist zu weit weg von uns. Elswith, lauf und hol Pfarrer Thomas.«

Miles zwang sich, die Lider zu öffnen. Die Kerzen, die auf der Truhe standen, waren ein gelblich verschwommener Schein; alles war nur verschwommen zu sehen. Das Haar seiner Enkelin verschwamm mit dem Licht der Kerze, und ein Kettenhemd versilberte seinen Blick mit sich bewegenden, glänzenden Lichtpunkten.

»Adam?« Er atmete, seine Stimme war schwach, und sie klang leicht verwundert, bis er sich erinnerte. Ein schwaches Lächeln. »Jage nicht wie der Wolf nach deiner eigenen Rute, es sei denn, du erwischst sie auch. Mein Testament liegt in der Aussteuertruhe meiner Witwe in Ashdyke . . . Guyon weiß es.«

»Ich schreibe ihm noch diese Nacht. Er dürfte in den nächsten Tagen hier eintreffen.«

Miles bewegte den Kopf auf dem Kissen von rechts nach links. »Es kommt nicht mehr darauf an. Ich sterbe lieber ohne eine Versammlung heulender Verwandter an meinem Bett. Guyon weiß das auch. Für mich ist es keine Tragödie mehr; ich gehe gern . . . Ich habe den Kampf aufgegeben . . .«

»Großvater, nein!« Heulwen stieß unwillkürlich einen Schrei aus, dann schlug sie sich die Hand vor den Mund.

»Kind, es ist ein Segen. Du hast dein Leben vor dir ... Und trauert nicht um mich! Ich habe das meine gelebt, bis an seine Grenze und noch darüber hinaus ...« Wieder schloß er die Augen und schien zurückzusinken, als ob nur noch seine Hülle vorhanden wäre. Seine Hand entspannte sich in Adams Hand.

»Adam?« Heulwens Stimme war ganz klein vor Angst. Sie packte ihren Mann am Arm, der mit dem Kettenhemd bewehrt war. »Er ist doch nicht –«

»Nein, noch nicht.« Adam nahm seine Hand aus der des Alten, die sich wie ein verwelktes Blatt anfühlte. Die Nachwehen einer harten Schlacht steckten in seinen Knochen, so daß er sich selbst schlapp wie ein Putzlappen vorkam. »Aber es wird nicht mehr lange dauern. Sicher schläft er ein, bevor dein Vater die Möglichkeit hat, herzukommen. Du mußt es akzeptieren: er will sterben. Laß ihn in Ruhe gehen.« Er nahm sie zart an der Schulter, küßte sie auf die Stirn, und als sie sich gegen seine Umarmung wehrte, merkte er erst, in welchem Zustand er vor ihr stand. »Wo hast du uns vorläufig untergebracht, Heulwen? Ich bin am ganzen Körper voll Blut und nicht imstande, meine Frau zu liebkosen oder mich von ihr liebkosen zu lassen.«

Heulwen trat einen kleinen Schritt zurück und wurde aus ihrer Trauer gerissen von seinen Worten, die ihr klarmachten, daß trotz allem einiges erledigt werden mußte und daß sie einen Ehemann hatte, der ein Recht darauf hatte, von ihr umsorgt zu werden.

»Die Wandkammer, in der Rhodri vorher gewohnt hat.«

Adam blieb an der Tür stehen und ließ den Pfarrer eintreten, dann sprach er ein paar Worte zu ihm, bevor er weiterging. »Nun, Rhodri wird sie nicht mehr brauchen«, sagte er mit einem Anklang von Spott in der Stimme, dann hielt er noch einmal inne, als er seinen Knappen sah, der einem der jüngeren Mägde etwas zuflüsterte und dabei mit einer Hand ihre Taille umspannte. »Austin, geh und hol mir Pergament, Tinte und Feder; bring alles in die Wandkammer, die Rhodri zuvor hatte!« befahl er zornig. »Und du, Mädchen, an die Arbeit.«

Sie errötete, verneigte sich und floh; dabei schlug ihr der leere, lederne Wassereimer gegen die Röcke. Adam schüttelte den Kopf. »Diese Jugend!« murmelte er halblaut, aber eher amüsiert als ärgerlich, und schob dann den Vorhang zu der vorübergehenden Bettkammer beiseite. Ein weiteres Mädchen war schon fleißig gewesen und gab zwei Eimer heißen Wassers in die Wanne, dann floh sie wieder aus dem Raum. Das Wasser dampfte und duftete schwer nach Lorbeer und Rosmarin.

»Adam, ich mußte den Austausch vornehmen. Ich hatte keine andere Wahl«, sagte Heulwen und fühlte sich nervös, als er jetzt nach der schweren deutschen Gürtelschließe an seinem Schwertgürtel langte. »FitzSimon wollte, daß ich auf dich warte, aber ich hatte zu große Angst um Großvater.« Sie rieb sich die Hände und beobachtete ihn genau. »Ich war sehr hart zu ihm und fürchte, ich habe seinen Stolz verletzt.«

»Das kannst du bekanntlich sehr gut.« Er warf ihr von unten einen Blick zu. »Du findest den wunden Punkt in der Seele eines Mannes und stichst hinein, bis es blutet.« Und dann, nachdenklich: »Ich weiß alles darüber von meinem zukünftigen Burgvogt. Er hat mich unten im Wachhaus abgepaßt und war so voll rechtschaffener Indignation wie ein aufgeblasener Weihnachtsballon. Ich habe ihn angehört und ihm dann die Luft abgelassen, bis er wieder normale Größe erreicht hatte.« Damit legte er den Schwertgürtel quer über die Truhe, daß es klirrte.

Sie war nicht in der Lage, aus seinem Ton zu erkennen, ob er über FitzSimon erzürnt war oder über sie, daher fragte sie: »Meinetwegen?«

Seine Antwort war ein leichtes, eine Spur säuerliches

Lächeln. »Nicht ganz. FitzSimon verbirgt seine Schwächen hinter seiner Arroganz und der Annahme, daß er immer recht hat. Er ist ein guter Soldat, wenn man ihm die Befehle erteilt, aber er liebt nicht solche Überraschungen wie Frauen, die ihm die Autorität abkaufen und mit walisischen Wegelagerern verhandeln.«

»Adam, es gab keine andere Möglichkeit. Wenn ich erst jemanden nach dir ausgeschickt hätte...«

»Habe ich gesagt, ich bin seiner Meinung gewesen? Du hättest ihn vielleicht taktvoller behandeln können, obwohl ich bezweifle, daß das in deiner Natur liegt, aber was die Kommandos betrifft, die du gegeben hast, warst du völlig im Recht. Ich selbst hätte ebenso reagiert. Es ist ja auch nichts geschehen, außer daß Rhodri früher freigekommen ist, als ich erwartete, und ich kenne ihn immer noch nicht gut genug, um zu wissen, auf wessen Seite er in Zukunft stehen wird.« Er zog sich den zerrissenen Umhang vom Leib und wartete darauf, daß sie ihm mit der Rüstung behilflich war.

Vor einem halben Tag hatte sie ihm geholfen, sie anzulegen. Jetzt waren die funkelnden, glatten Glieder aus Stahl mit Schmutz befleckt und mit Blut, da, wo es durch den Umhang gespritzt war. Auf der linken Seite hatten sich mehrere Nieten gelöst; das zeigte, wie nahe er selbst einer Verletzung gewesen war. Heulwen starrte auf den zu Boden geworfenen, zerfetzten Umhang, und plötzlich waren ihre Finger eiskalt und steif, und sie konnte das Kettenhemd nicht halten, so daß es ihr vor die Füße fiel. Sie schluckte und kämpfte gegen eine Übelkeit an.

Adam hatte ihr den Rücken zugekehrt und zog sich Wams und Hemd aus. Als er sich umdrehte und auf das Bett setzte, starrte sie auf die kometenförmige Wunde, die sich auf der Haut über seinen Rippen zeigte, genau dort, wo der Umhang aufgeschlitzt und das Kettenhemd beschädigt war. Die gerötete Stelle war vor ihr verdeckt, als er sich bückte, um seine

Kreuzbänder zu lösen. Heulwen schaute auf seinen gebückten Kopf, und ihr Herz pochte vor Angst.

In Windsor war ihr das Gottesgericht wie eine steife und vergoldete Schauspielernummer vorgekommen, er und Warrin waren Figuren in einer monströsen Pantomime, real, aber auch wieder nicht wirklich, und sie selbst war sich vorgekommen, als sei auch sie eine Figur in dem Spiel, das sie durch einen dunklen Spiegel betrachtete. Im Lauf der vergangenen zwei Monate war diese Pantomime verblaßt, während sie mit Adam lebte und begonnen hatte, unbekannte Facetten hinter den Fassaden zu sehen, in denen sie reflektiert wurde. Jetzt, als sie auf den Riß in seinem Kettenhemd starrte und das verletzte Fleisch sah, über der noch neuen rosa Narbe von seinem Kampf mit Warrin, zersplitterte dieser Spiegel und zeigte ihr die Wahrheit – nämlich wie nahe am Rand des Todes ein Lord in den walisischen Marken ständig lebte.

Adam blickte hoch. »Hast du . . .« Ihre Miene stoppte ihn. Sie war so blaß, daß ihre Haut ihm wie durchsichtig vorkam, und er dachte einen Moment lang, sie würde ohnmächtig werden. »Heulwen?« Er ließ die Kreuzbänder los und stand auf, aber bevor er bei ihr war, hatte sie ihn erreicht. Ein Arm schlang sich um seinen Nacken, hängte sich an ihn, und sie drückte ihre Lippen auf die seinen, nicht nur liebevoll, sondern wild fordernd. Er schmeckte das Salz ihrer Tränen, fühlte ihr Zittern, und ihre andere Hand streichelte ihn zwischen den Schenkeln, womit sie eine Feuersbrunst entfachte. Er löste sich keuchend wie ein Ertrinkender aus dem Kuß und legte eine Hand auf die ihre, die ihn liebkoste, hielt sie an der Stelle fest, bevor seine Beherrschung zu Ende war und er sie packte und aufs Bett zerrte in der Art, wie sie es forderte.

»Nein, Heulwen, diesmal nicht«, sagte er, und seine Stimme war leise und rauh. »Ich leugne nicht, daß ich dich begehre, aber nicht in einer Weise, die ich nachher bedaure.

Wenn du die Wut über den Tod deines Großvaters abreagieren willst, mußt du dir eine andere Methode aussuchen. Geh hinaus und schlag gegen die Mauer, oder schlachte ein Schwein, reite meinetwegen ein Pferd in Grund und Boden, aber bring diese Sache nicht in unser Bett. Unsere Beziehung ist, weiß Gott, schon genügend belastet.«

Heulwen schüttelte den Kopf, und ihre Augen schwammen in Tränen. »Du verstehst nicht, Adam. Nicht meinen Großvater fürchte ich zu verlieren, es geht um –«

Draußen war ein diskretes Hüsteln zu vernehmen, dann kam Austin in die Schlafkammer, Pergamentblätter unter den Arm geklemmt, dazu Federn und ein Tintenhorn in den Händen, und hinter ihm eine Magd mit Essen und Wein.

Während der Knappe tat, was man ihm aufgetragen hatte, und das Mädchen sein Tablett abstellte, zog Adam seine Stiefel und seine Hose aus und schickte sich an zu einem oberflächlichen Bad.

Austin verbeugte sich und ging; die Magd wurde weggeschickt. Heulwen nahm die Flasche und schenkte Adam einen Becher Gewürzwein ein. Ihre Hand zitterte, als sie den gravierten Griff hielt.

Gleich danach legte Adam den Schwamm weg, stellte die Seifenschale außer Reichweite und sagte mit einer plötzlichen, stillen Entschlossenheit: »Heulwen, geh zu meiner Kommode und bring mir das Kästchen, das ganz unten steht.«

Sie reichte ihm den Becher, schaute ihn sonderbar an und ging, um seinem Befehl zu folgen. Die Kassette war unter seinem Sommerumhang und den leichteren Hemden – eine kleine, aber exquisit ausgeführte Schatulle aus Zedernholz, eingelegt mit emaillierten Kupferfiguren, die die Tierkreiszeichen zeigten – immerhin alles andere als ein typisch maskuliner Besitz.

»Es gehörte, glaube ich, meiner Mutter«, sagte Adam und beobachtete sie durch die fast geschlossenen Lider. »Einer ihrer Brüder hat es aus dem Osten mitgebracht, mit wilden Geschichten, wie es ihm gelang, die Kassette samt Inhalt zu retten. Ich wollte es dir schon vor einiger Zeit geben, aber ich habe es einfach vergessen. Der Schmuck gehört dir. Es waren die ganz persönlichen Juwelen meiner Mutter, die nicht mit dem allgemeinen Besitz vererbt wurden.« Er zuckte entschuldigend mit den Schultern. »Es ist nicht viel. Offenbar sah ihr erster Mann keinen Grund, eine Frau mit Schmuck vollzuhängen, wenn er sein Geld besser verwenden konnte, und mein Vater, ihr zweiter Mann – nun, über den brauche ich ja wohl nicht viele Worte zu verlieren.«

Heulwen saß auf dem Bett, und nach einem Blick auf ihren Mann hob sie den Deckel der Schatulle. Eine bescheidene Sammlung glitzerte ihr aus dem Inneren entgegen. Zwei Paar Ohrringe im byzantinischen Stil, vermutlich Geschenke von dem bewußten Bruder, ein Schmuckgürtel aus emaillierten Bronzegliedern und eine Börse mit Verschluß aus Cloisonné, die man an den Gürtel hängen konnte. Weiter ein irisches Armband aus geflochtenem Gold, eine einfache silberne Umhangschließe und zierliche vergoldete Schuhschnallen.

Sie dankte ihm nachdenklich und überlegte sich, warum er ihr die Dinge ausgerechnet jetzt gab: vielleicht als Beschwichtigung ihres verletzten Stolzes? Oder um ein ärgerliches Kind zu beruhigen?

Adam kam aus der Wanne, trocknete sich ab, zog sich sein Nachthemd an und setzte sich dann neben sie. »Du hast noch nicht die untere Schublade geöffnet«, sagte er und nickte auf die Kupferintarsien des unteren Teils. Sie verengte die Augen, um genauer zu schauen, und sah, daß das, was sie für dekorative Knöpfe gehalten hatte, einem Zweck diente. Als sie sachte daran zog, glitt die Schublade heraus. Sie stieß einen kleinen Überraschungslaut aus und nahm die Brosche heraus, die in der Schublade lag.

»Dein Großvater meinte, ich sollte sie dir geben, wenn ich

den Zeitpunkt für richtig halte«, sagte Adam und betrachtete Heulwen eindringlich.

Sie schaute das Schmuckstück an. »Großpapa hat sie dir gegeben? Die Wolfsbrosche?« Sie hob den Blick, und der ihre traf sich mit dem seinen.

»In der ersten Nacht, als wir von Windsor zurück waren, mit einer Warnung, uns vor ihrer Fruchtbarkeitswirkung zu hüten, was wir ja bisher noch nicht sehr befolgt haben, oder?« Dazu zuckte er mit den Schultern.

»Er hat großen Wert darauf gelegt«, murmelte sie und zeichnete die Figur des Wolfs mit einem Zeigefinger nach.

»Genau wie auf dich.« Er berührte ihr Haar. »Wirst du später bei ihm Wache halten?«

»Ja«, sagte sie gepreßt durch ihre von Tränen erstickte Kehle.

»Dann trag die Brosche für ihn.« Er drehte sich herum, um ihr einen Kuß zu geben, trennte sich aber gleich wieder von ihr und ging hinüber zum Tisch, um die lästige Pflicht mit Feder und Pergament zu erfüllen. Sie hörte, wie er sich alles zurechtlegte, hörte, wie Wein in einen Becher gegeben wurde, das leise Geräusch eines Stück Brotes, das gebrochen wurde. Die Brosche erwärmte sich in ihrer Hand, und die Augen aus Karneol schienen im Kerzenlicht zu flackern, als ob sie lebendig wären. Sie mußte an Ralph denken. Der leichtsinnige, charmante, unverantwortliche Ralph, der sich längst in die Sicherheit der Arme einer anderen Frau geworfen hätte statt eine so endlose Prüfung der Gefühle auf sich zu laden. Dann dachte sie an Warrin, der sie mit äußerlichem Glanz geschmückt hätte, einem Glanz, den alle sehen konnten, und der danach mit ihrer Dankbarkeit gerechnet hätte. Hinter ihr knackte eine Feder, und Adam fluchte mit einem Mund voll Brot. Wein wurde wieder in den Becher geschenkt.

Er hatte sich diskret zurückgezogen, gab ihr Gelegenheit, nachzudenken und sich zu fassen, war da, wenn sie ihn brauchte, aber drängte sich ihr nicht auf. Sie schaute auf ihn, wie er den Brief an ihren Vater schrieb. Schon hatte er Tintenflecken an den Fingern, und als er sich nachdenklich mit der Hand über das Gesicht strich, hinterließ er schwarze Striche auf Stirn und Wangen. Eine wilde Zuneigung bewegte sich in ihr, ganz anders als ihre Gefühle für Ralph gewesen waren, ein Erwachen, das Erkennen des Schmetterlings, daß er Flügel hatte. Sie erhob sich, trat hinter ihn, legte ihre Arme um seinen Hals und rieb ihre Wange an der seinen. »Adam, ich danke dir«, sagte sie leise.

Seine Antwort war nicht etwa ein Lächeln, sondern ein Fluch, weil gerade seine zweite Feder zerbrach und nach allen Seiten Tinte verspritzte. Er wischte die Flecken angewidert weg, und dabei stieß er das Tintenhorn um. Ein sich rasch ausbreitender schwarzer Teich ließ die wenigen Worte ertrinken, die er mit Mühe auf das Pergament gekratzt hatte. Jetzt stieß er noch ein paar Flüche aus, wie sie Heulwen noch nie gehört hatte, und dabei hatte sie gedacht, die Flüche aller Soldaten diesseits von Jerusalem zu kennen. Sie verbarg ein Kichern, holte ein Badehandtuch und tupfte mit einer Ecke die Tinte auf. Zu spät, das Pergament war ruiniert. Sie biß sich auf die Unterlippe und schaute ihn an. »Soll ich für dich schreiben? Ich weiß, daß zwischen dir und den Schreibfedern eine langjährige Feindschaft besteht.«

»Würdest du das tun?« Ein Blick tiefster Erleichterung war auf seinem Gesicht zu sehen, als er ihr die hastig geretteten, leeren Pergamentblätter in die Hand drückte. »Ich wollte dir nur nicht noch mehr aufladen . . .«

Das Gefühl nahm zu, schien sich nicht mehr beherrschen zu lassen. Sie schaute lächelnd zu ihm hoch, und er hielt den Atem an, als er das Zeichen in ihren Augen erkannte, war davon wie betäubt. »Ich wollte vorhin sagen, daß ich nicht Angst davor habe, meinen Großvater zu verlieren – ich meinte dich.« Sie ließ ihre Hand unter sein Nachthemd gleiten und streichelte über den tiefblauen Fleck oberhalb der frischen Narbe. »Und wenn unser Bett von Ralphs Geist heimgesucht wurde, dann ist das jetzt sicher vorbei.« Sie legte ihre Hand leicht auf sein Fleisch, ging aber nicht weiter. Der nächste Schritt mußte von ihm kommen. »Ralph hat zu mir von unsterblicher Liebe gesprochen und schon an die nächste Frau gedacht. Leere Worte – billig zu haben. Taten sprechen eine andere Sprache.«

Adams Augen stachen. Er schluckte, und weil er wußte, daß seine Stimme ihm nicht gehorchen würde, legte er einen Arm um ihre Taille und drückte seine Lippen auf die ihren. Der erste Kuß war lang und zärtlich, der zweite ebenso. Der dritte war tiefer, und seine Gewalt trug sie beide zum Bett, aber ohne unangebrachte Hast, denn diesmal hatte Heulwen nicht die Absicht, die Sache zu beschleunigen, und auch Adam wollte sich nicht mit Gewalt aneignen, was er ohnehin besaß.

Seine Lippen verließen ihren Mund, um auf Entdeckungsfahrt zu gehen: ihre Lider, die Ohrläppchen und die weichen, zarten Vertiefungen an den Schlüsselbeinen. Er löste ihre Zöpfe und spielte mit ihrem Haar, ein kühler, glatter Feuerstrom, zog ihr Oberhemd aus und drehte sie um, löste die Bändchen des engsitzenden Unterhemds, entdeckte dabei den weißen Haaransatz am Nacken, der zwischen den reichen kupferfarbenen Strähnen schimmerte. Heulwen hielt den Atem an und warf den Kopf nach hinten.

Wieder schluckte Adam, diesmal gegen eine andere, ursprüngliche Gefühlsregung, und versuchte, sich abzulenken. Er konzentrierte sich auf die Bändchen, die schwierig genug zu lösen waren, daß er leise fluchte, aber als sie dann offen waren und das Hemd gelöst, gab es nur noch das dünne unterste Hemd, durch dessen Stoff das Licht drang und die Konturen ihres Körpers enthüllte. Sie drehte sich in seinen Armen um und schlang ihre Arme um seinen Hals, und die Konturen paßten zu den seinen, berührten sich auf intimste Weise, zwei Steine eines Puzzlespiels, die zusammengehörten und eins wurden.

Einen Augenblick noch hielt er sich zurück, versuchte, die Macht seines Verlangens einzudämmen. Er dachte an die Kampfpuppe: Wenn man sie zu früh mit dem Speer traf, war alle Kraft vergeudet, und man landete auf dem Boden des Waffenhofs. Es war alles eine Frage der Balance und der Zeit – die Könnerschaft bestand darin, daß man seine Lanze unter Kontrolle hatte. Dieser Gedanke, der so albern und doch passend war, ließ ihn zittern vor innerem Lachen, und die Spannung wich noch einmal zurück. Mit dem Bild des Waffenhofs vor Augen, brachte er sie ins Bett.

Ein leiser Schrei rang sich aus ihrer Kehle, als seine Fingerspitzen sachte über sie strichen, um die Schwellung ihrer Brüste, bis sie durch Liebkosungen die Brustwarzen zur Erektion brachten. Er legte ein Halsband von schmetterlingszarten Küssen um ihren Hals, dann noch eines, etwas weiter unten, und die feuchte Hitze seiner Zunge brachte sie dazu, daß sie sich zugleich wand und an ihm festkrallte. Er küßte sich zurück zu ihrem Hals und legte die Lippen auf den Puls, der im Einklang mit dem seinen schlug wie die Hufschläge eines galoppierenden Pferdes, die am Ende der Prüfungsstrecke herumwirbelten.

Heulwen bog ihren Körper zurück und rieb sich an der geschwollenen Hitze seines Schafts. Adam stöhnte und schloß die Augen, dabei sah er den Waffenhof vor sich. Noch nicht, noch nicht! Ihr Körper öffnete sich ihm wie ein Luftstrom, der um die fliegende Lanze spielte. Er fühlte den Druck ihrer Fingerspitzen, das Sichwinden ihrer Hüften, den glatten Druck des Fleisches, das ihn einzuschließen schien, und mit jeder Wellenbewegung näherte er sich dem roten Mittelpunkt der Übungspuppe.

Heulwen warf den Kopf von der einen auf die andere Seite. Eine Strähne ihres Haars geriet in seinen Mund, und die Ablenkung, sie wieder zu entfernen, verlangsamte noch einmal sein Drängen. Er hörte ihr unartikuliertes Klagen, fühlte, wie sie sich an ihn drückte, Fingernägel jetzt, die sich tief in seinen Rücken, in seine Schultern bohrten, und alle Gefühle hatten ihr Zentrum in seinen Lenden. Heulwen, die sich wild unter ihm gewunden hatte, hielt plötzlich inne. Sie riß die Augen auf, blickte in die seinen, und hinter den zum Küssen bereiten Lippen, aus ihrer Kehle entstand ein wilder Schrei, die Lanze traf den Zielpunkt, und danach schien alles in Stücke zu gehen. Als er seine Sinne wiederfand, fühlte er Heulwens Lippen an seiner Schulter, fühlte, wie sie sie mit kleinen Küssen bedeckte. Schweiß klebte ihre Körper zusammen, und er spürte das salzige Brennen an den Stellen, wo sie ihn mit den Nägeln gekratzt hatte. Sie gab ein zufriedenes Schnurren von sich und bewegte sich auf und ab an der noch immer steifen Länge seines Schafts.

»Das war wundervoll«, murmelte sie atemlos und warf ihm einen Blick zu, welcher zugleich herausfordernd und zufrieden war, während Adam ihr die Nasenspitze küßte, an ihren Lippen knabberte, dabei noch einmal in Gedanken das genoß, was hinter ihnen lag, und sich auf das freute, was noch vor ihnen war. »Nur wundervoll?« neckte er sie und fand es nun besonders aufregend, den geliebten Körper zu berühren ohne das drängende Verlangen, das es zu erfüllen galt.

»Ich möchte nicht, daß du mir auch noch eingebildet wirst«, erwiderte sie.

Er wollte etwas erwidern, jaulte aber auf, als sie ihre scharfen Fingernägel in seine Hinterbacken grub. Er sah sie vorwurfsvoll an. »Füchsin!« schalt er, grinste aber dazu und gab ihr einen Kuß. Sie erwiderte ihn. Ihre Hand glitt über seine Schulter, über das dünne blonde Haar auf seiner Brust, dann trennte sie sich von ihm mit einem Seufzer aufrichtigen Bedauerns. »Auf diese Weise wird dein Brief an meinen Vater nie fertig.« Jetzt schaute sie sich nach ihrer Kleidung um.

»Du solltest lieber erst in die Badewanne steigen, bevor du hinuntergehst zu deinem Großvater«, sagte er, immer noch grinsend, während er sie von Kopf bis Fuß musterte. »Ich bin vielleicht nicht besonders gut im Briefeschreiben, aber ich glaube, ich habe die Schrift meiner Liebe auf deinem ganzen Körper hinterlassen.«

Heulwen folgte seinem Blick nach unten. Brüste und Bauch, Rippen und Schenkel waren beschmiert und gezeichnet von der Tinte, die seine Fingerspitzen durch den Schweiß von sich gegeben hatten. Sie kicherte schelmisch. »Nachdem ich deine Fähigkeiten mit der Feder kenne, nehme ich an, daß dies der einzige Liebesbrief ist, den ich jemals von dir erhalten werde. Ich wasche ihn nur ungern ab.«

Er gab ihr einen Klaps.

»Du kleines Biest!« schalt er. »Außerdem ist es gar kein Liebesbrief.« Er streckte den Arm aus nach dem nur halb getrunkenen Wein.

»Sondern?«

»Eine Rechnung für geleistete Dienste.«

Sie riß die Augen weit auf. »Aber Adam«, schnurrte sie. »Ich dachte, diese Art von Rechnungen erledigst du mit deiner Meßlatte?«

Er erstickte fast vor Lachen. Lachend zerwühlte sie ihm das Haar und ging zur ausgekühlten Wanne.

Schweigend, bei der Nachtwache im Kerzenlicht, saß Heulwen neben dem Bett ihres Großvaters, hielt ihm die Hand und sah zu, wie seine letzten Augenblicke dahingingen. Der Brief an ihren Vater war geschrieben und abgeschickt, und die Toten des walisischen Überfalls lagen in der Kapelle und warteten auf die Sterbenden.

Sie warf einen Blick hinüber zu Adam. Der saß auf einem Hocker, den Rücken gegen die Wand gelehnt, den Kopf nach vorn gesunken – er war eingedöst. Sie hatte gemeint, er solle sich schlafen legen, aber er hatte sich geweigert und darauf bestanden, mit ihr Wache zu halten. Aber als die

Stunden schweigend verstrichen, war mit ihnen auch sein Wille, wach zu bleiben, dahingegangen.

Die Hand unter der ihren bewegte sich, und die Lider zitterten wie Motten, die gegen das Fenster drängten, nach dem Licht.

»Großpapa?« Sie beugte sich über ihn.

Ihre Stimme, so leise sie war, weckte Adam. Er zuckte hoch, sah, wie sie sich über das Bett beugte, und war auch schon auf den Beinen; er fluchte auf sich, eingeschlafen zu sein. Jetzt trat er neben sie und befürchtete, einen Toten zu sehen, aber statt dessen schaute er hinunter in leuchtende, wissende Augen. Auf Miles' Lippen war der Hauch eines Lächelns zu erkennen.

»Die Brosche«, bildete er mit den Lippen, da er keine Kraft mehr besaß, um einen Laut hervorzubringen. Seine Augen waren auf das funkelnde Schmuckstück gerichtet, das an Heulwens Kleid steckte. Fast unmerklich nickte er anerkennend.

Adam legte seine Hand auf Heulwens Schulter. »Die Brosche«, bestätigte er. »Ich kann zwar nicht versprechen, daß ich mich in den eigenen Schweif beißen werde, aber ich kann es ja versuchen.«

Miles gab einen Laut von sich, der ein Kichern gewesen sein konnte, doch es wurde nicht beendet, da sein Herz in diesem Moment zitterte und zu schlagen aufhörte und der letzte Atemzug der Stille wich.

»Großpapa?« fragte Heulwen noch einmal.

Adam beugte sich vor sie und schloß sachte mit Zeigefinger und Daumen die halboffenen Augen, die in ihrer Jugend die Farbe der Augen Heulwens gehabt hatten und nun im Tode schwarz waren. »Er ist von uns gegangen«, sagte er sanft, trat zurück und machte das Zeichen des Kreuzes. Dann zog er Heulwen schweigend in seine Arme. Sie preßte ihr Gesicht an seine Brust und hielt ihn fest, aber nur einen Moment lang; dann ließ sie ihn los, mit feuchten Augen, aber gefaßt, und schaute ihn an. »Ich bin ganz ruhig, Adam.«

»Wirklich?« Er wischte ihre Tränen mit dem Rand seines Daumens ab.

Sie nickte und zeigte ihm ein wäßriges, aber echtes Lächeln. »Ich kann es jetzt akzeptieren. Meine eigene Angst hat ihn nicht gehen lassen.« Sie hielt inne und atmete tief ein. »Ich kümmere mich um das, was jetzt zu tun ist. Das ist Frauenarbeit. Schick mir Elswith und Gifu herein, und dann geh zu Bett. Wenn ich hier fertig bin, lege ich mich zu dir.«

Er betrachtete sie eingehend, dann nickte er kurz und fühlte, daß sie allein sein wollte mit ihren Gedanken, wobei sie von den Mädchen nicht gestört wurde, aber vielleicht von seiner Anwesenheit »Aber bleib nicht zu lange fort«, war alles, was er sagte, als er zum Vorhang ging. »Die Lebenden brauchen dich noch nötiger als die Toten.«

Siebzehntes Kapitel

Mit gefurchter Stirn, die Lippen zu einer schmalen Linie zusammengezogen und die zusammengebissenen Zähne verbergend, ging Adam durch den monderleuchteten Burghof von Milnham, ohne zu wissen, was er eigentlich vorhatte. Er wußte nur eines: Wenn er noch einen Augenblick länger in der großen Halle geblieben wäre, hätte er mindestens einen, wahrscheinlich aber mehrere der dort versammelten Trauergäste umgebracht. *Gäste*, von wegen! Sie kamen ihm eher vor wie ein Schwarm von Schmarotzern, die hier eingefallen waren, um zu essen, zu trinken, leere Kondolationen und sonstige Plattitüden von sich zu geben und wortgewaltige Nachrufe, die nichts als vergeudete, heiße Luft waren!

Er verlangsamte den Schritt und stieß den Atem aus. Nein, das war ungerecht und nur das Ergebnis seiner eigenen schlechten Laune. Die meisten waren hergekommen aus wahrem Respekt und aus Zuneigung zu Miles, und nur ein paar Männer wie Ranulf de Gernons, der ihn nie persönlich kennengelernt hatte, waren aus purer Neugier gekommen oder aus dem boshaften Verlangen, Unfrieden zu stiften, und weil sie aufgrund ihres höheren Ranges unter den Markenbaronen das Recht hatten zu einem entsprechenden Platz an den übervollen Tischen. De Gernons war Erbe der bedeutenden Grafschaft von Chester, die an die Ländereien von Ravenstow grenzte, und so einen Mann konnte man nicht abweisen.

Ein Feuer brannte vor dem Wachhaus; Wachen stampften

davor auf und ab, während sie sich die Hände wärmten und Mutmaßungen äußerten über das von Fackeln erleuchtete Fest im Innern der Burg. Die Kälte sickerte durch Adams Tunika aus Samt und das bestickte Leinenhemd. Er wollte, er wäre stehengeblieben und hätte seinen Umhang mitgenommen, aber er hatte keine Zeit gehabt für die Vernunft, war einfach losgestürmt, bevor er De Gernons ins Gesicht sprang oder auf andere Weise die strengen Gesetze der Gastfreundschaft verletzte. Jetzt blieb er vor der willkommenen Wärme des Feuers stehen. Vom Licht der Flammen beleuchtet, erkannten ihn die Soldaten und zogen sich ein wenig zurück, die Gesichter distanziert und neugierig zugleich. Er streckte wie sie die Hände aus, rieb sie über dem Feuer, blies darauf und fröstelte.

»Hier«, dröhnte Johns tiefe, volle Stimme. »Du hast das da vergessen.«

Adam drehte sich um und nahm den Umhang, den man ihm reichte. »Danke.« Er schaute voller Zurückhaltung auf seinen Schwager.

Johns Augen waren dunkel und glänzend wie Trauben, und die dichten, dunklen Brauen darüber waren zusammengezogen. »Denk dir nichts über Lord Ranulf, der macht das nicht einmal mit Absicht. Papa hat ihm eben ein paar giftige Worte verpaßt, und zuvor hat ihn Lord Gloucester fertiggemacht. Ich glaube kaum, daß er in nächster Zeit den Mund noch einmal aufmachen wird, jedenfalls nicht auf dieser Seite der Mauer.« Dazu zuckte er spöttisch mit den Schultern.

Adam warf sich den Umhang um die Schultern und fummelte mit der Nadel herum. John hatte weiterhin die Brauen zusammengezogen; er massierte mit einem Finger die nackte, etwas unebene Haut seiner Tonsur.

»Du glaubst nicht, was er gesagt hat, oder?« fragte er scharf. »Komm schon, Adam, er hat dich zusammengezurrt wie ein Seil an einer Winde, nur um es dann loszulassen und zuzusehen, wie du fliegst. Ein jeder weiß, daß der Tod meines Großvaters nicht deine Schuld war. Du hättest ihn nicht verhindern können.«

»Doch, das hätte ich«, sagte Adam hölzern. »Ich hätte Rhodri ap Tewdr schon viel früher hängen sollen, höher als den Mann im Mond. Lange bevor das geschehen ist. Ich hätte ihn auf dem Weg liegenlassen können bei der ersten Begegnung mit den Walisern. Und ich hätte Miles eine stärkere Bewachung mitgeben können oder ihn eine andere Route wählen lassen auf dem Heimweg.«

»Hinterher ist man immer schlauer«, sagte John mit nicht nur einem Hauch der ungeduldigen Schroffheit seiner Mutter. »De Gernons weiß natürlich, wie man daraus eine Waffe macht. Wenn du Rhodri ap Tewdr auf der Straße hättest liegengelassen, wäre Heulwen jetzt Lady de Mortimer, verheiratet mit dem Mörder ihres eigenen Gatten.«

Adam fuhr hoch.

»O ja, sagte John und nickte nachdrücklich. »Denk darüber nach. Gottes Wege sind oft sonderbar.«

Adam knurrte und schaute in die Flammen. Gierige Feuerzungen leckten nach dem Holz und versengten fast sein Gesicht.

»Wirst du versuchen, den jungen Waliser zu schnappen?«

Adam seufzte und schüttelte den Kopf. »Wenn es nach mir geht, nein. Davydd ap Tewdr ist tot, und außerdem hätte Miles es nicht gewollt. Er hat den Jungen gemocht, hatte sogar Großes mit ihm vor. Ich glaube, dein Vater versteht es. Er hat auch walisisches Blut in den Adern. Aber Männer wie dieser de Gernons machen mir Sorgen. Sie haben die Lust auf Blut in den Adern, und sie tun alles, um sie zu befriedigen.«

John senkte den Arm. »De Gernons hat vielleicht Lust auf einen Krieg mit den Walisern, aber ich bin sicher, daß sich sein Blutdurst darauf beschränkt. Wenn Papa seine Position bezogen hat, gibt es nichts, was ihn davon abbringt.«

»Das hoffe ich sehr«, sagte Adam leise, »weil ich annehme,

daß de Gernons auch in Zukunft unsere Kraft erproben wird. Wenn ich dein Vater wäre, würde ich Caermoel und Oxley gegen zukünftige Überfälle sichern, und bei den möglichen Gegnern denke ich nicht so sehr an die Waliser.«

John stieß ein bellendes Lachen aus. »Das ist doch lächerlich, Adam! De Gernons ist vielleicht nicht das, was man unter einem *preux chevalier* versteht, aber er wird doch nicht mit seinen Nachbarn einen Krieg anzetteln!«

»Nicht in der derzeitigen Situation, sicher nicht«, räumte Adam ein. »Aber wenn der König morgen tot ist?«

»Alle Adligen haben einen Eid auf Mathilda geleistet«, erwiderte John, doch das Lachen war aus seinem Gesicht gewichen.

»Und wie viele von ihnen würden ihren Eid halten? De Gernons? De Briquessart? Bigod? De Mandeville? Oder auch dein eigener Herr, Lord Leicester? Was meinst du? Wenn William le Clito sich erst darum kümmern kann, und solange sein Vater noch lebt, ganz zu schweigen von der Sippschaft in Blois, dann steht Henrys Königreich im Nu in Flammen wie ein paar Fässer voll heißem Pech.«

John bekreuzigte sich und zitterte mehr, als es die feuchte Kälte der Februarnacht verursachte. »Dann muß ich wohl mit aufrichtigem Herzen um die Gesundheit des Königs beten«, sagte er und schaute sich etwas erleichtert um, als Renard vom Vorgebäude der Burg her auf sie zukam und ihren jüngsten Bruder zusammen mit einem halbwüchsigen, braungescheckten Hund ins Freie scheuchte.

Renard lachte so heftig, daß sein Gesicht rot angelaufen war und ihm die Tränen über die Wangen liefen. »Entschuldigt«, prustete er, »ich weiß, es ist nicht die Zeit zum Lachen, aber Wills Hund hat mit Ranulf de Gernons gerade das gemacht, was wir alle ebensogern getan hätten, wobei wir uns nur nicht trauten.«

»Er hat ihn gebissen?« fragte John, der dazu ein unheiliges Grinsen zeigte.

Renard schüttelte den Kopf und kniff die Augen zusammen. »Nein!« keuchte er. »Er hat ihm ans Bein gepinkelt. Will hat ihn gebissen, als de Gernons nach seinem Dolch griff. Ich habe den Jungen und den Hund in Sicherheit gebracht, bevor daraus noch ein Unglück wurde, und überließ die Angelegenheit Papa. Jesus Christus, ihr hättet dabeisein sollen!«

»Er wollte Brith abstechen!« schniefte William ärgerlich, und seine Tränen waren die des Zorns, als er sich neben den Hund hockte und die schützenden Arme um ihn schlang. Der Hund winselte und fuhr mit seiner rosa Zunge über das Gesicht des Jungen.

Renard zerwühlte Williams reiche schwarze Lockenpracht. »Keine Sorge, Kleiner, niemand darf deinem Brith etwas tun. Mama wird dich vielleicht schelten, und Papa wird ärgerlich sein, weil man einen Feind nicht beißt, aber ich glaube kaum, daß daraus etwas Schlimmeres werden wird. Vielleicht gibt dir Papa auch schon bald das Schwert, nach dem du dich seit Jahr und Tag sehnst!«

Williams Gesicht erhellte sich, und seine Augen funkelten. »Wirklich?«

Renard zwinkerte mit den Lidern. »Warte nur, du wirst scnon sehen ...« Er streckte ihm seine schlanke, elegante Hand hin. »Komm jetzt. Ich soll dich in Schanden zu Bett bringen.«

»Aber ich habe Hunger!« protestierte William und schaute düster drein.

Renard zeigte ein weiß blitzendes Lächeln. »Ich auch, nachdem ich die Hälfte meines Essens da drinnen zurücklassen mußte. Aber ich schätze, wir finden ein paar Honigkuchen, wenn wir unterwegs in der Küche vorbeischauen – und die schmecken bei weitem besser als die Waden von Ranulf de Gernons.«

Adam mußte lachen und schickte sie dann mit einer Geste ins Haus.

»Und das hat nichts zu tun mit diesem kleinen blonden Küchenmädchen?« fragte John seinen Bruder mit einem wissenden Lächeln.

»Ehrlich gesagt, ja«, erwiderte Renard und schaute sehr unschuldig drein. »Du solltest ihre Honigkuchen einmal kosten, sie sind einfach wunderbar.« Adam und John schauten zu, wie der junge Mann, der Junge und der Hund über den Hof gingen und dann die Treppe nach unten zum Nebeneingang, der in den Küchenbau führte. Johns Schultern zuckten immer noch vor Lachen. Er verschlang die Arme in seiner Kutte und sagte, das Lächeln noch auf den Lippen, die Augen etwas nachdenklicher: »Der neue Herr von Milnham-on-Wye und Ashdyke nach dem Testament seines Großvaters, und gerade erst sieben Jahre alt.«

Adam fummelte am pelzverbrämten Saum seines Umhangs herum. »Ich verstehe, daß er es nicht Renard vermacht hat«, sagte er langsam. »Der erbt eine ganze Grafschaft und braucht diese Besitzungen nicht, und du bist ein Pfarrer und kannst die Linie auch nicht in legitimer Weise fortsetzen, also kommst auch du nicht in Frage.« John knurrte, doch er neigte den Kopf. »Aber was ist mit Harry? Er ist der dritte Sohn. Warum hat ihn Miles zugunsten von William übergangen?«

»Harry bekommt Oxley, sobald er volljährig ist«, erklärte John ungerührt. »Es ist genau wie Ashdyke in den Besitz der Familie gekommen durch meine englische Großmutter Christen. Großpapa hat es Papa gegeben, als dieser zum Ritter geschlagen wurde, und Papa hat das gleiche mit Harry vor. Wenn Ashdyke und Milnham-on-Wye auch an ihn gegangen wären, dann wäre für Will nichts außer dem Schwert, der Rüstung und dem Roß übriggeblieben. Außerdem hatte Großpapa immer einen besonderen Platz in seinem Herzen für Will – und auch für Heulwen.«

Adam zupfte das Fell los und ließ es dann aus den Fingern. »Da macht sich ein Mann Gedanken um die Söhne, die seine

Nachfolger werden sollen, und wenn er sie erst hat, gibt es wieder Sorgen, weil er sich darum kümmern muß, mit welchen Wappen er ihre Helme schmückt«, sagte er mit etwas gequältem Lächeln.

John warf ihm einen schnellen Blick zu: Nach zehn Jahren Ehe mit Ralph hatte Heulwen nur die eine Mißgeburt zustandegebracht, und obwohl ihre zweite Ehe noch jung war, gab es keine Anzeichen dafür, daß sie von Adam schwanger war. Er wußte nicht, ob Adam von der Wahrscheinlichkeit ihrer Unfruchtbarkeit wußte, merkte aber, daß jetzt nicht der richtige Augenblick war, um darüber zu sprechen; die Gefahr war zu groß, daß er ein falsches Wort sagte.

Ein Adliger ging über den Hof in Richtung Lagerhäuser, die man ausgeräumt und mit Kohlenpfannen und Matratzen ausgestattet hatte, um den Gästen ein Quartier zu bieten, die im Haupthaus nicht mehr unterkamen; er nickte den zwei Männern, die am Feuer standen, ein frostiges »Gute Nacht« zu. Adam schaute mit großen Augen auf Hugh de Mortimer. Er war im letzten Augenblick bei der Beisetzung von Miles eingeritten und hatte nicht auf die neugierigen Blicke der Trauergäste geachtet. Zuerst war die Atmosphäre ein wenig gespannt gewesen, aber nach und nach hatte sie sich gelockert. De Mortimer hatte seinen Sohn und die schmerzlichen Ereignisse von Windsor mit keiner Silbe erwähnt, und ein Versuch von de Gernons, sie ins Gespräch zu bringen, war von Guyon augenblicklich abgeblockt worden. De Mortimer hatte nachdrücklich Heulwen und Adam übersehen, sich aber sehr bemüht, dem Grafen und der Gräfin den Ölzweig zu überreichen.

»Er ist immer noch an einem Blutsbund mit unserer Grafschaft interessiert«, sagte John aus dem Mundwinkel. »Hugh möchte Renard als Mann für seine jüngste Tochter Eleanor, und dafür ist er bereit, alle Skandale und Fehden zu vergessen.« John grinste schlau, als er den Ausdruck auf Adams Gesicht erkannte. »Das ist nicht so töricht, wie es scheint.

Renard ist ein zukünftiger Graf, ein Earl, mit einer direkten Blutlinie zum Thron, und jeder Lord in den Marken mit einer Tochter zwischen der Wiege und dem dreißigsten Geburtstag sähe ihn liebend gern als seinen Schwiegersohn.«

»Du meine Güte«, murmelte Adam und schüttelte den Kopf. »Wie alt ist das Mädchen?«

»Es wird gerade sechs. Aus der zweiten Ehe, natürlich.«

»Und was meint Renard dazu?«

John kicherte. »Du kennst meinen Bruder. Er lächelt und sagt, das wird sich im Laufe der Übung zeigen; immerhin hat er ja noch eine Menge Zeit, oder?«

»Und dein Vater?«

»Der steckt den Kopf in den Sand. Ren hat ja recht, es ist noch viel Zeit bis dahin, und es gibt mindestens ein Dutzend interessierter Parteien. Papa wird Renard selbst wählen lassen und erst dann eine Entscheidung treffen. Vielleicht heilt eine Ehe mit der Tochter von de Mortimer die Wunde, die du und Heulwen den de Mortimers geschlagen habt, und das Land, das er zu bieten hat, wäre äußerst nützlich; außerdem ist die Kleine ein entzückendes Kind, das einem das Herz aufgehen läßt. Mama hat sich auf den ersten Blick in Eleanor verliebt, als sie sie im vergangenen Jahr bei einer Hochzeit gesehen hat – ein mageres, kleines Ding mit schönem Haar, schwärzer noch als das von Renard, und Augen, so braun wie Herbstblätter.«

»Vielleicht liebt sie die Kleine, weil sie selbst keine Tochter hat«, meinte Adam. »Ich weiß, sie hat Heulwen großgezogen, aber damals war sie selbst noch sehr jung, und Heulwen heiratete mit fünfzehn. Es muß manchmal sehr einsam gewesen sein für sie, auch jetzt, wo William allmählich aus den Kinderschuhen herauswächst.«

John schaute ihn verblüfft an. »Mama – einsam?« Der Gedanke war ihm bisher nie gekommen, da sie immer so gefaßt, gelassen und vernünftig gewesen war. »Doch, das ist durchaus möglich«, räumte er zweifelnd ein. »Aber selbst wenn diese Verlobung stattfindet, kommt Eleanor frühestens nach Ravenstow, wenn sie zehn ist, und die Hochzeit wird sicher erst zwei Jahre später möglich sein, wenn nicht noch später. Außerdem –«

»– außerdem«, unterbrach ihn Heulwen, »liegt Ranulf de Gernons betrunken und schnarchend mit dem Gesicht in seinem Essen, weil Mama ihm puren Ginevra eingeschenkt hat, und alle schicken sich an, zu Bett zu gehen, einschließlich mir. Adam, kommst du?«

Sie trug ein sehr ansprechendes grünes Seidenkleid, das wie die Oberfläche eines Sees schimmerte, und ihr Haar im Licht des Feuers waren zwei schwere, volle Katarakte von warmem, goldenem Rot, die sich an die Kurve ihrer Brüste schmiegten und hinunterreichten bis zum bronzefarbenen Gürtel, der ihre Hüften umgab.

»Wie könnte ich ein solches Angebot ausschlagen?« murmelte er, legte ihr einen Arm um die Taille und zog sie zu sich heran.

Heulwen stieß ihn mit dem Ellbogen in die Rippen. »Du denkst immer nur an das eine«, tadelte sie ihn, lächelte aber dazu und wußte, daß er sie neckte.

»Und wer würde es mir verdenken?« antwortete Adam und plazierte einen Kuß auf ihre hochgezogene Augenbraue.

John lächelte. »Ich bin nur das dritte Rad am Wagen«, sagte er und wünschte ihnen eine gute Nacht.

»Schläft de Gernons wirklich mit dem Kopf in seinem Essen?« fragte Adam, als sie Arm in Arm auf die Burg zugingen.

»Hat er, aber Mama hat zwei von den Dienern gebeten, ihn auf dem Boden auszustrecken und mit einem Schaffell zu bedecken – außerdem ließ sie eine Schüssel mit Wasser neben ihn stellen, falls er aufwacht.« Ihre Augen funkelten bei der Erinnerung, dann verhärteten sie sich. »Wenn man mich gefragt hätte, ich hätte ihn die Nacht ohne Decke im Schweinestall verbringen lassen.«

»Aber Heulwen, das kann man doch einem zukünftigen Earl von Chester nicht antun«, mahnte er ernst.

Sie stieß einen bissigen Laut aus. »Kann man nicht? Der Schweinestall ist genau der Ort, wo er hingehört. Er hat die Manieren eines Schweins, nicht nur, daß er so aussieht. Wenn jetzt Martini wäre,. würde ich ihn für den Winter einsalzen.«

Adam mußte sein Lachen zurückhalten. Seine Stimmung besserte sich, und er hob wieder den Kopf. »Ich fürchte nur, daß sein Fett bei dir ranzig werden würde«, sagte er und nahm einen tiefen Atemzug von der feuchten, nach dem nahen Fluß riechenden Nachtluft.

»Sehr wahrscheinlich«, stimmte sie ihm zu, und dann: »Übrigens, Earl Robert von Gloucester möchte ein Wort mit dir reden. Er meinte aber, daß es Zeit bis morgen hat.«

»Worum geht es denn? Hat er das gesagt?«

»Nein, aber nach der Art, wie er zu mir sprach, ist es etwas, das er nicht öffentlich bekanntgeben möchte.« Sie warf ihm die Schulter entlang einen Blick zu, doch sein Gesicht war ahnungslos und gab keinen Hinweis auf das, was er denken mochte. »Kannst du es dir nicht vorstellen?«

Adam schüttelte den Kopf. »Keine Ahnung, es sei denn, es hat etwas mit Ralph zu tun. Der König will die Sache genau untersuchen. Vielleicht hat Robert Neuigkeiten.«

Heulwen zitterte. »Dann, glaube ich, will ich sie nicht wissen.«

Adam drückte ihre Taille. »Es muß ja nicht so sein, Liebes. Wir dürfen uns keine Gespenster schaffen.«

»Nein«, sagte sie und lehnte sich an ihn.

Sie gingen in die Halle, wo Ranulf de Gernons auf einem Bett aus Stroh in der Nähe der Tür lag und schlief. Adam mußte sich sehr beherrschen, um nicht auf ihn zu treten, aber seine Pflicht als Gastgeber trug wenigstens für den Augenblick den Sieg davon. »Ich wollte, ich wäre ein Hund oder ein kleiner Junge«, murmelte er, als er vorsichtig über de

Gernons' zerschundene und zur Decke weisende Zehen hinwegstieg. »Die haben viel mehr Möglichkeiten, ihre guten Manieren einfach zu vergessen.«

Heulwen schürzte angewidert die Oberlippe. »Warum kann man sich nicht wenigstens hier und da wie ein Schwein benehmen?« fragte sie weich, aber mit Nachdruck.

ACHTZEHNTES KAPITEL

Der *Rhaeadr Cyfnos* ergoß sich in einer Kaskade wie der Schweif eines Schimmels über die grünen, farnbewachsenen Felsen und stürzte schäumend in ein hundertzwanzig Meter tiefer liegendes Becken, wo das Wasser so dunkel war wie polierter Onyx, bevor es in kristallenen Bächen über den Rand des Beckens in den Fluß darunter fiel. Adam zügelte oben am Kopf des Wasserfalls sein Pferd und schaute halb hypnotisiert vom Brüllen des Wassers und seiner wilden Schönheit auf das Naturschauspiel. Seine Haut war feucht, an seinem Haar und seiner Kleidung bildeten sich Tröpfchen wie an einem Spinnennetz. Lyard beugte den Hals, um nach einem Grasbüschel zu schnappen, das selbst so früh im Jahr schon üppig grün war. Die Kettenglieder seiner Trense klirrten, während der Hengst rhythmisch das Gras zupfte. Kauend hob er den Kopf und sah sich um, die Ohren neugierig aufgestellt, die Nüstern weit offen, um den neuen Geruch wahrzunehmen. Dann stieß er ein grüßendes Wiehern aus.

Adam legte eine Hand auf die Kruppe des Pferdes und drehte sich um. Robert von Gloucester, der Heulwens kräftigen, dunklen Braunen ritt, suchte sich einen Weg auf dem schmalen Pfad und dann über das kurze Felsenstück zu ihm her. Die beiden Knappen, die mit ihm ritten, blieben zurück, um mit Austin und Sweyn zu sprechen, so daß er allein zu Adam kam. Der Earl schaute kurz auf das wirbelnde Wasser, dann wandte er sich rasch ab. Er hatte eine Aversion gegen Höhen; sicher, er mußte über Burgmauern nach unten sehen, eine Notwendigkeit, an die er sich gewöhnt hatte, aber Wasserfälle zum Vergnügen zu betrachten war eine ganz andere Sache.

»Großartig«, sagte er pflichtschuldig und hielt dann sein Roß vom Sprühwasser zurück.

»Es gibt noch bessere in Wales«, sagte Adam, den die wilde, schäumende Kraft des Wassers beeindruckte und erfreute.

Gloucester lächelte säuerlich. »Das glaube ich Euch aufs Wort.«

Adam lachte. Der Earl von Gloucester trug eine besonders schöne, reich verzierte Jagdmütze, an der bunte Fasanenfedern steckten. Hüte und Mützen waren seine Schwäche; er trug und schätzte sie zum Ausgleich dafür, daß er sein Haar weitgehend verloren hatte.

Jetzt nickte er in Richtung auf das andere Schlachtroß. »Ist der Braune in Ordnung?«

»Exzellent.« Er gab dem eleganten Braunen einen Klaps auf den Hals. »Maud hat ihn ausprobiert, als wir in Windsor waren – er hat ihr sehr gut gefallen. Ich dachte ich schenke ihn ihr zur Verlobung.«

Hinter den feuchten, schwarzen Bäumen versuchte eine wäßrige Sonne, sich durch den Nebel zu kämpfen. Adam blickte mit zusammengekniffenen Lidern hoch, dann auf den Fuchspelz am Kragen seines Umhangs und schließlich auf seinen Begleiter. »Wollt Ihr auf diese Weise zu dem Thema überleiten, das Ihr mit mir zu besprechen wünscht?«

Gloucester beäugte ihn zurückhaltend. »In gewisser Weise, ja.«

Adam lachte. »Ich sehe die Kaiserin geradezu auf dem Rücken eines Schlachtrosses; sie liebt es, alles Männliche unter eiserner Kontrolle zu halten.« Und dann, fast herausfordernd: »Worüber, genau gesagt?«

Gloucester zupfte an einem Strohhalm, der beim Striegeln in der Mähne seines Pferdes zurückgeblieben war. »Der

König möchte, daß Ihr Briefe mit seinen Anfragen zum Vater des von ihm vorgesehenen, zukünftigen Bräutigams bringt.« Die Worte klangen künstlich und ein wenig hochtrabend, als hätte er sie einstudiert.

Adam beobachtete, wie sich die Fasanenfedern an der Kappe des Earls senkten vom Gewicht des Wassers, das sich in Tröpfchen darauf kondensierte. Die Nachricht kam nicht unerwartet, dennoch war sie ihm alles andere als willkommen. »Wieso glaubt Ihr, daß ich in diesem Fall der richtige Mann bin, um Bote des Königs zu sein?«

»Ihr könnt den Mund halten. Ihr habt schon ähnliche Dienste geleistet, Ihr kennt die Gefahren und Fallstricke, und es wäre unpolitisch, einen Mann von höherem Stand zu schicken in diesem frühen und empfindlichen Stadium.«

Adam schüttelte den Kopf. »Ich muß hier mit den Walisern fertig werden, Mylord, und ich bin ein englischer Adliger. Ich war Zeuge beim Eid des Königs, daß er seiner Tochter keinen Ehemann ohne die Zustimmung des Adels aussuchen würde, und Geoffrey von Anjou ist nicht nur ein Ausländer, er ist auch noch einer vom Hause Plantagenet, also ein Feind.«

Gloucester blinzelte mehrmals heftig nacheinander. »Wie konntet Ihr –«

»Ich habe zufällig gehört, wie der König und der Bischof von Salisbury im letzten Herbst darüber sprachen.«

»Und Ihr habt niemandem etwas gesagt?«

»Sie haben seinerzeit nur die Möglichkeit diskutiert, und wie Ihr selbst sagtet, ich verstehe es, den Mund zu halten.« Er wandte sich wieder dem Wasserfall zu.

»Ich halte Geoffrey von Anjou für eine vorzügliche Wahl.«

»Wirklich?« Adam fühlte, wie die Kälte unter seinen Umhang kroch und ihn ergriff. »Davon muß man mich erst überzeugen.«

»Er ist jung und stark –«

»Er ist fünfzehn Jahre alt«, unterbrach ihn Adam in kritischem Ton.

»Er hat das Leben vor sich«, argumentierte Robert, »und dürfte sicher potenter sein als ihr letzter Gatte, der auf diesem Gebiet – äh – Probleme hatte.«

»Ihr überrascht mich«, sagte Adam spöttisch. »Sie ist imstande, jede Schlange zum Wurm schrumpfen zu lassen, allein mit ihren Blicken.«

Roberts Gesicht lief puterrot an. »Ich wäre Euch sehr dankbar, wenn Ihr Anstand bewahren könntet, solange Ihr über meine Schwester sprecht.«

Adam schaute ihn nachdrücklich an und nahm die Zügel auf. »Warum? Sie selbst hat im Gespräch mit mir niemals die Regeln des Anstands eingehalten.« Dann schnalzte er, an das Pferd gewandt, mit der Zunge.

Gloucester hielt die Zügel hoch. »Laßt mich wenigstens beenden, was ich zu sagen habe. Es hilft uns beiden nichts, wenn wir uns im Zorn trennen.«

Lyard machte ein paar Schritte und drehte sich halb um. Der Earl nahm seine Hand vom Zügel. Adam hatte den Hengst unter Kontrolle, und dabei gelang es ihm auch, seinen eigenen Zorn zu zügeln. Robert von Gloucester hatte immer eine Schwäche für Mathilda gehabt, und Adam mochte den Earl, der trotz seines königlichen Blutes und hohen Standes so einfach und ehrlich war wie ein Laib Roggenbrot. Er gab Lyards Hals einen Klaps und sagte: »Ihr habt recht. Es hilft uns nichts. Entschuldigt mich.«

Earl Robert nahm seine Mütze ab und warf einen betrübten Blick auf die tropfnassen Federn. »Ich bin stets bereit, sie zu verteidigen, weil es niemand anders tut«, sagte er ein wenig müde. »Wie Ihr sieht jeder in ihr ein mißgelauntes, verzogenes Luder, das täglich verprügelt werden sollte, um Bescheidenheit zu lernen, doch ich sage Euch, das ist nur eine Fassade. Wenn Ihr sie kennen würdet, wie ich sie kenne, wärt Ihr zurückhaltender in Eurem Urteil.«

Adam zog skeptisch eine Augenbraue hoch, versagte sich aber um des lieben Friedens willen einen Kommentar.

Der Earl seufzte, warf ihm einen zweifelnden Blick zu unter den nassen Brauen und sagte: »Geoffrey von Anjou ist viel mehr als ein Fohlen, das seinen Wert als Hengst unter Beweis stellen möchte. Ich garantiere Euch, daß er groß ist und gut aussieht, aber obendrein ist er gewandt und politisch keineswegs ahnungslos. Sein Vater hat ihn vorzüglich ausgebildet, und er hat das Zeug zu einem guten Krieger und Heerführer. Wenn wir Geoffrey zu Mauds Prinzgemahl machen, wird Fulke, sein Vater, nicht mehr so bereitwillig den Schmutz der Vergangenheit aufwühlen und William le Clito als Stange dazu benutzen.«

»Aha«, sagte Adam, der zu verstehen begann. Das war Henrys Besessenheit. »Es hat also wieder mit le Clito zu tun.«

»Es hat mit einem sehr gefährlichen Pfahl in unserem Fleisch zu tun«, erwiderte der Earl ein wenig scharf. »Nur wenn man ihn mit den Wurzeln ausreißt, wird er welken und sterben.«

»Ihr spielt um einen sehr hohen Einsatz.« Adam bückte sich, um seine Steigbügel zu richten. »Wenn es Euch gelingt und wenn Euer Vater die Zügel in der Hand behält, bis sein Enkel alt genug ist, wird sich das Spiel vielleicht lohnen. Aber wenn nicht ...« Er richtete sich auf und schaute düster auf die Wasserkaskaden, ohne den Satz zu beenden.

»Es wird gelingen«, sagte Gloucester mit der Überzeugung eines Mannes, der glaubt, was er sagt. »Kann ich meinem Vater mitteilen, daß Ihr bereit seid, Eure vierzig Tage Dienst, die Ihr im schuldig seid, diesmal als sein Herold zu verbringen?«

»Ich muß es mir erst überlegen«, sagte Adam tonlos.

»Wann werdet Ihr es mich wissen lassen?«

»Sobald ich meine Entscheidung getroffen habe.«

»Aber ich brauche – Mylady.« Der Earl neigte den Kopf in Richtung Heulwen, die ihre graue Stute langsam auf sie zu lenkte.

»Lord Robert.« Sie ließ die Zügel locker, um Gemini das saftige Gras zupfen zu lassen, und schaute den Earl an. »Mama möchte mit Euch sprechen – es geht darum, daß man Harry dazu bringen muß, Englisch zu lernen. Sie findet, es stände ihm gut an, die Sprache zu kennen, wenn Papa ihm Oxley gibt, und außerdem möchte sie von Euch den Namen des Steinmetzen aus Bristol erfahren, den Ihr gestern erwähntet.«

Der Earl lächelte, aber in einer distanzierten Weise; seine Gedanken waren sicherlich nicht bei so alltäglichen Problemen. Er blickte noch einmal hart auf Adam. »Ich muß es bald wissen«, sagte er und setzte seine Mütze wieder auf, in einem etwas kühnen Winkel. »Ist de Gernons noch auf der Burg?« wandte er sich wieder an Heulwen.

Sie schürzte die Oberlippe. »Er ist gerade beim Abreisen. Seine Stimmung ist so miserabel wie die Kopfschmerzen, die er davongetragen hat; ich an Eurer Stelle würde ihm nicht in die Nähe kommen.«

»Das werde ich auch nicht. Ich glaube, ich nehme den längeren Weg zurück. Sorcerer braucht außerdem etwas Übung.«

Sie schauten ihm nach. Das Hufgetrappel und die Stimmen seiner Eskorte wurden leiser und verklangen zwischen den Bäumen. Die Wasserfälle brüllten. Adams Gesicht war ganz steif. Er nahm die Zügel in die Hand und zog sachte daran.

»Schwierigkeiten?« Heulwen folgte ihm zurück zu der Stelle, wo Austin und Sweyn warteten.

Er zog die Mundwinkel nach unten. »Nur für mein Gewissen. Ich wußte seit langem, daß das eines Tages auf mich zukommen würde. Ich hätte besser darauf vorbereitet sein müssen, war es aber nicht.«

Lyards Hinterbeine rutschten auf dem schlammigen Boden, aber er warf sich mit voller Kraft nach vorn und gewann wieder das Gleichgewicht. Die Wälder schlossen sie ein, und es roch feucht und nach Pilzen. Brombeerranken streckten sich nach ihren Umhängen aus, während sie schweigend hintereinander ritten. Heulwen ließ die Zügel locker, denn Gemini folgte ruhig der Führung des Hengstes. Sie hatte besorgt den Blick auf Adam gerichtet, weil sie wußte, daß sie ihn nicht zwingen konnte, ihr zu sagen, was ihm Sorgen machte. Vielleicht hätte sie ihn dazu überreden können, mit Schlafzimmertricks, aber er würde sie als solche erkannt haben, würde sich ausgenutzt vorkommen, und etwas in ihm würde sterben. Ihre Erfahrungen mit Ralph hatten sie das gelehrt.

Der Wald wurde lichter. Sie kamen auf eine Lichtung und auf die mit Moos überwucherten Reste eines früher einmal stolzen Gebäudes, das jetzt nur noch aus ein paar Steinblöcken bestand. An den Rändern wuchs frisches Grün, welches anzeigte, daß man erst kürzlich etwas von dem Stein entfernt hatte.

Adam stieg vom Pferd und band Lyard an einen dünnen Baum. Ein Wiesel sprang über seine Stiefel und verschwand im hohen, nassen Gras. Sonnenlicht brach durch die Wolken und Baumwipfel und streckte schwache Finger nach der Ruine aus. Auch Heulwen stieg von ihrer Stute und band sie neben den Hengst.

»Warum machen wir hier Rast?« Sie zitterte ein wenig und bückte sich unter einen niedrigen Ast, damit sie nicht mit der Stirn dagegenstieß. Die Zweige streckten sich wie Tentakeln aus. Sie hatte das Gefühl, als ob sie die ganze Zeit von verborgenen Blicken beobachtet würden.

Adam nahm ihre Hand in die seine. »Das ist Whimsy«, sagte er und lächelte. »Hier bin ich manchmal als Junge gewesen, wenn wir mit deinem Vater Milnham-on-Wye besuchten.«

»Aber mich habt ihr nie mitgenommen«, sagte sie halb vorwurfsvoll, denn in ihrer Kinderzeit hatte es kein Geheimnis und keine Erfahrung gegeben, die sie nicht mit Adam teilte: das stille, klare Wasser des Wye, das im Sommer so herrlich zum Schwimmen war, die verwunschene Quelle bei dem Bauernhof, den die Waliser überfallen und geplündert hatten, den Felsen auf dem Bergrücken des Caermoel mit seinen seltsamen, in den Stein gemeißelten Bildern.

Er umschlang sie mit den Händen und hob sie hoch, daß ihre Lippen die seinen erreichten. »Das waren die Tage, in denen du nur von Ralph geträumt und Pläne über Pläne geschmiedet hast, wie du ihn erobern würdest«, sagte er, zuckte dazu mit den Schultern und zerrte sie um ein nach oben ragendes Stück Holz und ein paar Baumstümpfe. »Ich war damals sicher keine besonders gute Gesellschaft. – Ich glaube, das hier ist römisch. Schau, du kannst es an der Stelle sehen, wo man in jüngerer Zeit ein paar Steine entnommen hat, für den neuen Teil der Zwischenmauer.« Er rieb mit der Hand über eine gezackte, helle Kante, dann wischte er sie an seinem Umhang ab.

Heulwen kaute an ihrer Unterlippe. »War ich wirklich so kopflos?«

Er zuckte wieder mit den Schultern, senkte die Lider und versuchte, einen leichten Ton anzuschlagen, was ihm allerdings nicht ganz gelang. »Du hattest eben andere Dinge im Kopf, und ich war seit langem ein Stück des Haushalts, wie ein Möbel, das man durch und durch kennt – dein Stiefbruder.«

»Oh, Adam!« Ein Klumpen steckte in ihrer Kehle, und sie fühlte ein Brennen in den Augen.

»Jeder hat meine Launen auf meinen im Wachstum begriffenen Körper geschoben, nicht auf Eifersuchtsanfälle, und das hier war ein idealer Ort, um allein dazusitzen und zu grübeln – vorausgesetzt, es ergab sich die Gelegenheit.« Abrupt zog er sie an der Hand. »Komm mit.«

Er führte sie ein Stück, bis sie eine kurze Allee erreichten, die überwuchert war von Brombeerranken, hohem Gras und Baumschößlingen. Aus dem grünen Dschungel ragten schlanke Säulen hoch, gemeißelter und verwitterter Stein, und am Ende der Reihe waren ihre Farben so brillant wie an dem Tag, als man sie verlassen hatte. Dazwischen, auf dem Boden, befand sich ein Mosaik, das eine Jagdszene darstellte. Hier und da fehlten ein paar Steine oder waren von einer Baumwurzel gelockert und verschoben worden, doch die Gesamtwirkung war immer noch großartig.

»Dort drüben ist noch eines.« Adam bewegte den Kopf in die Richtung. »Ich glaube, es stellt Leda mit dem Schwan dar, aber es ist nicht so gut erhalten wie dieses hier.«

Heulwen suchte sich einen Weg durch die Ruinen, um nachzusehen. Er folgte ihr. Eine Quelle eisigen Wassers gurgelte in der Nähe ihrer Füße und schlängelte sich als dünner Bach in die ungefähre Richtung der *Rhaeadr Cyfnos*. In den dunklen Bäumen waren die rauhen Schreie der Krähen zu hören. Hinter ihnen wieherten und schnoben die Pferde. Adam kehrte zu Lyard zurück, und nachdem er den Weinschlauch vom Sattel gelöst hatte, brachte er ihn Heulwen, die jetzt auf einem von Flechten überwucherten Steinblock saß, die Beine baumeln ließ und das Mosaik der Jagdszene betrachtete.

»Einen Schluck?« Er nahm den Kork vom Weinschlauch und hielt ihn ihr hin. Gemeinsam tranken sie den Wein und betrachteten die Ruinen.

»Möchte wissen, wer hier gelebt hat«, sagte Heulwen nachdenklich.

Adam wischte sich den Mund ab. »Ich weiß es nicht. Manche von den Steinen haben Inschriften, aber entweder sind sie zu verwittert zum Lesen, oder es fehlen einzelne Teile, die für den Zusammenhang wichtig sind. Ich dachte schon, ich lasse eine Kopie von dem Jagdmosaik für den Lustgarten von Thorneyford anfertigen. Was meinst du?«

Heulwen nickte begeistert und schluckte den Mundvoll starken, herben Wein. »Und ich lege dazwischen Kräuterbeete an.«

Adam zog eine Schnute und warf ihr einen raschen Blick

zu. »Ich dachte allerdings, daß man vielleicht ein paar von den Tieren verändert – Wölfe und Füchse statt eines Ebers, vielleicht einen oder zwei Leoparden, da sie die Wappentiere deines Vaters sind, und sicher ein paar Pferde.«

»Einen Rotfuchs mit cremefarbener Mähne und gleichem Schweif.« Sie lächelte.

Er zog eine Augenbraue hoch. »Bei der Jagd auf Füchsinnen?«

Sie lachte und schlug im Scherz nach ihm. Er wich dem Schlag aus, zog sie von dem Stein und nahm sie in die Arme. Ihre Lippen trafen sich; die ihren waren kalt und schmeckten nach Wein. Durch ihr Lachen bahnte sich das Verlangen einen Weg wie eine leuchtende, rote Fadenstickerei, die ein Kleidungsstück schmückt.

»Du solltest einen Priapus nicht vergessen«, sagte sie leise an seinem Mund und erwiderte ohne Scham die rasche Reaktion seines Körpers.

»Nur wenn es auch Nymphen dabei gibt«, erwiderte er. »Hör auf damit, du Teufelin, Austin würde zwar nicht mit der Wimper zucken, aber Sweyn ist ein wenig prüde. Du würdest ihm den Schock seines Lebens einjagen.«

Sie warf einen Blick über seine Schulter. »Sie können uns gar nicht sehen«, murmelte sie, dann gab sie ihm einen Kuß, und ihre Zunge bewegte sich geschickt wie eine Schlange. Seine Hand glitt über die Kurven ihrer Hinterbacken und drückte sie noch mehr an sich. Trotz seines Protests sah er sich nach einem geeigneten Platz um, wo sie liegen konnten – oder wo sie es im Stehen versuchten, was bei dem geringen Größenunterschied zwischen ihnen durchaus möglich war. Der Gedanke ließ seine Hitze steigen, und er keuchte und atmete hart, als Heulwen sich gegen die Ausbuchtung zwischen seinen Schenkeln preßte. Was als ein Scherz begonnen hatte, war zu einer vom Verlangen diktierten Notwendigkeit geworden.

Seine Hand war jetzt an der empfindlichsten Stelle zwischen ihren Schenkeln, und sie keuchte. »Heulwen, ich muß ...« begann er mit belegter Stimme, aber das Klimpern eines Pferdegeschirrs und das Trappeln von Hufen veranlaßte ihn, hochzublicken, das, was er gerade tat, zu unterbrechen und Heulwen herumzudrehen, so daß sie von seinem Körper gedeckt war.

»Adam, was ist los, warum hörst du –«

Hinter ihnen war das Geräusch zu hören, wie wenn man ein Schwert aus der Scheide reißt. »Sweyn, paß auf!«, sagte Adam und wandte dabei nicht den Blick von den Männern, die durch die Bäume kamen und sie auch schon umzingelt hatten. Das Schwert rutschte knirschend wieder in die Scheide, aber der alte Krieger rückte beschützend zu Adam auf, ebenso der Schildknappe.

Rhodri ap Tewdr zügelte seinen dunklen Hengst, stand vor der kleinen Gruppe und betrachtete sie. Die Männer, die ihn begleiteten, bewegten sich ruhelos hin und her.

»Willkommen zum Rendezvous.« Adam neigte den Kopf und deutete eine halb spöttische Verbeugung an. »Darf ich fragen, was Ihr so weit von zu Hause zu tun habt?«

»Es geht um eine nicht zu Ende gebrachte Sache.« Rhodri senkte die Lanze, die er bei sich hatte, und richtete sie auf Adams Brust.

Heulwen versteifte sich; ihre Gedanken waren im Waffenhof von Thorneyford, wo der walisische Prinz beinahe Adam umgeritten hätte. Sie machte unwillkürlich einen Schritt auf ihn zu, und ihr Gatte zog sie zurück. »Als da wäre?« fragte er und wich nicht zurück, den Blick auf die Augen von Rhodri gerichtet.

Dieser zögerte die Erklärung hinaus, solange er konnte, bevor er die Lanze einem seiner Soldaten zuwarf, der neben ihm stand. Adam ließ die Luft aus, und der kalte Schweiß stand auf seinen Händen. Rhodri lächelte, als er es bemerkte, stieg dann vom Pferd und band es an eine kräftige junge Buche.

»Ich möchte einen Waffenstillstand vereinbaren«, verkündete er. »Es ist schon genug Blut vergossen worden, und ich will nicht, daß die Ernte dieses Sommers wieder einmal in Flammen aufgeht – die meine oder die Eure.«

»Dem kann ich voll und ganz zustimmen«, antwortete Adam und hatte Mühe, seine Erleichterung und Euphorie gleichgültig klingen zu lassen. Er griff nach dem Weinschlauch, der auf dem Stein lag, und reichte ihn Rhodri. »Wenn Ihr damit aufhört, in das Grenzgebiet einzufallen und die Bauern meines Schwiegervaters zu bedrängen, werde ich ihm und den übrigen Gästen bei der Beerdigung klarmachen, daß der Kampf gegen Euch kein Ersatz ist für einen Kreuzzug.«

»Ich bedaure den Tod von Lord Miles aufrichtig.« Rhodri trank aus dem Schlauch und gab ihn dann zurück. »Glaubt mir das bitte. Ich habe ihn respektieren gelernt und liebgewonnen in der Zeit, als ich Euer Gefangener war. Wenn ich das, was zu seinem Tod geführt hat, ungeschehen machen könnte, täte ich es. Davydd ist einfach zu weit gegangen.«

»Und hat dafür bezahlt«, antwortete Adam, und ein Hauch von Befriedigung schwang in seinem grimmigen Ton mit.

Rhodris Gesicht zeigte eine leichte Röte. Seine Brosche am Umhang glitzerte, als er tief einatmete. »Ja, er hat dafür bezahlt«, sagte er, und auch seine Stimme klang gepreßt. »Aber unser Einfall begann als Rachezug, weil man uns herausgefordert hat. Unsere Weiden werden von den Bauern von Ravenstow verwüstet und auch von den Euren, auf der Südseite des Gebiets. Erst im vergangenen Herbst hat eines von Euren Dörfern einen Übergriff auf unsere Seite der Grenze begangen, und auch auf dem ehemaligen Land von le Chevalier wurden Grenzsteine bewegt. Ich weiß, daß die Bauern sie verschoben haben. Wir holen nur zurück, was uns gehört!« Seine dunklen Augen brannten, als er zwischen Adam und Heulwen hin und her schaute, halb anklagend, halb verteidigend.

Adam neigte den Kopf und akzeptierte damit Rhodris Argument. »Ich werde mit meinen Gutsherren und Bauern reden und selbst nachsehen, was sie sich für Freiheiten herausgenommen haben. Der Frieden ist nie eine einseitige Sache.« Er zog die Stirn in Falten und verschränkte die Arme. »Und was Eure Beschwerde im Hinblick auf den Earl von Ravenstow betrifft, ich glaube, Ihr solltet persönlich mit ihm reden. Ich bin nicht verantwortlich für seine Pächter.«

»Das ist der Grund, weshalb ich hier bin«, sagte Rhodri düster. »Ich wußte, daß er eigentlich hier sein mußte, und ich wollte Lord Miles die Letzte Ehre erweisen. Aber ich brauche Euch, wenn ich sicheres Geleit zu Eurer Burg haben will.«

Adam schaute seine Frau zweifelnd an. »Hast du nicht gesagt, daß de Gernons die Trauergesellschaft schon verlassen hat?«

Sie nickte. »Ich nehme an, er ist inzwischen lange fort.«

»Ich gebe Euch gern sicheres Geleit«, erklärte Adam, an Rhodri gewandt. Dann schaute er ihn neugierig an. »Und woher wußtet Ihr, daß Ihr mich hier treffen könnt?«

Rhodri zeigte ein schlaues Lächeln und streichelte über den Nacken seines Pferdes. »Ich wußte, daß Ihr Euch früher oder später aus der Burg davonschleichen würdet, um Euer Pferd zu trainieren oder auf die Jagd zu gehen; also brauchte ich nur die Augen offenzuhalten und mich selbst nicht sehen zu lassen. Ich beobachte Euch schon seit einer Stunde.« Aus dem feinen Lächeln wurde ein breites, offenes Grinsen.

Heulwen errötete. Auch Adams Gesicht zeigte Farbe, aber nicht aus dem Grund, den man sich denken konnte.

»Wieviel habt Ihr gehört?« fragte er leise.

Rhodri schaute sich nach seinen Männern um, lehnte sich gegen die Schulter seines Pferdes und tat so, als habe er die Frage falsch verstanden. »Genug, um zu wissen, wie sehr Ihr Euch vergnügt habt«, antwortete er und begann schallend zu lachen, wobei sein Blick mit deutlicher Anerkennung auf Heulwen fiel.

»Ihr wißt, was ich meine.«

Rhodri öffnete die Handflächen und streckte sie ihm entgegen. »Nicht sehr viel. Das Brüllen der Wasserfälle hat das meiste von dem, was der andere Normanne gesagt hat, übertönt. Aber nach der Miene, die Ihr jetzt zeigt, nehme ich an, daß Ihr mir das sichere Geleit nicht mehr versprechen würdet, wenn ich den Inhalt beim Gespräch dieses Treffens hinausposaunte.«

»Und Ihr kennt die Kraft meines Schwertarms.«

Rhodris Gesicht war unergründlich. Das Grinsen war verschwunden. Der Prinz band sein Pferd los und schwang sich in den Sattel. »Ihr Normannen!« sagte er in verächtlichem Ton. »Immer geheime Verschwörungen, immer gegeneinander.« Er schaute sich zu seinen Männern um. *»Fe fynn y gwir ei le eh?«*

Adams Röte wich nicht aus seinem Gesicht. Die Wahrheit drängt ans Licht – er verstand genügend Walisisch, um das einfache Sprichwort zu begreifen. Er wußte, daß Heulwen ihn beobachtete und daß er Rhodris Worte nicht leugnen konnte. »Für einen Waliser ist das gut gesagt«, erwiderte er und fügte noch kurz über die Schulter hinzu: »Austin, steh nicht herum und sperr das Maul auf, sondern mach unsere Pferde bereit. Wir reiten nach Milnham zurück.«

Heulwen nahm ihre Näharbeit, warf einen äußerst ungnädigen Blick darauf und stieß einen verzweifelten Seufzer aus, als sie die Nadel durch den Stoff stach. Es sollte ein Hemd für Adam werden, ein einfaches, leicht zu arbeitendes Kleidungsstück ihrer Meinung nach, aber für sie ein wahrer und buchstäblicher Liebesbeweis, da jede Handarbeit für Heulwen eine Art Fegfeuer darstellte, und es war ein Zeichen ihrer Verzweiflung, daß sie die Arbeit über das vorgesehene Tagespensum hinaus betrieb.

Aber es gab nichts anderes zu tun. Pfarrer Thomas, Adams Burgkaplan, hatte ihr ein Exemplar des *Tristan* zur Lektüre versprochen, doch der heulende Sturm hatte ihn die Nacht über in dem fünf Meilen entfernten Kloster festgehalten. Ein sie besuchender, fahrender Lautenspieler hatte sie zur Dämmerung verlassen, bevor sich das Wetter ganz zum Schlechten wendete, und gehofft, er würde es bis Ledworth schaffen, ehe die Nacht hereinbrach. Der Bote mit seinem Vorrat an Nachrichten und Klatsch war frühestens in einer Woche fällig, und Adams Stimmung war noch schlechter als das Wetter, das sie so dicht an den heimischen Herd trieb. Sie warf einen Blick auf ihn, wie er an einem Tisch in der Nähe des Feuers saß, Kanne und Becher dicht bei der Hand. Die letzten drei Tage war er kaum eine Stunde nüchtern gewesen, und er trank, als wollte er irgendeinen Dämon austreiben. Er war noch nicht völlig betrunken, doch der Abend hatte erst begonnen, und die Kanne war noch beinahe voll. Wenn er sich ins Bett zurückzog, würde sie leer sein.

Sie stach wütend die Nadel in das Leinen, erwischte aber ihren Finger und fluchte. Er wandte sich ihr zu und zog eine Augenbraue hoch. Sie sog sich den Stich aus und betrachtete ihn ernst.

»Adam, worüber brütest du?«

Er stritt es nicht ab, sondern hob die Kanne an und trank drei kräftige Schlucke daraus, ohne sie erst in den Becher umzugießen. Dann füllte er den Becher, stellte ihn auf Armeslänge vor sich hin und seufzte. »Ich muß eine Entscheidung treffen, und ich versuche, mein Gewissen hier im Wein zu ertränken, aber es kommt immer wieder hoch und predigt mir etwas anderes, oder es verspottet mich, und dann muß ich wieder Wein nachfüllen.«

»Was für eine Entscheidung denn?« Ohne Bedauern legte sie ihre Handarbeit beiseite. »Du kannst doch nicht klar denken in einem Nebel aus Wein.«

Er legte den Kopf leicht zur Seite, um der Hitze des nahen

Feuers zu entgehen, die ihm die eine Seite geröstet hatte. »Ich habe versucht, gar nicht daran zu denken«, sagte er etwas erschöpft.

»Geht es um Rhodri? Um die Waliser?«

»Wohl kaum.« Er massierte sich die Stirn und zuckte zusammen vor Kopfschmerzen. »Da wir einen Waffenstillstand vereinbart haben, damals in Milnham, und ich darauf achte, daß er eingehalten wird, gibt es von dieser Seite her keine Probleme, und ich erwarte auch keine. Rhodri hat genug damit zu tun, seine Leute bei der Stange zu halten und zu verhindern, daß sie die meinen und die deines Vaters belästigen – jedenfalls vorläufig ... Mein Gott, Heulwen, hast du eine Medizin gegen Migräne? Mein Schädel fühlt sich an, als ob er im nächsten Moment platzen würde.«

»Deine eigene Schuld«, sagte sie ohne Mitgefühl. »Was erwartest du, wenn du drei Tage hintereinander trinkst, bis du nicht mehr kannst?«

Er warf ihr einen säuerlichen Blick zu. »Ich habe nach dem Heilmittel und nicht nach der Ursache gefragt.«

»Eine Medizin? Ganz einfach: Trink nicht mehr.« Sie stand auf und klopfte sich ein paar Fäden vom Kleid.

»Wenn ich Kopfschmerzen habe, dann aus einer etwas komplizierteren Ursache als dem Genuß von zuviel Anjou-Wein«, sagte er etwas gereizt.

Heulwen warf ihm einen Blick zu, der mehr sagte als alle Worte, und ging dann steif durch die Halle. Er folgte ihr mit nachdenklichen Blicken, dann fluchte er, preßte seine Handrücken gegen die Lider und kam sich vor, als ob ihn ein Bleigewicht erdrücken würde. Ralph hatte vielleicht die Intrige geliebt, aber Adam fand den Konflikt verschiedener Loyalitäten unerträglich. Was sollte er tun? Sollte er Henrys Wünschen folgen und in den Augen aller Adligen als Verräter dastehen – oder sollte er es seinen Peers sagen und dabei die Verbannung, vielleicht sogar den Tod riskieren? Der König hatte seine geheimen Methoden, mit Menschen umzugehen, gegen die öffentlich vorzugehen ihm nicht geraten erschien.

Adam stöhnte. Es ging schließlich nicht um ihn allein. Er mußte auch an Heulwen denken und an ihre Familie – jetzt die seine durch Adoption und Ehe. Sollte er sich Guyon anvertrauen und dabei riskieren, vom König verdammt zu werden – oder sollte er schweigen? Irgendwo zwischen den Weindünsten spottete der Schatten seines vor langer Zeit gestorbenen Vaters mit schallendem Gelächter über die Ehrbegriffe seines Sohnes.

»Hier«, sagte Heulwen, beugte sich über ihn und reichte ihm einen Becher mit einer trüben Flüssigkeit, die widerlich roch und beim ersten, versuchsweisen Schluck noch schlimmer schmeckte.

»Pfui Teufel!« Er zog so eine Grimasse, daß sie darüber lachen mußte.

»Trink es aus«, kommandierte sie, und fügte dann in milderem Ton hinzu: »Rede dir einfach ein, es sei Wein.«

Adam funkelte sie an, blieb aber friedlich und kippte das Getränk hinunter, dann überlief ihn ein Schauder, und er knallte den Becher auf den Tisch. »Das ist zum Kotzen«, beklagte er sich und bemühte sich, das Zeug unten zu halten.

Von seinem Rücken her brachte Heulwen eine kleine Dessertschüssel zum Vorschein. »Gezuckerte Pflaumen«, sagte sie mit funkelnden Augen. »Erinnerst du dich? Damit hat uns Mama bestochen, ihre Medizinen zu schlucken, als wir noch klein waren.«

Adam schaute sie mit zorngefurchter Stirn an, konnte aber den Ausdruck nicht halten und nahm mit zögerndem Lächeln eine von den Pflaumen. Sie stellte die Schüssel auf den Tisch, setzte sich wieder, nahm ebenfalls eine von den glänzenden, klebrigen Früchten und biß langsam hinein. Adam betrachtete sie durch halb zusammengekniffene Augen. Sie erwiderte den skeptischen Blick und leckte sich die Zuckerkristalle von den Fingern. Zwischen seinen Schenkeln wurde es angenehm warm. »Ich erinnere mich noch an ganz andere Süßigkeiten«, sagte er leise.

Heulwen beugte sich über ihren Gemahl, leckte Zeigefinger und Daumen naß und drückte die Nachtkerze aus. Bevor das Licht erlosch, hatte sie gesehen, daß Adam bereits schlief und die Spuren seiner Stirnfalten bisher keineswegs Zeichen einer Gewohnheit sondern eines vorübergehenden Kummers waren. Es war eine der wenigen positiven Lektionen, die sie von Ralph gelernt hatte – wie man die Verspannungen aus dem Körper eines Mannes vertrieb und ihn in einen völlig gelösten Zustand versetzte, in ein körperliches, wenn schon nicht geistiges Wohlbefinden. Dieses konnte er, wenn es ihn so beschäftigte, daß er es sogar in Wein ertränken wollte, nur für sich selbst lösen.

Sie gab einen leisen, etwas ärgerlichen Seufzer von sich und legte sich neben ihn. Er verschloß sich stets, wenn es ein Problem gab, und ließ alles in sich dahinköcheln wie in einem Faß voll Teer, das zu nahe an der Hitze stand und nicht verriet, wie explosiv die Mischung war, bis es explodierte.

Sie drückte ihre Wange gegen die Wärme seines Rückens, schloß die Augen und versuchte zu schlafen. Es mußte ihr gelungen sein, denn als sie wieder die Augen öffnete, hörte sie die Glocke, die zur ersten Messe rief, und stellte fest, daß die Kerze wieder brannte, wobei Adam sie in ihrem Licht betrachtete. Schläfrig streckte sie sich und lächelte ihn an.

Er bückte sich herunter, um ihre einladende, warme Haut zu küssen, aber es war eine kurze Geste und kein Vorspiel zu weiteren Taten. »Heulwen, wenn ich dich bitte, mit mir nach Anjou zu reisen – kommst du mit?«

»Nach Anjou?« wiederholte sie, die Augen und die Gedanken noch vom Schlaf umnebelt. »Warum willst du denn nach Anjou?« Sie gähnte.

Er zeichnete mit dem Zeigefinger müßig kleine Kreise auf

die cremeweiße Haut ihres Oberarms und ihrer Schulter. »Ich *will* nicht nach Anjou«, erläuterte er in betrübtem Ton. »Ich wollte, es gäbe den verdammten Ort gar nicht. Aber König Henry will, daß ich dort erscheine, als sein Herold – im Rahmen meiner alljährlichen Dienstpflicht ihm gegenüber.«

Heulwen schwieg, versuchte, die Information zu verdauen, und fragte sich zugleich, welche unangenehmen Wahrheiten darunterliegen mochten. So unangenehm, daß er drei Tage trinken mußte, um damit herausrücken zu können. Sie schaute auf seine geschlossenen Wimpern mit den goldenen Spitzen und wartete darauf, daß sie sich hoben, um seine Augen dahinter zu enthüllen. »Ja, Adam, natürlich würde ich mitkommen.«

»Ohne die Nachricht zu kennen, die ich zu verkünden habe?« Er entfernte sich von ihr, wandte ihr den Rücken zu und starrte auf den Schatten des Raumes.

Gedanken an Ralph huschten ihr durch den Kopf. Sie verscheuchte sie, setzte sich auf und warf das Haar in den Nacken. Adams Charakter war in der Tat völlig anders. Um seine Ehre zu brechen, mußte man den Mann zerbrechen. Vielleicht war dies die tiefste, die gefährlichste Wahrheit von allen. »Ja, auch ohne sie zu kennen«, bestätigte sie ihm, dann neigte sie den Kopf zur Seite. »War Anjou der Grund, weshalb der Earl von Gloucester unter vier Augen mit dir sprechen wollte?«

Schweigen. »Ja.« Dann wieder Schweigen. Ein tiefer Atemzug. »Der König ist dabei, ein Versprechen zu brechen, das er uns allen gegeben hat, und ich soll die Nachricht davon überbringen.«

»O Adam, nein!« stieß Heulwen mit zornigem Mitleid aus, und ihre Augen flammten auf vor Zorn, als sie sein Dilemma erkannte. »Warum schickt er nicht Gloucester selbst?«

Adam stieß ein humorloses Knurren aus. »Damit sich ein jeder fragt, was der älteste Bastard des Königs in Anjou zu suchen hat? Mein Auftreten dort wäre weit weniger auffällig.« Er drehte sich dem Kissen zu. »Ich muß ständig an Ralph und Warrin denken und frage mich, ob sie wirklich so unrecht hatten. Henry benützt die Menschen. Ich habe es hier und da von deinem Vater gehört, ich habe es auch hier und da erlebt, bin selbst von ihm mißbraucht worden. Ist es ein Wunder, daß ich mich wie eine Hure fühle?«

Sie beugte sich über ihn und glättete die Falten, die erneut zwischen seinen Brauen entstanden waren. Er streichelte sie dafür, dann teilte er ihr, die Finger in ihrem leuchtenden Haar, die Nachricht mit, die er als Herold zu verkünden hatte.

Heulwen war zunächst überrascht, aber kaum schockiert. Henry hatte schon vorher derartige Eheverträge zu schließen versucht, zwischen der Schwester von Geoffrey von Anjou und dem Sohn, den er mit dem Untergang der *White Ship* verloren hatte.

»Wie ich es sehe«, murmelte sie, »ist das eine Sache, die auf Henrys Gewissen liegt, und nicht auf dem deinen. Er fordert die zwei Monate Dienst von dir, die du ihm für dein Lehen schuldest. Es sollte dir gleichgültig sein, was er in seinem Brief mitteilt – du bist nur sein Übermittler.«

»Das versuche ich mir selbst ständig einzureden«, sagte er hölzern.

»Und wenn du deinen Feudaleid brichst, was die einzige Alternative dazu scheint, müßtest du alles, was du besitzt, für deinen Lebensunterhalt opfern, du müßtest sogar dein Schwert verkaufen, und ich garantiere dir, daß Henry zuletzt doch seinen Willen durchsetzen würde.«

»Prinzipien bringen noch kein Brot in die Küche – ist es das, was du sagen willst?«

»Ich sage, es hat keinen Sinn, auf gutes Brot zu verzichten, einer unvermeidbaren Sache wegen. Wenn dir dein Gewissen Schwierigkeiten macht, ist das nur ein Zeichen dafür, daß du noch um deine Ehre weißt. Ich glaube, Ralph hat niemals derartige Probleme gehabt, und darin liegt der Unterschied zwischen euch beiden.« Sie schaute ihn durch ihre Wimpern an, versuchte zu erraten, ob seine Miene bedeutete, daß er gehört hatte und überlegte – oder daß er sich ohne Bedenken widersetzte. Sie verschränkte die Arme. »Du solltest mir lieber mitteilen, wann ich die Reisekisten packen soll, ob ich eine Zofe mitbringen kann und ob Geoffrey von Anjou tatsächlich so hübsch ist, wie das Gerücht sagt.«

Adam seufzte und drückte ihr einen harten Kuß auf die Lippen, der ebenso als Strafe wie als Beweis seiner Liebe gedeutet werden konnte. »Was würde ich nur ohne dich anfangen?«

»Du würdest dich von Weinfaß zu Weinfaß nach Anjou brüten!« erwiderte sie frech.

Er dachte, daß das gar nicht so weit von der Wahrheit entfernt war, ließ sie los und sah ihr zu, wie sie einen Kamm nahm und ihr Haar zu einer einzigen Strähne kämmte, die sie in einen Zopf flechten konnte. Sie wußte genau, wie sie ihn aus seiner schlechten Laune reißen mußte, obwohl momentan allein ihr Anblick ausreichte, um seine Stimmung und alles mögliche andere zu heben. Er schaute an sich herunter, doch es war eher der Druck seiner Blase als das Bedürfnis nach seiner Frau, das ihn momentan bewegte.

Er streckte sich, hörte das vertraute, sehnige Knacken seines Schildarms und suchte nach dem Nachttopf. Er wußte, daß eine Last von ihm gewichen war, seit er sich entschlossen hatte, Heulwen mitzunehmen. Die Angst, sie zurückzulassen, hatte zur Abneigung gegen diese Reise entscheidend beigetragen. Und noch wichtiger war ihm ihre Reaktion gewesen, als er ihr den Grund für diese Reise erklärt hatte. Sie war nicht wütend geworden, hatte den Auftrag keineswegs verabscheut, sondern völlig praktisch darauf reagiert und vernünftige Worte dafür gefunden, die seine Ängste in ihre richtige Perspektive gerückt hatten: eine Jagd nach einer

Handvoll böser Träume, bei denen der Wolf sich in den eigenen Schweif biß.

»Vergiß nicht, die Wolfsbrosche einzupacken«, sagte er über die Schulter hinweg und lächelte etwas bitter dazu.

Neunzehntes Kapitel

Anjou

Im Frühjahr 1127

Der Hahn war ein mit Juwelen besetztes Bild aus lebendiger Bronze, und er sah geradeso aus, als sei er eben von einer Wetterfahne gestiegen, um durch den Staub zu stolzieren. Wache Topasaugen blinkten, als er seine Umgebung betrachtete. Der Kamm aus Koralle und die Kehllappen bewegten sich stolz an Kopf und Kragen, wenn er im Kreis paradierte, sein Schweif war eine das Licht einfangende Kaskade aus goldenen Federn mit grünen Spitzen, die Beine wieder in Bronze gegossen und mit scharfen, tödlichen Sporen bewaffnet. Hier in der Stadt Anjou hatte er keinen Rivalen mehr, denn alle seine Rivalen waren tot.

Er dehnte seinen Hals, plusterte einen Tuff leuchtender Federn auf und krähte. Es wurden Wetten auf ihn gesetzt. Sein Besitzer hob sich ein wenig aus seiner geduckten Haltung, die Hände auf seinem kostbaren, vergoldeten Gürtel, und sah sich ungeduldig in der Runde um.

»Er verspätet sich«, grollte Geoffrey Plantagenet, der Erbe des Herzogs von Anjou. Er war beinahe so attraktiv wie sein Kampfhahn, hochgewachsen, mit rötlich-goldenen Locken und funkelnden, frostgrauen Augen in einem Gesicht von regelmäßigen, angenehmen Zügen. Goldbänder verzierten den Kragen und die Manschetten seiner Tunika, und der Griff des Dolchs an seiner schmalen Hüfte blitzte von Edelsteinen; wie die Sporen seines Hahns war auch er mit einer tödlichen Klinge ausgerüstet.

»Habt Ihr jemals erlebt, daß William le Clito sich nicht

verspätet?« knurrte Robert de Blou und beobachtete den Hahn, der ursprünglich sein Geschenk an den jungen Mann an seiner Seite gewesen war. »Der würde noch zu seiner eigenen Beerdigung zu spät kommen.«

Geoffrey grinste und zeigte dabei seine perfekten, weißen Zähne, aber seine Finger trommelten ärgerlich auf seinen Gürtel. »Er wird sich das abgewöhnen müssen, wenn er weiter die Unterstützung meines Vaters gegen den englischen König genießen will.«

»Mylord, er ist jetzt hier!« rief ein anderer Adliger und zeigte auf den Fluß. Geoffrey wandte den Kopf und beobachtete mit kühler Zurückhaltung das Näherkommen von William le Clito und seiner kleinen Gruppe von Bastarden: unzufriedene Normannen, Flamen und Franzosen und der hochgewachsene, gelbhaarige englische Ritter, der wegen Mordes an einem anderen Adligen aus seinem Land verbannt worden war.

»Ihr habt Euch verspätet«, wandte er sich an den Mann, der gerne Herzog der Normandie geworden wäre und erst kürzlich die Schwester des französischen Königs geheiratet hatte; dabei warf er einen gleichgültigen Blick auf die Frauen, die sie mitgebracht hatten. Dem Aussehen nach nicht unbedingt Huren, aber sie waren es dennoch. Le Clito war vielleicht ein frischgebackener Ehemann, doch das hieß noch lange nicht, daß er sich zurückhalten mußte, wenn ein diplomatischer Besuch in Anjou die Chance zur leichten Sünde bot.

William le Clito zeigte Geoffrey ein Lächeln von blendendem Charme, das allerdings, weil er es so oft verwendete, seinen ursprünglichen Reiz weitgehend verloren hatte. »Tut mir leid, unser Schiff ist aufgehalten worden. Ich bin doch nicht sehr viel zu spät, oder?« Er berührte den jüngeren Mann mit Vertrautheit an der in vergoldeten Samt gekleideten Schulter. Geoffrey trat zur Seite, die Nasenlöcher gebläht vor beherrschtem Zorn, und betrachtete den Vogel, den Warrin de Mortimer unter dem Arm hatte – einen hübschen schwarzen Hahn, dessen Federn im Licht der Frühlingssonne smaragdgrün funkelten.

»Glaubt Ihr, dieses armselige Wesen könnte meinen Topaze schlagen?« spottete er.

»Nennt Euren Wetteinsatz, und wir werden sehen«, antwortete le Clito unbesorgt. »Warrin, setz ihn auf den Boden.«

Jemand hob Geoffreys Kampfhahn hoch, so daß die Männer erst einmal die Form und den Zustand des schwarzen Hahns begutachten und ihre Wetten überlegen konnten. Der schwarze Vogel schüttelte seine zerrauften Federn, stolzierte ein paar Schritte und streckte sich elegant auf die Zehenspitzen, um ein herausforderndes Krähen hören zu lassen.

Warrin de Mortimer lehnte sich an die Mauer und rieb sich die Seite, wo ihn die breite, rosafarbene Narbe juckte. Er warf einen Blick auf seinen Schwarzen und wußte genau, daß Geoffreys Vogel gewinnen würde, weil Geoffrey von Anjou immer gewann. Er hatte auch nie am Tisch anderer Männer um Fleisch betteln müssen. Seine Finger blieben direkt auf der Narbe liegen: auch seine Schuld. Er hatte de Laceys Schnelligkeit unterschätzt, hatte vergessen, daß dem ehemaligen Knappen die Jahre der Erfahrung als Ritter zugute gekommen waren, und wegen dieser Fehleinschätzung war er jetzt ein Ausgestoßener im Land seiner Väter, zurückversetzt auf den Stand eines einfachen Hausknappen im Dienste eines Mannes, dessen Glück so verläßlich war wie das Versprechen einer Hure.

»Willst du nicht setzen, *chérie*?« Eine Frau hakte sich besitzergreifend bei ihm unter und bewunderte ihn mit schmelzenden braunen Augen. »Ich würde sagen, Lord Williams Hahn gewinnt – er ist größer.«

Was zeigte, wieviel Heloise vom Hahnenkampf verstand oder von irgend etwas anderem. Ihr Verstand lag zwischen ihren Schenkeln, und das war gar nicht so schlecht gewesen in der vergangenen Nacht. Schade, daß sie tagsüber den Mund so weit öffnen mußte wie ihre Schenkel.

»Nein«, sagte er mit mürrischem Achselzucken. »Ich setze nicht.« In diesen Tagen war das Geld für ihn zu knapp, als daß er es mit Wetten auf den Ausgang von Hahnenkämpfen vergeudete. Sein Vater hatte ihm zwar versprochen, daß er ihm Geld schicken und spätestens bis zum nächsten Weihnachtsfest die Aufhebung seines Banns erreichen würde, dann könnte er zurück auf seine Ländereien, doch weder auf das Geld noch auf die sonstigen Versprechungen konnte er sich verlassen.

Das Mädchen neben ihm zog eine Schnute und wandte sich von ihm ab. Er fragte sich, ob sie es wert war, daß er ihr den Gefallen tat, und entschied, daß keine Frau es verdiente. Genau an diesem Punkt hob er den Kopf und sah im Durchgang – Heulwen.

Die Hähne fielen übereinander her in einem klappernden Schlagen bronzefarbenen und schwarzen Gefieders. Schnäbel verletzten, Sporen trafen. Sie tanzten Brust an Brust in der Luft, und auch die Männer waren in Bewegung geraten; und über ihre Köpfe hinweg, ohne auf sie oder auf ihre Kampfhähne zu achten, starrte Warrin de Mortimer auf die Erscheinung und wollte seinen Augen nicht trauen. Sein Herz begann schneller zu schlagen. Sein Atem wurde unregelmäßig und zitternd, und die Narbe pulsierte an seinen Rippen.

Die Vögel trennten sich mit weit aufgerissenen Schnäbeln, das Gefieder im Staub hinter sich herziehend, und umkreisten sich, ehe sie wieder aufeinander losgingen. Dunkles Blut tropfte auf den Boden. Warrin stieß seine Hure endgültig von sich und ignorierte ihre nörgelnden Fragen, umrundete den Kreis der wildgewordenen, aufmerksamen Zuschauer und trat hinaus auf die offene Straße.

Adam warf einen kurzen Blick auf den Hahnenkampf, mehr vom Geschrei der Menge angezogen als von wahrem Interesse an dieser Art von Sport. Es war der Adel, der sich hier amüsierte, wie er rasch feststellte, denn die Sonne wurde reflektiert von juwelenbesetzten Tuniken, Gürteln und Waffengriffen.

»Miles – ich meine meinen Bruder, nicht Großpapa – hat einen Kampfhahn besessen«, erinnerte sich Heulwen. »Mama hat die Hahnenkämpfe nicht gemocht. Sie hat ihn jedesmal ausgescholten, wenn er zu Hause war, aber alle jungen Männer bei Hof hatten ihre Hähne, und er wollte sich nicht von ihnen unterscheiden.« Sie seufzte und schüttelte den Kopf. »Armer Chanticleer – so hieß der Hahn – er ist nicht einmal zu einem rühmlichen Ende gekommen. Von einem Karren überfahren und plattgedrückt, als er hinter einem seiner Weiber her war, endete er daraufhin im Kochtopf.«

Adam stieß ein unterdrücktes Lachen aus und zog rasch die Zügel an, um einen Karren vorbeischwanken zu lassen. Er war mit Weinfässern beladen, und die Ochsen, die ihn zogen, zeigten ein glattes, muskelgeripptes rotes Fell. Staub erhob sich von ihren Hufen, und Heulwen bedeckte ihr Gesicht mit dem Schleier und hustete.

Southampton, Caen, Falaise, Mortain, Roche au Moins. Jedesmal hatte sie sich über die unterschiedliche Umgebung und die verschiedenen Bräuche gefreut. Das Land, durch das sie ritten, war sanftes Weideland, wesentlich flacher als die Berge von Wales, und wurde von seinen Flüssen beherrscht: dem Mayenne, dem Maine, dem grünen Indre und von der majestätischen Loire. Es gab Weingärten im Überfluß und gelbe Ginsterbüsche und Hecken, die dem kleinen Getier Schutz boten. Es gab Feigenbäume, Edelkastanien und elegante Zedern vor einem hellblauen Himmel, und die Menschen sprachen ein reineres, gutturaleres Französisch als in den Marken, wo sie aufgewachsen war.

Jetzt, am Ende ihrer Reise, war sie verschwitzt, verstaubt und so wundgeritten, daß sie befürchtete, ihre Stute nie mehr besteigen zu können, nachdem sie erst einmal abgestiegen war.

»Es ist nicht mehr weit«, sagte Adam, als könne er ihre Gedanken lesen. »Nur noch über die Brücke, nicht wahr, Thierry?« Sie hatten die halbe Eskorte vorausgeschickt, um die Übernachtungsmöglichkeiten vorbereiten zu lassen, und Thierry, einer von ihnen, hatte am Stadttor auf sie gewartet, um ihnen den Weg zu weisen.

»Ja, Mylord.«

Heulwen warf einen Blick auf die belebte Holz- und Steinkonstruktion der Brücke, die den Maine überspannte. Darüber ragte Fürst Fulkes Schloß in den Himmel, und auf den Türmen wehten seine Fahnen.

»Hoffentlich hat sich Austin umgesehen«, murmelte sie beim Gedanken an ein Federbett und schob zugleich alle anderen Gedanken beiseite.

Adam neigte den Kopf und zeigte ihr ein Lächeln. »Eines muß man dir lassen«, neckte er sie sachte, »du bist eine wesentlich bessere Reisebegleiterin als die letzte Frau, die ich bedauerlicherweise habe eskortieren müssen.«

Sie schaute ihn durch die Wimpern an. »Ich bin sicher, sie hat auch nicht so viel Verständnis aufgebracht für deine Bedürfnisse«, sagte sie und ließ dabei die Zunge zwischen den beiden weißen Zahnreihen sehen.

Sein Blick verengte sich. »Bei weitem nicht«, antwortete er leise.

Das Logis, das Thierry gemietet hatte, gehörte einem Händler, der unterwegs war auf einer Pilgerfahrt nach Jerusalem, und obwohl niedrig – Adam stieß sich fast den Schädel am Türbalken an, als er das Haus zum erstenmal betrat –, gab es genügend Stallungen für die Pferde und einen gepflegten Garten, der sich bis hinunter zum Fluß erstreckte, wo er bei einem Steg und einer Hütte mit Ruderboot endete. Außerdem hatte das Haus den Vorteil, der Burg nahe zu sein.

Und in der Tat konnte Heulwen, als sie später durch die Fenster im oberen Stock, die keine Läden aufwiesen, hinunterschaute auf die Straße, während sie sich ihre noch feuchten Strähnen kämmte, eine Gruppe von Reitern beobachten, die über eine Durchgangsstraße zur Burg ritten. Lachende junge Männer, dazwischen ein paar ältere Adlige, eine ausreichende Mannschaft von bewaffneten Wachen, die in gewirkten Gamaschen und Halbrüstungen schwitzten, wobei einer von ihnen einen gerupften, aber offenbar siegreichen Kampfhahn unter dem Arm hatte, und um dem Ganzen Farbe hinzuzufügen, gab es auch noch ein paar bunt gekleidete Frauen in der Gruppe, Frauen von der oberen Kategorie des ältesten Berufs.

»Adam, komm schnell her«, rief sie.

»Was ist?« Ohne die Tunika, die Hemdbändchen lose herunterhängend, konnte sie seine gebräunte Brust sehen. Adam lehnte sich hinter Heulwen gegen den Fensterrahmen. Plötzlich war seine Spannung so greifbar wie der Frühlingssonnenschein, der sich auf sie beide ergoß. »William le Clito«, murmelte er, und seine Überraschung schien alles andere als angenehm zu sein.

»Welcher? Der mit dem gelben Haar?«

»Nein, der ist viel zu jung. Der Dunkle auf dem Rappen. Und ich wette, daß der mit dem gelben Schopf seiner besonders edlen Kleidung nach Geoffrey von Anjou selbst ist.«

Heulwen reckte den Hals.

»Was hat William le Clito in Angers zu suchen?« fragte Adam und zog die Stirn in Falten. Seine Frage war rein rhetorisch, und die Antwort war bereits bekannt: Er schien sich die Unterstützung des Fürsten Fulke sichern und Unruhe in der Normandie erzeugen zu wollen. Pech für ihn, daß Adam nicht hier war, um ebenfalls seine Unterstützung zu suchen, sondern um einen Preis zu bieten, dem keiner widerstehen konnte. Er berührte Heulwens Schulter. »Geh weg vom Fenster, Liebste«, murmelte er. »Deine Augen fallen dir aus den Höhlen und rollen bis hinunter zum Fluß, und ich will nicht, daß sich der halbe Hof rühmen kann, die Frau des Herolds von König Henry in Unterkleidung gesehen zu haben.«

»Dafür ist es zu spät.« Sie lachte, war sich aber der Warnung unter seiner leicht hingesprochenen Bemerkung voll bewußt, zog sich vom Fenster zurück und ließ die Jalousien herunter. Zu Hause konnte sie sich benehmen, wie es ihr beliebte, aber hier mußten sie und Adam einen guten Eindruck beim Fürsten von Anjou hinterlassen.

Der letzte Mann der Kavalkade ritt vorbei. An seiner Seite, verbunden durch Zügel, war ein schöner, reiterloser, gescheckter Hengst. Im Schatten eines Hauseingangs auf der anderen Straßenseite blieb Warrin de Mortimer stehen und starrte auf das Haus des Händlers; dabei prägte er es sich mit brennenden Augen ein.

Fulke, der Sohn von Fulke le Rechin, Fürst von Anjou, war ein Mann von mittlerer Größe, mittlerem Körperbau und mittleren Jahren. Er wirkte robust und blühend mit rotgoldenem Haar, das einmal mit dem von Heulwen hätte konkurrieren können, inzwischen aber zu einem weicheren, ingwerblonden Ton ausgebleicht war und auf dem Schädel ausdünnte. Seine Augen, zu beiden Seiten einer wuchtigen, großporigen Nase, waren silbergrau wie Stahl, und ihnen entging nichts. Die Augen waren es, auf die man achten mußte, und nicht so sehr der meist lächelnde, volle Mund.

Adam erwiderte das Lächeln und blieb zurückhaltend, während er Fulke die Geschenke des Königs präsentierte, einen schönen englischen Wandteppich und einen Becher, dessen Fuß mit Saphiren und geschliffenem Kristall besetzt war. Für Geoffrey gab es ein in Pergament gebundenes Exemplar des *Bede*, dessen Umschlag mit einem Goldblatt geziert war. Der junge Mann nahm es mit großzügiger Geste entgegen und lächelte, aber nicht so breit wie Fulke, und seine Augen, ähnlich denen seines Vaters, waren nicht nur wachsam, sondern eiskalt.

Vater und Sohn waren bezaubert von Heulwen. Fulke bat um den Vorzug, sie zu Tisch führen zu dürfen, und gab ihr einen Platz neben sich auf dem hohen Podium.

»Es macht Euch doch nichts aus, Sir Adam?« fragte er mit gespielter Jovialität den etwas verbitterten Gemahl. »Es kommt nicht oft vor, daß wir durch so schöne Gesellschaft geehrt werden.«

»Ganz und gar nicht, Sir«, sagte Adam, wobei es ihm sehr viel ausmachte. Nicht, daß er ihr nicht traute, aber sie sah in der Tat so großartig aus in ihrem Hofkleid aus aquamarinblauer Seide, eine Farbe, die zu ihren Augen paßte, und sie war so erfahren im Flirten, daß es ihm immer einen Stich versetzte, wenn er sie am Arm eines anderen Mannes erblickte – eine Erinnerung an frühere, schlechtere Zeiten. Das Gesicht ausdruckslos, nahm er seinen Platz weiter unten an der Tafel ein. Heulwen warf ihm einen kurzen Blick zu, rümpfte boshaft und zugleich schelmisch die Nase, und dann richtete sie alle ihre Aufmerksamkeit auf den Fürsten von Anjou und den jungen Mann, den Henry als Ehemann seiner Tochter vorgesehen hatte.

Vater und Sohn rivalisierten um ihre Aufmerksamkeit und stapelten die erlesensten Köstlichkeiten auf ihren Teller, bis sie lachte und die beiden bat, damit aufzuhören, weil sie sonst platzen würde, erkannte aber durch ihr Scherzen die Rivalität und fragte sich, ob Adam es ebenfalls bemerkt hatte. Sie warf rasch einen Blick auf ihn, doch er war in ein Gespräch versunken mit dem Prälaten, der neben ihm saß, und schien es nicht mitzubekommen. Sie vermutete, daß er aus Trotz nicht auf sie achtete, und ihre Lippen zuckten in einer Mischung aus Ärger und Amüsement.

»Heulwen...« sagte ein Nachzügler an der gehobenen

Tafel, den sie erkannte, noch ehe er als William le Clito vorgestellt wurde. »Was heißt das?«

Sie zeigte ihm ein rasches Lächeln. »Es ist das walisische Wort für Sonnenschein, Mylord. Ich habe den Namen von meiner Urgroßmutter Heulwen uerch Owain. Sie war in ihrem Volk eine Prinzessin.«

»Ich sehe, Ihr habt Stolz«, erwiderte der rundgesichtige Mann, und seine Lippen verzogen sich bitter. »Das kann ich verstehen.« Die Grimasse verstärkte sich, wurde bösartig. »Entschuldigt, daß ich fragte; es ist ein sehr ungewöhnlicher Name. Dann seid Ihr wohl auch die Heulwen, die einem meiner Ritter, Warrin de Mortimer, die Ehe versprochen hatte?«

Heulwen fühlte, wie die Hitze in ihre Wangen stieg und auf ihrer Kopfhaut prickelte. »Nein, Mylord.« Sie sprach vor Aufregung eine Oktave höher als sonst. »Ich war mit ihm verlobt, das ist richtig – aber er wurde der Verschwörung und des Mordes für schuldig befunden, und ich bin sicher, daß Ihr das genau wißt.« Sie fixierte ihn mit einem vorwurfsvollen Blick.

»Warrin de Mortimer?« Der Fürst zog die Stirn in Falten. Er hatte ein sehr schlechtes Namensgedächtnis.

»Du weißt«, fügte Geoffrey hinzu, »der große Mann, der immer mehr Ringe trägt, als er Finger hat. Dort unten, rechts von dir. Er setzt sich gerade hin.«

»Ah, ja.« Fulke strich sich über den Bart.

Heulwens Herz begann heftig zu schlagen, und ihre Schläfen pochten im selben Rhythmus. Das, was sie sah, verschwamm, aber nicht genug, um den Mann zu verschleiern, der sich gerade an einem der unteren Plätze am Tisch niederließ, wo die Leute von le Clito beim Essen waren. Dabei entging ihr auch nicht, daß er sie unverwandt und mit feindseligem Blick anschaute. Warrin hier in Angers! Mein Gott, das konnte doch nicht wahr sein!

William le Clito beugte sich über den Tisch. »Ich habe ihn

aufgenommen, als er aus dem Land meines Onkels verbannt wurde. Ich weiß, Mylady, daß Warrin und Euer Gatte beim letzten Weihnachtsfest ein Gottesgericht ausgekämpft haben in einer etwas unklaren Sache.«

Heulwen senkte den Blick auf ihre Hände, den einzigen sicheren Platz, auf den sie schauen konnte. Sie zitterten. Das Essen, das man vor ihr aufgestapelt hatte, ließ ihr übel werden. »Es wäre unhöflich von mir, Euch so zu antworten, wie Ihr es verdient hättet, Mylord«, erwiderte sie durch steife Lippen.

Geoffreys kalte, silberne Augen leuchteten vor Begeisterung. »Ich mag Frauen, die den Männern widersprechen«, sagte er und lachte dazu.

Eingebildeter Affe, dachte sie; mit der Kaiserin würde er jemanden bekommen, der ihm nur widerspräche. Sie ignorierte ihn und le Clito und wandte sich bittend an den Fürsten: »Mylord, ich möchte nicht über dieses Thema reden. Es ist schmerzlich genug für mich, und außerdem berührt es meine intimsten Interessen...« Sie brauchte die belegte Stimme nicht zu spielen, aber sie senkte den Kopf und tupfte sich mit dem Ärmel ihres Kleides die Augen ab.

»Kommt schon, Lady Heulwen, laßt Euch doch nicht ärgern!« Fulke tätschelte ungeschickt ihre Hand und warf le Clito einen scharfen Blick zu. »Lord William hat es nicht böse gemeint, er hat nur geneckt und ist ein bißchen zu weit gegangen dabei. Ich bin sicher, er entschuldigt sich, falls er Euch beleidigt haben sollte.«

Sie schaute den Tisch entlang auf Adam. Er aß, als ob nichts geschehen wäre, doch ihr entging nicht, daß er mehrmals zu seinem Becher griff, um das Essen hinunterzuspülen. Seine Aufmerksamkeit galt jetzt nicht mehr dem Geistlichen, sondern konzentrierte sich auf Warrin mit jenem brütenden, nachdenklichen Ausdruck, den Heulwen inzwischen gut kannte, wenn sie ihn auch nicht immer verstand. Adam, der bemerkte, daß sie ihn beobachtete, wandte sich ihr zu, ihre Augen trafen sich, und sein Ausdruck änderte sich, wurde eine müde Grimasse, begleitet von einem kaum sichtbaren Kopfschütteln. Heulwen biß sich auf die Lippe. Fulke berührte sie am Arm und sprach mit ihr, und sie mußte sich von Adam abwenden, um ihn verstehen zu können. Es brauchte all ihren Mut und ihre Beherrschung, jetzt noch zu lächeln und so zu tun, als wenn nichts geschehen wäre, und sie fühlte, daß ihr das gründlich mißlang.

Das Mahl setzte sich fort mit mehreren Gängen, und dazwischen gab es Unterhaltung wie eine Truppe syrischer Tänzerinnen, die statt Kleidung Schleier um die Körper und vor den Gesichtern trugen. Die Männer schätzten die Darstellung sehr, denn selbst der kleinste Blick auf einen gutgeformten Schenkel war für sie Grund zu obszönen Bemerkungen; dazu fuhren sie sich mit der Zunge über die Lippen. Springer hüpften hoch und machten Saltos in der Luft, ein Lautenspieler sang zwei Heldengesänge und eines der Liebeslieder, wie Herzog William von Aquitanien sie verfaßte; sie ließen in ihren Texten ebenso wenig Zweifel übrig wie die Kostüme der syrischen Tanzgruppe.

Die Fingerschüsseln wurden herumgereicht, das Wasser darin war mit Kräutern aromatisiert, und dazu servierte man Obst und Nüsse mit Südwein. Fulke zog sich von der Tafel zurück und ließ sich von einem Pagen in die privaten Räume begleiten; dabei befahl er Geoffrey und Adam, mit ihm zu kommen. Er dankte Heulwen für das Vergnügen ihrer Gesellschaft und küßte ihr Hand und Wange, doch man konnte nicht übersehen, daß es eine Entlassung war. Frauen, wie auch die Unterhaltungseinlagen, waren hervorragende Randerscheinungen, dazu angetan, ein Fest zu vergolden. Sie vertrieben einem die Zeit, doch das war das äußerste, was man von ihnen erwarten konnte. Die Frau eines Herolds hatte nicht die Funktionen des Herolds selbst.

»Es wird schon gutgehen«, sagte sie, als Adam ihren Arm drückte, ein Auge auf dem wartenden Pagen, das andere auf le Clito, der an einem Tisch in der Nähe des offenen Kamins an einem Würfelspiel teilnahm. Als Fulkes Gäste schliefen er und seine Männer hier auf dem Schloß.

»Bist du sicher? Mein Gott, das hat mir gerade noch gefehlt.« Mit gefurchter Stirn schaute sich Adam nach Warrin de Mortimer um und sah ihn noch immer an der Tafel sitzen, den Weinbecher neben sich, der in einer roten Pfütze stand, und auf seinen Knien saß eine schwarzhaarige Frau mit Augen wie dunkle Edelsteine. Sie hatte die Arme um seinen Hals geschlungen, die Finger in seinem Haar, und er war mit seiner Hand auf ihrem Schenkel. Sie flüsterte ihm etwas ins Ohr, aber er hörte nur halb zu; seine Aufmerksamkeit war ganz auf Adam und Heulwen gerichtet.

»Ja, da bin ich sicher.« Heulwen unterdrückte einen Schauer und küßte ihren Mann, verdeckte damit Warrins anklagendes Starren auf sein Gesicht und gewann Sicherheit und Trost aus dem vertrauten, individuellen Geruch ihres Mannes.

Er umschlang ihre Taille und ging mit ihr durch die Halle, um sie in die Obhut seines Leibwächters zu geben, brachte sie zu ihm hin und kehrte erst dann zu dem ungeduldig wartenden Pagen zurück. Warrin de Mortimer übersah er dabei nachdrücklich, war sich aber immer noch bewußt, daß dieser ihn anstarrte, während er langsam den bestickten Oberteil der schwarzhaarigen Frau aufknöpfte.

Der Diener schenkte Wein ein, ließ den Krug und einen Teller mit kleinem Marzipankonfekt daneben stehen und verließ unter Verbeugungen den Raum. Einer von Fulkes Hunden ging ein paarmal im Raum auf und ab, ehe er sich vor dem riesigen offenen Kamin niederließ.

Adam überreichte Fulke das versiegelte Pergament, das sich während der letzten Wochen in seiner Verantwortung befunden hatte, und setzte sich, der Geste des Fürsten folgend, auf einen Stuhl, den ein teppichgewirktes Kissen bequemer machte.

Fulke brach das Siegel, öffnete das Pergament mit seinen kurzen, spatenförmigen Fingern und begann zu lesen. Geoffrey nahm ein Stück Marzipankonfekt und biß entschlossen die Hälfte davon ab. Dann fragte er mit vollem Mund: »Interessant?«

Fulke schüttelte den Kopf, die Stirn gefurcht, nahm das Dokument näher ans Kerzenlicht und begann es von neuem zu lesen. Geoffrey zog eine Augenbraue hoch, warf noch einen abschätzenden Blick auf seinen Vater und achtete von da an nicht mehr auf ihn. Er nahm noch ein Stück Marzipan und warf es dem Hund zu. Das Tier sprang danach und leckte sich die Schnauze. »Kämpft Ihr auf Turnieren, Sir Adam?«

Adam blinzelte und war momentan überrascht. »Gelegentlich und zu Hause, Mylord«, antwortete er vorsichtig.

»Mehr als nur gelegentlich, glaube ich«, widersprach ihm Geoffrey. »Ich habe Euer Schlachtroß vorher im Stall gesehen, und als ich mit Eurem Knappen darüber sprach, meinte der, Ihr könntet das Zentrum des Schildes einer Lanzenpuppe bei zehn Versuchen zehnmal treffen.«

Adam schaute auf den Fürsten, der beim Lesen die Lippen bewegte. »Austin übertreibt gern, Mylord.«

»Wir haben für morgen ein Turnier angesagt, die Männer von le Clito gegen die meinen. Es wäre mir eine Ehre, wenn Ihr daran teilnehmen würdet – natürlich auf meiner Seite.«

Es war soviel wie ein Befehl, auch wenn es so vage formuliert wurde. Hinter der neutralen Maske hielt Adam den jungen Mann für jemanden, der es gewohnt war, zu bekommen, was er wollte, und der vermutlich gefährlich wurde, wenn man es ihm verweigerte. »Mylord, die Ehre ist ganz auf meiner Seite«, antwortete er höflich. Die englischen Adligen werden Geoffrey von Anjou lieben, dachte er ein wenig gequält.

Geoffreys charmantes Lächeln weitete seine vollen Lippen, die bereits die rauhen Bartstoppeln des Erwachsenen umgaben. »Waffen *a plaisance*, Mylord. Keine scharfen Klingen, auch wenn es um persönliche Animositäten geht, die auf Rache warten.«

Adam neigte den Kopf und trank einen Schluck Wein. »Keine scharfen Klingen«, wiederholte er leise nach einem Augenblick, als er der fortgesetzten Neutralität sicher sein konnte.

Fulke schaute Adam mit kalten, schlauen Augen an. »Wißt Ihr, was hier geschrieben steht?«

»Ja, Mylord.«

»Was ist es?« fragte Geoffrey. »Eine Bestechung von König Henry, damit wir nicht allzu freundlich umgehen mit seinem Lieblingsneffen?«

Fulke stieß ein Knurren aus. »Das könnte man sagen.« Er reichte ihm das Pergament hinüber und legte beide Hände auf seinen Mund, während er seinem Sohn beim Lesen zusah.

»Um Gottes willen!« Geoffrey erstickte fast, als er die entscheidende Stelle des Pergaments erreichte. »Sie ist alt genug, um meine Großmutter zu sein.«

»Sie ist außerdem die Kaiserinwitwe des Deutschen Reiches und König Henrys Erbin.« Fulkes Stimme war warnend scharf geworden. »Und sie ist in Wirklichkeit fünfundzwanzig.«

Geoffreys vorher gerötetes Gesicht war zu einem schmutzigen Weiß geworden. Er schluckte und las noch einmal das Pergament, als könnte er die Worte allein durch seinen Willen ändern.

»Eine Krone und ein Herzogtum«, sagte Fulke leise und beobachtete seinen Sohn dabei sehr gespannt.

Adam trank seinen Wein und beobachtete die beiden aus fast geschlossenen Lidern. Sie waren wie zwei Hirsche, der eine in seiner besten Zeit, auf dem Gipfel seiner Kraft und sich wohl bewußt, daß es von nun an nur noch bergab gehen konnte, der andere jung, unsicher, aber rasch an Kraft und Erfahrung gewinnend und zum Gipfel strebend, der noch von seinem Vater besetzt war.

»Ich will das nicht.« Geoffrey warf das Pergament zu Boden. Dann schluckte er.

»Denk mit deinem Kopf, mein Sohn, nicht mit deinem Herzen. Wir bekommen kein besseres Angebot, nicht in hundert Jahren.«

Geoffrey war jetzt ganz der entsetzte Junge; er fluchte seinem Vater, und Fulke war mit zwei Schritten bei ihm und schlug ihm mit der Rückseite der Hand auf den Mund. »Denk mal ausnahmsweise mit deinem Gehirn, du blöder Welpe!« zischte er ihn an. »Denk an die Macht! Die Frau ist nur ein Mittel, um es zu vollenden. Wenn du ihr erst deinen Samen in den Bauch gesetzt hast, kannst du tun, was immer dir gefällt. Ein paar Nächte in Mathildas Bett ist ein geringer Preis dafür!«

Geoffrey wischte sich einen Faden Blut aus seinem Mundwinkel, schaute ihn an und schmierte ihn auf den Fingerknöchel, dann wandte er sich an seinen Vater. Seine Brust hob und senkte sich unregelmäßig, und seine Augen funkelten von Tränen, aber er hatte sich wieder unter Kontrolle. Er wandte sich ab, ging mit schweren Schritten zum Fensterschlitz und lehnte den Kopf gegen die Wand. Der Hund verließ den Kamin, kam zu ihm und steckte seine feuchte Schnauze gegen seinen Schenkel. Nach kurzem Schweigen wischte sich Geoffrey mit seinem pelzverbrämten Ärmel über die Augen und sog zitternd die Luft ein. Noch immer mit dem Rücken zum Raum gewandt, sagte er: »Du hast mir gesagt, Papa, daß Henry von England wie eine Spinne war, die ein Netz gewoben hat, um alle Männer zu fangen. Warum sollten wir uns in seine Maschen locken lassen?«

»Liegt die Antwort nicht nahe? Auch wir sind Spinnen.« Fulke ging zu ihm hinüber und drückte die Schulter seines hochgewachsenen Sohnes mit einer kräftigen, väterlichen Hand. »Und diese Dinge sollten wir besser unter uns besprechen.«

Adam trank seinen Becher aus und erhob sich, weder langsam noch allzu beflissen, die Warnung Fulkes an seinen Sohn als Zeichen für sich zu betrachten. »Mit Eurer Erlaubnis, Mylord«, sagte er.

Fulke sah sich um und nickte. »Ja, verlaßt uns jetzt.« Er zeigte den Hauch eines schiefen Lächelns. »Ihr seht, daß diese Nachricht uns etwas überrascht hat. Bleibt Ihr auch nach dem Turnier in Angers? Gut, dann kommt an unsere Seite, und ich habe eine Antwort an unseren Lehnsherrn.«

Adam machte eine Geste des Einverständnisses. »Ja, Mylord.« Dann nahm er das Pergament vom Boden und legte es behutsam auf den Tisch.

Aubrey und die Männer seiner Eskorte, andere als diejenigen, welche Heulwen nach Hause gebracht hatten, warteten bei den Stallungen auf ihn. Sie spielten Würfel, und ein Weinschlauch sowie ein kicherndes Küchenmädchen gingen von Hand zu Hand.

Adam schloß seinen Umhang und schritt über den Wachhof. »Wenn Ihr dann fertig seid mit Eurem Spiel, Gentlemen«, sagte er in sarkastischem Ton, der keinen Hauch von Humor enthielt.

Thierrys Zähne blitzten in einem weißen Wiesel-Grinsen. Er steckte die Würfel ein. »Ich hab' sowieso nur verloren«, sagte er respektlos und erhob sich. Drahtig und leicht, war er mindestens zwei Handspannen kleiner als sein Herr. Er nahm das Mädchen am Arm, flüsterte ihr etwas ins Ohr und gab ihr einen Klaps auf den Hintern, um sie wegzuschicken.

Adam verengte die Augen, als der den Angeviner betrachtete, und hielt inne, die Hand auf Lyards Hals, einen Fuß im Steigbügel. »Du verlierst gleich einen Wochenverdienst, wenn du nicht aufpaßt«, warnte er ihn.

Thierry neigte den Kopf, wußte nicht, ob es sich um eine

Drohung oder einen Scherz handelte, und entschied sich dafür, auf alle Fälle vorsichtig zu sein. Er salutierte respektvoll, war mit einem Satz bei seinem Braunen und auch schon im Sattel. »Bereit, Mylord«, verkündete er munter wie ein Sperling.

Adams Lippen zuckten. »Spar dir deine Tricks für morgen. Der junge Geoffrey hat ein Turnier organisiert, und wir kämpfen auf der Seite des Plantagenet.«

Die Nachricht wurde in der ganzen Runde begrüßt, denn wenn Adams Männer nicht in einen Krieg verwickelt waren, dann machte ihnen nichts mehr Spaß, als dafür zu trainieren. Das Turnier würde ein gefährliches Spiel werden, das manchmal die Linie zwischen echtem und gespieltem Krieg überschritt, aber es machte Spaß und bot Gelegenheit, gute Preise zu gewinnen, denn der Besiegte mußte dem Sieger traditionsgemäß sein Pferd, die Rüstung und die Waffen übergeben – oder ihren Gegenwert in Münzen.

Adam lauschte ihrem angeregten Gespräch und fühlte, wie sich auch bei ihm die Aufregung steigerte. Das war sein Sport: Er war besser als alle und die Aussicht auf einen fairen Zweikampf war erfreulich oder wäre es gewesen, wenn nicht die Gegenwart von Warrin de Mortimer wie eine große schwarze Fliege im Glas geschwommen hätte.

»Ein Turnier!« rief Heulwen, warf den doppelten Elfenbeinkamm auf das Bett und wirbelte herum, um ihm in die Augen zu schauen, wobei die ihren blitzten und ihr Haar sich in Kaskaden um Schulter und Taille ergoß. »Bist du vollkommen wahnsinnig geworden?«

Adam breitete die Handflächen nach oben aus. »Auf dem Rücken eines Pferdes ist Warrin kein Gegner für mich«, sagte er verteidigend. »Zu Fuß, damals an Weihnachten, war es etwas ungemütlich, das gebe ich zu, aber nicht auf einem Pferd.«

Heulwen lachte ihm ins Gesicht. »Du glaubst doch nicht im Ernst, daß Warrin sich an die Regeln hält?«

Er setzte sich auf das Bett und schaute an der von Stickereien geschmückten Schulter seiner Hof-Tunika entlang. »Heulwen, bitte versteh mich, ich *will* bei diesem Turnier kämpfen.« Adam zögerte und suchte nach Worten, die schwer zu finden waren, weil sein Gefühl aus dem Bauch kam und nicht aus dem Gehirn. »Es ist – ach, ich weiß nicht, es ist mir angeboren, ist im Blut und in den Knochen. Ein Schwert ist und bleibt ein Schwert, auch wenn du es noch so sehr vergoldest.« Er öffnete die Handflächen, während er sprach, zeigte ihr die Narben seines Berufs und die breite weiße Narbe einer alten Wunde, die seine Lebenslinie trennte. »Selbst wenn ich nicht daran teilnehmen wollte, man erwartet es von mir. Es geht ebenso um Henrys Ehre als um die meine.«

»Ehre!« Heulwen schien zu ersticken an dem Wort, war glücklicherweise zu sehr von Wut und Sorge übermannt, als daß sie noch mehr dazu sagen konnte.

Adams Augen verengten sich, und das Licht zitterte auf den Goldstickereien, während er tief einatmete. »Jawohl, um die Ehre«, wiederholte er behutsam und senkte die Hände, um den Kamm aufzuheben, den sie zu Boden geworfen hatte.

»Warrin kennt nicht einmal die Bedeutung des Wortes«, spuckte sie ihm entgegen.

Er ließ den Daumen an seiner elfenbeinweißen Zahnlinie entlanggleiten. »Das muß nicht sein. Er vergißt es nur von Zeit zu Zeit, und danach vergißt er, daß er es jemals vergessen hat.«

Sie stieß einen verächtlichen Laut aus und war keineswegs beruhigt. »Soll das so etwas wie eine Beschwichtigung werden?«

Adam seufzte. »Es sollte dir sagen, daß ich nicht ganz naiv bin.« Er zog sie neben sich auf das Bett und begann den Kamm durch ihr Haar zu ziehen. »Und wenn ich ablehnte –

würde das mein Leben garantieren? Ich glaube nicht. Auch ein geschickter Dolch in der Menge könnte seinen Zweck erfüllen. Bei einem Turnier habe ich Sweyn auf meiner Linken, Aubrey zur Rechten und Thierry und Alun in der Nähe; und wenn es dutzendmal zuvor auf dem Schlachtfeld funktioniert hat, gibt es keinen Grund zu der Annahme, es würde auf einem Turnier nicht funktionieren.«

Sie leistete Widerstand mit dem Kopf gegen das Zerren des Kamms und fühlte, wie seine Hand folgte, glättend, besänftigend. Männer! dachte sie voll Verachtung. Bereit, zu sterben für die Kunst, ihre Fertigkeit beim Töten unter Beweis zu stellen, und das nennen sie dann Ehre! Nichts als Kampfhähne, die ihre schönen Federn zeigen wollen. Sie sah noch die Glut in Adams Augen, als er zu ihr gekommen war, hörte das Lachen seiner Männer.

Adam legte seine Hand auf den Bogen ihres Kinns und drehte ihr Gesicht zu sich her. Sie blickte nach unten, aber er verstärkte den Druck und zwang sie, seinem Blick zu begegnen. »Schau, Liebste, natürlich gehe ich ihm aus dem Weg, so gut ich kann, das schwöre ich dir. Nicht, weil ich ihm nicht den Kopf vom Hals schlagen will – es gibt nichts, was ich lieber tun würde. Aber ich kann nicht meine persönliche Feindschaft zwischen mich stellen und das, was ich hier für Henry tun muß. Es wird alles gutgehen, das verspreche ich dir.«

Sie schüttelte den Kopf, und ihre Augen füllten sich mit Tränen. »Du sturer, dickschädeliger –«

»Was bin ich denn in deinen Augen? Einer, der nach seinem eigenen Schweif jagt?« schlug er vor, mit hochgezogener Braue, und senkte dann seinen Mund auf den ihren.

»In Gottes Namen, Adam, treib es nicht zu weit«, flüsterte sie an seinem Mund. »Wenn ich dich verliere, sterbe ich.«

Zwanzigstes Kapitel

Schauplatz für Geoffreys Turnier war ein großes grünes Feld dicht außerhalb der Stadtmauer, und hier versammelte sich schon bald nach dem Morgengrauen der Hof, sei es, um dem sportlichen Ereignis zuzusehen, sei es, um Vorbereitungen für die Teilnehmer und Zuschauer zu treffen. Der frühe Märzmorgen war mild und versprach einen warmen Tag, und obwohl überall Pelzmäntel und -jacken zu sehen waren, bestand dazu eigentlich kaum eine klimabedingte Notwendigkeit. Wenn sich die Leute um offene Kohlenpfannen versammelten, dann eher, weil sie als weithin sichtbare Treffpunkte dienten, wo man die kommenden Kämpfe besprechen konnte.

Heulwen hörte das fröhliche Geplauder rings um sich und war sich selbst eines übermächtigen Gefühls aus Sorge und Isolation bewußt. Sie versuchte, zu lächeln und eine der Welle der allgemeinen Begeisterung entsprechende Haltung zu zeigen. Ja, bestätigte sie der Frau eines Adligen, das Wetter sei schön und der Sport sei es wert, daß man die Veranstaltung als Zuschauer besuche. Sie kaufte bunte Bänder von einem fliegenden Händler, um sie um Adams Lanzenschaft zu binden, klatschte pflichtbewußt, lachte über die Possen eines Tanzbären und gab vor, mit aufmerksamem Vergnügen der Ballade eines wandernden Lautenspielers zuzuhören. Ihre Lippen waren bald steif vom erzwungenen Lächeln, und ihr Schädel schmerzte, wo sie doch nichts sehnlicher wünschte, als davonzurennen, ihren Gatten mit sich zu zerren und erst dann zu ruhen, wenn sie den sicheren Hafen ihrer walisischen Marken erreicht hatte.

Sie schaute sich nach Adam um, über die weite Fläche jungfräulichen Grases, das in Kürze aufgewühlt sein würde. Er stand mit dem Grafen drüben an Geoffreys Pavillon. Sie sah Austin, der seinen Blick zwar auf Lyard richtete, sein Hauptinteresse aber für eine Tänzerin reservierte, die mit einem Tamburin spielte und ihm ihre braunen Beine entgegenstreckte. Ein Gassenjunge fütterte den Hengst mit einem runzeligen Apfel. Austin schaute sich um, nahm es wahr, lehnte sich dann wieder gegen einen der Pfähle, die das Zelt stützten, und verschränkte die Arme.

Adam kam aus dem Zelt, im Gespräch mit Geoffrey von Anjou. Er zeigte auf den Helm, den der junge Mann unter dem Arm trug, und machte eine Bemerkung darüber. Geoffrey lachte und antwortete etwas, dann blieben beide stehen und prüften und bewunderten Adams kräftigen fuchsbraunen Hengst. Der Straßenjunge verdrückte sich. Adam zog Austin ins Gespräch, verabschiedete sich vorläufig von Geoffrey, löste Lyard vom Haken und ging mit ihm quer über das Feld auf Heulwen zu.

Männer und Pferde waren zum Turnier bereit. Adam hatte sich sein Kettenhemd angezogen und darüber einen schönen, neuen Übermantel aus mitternachtsblauer Seide, an der Brust bestickt mit dem goldenen Wappenzeichen, das dem auf seinem Schild entsprach. Auch Lyard war jetzt in Blau und Gold gekleidet, und Mann und Pferd platzten beinahe vor Aufregung und Vorfreude, während sich Heulwens Herz in Eis verwandelte.

Adam hielt den Hengst mit einer Hand am geschmückten Zügel dicht vor der Bißstange fest und warf einen prüfenden Blick auf seine Frau, deren Blässe und gezwungenes Lächeln ihm nicht entgehen konnten. »Hör zu«, sagte er leise, »Fulke hat mir versprochen, mir noch morgen seine schriftliche Antwort zu überreichen, so daß wir uns vor dem Ende der

Woche auf den Rückweg machen können. Ich verspreche es dir.«

Er tut sein Bestes, um meine Sorgen zu zerstreuen, dachte sie. Schade, daß keine Aussicht auf Erfolg bestand. Es hatte keinen Sinn, so zu tun. Aber statt zu sagen, daß es morgen vielleicht schon zu spät sein könnte, tätschelte sie den seidigen Nacken des Schlachtrosses und brachte die bunten Bänder hervor.

»Ich habe sie passend zu deinem Umhang gewählt«, sagte sie und biß sich auf die Lippen. »Es tut mir leid, wenn ich so ein Hasenfuß bin, Adam. Ich mache es wieder gut, das verspreche ich dir.«

Er zog die Augenbrauen und zugleich die Mundwinkel hoch. »Ich könnte mir ein paar Möglichkeiten denken, wie du es wieder gutmachst«, murmelte er. »Und ich bin sicher, dir fallen noch ein paar dazu ein.«

»Mindestens ein Dutzend ... Ich wollte, der heutige Tag wäre vorüber.« Sie spielte mit einer geflochtenen Strähne aus Lyards cremefarbener Mähne.

Adam zog sich die bunten Bänder durch die Finger und warf dann einen Blick über die Schulter. Die Männer wärmten sich mit kleinen Übungen auf, und manche rammten ihre Lanzen gegen die Schilde eines Begleiters. Rauhe und fröhliche Rufe waren auf dem Feld zu hören. Der Ledergeruch der Pferdegeschirre und der Pferde selbst hing in der Luft.

Heulwen gab ihm einen sanften Schubs – das Schwierigste, was sie je im Leben getan hatte. »Geh zu – wenn du hier bei mir herumhängst, bist du nachher nicht fertig. Aber laß dich auf kein zu großes Risiko ein.«

Er zögerte, merkte, daß sie nur die Tapfere spielte, und wußte nicht, wie er sie noch mehr beruhigen konnte. Es war ja gerade das Element der Gefahr, das diesen Sport so herrlich machte. Er nahm ihr Gesicht in seine Hände und drückte seine Lippen auf die ihren. Lyard wieherte, preßte seine Nüstern an Adams Rücken, schubste ihn ein wenig vorwärts.

Die Lippen trennten sich. Adam wandte sich dem Pferd zu. »Er scheint mir einen Befehl gegeben zu haben.« Er lachte und setzte einen Fuß in den Steigbügel.

Sie schaute ihn an, über den Rücken des Rosses hinweg: geschickte, wohltrainierte Kraft und Beweglichkeit, vereint mit großer Energie. So überzeugt sie von ihm war, konnte sie nicht den Vorahnungen entgehen, die ihren Stolz auf Adam verdüsterten. Trotz der warmen Frühlingssonne lief ihr ein kalter Schauer über den Nacken. Abrupt befahl sie Elswith, ihr eine Tasse heißer Suppe von einem der Straßenhändler zu besorgen, obwohl sie im Innersten wußte, daß sie nichts gegen den Eisblock tun konnte, der sich in ihrem Körper gebildet hatte und der alle ihre Gedanken und Gefühle beherrschte – denn der bestand aus purer Angst.

Lyard tänzelte auf den polierten, gesunden Hufen, während Adam die Länge der Steigbügel veränderte und es sich auf dem Hochsattel bequem machte, und Austin reichte ihm Helm, Schild und die stumpfe Turnierlanze, die mit blauen Seidenbändern umwickelt war. Dann ritt er hinaus auf das Feld und ließ Lyard langsam traben, prüfte den Untergrund und schaute sich nach Schlaglöchern oder Felsbrocken um, die das Pferd mitten im Lauf behindern und stürzen lassen konnten.

Rechts von ihm ritt Geoffrey von Anjou – auf einem lebhaften grauen Spanier, der gut gebaut war an den Rippen, nach Adams Einschätzung allerdings etwas kurz im Geläuf. Aber der junge Mann handhabte das Roß hervorragend, und obwohl sein ständiges Lachen die Aufregung enthüllte, die er damit verbarg, schien er ansonsten solide genug, um sich bewundernswert anpassen zu können.

Adam kam an Heulwen und den anderen Frauen vorbei. Er senkte seine Lanze, um sie zu grüßen, und sie lächelte und nahm eine Hand von der Suppentasse, um ihm zuzuwinken. Sie bemüht sich nach Kräften, dachte er, und seine Vorfreude wurde ein wenig gedämpft. In ihrer gemeinsamen Kinderzeit hatte sie ihn in manche schreckliche Rauferei getrieben, hatte ihn alle möglichen Verrücktheiten tun lassen und der Gefahr frech mit den Fingern ins Gesicht geschnippt. Aber damals, in der Kinderzeit, war alles nur Spiel gewesen. Erschreckend, wenn man erwachsen wurde und feststellte, daß das Spiel zur Wirklichkeit wurde, die auch nicht aufhörte, wenn es dunkel wurde und man nach Hause gehen wollte.

Er verlangsamte Lyard zum Trott, als sie an den sich versammelnden Rittern von William le Clito vorüberkamen. Warrin war unter ihnen; er lehnte sich an den Gescheckten, der nie bezahlt worden war, die Arme über den Rumpf des Tieres ausgebreitet und wie ein blasphemisches Ebenbild des Gekreuzigten aussehend. Er unterhielt sich gelassen mit William le Clito, brach aber ab, um Adam anzustarren, ein seltsames, überlegenes Lächeln auf den dünnen Lippen.

William le Clito sprach jetzt, und Warrin nahm die Arme von dem Pferd und wandte Adam den Rücken zu, um das Geschirr des Schecken zu prüfen. Adam ließ Lyard abschwenken und trottete mit ihm zurück auf seine Seite des Kampffeldes, wo die Männer von ihrer Seite standen und sich zum Kampf aufwärmten.

Nach und nach vervollständigten sich die beiden gegnerischen Reihen von Rittern. Pferde gingen aufeinander los und wurden hart gezügelt oder in einem Kreis herumgeschickt, um einen anderen Platz in der Reihe zu finden. Männer waren damit beschäftigt, ihre Schilde und Lanzen in Position zu bringen und die Zügel der Pferde noch einmal zu überprüfen. Es war ein unorganisiertes Chaos, in dem es Geoffrey nach vielem Gebrüll, Fluchen und wilden Armbewegungen schließlich gelang, eine Schlachtformation zu bilden.

Dann folgten Sekunden schweigender Spannung: Alle standen an ihrem Platz, und alle Männer hielten ihre Rösser zurück, um auf das Zeichen zum Angriff zu warten. Sie starrten quer übers Feld auf die gegnerische Linie. Das scheckige Pferd stach hervor unter den Füchsen, Rappen und

Kastanienbraunen, ein leichtes Ziel für Angriffe, leicht auch, ihm aus dem Weg zu gehen.

Adam warf einen kurzen Blick auf Heulwen. Wo alle anderen sich auf Zehenspitzen stellten und nach vorne drängten, um einen besseren Blick zu finden auf das, was geschehen würde, stand sie so steif und unnatürlich da wie eine der beleuchteten Heiligenfiguren im Psalter der Kirche von Ravenstow. Er wollte ihr etwas Beruhigendes zurufen, doch das war jetzt nicht mehr möglich, und in diesem Augenblick schallte der Ruf zum Angriff die Reihen entlang, und all seine Aufmerksamkeit richtete sich darauf.

»Ha!« rief er, riß an den Zügeln von Lyard und setzte die Sporen ein. Der Hengst warf den Kopf zurück und galoppierte los. Gras wirbelte hoch in feuchten Klumpen. Die Sonne blitzte auf den Rüstungen und den stumpfen Speerspitzen, auf dem schimmernden Fell der Pferde. Adam suchte sich seinen Mann aus, einen kräftigen Ritter auf einem etwas plumpen Braunen, und führte Lyard mit dem Druck seiner Schenkel zu ihm, die Lanze locker in der Hand und den Körper entspannt, als er die Schritte zählte, die es zu überwinden galt.

Er maß die Entfernung genau ab bis auf den letzten Zentimeter, den er zu überwinden hatte, dann richtete er die Lanze auf sein Ziel, erhob sich leicht in den Steigbügeln und riß die Waffe nach vorn. Es war ein fabelhafter Stoß. Die Lanze des normannischen Ritters zitterte; auch er hatte sich zum Stoß in den Steigbügeln erhoben, aber die Augen vor dem Aufprall geschlossen und ein wenig zu hoch gezielt; Adams Lanze, die genau ins Zentrum des Schildes traf, schleuderte den anderen über die Kruppe des Pferdes und auf den feuchten Boden. Adam nahm die Zügel des Braunen. Der Knappe des Ritters war abgesessen und half seinem benommenen Herrn wieder auf die Beine. Adam fragte ihn, ob er unverletzt geblieben sei, erhielt eine mürrische Bestätigung und teilte ihm mit einer Kopfbewegung mit, wo er sein Schlachtgeld bezahlen könne, bevor er Lyard auf die Jagd nach einem neuen Gegner schickte.

Er und ein Ritter mit einem phantasievoll bronzegeschmückten Helm tauschten mehrere Schwerthiebe, bis sie von einer Gruppe von vier Rittern getrennt wurden, die verzweifelt aufeinander einhackten. Adam erkannte Geoffreys grauen Hengst; Blut lief ihm aus einer kleineren Wunde an einem der Vorderbeine, und er hatte die Nüstern weit gebläht. Geoffrey hielt die Stellung, ohne seinen Gegner besonders beeindrucken zu können, einen älteren, untersetzten Mann, der versuchte, ihn zu ermüden. Adam nahm die Zügel und machte sich daran, das Kräfteverhältnis zu verbessern.

»Mylord, rechts von Euch!« warnte Sweyn, hielt seinen Schild hoch und kam mit seinem Pferd näher. Statt vorwärts zu setzen, zog Adam am rechten Zügel und drehte Lyard einer Gruppe von fünf jungen Männern zu, die im Team arbeiteten und offenbar entschlossen waren, eine so edle Beute wie den Rotfuchs für sich zu erobern.

Adam grinste wölfisch, zog wieder am Zügel und trieb Lyard auf den vordersten der fünf Ritter zu, ließ dabei Sweyn und Aubrey mit den beiden auf seiner Linken und Alun und Thierry mit den beiden rechts von ihm kämpfen. Der Rotfuchs folgte nur zögernd seinem Kommando, und Adam mußte die Sporen einsetzen, damit das Tier den Kopf hob. Die beiden Pferde stießen zusammen. Adams Gegner schlug zu, und seine Waffe prallte von Adams Schild ab. Adams mächtiger Rückhandschlag, sein gefährlichster Schwerthieb überhaupt, warf den Schild des jungen Ritters zurück, wobei er diesen mit der Kante am Unterkiefer traf. Adam setzte nach, ohne dem anderen Gelegenheit zum Rückzug zu geben, und der Schild flog davon, verbunden mit einem Schmerzgeheul. Der Mann riß an seinen Zügeln und verlor sie aus der Hand, als er abzuspringen versuchte. Sein Pferd bäumte sich auf, stellte sich auf die Hinterhand, und dabei riß es den Ritter aus dem Sattel, der mit Sweyn beschäftigt war. Sweyn faßte die Gelegenheit beim Schopf und erhob sich in den Steigbügeln, um die Opposition weiter zu bekämpfen.

Getrennt von Adam durch den Druck der Schlacht, waren Thierry und Alun zu weit entfernt, um zu verhindern, was als nächstes geschah, und Aubrey, obwohl er es versuchte, war nicht in der Lage, von seinem eigenen Gegner freizukommen und Adam zu unterstützen. »Achtet auf Eure Waffe, Mylord!« brüllte er, so laut er konnte. »Im Namen Jesu Christi, achtet auf Eure Waffe!«

In der Menge schrie Heulwen den Namen ihres Mannes, hob die Röcke und begann zu laufen, bis sie von einem von Adams Hauptleuten festgehalten wurde, der, so erschrocken er war, noch genügend Geistesgegenwart besaß, um zu verhindern, daß sie auf das Schlachtfeld lief, wo sie vor den großen Schlachtrossen und den blitzenden Waffen kaum mit dem Leben davongekommen wäre. Sie wehrte sich wie eine wilde Katze, aber er hielt sie fest, bat sie aufzuhören, und schließlich folgte sie seiner Bitte, weil sie sich aus seinem Griff nicht mehr befreien konnte und all ihre Kraft sie verlassen hatte. Schluchzend, tränenüberströmt und keuchend drehte sie sich in seinem Griff, um einen Blick auf das Schlachtfeld zu werfen, doch bis dahin war bereits alles vorüber.

Adam, das Schwert erhoben, um den Schild seines Gegners zu treffen, kommandierte Lyard mit den Schenkeln, um der Herausforderung zu begegnen. Der Fuchs zitterte und stolperte, als Adams Unterarm einen gefährlichen Schlag von der Kugel eines Morgensterns erhielt. Sein Schwert verfing sich in der Kette der Waffe und wurde ihm aus den Fingern gerissen, während einige der Stahlspitzen der schweren Kugel sich im Kettenhemd und dem Hemd darunter verfingen und das Eisengeflecht wie den Stoff darunter zerfetzten. Die Wucht des Aufpralls warf ihn zur Seite und riß ihn aus dem Sattel.

Er landete hart, aber die Übung ließ ihn abrollen und vorläufig vor dem erneuten Ansturm seines Feindes schützen. *Feind*, nicht Gegner, denn der Mann, der auf Lyard fluchte und ihn mit dem Schild aus dem Weg schlug, saß auf einem schäumenden, gescheckten Schlachtroß. Der Morgenstern war zweifellos keine Waffe für ein Turnier, und auch nicht die Art von Warrins Angriff: von der Seite her, während Adam noch mit einem anderen Gegner beschäftigt war, und ohne die übliche Warnung.

Keuchend, mit schwarzen Sternen vor den Augen, erhob sich Adam; sein rechter Arm war taub, er konnte seine Finger nicht fühlen, und sein Schild war ihm soviel Schutz wie ein Stück Pergament, als der Mann jetzt gegen ihn anritt.

Sweyn fluchte und kämpfte, um sich freizumachen. Aubrey war es bereits gelungen, aber er sah, daß er zu spät kam.

Während der Morgenstern an seiner Kette geschwungen wurde und an Wucht gewann, ließ Warrin sein Pferd rückwärts tänzeln. Adam sah, wie sich der Tod über ihm türmte, eine schwarzweiße Mähne vor dem Himmel, Hufe wie stählerne Bogen, die Tore zur Unterwelt. Warrin de Mortimer stieß einen Triumphschrei aus, als das Pferd sich auf die Hinterhand erhob.

Das Pferd kam wieder nach unten, aber schief, gestört durch die blutüberströmte Schulter eines grauen spanischen Hengstes. Ein Vorderhuf klapperte gegen Adams Schild. Der taumelte, blieb aber auf den Beinen, und Warrin wurde von seinem Pferd auf den Boden gerissen. In diesem Augenblick war Aubrey bei ihm und setzte ihm die Spitze seines Schwertes an die Kehle.

Lyard zitterte und schwitzte; er ließ den Kopf hängen, und sein Schweif war schlapp. Adam ging mit vorsichtigen Bewegungen auf ihn zu. Die Beine des Rosses bewegten sich so ziellos wie bei einem neugeborenen Fohlen. Adams Gesicht war kalkweiß vor Zorn, als er steif zurückstakte zu de Mortimer.

»Was habt Ihr mit meinem Pferd gemacht?« fuhr er ihn an und nahm Aubrey das Schwert ab.

»Ich bin Eurem räudigen Biest nicht einmal in die Nähe gekommen!« Warrin schaute an der Klinge der Waffe entlang, und Adam starrte nach unten; dabei zuckte ein Muskel an seiner Wange.

»Wahrscheinlich hat er im Verlauf des Kampfes einen Schlag auf den Schädel bekommen.«

»Wißt Ihr, warum dieser Teil eines Schwertes auch die ›Blutgosse‹ genannt wird?« Adams Ton war fast freundlich. Er begann gegen den Griff zu drücken.

»Genug!« kommandierte Geoffrey von Anjou, der neben Adam von seinem Pferd gestiegen war. »Dieses Turnier soll Eure Geschicklichkeit unter Beweis stellen und ist keine Fortsetzung Eures Gottesgerichtes. Ihr könnt Euch beide schämen.«

»Schämen?« brüllte Adam ungläubig. »Schaut doch, wie dieser Hurensohn mich überfallen hat, in der festen Absicht, mich zu ermorden! Wenn sich hier jemand zu schämen hat, dann gewiß nicht ich.«

»Wißt Ihr sicher, daß er etwas mit Eurem Pferd angestellt hat?« fragte Geoffrey kalt. Sein Gesicht war gerötet vor Zorn.

»Aber, bei Gott, das ist doch mehr als klar zu erkennen!« fuhr Adam ihn an. Geoffrey starrte auf ihn. Adam bemühte sich um Beherrschung, versuchte eine höfliche Verbeugung und gab dann das Schwert an Aubrey zurück. »Wenn Ihr nach Beweisen sucht, werdet Ihr sie finden«, sagte er ruhiger, aber immer noch mit großem Nachdruck. »Ich erkenne es jedenfalls, wenn man mir eine Falle stellt – wie einer verdammten Übungspuppe auf dem Waffenhof.«

»Was ist denn los hier?«

Sie wandten sich alle William le Clito zu, der sich von seinem schwarzen Percheron-Roß herunterbeugte. Der Schweiß lief auch ihm über das rosige Gesicht, tropfte ihm in die Augen und ließ ihn blinzeln. Er wischte sich die Feuchtigkeit wenig wirkungsvoll mit dem Rand seines Kettenhandschuhs ab.

»Eine Ehrverletzung von einem auf Eurer Seite«, sagte Geoffrey. »Ich schlage vor, Ihr entfernt ihn und haltet ihn gefangen, bis wir entscheiden, wie schwer seine Verfehlung ist.«

Le Clito schürzte die Lippen. »Persönliche Abneigungen machen diesen Sport gefährlich, und in der Hitze des Gefechts vergißt auch einmal einer meiner Männer die Regeln des Anstands«, sagte er glatt und besänftigend.

»Ist dies vielleicht das Ergebnis einer solchen Vergeßlichkeit?« Adam zeigte auf Lyard. Aubrey war inzwischen aufgetaucht und versuchte, das zitternde Pferd an den Rand des Kampfbereichs zu bringen. »Und ist das hier vielleicht eine Turnierwaffe?« Damit stieß er mit der Zehe gegen die Kugel des Morgensterns.

Le Clito betrachtete die Beweise, dann schaute er hinunter auf Warrin, der sich inzwischen aufgesetzt hatte, den Helm auf dem Gras neben sich. Sein Gesicht war aschgrau, und die Narbe an seiner Wange trat in ihrem hellen Rot deutlich hervor. »Was habt Ihr zu sagen?« fuhr ihn le Clito an.

»Ich habe das Pferd nicht berührt. Ich wollte de Lacey in den Staub ziehen, ja, und seinen Stolz durch sein Blut stillen, wie er es bei mir gemacht hatte; dabei bin ich zu weit gegangen.« Er starrte auf den Boden, und sein Gesicht war völlig ausdruckslos.

»Verdammter Bockmist!« brüllte Adam.

Geoffrey schaute in die Runde. Das Turnier war am Anhalten, und viele Männer kamen herüber, um der Auseinandersetzung zuzusehen.

»Mylord?« fragte er le Clito.

Der Ältere biß sich auf die Unterlippe, sah, daß er keine andere Wahl hatte, und nickte dem Knappen neben sich zu. »Etienne, Ihr führt Warrin vom Feld ab und bringt ihn in mein Quartier, bis ich dort bin.«

Geoffrey nickte und stieg wieder auf seinen Grauen. Zu Adam sagte er mit leiser, scharfer Stimme: »Ist das ein Beispiel des Verhaltens, das ich in Zukunft von meinem Adel erwarten kann?«

Adam antwortete nicht, was in seinem gegenwärtigen Zustand vermutlich das beste war. Er starrte auf eine Stelle seines Überwurfs, die voller Lehm war, und zwang seine Glieder, stillzuhalten.

»Ich schlage vor, auch Ihr geht nach Hause und kümmert Euch um Euch selbst und um Euer Pferd«, sagte Geoffrey und wendete seinen Grauen.

Adam hob den Kopf, um ihm nachzusehen, le Clito an seiner Seite, und spürte erst jetzt die Schmerzen an seinem Arm. Warrin de Mortimer vergeudete keinen Blick auf Adam, als er den Gescheckten bestieg und unter Bewachung des Knappen von le Clito den Kampfplatz verließ. Der Morgenstern hing an seinem Sattel und glitzerte in der Sonne. Sweyn fluchte leise. Aubrey sagte etwas in Englisch, der besten Sprache für Flüche. Adam dagegen sagte gar nichts.

»Kommt er durch?« Das Stroh raschelte.

Adam wandte sich zu seiner Frau um, im schwingenden Licht der Alfred-Laterne. Sie trug seinen pelzbesetzten Mantel überm Arm, außerdem den am Morgen stehengelassenen Picknickkorb. »Ich dachte, du wärst im Bett?«

»War ich auch, aber ich konnte nicht schlafen, solange ich wußte, daß du allein hier warst. Wie geht es ihm?« Sie kniete sich neben ihn und legte eine sanfte Hand auf Lyards ausgestreckten, rotgoldenen Hals. Das Tier lag ausgestreckt auf dem Stroh und atmete regelmäßig, aber laut, und hier und da zuckten seine Glieder in merkwürdigen Muskelkrämpfen.

»Keine Veränderung, aber wenn er eingehen würde, dann wäre das wohl schon geschehen, glaube ich.« Er drückte die Lippen zusammen und schaute sie von der Seite an. »Du hast mich ja gewarnt, nicht wahr?«

»Es ist mir kein Trost, daß ich recht behalten habe.« Sie nahm ihre Hand vom Hals des Pferdes und legte sie über die seine. »Als ich dich heute nachmittag zu Boden gehen sah ... O mein Gott, Adam!«

Er hielt ihre Schulter umklammert und zog sie vorsichtig wegen des verletzten Arms zu sich heran; dann küßte er sie. Sie begann zu weinen, begrub ihr Gesicht an seiner Brust, und ihre Finger klammerten sich an seine Tunika und sein Hemd.

Adam fühlte sich beinahe überrumpelt durch diesen plötzlichen Gefühlsausbruch. Bis auf einen Zwischenfall mit einem seiner Hauptleute, der jetzt ein zerkratztes Gesicht und ein blaues Auge hatte, erworben bei dem Versuch, sie zurückzuhalten, daß sie sich nicht mitten ins Turniergetümmel stürzte, war sie so kühl und zurückhaltend wie ein Ölgötze gewesen. Als er vom Turnierplatz gekommen war, hatte sie sich ihm keineswegs hysterisch in die Arme geworfen oder ihn wie ein Weibsteufel begrüßt, sondern war so kalt gewesen wie ein Stück Glas. Sie hatte sich, wie es sich gehörte, um seine Verletzungen gekümmert, die vor allem aus starken Prellungen und Blutergüssen bestanden. Daß er sich keine Rippen oder Finger gebrochen hatte, war ein Wunder, und sie hatte es etwas spitz gesagt, ihm aber keine Vorwürfe gemacht. Insgesamt hatte sie ihn so höflich und zurückhaltend wie einen Fremden behandelt.

»Komm, Liebste«, sagte er jetzt sanft, »es ist ja alles vorbei. Diese Tränen sind überflüssig.«

Schniefend entfernte sie sich ein wenig, um sich ihr Gesicht an ihrem Umhang abzuwischen. »Daran ist nur meine Stiefmutter schuld«, sagte sie, und plötzlich war ein Lachen in ihrer von Tränen zitternden Stimme. Sie grub in dem Korb und förderte aus seinen Tiefen einen Weinschlauch und zwei Becher zutage.

Er schaute sie fragend an.

»Sie hat es mir beigebracht, hat mir eingeschärft, daß es in Krisenzeiten das schlimmste ist, wenn man durchdreht. Wenn die Krise dann vorüber ist, kann man heulen und zu einer zitternden Verrückten werden, falls man das nötig hat.« Sie schniefte wieder und reichte ihm den Wein und ein Stück Brot mit einer Scheibe Bratenfleisch.

Er lachte leise. »Das hört sich in der Tat sehr nach Judith an«, sagte er und aß hungrig einen Bissen. Er hatte nichts mehr zu sich genommen seit dem Frühstück, und erst jetzt war ihm klargeworden, wie hungrig er war.

»Weißt du, Heulwen«, erklärte er nachdenklich, »ich bin noch nie im Leben einer blinden, wütenden Raserei so nahe gewesen wie heute vormittag. Wenn Geoffrey von Anjou mich nicht zurückgehalten hätte, hätte ich Warrin an Ort und Stelle getötet. Jesus Christus, all die großen Worte, daß ich meinen Auftrag nicht in Gefahr bringen wollte, und dann gehe ich hin und setze ihm die Klinge an die Kehle.« Er schüttelte den Kopf, seine Stimme war schwer von Selbstverachtung, und er trank einen Schluck von dem kalten, sauren Wein. Unnötigerweise zupfte er dann an der Decke, die den Hengst vor der Kälte schützen sollte. »Austin sagt, daß einer von den Straßenjungen Lyard mit zwei schrumpeligen Äpfeln gefüttert hat. Der Knappe hat sich nichts Böses dabei gedacht, und ich hätte es vermutlich auch nicht – höchstens im nachhinein. Ein Straßenjunge würde ein Streitroß nicht mit Äpfeln füttern, wenn er nicht dafür bezahlt worden wäre. Er würde sie selbst essen.«

»Und du glaubst, daß es das war, was Lyard in diesen Zustand gebracht hat?«

»Ich bin ziemlich sicher. Wie könnte man besser das

Schicksal auf seine Seite bringen, als wenn Lyard im entscheidenden Augenblick versagte? Warrin brauchte das Pferd dann nur noch zu beobachten und auf seine Chance warten.«

»Was wird mit ihm geschehen?«

»Nicht viel, fürchte ich. Aus Gründen politischer Diplomatie wird man die Sache so schnell wie möglich vergessen. Le Clito kehrt mit seinem Gefolge nach Frankreich zurück, und wir reiten heim nach England. Die Wellen im Teich wandern an den Rand und verschwinden.« Er zeigte ein betrübtes Gesicht. »Mein Gott und Herr«, sagte er leise, als er den leeren Becher abstellte, »ich wünschte, wir wären schon zu Hause.«

Sie lehnte den Kopf an seine Schulter. Ein Schauer der Vorahnung lief ihr über den Rücken.

»Ich auch«, antwortete sie in einem tief gefühlten Flüstern. »Adam, ich auch.«

»Wie konntest du nur so ein Idiot sein?« zischte William le Clito und funkelte den Mann an, der ausgestreckt auf dem Bett lag. »Schön, Adam de Lacey schuldet dir etwas, das nur mit seinem Leben bezahlt werden kann, aber warum hast du es so eilig? Und wenn – du hättest wirklich etwas weniger Auffallendes arrangieren können. Wenn das deine Fähigkeiten sind, ist es kein Wunder, daß Mathilda sicher in Windsor angekommen ist.«

»Es war nicht so auffallend gedacht«, sagte Warrin mürrisch, verschränkte die Arme hinter dem Kopf und ließ die Achselhöhlen sehen, in denen Büschel von drahtigem, blondem Haar wuchsen. »Die Idee an sich war gar nicht so schlecht. Es war reines Pech, daß der Bursche im falschen Augenblick angegriffen hat. Wenn nicht, wäre diese Welt jetzt Adam de Lacey los, und keiner würde wissen, warum.«

»Du glaubst, es hätte niemand gemerkt, daß sein Pferd wie ein Betrunkener herumgetaumelt ist?« Le Clito fuhr sich mit der Hand durch das feine, schütter werdende Haar. »Glaubst du, niemand hätte die Hufabdrücke auf dem Körper deines Opfers bemerkt, und niemand hätte den Schecken erkannt, den du geritten hast? Großer Gott, du bist wirklich ein Idiot!«

»Bei solchen Turnieren passiert immer mal ein Unfall. Sein Pferd wurde auf den Kopf geschlagen. Ich konnte meines nicht daran hindern, auf ihm herumzutrampeln. Ich wurde hingerissen von der Hitze der Schlacht. Das kommt häufig vor, und es gab sogar einen Zeugen, der meine Aussage bestätigt hätte: den kleinen Angeviner mit den roten Stiefeln, der das Würfelspiel mehr liebt, als ihm guttut.«

Le Clito schneuzte sich verächtlich. »Sei dem, wie es sei: Du hast mehr als nur Glück, jetzt hier zu liegen auf diesem Bett und nicht auf dem Stroh in einer Zelle. Ich mußte den Fürsten mit allen Argumenten überreden, daß er dich nicht in sein Fort geworfen hat. Nur die Tatsache, daß wir sofort nach Frankreich zurückkehren, hat ihn davon abgehalten.«

Warrin fuhr hoch. »Nach Frankreich?« wiederholte er erschreckt.

»Du warst nicht dabei, als wir es besprochen haben. Eine Botschaft von meinem Schwiegervater. Charles von Flandern wurde bei seinen Gebeten ermordet, das heißt, die meinen wurden erhört.« Ein Grinsen spaltete sein rundes Gesicht. »Man hat mir die freie Grafschaft angeboten: William, von Dolches Gnaden Graf zu Flandern. Was hältst du davon, wenn wir uns auf einem flämischen Schloß niederlassen, und du bekommst ein breitärschiges Weib mit gelben Zöpfen?«

»Man hat dir Flandern angeboten?« Sein Erschrecken verstärkte sich noch; er konnte nicht glauben, was er gehört hatte.

»Von Louis von Frankreich, dem Oberherrn der Grafschaft. Aber es gibt andere, die ihren Anspruch darauf anmelden werden, und deshalb müssen wir sofort hin. Es stehen harte Kämpfe bevor, und wenn ich sie einigermaßen überstehe, bin ich nicht nur ein Dorn im Fleisch meines

Onkels Henry. Dann bin ich ein riesiger Speer.« Er ließ die Zähne blitzen in einem Lächeln, und das letzte Wort kam mit einem Ausbruch von Schleim.

Warrin schloß die Augen und lehnte sich zurück. Ein Lehen in Flandern. Ein flämisches Weib. Das Brot als Ritter mit dem Schwert verdienen. Seine Lider zitterten, als sich die Schmerzen meldeten, hervorgerufen von der Narbe eines gewissen Speers in seiner Seite. »Das ist ja eine wundervolle Nachricht, Mylord«, sagte er, er meinte es auch, hatte aber nicht mehr die Begeisterung, es auch so klingen zu lassen.

Le Clito schaute ihn nachdenklich an. »Nicht wahr?« brummte er zu Warrins nüchternem Ton. Dann nahm er eine Orange aus der Schüssel auf dem niedrigen Tisch und grub die Fingernägel in die Schale. Köstliche, aromatische Tröpfchen sprühten in die Luft, und ihr Duft wurde vom Wind in die Nase des Mannes auf dem Bett getragen. »Ich hätte gern gewußt, was mein Onkel mit dem Fürsten Fulke vorhat. Jedenfalls etwas, das er nicht die ganze Welt wissen lassen möchte, das steht fest.«

»Hat dir der Fürst keinen Hinweis gegeben?«

William le Clito spuckte einen Kern aus. »Nein«, sagte er mit einem Mund voll Saft und Fruchtfleisch. »Kein Wort, auch nicht, als ich ihn vorsichtig abtastete. Er hat sofort das Thema gewechselt, also ist es eine Sache, die vor allem ihm nützt, und nicht uns.« Er kaute weiter die Orange, dann hielt er plötzlich inne und lächelte den schweigenden Ritter auf dem Bett an. »Ihr könnt Euer Verhalten von heute wiedergutmachen und Euch selbst zugleich einen großen Gefallen tun.«

Warrin schlug die Augen auf und sah seinen Wohltäter, wie er sich an seiner Seite auf die Bettkante setzte. Seine Hände und sein Kinn klebten vom Orangensaft, und Tropfen davon hatten sein Hemd befleckt.

»Mylord?«

»Ich will, daß du herausfindest, warum mein Onkel sich

bemüßigt fühlte, einen Herold hierher nach Anjou zu schicken, und du sollst es herausfinden, bevor de Lacey und seine Frau nach England zurückkehren. Sie haben sicher irgendeine Verbindung zu Fulke, und wenn es nur ein gelegentliches Gespräch ist. Ich will wissen, worum es geht, und solange du mich nicht hineinziehst, ist es mir egal, wie du an das Geheimnis kommst.«

Hinter der Bitterkeit erwachte etwas in Warrins Augen, etwas Wildes, Freudiges. »Ich brauche vor allem Geld, Mylord«, begann er. »Ich brauche . . .«

»Du wirst bekommen, was du verlangst, und mehr, wenn du mir einen Beweis deines Erfolges vorlegst.« William le Clito erhob sich und wusch sich Hände und Gesicht in einem Wasserbecken. »Die Einzelheiten sind deine Sache. Ich bin sicher, daß du diesmal keinen Fehler machst.« Er langte nach dem Handtuch und trocknete sich ausgiebig die Hände, eine beinahe symbolische Geste.

»Bestimmt nicht«, sagte Warrin, dann fügte er hinzu, so leise, daß er kaum die Luft damit in Bewegung setzte: »Beim Gesalbten am Kreuz, diesmal mache ich keinen Fehler.«

Einundzwanzigstes Kapitel

»Heiße Pies, heiße Pies!« brüllte eine Händlerin in der Nähe von Heulwens Ohr. »Frische Muscheln, weiß wie die Lilien!« rief eine andere und hatte den vollen Korb auf dem Kopf, wobei ihr Hut mit der Krempe sie vor den tropfenden Meeresfrüchten bewahrte. Heulwen fand, daß ihre Ware keineswegs besonders frisch roch, aber vielleicht kam es daher, daß hier bei den Werften die Luft ohnehin von scharfen Düften erfüllt war, die sich mit den Wassergerüchen eines belebten Flusses mischten und mit dem Teer der zahlreichen Schiffe, die hier den Hafen aufgesucht hatten. Es gab Fischkutter in verschiedenen Stadien des Verfalls, Küstenewer, größere, seetaugliche Handelsschiffe, schlanke Langboote mit gestreiften Segeln und ganze Reihen kleiner Ruderboote, die am Ufer vertäut waren.

Heulwen blieb neben Adam stehen, um ein paar Schiffern zuzusehen, die Weinfäßchen auf einen der Ewer verluden. Das Wasser klatschte gegen den Stein. Der Regen war in diesem Jahr rar gewesen, und eine grüne Linie zeigte, wie weit der Fluß gefallen war, obwohl der bewölkte Himmel, die tiefhängenden Wolken und der feuchte, warme Wind darauf hindeuteten, daß sich das bald ändern würde. Sie schaute auf den Fluß, dachte an die bevorstehende Kanalüberquerung und schnitt eine Grimasse auf die schwabbelige Wasserfläche. Daß sie bei der ersten Überquerung nicht seekrank geworden war, lag an den kaum vorhandenen Wellen und ihrer eisernen Entschlossenheit, ihren Mann nicht damit zu belasten und ihn dazu zu bringen, daß er sie in Zukunft nicht mehr auf Reisen mitnahm. Adams eigene, reisegewohnte Konstitution war unempfindlich gegenüber den meisten Beschwerden, und er behandelte diejenigen, denen es nicht so gut ging wie ihm, mit Überraschung und milder Ungeduld.

Jetzt legte er ihr den heil gebliebenen Arm um die Schultern. Der verletzte war steif geworden, und er trug ihn in einer Schlinge. »Es dauert nicht mehr lange, Liebste«, sagte er, als könnte er ihre Gedanken lesen. »Sobald ich Fulkes Antwortbrief habe, können wir uns auf den Weg machen.«

»Also morgen früh.« Sie rümpfte die Nase, und nicht nur über den Gestank von heißem Teer, als sie an ein paar Männern vorüberkam, die an einem dickbäuchigen Schiffsrumpf arbeiteten.

»Für heute ist es zu spät«, bestätigte er ihr bedauernd. »Ich soll mittags zu ihm kommen, und da wird es Vesperzeit, bis ich fertig bin, wenn nicht schon Abend und dunkel ... Hast du Hunger?«

Arm in Arm verließen sie die gemischten Gerüche der Werften und Lagerhäuser und fanden einen geeigneten Platz, wo sie gewürzte, heiße Lamm-Pies essen konnte, die sie sich bei einem der überall anwesenden Straßenverkäufer besorgten und die erstaunlich gut schmeckten, vor allem wenn man sie mit einem Schluck vom hiesigen Wein hinunterspülte. Adam hatte mehrere Fäßchen gekauft, um sie mit nach Hause zu nehmen – der Wein bot hohe Qualität zu einem niedrigen Preis.

Die Sonne schien warm und bildete ein weißes Feld zwischen den Wolken, und die angenehme Brise wehte die Gerüche des Marktplatzes zu ihnen herüber. Der Frühling kam eher nach Anjou als nach England. Hier hatten die Bäume schon dicke Knospen, während in den Marken noch Schneestürme tobten.

Nachdem sie ihre Imbißpause beendet hatten, ließen sie

sich mit der Masse Mensch dahintreiben. Eine Frau, deren Zähne verfaulte Stummeln waren, versuchte Heulwen einen Vogel im Käfig zu verkaufen und wurde mit Schauder weggeschickt, da Heulwen den Anblick von Tieren in Käfigen seit jeher nicht hatte ertragen können. Dann suchte sie sich auf Adams Anraten ein paar neue Haarklammern aus, ein Paar wunderschöne silberne Spitzenhaarbänder vom Stand eines Wäschehändlers und ein Fläschchen exotischen Blütenöls von einem arabischen Händler.

Adam warf einen kritischen Blick auf die Pferde, die verkauft wurden. Eine junge, schwarze flämische Stute fiel ihm ins Auge.

Sie war kompakt und kräftig, ohne allzu dick zu sein, und zeigte eine kühne, selbstbewußte Haltung. Ihr Winterfell löste sich gerade in Büscheln, was sie räudig aussehen ließ, doch das war für den Kenner kein Hindernis – wenngleich vermutlich der Grund, weshalb sie noch nicht verkauft worden war. Er ließ seine Finger über ihre Vorder- und Hinterhände streichen und fand, daß sie wohlgeformt und gesund waren.

»Adam.« Heulwen berührte seine Schulter.

Er hörte die Warnung in ihrer Stimme und warf einen Blick auf den Zug, der sich seinen Weg über den Marktplatz bahnte: William le Clito mit einer Eskorte von Rittern in feinster Auswahl. Diesmal waren keine Frauen dabei, statt dessen eine Schar beladener Lastponys, und sie bewegten sich in Richtung Stadttor.

Seine Lippen verzogen sich zu einem humorlosen Lächeln. »Was für ein schöner Anblick, vor allem Warrin, der bei der Nachhut seine Pflicht tut. Schade, daß ich nie das linkshändige Messerwerfen gelernt habe.«

Der Schecke hinkte von einer Hüftzerrung, die er sich tags zuvor zugezogen hatten. Warrin ritt ihn dennoch aufrecht und äußerst geschickt. Sein Kinn unter dem Helm wirkte entschlossen, und seine linke, von Ringen geschmückte

Hand hatte er um den einen Schenkel gelegt, was etwas von der Brutalität ahnen ließ, die seine Bestimmung war.

»Fatzke«, murmelte Adam, und nach einem harten Blick drehte er ihm mit Absicht den Rücken zu und fuhr fort, die schwarze Stute zu prüfen.

»Ich jedenfalls schlafe heute nacht besser«, erklärte Heulwen in erleichtertem Ton und schaute ihren Mann an. Obwohl er sich gleichgültig gab, hatte sich sein Körper versteift, und die Bewegungen seiner Hand waren unnatürlich und zuckend. Die Gruppe zog vorbei. Warrin warf nur einen kurzen Blick auf Heulwen und Adam, wobei sein Gesicht völlig ausdruckslos blieb. Dann richteten sich seine blauen Augen zu der Stelle, wo der Angeviner Thierry an einem Stück Holz schnitzte, mit seinem Fleischmesser, daß kleine Splitter auf seine Tunika fielen; dabei hatte er den roten Stiefel seines einen Fußes auf das Knie des anderen gelegt, als Armstütze. Thierry hob den Kopf und erwiderte Warrins ausdrucksloses Starren. Sein rechter Zeigefinger bewegte sich weg von dem Messer in einer Geste, die niemand außer Warrin sehen konnte, weil dieser sie erwartete; dann kehrte Thierry zu seiner Schnitzarbeit zurück.

»Er ist fort«, murmelte Heulwen.

»*Deo gratias*«, sagte Adam durch die zusammengepreßten Zähne, und ein Teil der Spannung löste sich von seinem Körper, wenngleich er sich nicht ganz lockerte.

»Was ist?« fragte sie und fühlte seine Zurückhaltung.

Adam schüttelte den Kopf. »Nichts.« Er zuckte mit den Schultern. »Vermutlich das Echo eines Messers zwischen meinen Rippen.« Dann wandte er sich abrupt an den Pferdehändler. »Wieviel wollt Ihr für die Stute?«

Heulwen kaute an ihrer Unterlippe und schaute ihn an, nicht ohne einen Anflug von Verzweiflung. Wieder einmal macht er mir was vor, dachte sie, und ohne Grund.

Er kaufte die schwarze Stute für zwölf Mark, wobei er den Händler von fünfzehn, seinen ursprünglichen Preis, heruntergehandelt hatte, und wandte sich dann an seine nachdenklich dreinschauende Frau. »Kannst du sie mit nach Hause nehmen, während ich zum Fürsten gehe?«

»Ja, natürlich.« Sie zwang sich zu einem Lächeln. »Bis zur Vesper also, meinst du?«

Er schnitt eine Grimasse. »Höchstwahrscheinlich ... Tut mir leid, Liebes, aber ich kann dich nicht mitnehmen. Wollte, ich könnte es.«

Heulwen zog eine Schnute und verengte ihre aquamarinblauen Augen. »Du hast dich ja nur in eine von den syrischen Tänzerinnen verknallt«, klagte sie ihn scherzend an, »und willst mich aus dem Weg haben.«

»Sie waren recht attraktiv«, gab er zu, und sein Gesicht blieb so ausdruckslos wie das ihre, doch dann zeigten sich kleine Fältchen um seine Augen, und das lockerte die steife Miene. »Lieber möchte ich allerdings den Tanz der Sieben Schleier von dir sehen als von irgendeiner Huri.«

»Dann werde ich ihn üben müssen.« Sie betrachtete ihn wieder durch halbgeschlossene Lider und begann die Hüften zu schwingen.

»Salome«, sagte er, lachte, gab ihr einen Kuß und verließ sie, um auf die Burg zu gehen.

Als Adam im Schloß ankam, trainierte Geoffrey von Anjou mit einem Ring, den er an einer Holzpuppe im Waffenhof befestigt hatte, und er zeigte gute Arbeit und Geschicklichkeit dabei. Adam mischte sich unter die Zuschauer, darunter das Küchenmädchen, mit dem Thierry vor zwei Abenden so vertraulich gewesen war. Sie errötete und kicherte hinter ihren von der Arbeit roh gewordenen Händen. Adam ignorierte sie und konzentrierte sich auf Geoffreys Übung.

Geoffrey hob den Ring mit dem Ende der Lanze an und konnte dadurch dem Schlag mit dem Sandsack entkommen. Als er den Grauen am Ende der Übungsstrecke wendete, sah er Adam, gab die Waffe einem Knappen und kanterte zu ihm hin. »Was denkt Ihr?« Er keuchte leicht, und seine weißen Zähne teilten sich in einem Grinsen, das man nur als verschmitzt bezeichnen konnte. Er wußte, daß er gut war.

Eine Regenböe wurde über den Hof geweht. Adam hakte die Finger seines heil gebliebenen Arms in den Gürtel. »Nicht schlecht, Mylord«, sagte er und nickte dazu, »aber Ihr prüft Euch, bevor Ihr zuschlagt. Es wäre noch besser, wenn Ihr einfach durchreiten könntet.«

Geoffreys Lächeln verschwand. Er bedachte Adam mit einem funkelnden Blick. »Ich werde es mir merken«, sagte er, dann deutete er auf Adams Arm, der in der Schlinge hing. »Wie kommt Ihr voran?«

»Er tut noch ziemlich weh, Mylord, aber es ist hoffentlich keine bleibende Verletzung.«

Geoffrey stieg behutsam vom Pferd. Seine Reitstiefel waren aus dem feinsten Wildleder und mit goldenen Leoparden verziert. »Und Euer Pferd?«

»Es kann wieder auf eigenen Beinen stehen und hat heute morgen schon eine Handvoll Hafer von mir angenommen, aber es ist noch etwas betäubt. Eine Gehirnerschütterung, vermute ich.« Er preßte die Lippen zusammen. »Und weiß Gott, was man ihm für Gift eingeflößt hat.«

Geoffrey schnippte mit den Fingern nach einem Pferdeknecht, und als der Graue weggeführt wurde, ging er mit Adam über den Hof in Richtung Halle. »Wir haben den Straßenjungen gefunden, der ihm die Äpfel gefüttert hat«, sagte er und beobachtete Adam durch die Augen, die er nicht nur vor dem Regen zusammenkniff.

Adam war überrascht. »Tatsächlich? Und was sagt er?«

»Gar nichts. Sie haben ihn heute früh tot aus dem Fluß gezogen, und es sieht so aus, als hätte er die ganze Nacht im Fluß gelegen. Wahrscheinlich hat man ihn bei den Werften hineingeworfen. Oder er ist von selbst gestürzt. Das ist leicht geschehen. Wir hatten in diesem Jahr schon drei Ertrunkene.« Er sprach tonlos.

»Ich verstehe«, sagte Adam leise.

»Das habe ich mir gedacht.«

Sie betraten die Halle. Rauch von einem schlecht versehenen, offenen Kamin stach in die Augen und engte die Kehle ein. Adam hustete und blinzelte dazu schnell. »Und wohin führt das alles?« fragte er nach oben, zu den geschwärzten Balken.

»William le Clito hat mir alles über Euren Streit mit de Mortimer berichtet.« Geoffrey balancierte auf dem jeweils anderen Bein, als er sich die Sporen abschnallte.

»Wie großzügig von ihm.« Adams Lippen bewegten sich.

»Ganz und gar nicht. Er hat uns erklärt, warum wir den Hurensohn nicht in Eisen legen und in einer Zelle vermodern lassen können. Er meinte, der Mann habe ein Recht, beleidigt zu sein über das, was Ihr ihm angetan habt.«

Adams Ausdruck wurde undurchdringlich. Er sagte nichts dazu.

»Ist es denn wahr?« fragte Geoffrey und blieb hartnäckig, wo sich selbst ein Engel zurückgezogen hätte. Seine Augen zwischen den goldenen Wimpern strahlten.

»Daß er verantwortlich war für den Mord an Ralph le Chevalier? Daß er mit le Clito Anschläge auf die Kaiserin geplant hatte? Ja, beide Vorwürfe entsprechen der Wahrheit.«

»Und die übrigen?«

Adam schaute Geoffrey hart von der Seite an, ein Blick, der dem Jungen sagte, daß er sich auf einem sehr gefährlichen Gebiet bewegte, dann richtete er ihn auf die Fahnen oberhalb des Podiums und sagte leise: »Als er mich und Heulwen zusammen erwischte, hatte mir König Henry bereits ihre Hand zugesichert.«

Geoffreys Mundwinkel zuckten; Adam unterdrückte mit Mühe das Bedürfnis, ihm einen Hieb mit der Faust zu verpassen, um zu sehen, wie sich diese spöttische Kurve in Blut auflöste.

»Aber Ihr habt sie ihm unter der Nase weggeschnappt.«

Geoffreys Lächeln verstärkte sich noch, als sie die Treppe zu den Privaträumen hinaufgingen. »War das der Grund, warum Ihr ihn nicht getötet habt?«

Adams Zorn, von Überraschung getroffen, verwandelte sich in Nachdenklichkeit. Er mochte diesen Geoffrey von Anjou nicht, aber er war auch nicht sonderlich begeistert von König Henry, und dessen Verhandlungsfähigkeit hatte bis dahin niemand in Frage gestellt. Geoffrey, so schien es, konnte in den Menschen ebenso leicht lesen wie in den stoffgebundenen Romanbänden, die derzeit so populär waren. »Einer von mehreren Gründen«, antwortete er und massierte sich den Nacken.

Geoffrey blieb auf der Treppe stehen und schaute über die Schulter zurück. »Ist Mathilda so schön, wie sie sagen?«

Adam hatte Mühe, mit den abenteuerlichen Gedankensprüngen von Geoffrey Schritt zu halten: Es ging durch spiegelhelle Untiefen, trübes, halbhohes Wasser und klare, kalte Tiefen. »Sie sieht gut aus«, hörte er sich antworten. »Rotbraunes Haar und milchweiße Haut.« *Und einen Mund, der einem die Lenden schmerzen läßt, nur nicht, wenn sie ihn aufmacht und ihr Gift damit verspritzt.*

»Und ihr Temperament?«

Adam lächelte schwach. »Ein königliches Temperament, Mylord, aber Ihr sagtet ja selbst, daß Ihr Frauen mit Geist mögt.«

Geoffrey ging ein paar Schritte weiter nach oben. »Eine Stute, zu geistreich, um einen Mann im Sattel zu halten, ist Zeitverschwendung – kann man das von ihr auch sagen?«

Es lag eine Spur von Befriedigung in Adams Ton, als er sagte: »Ihr habt gedacht, sie sei alt genug, um Eure Großmutter zu sein, doch der Altersunterschied ist in Wirklichkeit sehr gering. Sie würde sich zweifellos nicht mit Begeisterung in die Arme eines Knaben werfen, der gerade die Windeln hinter sich hat. Glaubt mir, Ihr müßt sie erst einfangen und satteln, bevor Ihr auch nur daran denken könnt, sie zu besteigen.«

Geoffrey warf ihm einen harten Blick zu, der sich gleich danach in ein zurückhaltendes Lachen verwandelte. »Ich dachte, man hält Euch für einen Diplomaten?«

»Das bin ich, Mylord. Ich habe nicht gesagt, die Kaiserin sei nicht zu reiten. Wenn sie nicht gerade hochmütig und unmöglich ist, kann sie eine sehr amüsante Gesellschaft sein, aber Ihr braucht eine Kandare und Sporen und die Geduld eines Engels, um mit ihr fertig zu werden.«

»Hmm«, sagte Geoffrey unverbindlich. »Und Euer Adel?«

»Der wird hoffen, daß Ihr ihr einen Sohn macht, je eher, desto besser – zumindest diejenigen darunter, die nicht hoffen, daß Ihr dabei abgeworfen und zertrampelt werdet.«

Diese Neutralität war für Geoffrey ein neues Element des Amüsements. »Damit das Kind zum Mann heranwächst, bevor Henry stirbt und Eure Adligen ihre schwankende Meinung ändern können?«

»Ihr habt das Eisen auf den Huf genagelt, Mylord.«

»Auf den Huf der Stute«, ergänzte Geoffrey mit boshaftem Zwinkern, als er den schönen Arras-Vorhang zur Seite schob und vorausging in die Räume seines Vaters. »Ich nehme an, Ihr habt gehört, daß le Clito seiner eigenen Bestimmung folgen wird?« Er nahm eine Kerze aus dem Kerzenhalter auf dem Tisch und zündete sie an einer anderen an, die in einem Wandhalter brannte.

»Ja, Mylord.«

Geoffrey betrachtete ihn jetzt nachdenklich, und sein Spott war verschwunden. »William le Clito wird zu sehr beschäftigt sein, als daß er sich noch nebenher um England kümmern könnte. Flandern ist ein kochender Eintopf voll von Problemen, und es braucht alle hausfrauliche Fähigkeiten, die er nicht besitzt, um ihn nicht überlaufen zu lassen.« Er steckte die Kerze wieder in den Halter. »Vergeßt nicht, Euer

König wird diese Ernennung le Clitos ganz und gar nicht für gut halten. Er selbst hätte einen besseren Anspruch auf Flandern durch seine Mutter. Sie war die Tochter von Graf Baldwin, und le Clito ist eine Generation davon entfernt.«

»Flandern ist abhängig von englischer Wolle«, murmelte Adam, »daher ist es auch von König Henrys gutem Willen abhängig.« Er strich das Haar zurück, das ihm ins Gesicht gefallen war. »Ich bin froh, nicht in William le Clitos Haut zu stecken.«

»Wir sind alle nur Schachfiguren.« Geoffrey zuckte mit den Schultern und nahm einen versiegelten Umschlag vom Tisch, drehte ihn in seinen Händen und gab ihn dann Adam. »Hier, Ihr könnt ihn gleich an Euch nehmen. Das ist der Antwortbrief meines Vaters an Euren König.«

Adam nahm das Dokument entgegen. »Will es mir der Graf nicht selbst überreichen?« fragte er zweifelnd.

Geoffrey zeigte ihm ein schiefes Lächeln. »Vielleicht ist es besser, wenn Ihr den Brief von einer bereits geopferten Schachfigur erhaltet, findet Ihr nicht?«

Adam zog die Stirn in Falten.

Geoffrey zwang sich zu einem Lachen. »Keine Sorge, es steckt kein Betrug dahinter. Mein Vater dürfte jeden Augenblick hier sein. Er hatte zu tun mit einer Abordnung des Heiligen Königreichs von Jerusalem und zwei päpstlichen Legaten. Das sind alles Besprechungen von hoher Bedeutung.« Er setzte sich bequem in einen Sessel und betrachtete die etwas abgewetzten Zehenspitzen seiner exquisiten vergoldeten Stiefel. »Trinkt einen Schluck Wein und erzählt mir noch mehr von meiner reizvollen zukünftigen Braut.«

Zweiundzwanzigstes Kapitel

»Ich packe den pelzbesetzten Überhang nicht ein, soll ich, M'lady?« Elswith hielt das Kleidungsstück hoch, damit ihre Herrin entscheiden konnte. »Ihr wollt Euch sicher morgen auf der Reise keine Erkältung holen, vor allem wenn es dann immer noch so stark regnet wie zur Zeit.«

Heulwen warf einen Blick auf den Überhang aus blauer flämischer Wolle, die Ärmel besetzt mit Marderpelz, dann schaute sie auf den Regen, der gegen die Läden klatschte. Schon lange hatte man die Kerzen angezündet, und draußen senkte sich eine nasse blaue Dämmerung herab. »Nein, Elswith, pack ihn zu den anderen Sachen«, sagte sie. »Als ich das letzte Mal damit geritten bin, hat es auch geregnet, und er hat sich so voll Wasser gesogen, daß er mich fast vom Pferd gezogen hätte. Noch nie im Leben war mir so unangenehm gewesen wie damals.«

»Aber, Mylady, was wollt Ihr statt dessen tragen?«

Heulwen wandte sich dem Stapel von Kleidung zu, der auf dem Bett lag. »Das da«, sagte sie mit einem Lächeln, das rasch zu schallendem Gelächter wurde, als sie das Entsetzen in den Augen der Zofe sah.

»Bei der heiligen Jungfrau, Mylady, das könnt Ihr nicht«, quiekte Elswith.

Heulwen warf den Kopf herum. »Und warum nicht?«

»Es ist unanständig, M'lady, nicht dezent.«

»Aber bedeutend bequemer und praktischer. Komm, mach mir die Bänder auf, ich will sie probieren.«

Den Tränen nahe, sträubte sich die Zofe immer noch. Heulwen versuchte erst, sie auf nette Weise zu überreden, dann kommandierte sie scharf, und unter der Aussicht, ausgepeitscht zu werden, wurde Elswith schließlich gezwungen, ihrer Mistress zu helfen, wenn auch nicht ohne unaufhörlichen verbalen Protest.

»Was wird Lord Adam dazu sagen?« stöhnte sie, als Heulwen ihr Kleid und ihr Unterkleid weglegte, um ein Paar von Adams Unterhosen, seine Hose und eine von seinen Tuniken anzulegen. Sie war groß für eine Frau, aber weder so groß noch so breit wie Adam, doch ihre Brüste ließen die Tunika dann doch ziemlich knapp sitzen, und ein eng geschnürter Gürtel besorgte den Rest.

»Lord Adam?« Sie setzte sich auf die Bettkante und band die Kreuzbänder an den Beinen; dabei funkelten ihre Augen vor kaum verhohlenem, spöttischem Vergnügen. »Ich weiß nicht, was er sagen wird, Elswith. Ich nehme an, die Augen werden ihm aus den Höhlen springen, aber es ist ganz gut, wenn man hier und da die eine oder andere Überraschung im Ärmel hat.« Sie lachte und legte sich auf das Bett zurück, die Hände hinter dem Kopf gefaltet und ein Knie hochgestellt.

Elswith stieß wieder einen schockierten Laut aus, und Heulwen begann erneut zu kichern. »Weißt du«, bemerkte sie, »die Männer haben sowieso das wesentlich bessere Ende des Kuchens erwischt. Könntest du dir vorstellen, wie ich in einem Rock so daliegen würde – oder so?«

»Mylady!«

Heulwen kicherte nun hemmungslos, und daraus wurde wieder schallendes Gelächter. Tränen liefen ihr über die Wangen, aber schließlich hatte sie Mitleid mit der Zofe, rollte hinüber und setzte sich auf die gegenüberliegende Bettkante. »Glaub es mir«, verteidigte sie sich, »die Kleidung der Männer ist wesentlich praktischer als die unsere.«

»Mylady, morgen ...« Elswiths Augen traten hervor aus

Entsetzen, »Ihr werdet doch nicht wirklich . . .« Sie brachte es nicht heraus.

»O doch, ich werde!« erklärte Heulwen mit Nachdruck und verschränkte die Arme. »Ich trage über alles meinen Umhang und einen Schleier zur Pilgermütze, um meine Zöpfe zu verbergen. Sei keine alberne Gans. Wenn du –« Sie hielt inne und schaute zur Tür, die unter dem heftigen Klopfen einer Faust zitterte.

»Mylady!« rief Thierry mit aufgeregter Stimme. »Kommt schnell, es geht um Lyard. Er liegt auf dem Stroh und strampelt mit den Läufen; ich fürchte, daß er eingeht.«

Heulwen war sofort auf den Beinen, und alle ihre Fröhlichkeit war verschwunden. »Jesus, nein!« rief sie und packte ihren Umhang. »Wartet, Thierry, ich komme!« Sie suchte unter dem Bett, fand ihre Schuhe und kämpfte mit den Schnürsenkeln.

»Mylady, Ihr könnt den Raum nicht so gekleidet verlassen!« Elswith hielt ihr beschwörend eine Hand entgegen, die Heulwen ungeduldig zur Seite stieß. Ihre Augen blitzten, und der Zorn färbte sie lebhaft.

»Bei Gott, wenn ich gewußt hätte, daß du so prüde bist, hätte ich dich nie zu meiner Zofe gemacht!« Sie warf die Zöpfe über die Schulter und stand auf. Als sie zur Tür ging, fügte sie kalt hinzu: »Bis ich zurück bin, hast du den Koffer gepackt, einschließlich des Umhangs mit dem Pelzbesatz!«

Elswiths Kinn bebte; sie biß sich auf die Lippe und blickte zu Boden. Heulwen öffnete die Tür. Draußen war eine kalte, windige Nacht. Das Wasser tropfte von Thierrys Hut, wenn er ihn senkte; er hing ihm schief ins Gesicht und verbarg seine Augen. Das Licht ließ die Regentropfen auf seinem Umhang blitzen und die Zähne weiß aufleuchten, als er zu sprechen begann.

»Schnell, Mistress, ich bitte Euch!« Er packte sie am Arm und zog sie aus dem Raum, half ihr dann die Treppe hinunter. Er schien ihre seltsame Aufmachung nicht wahrgenommen zu haben, aber Heulwen fühlte, daß er zitterte, und sein Gesicht, das sie einen Augenblick lang im vollen Licht sah, bevor Elswith die Tür verbarrikadierte, war eine angespannte Maske. Ihre Besorgnis verstärkte sich, und sie machte sich auf einen schrecklichen Anblick gefaßt. Nachdem sie Thierry auf ihrer wochenlangen Reise ein wenig kennengelernt hatte, kam er ihr schnell im Begreifen und schlau wie ein Fuchs vor, mit einer Leidenschaft für Frauen und Würfelspiel und einer ›Hol's-der-Teufel‹-Haltung gegenüber dem Leben, das wenig Platz ließ für zitternden Kummer um ein sterbendes Pferd.

»Was ist passiert mit ihm? Wann hat das angefangen?« Sie machte ihren Arm frei, als sie den Fuß der Treppe erreicht hatten. Ihre hölzernen Absätze blieben platschend im Sumpf stecken und gaben ein lautes, saugendes Geräusch von sich, als sie sie herauszog.

»Ungefähr vor einer halben Kerze, Mistress. Seine Beine gaben plötzlich nach, und er ging zu Boden ... Ich glaube, man sollte ihn von seinen Schmerzen erlösen, aber dazu brauche ich Euer Jawort oder das von Lord Adam.«

Heulwen blickte hoch zum dunklen Himmel und erhielt einen Regenguß ins Gesicht.

»Vielleicht sollte ich jemanden zur Burg schicken?« fragte Thierry und nahm wieder ihren Arm.

»Nein, nein. Mir geht es gut«, versicherte sie ihm. »Ich werde nicht ohnmächtig und brauche auch kein Riechsalz.« Sein Griff verstärkte sich wie die Finger einer Riesenklaue, und seine Zähne blitzten wieder, weiß und wölfisch, bevor er ein Bein von hinten um das ihre hakte und sie hart auf dem nassen Stroh vor der Stalltür zu Boden gehen ließ.

Heulwen stieß einen Schrei der Überraschung aus und wehrte sich, aber Thierry, der fünfzehn Jahre im Kriegshandwerk trainiert war, erfahren im Kämpfen und von keinerlei Moralgefühlen behindert, auch nicht im Bezug auf ihre Weiblichkeit, band rasch und geschickt ihre um sich schlagenden Glieder fest, als wäre sie ein erlegtes Wild, das er auf den Transport vorbereitete. Es gelang ihr allerdings, ihn zu beißen, und sie bohrte ihre Zähne in den fleischigen Teil seiner Hand zwischen Hand und Armgelenk und kleinem Finger. Seine Haut platzte, und sie schmeckte sein Blut. Er stieß einen gedämpften Schmerzenslaut aus und drückte ihr mit der freien Hand gegen die Luftröhre, bis sie ihn keuchend loslassen mußte.

Jetzt stopfte er ihr einen Stoffetzen in den Mund und band ihn mit einem Streifen fest; dann setzte er sich zurück auf die Hacken, um sie zu betrachten und wieder Luft zu bekommen. Das Blut lief ihm über die Hand. Er tupfte die Wunde an einer Falte seines Umhangs ab. »Füchsin«, keuchte er, aber ohne Bosheit, und das Lächeln kam zurück auf sein Gesicht, als er das Ergebnis seiner Arbeit betrachtete und feststellte, daß sie es ihm besonders schwer gemacht hatte, weil sie Männerkleidung trug anstelle von zwei dicken, hinderlichen Röcken übereinander.

»Ich hab' mich bei Euch immer gefragt, wer die Hosen anhat!« erklärte er und lachte boshaft dazu. »Jetzt weiß ich es.«

Heulwen wand sich, wild vor Zorn und einer Angst, die nicht nur auf Instinkt beruhte, sondern auf durchaus bewußten Gründen. Sie war gefesselt wie eine Fliege in einem Spinnennetz, aber sie konnte nicht glauben, daß Thierry die Spinne war. Sein Appetit ging in eine andere Richtung.

Jetzt beugte er sich über sie, grinste hämisch über ihre wirkungslosen Befreiungsversuche, legte eine Hand auf den Gürtel an ihrer Taille, zog sie hoch, legte sie sich über die Schulter in der Art der Jäger und machte sich dann auf den Weg durch den dunklen, regentriefenden Obstgarten.

Er schwankte etwas beim Gehen, denn Heulwen war zwar schlank, aber keineswegs leicht. Sie hing ihm mit der Unterseite nach oben auf der Schulter und hatte Mühe zu atmen, einerseits wegen der verletzten Kehle und andererseits wegen des feuchten Knebels in ihrem Mund. Dennoch kam das Bewußtsein in dunklen, erstickenden Wellen zurück. Die nassen Zöpfe schlugen ihr um die Wangen. Einen Augenblick lang konnte sie Baumstämme sehen, die dunkler waren als der Himmel, und einen Streifen Licht von einem schlechtsitzenden Laden des Hauses, das sie gerade verlassen hatten.

Aus dem Gleichgewicht gebracht durch ihr Gewicht, taumelte Thierry und stieß gegen einen der Bäume. Eine Sintflut stürzte in Heulwens Nacken und riß sie aus dem Reich des Vergessenes. Thierry fluchte gutmütig. Sie fragte sich, was er dafür bekommen mochte, daß er das alles auf sich nahm. Adam bezahlte ihm den üblichen Lohn von zwölf Pence pro Tag und dreizehn, wenn sie unterwegs waren wie jetzt. Ein guter Lohn, aber ein Mann wie Thierry hatte offenbar den Blick auf eine ganz andere Summe Goldes gerichtet, da kam ihm das tägliche Silber zweifellos spärlich vor. Vermutlich lag der Grund auch darin, daß er spielte. Er war in vielen Dingen Ralph sehr ähnlich...

Wieder duckte er sich und rutschte auf einer moosigen Stufe aus, dann waren sie unten am Ufer des Flusses. Heulwen hörte das Wasser gegen den Stein klatschen und sah die Dunkelheit der Oberfläche und den Regen, der darauf prasselte, als er sie von seiner Schulter schwang und auf den schlüpfrigen Steintreppen der kleinen, privaten Anlegestelle des Kaufmanns absetzte.

»Mach bloß keinen Quatsch!« warnte er sie. »Wenn du dich zur Seite rollst, fällst du in den Fluß, und ich schwimme nicht in dem dreckigen Wasser, um dich herauszuziehen.« Er trat über sie und sprang rasch weg, als sie versuchte, eines seiner Beine festzuhalten. »Nein, nein«, sagte er und drohte ihr mit dem Zeigefinger, dazu schüttelte er den Kopf. »Du müßtest es besser wissen, *ma poupelet.*«

Sie funkelte ihn an und kämpfte aussichtslos gegen ihren Knebel, bewegte sich dann zuckend, als er sie wieder aufhob und mit einiger Mühe in das Fischerboot mit dem flachen Boden hievte, wo sie zuletzt zu seinen Füßen lag wie ein eben gefangener Lachs. Das kleine Boot begann zu schaukeln, als Thierry es losband und sich auf die Ruderbank setzte. Wasser schlug gegen die Planken, auf denen Heulwen lag, und das Holz stank nach Fisch und altem Flußgras.

»Es ist nicht gerade eine königliche Barke, Mylady«, spottete Thierry, als er die Riemen einhängte und begann, hinauszurudern in die Strömung, »aber ich verspreche Euch einen königlichen Empfang, wenn wir an unserem Ziel angelangt sind.« Dazu lachte er, ein nervöses, kreischendes Lachen wie das Wiehern eines Pferdes.

Die Fahrt den Fluß hinab war ein Alptraum. Das Boot leckte, und hier und da mußte Thierry das Pullen einstellen und das Wasser mit einem ledernen Schöpfer entfernen. Der Wind strich über Heulwen und kühlte sie ab, aber eine Weile konnte Thierry dann wieder pullen, obwohl er offenbar nicht erfahren war in solchen Dingen.

Kalt bis ins Mark durch den Schock und die Kälte rings um sie, zitterte Heulwen heftig zu Thierrys Füßen, während sich ihre Angst kristallisierte und menschliche Formen annahm. Warrin hatte offensichtlich Angers heute morgen mit le Clito keineswegs verlassen. Das Ganze war ein einziges Betrugsmanöver gewesen. Irgendwie und irgendwo war er hiergeblieben, und nun brachte man sie zu ihm. Die Vorstellung lähmte ihre Gedanken, wie Thierry ihre Bewegungen gelähmt hatte: gefesselt und von Warrins Gnaden abhängig, und es gab niemanden, der von ihrer Zwangslage wußte. Wieder schlug das Wasser über den Bug des Bootes, und Thierry mußte die Riemen weglegen und schöpfen. Heulwen schloß die Augen und betete darum, ertrinken zu dürfen. Ihr Bruder Miles war ertrunken. Man sagte, daß es ein leichter Tod sei, doch vielleicht tröstete man damit nur die Hinterbliebenen.

Jetzt begann Thierry wieder zu rudern. Und nach einer

Weile begann er leise zu singen – ein Soldatenlied, das Heulwen kannte, obwohl es sich eigentlich nicht schickte. Sie war zehn Jahre alt gewesen, als man sie *The Coney Catcher's Ferret* während der Messe singen hörte. Ihre Stiefmutter hatte sie am Kragen gepackt und war mit ihr in die Wäscherei gegangen; dort hatte sie ihr den Mund mit einer besonders widerlichen Schmierseife ausgewaschen, wobei der Pfarrer, der beinahe einen Schlaganfall erlitten hätte, sowie Adam und Miles als Zeugen zugegen gewesen waren. Die beiden hatten es ihr beigebracht, blieben nun wohlweislich im Hintergrund und hatten schreckliche Angst, sie könnte sie verraten. Nachdem die öffentliche Bestrafung geschehen war, hatte Judith sie in Ungnade ins Frauengemach gebracht, wo man ihr gezuckerte Süßigkeiten gab, um den Geschmack der Seife wieder zu vertreiben, und dann hatte sie Heulwen gefragt, ob sie den Text kannte, weil sie selbst nie die ganze Fassung hatte kennenlernen können.

Die Erinnerung trübte ihren Blick. Tränen traten ihr durch die Lider und liefen in ihre nasse Zöpfe. Sie fragte sich, wie ihre schlaue Stiefmutter mit dieser Situation fertigwerden würde. Ihre Schultern zitterten. Sie dachte an Adam und bewegte ihren Hals, was die Schmerzen noch unerträglicher machte.

»Na, tust du dir jetzt selber leid?« Thierry brach seinen Gesang ab, um zu fragen. »Ich fürchte, du hast allen Grund dazu. Schade, daß ich kein Gewissen habe. Ich sehe heutzutage lieber einen Batzen Gold als die Dankbarkeit einer Frau.« Er blinzelte ihr zu, zog die Krempe seines Huts ins Gesicht gegen den strömenden Regen und fuhr fort zu rudern im Takt zu seinem Gesang:

»Ich küßt' sie eins, ich küßt' sie zwie,
Ich küßt' sie dreimal ganz.
Ich ließ sie fühlen meinen Schwanz
Und sie setzte sich auf mein Knie.
Und als ich ihn steckte in ihr Lo-«

Das Boot stieß und kratzte gegen einen größeren Schiffsrumpf, und Thierry hielt inne mit dem Singen, um das Fischerboot an die Seite einer fettbäuchigen Angeviner Kogge zu steuern, die vor einer der Werften bei den Weinlagerhäusern ankerte.

»Holla!« Ein blasses Mondgesicht tauchte auf der Seite auf und starrte zu ihnen hinunter. »Was wollt Ihr?«

»Eine versprochene Lieferung für Lord Warrin de Mortimer!« rief Thierry hinauf. »Übergeben zu einer bestimmten, vereinbarten Summe.« Und er nahm seinen Hut ab und zelebrierte eine kurze, sarkastische Begrüßung.

Das Mondgesicht verschwand. Es entstand eine kurze Pause, man hörte Stimmen, ein polterndes, ein zerrendes Geräusch, dann tauchte das Gesicht wieder auf, und eine Strickleiter wurde über Bord geworfen.

»Ich warte erst hier auf mein Geld«, verkündete Thierry mit zusammengekniffenen Augen. »Ein verdammt weiter Weg, um von Bord zu fallen, vor allem, wenn man die Kehle durchgeschnitten hat.«

Daraufhin entstand eine Pause. Thierry verschränkte die Arme und setzte sich. Wieder verschwand das Gesicht, wieder redete es eine Weile mit erhobener, ungeduldiger Stimme, dann wurden aus einem zwei Gesichter, die zu ihnen herunterstarrten.

»Gekreuzigter Christus!« Thierrys Gutmütigkeit begann allmählich auszufransen. »Soll das die ganze Nacht dauern? Gleich rudere ich weg und lade meine Ware anderswo ab, was meint Ihr?«

»Also schön, ich komm' runter«, sagte der zweite Mann, schwang sich über die Reling des Schiffes und trat auf die schwingende Strickleiter. Nach den ersten paar Stufen blieb er stehen, kletterte nach kurzer Pause weiter nach unten, schätzte dann die Höhe ab und sprang in das kleine Boot. Es drohte zu kentern. Thierry hatte Mühe, es auszubalancieren.

»Vorsicht, Mylord«, sagte er in warnend erhobenem Ton,

»sonst liegen wir alle im Wasser, und ich habe keine Lust zum Schwimmen.«

»Wenn ich deine Meinung hören will, lasse ich es dich wissen«, knurrte Warrin de Mortimer und richtete dann sein Interesse auf den Boden des Bootes und seinen bedrängten Passagier. Heulwen wandte den Kopf ab und kniff die Lider zusammen. »Warum trägt sie Männerkleider?« fragte er argwöhnisch.

Thierry zuckte mit den Schultern. »Woher soll ich das wissen? Es war keine Reise für ein angenehmes Geplauder. Fragt sie doch selbst. Vielleicht liebt sie es und Ihr Gatte, solche Spiele zu treiben.«

Warrin richtete wieder die Augen auf ihn, und sein Zorn brannte hell und gefährlich. »Geh bloß nicht zu weit«, warnte er Thierry.

»Zahlt mir, was wir vereinbart haben, und ich lasse Euch in Frieden«, schlug Thierry vernünftigerweise vor; dazu streckte er Warrin die Hand entgegen.

Warrin fischte unter seinem Umhang und brachte eine lederne Börse zutage, schüttelte sie, und sie klimperte hell. Die Lippen verächtlich geschürzt, reichte er sie Thierry und achtete dabei darauf, daß sich ihre Finger nicht berührten.

Thierry beobachtete es mit zornigem Spott. »Was dagegen, wenn ich zähle?« fragte er grinsend, ohne auf de Mortimer zu achten, zupfte an dem Lederband und schüttelte die Münzen heraus auf seine Handfläche. »Jesus, aber für einen Mann im Exil seid ihr erstaunlich reich«, bemerkte er. »Oder jemand hat Euch . . . Jedenfalls, ich bin sehr zufrieden, es ist alles wie vereinbart.« Thierry ließ die Münzen wieder in das Säckchen fallen, und sein Lächeln war reine Schwefelsäure; wenn das Fischerboot nicht so leicht hätte kentern können, wäre de Mortimer längst mit seinem Dolch auf ihn losgegangen.

Warrin schluckte seinen Zorn hinunter und bückte sich, um Heulwen aus dem Boden des Bootes zu heben. Der kleine Kahn schwankte und drohte zu kippen. Heulwen hielt die Augen geschlossen, konnte aber nicht die Ohnmächtige spielen, denn als er ihre Finger berührte, zuckte sie vor Schmerzen zusammen. Thierry setzte sich wieder auf die Ruderbank und ruderte hinaus in den Fluß, während Warrin sich und seine Last vorsichtig die Strickleiter hinaufschleppte. »Was ist mit ihrem Mann?« rief er hinunter zu dem Angeviner.

»Der dürfte inzwischen die ganze Stadt nach ihr absuchen«, meinte Thierry.

»Er wird sie nicht finden«, sagte Warrin. Dabei hielt er inne auf der Leiter, um wieder Luft zu bekommen. »Nicht, bis ich fertig bin, und dann wird er froh sein, sterben zu dürfen.«

»Da wäre ich nicht so sicher«, entgegnete Thierry. »Nur noch ein letzter, guter Rat: Ihr habt nicht gewonnen, ehe Ihr nicht über seiner Leiche steht.«

Warrins Knöchel wurden weiß am Strick der Leiter. Er drückte die Stirn dagegen. »Hau ab jetzt«, zischte er durch die Zähne. »Schnell, solange du noch die Chance dazu hast.«

»Das spricht ein Mann der klaren Entscheidung.« Thierry grinste, war aber nicht im mindesten eingeschüchtert und zeigte einen spöttischen Gruß auf Warrins abgewandten Rücken, wie er die Leiter erklomm.

Oben auf der Werft taumelte ein Betrunkener herum und ging singend seines Weges. Eine Frau rief nach ihm, Warrin stieß einen heftigen Atemzug aus und beendete die Kletterpartie auf der Leiter, trat dann auf die Seite des Bootes und legte seine Last auf ein hinteres Sturmsegel – eine ziemlich dünne, geölte Leinwand mit Holzverstrebungen –, ehe er sie auf eine Strohmatratze auf der anderen Seite der Reling warf.

Einen Moment lang stand er keuchend da, und sein Herzschlag donnerte ihm in den Ohren, so sehr, daß es ihn beinahe blendete. Heulwen blieb bewegungslos an der Stelle liegen, wo er sie hingeworfen hatte, preßte das Gesicht ins Stroh, wartete und wollte sterben.

»Du kannst aufhören, so zu tun, als wärst du ohnmächtig«, sagte Warrin zwischen einzelnen Atemzügen. »Ich weiß, daß du bei Sinnen bist.«

Die Leinwand bauschte sich im Wind. Heulwen hörte das Schaben seiner Füße auf den Planken, wenn er sich bewegte, drehte sich mühsam um und starrte ihn an. Er erwiderte den harten Blick, noch immer mit sich hebender und senkender Brust, und zog langsam den Dolch aus der Scheide an seinem Gürtel.

»Fragst du dich, was ich damit mache?« sagte er nachdenklich, und dabei spielte er mit dem Dolch wie ein Jongleur. »Ehrlich gesagt, ich frage mich auch.« Jetzt zeigten seine Wangen die Falten eines Grinsens, während er sich neben Heulwen auf den Boden hockte.

Sie zuckte erneut zusammen; ihre Augen zeigten einen weißen Rand um die mehrfarbige Iris.

»Du hast keinen Grund zur Angst«, spottete Warrin leise. »Wenn du ein gutes Mädchen bist, kommen wir sicher zu einer Übereinkunft, bei der kein Blut zu fließen braucht.« Und dann machte er sich daran, die Stricke durchzuschneiden, die ihre Knöchel fesselten.

Heulwen starrte auf sein vom Regen gedunkeltes, blondes Haar, das sich oben auf dem Schädel ausdünnte, und fragte sich mit einem schrecklichen Gefühl im Magen, ob ihm das Appetit machte für die Vergewaltigung. Nachdem er ihre Beine befreit hatte, tat er das gleiche mit den Stricken an den Handgelenken, und zuletzt nahm er ihr den ekelhaften Knebel aus dem Mund. Sie sah seine Ringe an den Fingern funkeln und stellte fest, daß sie sich mit unnatürlicher Konzentration darauf richtete, denn sie warf keinen Blick auf sein Gesicht, wollte nicht sehen, was dort geschrieben stand.

Er zog die Stirn in Falten, als sie ruhig wie ein junges Reh im Unterholz dalag, und wußte nicht, was er mit der Beute anfangen sollte, die sich jetzt ganz in seinem Besitz befand.

Ihr Kinn zitterte, aber nicht vor Abscheu, sondern vor Kälte, und ihre Haut war bläulich-weiß.

Er mußte an sie denken, wie sie in de Laceys Armen lag, vergangenes Jahr kurz vor Weihnachten: ihr Haar eine üppige, kupferrote Woge, ihre Haut gerötet von der Glut des Nachher, und ihre Augen ein brillantes Blaugrün, in dem man ertrinken konnte. Er verglich sie mit dem zitternden, halbtoten Schmutzfink, der jetzt hier lag und ihm ausgeliefert war.

»Aufsetzen!« kommandierte er rauh, verwirrt von den eigenen Gedanken.

Als sie sich nicht rührte, packte er sie an den Handgelenken und zog sie hoch. Heulwen schrie vor Schmerzen, denn seine Finger gruben sich brutal in die Striemen, die Thierrys erfahrene Fesselung hinterlassen hatte.

»Ich sagte aufsitzen!« zischte er und kaschierte seine Unsicherheit mit Wut, wie er es immer getan hatte. Ihr Haar, schwer und strähnig vom Wasser, löste sich aus den Zöpfen und hing ihr in dichten, nassen Strähnen ins Gesicht. Sie neigte den Kopf, atmete in kurzen Stößen und kippte dann zur Seite in willkommene Bewußtlosigkeit. Er schlug ihr ins Gesicht. Sie riß den Kopf hoch und öffnete die Augen, aber sie waren glasig, konnten sich nicht auf etwas Bestimmtes richten, und im nächsten Augenblick sank sie schlapp gegen ihn.

Warrin fluchte und schüttelte sie, um zu sehen, ob sie nur spielte, aber sie fiel vor und zurück wie eine Stoffpuppe.

»Miststück«, zischte er zwischen den Zähnen, aber eher ärgerlich als übelwollend. Dann legte er sie wieder auf das Stroh und starrte sie mit düsterem Blick an. Er hatte genügend Erfahrung mit Feldzügen im Winter, um die Zeichen zu erkennen und zu wissen, was geschähe, wenn er sie jetzt hier liegen ließe – aber er wollte sie nicht tot ... Jedenfalls jetzt noch nicht. Daher nahm er sie auf den Rücken wie zuvor Thierry und trug sie hinunter in die Kabine, wo er sie auf eine Pritsche legte.

Methodisch und geschickt zog er ihre durchnäßten Sachen aus, dann versuchte er, beginnend mit dem tropfnassen Haar, sie heftig mit einer rauhen Wolldecke zu massieren. Ihr Fleisch hatte eine Gänsehaut und fühlte sich eiskalt an, aber bei der heftigen Massage begann es sich zu erwärmen und zeigte eine erste, leichte Röte.

Ihre Brüste waren voll und fest, markiert durch altrosa Brustwarzen, und sie reagierten auf den Stoff, als er sie mit der Decke bearbeitete. Weiter unten, an der Stelle, wo sich ihre Schenkel trafen, zog ein rotgoldenes Dreieck seinen Blick an, und einen Moment lang ging ihm die Phantasie durch, als er daran dachte, wie er sich mit ihr an dieser Stelle vereinigen würde. Er fühlte scharf, wie ihm das Glied schwoll. De Laceys Vater war von der Leidenschaft besessen gewesen, Tote zu vergewaltigen; ein derart abartiges Verlangen hatte nie zu seinen sexuellen Wünschen gehört.

Heulwen stöhnte und wand sich; ihre Lider flatterten, ihre Glieder bewegten sich ruckartig. Er zog die Liege etwas weiter in den Raum, näher an die Kohlenpfanne, und wickelte sie in ihren pelzbesetzten Umhang, bevor er aus seinem Gepäck eine Flasche Aqua vitae zog und einen kleinen, ziselierten Glasbecher fand.

Einer seiner Wachmänner steckte den Kopf durch die mit einem Vorhang geschlossene Kabinentür, und Warrin schnauzte ihn heftig an, er solle verschwinden. Als er versuchte, das Aqua vitae in den Becher zu schenken, stellte er fest, daß seine Hände zitterten. Er stellte den Becher abrupt zur Seite und drehte sich zu Heulwen um. Ihre Augen waren jetzt offen, mit schweren Lidern, und sie beobachtete ihn mit vollem Bewußtsein und Anteilnahme.

»Ist das ein Teil der Rache?« fragte sie schwach.

»Rache?« Er kniete sich neben sie und zog sie zu sich her, um ihr den Inhalt des Glasbechers in die Kehle zu kippen. Dabei fühlte er, wie sie sich anspannte und ihm Widerstand leistete. Er preßte die eine Hand in ihren Nacken, zwang ihr die Flüssigkeit in die Kehle und empfand ein Flackern des Triumphes, als sie zurückwich und erstickt hustete, die Flüssigkeit schließlich schluckte. »Es ist viel mehr als Rache, Sweetheart«, sagte er mit düsterer Vorfreude. »Viel mehr.«

»Was ist es denn?«

Er schenkte den Becher noch einmal voll, und jetzt war seine Hand ruhig. »Trinken!« kommandierte er.

»Ich kann nicht – und ich will nicht.«

»Soll ich es dir mit Gewalt in die Kehle zwingen?« drohte er leise.

Heulwen schaute ihn an, sah, daß es keinen Ausweg gab und sie seinem Befehl nachkommen mußte; also schluckte sie das Zeug in zwei Schüben. Es brannte in ihrem Magen und explodierte in ihrem Blut. Sie keuchte nach Atem. Tränen stachen ihr in die Augen.

Er legte ihr seinen Umhang um die Schultern und ließ beiläufig die Hand über die Mitte ihres Körpers gleiten, als er die Falten arrangierte. Heulwen wand sich wieder abwehrend. Auf seinen Lippen stand ein etwas spöttisches Lächeln. »Du bist vielleicht eine Hure, aber du bist immer noch sehr attraktiv«, sagte er mit rauher Stimme; dabei näherte er seine Lippen den ihren bis auf zehn Zentimeter.

»Warum hast du Ralph ermordet?« fragte sie in seinen schwach nach Wein riechenden Atem.

»Ich habe ihn nicht umgebracht.«

»Du hast den Mord in Auftrag gegeben; das dürfte ziemlich dasselbe sein.«

Warrin machte eine kleine, verteidigende Geste. »Er hat ein doppeltes Spiel getrieben, hat uns Informationen verkauft, und dann verkaufte er uns an Henry. Ich habe das böse Spiel gestoppt, bevor es zu spät wurde. Es blieb mir nichts anderes übrig.«

»Und du spielst kein doppeltes Spiel?«

Warrin schüttelte vehement den Kopf. »Nicht ich, mein Vater schuldet König Henry und der Kaiserin Gefolgschaft.

Ich habe keinem von beiden meinen Eid gegeben, wie kann ich mich also verpflichtet fühlen? William le Clito hat mehr Rechte auf England und die Normandie als dieses mürrische Luder jemals haben würde. Er ist der älteste Sohn des ältesten Sohnes.«

»Ich verstehe«, sagte sie mit kleiner, wie aus der Ferne kommenden Stimme.

»Nein, du verstehst nicht und wirst nie verstehen!« Verführt durch ihren Ton, legte er sie auf das Stroh und die beiden Arme an die Seiten ihres Kopfes. »Du hast dich mir versprochen, du hast hinter meinem Rücken die Hure gespielt, und jetzt möchtest du bei anderen von doppeltem Spiel reden!«

»Du hast Ralph und deine Ehre getötet, um mich zu bekommen«, erwiderte sie. »Das war der Grund, weshalb ich deinen Heiratsantrag für null und nichtig betrachtet habe.«

Die Entfernung zwischen ihnen vergrößerte sich wieder. Er sah, wie ihre Augen vor Zorn blitzten, fühlte den Widerstand ihres Körpers und im Gegensatz dazu, wie er selbst sich anspannte. »Komm schon, Heulwen«, murmelte er, und seine Stimme war so erregt wie seine Lenden, »küsse mich ... Küsse mich, wie du de Lacey küßt.« Er senkte seine Lippen, heiß und gierig.

Alle ihre Sinne leisteten erbitterten Widerstand, wurden aber zurückgepeitscht von ihrer Vernunft, eingegeben durch einen Instinkt zum Überleben. Wenn sie ihn abwehrte, würde er sie schlagen. Sie sah die Wildheit in seinen Augen, als hoffte er geradezu, es tun zu können, und sie bekam weniger Möglichkeiten zum Entkommen als wenn sie keinen Widerstand leistete. Also teilte sie ihre Lippen vor der heftigen Forderung und erwiderte sein Verlangen mit jenem oberflächlichen Können, das sie bei Ralph gelernt hatte, ja, benutzte es als ein Schild.

Was folgte, war unangenehm und schmerzvoll, aber nicht

jenseits der Grenze dessen, was sie ertragen konnte. Sie verstand durchaus einen Teil dessen, was ihn dazu trieb, und war daher auch vorbereitet, ihm seinen billigen Triumph zu gönnen. Ohne Liebe, ja, ohne auch nur einen Hauch von Lust, war es für sie ein bedeutungsloser Akt. Sie schloß die Augen und ignorierte den Laut der Begeisterung, als er in sie eindrang: ein Gockel auf dem Misthaufen, der die Henne seines Rivalen besteigt, um seine Besitzrechte zu kennzeichnen.

Sie fragte sich, ob es ebenso gewesen wäre, wenn sie ihn geheiratet hätte. Wahrscheinlich. Aber statt dessen hatte sie Adam geheiratet. Der Gedanke an ihren Mann schoß ihr wie ein Blitz durchs Gehirn und rief nun doch bei ihr einen Laut des Entsetzens hervor. Warrin, eingebildet, wie er war, deutete ihren Schrei in gänzlich anderer Weise. Er keuchte ihr etwas Obszönes ins Ohr, und seine Hüften bewegten sich mit aller Macht vor und zurück. Heulwen biß sich auf die Lippe und unterdrückte einen Schrei. Es konnte ja nicht ewig so weitergehen, sagte sie sich, nicht mit dieser Wildheit.

Seine Lippen preßten sich auf die ihren, seine Finger gruben sich in ihr feuchtes Haar, als sich endlich sein Körper versteifte in den Spasmen seines Höhepunkts. Sie schaute über seine Schulter hinweg auf die Glut in der Feuerpfanne, und die Hitze traf ihre Augen, während er über ihr zusammenbrach.

Nach einer Weile, als sich seine Atmung verlangsamt hatte und seine Sinne sich wieder über das Primitivste erheben konnten, zog er sich zurück und legte sich neben sie; dabei zog er den pelzbesetzten Umhang hoch und wickelte sie beide darin ein. Mit einer Hand liebkoste er ihre Brust. Heulwen preßte ihre Lippen aufeinander und klammerte sich an das trockene Stroh auf dem Boden, um ihm keine Ohrfeige zu geben.

»Ich habe so lange auf diesen Augenblick gewartet«, sagte

er faul und selbstzufrieden. »Sag jetzt nicht, daß es nicht auch für dich gut gewesen ist.«

»Was hättest du davon?« fragte Heulwen mit erschöpfter Stimme. »Ich weiß gar nicht, ob du mir zuhörst.«

»Und immer noch zeigt sie die Zähne!« Er lächelte, und seine Finger fuhren fort, sie zu liebkosen. »Dann zeig mir doch, Füchsin, wie sehr du mich haßt!«

Sie atmete tief ein, um ihn anzuspucken, da Worte nicht imstande waren, ihre Abneigung auszudrücken, doch als sie in sein Gesicht sah, erkannte sie einen anderen Ausdruck hinter dem Spott: das Kind, das hinter einer Mauer hervorspäht und die Ruinen eines unsäglichen Streichs betrachtet, der ihm völlig schiefgelaufen ist.

»Ich hasse dich nicht, Warrin«, sagte sie statt dessen müde. »Gott helfe uns beiden – du tust mir leid.«

Der kindliche Blick war wieder verschwunden, ausgelöscht von seinen sich verengenden, strahlendblauen Augen. Er schlug sie mit der offenen Hand ins Gesicht – nicht, um zu verletzen, sondern als eine Warnung, nicht zu weit zu gehen. »Vorsichtig«, sagte er leise. »De Lacey ist vielleicht schwach genug, um sich von dir beleidigen zu lassen, aber bei mir brauchst du das nicht zu erwarten.«

Heulwens Blick traf sich mit dem seinen, dann wandte sie sich rasch ab, bevor er den Abscheu erkannte, der in ihrer Miene liegen mußte. Warrin lächelte und streckte sich befriedigt. »Möchtest du einen Schluck Wein?«

Sie warf den Kopf nach hinten und gestattete sich ein Lächeln. »Warum nicht?«

Er gab Wein in den Becher. »Wir haben nur einen hier«, sagte er und hob ihn auf sie, »aber wir können ihn teilen, wie zwei Liebende.«

Sie setzte sich auf, zog sich den Umhang um die Brüste und streckte dann die Hand aus nach Warrins Hemd und Tunika, die er achtlos zur Seite geworfen hatte.

Er schaute sie scharf an. »Was machst du?«

»Mir ist kalt«, beschwerte sie sich, »und diese Sachen sind warm und trocken.« Sie warf ihm einen völlig unschuldigen Blick zu. »Du glaubst doch nicht, daß ich so töricht bin und versuchen werden, damit wegzulaufen.«

Er knurrte. »Ich weiß nicht. Das walisische Blut in dir ist zu launenhaft, als daß man sich darauf verlassen könnte.« Er trank eine Schluck Wein und gab ihr den Becher, aber trotz seiner Worte hinderte er sie nicht daran, seine Kleidung anzuziehen, war amüsiert von dem neuen Reiz. Als sie nach seiner Hose langte, rieb er mit seinem Zeigefinger sachte an der Innenseite ihres Schenkels. »Was machst du überhaupt hier in Angers?« fragte er leise.

Das war es also. Wenn ihre Unterwerfung das Herz der Angelegenheit war, dann war das die kalte Klinge der Vernunft. Sie senkte die Lider. »Adam wollte mich bei sich haben«, sagte sie in schüchternem Ton.

Warrin war das leichte Zögern nicht entgangen. Er ließ seine Hand über ihre weiche, zarte Haut gleiten und grub dann die Finger in ihr Fleisch. »Das ist nicht einmal die halbe Wahrheit, Heulwen«, erklärte er. »Und spiel nicht die Unschuldige, weil ich es dir nicht glaube.«

Sie schluckte. »Adam hatte eine Botschaft von König Henry an den Fürsten Fulke. Ich weiß nicht, was darin geschrieben stand, ich schwöre es.« Was wörtlich, wenn auch nicht sinngemäß, die volle Wahrheit war.

»Versuch es noch mal.« Warrins Lippen verzogen sich zu einer schmalen, bösen Linie. »Wenn dir dein Leben lieb ist, Heulwen, versuch es noch mal – und besser.«

»Was soll ich dir noch sagen? Wie kann ich dir etwas mitteilen, was ich nicht weiß?« Sie ließ ihre Stimme tränenvoll und verwirrt klingen. Es war nicht schwierig.

Warrin schaute ihr in die Augen. Es waren die Augen ihres Vaters, abgesehen von der Farbe, und sie konnten sich ebenso zu einem Ausdruck der Unschuld weiten und die wahren Gedanken dahinter verbergen.

»Du lügst«, sagte er wütend und packte sie mit der Linken an der Kehle.

»Ich lüge nicht, wirklich, Warrin, ich lüge nicht«, keuchte sie, warf sich gegen ihn und versuchte, den harten Griff an ihrer Luftröhre zu lockern.

»Mylord!« rief einer seiner Wachen und steckte den Kopf durch die Öffnung im Zelt. »Da sind Soldaten, die die Werften am Fluß durchsuchen, und ihre Lichter nähern sich.«

Warrin fluchte und schleuderte Heulwen zurück auf das Stroh. »Wie weit sind sie noch weg?« fragte er und schlang sich den Umhang um seinen nackten Körper, dann stand er rasch auf und ging hinaus, um selbst nachzusehen.

Heulwen sog gierig Luft in ihre halb erstickten Lungen. Als sie sich bewegen konnte, rollte sie auf die Seite und versuchte aufzustehen. Die Flasche mit Aqua vitae lag in der Nähe auf der Seite. Sie hob sie auf, zog den Korken mit unsicheren, zitternden Fingern heraus und trank einen großen Schluck; dabei hielt sie den Blick immer auf die Eingangsklappe des Kabinenzelts gerichtet. Von draußen hörte sie, wie Warrin zu seinen Männern sprach, und seine Stimme klang hastig und aufgeregt.

Er duckte sich wieder herein in den Schutz, und sie wich unwillkürlich einen Schritt zurück, den Hals der Flasche immer noch in der Hand.

»Eines muß man dem Hurensohn lassen: Er vergeudet keine Zeit«, knurrte Warrin mehr als ärgerlich. »Aber er ist nicht schnell genug. Wenn er hier ankommt, wird er nichts finden als seinen Tod. Willst du dabei zusehen?« Er streckte den Arm aus. »Komm her.«

Sie schüttelte den Kopf und bewegte sich zur Seite. Er kam ihr nach, und dabei bewegte er sich mit der Eleganz eines Löwen auf der Jagd. »Du kannst ja nirgendshin«, sagte er. »Bring mich nicht dazu, daß ich wütend werde.«

Heulwen umkreiste die Kohlenpfanne. Er folgte und

machte einen plötzlichen Satz auf sie zu. Sie sprang davon, so daß seine Fingerspitzen nur noch die Enden ihrer Haare zu fassen bekamen, und sie schleuderte die offene Flasche samt Inhalt in die Kohlenpfanne.

Eine blendendweiße Feuerpyramide stieß nach oben, und Warrin wich unwillkürlich zurück, weil die Hitze ihm die Augenbrauen versengte. Er hielt die Unterarme vors Gesicht, um sich zu schützen. Dann stieß Heulwen die Kohlenpfanne um und rannte um ihr Leben. Warrin brüllte den Männern draußen vor dem Zelt eine Warnung zu und setzte ihr nach.

Die Flammen leckten am Stroh des Lagers, erst langsam, dann mit wildem Hunger.

Ein Soldat packte Heulwen an ihrem rechen Handgelenk. Sie riß ihm mit der Rechten den Dolch aus der Scheide und ging damit auf ihn los. Dabei übersah er ihr Knie, bis es zu spät war, und kippte nach Luft schnappend vornüber, als sie ihn genau in seine empfindlichsten Teile traf. Dann machte sie sich frei und sprang.

Das schwarze, kalte Wasser schloß sich über ihrem Kopf und durchdrang im Nu ihre Kleidung, die sich vollsog und nach unten zog. Dabei verlor sie den Dolch. Blind und taub kämpfte sie sich an die Oberfläche, hielt sich mit Wassertreten oben, sank wieder ein wenig und hustete, als sie einen Mundvoll von dem Flußwasser geschluckt hatte. Dennoch konnte sie die Umrisse der Werft erkennen und kämpfte sich darauf zu. Ihre Kleidung behinderte sie. Das Wasser war kalt und nahm ihr Kraft, vor allem, als sie es hinter sich plätschern hörte und mit Entsetzen feststellte, daß Warrin ihr in geringem Abstand folgte. Er war ein kräftiger Schwimmer, das wußte sie nur zu gut. Ravenstow lag schließlich am Dee, einem breiten, gefährlichen Fluß, der dennoch für Handelsschiffe benutzt wurde, und ihr Vater hatte darauf bestanden, daß seine Kinder und seine Knappen das Schwimmen lernten. In ihrer Kinderzeit hate sie es zusammen mit Adam und ihren Brüdern in den Untiefen gelernt, genau wie Warrin.

Sie kämpfte sich wild auf den Holzsteg der Werft zu, der nicht näherkommen wollte, obwohl er höchstens noch ein paar Meter entfernt sein konnte. Wieder schluckte sie Wasser. Ihre Kehle brannte, schon ehe eine kleine Welle gegen ihr Gesicht schlug und in ihre Nase eindrang. Ihre Fingerspitzen berührten algenbewachsenen Stein, und sie stieß mit den Knien dagegen. Aber sie spürte keinen Schmerz mehr, nur noch Erleichterung, als sie sich hinaufzog auf die regennassen Planken des Docks.

Eine Hand ergriff ihren Fußknöchel. Sie schrie und stieß heftig danach. Die Hand verlor den Griff, und mit der Kraft der Panik stieß sie sich mit ihrem Körper nach vorn, so fest sie konnte. Sterne platzten vor ihren Augen und beeinträchtigten ihren Blick, aber sie erreichte festen Boden unter den Füßen und begann auf eine Fackel in der Ferne zuzurennen. Ihre Beine fühlten sich an wie aus nassem Strick. In ihrem Kopf dröhnte es wie in einer leeren Halle, hoch, kalt und dunkel.

Warrin war hinter ihr. Er bewegte sich erschreckend schnell und hatte auch noch genug Luft für Flüche, als er sich ihr näherte. Sie hörte seine Schritte direkt hinter sich, und dann hatte er sie erreicht. Sie wand sich zur Seite, aber er packte sie am Arm und riß sie von den Füßen; in seiner anderen Hand blitzte ein Messer.

Heulwen sah, wie sich die Klinge auf sie herabsenkte, und schrie mit all der Kraft, die sich noch in ihrem Körper befand, ehe sich die Welt für sie verdunkelte.

Dreiundzwanzigstes Kapitel

Adam verfluchte den Regen, hoffte, daß der Himmel sich inzwischen allmählich entleert hatte und sich die Wolken bis zur Morgendämmerung verziehen würden. Er ging ins Haus und hängte seinen tropfnassen Umhang an eine Kleiderstange in der Nähe des Feuers. Die Soldaten organisierten sich ihr Lager für die Nacht, doch die Öllampen brannten noch in Erwartung seiner Rückkehr, und auf einem Tisch in der Nähe des offenen Kamins standen eine Platte mit kaltem Fleisch und Obst und ein Krug mit Wein für ihn bereit.

Adam warf einen Blick darauf, verschmähte jedoch die Mahlzeit. Das Essen an Fulkes Tisch war üppig und stark gewürzt gewesen, der Wein schwer. Wenn auch nicht betrunken, so war er auch nicht ganz nüchtern und hatte keine Lust, die morgige Reise mit heftigen Kopfschmerzen und Sodbrennen zu beginnen.

Er verließ Sweyn und Austin, die ihre nasse Kleidung vom Körper schälten, und ging wieder hinaus in den strömenden Regen und zur Außentreppe, die in das obere Stockwerk führte. Elswith öffnete auf sein Klopfen die Tür. »Mylady, der Jungfrau sei Dank – ach, Ihr seid es, Lord Adam!« Das Mädchen rang die Hände und schaute ihn mit einer Mischung aus Erleichterung und Betroffenheit an.

Adam nahm seine Schlinge ab, schnappte sich ein Handtuch und begann sich das Haar trocken zu massieren. »Wo ist deine Herrin?« Er schaute sich im Raum um. Die Reisekisten waren gepackt, alle bis auf einen kleinen Koffer aus Ochsenleder mit ihren persönlichen Dingen, und der Raum war ordentlich, fast so nackt wie eine Mönchszelle.

»Lady Heulwen ist mit Sir Thierry vor mindestens einer Kerzenlänge zu den Stallungen gegangen. Er hatte sie beschworen, gleich zu kommen, weil Lyard im Sterben liege!«

Adam hielt inne beim Frottieren. »Was?«

Elswith brach in Tränen aus. »Oh, Mylord, sie war sehr böse mit mir, hat mir befohlen, hier zu bleiben und zu Ende zu packen... Ich sagte, es sei nicht anständig, aber sie wollte nicht auf mich hören. Ich wollte nicht frech sein zu ihr, wirklich nicht.«

Adam starrte das Mädchen verwirrt an. »Was war nicht anständig? Was redest du da?« Er warf das Handtuch auf den Stuhl.

»Meine Lady hat sich einen Scherz erlaubt. Sie hat Ihre Kleidung anprobiert und erklärt, daß sie morgen darin reisen wolle. Ich habe versucht, es ihr auszureden, und dann kam Sir Thierry, und sie ging mit ihm, ohne sich umzuziehen.« Sie begrub das Gesicht in den Handflächen und schüttelte den Kopf von der einen auf die andere Seite. »Ging sie zu den Stallungen?«

Elswith schaute durch die Finger und stieß ein lautes, schleimerfülltes Schniefen aus. »Ja, Mylord, aber inzwischen ist sehr viel Zeit vergangen... Ich habe mir schon überlegt, selbst hinunterzugehen, aber ich wollte nicht, daß sie mich noch einmal anschreit.«

Adam wurde auf einmal ganz kalt, und das hatte nichts mit seiner nassen Kleidung zu tun. »Elswith, hör auf zu schniefen und sag Sweyn und Aubrey, sie sollen ihre Waffen noch nicht ablegen«, sagte er leise, aber durchdringend und ging hinaus in den Regen.

Das Pferd hob den Kopf von seinem Lager, mampfte lautstark und schaute Adam mit wachen, klugen Augen an. Sein cremefarbener Schweif schlug sachte gegen den Boden, und das Tier hatte die Ohren aufgestellt. In der nächsten Box döste die neue schwarze Stute, und wieder daneben schlief Heulwens Stute. Bis auf die üblichen, normalen Geräusche in einem Pferdestall herrschte Stille. Adam schaute sich um; seine Augen kamen ihm zu groß vor für die Augenhöhlen, und er strengte die Ohren bis zur Höchstgrenze an. Nichts. Das kalte Gefühl in seiner Magengrube verdichtete sich zu einem bleischweren Klumpen der Angst.

Er wandte sich dem Pferdeknecht zu, der aus einer leeren Box am anderen Ende der Stallung aufgetaucht war, die Augen rieb und gähnte. Eine Frauenstimme beklagte sich und rief ihn zurück, und er zeigte Adam ein schafsartiges Grinsen. »Dachte, ich mach' mir einen frühen Abend, damit ich morgen ausgeschlafen bin, Mylord«, sagte er in Adams hartes, bewegungsloses Gesicht.

»Sind Lady Heulwen oder Sir Thierry heute abend hier gewesen?« fragte er ihn kurz angebunden.

»Nein, Mylord.« Der Mann kratzte sich am Kopf, prüfte dann den Zeigefinger und knackte die Laus zwischen den Nägeln. »Es war überhaupt niemand hier, seit Eure Stute versorgt worden ist. Gibt es denn Ärger?«

Adam ignorierte die Frage. »Und Lyard war die ganze Zeit wohlauf?«

»Jawohl, Mylord.« Der Pferdeknecht zeigte ihm ein zufriedenes Grinsen. »Er hat auf allen vieren getanzt, als wir die Stute hereinbrachten. Wette, daß sie in Kürze heiß wird.«

»Sattelt ihn auf!«

»Jetzt, Mylord?« Der Mann riß die Augen weit auf, und nicht ohne Ärger.

»Nein, in drei Jahren!« fuhr ihn Adam an. »Natürlich meine ich jetzt, du Idiot! Und du kannst das gleiche für Sweyn und Aubrey tun. Aber beeil dich. Schließlich wirst du nicht fürs Herumhuren bezahlt!«

Das Gesicht des Mannes wurde undurchdringlich. Er schlurfte davon, um das Geschirr für die Pferde zu suchen. Adam kehrte in die Halle zurück.

Thierrys Vetter Alun zeigte betäubte Ahnungslosigkeit. »Thierry? Und mit Lady Heulwen?« Er schüttelte nachdrücklich den Kopf. »Ich weiß ja, daß er manche seltsamen Anwandlungen hat, aber so etwas würde er ganz bestimmt nicht tun.«

»Aber Ihr habt keine Ahnung, wo er sich aufhalten könnte?« fragte Adam. Äußerlich hatte er sich ganz unter Kontrolle, doch Sweyn, der neben ihm stand, merkte, wie die Schlagader an seinem Hals pulsierte und die Hand, mit der er sich am Türgriff festhielt, an den Knöcheln weiß geworden war.

»Mylord, wenn ich es wüßte, dann würde ich es Euch sagen, und sei es nur, um seine Unschuld zu beweisen.« Er scharrte mit den Füßen und räusperte sich nervös. »Vielleicht mußte Lady Heulwen etwas erledigen und hat ihn als Bewachung mitgenommen?«

»Warum hat er dann die Krankheit meines Pferde vorgegeben, um sie aus ihrem Zimmer zu locken?« erwiderte Adam.

»Vielleicht sagte er es nur, weil das Mädchen es nicht hören sollte.«

Adams Hand war an seinem Schwertknauf, dann hielt sie inne. Vorsichtig und schwer atmend legte er sie auf den Gürtel und drückte auf das Leder, als wäre es die Kehle eines Mannes.

Alun, mit aschgrauem Gesicht, die Augen dagegen hell und frettchenschwarz, sagte: »Thierry hat ein Mädchen auf der Burg, eine Küchenhilfe namens Sylvie. Wahrscheinlich ist er bei ihr – sie hat ihn sehr warm in Empfang genommen. Ich weiß, das Ganze muß ein Irrtum sein.«

»Das weiß ich auch«, sagte Adam grimmig. »Sweyn, Austin, kommt jetzt mit mir. Und du, Aubrey, nimmst die Männer und durchsuchst die Straßen.«

»Jawohl, Mylord.«

Adam nahm sich eine brennende Fackel und machte sich auf zur Rückseite des Quartiers.

»Es ist wegen Warrin de Mortimer, nicht wahr?« sagte Sweyn mit heiserer Stimme, während er neben ihm herging.

Adam gab keine Antwort, aber Sweyn erhielt sie durch die Beschleunigung seiner Schritte, so als wollte Adam sich räumlich von der Vorstellung entfernen. Als sie an den Stallungen vorbeikamen, verlangsamte er den Schritt, um auf seinen Leibwächter zu warten, und sagte: »Ihr seid Thierry immer näher gewesen als ich. Was haltet Ihr von ihm? Alun ist voreingenommen.«

Sweyn knurrte und schaute Adam von der Seite an. »Ihr habt ihn kämpfen sehen, Mylord.«

»Wenn er in die Enge getrieben wird, ist er verdammt schnell«, räumte Austin ein.

»Seine Schwierigkeiten sind meistens selbstgemacht«, knurrte Sweyn. »Er hat kein moralisches Rückgrat. Er hurt, er trinkt und er spielt. Mein Gott, wie er spielt! Und dann gerät er in Händel.« Der alte Krieger räusperte sich und spuckte. »Alun ist der stetigere – er deckt ihn, so gut er kann.«

»Glaubt Ihr, daß er auch diesmal für ihn geradesteht?« Die Frage war halb rhetorisch. Sie waren am Ende des Gartens angekommen. Der Regen tropfte. Hinter dem Garten, ungesehen, aber hörbar, klatschte der Fluß gegen das Ufer.

»Nein, das würde ich nicht behaupten«, sagte Sweyn in das Schweigen seines Herrn, »aber er wird bestimmt versuchen, ihn zu finden und zu warnen.«

»Setzt ihm einen von unseren Leuten auf die Fersen; er soll jede von Aluns Bewegungen beobachten und ihn nicht daran hindern, wenn er die Möglichkeit erhält, sich davonzuschleichen. Austin, gib das an Aubrey durch.«

Geduckt in den hohen Kragen seines Umhangs, salutierte der junge Mann und verschwand. Adam blieb stehen, lehnte sich gegen einen der Baumstämme und sagte leise zu dem älteren: »Sweyn, wenn ich erst denke, was mit ihr geschehen sein könnte, dann hättest du es mit einem Rasenden zu tun.

Vergib mir, wenn ich vielleicht kalt erscheine. Es ist die einzige Möglichkeit.«

Sweyn zögerte, legte dann seine riesige Hand auf Adams durchnäßte Schulter und hielt sie fest. »Wir werden alle zu Rasenden, wenn wir erst anfangen, genauer an etwas zu denken, mein Junge«, sagte er mürrisch.

Adam nahm Sweyns Versuch, ihn zu beruhigen, mit einem steifen Nicken hin, hielt seine Fackel hoch und setzte den Weg fort. Sein rechter Fuß stieß gegen etwas Kleines, Hartes, und er hielt den Atem an und fluchte. Erst dachte er, es sei ein abgebrochener Zweig, aber das Licht der Fackel wurde von etwas Glänzendem reflektiert. Sweyn bückte sich, hob einen Gegenstand aus Metall auf und gab ihn schweigend an Adam weiter.

Es war eine gravierte, silberne Zopfspange, eine von zweien, die Heulwen an diesem Morgen auf dem Markt gekauft hatte, und Adam erkannte sie sofort, da er selbst die letzte Entscheidung zum Kauf getroffen hatte. »Sie gehört Heulwen«, sagt er mit rauher Stimme zu Sweyn. »Meine Frau wäre niemals bei diesem Regen hierhergekommen, es sei denn, sie hätte einen guten Grund dafür gehabt – oder sie wäre dazu gezwungen worden.«

»Der Fluß . . .« begann Sweyn, aber Adam ging bereits mit schnellen Schritten darauf zu.

Die Anlegestelle des Kaufmanns war verlassen. Adam legte seine Hand auf einen der algenbewachsenen Pfosten zum Festmachen der Boote und schaute hinaus auf das dunkle Wasser und ins Nichts. Die Fackel zischte und spuckte, und der Wind wehte ihm Hitzewellen ins Gesicht. »Das Ruderboot ist nicht hier«, sagte er über die Schulter zu Sweyn. »Als wir hier einzogen, hat eines am Steg gelegen, und jetzt ist es weg. Natürlich der sicherste Weg, sie zu entführen, ohne an irgendwelchen Wachen vorbeizukommen.«

»Und was tun wir jetzt? Er kann mit ihr überall hingefahren sein.«

»Wir wecken den Fürsten und stellen Angers auf den Kopf«, sagte Adam mit zusammengepreßten Lippen.

»Und wo soll ich damit anfangen?«

Der Geruch des Flusses war sehr stark. Adam kniff die Nasenlöcher zusammen. »Versuch du es bei den Werften und Lagerhäusern am Fluß; fang an diesem Ufer an und arbeite dich bis zum anderen durch – ich bin bei dir, sobald ich mit dem Fürsten gesprochen habe. Versuch es auch in den Hafenkneipen. Kann sein, daß wir wenigstens Thierry dort erwischen. Er kommt nicht aus der Stadt, bevor die Tore geöffnet werden.«

»Und mit einem Boot?«

»Die Kette über dem Fluß ist bis zum Morgen unten.«

»Mylord . . .«

Adam drehte sich um. Sweyn schloß den Mund. »Nichts«, murmelte er in seinen Bart und trottete auf das Haus zu. Adam schaute auf die kleine silberne Spange in seiner Hand, dann schloß er die Finger und drückte sie so fest zusammen, daß sich dabei die Form der Spange verbog. Sekunden später folgte er Sweyn.

Thierry nahm einen Mundvoll Wein, daß sich seine Backen aufblähten, ließ ihn im Mund hin und her spülen, schluckte ihn schließlich und stieß einen Seufzer der Erleichterung aus. Dann nahm er wieder die Würfel, spuckte darauf und warf sie. Sie fielen günstig für ihn. Er grinste von Ohr zu Ohr und sammelte zum Gestöhn der Mitspieler seinen Gewinn ein.

Er blieb länger hier, als es für ihn gut war, dessen war er sich bewußt, aber draußen regnete es immer noch in Strömen, und außerdem gewann er ein Spiel nach dem anderen. Er nahm sich fest vor zu gehen, sobald er zu verlieren begann. Ein Mädchen, das die Weinkrüge auffüllte, lächelte ihn immer wieder an. Sie hatte funkelnde Augen und Sommersprossen. Er blinzelte ihr zu und fragte sich, ob er den

Rest der Nacht vielleicht bequem in einem Bett verbringen konnte, mit ihren Brüsten als Kopfkissen. Er wollte sie gerade herüberrufen und diese Möglichkeit erörtern, als sein Vetter hereinkam, mit einer Miene, finster wie das Wetter.

»Alun!« krähte Thierry, erhob sich, taumelte und mußte sich breitbeinig hinstellen, um das Gleichgewicht nicht zu verlieren. »Was, zum Teufel, hast du hier zu suchen?«

»Den Teufel laß bloß aus dem Spiel«, spuckte ihm Alun ins Gesicht, packte ein Stück von Thierrys Tunika und zog ihn zu sich her, um ihm in die Augen zu schauen. »In was für eine Sache hast du diesmal deine dreckigen Finger gesteckt? Wo ist Lady Heulwen?«

»Ich weiß überhaupt nicht, wovon du redest!« Thierry versuchte sich aus Aluns Griff zu befreien, aber ohne Erfolg. »Laß mich los! Du spinnst ja!«

»Ich? Ich bin verrückt, was? Und was ist das hier?« Alun hatte die Ausbuchtung unter Thierrys Tunika ertastet und holte den Beutel mit Silber von seinem Platz unter Thierrys Brust. »Hast du das vielleicht mit Würfeln verdient?« Er schleuderte den Beutel auf den Tisch. Die Männer drehten sich her und rissen die Augen auf. »Jesus Christus, du steckst im größten Schlamassel, du bist so gut wie tot ... Komm jetzt!« Er zog seinen Vetter am Arm.

Thierry rülpste. »Dreh jetzt nicht durch!« herrschte er Alun an, etwas angriffslustig vom Alkohol. »Ich hab' es hier so gemütlich gehabt, und da kommst du hereingeschneit –«

»Du Idiot, wenn du nicht ...« Alun hielt inne. »Um Christi willen!« murmelte er und starrte auf Aubrey, der die Tür blockierte.

»Du schwachsinniger Trottel hast sie mir auf den Hals gehetzt, nicht wahr?« heulte Thierry und griff nach seinem Schwert. Aubrey bewegte sich ebenso schnell, wurde aber von Alun aus dem Gleichgewicht gebracht.

»Lauf, Thierry!« brüllte der.

Aubrey fand wieder auf die Füße. »Halte du dich da raus!«

fuhr er Alun an und warf sich durch die Tür der Kneipe ins Freie, um seine Beute zu verfolgen.

Wasser spritzte von seinen Stiefeln beim Laufen. Er stolperte über eine erschreckte Katze, wäre fast hingefallen. Die Katze jaulte. Er fluchte, kniff die Augen zusammen, leckte sich das Wasser aus dem tropfenden Schnauzbart, und nach einer Lauschpause rannte er durch den schwarzen Schlund einer engen Gasse parallel zum Ufer. Vor ihm hörte er schleichende Schritte. Thierrys, wie er hoffte, und sein Magen zog sich zusammen angesichts der Vorstellung, daß er sich irrte und nur einen nach Hause schleichenden Betrunkenen verfolgte.

Die Schritte hielten inne. Aubrey blieb stehen, mit laut pochendem Puls. Sein Herz drohte zu zerspringen, als er langsamer zu atmen versuchte, um sich nicht durch sein Keuchen zu verraten. Weiter oben in der Gasse ging ein Fensterladen auf, und jemand schaute heraus, neben sich eine brennende Kerze. Aubrey sah einen Büschel dunkles Haar herunterhängen.

»Wer ist da?«

Schweigen. Aubrey drückte sich an die Wand und rutschte seitwärts daran entlang, zog dabei sacht seinen Dolch.

»Geh weg vom Fenster«, befahl eine herrische, schläfrige Stimme aus der Tiefe des Raums. »Es sind nur die Katzen.«

Der Laden fiel zu. Aubrey schoß aus den Schatten, packte den Mann, der sich unter der zurückgesetzten Haustür verborgen hatte; uns setzte ihm die Klinge an die Kehle. »Wo ist Lady Heulwen?« zischte er.

Thierrys Kehlkopf bewegte sich unter dem Dolch. Ein Schauder lief durch seinen Körper, und sein ganzes Gewicht schien gegen Aubrey zu sacken. »Die *Alisande*«, krächzte er.

»Lauter, Hurensohn. Ich kann dich nicht hören.«

Thierry lachte. Das Geräusch wurde zu einem erstickter Gurgeln, und Aubrey merkte erst nach einer Weile, daß aus seinen Händen nicht Regen, sondern warmes Blut war und daß der Mann, den er in Schach hielt, schwer, wenn nicht tödlich verletzt war.

»Draußen auf mich gewartet...« gurgelte Thierry. »Wollte davonrennen... Zuviel getrunken. Man kann nicht immer gewinnen... Sie ist auf der *Alisande*...« Das letzte Wort war ein kaum verständliches Husten, dann verstummte er.

»Jetzt hör mir gut zu, du pockennarbiger Angeviner –« Thierrys Kopf war zur Seite gefallen, und Aubrey erkannte, daß er tote Last im wahrsten Sinne des Wortes in den Armen hatte. Ein gepreßter, leiser Fluch kam von seinen Lippen. Die Kopfhaut prickelte. Er befand sich in einer dunklen Gasse mit einem Erstochenen, und alles wies darauf hin, daß er ihn ermordet hatte. Er lehnte sich gegen die Tür und strengte alle seine Sinne an: Schweigen, doch das hieß noch lange nicht, daß er sicher war.

Seiner Wachsamkeit hatte er die Warnung gerade noch in letzter Sekunde zu verdanken: genügend Zeit, um die Richtung zu fühlen, aus der der Angriff kam, und Thierrys Leichnam gegen die dunkle Gestalt zu schleudern, die sich ihm näherte, die versuchte, ihn anzugreifen! Er hörte ein überraschtes Grunzen, sah das schwache Blitzen von Licht auf einer Messerklinge und rannte seitwärts aus der Gasse, die ihm zwar den Rücken deckte, aber keinen Bewegungsspielraum bot. Jetzt steckte er den Dolch in die Scheide am Gürtel und zog das Schwert, daß das Metall rauh zischte.

Sein Angreifer machte einen Satz und hieb nach ihm mit dem Dolch. Aubrey fühlte, wie die Spitze in seinen Kettenpanzer drang, aber die Rüstung war aus feinstem, dreifachem Kettenzeug, und die einzelnen Ringe hielten dem Dolch stand. Er versuchte, mit dem Schwert auszuholen, doch eine Faust mit Kettenhandschuh traf gegen die Seite seines Kopfes, ließ ihn taumeln, und der lange Dolch blitzte wieder, wobei er diesmal nicht nach seinem Körper, sondern nach seiner Kehle zielte.

Aubrey bekam den Arm gerade noch rechtzeitig hoch, und

wieder rettete ihn die Rüstung vor dem sicheren Tod, aber er war noch benommen, seine Sicht und seine Reflexe waren behindert. Licht kam von irgendwoher, so daß er die Pupillen zusammenziehen mußte und einen Augenblick seinen Angreifer sehen konnte, der nach oben schaute, wo wieder ein Fensterladen geöffnet worden war. Er erkannte einen von Warrins Leuten.

»Ihr Besoffenen, rauft gefälligst vor einer anderen Tür!« kreischte die Frau mit dem langen, dunklen Haar und begleitete ihre Beschimpfungen mit dem sehr gezielten Ausleeren eines Nachttopfes. Der andere Mann zog sich augenblicklich zurück. Aubrey brachte sein Schwert in Position und stieß es dem anderen in die Rippen, mit aller Kraft, die er aufbringen konnte. Er hörte, wie die Luft aus seiner Brust entwich, und war auch schon über ihm, packte ihn am regen- und uringetränkten Haar, riß seinen Kopf zurück und drückte die Spitze des Schwerts gegen die helle Haut am Hals. Über ihm schrie die Frau noch ein paar Verwünschungen und schlug den Fensterladen wieder zu.

Mehr Schritte in der Dunkelheit, im leichten Lauf, Stimmen, die von den Wänden zurückgeworfen wurden. Aubrey atmete heftig durch den Mund und starrte in ihre Richtung. Das Licht von Fackeln fiel auf die Wände der Gasse, Pferdehufe waren auf den Steinen zu hören, gedämpft durch den Schlamm. Das Ganze sah aus wie eine Szene aus der Hölle.

Er stieß einen großen Seufzer der Erleichterung aus, und die Wildheit wich aus seinem Gesicht, als er erst den Rotfuchs und dann den Reiter, seinen Herrn, erkannte. Sweyn und Austin waren bei ihm, dazu ein Dutzend Mann zu Fuß. »Man hat sie auf ein Schiff oder Boot mit Namen *Alisande* verschleppt«, erklärte Aubrey unter Atemholen. »Wenn wir diesen Hurensohn zum Singen bringen könnten, würde er uns sagen, wo das Schiff liegt.« Dann schaute er auf einen der Männer, der sich über den Körper am Beginn der Gasse beugte: »Aber, Alun, es hat keinen Sinn mehr. Er ist für seine Sünden gestorben. Er hat einmal zu oft gespielt.«

»Ich weiß, wo die *Alisande* vertäut ist. Ich habe sie heute gesehen«, sagte Adam mit einer Stimme, deren Ruhe verriet, wie nahe er der Grenze von Vernunft und Wahnsinn gekommen war. »Aubrey, kümmere du dich um das hier. Du kannst die Fußsoldaten dafür haben.« Er lenkte Lyard ein paar Schritte rückwärts, eine schwierige Aufgabe in der engen Gasse, drehte ihn um und jagte davon zu den Werften, in einem Tempo, das selbst bei Tage als unvorsichtig und in der Mitte einer schwarzen, regnerischen Nacht als halsbrecherisch angesehen werden konnte. Sweyn spuckte eine Obszönität und versuchte, sich hinter ihm zu halten, und auch Austin fiel nicht weit zurück.

Lyard rutschte auf einer schlammigen Stelle aus und wäre um ein Haar mit den Hinterhänden eingebrochen. Adams Finger umklammerten die Zügel krampfhaft. Er biß sich auf die Zunge. Der Hintersattel schlug gegen seinen Rücken, und er verlor einen Steigbügel und mußte mit dem Fuß danach tasten, um ihn wieder zu finden. Kochendes Pech von seiner Fackel tropfte auf seine Hand. Ein starkes Brennen, wirkliche Schmerzen und praktische Überlegungen waren die Folge. Der Hengst schwitzte und zitterte. Adam tätschelte den Hals des Rotbraunen und murmelte etwas Beruhigendes; auf diese Weise brachte er sich auch selbst ein wenig unter Kontrolle.

Es war mehrere Stunden her, seit die Suche begonnen hatte und als sie ein Gebäude nach dem anderen durchsucht und leer gefunden hatten. Und dann war einer von Aubreys Leuten gekommen mit der Nachricht, daß Thierry aufgespürt worden sei. Verzweifelte Hoffnung, verzweifeltes Rechten und Handeln mit Gott. Alles, wenn nur ...

»Guter Bursche«, sagte er leise zu dem Pferd, zog die Zügel straff und trieb es wieder an. Sweyn und Austin folgten ihm, und sie ritten im Trab auf eine Gruppe vertäuter

Handelsboote zu. Austin, dessen junge Augen scharf waren wie die eines Falken, erhob sich in seinem Sattel und zeigte mit dem Arm. »Mein Gott, so schaut doch: Eines davon brennt!«

Adam folgte mit dem Blick Austins Finger zum Deck einer Handelskogge, die in hellen Flammen stand. Angefacht vom Wind, schlug das Feuer hoch empor in den Nachthimmel, und sie konnten die Flammen brüllen hören, dazu die Schreie der Männer, die verzweifelt versuchten, das Schiff zu verlassen. »Es ist die *Alisande*!« sagte Adam mit einer inneren Gewißheit, die von keiner Erkenntnis gestützt war.

Während sie zusahen, einen Moment lang wie erstarrt vom Schock, war dort draußen eine Gestalt zu sehen, die sich aus dem Fluß auf den Anlegesteg zog, dann blindlings auf die Füße kam und stolpernd auf sie zugerannt kam, eine Frau, denn das Haar war so lang wie die Tunika, die sie trug. Adam starrte auf die Erscheinung, und sein ungläubiges Staunen wich schlagartig einem herzzerreißenden Schock, als er seine Frau erkannte und hinter ihr Warrin de Mortimer, der sie verfolgte und gerade einen Dolch aus dem Gürtel zog.

»Ha!« rief Adam Lyard zu, und noch einmal wagte er es, dem Tier die Sporen zu geben, doch diesmal in der kalten, sicheren Überlegenheit, jeden seiner Sinne zu beherrschen. Die Hufe des Schlachtrosses ließen aus den Quadersteinen der Straße Funken stieben. Adam lenkte das Tier direkt auf seinen Feind zu.

Warrin, der völlig in Anspruch genommen war von Heulwen wie eine Spinne von ihrer eben gefangenen Fliege, erkannte nicht, was geschah, bis es zu spät war. Er kniete über ihr, das Messer an ihrer Kehle, und blickte erst hoch, als das Getrappel der Pferde mehr war als ein Geräusch aus dem Unterbewußtsein.

Adam überlegte nicht zweimal. Inzwischen war er jenseits aller Vernunftgründe angelangt. Er drückte die brennende

Fackel wie eine Lanze in Warrins entsetztes, nach oben gewandtes Gesicht. Warrin stieß einen Schrei aus und wich zurück. Der Dolch fiel klappernd auf den Boden. Seine Schreie durchdrangen die Luft wie die eines Hasen am Ende der Jagd. Er fiel auf die Knie, hielt sich die Arme vor das Gesicht, fiel und rollte herum in bewußtloser Agonie.

Adam stieg vom Pferd, warf die Fackel in eine Pfütze, wo sie unter Zischen und starkem Rauch erlosch. Mit derselben ruhigen, bewußten Zielsicherheit, die ihn bis dahin gebracht hatte, beobachtete er den sich windenden Warrin, zog sein Schwert und brachte ihn zum Schweigen, als er die Klinge gegen seine Kehle drückte und sich darauf stützte, bis die Spitze Warrins Luftröhre durchdrang, Haut, Knorpel und Knochen und zuletzt auf den nassen Steinen des Bodens leise knirschte. Nachdem er ihn sterben gesehen hatte, riß Adam die Klinge heraus, wischte sie sorgfältig an Warrins durchnäßtem Hemd ab, steckte es, ohne zurückzublicken, in die Scheide und ging auf Heulwen zu.

Austin schaute mit großen, runden Augen zu. Sweyn, der etwas mehr praktischen Sinn bewies, stieg vom Pferd. »Komm, Junge.« Er bewegte den Kopf in Richtung auf den Erschlagenen. »Hilf mir, diesen Fisch dahin zu bringen, wo er hergekommen ist. Wir können ihn nicht mitten auf der Straße liegenlassen.«

Adam kniete sich neben seine Frau. »Heulwen?« fragte er vorsichtig tastend und suchte zugleich nach Anzeichen für eine Verletzung. Seine Lippen preßten sich zusammen, als er die roten und blauen Fingerabdrücke an ihrem Hals sah. Auch weiter unten an der Taille und der Hüfte hatte sie Blutergüsse. Er schluckte Säuerliches, das in ihm hochgekommen war, und hob sie ein wenig, drückte sie an sich und wußte, daß er Warrins Tötung nicht als Sünde betrachten konnte.

»Sweyn, gib mir eine Decke«, sagte er über die Schulter.

Heulwens Kehle bewegte sich. Ihre Lider zitterten und öffneten sich halb. Sie fühlte einen starken Arm, der ihren Kopf stützte, und einen anderen um ihre Schulter, aber Warrin war immer schon einmal sanft und einmal grausam gewesen, und sie wußte auch noch, daß er vorhatte, sie zu töten. Sie versteifte und wehrte sich.

»Lieg still, du bist ja in Sicherheit«, hörte sie Adams Stimme sagen, ruhig und gelassen und vertraut.

»Adam?« Sie wich unwillkürlich ein wenig zurück, um in sein Gesicht zu schauen und feststellen zu können, daß ihr die Phantasie keinen Streich spielte. Umgeben vom Licht der Fackeln sah sie die golden-haselnußbraunen Augen und das dichte, bronzebraune Haar. Sie berührte sein Gesicht und schaute sich überrascht um. »Wo ist Warrin?«

Der Arm, der sich um ihre Schulter gelegt hatte, spannte sich an. »Tot«, sagte er mit strenger Genugtuung.

»Tot?«

»Tot«, wiederholte er und ließ das Wort wie einen schweren Körper in den Fluß fallen, dann nahm er die Decke, die Sweyn gefunden hatte, wickelte sie darin ein und dann in seinen eigenen pelzbesetzten Umhang.

Heulwen schloß die Augen; ihr wurde elend, und sie war unendlich müde. »Er wollte wissen, warum wir in Angers waren«, sagte sie mit schwacher Stimme, als sie Lyard bestiegen hatten und sie von ihm in den Sattel gehoben worden war. »Aber ich habe es ihm nicht gesagt.« Ihre Zähne klapperten. Sie wandte ihr Gesicht seiner Tunika zu und hing dann an ihm wie ein Kind, das von einem Alptraum geplagt wird. Adam küßte ihre Stirn und blinzelte mehrmals, ehe er Lyard zu einem sanften Gang antrieb.

Die Leute aus der Gegend versammelten sich unten bei den Docks, um zu sehen, was dort los war, und versuchten, die brennende Kogge zu retten. Das Feuer war schon fast erloschen. In Gedanken sah Heulwen noch, wie sie die Flasche Aqua vitae ins Feuer geworfen hatte, und drückte wieder zitternd ihre Wange gegen den kalten, nassen Samt von

Adams Tunika. Ihre Finger klammerten sich in den Stoff, bis sie sich verkrampften, während sie sich bemühte, all die anderen Dinge nicht zu sehen. Adams Stimme war sanft, zitterte wohl auch ein wenig, und obwohl sie ihr Trost gab, schien sie vom anderen Ende einer weiten Halle mit vielen Echos zu kommen, und die Erinnerung an Warrin schien wirklicher als Adams Stimme...

Vierundzwanzigstes Kapitel

Thorneyford

Sommer 1127

Adam umklammerte seinen Gürtel mit den Fingern und betrachtete das Mosaik, an dem die zwei Handwerker so mühsam und sorgfältig arbeiteten. Es war eine Kopie des Mosaiks in der römischen Ruine im Wald hinter *Rhaeadr Cyfnos*, wobei er ein paar Änderungswünsche vorgebracht hatte, und wenn es einmal fertig war, würde es Thorneyfords hintere Terrasse von einem rein funktionellen Kräutergarten in einen schönen Sitzplatz für warme Sommerabende verwandeln.

Jetzt ging er zurück zu dem alten Rasenplatz und betrachtete das Mosaik aus einem anderen Blickwinkel. Es waren die Farben des Herbstes: Cremeweiß und Bronze, Rotgelb, Golden und Braun. Seine Aufmerksamkeit richtete sich auch seine Frau, die mit dem Gärtner die Lage des Minzen- und des Salbeibeets besprach und überlegte, ob sie noch Platz hatten für einen Flecken Scharfen Rittersporn, um mit der derzeitigen, epidemischen Ausbreitung der Läuse in der Burg Schluß zu machen.

Beschäftigt, dachte er und verzog die Lippen. In den zwei Monaten seit ihrer Rückkehr von Anjou hatte sie keine Ruhe gefunden. Sie war nicht beschäftigt, sondern geradezu arbeitswütig, und sie redete kaum mit ihm, jedenfalls nicht mehr als ein paar triviale, freundliche, bedeutungslose Worte, die weiß Gott was verbergen. Es gelang ihm nicht, ihr nahe genug zu kommen, um es herauszufinden.

Er sah zu, wie das Sonnenlicht ihre Zöpfe zum Leuchten

brachte und auf ihre Stirn fiel, als sie den Kopf hob und dem Gärtner zuhörte, beobachtete die Geste ihres Armes, als sie auf das Beet vor ihren Füßen zeigte. Oberflächlich gesehen gab es keinen Unterschied zu früher, aber es war, als wenn man nur den Schaum vom Bier abschöpfte und nicht zum Trunk käme.

Sie hatte kein Wort über ihre Leiden als Warrins Gefangene an Bord der *Alisande* verloren – kein einziges Wort. Dennoch war es ihm gelungen, manches aus ihrem Verhalten zu entnehmen. Zu Beginn hatte sie geradezu in der Badewanne gelebt, hatte sich geschrubbt, bis die Haut rot und dünn war, und man brauchte nicht besonders gut im Begreifen zu sein, um zu ahnen, daß Warrin sie nicht nur nach dem Inhalt des Briefes an den Fürsten gefragt hatte. Einmal hatte er sie geradeheraus gefragt, aber sie hatte so getan, als hätte sie seine Frage gar nicht gehört, und ihre Fröhlichkeit war so brüchig, daß er fürchtete, er könnte sich an den abgesplitterten Rändern schneiden.

Er hatte auf die Zeit gesetzt und darauf, daß liebevolle, sanfte Behandlung sie allmählich wieder auf normale Ebenen bringen würde. Aber die Wirkung der Zeit schien genau entgegengesetzt zu sein. Heulwen zog sich mit jedem Tag mehr in ihr Schneckenhaus zurück, und nichts, was er sagte oder tat, schien sie wieder ein wenig herauszuholen. Auch die Nächte waren nicht leicht. Nicht, daß sie sich ihm verweigerte: Im Gegenteil, sie forderte häufig mehr von ihm, als er geben konnte, aber mit solcher Verzweiflung, daß keiner von beiden Vergnügen daran empfinden konnte.

Er betrachtete die Wölfe, das Mittelstück des Mosaiks. Schwarze Wölfe, die nach ihren Schweifen schnappten, umgeben von einem Kreis roter Füchse. Die Männer arbeiteten zur Zeit an den Jägern. Der Gärtner war gegangen. Adam stand auf und schlenderte durch den Garten hinüber zu seiner Frau. Sie preßte eine Hand auf den Bauch, und ihr von Natur aus blasses Gesicht hatte die ungesunde Tönung von Molke.

»Heulwen?« Er legte besorgt einen Arm um sie. »Was ist mit dir?«

»Nichts.« Sie zeigte ihm wieder den verschlossenen Blick, den er so zu hassen gelernt hatte, und lächelte dazu freundlich. »Es sind die Salzheringe, die wir vergangenen Monat gekauft haben. Ich vertrage sie nicht, wie es scheint. Cuthbrit meint, die Minze sollte hierher und der Fingerhut dorthin, aber ich weiß nicht . . . Dort drüben ist mehr Sonne . . .«

Er verstärkte seinen Griff und unterbrach sie. »Heulwen, um der Liebe Gottes willen, ich kann dieses Blindekuhspiel nicht mehr ertragen.« Er sagte es in einem bettelnden, flehenden Ton. »Wir müssen über Angers reden. Wenn ich dich anschaue, komme ich mir vor, als schaute ich über den Styx hinweg auf ein Wesen aus der Unterwelt.«

»Angers?« Sie holte tief Atem, ließ dann die Luft zitternd entweichen und schaute sich im Garten um, der sich inzwischen wunderschön entwickelt hatte, von den Silberstücken, die Adam als Beweis seiner Dankbarkeit von Henry erhalten hatte. Der Preis eines Königs. Kein guter Preis für das, was sie geopfert hatten. Sie fühlte, wie ein hysterisches Lachen in ihrer Kehle hochstieg, dann die Übelkeit. »Das, was da geschehen ist, bleibt bei mir jeden wachen Augenblick, auch ohne daß ich darüber reden muß«, sagte sie durch die unbeweglichen Lippen. »Ich – ich fühle mich nicht wohl. Ich möchte mich hinlegen.« Sie befreite sich aus seiner besorgten Umarmung und lief davon.

Adam schaute gedankenabwesend hinunter auf das vorbereitete Kräuterbeet. Er fragte sich, ob er ihr nachgehen sollte, doch die Vorstellung bedrückte ihn. Er war es leid, zurückgewiesen zu werden, auch wenn er wußte, daß sie es nicht seinetwegen tat. Er entschied sich fürs Ausweichen; statt eine Konfrontation herbeizuführen, befahl er Austin, Lyard aufzusatteln.

Dann ritt er mit den Männern aus auf eine weite Patrouille. Nach ein paar Meilen hielt er in einem Dorf an, sprach mit dem Vogt und ließ sich von der strahlenden, aufgeregten Frau einen Becher frisches Ale geben; dann ritt er weiter. Das weite, offene Land und die seidige Decke des edlen Hengstes beruhigten ihn. Er zügelte ihn hinauf zur Kuppe von Thorneyford Dyke, schaute hinüber nach Wales und sog tief die frische Frühlingsluft ein.

Dann stellte er fest, daß er sich wünschte, Miles sei noch am Leben. Ihm hätte er sich anvertrauen können. Guyon hatte Heulwens eigene Mutter bei Vergewaltigung und Mord verloren, und Heulwens Situation war der seinen so nahe, daß Adam es nicht wagte, das Thema anzuschneiden. Sicher, Gräfin Judith würde ihm einen vernünftigen Rat geben in ihrer üblichen, geraden und ehrlichen Art, aber gerade das war es, was er jetzt nicht vertragen konnte. Alles, was Miles ihnen hinterlassen hatte, war die Wolfsbrosche – ein Licht in der Dunkelheit, aber ein Licht sagte einem nicht, welchen Weg man wählen sollte, es erhellte nur den Weg, den man gewählt hatte.

Er ließ die Zügel locker und Lyard oben auf dem Grad des Berggipfels gemächlich dahintrotten; dabei überprüfte er den Zustand der Grenzanlagen. Nicht, daß er befürchtete, in diesem Jahr mit den Walisern Schwierigkeiten zu bekommen: Es hieß, daß Rhodri ap Tewdr die Tochter eines anderen walisischen Lords heiraten würde. Adam fragte sich, ob die Gerüchte der Wahrheit entsprachen und ob ein solcher Schritt das derzeitige noch unerprobte Gleichgewicht an der Grenze ändern konnte ... Das war immerhin eine Möglichkeit: sich mit politischen Gedanken abzulenken, wenn ihm die Gedanken an seine Frau zu weh taten.

Er ritt am Dyke entlang, um ein als Fort ausgebautes Gutshaus zu besuchen, das von einem seiner Vasallen bewohnt wurde, und setzte sich, um mit dem Mann zu essen, während sie die Notwendigkeit besprachen, ein Stück des Waldes abzuholzen und umzupflügen. Dann lehnte er die Einladung zur Jagd ab und machte sich auf den Rückweg nach der Burg.

Es war kurz vor der Vesper, als er in den Burghof einritt, und obwohl die schrägen Sonnenstrahlen noch wärmten, fühlte er ein frostiges Prickeln an seinem Rückgrat, als er vom Pferd stieg.

Er wollte den Stallmeister fragen, ob etwas nicht in Ordnung sei, entschloß sich aber dann, es nicht in aller Öffentlichkeit abzuhandeln, und eilte auf die Halle zu. Kein Zeichen von Heulwen oder Elswith. Brien, sein Kammerdiener, beschäftigte sich an einem Tisch mit Kerzenstöcken, die er zur Benutzung vorbereitete, aber als er Adam hereinkommen sah, stand er auf und ging rasch zu ihm hin.

»Lady Heulwen ist krank geworden, als Ihr aus wart, Mylord.« Er schaute Adam besorgt an. »Wir wußten nicht, wohin Eure Patrouille ging, also haben wir sie einfach ins Bett gelegt, und meine Frau hat den Entschluß gefaßt, Dame Agatha aus dem Dorf heraufzuholen.«

Die Nachricht traf Adam wie ein wohlgezielter Stein an den Kopf. Dame Agatha als ortsansässige Hebamme und erfahrene Geburtshelferin war ein häufiger Gast bei den Frauen der Burg. Adam kannte sie praktisch seit seiner eigenen Geburt. Mit weißem Gesicht schubste er den Kammerdiener zur Seite und nahm immer zwei Stufen zum Turm gleichzeitig.

Dame Agatha kam gerade aus dem vorderen Raum heraus; die gemütlichen Falten ihres Gesichts waren von einem etwas überraschten Ausdruck verzogen, als sie ihre Hände an einem Stück Leinen abtrocknete. Wie alles andere an ihr waren auch sie rosig, dicklich und geschickt. »Lord Adam«, sagte sie verteidigend, trat ihm in den Weg und zwang ihn, stehenzubleiben auf seinem Weg ins Schlafgemach.

»Wo ist meine Frau? Was ist geschehen?« Er starrte auf den zugezogenen Vorhang hinter ihr.

»Beruhigt Euch, Mylord. Es ist nicht so schlimm.« Ihr Französisch war von einem starken englischen Akzent beherrscht und mitunter nur schwer verständlich. Er mußte sich konzentrieren, und das brachte ihn gänzlich aus der Fassung. Er atmete einmal kräftig durch und versuchte, Geduld zu bewahren. »Sie schläft jetzt, ich habe ihr ein Mittel gegeben. Was sie braucht, ist viel Ruhe, mit hochgelegten Füßen. Die Blutung hat aufgehört, aber sie muß sehr vorsichtig sein.«

»Blutung?« wiederholte Adam mechanisch und war plötzlich von dem fürchterlichen Gedanken gefangen, Heulwen könnte vielleicht versucht haben, sich das Leben zu nehmen, während er aus dem Haus war. »Wie meint Ihr das?«

Dame Agatha warf ihm einen neugierig-erstaunten Blick zu, dann wurde ihr Gesicht wieder ein weiches Nest aus sanften Falten. Es war nicht das erste Mal, daß sie bei so etwas auf betäubten Unglauben gestoßen war. Männer hielten sich zwar für das starke Geschlecht, aber wenn es um diesen Bereich ging, erwiesen sie sich als ängstlich und ahnungslos. Sie tätschelte tröstend seinen Arm. »So etwas kommt manchmal vor. Aber mit genügend Ruhe wird es bald gut werden. Zum Glück hat sie das Baby nicht verloren. Nur ein paar Blutstropfen, weiter ist nichts passiert.«

»Das Baby?« wiederholte Adam perplex. »Was denn für ein Baby?«

Dame Agatha sog scharf den Atem ein zwischen einer Zahnlücke in ihren Schneidezähnen und starrte ihn in bestürzter Überraschung an. »Entschuldigt mich, Mylord, ich wußte nicht, daß sie es Euch nicht gesagt hat ... Vielleicht wollte sie erst ganz sichergehen, nicht wahr?«

»Ihr wollt sagen, daß meine Frau ein Kind im Leib trägt« fragte er mit schwankender Stimme.

Sie betrachtete ihn nachdenklich. Das Licht schenkte das erste Gold des frühen Sommers, doch sein Gesicht hatte keine Farbe mehr, und wäre er eine Frau gewesen, so hätte sie ein paar Federn unter seiner Nase abgebrannt und ihm etwas Baldrian in Wein eingeflößt. »Seit zwei bis drei Monaten.« Sie nickte. »Manchmal kommen um diese Zeit noch einmal Blutungen. Aber ich bin sicher, sie wird noch vor Weihnachten ein gesundes Kind zur Welt bringen.«

Adam starrte sie ausdruckslos an. *Seit zwei bis drei Monaten.* Herrgott im Himmel, nein!

»Mylord, ist Euch nicht wohl? Soll ich –«

Er schaute hinunter auf den tröstenden, dickfleischigen Arm, der auf dem seinen lag, und zwang sich, vernünftig zu sein. »O nein, es ist alles in Ordnung«, sagte er steif. »Es ist nur die Überraschung.« Er zog den Arm zurück. »Danke Euch, daß Ihr gekommen seid.« Er fummelte in seinem Gewand, fand einen Silberpenny und drückte ihn ihr in die Hand.

Dame Agatha faltete ihr mehrfaches Kinn und legte es auf die Brust, dann schaute sie ihn wieder erstaunt an. Er zeigte das gleiche wilde Entsetzen wie Lady Heulwen, als ob diese Schwangerschaft eine Katastrophe und nicht eine Quelle großer Freude sei. Sicher, es gab Menschen, die so darauf reagierten, meistens dann, wenn sie schon ein Dutzend Sprößlinge zu ernähren hatten und nicht wußten, wie sie den dreizehnten sattmachen sollten, sobald er erst der Brust entwöhnt war. Aber ein Mann in Lord Adams Position war normalerweise entzückt und hocherfreut bei der Aussicht auf einen Erben, und seine Frau ebenfalls, weil sie ihm ihre Fruchtbarkeit auf diese Weise demonstrieren konnte.

Sie senkte die Augen vor seiner verwirrenden Miene und konzentrierte sich auf die Münze, bevor sie die Finger darum faltete. »Ich komme morgen früh wieder, und natürlich auch früher, falls Ihr mich braucht«, murmelte sie, verbeugte sich und ging.

Adam schaute auf den dicken Vorhang. Er brauchte seine Gefühle nicht zu beherrschen, denn nun war er völlig leer davon. Er war betäubt, alles an ihm war taub. Schließlich zwang er seine Glieder, sich zu bewegen, und ging auf bleiernen Füßen hinein ins Schlafgemach. Elswith war bei ihr und faltete Streifen von absorbierendem Leinen. Sie warf ihm einen kurzen, ängstlichen Blick zu und verstärkte ihr Interesse für die Arbeit, die sie tat.

»Hast du es gewußt?« fragte er die Zofe kurz angebunden.

Elswith errötete und fummelte an den Bändern herum. »Mylady haben nichts zu mir gesagt«, antwortete sie in verteidigendem Ton. »Seit einem Monat hatte ich zwar einen gewissen Verdacht, aber es war nicht meine Sache, über so etwas zu sprechen...«

Adam trat ans Bett. Heulwen lag in tiefem Schlaf, sie atmete normal und so, als ob nie zuvor irgend etwas im Leben ihr Sorgen gemacht hätte. Noch betäubt und ungläubig, fragte er sich, was er zu ihr sagen würde, wenn die Wirkung des Schlafmittels nachließ und sie erwachte. Er setzte sich auf den Hocker neben dem Bett und zog sich mechanisch seinen leichten Sommerumhang aus. »Elswith, geh nach unten und sag, sie sollen mit dem Dinner nicht auf mich warten. Du kannst mir später etwas Brot und Suppe heraufbringen.«

Er schaute ihr nach, wie sie sich verbeugte und ging, dann stützte er das Kinn auf die verschränkten Finger und betrachtete seine schlafende Frau.

Heulwen schlug die Augen auf und schaute sich ausdruckslos im Schlafgemach um. Ihre Füße lagen auf einem mit Tuch umwickelten Ziegelstein, und die Decken waren bis an ihr Kinn hochgezogen. Das Licht im Raum war schwach und grau: Sie konnte nicht erkennen, ob es Morgen war oder Abend, wußte auch nicht, warum sie im Bett lag. Und dann schmerzte ihr Bauch wieder wie in den letzten Wochen, brachte die Erinnerung zurück, und sie drehte angeekelt den Kopf auf dem Kissen – und schaute direkt in Adams Augen. Es war, als hätte er sie geschlagen, und sie zuckte zurück mit einem kleinen Schrei wie ein verwundetes Tier.

Auch Adam zuckte zusammen, dann beugte er sich rasch

mit einem unterdrückten Fluch über das Bett und nahm sie in seine Arme. »Heulwen, nicht.«

Tränen stiegen ihr in die Augen, die davon überliefen. Durch einen Schleier konnte sie sehen, daß Adam ebenfalls weinte. Er fluchte noch einmal, strich sich mit dem Ärmel übers Gesicht und stand auf, um sich die Flasche mit Aqua vitae zu holen. Heulwen sah zu, wie er zitternd einen Schluck in einen Becher schenkte, sah, wie die feinen rötlichen Haare auf seinem Handgelenk im Licht golden erschienen. Der Geruch des Alkohols war stark und mehr, als ihr Magen vertragen konnte, und in einer plötzlichem heftigen Bewegung beugte sie den Oberkörper aus dem Bett, griff nach dem Nachttopf und übergab sich unter heftigem Würgen.

Adam stellte rasch Flasche und Becher ab und war bei ihr, wußte aber nicht, was er tun sollte. »Soll ich Elswick schicken, daß sie Dame Agatha holt?« fragte er besorgt.

Heulwen schüttelte den Kopf. Ihr Gesicht klebte vom kalten Schweiß, die Farbe ihrer Haut war erschreckend. »Es war nicht das«, sagte sie schwach und unter Keuchen. »Es ist das Aqua vitae... Warrin hat mich gezwungen, zu trinken, bevor er...« Sie brach ab und bekam wieder einen Würgekrampf.

»Jesus Christus!« Adam hielt ihren zitternden Körper und umarmte sie, bis die Krämpfe nachließen. Dann lehnte sie sich müde und erschöpft gegen ihn.

»Damit habe ich das Schiff in Brand gesetzt«, schluckte sie. »Ich habe die Flasche in die Kohlenpfanne geworfen, als ich meine Chance sah...«

»Still, Liebes.« Er drückte ihre Schultern, küßte ihr strahlendes Haar.

»Du hast mich nach Angers gefragt...«

»Es ist jetzt nicht wichtig. Du darfst dich nicht anstrengen.«

Sie hörte den Unterton von Entsetzen in seiner Stimme und

fragte sich, ob er ihr galt oder ihm selbst. »Aber es ist wichtig«, beharrte sie. »Ich habe versucht, es zu verdrängen, doch jetzt kann ich es wohl nicht mehr, oder?« Sie legte ihre Hand auf den Bauch, hielt gelegentlich inne, um neue Kraft zu schöpfen, wenn der Bericht zu schmerzhaft wurde, aber sie erzählte ihm alles.

Adam hörte zu, hin- und hergerissen von Mitleid und Liebe und einer Wut, die zu tief saß, als daß man sie durch körperliche Bewegungen hätte ausdrücken können. Er war wie gelähmt; sein Wutgeschrei hallte im Innern seines Kopfes. Als sie am Ende war, herrschte absolute, erschreckende Stille im Raum.

»Ich rechne nicht damit, daß du das Kind anerkennst«, flüsterte sie, als er nichts sagte, sondern nur auf den Teppich an der gegenüberliegenden Wand starrte, als seien die Abbildungen darauf von größter Wichtigkeit.

Langsam riß er den Blick davon los und richtete ihn auf Heulwen. »Es kann ebensogut meines sein wie das von Warrin«, sagte er tonlos. »Wir haben in Angers mehrmals miteinander geschlafen – und nicht nur das.« Er schnitt eine Grimasse, als er sich erinnerte.

»Ja.« Heulwen wandte sich wieder ab. »Es ist die Ungewißheit, die mich so bedrückt. Dame Agatha hat gesagt, ich darf nicht mehr reiten und die Treppe rauf- und runterlaufen, wenn ich das Kind behalten will. Also bräuchte ich nur ihre Ratschläge zu mißachten, wenn ich eine Fehlgeburt haben wollte.«

»Nein!« fuhr er mit unwillkürlicher Gewalt dazwischen und ballte die Hände zu Fäusten. Dann beherrschte er sich wieder und sagte in ruhigerem Ton, aber mit nicht geringerem Nachdruck: »Nein, Heulwen. Meines oder Warrins Kind, es ist in beiden Fällen unschuldig. Was wäre, wenn dein Vater mich für die Sünden meines Vaters verantwortlich gemacht hätte? Wenn du mit Absicht dieses Baby verlierst, lädst du nur die eine Last ab, um eine noch viel schwerere zu tragen.« Er fuhr sich mit den Fingern durchs Haar und stieß ein kurzes, bitteres Lachen aus. »Mein Gott, entschuldige mich, ich rede schon wie ein Pfaffe.«

»Du hast das Recht dazu«, sagte sie, und ihre Lippen verzogen sich zur Parodie eines Lächelns. »Ich selbst könnte jetzt ebensowenig reiten noch mich anstrengen und herumrennen wie ich imstande wäre, jemanden mit einem Dolch zu töten. Ein Leben ist ein Leben – es sucht sich einen Weg und weiß, daß ich es ihm nicht verwehren kann... O Adam!« Sie klammerte sich an ihn in all ihrem Jammer und ihrer Frustration.

Er hielt sie in den Armen, versuchte, sie zu beruhigen, war aber selbst viel zu aufgeregt, als daß es ihm hätte gelingen können. »All die Jahre mit Ralph hast du kein Kind getragen«, murmelte er gegen ihr Haar, »und jetzt dies! Gott im Himmel, wir müssen schwer bezahlen für das, was wir uns wünschen, nicht wahr?«

Heulwen ließ ihren Kopf gegen seine Brust sinken. »Ich war aus eigenem Willen unfruchtbar«, sagte sie, und ihre Stimme war so leise, daß er sich anstrengen mußte, um sie zu verstehen.

»Wie meinst du das?« Er hielt sie ein wenig von sich, um ihr ins Gesicht schauen zu können.

Heulwen begegnete seinem Blick, dann glitt der ihre davon. »In den ersten Monaten meiner Ehe mit Ralph habe ich eine Fehlgeburt gehabt. Ich war im dritten Monat, genau wie jetzt, aber ich habe viel Blut verloren dabei, und Judith meinte, wenn ich allzu schnell ein zweites Kind bekäme, würde mich das möglicherweise töten. Sie kennt ebenso viele Medizinen wie eine Kräuterfrau.« Sie zögerte und schaute ihn wieder rasch an. »Wenn ich nicht empfangen habe, lag das an den in Essig getränkten Schwämmchen und an einer täglichen Dosis von Steinsamen im Wein.«

Adam schaute sie mit offenem Mund an. Er stand an der Schwelle eines Raums, den nur wenige Männer betreten durften, und plötzlich hatte er keine Lust, zu den Privilegierten zu gehören. »Wenn Ralph es gewußt hätte . . .« begann er unsicher.

»Dann hätte er mich windelweich geprügelt. Ich glaube, Judith hat es nicht einmal meinem Vater gesagt. Das war das beste, und außerdem hat es nicht immer funktioniert, sonst wäre mein Bruder William nicht hier.«

Adam biß sich auf die Unterlippe und versuchte, das alles in seiner typischen männlichen Reaktion zu verdauen. »Hast du . . . Ich meine, hast du jemals –?«

»– diesen Trick auch bei dir angewandt?« beendete sie den Satz für ihn. »Nein, Adam. Und es war kein schwerer Entschluß für mich, das kannst du mir glauben.« Sie legte ihre Hand auf ihren Bauch, und das Schluchzen blieb in ihrer Kehle hängen. »Mein Gott, ich wünschte, ich hätte es in dieser Nacht getan –«

»Heulwen, nicht . . .«

Man hörte ein diskretes Hüsteln vor dem Vorhang, und Elswith kam herein mit einem Holzbrett, auf dem sich eine Schüssel mit Suppe und ein Stück Brot befanden. Hinter ihr war eine junge Hausmagd mit einem frischen Krug Wein und Kerzen.

Adam wich nicht von der Stelle. Die beiden Mädchen zögerten, waren offenbar durch seine Gegenwart peinlich berührt. Das war das Reich der Frauen; er entweihte den Altar. Er preßte die Lippen zusammen, schaute Heulwen an, sah, daß sie wieder zitterte, und legte sie auf die Kissen zurück.

Elswith entfernte den Nachttopf. »Hat sie sich noch einmal erbrochen?« fragte sie ihn leise und schaute ihn betroffen an.

Adam schüttelte den Kopf und zeigte auf die Flasche. »Es war der Geruch des Aqua vitae.«

»Bei meiner Schwester war es der Geruch von Käse«, unterstützte ihn das andere Hausmädchen und schien geradezu zu schrumpfen, als ihr Elswith einen strafenden Blick zuwarf, dabei errötete sie bis in den Nacken.

»Adam, geh nicht weg!« beschwor ihn Heulwen mit erschreckter Stimme, als er Anstalten machte, den Raum zu verlassen, während sie von den beiden Mädchen umrundet wurde.

»Ich bleibe ja in der Nähe«, beruhigte er sie und drehte sich halb zu ihr um. »Aber es ist vielleicht besser, ich esse im vorderen Raum, damit sich dein Magen nicht wieder beunruhigt. Ich lasse den Vorhang offen, daß du mich sehen kannst.«

Daraufhin legte sie sich zurück in die Kissen und schaute in die Kerzenflamme, die flackerte, wie das neue Leben in ihrem Körper flackerte, schaute ihren Mann an, der an einem Tisch im Licht saß, und fühlte sich so elend, daß sie am liebsten jeden Augenblick gestorben wäre.

Fünfundzwanzigstes Kapitel

Wales

Dezember 1127

»Versuch mal dieses«, sagte Renard und reichte Adam ein Stück Gebäck. Er nahm es, schnüffelte argwöhnisch daran.

»Schon wieder Lauch. Ich komme mir schon bald vor wie eine Stange Porree.« Er biß hinein und stellte fest, daß er sich irrte. Es war großer, weißer Quark darin und eine fast tödliche Dosis Salbei.

»Schließlich bist du in Wales«, erinnerte ihn Renard grinsend und hielt seinen Becher hoch, damit man ihn wieder mit Met füllte. »Du mußt zugeben, dafür ist es sehr gut.«

»Bis es dir dann in der Nacht im Bauch rumort und du morgens einen schlimmen Kater hast«, erklärte Adam mit geringer Begeisterung. »Übrigens – das Mädchen dort drüben schaut dich dauernd an.«

»Ich weiß. Glaubst du, sie ist zu haben, oder würde es die Gesetze der Gastfreundschaft verletzen, wenn ich einen Versuch unternehme? Ich möchte mich auf keinen Fall danebenbenehmen: kein Betasten der Frucht, um zu sehen, wie reif sie ist.« Seine Augen funkelten vor fröhlichem Spott. Renard konnte man nicht als gutaussehend im klassischen Sinn bezeichnen wie seinen Vater. Seine Züge waren noch nicht ausgereift, aber wenn sie durch Lachen oder starke Gefühle bewegt wurden, ließ ihn das attraktiv genug aussehen, daß sich die Leute – vor allem natürlich die Frauen – nach ihm umdrehten oder zweimal hinschauten. Der schwere rote Samt mit dem Goldbesatz stand ihm gut, und der breite

Wolfspelzkragen seines Umhangs entsprach dem Kieselsteingrau seiner Augen.

Renard war hier in Wales, in der Halle der Burg von Rhodri ap Tewdr, um seinen Vater zu vertreten bei Rhodris Hochzeit mit der Tochter eines benachbarten walisischen Lords. Der Waffenstillstand schien zu funktionieren, und daher war auch Adam zu dem Fest gekommen. Ohne die politische Notwendigkeit wäre er in Thorneyford geblieben, an der Seite von Heulwen. Sie war jetzt sehr nahe an ›ihrer Zeit‹, »dick wie ein gestrandeter Wal«, hatte sie betrübt gesagt an dem Morgen, als er sie verließ. Aber Judith war bei ihr, um der Geburt beizuwohnen, und Dame Agatha. Sie hatte die bestmögliche Fürsorge; dennoch machte sich Adam Sorgen.

In den vergangenen sechs Monaten hatte er irgendwie den Mut gefunden, sich den Stürmen zu stellen, aber manchmal, in der Stille der Nacht, wenn er hörte, wie sich Heulwen herumwarf und stöhnte, oder wenn er sie festhielt, während sie weinte, starrte er ins Dunkel und fühlte, daß er von einer namenlosen Angst erfüllt war. Heulwen hielt ihn für stark, stützte sich auf diese Stärke, bezog sogar Kraft daraus, und gerade das machte ihm angst. Wenn das Kind blondes Haar und blaue Augen hatte – was natürlich auch ohne Warrins Vaterschaft möglich gewesen wäre – hätte er nicht gewußt, ob er genügend Kraft besaß oder daran zerbrach ... Er trank, ohne hinzusehen, einen zu großen Schluck Met, so daß etwas davon auf seine Tunika tropfte, und fluchte.

»Nicht ich bin es, der morgen früh einen Kater haben wird«, bemerkte Renard mit einem flüchtigen Grinsen.

Adam schaute ihn mit gefurchter Stirn an. »Nur weil du bei den Walisern deine lockere Zunge im Zaun halten mußt, brauchst du nicht zu denken, daß du sie bei mir spazierengehen lassen kannst!« fuhr er ihn an.

Renard sog die Wangen ein und schaute Adam abschätzend an. Er fragte sich, ob er eine Bemerkung über dessen schlechte Laune und ihre vermutete Verbindung zur bevorstehenden Mutterschaft von Heulwen machen sollte, entschied sich aber dagegen. Die Waliser würden es sicher nicht gern sehen, wenn sich ihre normannischen Gäste bei ihrem Fest in die Haare kriegten. »Entschuldige, Adam«, sagte er und ließ es schuldbewußt klingen.

Adam massierte sich den Nacken. »Nein, ich sollte mich entschuldigen, Junge. Mach dir nichts draus. Ich bin momentan keine gute Gesellschaft.«

Renard hielt den Becher mit Met. »Heulwen ist stark wie ein Bulle. Ich weiß, du glaubst, daß ich das nur sage, um dich zu beruhigen, aber es ist wahr, und ich sollte es wissen; schließlich habe ich nicht nur einmal ein paar Ohrfeigen bekommen von ihr.« Er lächelte Adam zu, doch der zeigte nur zusammengepreßte Lippen.

»Entweder du wechselst das Thema, oder du hältst den Mund«, stieß Adam dann mit leiser Stimme hervor, wobei er seine Aufmerksamkeit auf die energischen Schritte der Tänzer richtete, die um das Feuer stampften.

Renard zuckte mit den Achseln. »Also schön. An Pfingsten heirate ich das Kind von Hugh de Mortimer, Gott steh mir bei. Papa und Sir Hugh sind gerade dabei, die Einzelheiten und Bedingungen auszuhandeln.«

Adam biß sich auf die Zunge. Renard konnte nicht wissen, daß allein die Erwähnung des Namens von de Mortimer wie eine Wunde in seinem Leib brannte. »Meine Gratulation« war alles, was er herausbrachte, nach einem Schluck Met.

»Überflüssig, zu sagen, daß ich damit einverstanden bin!« Renard lachte. »Die Kleine ist es wert, daß man sie zur Frau hat. Jetzt, da Warrin tot ist, erbt sie den Besitz von Sir Hugh allein, und der besteht aus erstklassigem Weideland und schönen Herden.« Er warf einen raschen Blick auf das walisische Mädchen, dann wandte er sich wieder dem immer noch mürrischen Adam zu. »Warrins Tod hat Sir Hugh hart getroffen, weißt du. Er hoffte, daß sein Sohn früher oder später begnadigt werden würde.«

»Hoffte er das?« Adam bemühte sich um Gleichgültigkeit, aber die Worte, so tonlos sie klangen, waren voll von Gift.

»Eine Rauferei auf der Straße in Angers, wie es heißt. Nicht gerade eine ruhmvolle Höllenfahrt, oder?«

Adams Stimme wurde zu einem rauhen Knurren. »Er hat weniger bekommen, als er verdiente!«

»Ist es wirklich so gewesen? Hat er sich im betrunkenen Zustand bei den Docks mit ein paar Matrosen eingelassen und ist schließlich im Wasser gefunden worden?«

Ein Muskel zuckte an Adams Kinn. »Woher soll ich das wissen?« zischte er. »Wenn das die offizielle Version ist, die man seinem Vater aufgetischt hat, muß es ja wohl die Wahrheit sein.«

Renard senkte die Lider. »Ich dachte nur, weil du zur selben Zeit in Angers gewesen bist . . .«

Adams Hand schoß nach vorn und packte Renard mit schmerzender Heftigkeit an der Schulter. Der Becher Met fiel um und ergoß sich über den Tisch. »Behalte deine Gedanken besser bei dir!« zischte er und legte großen Nachdruck auf jedes einzelne Wort.

Sein Gesicht war dem des Jungen nahe, und das Licht des Feuers ließ seine Augen feurig erscheinen. Renard hielt dem Blick stand, aber er fühlte, wie sein Magen nach unten sackte. Adam erinnerte ihn in diesem Augenblick an einen Wolf. Dazu kam, daß er knurrende Geräusche ausstieß; dann schob er Renard zur Seite, erhob sich auf die Beine und stakte steif davon.

Renard glättete die Fingerabdrücke auf dem Fell seines Umhangs und überlegte sich, ob er Adam hinterhergehen sollte oder nicht. Schuldete er ihm die Bitte um Verzeihung? Er schürzte die Lippen und fand, daß das nicht der Fall war. Es war Adams Reaktion, die dazu geführt hatte, nicht seine lockere Zunge. Er verengte nachdenklich die Augen.

Das walisische Mädchen lächelte ihn an. Sie besorgte sich einen Krug und kam herüber, um seinen Becher mit Met zu füllen. Er betrachtete die Bewegungen ihres Körpers unter dem einfachen Leinenkleid und entschied, daß man Adam besser in Ruhe ließ, was immer ihm Sorgen machte, bis er sich ausgekühlt hatte und wieder so vernünftig war, daß man mit ihm umgehen konnte.

Draußen war es kalt; frostige Luft machte sich mit der Dämmerung breit. Adam beobachtete den Dampf seines Atems und seines Urins. Lachen drang heraus zu ihm und Singen, dazu der warme, fettige Geruch von gebratenem Hammelfleisch. Als er fertig war, ging er zurück in den Saal und lehnte sich gegen einen Pfeiler, um dem Braten des Fleisches zuzusehen. Er kam sich nicht nur wie ein Außenseiter vor, er wußte, daß er einer war. Renard hatte jetzt damit zu tun, das walisische Mädchen dazu zu bringen, daß es sich neben ihn setzte. Adam überlegte sich, ob er ihm Einhalt gebieten sollte, entschied aber, daß es am besten war, wenn er Abstand hielt.

»Er hat sich da an eine vielversprechende Sache gemacht«, erklärte der grinsende Rhodri ap Tewdr in englischer Sprache.

Adam wandte sich an den jungen walisischen Clan-Führer, der jetzt neben ihm stand. Rhodris Gesicht war gerötet vom Met, aber er war nur angeheitert und hatte zweifellos auch ein Interesse daran, in dieser Nacht einigermaßen nüchtern zu bleiben. »Das tut er, wann immer sich ihm eine Gelegenheit bietet«, knurrte Adam. »Habt ihr was dagegen? Ich möchte nicht, daß sich irgendein wütender Ehemann oder Vater auf ihn wirft und den Krieg zwischen uns erneut entfacht.«

Rhodri schüttelte sich aus vor Lachen. »Es gibt nur eine Art von Krieg, den ich in meiner Hochzeitsnacht führen möchte, und bestimmt nicht mit Euch und den Normannen. Nein, es hat niemand etwas dagegen. Branwens Ehemann hat sie vor einem Jahr rausgeworfen, als er sie mit einem Wollhändler in den Büschen erwischt hat. Ich sage Euch, der Weg zu ihrem unteren Eingang ist so ausgetreten, daß weit und breit kein Gras mehr wächst – nicht, daß ich mich persönlich davon überzeugt hätte.«

»Natürlich nicht«, bekräftigte Adam ernst.

»*Duw*, die saugt ihn aus!« keuchte Rhodri lachend und wandte sich dann halb ab, als wieder ein Tanz begann und die Leute nach ihm riefen und ihn dazu einluden. »Tut mir leid, daß Eure Frau nicht kommen konnte, aber sie hat ja einen guten Grund, nicht wahr? Ich werde dafür beten, daß sie eine leichte Geburt hat, und wünsche Euch einen guten Sohn. Ich kann nur hoffen, daß die meine mir auch so schnell einen Erben liefert.« Er drückte Adams Arm und lief laut brüllend zu seiner Braut, die inmitten der Tänzer stand; dadurch ersparte er Adam die Notwendigkeit einer Antwort, was diesem nicht unlieb war.

Das Mädchen hatte inzwischen ihre Hand auf Renards Schenkel gelegt und beugte sich vor, womit sie ihm vollen Einblick in den Vorderteil ihres Gewands gewährte. Adam fand einen Krug mit Met und ging weg, um Vergessen zu finden.

Heulwen hielt den Atem an und kniff die Augen zu, drückte sich gegen die Wand und keuchte. Die Schmerzen verstärkten sich, bis sie kaum noch etwas anderes wahrnehmen konnte. Ihr Bauch unter der Decke war eine riesige, pralle Erhebung, eine Monstrosität, die sie loswerden wollte und die zu verlieren sie zugleich fürchtete.

»Komm schon, Mädchen, verklemm dich nicht«, schalt Dame Agatha und nahm ihren Arm. »Das macht es nur schlimmer. Schrei, wenn dir danach ist. Niemand kann es hören außer der Gräfin und mir. Also sachte, ganz sachte.«

Heulwen stieß erleichtert die Luft aus, als die Schmerzen geringer wurden. »Ich wollte, ich wäre irgendwo weit von hier.«

Judith stand auf, legte einen heißen Ziegelstein ins Bett und sah sich dann um; dabei funkelte ein etwas betrübter Humor in ihren haselnußbraunen Augen. »Als ich Miles bekam, habe ich kein einziges Mal geschrien«, sagte sie stolz.

Dame Agatha zog skeptisch eine Braue hoch. »Dann hattet Ihr eben eine leichte Geburt, Ma'am.«

»Nein. Ich hatte seit eineinhalb Tagen die Wehen, und ich habe in jeder Minute die wildesten Soldatenflüche von mir gegeben. Guy sagte, es sei gut für mein Seelenheil gewesen, daß die anderen Kinder schneller auf die Welt gekommen sind.«

Die Amme gackerte amüsiert. »Das ist das Beste. Nicht, daß das Fluchen der Sache hilft, aber... Schon wieder, Mädchen? Dann komm, atme tief durch, langsam, gut, gut...«

Heulwen keuchte und ließ sich gehen. Es nützte nichts, zu sagen, daß sie nicht weitermachen könne: Sie hatte keine Wahl, aber die am frühen Morgen noch nagenden Schmerzen hatten sich im Laufe der Stunden ständig verstärkt, und seit dem Mittag waren sie unerträglich geworden.

Judith ging zur Kohlenpfanne und stellte einen Topf mit ein wenig Suppe und geschlagenem Ei darauf und gab dann pulverisierte Himbeerblätter hinein, die die Schmerzen lindern sollten. »Ein Glück, daß Adam auf der Hochzeit von Rhodri ist«, sagte sie in nüchternem Ton, während sie an dem Trank arbeitete. »Er würde nur ein Loch in den Boden treten und sich auf den Kopf stellen. Männer tun das, vor allem, wenn es das erste Mal ist.«

Heulwen brach in Tränen aus, und Judith wandte sich ihr zu, starrte sie an und konnte beim besten Willen nicht begreifen, daß diese Schwangerschaft ihre schöne und lebhafte Stieftochter so durcheinandergebracht hatte. Sicher, es war stets eine Last, vor allem gegen Ende zu, und die Wehen waren alles andere als angenehm, aber Judith hatte erwartet, daß Heulwen das mit einem Lächeln und einem Achselzucken abtun würde, voller Ungeduld, das Kind in ihren Armen halten zu können. Statt dessen benahm sie sich wie ein Märtyrer bei der Folterung.

Dame Agatha besänftigte Heulwen und brummte gutmütig. In einer Pause zwischen zwei Wehen ließ Judith die Schwangere den Trank schlucken und ging dann nach unten, um zu sehen, wie das Leben auf der Burg in den Händen der Frau des Haushofmeisters lief. Als sie vom Eingang zum Turm die Halle betrat, kam sie gerade rechtzeitig, um Adam und Renard zu sehen, die aus Wales zurückkamen, und hob die Augen zum Himmel in einer schweigenden Bitte um Geduld und Nachsicht.

Draußen fiel ein feiner Nieselregen, und als sie sich den Männern näherte, nahm ihre Nase den Geruch von nasser Wolle wahr. Sie zwang sich zu einem Lächeln des Willkommens.

»Wo ist Heulwen?« fragte Adam, ohne den Gruß zu erwidern. »Ist sie . . .?«

»Ihre Zeit ist gekommen«, sagte Judith gelassen. »Alles läuft so, wie es soll. Dame Agatha ist bei ihr, aber ich schätze, es wird mindestens Abend, bis du deinen Erben sehen kannst.« Sie nahm ihm den Umhang ab und stellte sich auf die Zehenspitzen, um ihn auf die Wange zu küssen – eine bei Judith seltene Geste der Zuneigung, denn sie war von Natur aus alles andere als spontan.

»Kann ich zu ihr?«

Judith hatte zu ihrer Zeit oft genug die Regeln und Vorschriften ihres Standes verletzt; dennoch erschreckte sie seine Frage. Männer betraten normalerweise nicht die Gebärkammer, ehe es vorbei war. Es war verboten, ein Geheimnis, das die Frauen eifersüchtig bewahrten. »Adam . . .« begann sie und versuchte, das Nein so freundlich wie möglich auszudrücken, aber etwas in seiner Miene ließ sie innehalten, bevor sie auch nur ein Wort gesprochen hatte. Sie fühlte, daß er um ihr Jawort flehte, aber auch, daß es ihm egal war, ob sie es ihm gab oder nicht. Es war schließlich seine Burg, und sie konnte ihn nicht davon abhalten.

»Schau, sie hat natürlich Schmerzen. Wenn du dich zu sehr darüber aufregst, wartest du besser draußen.«

Adam nickte kurz. »Ich werde es schon schaffen«, sagte er.

Judith schenkte ihm den Hauch eines Lächelns. »Na ja, du bist ja auch dabeigewesen, als es gemacht wurde«, sagte sie und verstand nicht, warum er sie dabei so merkwürdig und fragend anschaute.

Renard, der abgesehen von einem flüchtigen Kuß auf die Wange von seiner Mutter ignoriert wurde, ging an den offenen Kamin, blies sich auf die kalten Hände und bückte sich hinunter zur Hitze.

Dame Agatha war entsetzt, einen Mann zu sehen, der die Gebärkammer betrat, und hätte Adam sofort wieder hinausgeworfen, empört und mit hochgekrempelten Ärmeln, wenn Judith sie nicht zur Seite genommen und dringend auf sie eingeredet hätte.

»Adam!« Heulwen stieß einen Seufzer aus, warf sich in seine Arme und klammerte sich an ihn. Er nahm ihr Gesicht in seine Hände, die Finger auf dem aufgelösten Haar, und küßte ihre nassen Augen, ihre Wangen, ihre Lippen und schmeckte dabei das Salz von Schweiß und Tränen. Die Schwellung des kommenden Babys war zwischen ihnen.

»Ich kann nicht bei dir bleiben, Liebste, aber ich bin hier auf der Burg«, sagte er mit belegter Stimme. »Judith sagt, daß alles gutgeht.«

Sie vernahm die nervöse Ungewißheit in seiner Stimme, sah ihn einen Blick auf die beiden Frauen in der Ecke des Raums werfen und nickte.

»Das sagen sie mir auch, aber es ist kein Trost.«

Sie legte ihr Gesicht an seinen Umhang und bemerkte, daß er kalt und feucht war. »Schneit es schon?«

»Nieselregen.«

»Wie war die Hochzeitsfeier?«

Er knurrte. »Genau wie alle Hochzeitsfeiern. Ich habe furchtbare Kopfschmerzen wegen meiner Hemmungslosigkeit beim Trinken, und Renard hat ein paar Bißwunden, die seine Mutter hoffentlich nie zu sehen bekommt.«

Heulwen lachte durch die Tränen und umarmte ihn noch einmal. Ihre Last war plötzlich leichter geworden. »O Adam, was würde ich –« Sie brach ab und stieß einen Schrei aus und umklammerte ihn nicht aus Liebe, sondern aus Verzweiflung, als sich der Krampf wie eine Woge mit wilder Geschwindigkeit näherte und über ihr zusammenbrach, und einen Moment lang verlor er sie ganz an diese urzeitlichen, alles verzehrenden Schmerzen. Er biß sich auf die Lippe und war völlig hilflos, während sie sich an ihn klammerte.

»Sie kommen jetzt schneller hintereinander und sind stärker«, murmelte Dame Agatha zu Judith und war keineswegs davon überzeugt, daß Judith das Richtige getan hatte, als sie um Verständnis für Adam flehe. »Er kann jetzt nicht mehr hier bleiben. Es ist einfach nicht anständig.«

Die Schmerzen ließen nach. Heulwen drückte ihre Stirn an ihn und keuchte.

»Ich finde«, sagte Adam ihr leise ins Ohr, »daß jeder Mann, der bei essiggetränkten Schwämmen zusammenzuckt, einmal eine Weile in der Gebärkammer verbringen sollte.«

»Irrtum!« stieß sie hervor. »Man sollte ihn selbst das Baby austragen lassen.«

»Ich würde gern deine Stelle einnehmen, wenn ich könnte.«

»Und ich würde mich gern von dir eine Weile ablösen lassen... Oh!« Wieder klammerte sie sich an ihn mit einem Schrei, den sie nicht unterdrücken konnte.

»Heulwen!«

Dame Agatha ließ sich jetzt nicht mehr einschüchtern und warf sich zwischen die beiden, nahm jetzt Adams Platz ein. »Mylord, Ihr müßt jetzt den Raum verlassen!« sagte sie drängend, und ihre Stimme war alles andere als freundlich. »Ihr könnt hier nichts tun und steht uns nur im Weg! Wir geben Euch Bescheid, sooft Ihr das wünscht.«

Judith, die den Kummer und die Sorge auf seinem Gesicht sah, nahm seinen Arm und führte ihn mit Entschiedenheit zur Tür. »Adam, bitte!« flehte sie ihn an. »Du hast die Grenzen des Möglichen ohnehin viel zu weit überschritten.«

Der Krampf ließ nach. Heulwen sank erleichtert zurück und hob dann den Kopf, um an Dame Agatha vorbei auf ihren verzweifelten Mann zu schauen. »Es wird alles gut, Adam«, sagte sie, und ihre Stimme war zwar atemlos, aber deutlich wahrnehmbar.

»Bist du sicher?« Er drehte sich um, widerstand Judiths Griff.

Heulwen nickte und biß die Zähne zusammen, als die nächsten Wehen wie Brandungswellen herankamen. Dame Agatha beruhigte sie und massierte ihr den Rücken. »Komm schon, Mädchen, dreh dich noch einmal um, auf die andere Seite, ja, so ist's gut, Kind.«

Judith zerrte Adam mit Gewalt hinaus. »Du bist ganz grün im Gesicht«, bemerkte sie in ihrer üblichen nüchternen Weise, »und das, was ich jetzt am wenigsten brauchen kann, ist ein erwachsener Mann, der sich übergeben muß oder ohnmächtig wird.«

»Judith, ist wirklich alles in Ordnung? Sagst du das nicht nur, um mich zu beruhigen?«

Ihre verzweifelten Züge glätteten sich. »Nein, ich sage es nicht nur. Heulwen ist eine gesunde Stute, und die Schmerzen kommen gut und stark, wie es sich gehört. Jetzt verschwinde aus meinen Augen. Such dir eine Beschäftigung. Ich verspreche dir, daß du es als erstes erfährst, wenn es Neuigkeiten gibt!«

»Mylord, Ihr habt einen Sohn«, sagte Dame Agatha und legte ein in Decken gewickeltes, krähendes Bündel in seine Arme; dabei war ihr Ausdruck etwas tadelnd, denn sie hatte ihm noch nicht sein Eindringen auf verbotenes Territorium verziehen.

Er schaute hinunter auf das verzerrte rote Gesichtchen des Babys. Eine winzige Faust hatte ihren Weg durch die Decken gefunden und wedelte ihm zornig vor der Nase.

»Und er hat gute Lungen, darüber gibt es keinen Zweifel«, fügte die Geburtshelferin mit Zufriedenheit hinzu, während Renard über Adams Schulter schaute und seinen neuen Neffen betrachtete.

»Er sieht aus wie gekocht«, bemerkte er wenig höflich, dann gab er Adam einen Rippenstoß. »Ich nehme nicht an, du willst es mit walisischem Met feiern, oder?«

Adam achtete nicht darauf. »Und Heulwen, ist sie wohlauf?«

Dame Agatha sah die Angst in seinem Gesicht, und ihr Ausdruck wurde milder, ihre Lippen zeigten das übliche plumpe Lächeln. »Eure Lady ist erschöpft und wohl auch ein bißchen verletzt, weil das Kind groß und stark war, aber sie hat keine bleibenden Schäden davongetragen.« Ihr Lächeln vertiefte sich. »Sagt ihr um Jesu willen nicht, was mein Mann zu mir gesagt hat nach meinem ersten: daß das nächste leichter gehen würde – sonst kriegt ihr den Nachttopf über den Kopf!« Sie trat zur Seite und deutete auf die Treppe wie ein Knappe, der einem Diener den Weg zum Thronsaal zeigt.

Heulwen hob langsam die Lider und richtete dann die schweren Augen auf ihren Mann und das übelgelaunte Bündel, das er so ungeschickt in den Armen hielt.

»Wie schade, daß es kein Mädchen ist«, flüsterte sie, und die Tränen der Erschöpfung füllten ihre Augen. »Es hätte dir doch nichts ausgemacht, oder?«

Adam warf rasch einen Blick auf Judith, aber sie war am anderen Ende des Raums beschäftigt und außer Hörweite.

»Solange dir nichts geschehen ist, bin ich mit allem zufrieden«, sagte er und meinte es auch so. »Ich glaube, ich habe noch nie im Leben solche Angst gehabt wie in den letzten paar Stunden.« Er beugte sich hinunter und küßte sie, dann legte er ihr sorgfältig und mit einer Grimasse das Baby in den Arm. »Er hört sich an wie eine ganze Gruppe von Hibernischen Pfeifen. Glaubst du, er hat Hunger?«

Heulwen ließ den Träger ihres Nachthemds von der Schulter gleiten und bot dem Baby ihre Brust. Der Kleine krähte vor Begeisterung, stieß mit dem Kopf gegen ihren Körper, bis er die Sicherheit ihrer Brustwarze gefunden hatte, und sog sie ein mit gierigem Schmatzen. Wie durch ein Wunder verstummte sein Schreien und wurde von zufriedenem Brummen ersetzt.

»Dem Himmel sei Dank«, sagte Judith etwas pikiert und gab Heulwen einen Becher mit einer nach Kräutern riechenden Tinktur. »Bugloss, das läßt die Milch kräftiger fließen. Sieht ganz so aus, als hättest du es mit einem Vielfraß zu tun. Ich habe kein solches Geschrei mehr gehört, seit Renard geboren wurde, und der hat bis heute nicht gelernt, den Schnabel zu halten. Ich gehe und bringe dir etwas zum essen. Du mußt jetzt Kraft aufbauen, sonst muß ich dir eine Amme besorgen.«

Es war eine Ausrede, um die beiden eine Weile allein zu lassen. Heulwen wußte ebensogut wie Judith, daß sie nicht in der Lage war, auch nur einen Bissen zu essen. Sie berührte das Haar des Babys. Es war weich und dunkel. Seine Augen waren geschlossen, die Lider mit goldbraunen Wimpern besetzt. Der Arm war jetzt ruhig, die Finger an ihrer Brust ausgebreitet, während er sog. Sie fühlte seine Schutzlosigkeit, und die zerrte mindestens ebenso an ihrem Herzen wie ihre Zweifel.

Im Augenblick der Geburt, als er aus ihrem Körper geglitten war, hatte sie an nichts als an die Vergewaltigung denken können. Jetzt kamen andere Erinnerungen, die sie wärmten.

Sie und Adam und ein paar Tintenflecken, die ihre eigene Geschichte schrieben, eine Schüssel mit gezuckerten Pflaumen, ein Stall in Angers, und das Stroh kitzelte in ihrem Nacken wie das Bettstroh, als sie in den Wehen lag.

Sie blickte von ihrem Sohn auf ihren Mann. Adam sagte, es mache ihm nichts, aber er hatte das Baby rasch wieder in ihre Arme gelegt. Vielleicht war das eine natürliche, typisch männliche Reaktion auf ein so kleines, zerbrechliches Wesen. Sie konnte es nicht erkennen an seinem Gesicht und ihn auch nicht danach fragen.

»Wie willst du ihn denn taufen?« fragte sie in sein Schweigen.

Adam betrachtete die sich eifrig bewegenden, kleinen Kiefer, die Leben und Kraft aus ihr sogen. Sein Sohn oder ein Wechselbalg – es war immerhin Heulwens Kind und, wie sie gesagt hatte, ein schuldloses Wesen. Er spielte mit einer ihrer Haarsträhnen. Man hatte ihr die Zöpfe gelöst nach dem Aberglauben, daß die Verschlingungen und Knoten das glatte Gleiten eines Kindes in die Welt behindern könnten. »Es gibt nur einen Namen, der in Frage kommt«, murmelte er. »Er muß Miles heißen.«

Heulwens Kehle schloß sich mit einem Schluchzen. Ihr Körper bäumte sich, als sie versuchte, sich unter Kontrolle zu bekommen, und ihr Baby, das seinen Griff an der Quelle der Sicherheit verlor, suchte verzweifelt, bis es sie wiederfand, und sog dann mit doppelter Kraft. »Ja«, sagte sie schließlich mit belegter Stimme, »er muß Miles heißen.«

Dame Agatha kam zurück in den Raum mit einer großen Holzschüssel voll warmem Wasser und einem Packen frischer, gewärmter Windeln. »Sie warten unten, daß du das Kind vorzeigst, Adam«, sagte Judith, die mit der alten Frau gekommen war.

»Na schön.« Er seufzte und fuhr sich mit einer Hand durchs Haar. Er kannte seine Pflicht, obwohl er nicht allzu begeistert war, ihr nachzukommen. Es war ein altes Ritual, aus der heidnischen Zeit stammend, als ein krankes oder mißgebildetes Kind vom Clan abgelehnt und am nächsten nackten Hügel zum Sterben ausgesetzt wurde. Ein gesundes, insbesondere männliches Kind dagegen wurde akzeptiert, und alle betranken sich, bis sie nicht mehr stehen konnten. Die Kirche hatte vielleicht ein argwöhnisches Auge auf diesem Brauch, auch wenn er seine frühere Barbarei verloren hatte, aber alle anderen hielten ihn für durchaus richtig und angebracht.

»Sobald er fertig ist«, fügte Adam hinzu und nickte auf den immer noch trinkenden Säugling. »Wenn ich ihn jetzt gleich mitnehme, schreit er so, daß ich ihn gar nicht mehr vorzuzeigen brauche.« Er drückte Heulwens Hand und lächelte, aber die Miene erreichte nicht die Augen, in denen deutliche Sorge stand.

Sechsundzwanzigstes Kapitel

Ravenstow

Sommer 1128

Eleanor de Mortimer, sieben Jahre alt, streckte ihren Arm aus und betrachtete mit nachdenklichem Stolz den emaillierten, goldenen Verlobungsring, der am vierten Finger ihrer zierlichen rechten Hand schimmerte. Hier würde Renard eines Tages den richtigen Ehering hinstecken, wenn sie eine Frau war und alt genug, um ihn zu heiraten. Vorläufig waren sie nur verlobt – einander bestimmt wie in den romantischen Geschichten, die ihre Amme ihr manchmal vorlas. Er hatte ihr noch einen Ring gegeben, den sie tragen sollte, wenn ihr Finger gewachsen war, und der jetzt noch zu groß war für sie. Er hing heute an einem seidenen Band um ihren Hals, doch ihr Vater hatte gesagt, sie müsse ihn in ihrem Schrank verwahren, wenn sie nach Hause kamen.

Alle Erwachsenen aßen und tranken noch in der Halle und sprachen über eine andere Hochzeit. Jemand namens Mathilda hatte jemanden namens Geoffrey geheiratet, und es schien gewisse Unstimmigkeiten zu geben, ob sie überhaupt hätten heiraten dürfen. Eleanor war gelangweilt, wurde unruhig und benutzte die Ausrede, sich auf den Abtritt zurückziehen zu müssen, um das hohe Podium zu verlassen und die Treppe zu den Wohnungen darüber zu erklimmen. Dann, obwohl sie wußte, daß sie zurückkehren sollte, sobald sie ihre Blase entleert hatte, besiegte die Neugier die Vorsicht, und sie begann damit, diese mächtige Burg an den Grenzmarken zu ergründen, die einmal ihr Heim sein würde.

Einer der Räume war mit einem Nähtisch und zwei Webstühlen möbliert. Ein Hund schlief in einem Teich von Sonnenlicht nahe dem Fenster, aber er hob den Kopf und bellte, als er ihre Gegenwart fühlte.

Erschrocken davon, lief sie rasch hinaus und kam in eine kleine Wandkammer, die, wie sie wußte, in der kommenden Nacht für sie und ihre Amme bestimmt war. Drinnen roch es muffig, und man hatte überall getrockneten Lavendel ausgelegt, um den Geruch des feuchten Steins zu vertreiben.

Kurz dahinter brachte sie eine Wendeltreppe zum Schlafgemach des Grafen und der Gräfin; sie würde es eines Tages mit Renard teilen und selbst Gräfin sein, doch die Vorstellung war ihren kindlichen Gedanken noch allzu fern.

An der Wand lehnte ein teurer Sarazenenspiegel, und sie blieb davor halb ehrfürchtig, halb entzückt stehen. Sie hatte natürlich von solchen Dingen gehört, besaß sogar eine schlechte Nachahmung davon, die sie auf einem Jahrmarkt gekauft hatte, aber dieser hier war poliert und so klar, daß man jedes Detail ohne Verzerrung erkennen konnte. Es zeigte ihr ein Kind mit hüftlangem, blauschwarzem Haar, wellig und kräftig, und einem Kranz frischer Blumen darauf, der an mehreren Stellen festgesteckt war und sich immer wieder gegen die Nadeln wehrte. Es zeigte ihre weit auseinanderstehenden grüngoldenen Augen, eine milchweiße Haut, ein Lächeln, das ein wenig entstellt war, weil ihr ein Vorderzahn fehlte, und einen schelmischen Ausdruck, der noch von ihrer Stupsnase unterstrichen war.

Sie drehte sich in einer Pirouette vor dem Spiegel, bewunderte ihren grünen Leinenunterrock und das rote Seidenkleid mit dem Gürtel aus goldener Seide und einer echten goldenen Spange. Ihr Vater hatte etwas traurig gelächelt über ihre hübsche Ausstattung, als er ihr vor der Feier eine Falte glattzog, und mit einer vor Rührung rauhen Stimme gesagt: »Kind, du siehst genauso aus wie deine Mutter.«

Sie hatte ihre Mutter nie gekannt, die zweite, französische Frau ihres Vaters, viel jünger als er, denn sie war an einer

Fehlgeburt gestorben, nicht lange nach Eleanors Geburt. Ihr Körper war nicht mehr stark genug gewesen, um zu kämpfen. Papa war oft traurig, mehr noch in diesen Tagen, seitdem er von Warrins Tod gehört hatte.

Eleanor rümpfte ihre Nase im Spiegel. Sie hatte ihren wesentlich älteren Halbbruder eigentlich nie besonders gemocht. Er brachte ihr Geschenke mit und erwartete, daß sie darüber in Begeisterung ausbrach; abgesehen davon achtete er kaum auf sie. Auch Papa hatte keine Zeit für sie, wenn Warrin zu Hause war, und sagte ihr nur, sie solle spielen gehen oder ihre Amme suchen.

Ein plötzliches Geräusch ließ sie erschreckt den Atem anhalten und sich schuldbewußt vor dem Spiegel herumdrehen. Jetzt erst sah sie eine Frau in einem Stuhl mit hoher Lehne, die ein Baby im Arm hatte. Eleanor erkannte Renards Halbschwester, denn selbst im Dunkeln, wo sie saß, war ihr Haar leuchtend wie eine Flamme.

»Keine Angst, ich freß' dich nicht auf«, sagte Heulwen mit einem gütigen Lächeln, nahm den Säugling von ihrer Brust und bedeckte sich.

Eleanor ging auf Zehenspitzen zu dem Stuhl und konnte nicht widerstehen, dem Baby einen tastenden Finger auf das goldbraune, dünne Haar auf dem Kopf zu legen. »Wie heißt er?« fragte sie.

»Miles, nach seinem Urgroßvater.«

»Oh.«

Heulwen betrachtete das Kind. Die kleine Braut war hübsch auf ihre schelmische Weise und hatte keinerlei Ähnlichkeit mit ihrem kürzlich verstorbenen Bruder, vielleicht abgesehen von einer Andeutung von Sturheit um das kleine, runde Kinn. »Möchtest du ihn einmal halten?«

Eleanors Gesicht strahlte. »Darf ich wirklich?«

Statt einer Antwort nahm Heulwen ihren Sohn, legte ihn in Eleanors Arme und zeigte ihr, wie man ein Baby hielt – nicht, daß er viel Unterstützung dazu nötig gehabt hätte. Er konnte sich inzwischen von allein aufsetzen und drehte häufig den Kopf, um zu sehen, was rings um ihn vor sich ging.

»Wenn ich mit Renard verheiratet bin, werde ich viele Kinder haben«, erklärte Eleanor ernst. »Wie viele Zähne hat er jetzt?«

»Zwei.« Heulwen legte ihre Hand auf den Mund, um ihr Lachen zu unterdrücken, weil sie die Gefühle des Kindes nicht verletzten wollte.

Eleanor seufzte. »Ich wollte, ich hätte Brüder und Schwestern. Warrin war viel älter als ich, und er hat nie mit mir gespielt.«

Heulwen versteifte sich, als sie den Namen hörte. Das Lächeln verschwand. »Aber das macht doch nichts«, hörte sie sich selbst die Kleine trösten. »Durch deine Verlobung hast du eine ganz neue Familie gewonnen. William ist in deinem Alter, und Henry ist nur ein wenig älter.«

Eleanor nickte und zeigte Heulwen ein strahlendes Lächeln, dann schaute sie hinunter auf Miles, der sie aus runden neugierigen Augen betrachtete. »Ich mag Babys. Werdet Ihr bald wieder eines haben?«

Heulwen hüstelte. »Das liegt in Gottes Hand«, brachte sie gerade noch hervor, fühlte einen Wechsel des Lichts, schaute über das völlig hingerissene Kind hinweg und sah, während sich ihr Magen zusammenzog, daß Eleanors Vater auf der Schwelle stand.

»Hier bist du also!« schalt er Eleanor. »Wie hast du dir das gedacht, bei deiner eigenen Verlobung einfach davonzurennen? Weißt du, daß das sehr schlechte Manieren sind?«

Eleanor biß mit den Zähnen auf ihre Unterlippe. »Ich wollte es nicht, Papa«, sagte sie mit kleiner, verlorener Stimme. »Ich bin nur zum Abtritt gegangen und . . . und . . .«

»– und dann kam sie versehentlich hier herein und sah, wie ich Miles gesäugt habe«, rettete Heulwen rasch mit einem kurzen, beruhigenden Lächeln zu Eleanor die Situation. »Es ist meine Schuld, ich habe sie festgehalten.«

Sir Hugh knurrte und schaute von seiner Tochter, die sich immer noch auf die Lippe biß, die Augen voll Tränen der Reue, zu der kupferhaarigen Frau, die jetzt das Baby wieder in ihre Arme nahm. Der Säugling drehte fast den Kopf um, als er auf den Neuangekommenen schaute.

»Trotzdem, sie hätte erst gar nicht davonrennen dürfen«, sagte er, dann räusperte er sich und fügte mit abrupter Schroffheit hinzu: »Was Ihr meinem Sohn angetan habt, war nicht gut, aber ich nehme an, daß auch er die Grenzen des Anstands in mehr als einer Weise überschritten hat. Um diese Verlobung nicht zu gefährden, bin ich bereit, die Vergangenheit ruhen zu lasen. Ich habe bereits mit Eurem Gatten gesprochen, und er sagt –«

»– und er sagt, daß er sein Bestes tun wird«, unterbrach ihn Adam, der Sir Hugh gefolgt war und nun auf Heulwen zuging und sie auf die Wangen küßte. Sie stand auf, wobei Miles in ihren Armen strampelte, erwiderte Adams beredten Blick, und obwohl ihr kalt wurde dabei, gelang es ihr, dem alten Mann ein halbes Lächeln zu zeigen.

»Die Diener sind dabei, die Tische für einen Imbiß im Garten zu decken. Kommst du mit nach unten? Du kannst ja Miles in eine Wolldecke wickeln und den Frauen zeigen.«

Sir Hugh starrte auf die beiden, wie sie den in Windeln gewickelten Säugling zwischen sich hielten. Erstaunlicherweise hatte er bei diesem Anblick einen besseren Geschmack im Mund, als er unter den Umständen erwartete hatte; immerhin konnte das Baby ebensogut sein eigener Enkel sein. Eleanor lief zu ihm hin, und der Kranz hing ihr schon wieder schief auf den schwarzen Locken. Er legte ihr den Arm um die schmalen Schultern, drückte sie fest und wandte sich zur Tür. Als er sie erreicht hatte, blieb er stehen und schaute sich um. »Ihr habt einen prächtigen Sohn«, sagte er mit schwerer Stimme. »Ich gratuliere Euch. Möge er Euch mehr Freude bringen, als der meine mir gebracht hat.« Dann verließ er mit Eleanor den Raum.

Danach herrschte angespannte Stille, die von Miles unterbrochen wurde. Der Kleine gurgelte und streckte Adam die Händchen entgegen. Nach kurzem Zögern nahm Adam den Säugling aus Heulwens Armen und ging zum Fenster, dessen Läden geöffnet waren, um in den in der Sonne liegenden Burghof hinunterzuschauen. Ranulf de Gernons wurde von einem riesigen schwarzen Hund an der Leine in den Hof gezerrt, wobei das Tier keuchte, weil das Halsband ihm die Kehle zuschnürte. »Wirklich schade, daß Gernons diese Feier hat stören müssen«, bemerkte er entschuldigend.

Heulwen murmelte etwas und gab vor, die Sachen des Kleinen vom Bett aufzusammeln. Immer wieder schaute sie hinüber zum Fenster. Adam hielt Miles jetzt in entspannter Haltung, und das Baby schaute mit großen Augen auf die Bewegungen einer Staubwolke in einem Streifen Sonnenlicht. Es beugte sich vor, um die Wolke zu fassen, und sein Haar schimmerte rot und golden, als es von der Sonne erfaßt wurde.

Heulwen schluckte einen Kloß in ihrer Kehle hinunter. Sie war nicht sicher, was Adam gegenüber Miles empfand. Als sie ihn in ihrem Schoß getragen hatte, war sie besorgt gewesen, sie selbst könnte ihn ablehnen, doch nach den ersten schwierigen Augenblicken waren ihre Zweifel verflogen. Er war hilflos und hing allein von seiner Mutter ab. Das Gefühl, ihn an ihrer Brust zu haben, erfüllte sie mit Liebe, ein zu mächtiges Gefühl, als daß man es mit dem Verstand erfassen konnte. Adam war ihm körperlich nicht so nahe, für ihn war es nicht so leicht, das Kind körperlich an sich zu binden, und es nagte immer wieder an ihr, daß sie Adams äußerliche Gelassenheit nicht ergründen konnte und durfte, um zu sehen, was darunter lag. Er hatte Miles offiziell als seinen Erben anerkannt, aber manchmal fürchtete sie, er hatte es nur ihretwegen getan und nicht wegen des Kindes – er hatte getan, was richtig war, und nicht, was er sich persönlich gewünscht hätte.

Ihre Gedanken machten ihr Angst. Sie fragte rasch: »Hat Papa etwas zu dir gesagt über die Hochzeit der Kaiserin?«

Adam wandte sich vom Fenster ab und kam zurück in den Raum. »Nein. Guyon ist mir aus dem Weg gegangen, hat alle Worte, die er sagen wollte, hinuntergeschluckt, und er weiß natürlich, daß er sie nicht aussprechen kann, ohne daß zwischen uns ein Riß entsteht. Ich schätze, wir kommen dennoch bald dazu – ich meine, zu einer Diskussion, nicht zu einem Riß.« Er näherte sich der Tür. Heulwen folgte ihm, hielt noch kurz vor dem Spiegel und glättete ein paar Falten ihres Kleids und setzte dann das Diadem mit dem Schleier auf. Adam blieb neben ihr stehen. Miles streckte ein plumpes Händchen nach dem Glas des Spiegels aus und lachte in sich hinein.

»Er sieht aus wie du«, sagte sie leise. »Adam, er ist dein Sohn, ich weiß es.«

Miles' Hand zitterte und zerstörte damit das Spiegelbild. Einen Moment lang stand Adam schweigend da, beobachtete im Spiegel das Baby, den Mann und die Frau: das eine freudig und unschuldig, die beiden anderen auf Messers Schneide balancierend. »Glaubst du, es ändert etwas daran, ganz gleich, was ich in diesem Spiegel sehe?«

Heulwen schluckte. Seine Stimme war sanft, aber sie machte ihr Angst. »Vielleicht doch«, sagte sie mit trockenem Mund und sah, wie sich sein Kinn nach vorn schob, wie sich seine Augen verengten, genau, wie sie es auf dem Turnierplatz gesehen hatte. »Adam . . .«

»Sag jetzt nichts mehr«, unterbrach er sie immer noch sanft, legte ihr Miles in die Arme, ging hinaus und ließ sie allein zurück.

Heulwen senkte den Kopf, mit brennenden Augen, und küßte das zerwühlte, schüttere Haar ihres Sohnes. Ohne daß es ihr bewußt war, hatte sie Adams Ehre verletzt, und sie grub die Grube nur noch tiefer, wenn sie ihm jetzt nachging und versuchte, es ihm zu erklären. Sie kannte inzwischen diesen Blick von ihm.

Schniefend wischte sie sich die Augen an dem umgedrehten Ärmel ihres Kleides ab, nahm Miles an die Hüfte und ging langsam nach unten.

Im Garten roch es nach Gras und dem würzigen, pfeffrigen Duft der Levkojen. Bienen flogen von Blüte zu Blüte. Karpfen blinzelten faul, als die großen Fische dicht unter der Oberfläche des Teichs auf der Jagd nach Maifliegen dahinschwammen. Der Himmel war strahlend blau.

Aus den Augenwinkeln beobachtete Adam seine Frau, wie sie sich zu den anderen Frauen begab und Miles bäuchlings auf ein dickes Schafsfell legte. Der Säugling kaute an einem Ball aus weichem, buntem Leder, und die Frauen gurrten über ihm und machten großes Aufsehen. Wie von einem Magnet angezogen, verließ Eleanor die Seite ihres Vaters, um sich neben den Kleinen zu kauern.

Zwei Diener trugen ein paar Tische vorbei, auf denen sie Essen und Getränke servieren wollten. Adams Blick traf sich mit dem von Heulwen, dann wandte er sich rasch ab. Es war ihm wirklich egal, hatte er sich tausendmal gesagt, und tausendmal waren die Zweifel gekommen, und sie hatte es deutlich bemerkt. Er war wütender auf sich als auf sie. Ranulf de Gernon führte seinen Hund vor. Mit glatten Muskeln und glänzendem Fell zerrte das Tier an der Leine und knurrte bösartig Brith an, Williams' wesentlich kleineres Windspiel.

»Er hat das größte Pferd, den größten Hund und das größte Maul – doch das schafft ihm trotz alledem nicht den Respekt, den er gerne hätte«, sagte Guyon lässig aus dem Mundwinkel, als er neben Adam trat, unten bei den Rosenbüschen, die an den Mauern emporkletterten. Er hatte einen Becher mit Wein in der Hand.

»Und wenn du sie nicht beherrschst, machst du dich zudem noch zum größten Narren«, ergänzte Adam. »Warum ist er überhaupt hier? Du hast ihn sicher nicht eingeladen?«

Guyon knurrte erneut zornig. »Ich – keineswegs. Er ist auf dem Weg nach Chester und hat ein Dach und Gastfreundschaft gesucht auf dem Weg dorthin. Daß es gerade der Tag von Renards Verlobung ist, war ein unglücklicher Zufall.« Er schaute Adam nachdrücklich an. »Obwohl ich nicht glaube, daß die Suche nach einer Unterkunft für die Nacht sein einziges Motiv war.«

»Nein?«

»Sein Vater will wissen, was wir unternehmen angesichts der illegalen Heirat zwischen Mathilda und Geoffrey von Anjou, und Ranulf spielt den Bluthund für ihn.«

»Illegal?«

»Ach, spiel doch nicht den Ahnungslosen!« fuhr ihn Guyon ärgerlich an. »Du weißt genau, was ich meine. Vor achtzehn Monaten in Windsor wurde uns ein Mitspracherecht bei Mathildas Entscheidung über einen Ehemann eingeräumt, und dieses Recht ist völlig mißachtet worden. Wie üblich hat Henry hinter unserem Rücken Pläne geschmiedet, um seine eigenen Ansichten durchzusetzen.«

Adam fühlte, wie seine Wangen zu brennen begannen. »Und was wirst du tun? Die Ehe annullieren lassen und einen Krieg anzetteln? Und wen willst du an Geoffreys Platz sehen? Vielleicht Ranulf de Gernons?« Seine Stimme war hart. Er schloß rasch den Mund.

Guyon trank einen Schluck Wein und zog die Brauen hoch, als er Adam anschaute. »Ich bin kein unerfahrener junger Hund, der eine falsche Fährte anbellt. Wenn die Wahrheit bekannt wird, möchte ich weder auf der einen noch auf der anderen Seite stehen. Du hast von dieser Heirat gewußt, nicht wahr?«

Adam stieß die Luft aus und strich sich das Haar aus der Stirn. »Es tut mir leid«, entschuldigte er sich, »aber ich hätte nicht so mit dir sprechen sollen. Es ist nur, daß Heulwen und ich gerade eine Meinungsverschiedenheit hatten, und ich bin noch etwas aufgebracht. Ja, ich habe es gewußt, und um meiner Ehre willen, die mir weiß Gott wie ein Mühlstein um den Hals liegt, konnte ich es dir nicht sagen.«

Guyon schnitt eine Grimasse. Er kannte König Henry und wußte, was er mit der Ehre seiner Männer alles anstellte. »Ist Geoffrey von Anjou auch ein Mühlstein?«

»Er hat die Fähigkeit, seine Frau zu regieren, ebenso wie uns alle, wenn man ihm eine Chance gibt. Gut oder schlecht, ich kann es nicht sagen. Mit Gottes Willen zeugt er mit Mathilda Söhne, die dann ihren Großvater ablösen, wenn es an der Zeit ist.«

»Es hat sehr viel böses Blut gemacht«, sagte Guyon und trank seinen Wein aus. »Henry hat damit vielleicht sein Problem auf der anderen Seite des Kanals gelöst, vor allem, da William le Clito das einzig Ehrenvolle getan hat und sich in Flandern hat erschlagen lassen, aber was England betrifft, so bin ich mir nicht sicher. Viele von uns sind stärker isoliert auf unserer Insel, als uns guttut.« Er schaute Renard und Harry und einer Gruppe lachender junger Männer zu, die in Richtung Turnierplatz gingen. Harrys Stimme klang wie ein knarrendes Garagentor; sie war kurz davor zu brechen. Plötzlich kam er sich alt vor.

Adam hatte sie beobachtet. Guyon legte ihm eine Hand auf die Schulter. »Wenn du mit meiner Tochter gestritten hast, würde ich mich an deiner Stelle vielleicht darum kümmern. Wenn du jetzt zu meinen anderen Söhnen gehst, machst du es nur schlimmer für später.« Seine Miene sprach von Erfahrung.

»Leichter gesagt als getan.«

Guyon grinste und gab ihm einen Schubs. »Komm schon . . .« Und dann, als Adam noch zögerte, zurückhaltend: »Das Baby entwickelt sich gut. Der kleine Miles hat die Augen von Heulwens Mutter, aber er sieht ganz dir ähnlich. Wölfe bringen nur Wölfe zustande, ein dunkler Spruch, den das Mädchen meiner Frau oft sagte, wenn sie deine Wiege schaukelte.«

Adam schaute ihn scharf an, dann lachte er zwischen den Zähnen. »O Gott!« stieß er aus. »Normalerweise brauche ich nicht den Wink mit dem Zaunpfahl, aber heute hat man mir das Holz schon mehrfach über den Schädel gehauen.«

Guyon schaute ihn überrascht an. »Wieso?«

»Ach, nichts.« Adam schüttelte den Kopf und lächelte immer noch, dann ging er einen Schritt auf die Frauen zu.

De Gernons konnte den schwarzen Hund nicht mehr an der Leine halten, und mit einem Knurren riß sich der Hund frei und sprang im Garten herum, schoß schließlich unter die Schar der Frauen und griff Williams Hund an. Die beiden Tiere rollten am Boden, schnappten und knurrten. Eleanor schrie, rannte zu ihrem Vater und verbarg ihr Gesicht in den Falten seiner Tunika. Brüllend versuchte William, Brith am Halsband wegzuziehen, und wich mit einem hohen Schrei zurück, eine von Blut tropfende rote Wunde an den Knöcheln. De Gernons bellte dem Hund einen Befehl zu, den dieser völlig ignorierte.

Heulwen, die an einem der Tische mit Judith gesprochen hatte, stieß einen Schrei aus, raffte die Röcke und lief auf ihren Sohn zu, der in direkter Linie vor den raufenden, ineinander verbissenen Hunden auf dem Boden lag, in Gefahr überrollt zu werden, wenn nicht Schlimmeres, denn der Hund von Gernon war in einem Zustand völliger Raserei und schäumte an den Lefzen, die er zurückgezogen hatte, wobei er die wilden, gelblich-weißen Zähne bleckte.

Die Frauen schrien. Miles weinte. Williams Windhund, wesentlich leichter gebaut und auch zarter von Natur, versuchte sich zu befreien, blutüberströmt und jaulend. Adam rannte auf die Hunde zu, packte Miles und riß ihn aus der unmittelbaren Nähe des Hundes, der nun voller Zorn auf alles losging, was sich in seiner Umgebung bewegte.

Unfähig, sich zu wehren, weil er das Baby auf den Armen hatte, stürzte Adam vom Ansturm der mächtigen Pfoten. Er roch den fauligen Atem des Hundes, sah die weißgeränderten

Augen und die schäumenden Lefzen und versuchte sich herumzurollen und dem wilden Angriff der Zähne zu entgehen. Etwas wurde über ihn ausgegossen. Er schmeckte Wein und merkte, daß jemand eine Kanne über den Hund gegossen hatte, um ihn fortzuscheuchen. Heulwen schrie unaufhörlich. Dann war über ihm ein vibrierender Laut, ein krachendes Geräusch und ein furchtbares, tödliches Geheul, das gleich danach verstummte. Das Gewicht des Hundes wurde schlapp und von ihm weggezogen. Er konnte wieder atmen, rollte sich herum und setzte sich langsam auf. Miles krähte in seinen Armen, ein bißchen zerrauft und gerötet vor Zorn, aber ansonsten unversehrt.

Auf der einen Seite lag der Hund in einem Teich von Blut, wobei eine angeschliffene Turnierlanze das Tier durch die Rippen auf den Rasen des Gartens nagelte. Heulwen ließ den leeren Weinkrug fallen, den sie in der Hand hielt, und ging neben Adam auf die Knie; dazu schluchzte sie vor Erleichterung. Hinter ihr, das Gesicht weiß, die Augen dunkel wie Feuerstein, trat Renard dem wütenden, stotternden Ranulf de Gernons entgegen.

»Ihr, Ihr habt meinen Hund getötet!« jaulte dieser mit dem ungläubigen Zorn eines verwöhnten Kindes, dem man sein Lieblingsspielzeug weggenommen hatte.

»Habe ich das?« Renards Stimme kam durch Lippen, die fest zusammengepreßt waren und eigentlich keinen Laut durchlassen durften. »Wie schade – und auch noch, bevor er uns alle getötet hat, nicht wahr?«

De Gernons' Kiefer arbeiteten. »Wißt Ihr, was er wert war?«

»O ja«, parierte Renard. »Zumindest die Länge dieser Turnierlanze.« Er drehte dem vor Zorn kochenden Erben des großen Besitzes von Chester den Rücken zu und wandte sich an zwei das Maul aufreißende, erschreckte Diener. »Schafft den Kadaver weg! Werft ihn auf den Abfallhaufen!«

Zu atemlos, um zu sprechen, und von dem Baby, das er

immer noch in den Armen hielt, daran gehindert, auf de Gernons loszugehen, erhob sich Adam, die Tunika von Wein und Blut gerötet, und schaute sich um. Guyon trat zwischen seinen Sohn, seinen Schwiegersohn und den ›Gast‹, bevor eine schwierige Situation entstehen konnte. Die Gesetze der Gastfreundschaft waren vielleicht manchmal unbequem, aber sie galten als heilig. »Nur ein Narr bringt solche Bestien in eine Gesellschaft mit«, sagte er, und jedes Wort klang sanft, aber in deutlichem Zorn ausgesprochen. »Es ist zuviel verlangt, von Euch zu erwarten, daß Ihr Euch entschuldigt, das ist mir klar, aber daß Ihr die Schuld auch noch bei anderen sucht, überrascht mich mehr, als ich sagen kann.«

De Gernons schaute sich in dem Kreis anklagender, feindlicher Augen um, sah Hände, die sich um das Heft von Dolchen geschlossen hatten, nur vom Gesetz der guten Sitten zurückgehalten, aber bereit, im Notfall loszuschlagen. Er räusperte sich, spuckte aus und drängte ohne ein weiteres Wort an Guyon vorbei, rempelte ihn dabei an der Schulter, tat das gleiche bei Renard und stakte steifbeinig hinaus. Sie hörten, wie er bei den Stallungen brüllte, man solle ihm sein Pferd bringen.

»Wie der Hund, so der Herr«, murmelte Renard.

Guyon schnitt eine Grimasse. »Wir haben uns soeben einen mächtigen Feind gemacht und einen, der seinen Groll ohne jeden Grund pflegen wird.«

»Wer möchte so einen zum Freund haben?« fragte Judith eisig, als sie die Wunde ihres jüngsten Sohnes in Wein badete. William riß sich los von ihr und wollte seinen verletzten Hund sehen.

»Es kommt darauf an, wie sich die Dinge bei Hofe entwickeln«, sagte Guyon düster. »Adam, bist du unverletzt?«

»Ein paar Blutergüsse vielleicht«, sagte er und nickte kurz, dann schaute er zu, wie die Diener die Leiche des schwarzen Alaunts wegschleiften. »Gott sei Dank, nichts Ernstes. Ich konnte nur eines denken: daß ich Miles rechtzeitig retten mußte.« Er küßte seinen Sohn auf die Wange und umarmte ihn kurz, ehe er ihn Heulwen übergab. Ein gemeinsamer Blick strich über den Kopf des Säuglings; es gab für keinen von beiden die Möglichkeit, ihn näher zu erklären.

Eine der Frauen reichte Adam einen Becher mit doppelt starkem Wein. Guyon schüttelte den Kopf. »De Gernons hat nun doch nicht herausgefunden, was er wissen wollte.«

»Ich glaube«, widersprach ihm Adam über den Rand des Bechers hinweg, »er hat sogar mehr gefunden, als er suchte – und das gilt auch für uns.«

Der Horizont war dunkel, und der Mond war aufgegangen; eine fette weiße Sichel, die Himmel und Erde versilberte. Adam dehnte sich faul, setzte sich dann auf und langte nach seinem Hemd.

Heulwen seufzte und streckte einen Zeigefinger aus, um ihn sein knotiges Rückgrat entlanggleiten zu lassen; sie lächelte, als sie sein Frösteln spürte. »Ich nehme an«, sagte sie bedauernd, »daß Miles brüllen wird, um gesäugt zu werden, und Elswith wird mich suchen, bevor er die ganze Burg aufweckt.«

Adam lachte beim Gedanken daran, was für ein Gesicht die Zofe machen würde, wenn sie ihn hier draußen sah und in diesem Zustand.

Heulwen setzte sich neben ihm auf; ihr ungeflochtenes Haar fiel weit hinunter. Sie drückte den Kopf an seine Schulter. »Adam, können wir gleich morgen früh nach Hause reiten?« Sie half ihm, sein Hemd anzuziehen.

»Ich wüßte nicht, was dagegen spricht.« Er drehte ihr den Kopf zu, um sie zu küssen, und zog sich dann weiter an. »Oder weißt du einen Grund?«

»Nein, eigentlich nicht.« Auch sie begann sich anzukleiden. »Ich möchte dafür sorgen, daß unser eigener Garten noch vor dem Ende des Sommers fertig wird.« In ihrer Stimme lag ein Hauch von schelmischem Lachen.

»Es wäre auch praktischer, als jedesmal Ravenstow besuchen zu müssen«, stimmte er ihr zu und gab ihr, als sie aufgestanden war, einen Klaps.

Sie liebkoste ihn dafür mit ihrem nackten Fuß, dann wurde ihr Ton wieder ernst. »Ich möchte außerdem eine Kapelle erbauen lassen, für die Seele meines Großvaters . . . Hast du was dagegen?«

Adam stand auf und sagte leise: »Wie könnte ich etwas dagegen haben? Wir schulden ihm mehr, als wir jemals begleichen können. Natürlich bauen wir ihm eine Kapelle.«

»Danke, Adam.« Sie küßte ihn warm.

Er warf sich seinen Umhang um, dann schwang er den ihren um ihre Schultern. Das Mondlicht fiel auf die Wolfsbrosche und verlieh ihr ein strahlendes weißes Glitzern.

»Und wir versuchen nicht mehr, uns selbst in den Schweif zu beißen wie der Wolf auf deiner Brosche?« fragte sie, als sie diese zuhakte.

»Nein, das haben wir jetzt nicht mehr nötig«, bestätigte er lächelnd und wandte sich mit ihr der Burg zu.